FEDERHERZ
VERLAG

ALESSIA GOLD

WIE DU *mich* BERÜHRST

ROMAN

Wie du mich berührst
Band 1 einer Reihe

Neuauflage

New Adult

Bildmaterial: Rawpixel, Shutterstock
Korrektorat: Claudia Matheis

Bestellung und Vertrieb: Nova MD GmbH, Vachendorf

ISBN: 978-3-96966-494-0

WIRmachenDRUCK GmbH
Mühlbachstr. 7
71522 Backnang
Deutschland

Federherz Verlag
Süntelstraße 70
31848 Bad Münder
www.federherzverlag.de
Instagram: @federherz.verlag

»Prejudice is the child of ignorance.«

William Hazlitt

TRIGGERWARNUNG

Meine Lieben:

Bevor ich euch auf Paula und Mats loslasse, möchte ich vorab ein paar Worte loswerden, die ihr euch unbedingt zu Herzen nehmen solltet.

Prolog und Epilog dieses Buches bilden eine Rahmenhandlung zur eigentlichen Geschichte und beinhalten sensible Themen wie Drogenkonsum, sexuellen Missbrauch und Suizid. Wenn ihr euch davon getriggert fühlt, solltet ihr diesen Teil des Buches auslassen.
Auch im weiteren Verlauf werden diese Aspekte zwar wieder aufgegriffen, sie werden jedoch nur am Rande erwähnt und nicht explizit beschrieben.

Die eigentliche Erzählung von Paula und Mats ist eine zarte Liebesgeschichte zum Mitfiebern und Genießen. Ich wünsche euch viel Spaß dabei!

Eure Alessia

PROLOG

Das Geräusch des aufschlagenden Körpers hallt von den Wänden wider. Ein Reißverschluss wird geschlossen, ein letztes Mal spuckt er neben den regungslos auf dem Boden liegenden Jungen, bevor er auch seine Gürtelschnalle wieder schließt.

»Beim nächsten Mal wehrst du dich gefälligst nicht, dann muss ich auch nicht so grob zu dir sein.« Seine Stimme nimmt einen warmen Ton an. »Es gefällt dir doch auch, wenn ich nett zu dir bin, mein Junge.«

Das Bündel auf dem Boden bewegt sich nicht.

Der Mann gibt einen schnaufenden Ton von sich, bevor er sich endlich abwendet und die Tür hinter sich verriegelt.

Erleichtert lässt der Junge seinen angehaltenen Atem entweichen und erhebt sich mit schmerzverzerrtem Gesicht. Er muss lernen, sich zu entspannen, dann wird es vielleicht nicht mehr so wehtun, sagt er sich. In der Ecke hört er ein leises Schluchzen.

»Nicht doch, Lilly, nicht«, ruft er mit erstickter Stimme. »Es hat mir nicht wehgetan, hörst du? Er hat mir nicht wehgetan. Du musst keine Angst haben.«

Er versucht, keine Miene zu verziehen, als er sich mit letzter Kraft zu ihr schleppt. Sie kauert mit angezogenen Knien in der Kellernische und hält sich die Hände vors Gesicht. Behutsam legt er seine Hand auf ihren Arm und erstarrt, als er die Spritze auf dem Boden vor ihr entdeckt.

»Fuck, Lilly, was machst du denn?«

Er greift hektisch nach ihren Handgelenken, um ihr die Hände vom Gesicht zu ziehen.

»Sieh mich an, hörst du? Was soll der Scheiß, Lilly?«

Kraftlos lässt sie die Arme sinken und sackt nach vorn. »Es tut mir leid«, haucht sie leise. »Ich kann das alles nicht mehr.«

Tränen laufen über sein Gesicht, als er ihren regungslosen Körper an sich zieht. Unablässig streicht er ihr über das Haar. »Du kannst mich nicht verlassen, Lilly. Ich brauche dich doch. Wie soll ich das ohne dich durchstehen?«

Mit einem müden Lächeln lehnt sie ihr Gesicht an seine Schulter. »Du bist stärker, als ich es bin, kleiner Bruder. Ich hab dich so lieb.«

»Nein, verdammte Scheiße, Lilly! Mach die Augen auf!«, brüllt er verzweifelt und packt sie an den Schultern, um sie zu schütteln.

Aber er weiß, dass es schon zu spät ist. Sie sackt in seinen Armen zusammen und er beginnt hemmungslos zu weinen.

EINS

Nervös zupfte ich am viel zu kurzen Saum meines schwarzen, eng anliegenden Kleides. Natürlich wurde es davon aber auch nicht länger. Ich verfluchte die Idee meiner besten Freundin Franzi, und ich verfluchte mich selbst, dass ich mich hatte breitschlagen lassen, heute zum ersten Mal in meinem Leben zusammen mit meinem kleinen Freundinnengespann einen Club zu besuchen. Einen echten Club mitten im Zentrum Berlins.

Die Gestalten, die ringsherum in der langen Schlange mit uns anstanden, waren aufgedonnert bis zum Gehtnichtmehr, ich stank in meinem Normalo-Outfit im Vergleich dazu ziemlich ab. Nur meine Freundin Franzi konnte ihnen in ihrem knappen Kleidchen annähernd Konkurrenz machen – trotzdem bezweifelte ich, dass wir heute Abend überhaupt nur einen Fuß in diesen berühmt-berüchtigten Club setzen konnten. Auf diese Blamage, abgewiesen zu werden, konnte ich getrost verzichten. Aber auf mich hörte ja niemand.

»Paula, entspann dich doch mal«, schaltete meine beste Freundin sich ein, als sie sah, wie ich unbehaglich von einem Fuß auf den anderen trippelte.

»Du hast gut reden«, maulte ich leise. »Du warst ja auch schon hundertmal in solchen Clubs. Sieh mich doch mal an! Der Türsteher lacht mich doch gleich aus. Und dann bin ich das Gespött, und alle werden mich anstarren und auslachen, wenn ich wie ein Trottel an allen vorbei zurückgehen muss.«

Missmutig zog ich eine Grimasse. Es graute mir schon seit Wochen vor diesem Tag. Seit ich in einem Anflug von Wahnsinn der bescheuerten Idee meiner Freundinnen zugestimmt hatte. Sie quatschten mich seit Monaten damit voll, dass ich endlich aus meinem Schneckenhäuschen kriechen und anfangen sollte zu leben. Mein 18. Geburtstag letzte Woche, den ich ganz allein mit einem neuen Buch in der Badewanne verbracht hatte – herrlich! –, war für meine Freundinnen *der* Anlass schlechthin, mich endlich einmal zu so einer legendären Party mitzuschleppen.

Ich hatte zugestimmt, aber vielmehr, um ihren ständigen Nervereien zu entgehen, als aus Überzeugung. Denn ich fühlte mich in meinem langweiligen Leben eigentlich recht wohl. Auch heute würde ich am liebsten mit einem guten Buch in meinem Bett liegen und das Wochenende einläuten. Stattdessen hatte ich erst eine Schminkprozedur vom Allerfeinsten über mich ergehen lassen müssen und stand mir hier nun zwischen all den feierwütigen Menschen die Beine in den Bauch.

Wobei ich zugeben musste, dass meine Freundin ziemlich gute Arbeit geleistet hatte. Meine normalerweise langweiligen braunen, lang gewellten Haare fielen mir heute in großen Locken über die Schultern, und meine türkisfarbenen Augen waren dezent geschminkt, was aber reichte, um sie ausdrucksvoll zur Geltung kommen zu lassen. Meine Füße steckten in Pumps, die mich etwas größer wirken ließen, trotzdem überragte meine beste Freundin mich aber immer noch deutlich. Und das lag nicht daran, dass Franzi überdurchschnittlich groß war. Nein, ich war eher unterdurchschnittlich klein. Aber das störte mich nicht – es war mir genauer gesagt ziemlich egal.

Franzi hatte mich in eins ihrer engen Kleider gesteckt, das meinen Körper noch schlanker wirken ließ, als er ohnehin schon war. Eigentlich wollte sie mir sogar noch einen Push-up-BH aufschwatzen, da hatte ich mich aber strikt geweigert.

Ja, meine Brüste könnten ruhig ein wenig voller sein, aber ich sah keinen Grund, dass ich irgendwem falsche Tatsachen vorgaukeln sollte. Ich war ja heute nicht hier, um irgendeinen Typen aufzureißen.

Ich riss nämlich generell keine Typen auf. Genau genommen hatte ich mit Jungs nichts am Hut. Sie nervten mich mit ihren blöden, halbstarken Kommentaren, und ich hatte keinen Schimmer, warum meine Freundinnen es so erstrebenswert fanden, ihren ganzen Lebensinhalt auf ihre Schwärmereien auszurichten. Da gab es schließlich Wichtigeres im Leben.

Man merkt, meine Laune war an diesem Abend auf dem absoluten Tiefpunkt.

Franzi lachte leise und schüttelte anklagend den Kopf. Sie war ganz anders als ich, wahrscheinlich passte genau aus dem Grund kein Blatt zwischen uns. Wir waren nebeneinander in einem beschaulichen Vorort von Berlin aufgewachsen und wir kannten uns gegenseitig in- und auswendig. Was aber keinesfalls hieß, dass wir immer einer Meinung waren. Ganz im Gegenteil. Wir hatten sogar häufig komplett gegensätzliche Vorstellungen und auch unsere Hobbys konnten nicht unterschiedlicher sein. Während Franzi gern und oft tanzen ging und das auch professionell in einer Sportmannschaft verfolgte, verbrachte ich meine freie Zeit lieber mit meinen Büchern. Und es ging mir zum Unverständnis all meiner Freundinnen *wirklich* gut damit.

»Ich weiß, dass wir heute ganz viel Spaß haben werden. Vertrau mir einfach und lass endlich mal ein bisschen los.« Franzis blaue Augen musterten mich. »Und ich verspreche dir, dass ich dich ein für alle Mal damit in Ruhe lassen werde, wenn du das heute Abend doch ganz blöd finden solltest. Deal?«

Missmutig machte ich einen Schritt nach vorn, weil sich endlich etwas am Einlass tat. Ich hatte meine beste Freundin wirklich lieb, aber ich wusste ganz genau, dass sie mich niemals mit nur einem Versuch davonkommen lassen würde. Sie liebte das Partyleben und wollte mich gern auch in diesem Teil ihres Lebens dabeihaben. Das war zwar einerseits ganz süß, aber andererseits legte ich wirklich keinen Wert auf diese Events. Alkohol war mir suspekt, Rauchen verabscheute ich sowieso und tanzen konnte ich auch nicht. Was also hatte ich für einen Grund, mich freiwillig in so ein Getümmel zu werfen?

Franzi deutete mein Schweigen richtig und hakte sich lachend bei mir unter. »Du wirst schon sehen. Heute Abend wirst du ein ganz anderer Mensch.«

Fast musste ich über den Optimismus meiner Freundin lachen, was Franzi natürlich auf Anhieb erkannte. »Du musst dein Grinsen gar nicht unterdrücken, Mäuschen«, sagte sie lachend und pikte mich auffordernd in die Seite. »Husch, husch. Gleich ist es geschafft.« Sie deutete auf den Koloss von Mann, der in seinem schwarzen Anzug vor uns aufragte.

Nie im Leben würde der mich dort reinlassen!

Ich schluckte, ließ mich aber widerstandslos von Franzi mitziehen. Die Gruppe vor uns passierte den Eingang und schon standen wir vor dem grimmig dreinblickenden Riesentypen. Ich spürte Franzis Augenklimpern neben mir förmlich und versuchte mit aller Kraft, neutral zu gucken, ohne dass mir eine peinliche Röte ins Gesicht stieg. Das passierte ständig, wenn ich aufgeregt oder nervös war. Oder natürlich, wenn mir etwas peinlich war, und leider war das viel zu häufig der Fall. Ich stand einfach nicht gern im Mittelpunkt.

Als dieser Typ uns nun abschätzig musterte, rutschte mir das Herz in die Hose. Ich wollte wirklich ungern an all den Leuten entlang wieder zurücklaufen müssen mit dem unsichtbaren und trotzdem für alle sichtbaren Stempel auf der Stirn, dass ich zu uncool für den Club war.

Nervös kaute ich auf meiner Unterlippe herum, als der Typ sich schließlich mit einem desinteressierten Blick abwandte und locker seinen Arm hob, um die Nächsten heranzuwinken.

»Komm schon«, zischte Franzi leise und zog mich am Arm mit sich.

Und der Typ hielt uns tatsächlich nicht auf. Überrascht

riss ich die Augen auf und spürte, wie mein Herz aufgeregt pochte, als wir durch die große, dunkel verhangene Tür ins Innere des Clubs traten.

»Hat er uns wirklich durchgelassen?«, fragte ich überflüssigerweise. Das war doch eindeutig zu leicht gewesen.

Franzi warf mir ein Grinsen zu und zog mich weiter zu der großen Bar im Hauptteil des Clubs. Es war dunkel und stickig und genauso beklemmend, wie ich mir das in meinen Befürchtungen vorgestellt hatte. Der Bass wummerte unangenehm in meiner Brust und die Musik war ohrenbetäubend. Franzi rief mir etwas zu, was ich aber nicht einmal im Entferntesten verstand.

»Was? Du musst schon lauter sprechen«, rief ich zurück.

Franzi bewegte ihre Lippen, doch kein einziger Ton davon kam bei mir an. Der Abend hatte noch nicht einmal richtig angefangen und ich war jetzt schon bedient. Es war zu laut, es war zu voll und es war zu heiß.

Meine Freundin griff beherzt nach meiner Hand und kämpfte sich durch die Leute an den Tresen vor. Ich tippte ihr auf die Schulter, damit sie zu mir sah, und warf ihr einen mahnenden Blick zu. Kein Alkohol für mich. Das hatten wir abgesprochen. Sie wusste zwar, dass ich aus Prinzip nicht trank, aber ich wollte lieber auf Nummer sicher gehen und sie noch einmal daran erinnern.

Franzi rollte mit den Augen und wandte sich wieder dem Kellner zu, der mittlerweile vor ihr stehen geblieben war und sie abwartend ansah. Sie rief ihm etwas zu, was der Kerl wohl im Gegensatz zu mir verstand, dann drehte sie sich zu mir um und nahm mein Gesicht in beide Hände.

»Süße«, brüllte sie mir dann ins Ohr. »Entspann dich. Keiner wird dir hier den Kopf abreißen.«

Jetzt war ich es, die die Augen verdrehte. Langsam gewöhnten sich meine Ohren an die Lautstärke, und ich erkannte sogar das Lied, das gerade gespielt wurde. Die Leute auf der Tanzfläche um uns herum tanzten ausgelassen und kamen sich dabei erschreckend nah. Beschämt wandte ich den Blick ab, als ein Typ ein Mädchen vor meiner Nase von hinten eng antanzte und ihr mit seinen Händen beherzt an den Po griff. Wo war ich hier bloß gelandet?

Franzi lachte über meinen erschrockenen Gesichtsausdruck. Sie hielt bereits zwei Gläser in ihren Händen, von denen sie mir nun eins entgegenstreckte. Dann griff sie mit der freien Hand nach meiner und ich ließ mich widerstandslos von ihr in einen angrenzenden Raum ziehen.

Hier war es wesentlich angenehmer. Erleichtert stieß ich ein Seufzen aus und folgte meiner Freundin zu einem kleinen, runden Tisch in einer Nische. Von hier nahm ich den Raum näher in Augenschein. Er ähnelte eher einer gemütlichen Bar als einem Club. Es war dunkel, das meiste Licht kam von den Kerzen auf den dicht an dicht aufgereihten Tischen. Es wirkte unheimlich gemütlich, und da die Musik hier nur im Hintergrund lief, fühlte ich mich hier deutlich wohler.

»Laura und Marie müssten auch gleich hier sein, sie sind wohl eben am Türsteher vorbei«, berichtete Franzi, während sie ihren Blick auf ihr Handy gerichtet hielt.

Und tatsächlich erreichten uns unsere Freundinnen schon kurz darauf.

»Huhu, Mädels«, kreischte Marie über den allgemeinen Lautstärkepegel hinweg, als sie durch die Tür trat und uns auf Anhieb entdeckte.

Sie bahnten sich ihren Weg durch die Menge, und ich war wieder einmal überrascht, wie gut sie hier ins Bild passten. Wie Franzi auch, waren Marie und Laura auffällig gekleidet und wesentlich stärker geschminkt als ich. Es war nicht übertrieben, aber es wirkte definitiv passender, als es mein aufgesetztes Outfit war.

Wäre ich Türsteherin, ich hätte meine Freundinnen auch, ohne mit der Wimper zu zucken, durchgewunken.

»Da seid ihr ja«, begrüßte Franzi unsere Freundinnen und küsste beide jeweils auf eine Wange.

»Tu mal nicht so, als ob ihr schon ewig warten würdet.« Lachend zog Laura mich zur Begrüßung in ihre Arme, während Marie mir ebenfalls ein Küsschen auf die Wange drückte.

»Paula ist etwas schockiert vom Club, deswegen sind wir eben geflüchtet«, berichtete Franzi schmunzelnd.

»Gar nicht wahr«, sagte ich, aber am Blick meiner Freundinnen konnte ich erkennen, dass sie nichts anderes von mir erwartet hatten. Selbst schuld, sie wollten ja unbedingt, dass ich mitkam. Ich hob mein Glas und roch vorsichtshalber an der durchsichtigen Flüssigkeit.

»Sprite«, klärte Franzi mich augenrollend auf, während sie selbst einen großen Schluck aus ihrem Cocktailglas nahm.

»Ich geh uns auch schnell was besorgen.« Marie sprang auf und war so schnell wieder verschwunden, wie sie gekommen war. Sie war ein echter Wirbelwind und damit so ziemlich das komplette Gegenteil zu mir. Sie war laut und einnehmend, während ich lieber den ruhigeren Beobachtungsposten bezog.

»Was hast du bloß mit Paulas Haaren gemacht?«, wandte sich Laura an Franzi, während sie mir mit großen Augen vorsichtig durch die Locken strich. »Du siehst so heiß aus, Paula!«

Ihr Kompliment ließ mich augenblicklich erröten. »Danke«, murmelte ich leise.

Franzi grinste wissend und beugte sich verschwörerisch zu ihr. »Ich bin froh, dass ihr mich jetzt unterstützt. Ich hatte kurz Angst, dass Paula auf dem Absatz kehrtmachen würde und wieder nach Hause flüchtet.«

Ich gab einen grummelnden Laut von mir, grinste aber. »Ich zieh das schon durch, keine Sorge«, gab ich zurück. »Aber nur das eine Mal!«

Laura kicherte und nahm von Marie ein Glas entgegen, die schon wieder an unserem Tisch aufgetaucht war. »Ist klar, Paula. Ist klar. Du wirst schon noch auf den Geschmack kommen.«

Das würden wir ja noch sehen.

Tatsächlich behielt ich recht. Wir verbrachten den ersten

Teil des Abends in der kleinen Bar, aber dann ließ ich mich von meinen Freundinnen überreden, noch einmal in den Clubbereich hinüberzugehen. Halbherzig bewegte ich mich so gut, wie ich es eben konnte, zur Musik und fühlte mich völlig deplatziert. Franzi hielt mich an der Hand und tanzte ausgelassen und auch Laura und Marie waren ganz in ihrem Element. Ich gab mir Mühe, nicht allzu genau auf ihren anrüchigen Tanzstil zu schauen, denn schon vom Zusehen bekam ich ganz rote Wangen.

Irgendwann reichte es mir dann doch. Ich hatte wirklich mein Bestes gegeben, aber je später es wurde, desto näher kamen unserer kleinen Gruppe auch die augenscheinlich schon total betrunkenen Kerle. Und ich legte keinen gesteigerten Wert darauf, nähere Bekanntschaft mit denen zu machen.

»Mir reicht das jetzt langsam«, rief ich Franzi ins Ohr, die zwar enttäuscht aufsah, aber gleichzeitig nickte und mich aus der Menge hinter sich herzog.

Als wir wieder bei der Bar ankamen, ließ sie meine Hand los und sah mich atemlos an. Aus ihrem blonden Zopf hatten sich einige Strähnen gelöst, die ihr verschwitzt im Gesicht und am Hals klebten. Sie wirkte unheimlich glücklich.

»Ich bin stolz auf dich«, gab sie dann zu. »Ich hätte nicht gedacht, dass du so lange durchhältst.«

Lachend streckte ich ihr die Zunge raus. »Ich hab dir doch versprochen, dass ich das durchziehe.«

Franzi gab mir einen Kuss auf die Wange und zog mich an sich. Ich wand mich ungelenk aus ihrer Umarmung. Der Abend hatte mich einige Überwindung gekostet und ich war jetzt wirklich am Ende meiner Kräfte.

»Es tut mir leid, dass ich dem Club nicht so viel abgewinnen kann wie ihr. Aber es war ein netter Abend«, sagte ich.

Franzi schmunzelte über meine offensichtliche Flunkerei und verstand meinen Wink sofort. »Danke, dass du dem Ganzen eine Chance gegeben hast. Willst du nach Hause?«

»Da fragst du noch?«

Franzi schüttelte lachend den Kopf, dann bedeutete sie mir zu warten und verschwand im Getümmel. Die Minuten verstrichen und ich konnte sie zwischen all den tanzenden Leuten nicht mehr ausmachen. Na klasse. Wieso dauerte das denn jetzt so lange?

Gerade als ich ihr eine Nachricht schreiben wollte, tauchte sie mit Laura und Marie im Schlepptau wieder neben mir auf.

Marie griff mit flehendem Blick nach meinem Arm und zog mich an sich. »Ach, Paula, bleib doch noch etwas. Wir haben doch gerade erst richtig losgelegt.«

Ich zog einen Flunsch. »Für mich reicht das heute wirklich. Ihr könnt aber gern noch hierbleiben. Ich kann auch allein fahren.«

»Kommt gar nicht infrage!« Franzi schüttelte ablehnend den Kopf.

Marie warf einen fragenden Blick zu Laura, die unschlüssig mit den Schultern zuckte.

Ich nickte ihnen auffordernd zu. »Es ist wirklich in Ordnung. Ich will euch doch nicht den Abend verderben.«

Marie küsste mich auf die Wange und drückte meinen Arm. »Ach, Paulachen, vielleicht kommst du ja noch irgendwann auf den Geschmack.« Sie grinste vielsagend und zog Laura zurück auf die Tanzfläche.

Franzi warf unseren Freundinnen einen Blick nach, dann drehte sie sich achselzuckend zu mir um. »Also, dann lass uns mal abhauen.«

Gerade als wir uns zurück in den Eingangsbereich kämpfen wollten, wurden wir von einem Kerl aufgehalten, der Franzi am Arm festhielt.

Verwirrt sah sie zu ihm auf, dann klärte sich ihr Gesichtsausdruck und sie strahlte ihn überrascht an. »Tobi! Nein, krass, was machst du denn hier?«

Da erkannte auch ich ihn. Tobi hatte früher bei uns im Stadtteil gewohnt und war Franzis erste Sandkastenliebe. Das konnte dauern. Ich beugte mich an ihr Ohr. »Ich geh schon mal raus und warte da auf dich.«

Franzi war von Tobi so abgelenkt, dass sie nur abwesend nickte. Ich bahnte mir einen Weg nach draußen und wich dabei mehreren betrunkenen Menschen aus. Ganz großes Kino.

Fröstelnd zog ich meine dünne Strickjacke aus meiner Handtasche und schlüpfte hinein. Auch wenn es immer mehr auf den Sommer zuging, wurde es nachts doch noch ziemlich frisch. Auf der Straße vor dem Club standen die Besucher in kleinen Grüppchen zusammen und nahezu alle rauchten. Ich verzog genervt das Gesicht und wechselte die Straßenseite. Ich verstand nicht, wie man sich mit diesem Ekelzeug freiwillig die Lunge kaputtmachen konnte. Aber gut, ich verstand vieles nicht, was meine Mitmenschen so taten. Ich wollte nur noch nach Hause, und mit jeder Minute, die verstrich, wurde ich ungehaltener.

Von meiner Position konnte ich den Eingang gut im Blick behalten, also schlenderte ich ein paar Schritte und war überrascht, als sich vor mir ein kleiner Park auftat. Selbst im Dunkeln konnte ich erkennen, dass er sehr gepflegt aussah. Ich warf einen prüfenden Blick über die Schulter, konnte Franzi aber noch nicht entdecken. Sie war bestimmt noch eine Weile mit Tobi beschäftigt, da konnte ich wohl kurz einen Blick wagen.

Ich liebte Parkanlagen, im Sommer verbrachte ich Stunden auf Parkbänken und tauchte in meinen Büchern ab. Diesen hier kannte ich nicht. Aber das musste nichts heißen, Berlin war riesig, und es wimmelte hier von hübschen Grünanlagen, auch wenn man das auf den ersten Blick vielleicht nicht vermuten würde.

Neugierig lief ich die wenigen Treppenstufen hinab und erstarrte, als ich plötzlich in unmittelbarer Nähe eine tiefe Stimme vernahm.

»Gib das Zeug her, verdammte Scheiße!«

Mein alarmierter Blick ging zur Seite und schließlich erkannte ich in der Dunkelheit zwei Gestalten. Der größere von beiden drückte den anderen Kerl an die gemauerte Treppe und riss ihm etwas aus der Hand, das er sich schließlich selbst in die Tasche steckte. Mein Instinkt warnte mich, dass ich hier gerade in etwas hineingeriet, das ich lieber nicht sehen sollte.

Trotzdem konnte ich mich nicht rühren. Meine Augen hatten sich mittlerweile halbwegs an die Dunkelheit in der schwach beleuchteten Anlage gewöhnt und ich konnte meinen Blick nicht von dem dominant wirkenden Typen abwenden. Er war wirklich groß und muskulös, aber das war es nicht, was meine Aufmerksamkeit so fesselte.

Es war sein alternatives Auftreten, das mir zwar nicht neu war, mich bisher aber immer abgeschreckt, ja sogar angewidert hatte. Seine braunen Haare hatte er zu einem Irokesenschnitt aufgestellt, und er trug ein schwarzes T-Shirt mit einem aufgedruckten Anarchiesymbol, unter dem zahlreiche Tattoos hervorblitzen. Dazu trug er schwarze Cargoshorts und Springerstiefel. Obwohl er meinem Bild eines Punks ziemlich genau entsprach, wirkte er keineswegs ungepflegt oder in irgendeiner Weise asozial – so wie die, die ich sonst auf den Straßen herumlungern sah.

»Ernsthaft, Leo? Findest du nicht, dass wir hier heute andere Probleme haben? Was soll die Scheiße?«, grollte er los und knallte den anderen noch einmal gegen die Mauer.

Ich schnappte unwillkürlich nach Luft. Oh. Mein. Gott. Wo war ich hier bitte hineingeraten? Bewegungsunfähig starrte ich zu den beiden. Ich hatte keine Ahnung, wie jetzt meine angemessene Reaktion aussehen müsste. Wahrscheinlich sollte ich die Polizei rufen. Oder?

Aber so weit kam ich gar nicht.

»Links auf der Treppe«, schnaufte da der Angesprochene. *Leo.*

Ich hatte das Gefühl, mein Blut würde gefrieren, als der Kopf des Punks ruckartig zur Seite ging und er mich in der Dunkelheit musterte. Unvermittelt ließ er Leo los, der sofort nach vorne stolperte.

Scheiße.

Endlich konnte ich mich wieder bewegen und tat das Erste, was mir in den Sinn kam. Ich drehte mich um und rannte mit riesigen Schritten die Treppe hinauf. Doch ich kam nicht weit. Ich spürte einen Schmerz, als der Typ mich am Arm erwischte und unsanft zurückzog. Entsetzt keuchte ich auf, als ich gegen seine breite Brust prallte. Im Gegensatz zu mir war er riesig. Ich registrierte die dunkel tätowierten Arme, die mich festhielten, und sah mit wild pochendem Herzen zu ihm auf. Und was ich dann sah, ließ mein Herz für einen kurzen Moment aus dem Takt kommen. Ich blickte in das intensivste, grün strahlende Augenpaar, das ich jemals gesehen hatte. Aber diese Augen waren gar nicht freundlich gestimmt. Der Typ musterte mich kalt und herablassend, und ich wollte instinktiv vor ihm zurückweichen, was sein fester Griff um meinen Oberarm aber verhinderte.

»Ich hab nichts gesehen.« Meine Stimme war ungewöhnlich hoch.

Der Typ runzelte die Stirn und sah für einen kurzen Moment amüsiert aus, bevor sich seine Züge wieder verhärteten. Jetzt erst bemerkte ich seinen Geruch. Ich stand so dicht bei ihm, dass es unmöglich war, diesem betörenden Duft zu entgehen. Er roch anders als alle anderen Männer. Ein bisschen nach Wald und gleichzeitig nach Schokolade. Genauer nach Minzschokolade. Das wusste ich, weil sie unangefochten an der Spitze meiner Süßigkeitenhitliste stand. Und diese Liste war keineswegs kurz, ich liebte Süßes. Eine Tasse Tee dazu, ein gutes Buch und mein Tag war gerettet. Dieser Kerl sah nicht so aus, als würde er das ähnlich handhaben wie ich. Er war eher der Typ Döner und Bier unter der Brücke.

Oje, was dachte ich hier bitte? Der Zeitpunkt war wohl ein wenig ungünstig, um sich ausgerechnet über seine Ernährungsgewohnheiten Gedanken zu machen.

Dennoch brachte dieser Geruch mich aus dem Konzept. Es war eine aufregende und zugleich absolut einlullende Mischung. Unwillkürlich atmete ich tief ein und seltsamerweise fühlte ich mich plötzlich ganz ruhig.

»*Was* hast du nicht gesehen?«

Hä? Wollte der mich verarschen? Der Typ verwirrte mich. Und ich wurde das Gefühl nicht los, dass er irgendetwas witzig fand. Es kam mir vor wie Minuten, die wir uns einfach nur anstarrten. Dabei musterte ich ihn genauer. Er hatte ein markantes Kinn, einen leichten, hellen Bartschatten, weich geschwungene Lippen und – verdammt! – jetzt erst fiel mir der große Bluterguss auf seiner Wange auf.

»Wie ist das denn passiert?«, japste ich schockiert.

Jetzt sah er verwirrt aus. Ich deutete vorsichtig auf seine Wange. »Das da.« Himmel, ich wusste selbst nicht, wieso ich mich jetzt so um sein Wohlergehen sorgte. Schließlich war er gerade im Begriff, mit mir dasselbe zu tun wie mit dem anderen Typen, der wahrscheinlich gerade das Weite suchte.

Nun wirkte er wirklich amüsiert. »Du sorgst dich um mich?«

»Ähm, nein, ich …«, stotterte ich vor mich hin. Ich hatte keine Ahnung, was ich ihm erwidern sollte, ich wusste ja selbst nicht, warum ich das erwähnt hatte.

Er hielt meinen Oberarm immer noch fest umschlossen und meine Nasenspitze berührte fast seine Brust. Wie sollte ich so einen klaren Gedanken zustande bringen? Sein Geruch hüllte mich ein und ich fühlte mich kurioserweise so geborgen wie noch nie.

»Bringe ich dich irgendwie aus dem Konzept?«, besaß er tatsächlich die Frechheit, zu fragen.

Obwohl ich spürte, wie die Röte sich kribbelnd auf meinem Gesicht ausbreitete, kratzte ich mein letztes bisschen Würde zusammen und schnaubte erbost. Es klang eher wie ein Fiepen. »Nein«, log ich mit brüchiger Stimme. Das klappte ja super.

Er lächelte wissend. »Natürlich nicht. So eine wie du würde sich ja auch nicht auf so einen wie mich einlassen.« Seine tiefe Stimme triefte vor Sarkasmus und ich blinzelte überrascht. Wie waren wir jetzt innerhalb weniger Sekunden auf so ein Thema gekommen?

»Eine wie ich?«, fragte ich stattdessen.

Er lachte spöttisch und ließ meinen Arm los, um eine bedeutsame Handbewegung in meine Richtung zu machen. Natürlich wusste ich, was er meinte. Wir konnten nicht unterschiedlicher aussehen und ich kam mir neben ihm fürchterlich spießig vor. Und das trotz meines kurzen Kleides.

»Eine wie du«, wiederholte er abfällig und ließ seine Augen vielsagend über mich gleiten.

Seine Worte versetzten mir einen Stich und verletzten mich mehr, als ich mir eingestehen wollte. Mir konnte die Meinung dieses Punks über mich doch getrost egal sein. Eigentlich. Ich wankte ein paar Schritte rückwärts und stieß mit den Fersen gegen den Treppenabsatz.

»Mats? Was wird das? Wir müssen langsam.« Der Typ von eben tauchte neben uns auf und warf mir einen irritierten Blick zu.

Ich schaute wahrscheinlich ebenso verwirrt zurück. Wieso war er nicht weggelaufen?

»Gleich, Leo. Ich habe hier noch was zu klären.«

Der Angesprochene zuckte mit den Schultern und entfernte sich ein paar Schritte.

Okay, keine Ahnung, was hier abging. Und ich wollte es auch lieber gar nicht genauer erfahren. »Meine Freundin wartet bestimmt schon auf mich«, fiepste ich wieder mit dieser hohen Stimme. »Ich sollte jetzt besser gehen.«

Mats lachte leise auf und griff nach meinem Handgelenk, um mich erneut an sich heranzuziehen. Was zur Hölle? Ich keuchte auf, aber im selben Moment, als ich an seine muskulöse Brust gedrückt wurde, umfing mich wieder der Geruch. Dieser Geruch, der mir schier den Atem raubte und jeglichen Fluchtinstinkt im Keim erstickte. Irgendwas passierte hier mit mir, was ich noch nicht deuten konnte.

Als er seinen Kopf schließlich ganz nah an mein Ohr beugte und sein heißer Atem auf meine Haut traf, kribbelte es in meinem ganzen Körper. Ich war unfähig, mich zu bewegen, und wollte es auch gar nicht. So kannte ich mich gar nicht. Nie hatte ich etwas annähernd Einnehmendes erlebt.

»Ich lass dich jetzt gehen, weil du jung und naiv bist«, raunte er leise, was meine Gänsehaut noch verstärkte. »Ich weiß ganz genau, was du gesehen hast und was du jetzt denkst. Du hast Glück, dass wir uns nicht kennen, sonst wär das Ganze hier wohl anders abgelaufen. Und jetzt verzieh dich.« Er ließ mein Handgelenk unvermittelt los, drehte sich auf dem Absatz um und verschwand mit seinem Kumpel oder was auch immer der andere in Wahrheit war, im dunklen Park.

ZWEI

Am darauffolgenden Montag fuhr ich gemeinsam mit meinem Bruder Robin zur Schule. Robin und ich waren nicht nur Geschwister – er war mein Zwillingsbruder, und wir hatten diesen intensiven, aber unsichtbaren Draht zueinander, der uns für immer miteinander verband.

Verstohlen musterte ich ihn, während er seine Aufmerksamkeit auf die Straße vor uns richtete. Wir hatten beide das volle braune Haar unserer Mutter geerbt und auch die Figur hatten wir eindeutig von ihr. Wir gehörten zu der gesegneten Gattung Mensch, die alles essen konnte, ohne auch nur ein Gramm zuzunehmen. Unser Vater, der leider sehr häufig auf Geschäftsreisen war, da er für einen total wichtigen Politiker noch viel wichtigere Reden schrieb, hatte da nicht so viel Glück und beschwerte sich regelmäßig bei uns, dass es in unserer Familie quasi unmöglich war, eine Diät konsequent durchzuhalten. Damit hatte er wohl nicht ganz unrecht.

Obwohl Robin und ich uns äußerlich zwar sehr ähnelten, wirkten wir komplett unterschiedlich. Ich war klein und zart, Robin hingegen war groß und muskulös. Und auch vom Wesen waren wir grundverschieden: Während ich es ruhig anging und Menschen grundsätzlich als anstrengend empfand, war Robin jemand, der das gesellige Leben liebte und gar nicht genug davon bekommen konnte.

Wir besuchten beide die Oberstufe unseres Gymnasiums, und seit er den Führerschein hatte, bestand er darauf, mich zu allen möglichen Gelegenheiten durch die Gegend zu kutschieren. Ich hingegen war nicht sonderlich scharf darauf, den Führerschein zu machen. Außerdem fuhr ich in den meisten Fällen sowieso lieber mit dem Fahrrad und war damit trotzdem pünktlicher als mein Bruder. Er war nämlich ein notorischer Zuspätkommer und war damit – auch in dieser Hinsicht – das komplette Gegenteil von mir. An diesem Montag aber war mir ausnahmsweise nicht danach, überpünktlich zu sein. Die Ereignisse vom Wochenende hingen mir immer noch nach. Nachdem der Typ mit seinem Anhängsel im Park verschwunden war, war ich schnell zurück zur Straße gelaufen, wo Franzi natürlich schon auf mich gewartet hatte. Sie hatte mir eine Standpauke vom Feinsten gehalten, weil sie sich Sorgen um mich gemacht hatte.

»Du hast immer noch nichts von deinem ersten Clubbesuch erzählt, Schwesterchen«, stellte mein Bruder nun mit einem Seitenblick auf mich fest.

»Du kannst dir doch denken, wie viel Spaß ich da hatte«, grummelte ich mürrisch zurück.

Auch wenn wir beide unterschiedlichere Interessen nicht haben konnten, vertraute ich meinem Bruder alles an, was mir auf dem Herzen lag, und hatte schon oft von seinen Erfahrungen profitieren können. Aber an diesem Wochenende hatte ich mich absolut untypisch verhalten und das bereitete mir selbst die größte Sorge. Mein Bruder wusste zwar, dass ich mit meinen Freundinnen in den Club gehen wollte – na ja, musste –, aber ich hatte mich bis jetzt davor gedrückt, ihm davon zu erzählen. Dabei war ja eigentlich gar nichts passiert. Es wunderte mich selbst, wieso sich bei dem Gedanken an den Abend sofort wieder ein mulmiges Gefühl in meiner Magengegend ausbreitete und ich meine Zähne nicht auseinanderbekam. Ich wusste einfach nicht, wie ich das Erlebte einsortieren sollte, und schwieg deshalb lieber.

Robin linste zu mir herüber und strich sich in einer geübten Bewegung eine braune volle Locke aus der Stirn. Ich liebte die Haare meines Bruders und hatte ihn schon als Kind immer dazu genötigt, mit mir Friseur zu spielen. Weil Robin mir keinen Wunsch abschlagen konnte, hatte ich leider des Öfteren seine schöne Frisur verunstaltet, ganz zum Leidwesen unserer Mutter. Aber mein Bruder konnte mir nie böse sein, dazu hatten wir uns einfach zu lieb.

Robin warf mir einen liebevollen Blick zu und bog in die Straße unserer Schule ein. »Dann muss ich wohl mal ein ernstes Wort mit Franzi sprechen, wenn sie dich da unbedingt gegen deinen Willen mit hinschleppen will.«

Obwohl seine Worte nur so dahergesagt waren, musste ich mir ein Grinsen verkneifen. Meine beste Freundin hatte mir erst vor Kurzem anvertraut, dass sie ein Auge auf meinen Bruder geworfen hatte. Zuerst fand ich den Gedanken, dass Franzi vielleicht mit Robin zusammenkommen könnte, etwas befremdlich, aber mittlerweile fand ich die Idee sogar echt toll. Wenn die beiden irgendwann heirateten, würde meine beste Freundin zu meiner Familie gehören, das hatte doch was.

Robin parkte den Wagen und sah mich abwartend an. »So, jetzt ist der Punkt gekommen, an dem du aussteigen solltest, wenn du noch pünktlich sein möchtest«, forderte er mich auf, als ich keine Anstalten machte, mich abzuschnallen. Er seufzte und fuchtelte mit dem Autoschlüssel vor meiner Nase herum. »Jetzt mal im Ernst. Ist irgendwas vorgefallen? Wieso bist du so komisch?«

Ihm entging wirklich nichts.

»Ich habe keine Lust auf die Projektwoche«, gab ich schließlich zu und stieß genervt die Autotür auf. Das war sogar die Wahrheit. Bis zum Wochenende hatte ich mich wirklich darauf gefreut. Zum ersten Mal wurde eine Schreibwerkstatt angeboten, die sogar von einem externen Dozenten geleitet wurde. Dummerweise waren das die ersten Projekttage in unserer langen Freundschaft, die ich getrennt von Franzi absolvieren würde. Keine zehn Pferde hätten sie in diesen Kurs gebracht, deshalb hatte ich all meinen Mut zusammengekratzt und mich allein angemeldet. Aber gerade jetzt wünschte ich mir meine beste Freundin an die Seite. Seit der seltsamen Begegnung mit dem Typen im Park spukte er in meinem Kopf herum und ich konnte die Gedanken an seine stechend grünen Augen einfach nicht verscheuchen. Dabei hatte er mir unmissverständlich gedroht! Ich verstand einfach nicht, wieso ich trotzdem keinerlei Angst verspürt hatte.

Mit verschlossener Miene stapfte ich neben meinem Bruder auf die Schule zu. Er hatte maßlos übertrieben, wir waren absolut pünktlich. Aber er konnte es nicht lassen, mich mit meinem Hang zur Pünktlichkeit aufzuziehen.

»Ich weiß, du wirst Franzi vermissen. Ich bin wirklich stolz auf dich, dass du dich zum ersten Mal von ihr abnabelst«, neckte er mich weiter.

Ich streckte ihm die Zunge raus und ließ absichtlich die Tür vor seiner Nase zufallen. Blödmann.

Lachend schloss er wieder zu mir auf und zog mich an seine Seite. »Ach, Schwesterchen, lass mich dich doch ärgern. Komm, ich bring dich zu deinem Kursraum, dann bist du nicht ganz so allein.«

Ich verdrehte die Augen und knuffte meinen Bruder in die Seite. »Danke, das schaffe ich schon.«

»Sicher schaffst du das, aber ich bin ein netter großer Bruder, ich komme gern mit. Außerdem muss ich eh an dem Raum vorbei, wenn ich zum Sportplatz will.«

»Du bist gerade mal drei Minuten älter als ich!«, wies ich ihn grinsend auf das Offensichtliche hin.

Obwohl wir Zwillinge waren und nur wenige Minuten nacheinander auf die Welt gekommen waren, hatte meine Mutter es geschafft, uns jedem einen eigenen Geburtstag zu schenken, denn er war kurz vor Mitternacht, ich erst kurz danach geboren. Bei jeder sich bietenden Gelegenheit zog mich Robin damit auf, dass er ganz offiziell mein älterer Bruder war.

Wir erreichten den Kursraum, in dem die Schreibwerkstatt stattfand, und ich stellte mit Entsetzen fest, dass viele der Plätze bereits belegt waren. Augenblicklich wurde ich kreidebleich. Ich hatte mit einem viel kleineren Rahmen gerechnet und bisher hatte ich kein bekanntes Gesicht entdeckt. Den Kurs allein besuchen zu wollen, war wirklich eine dumme Idee gewesen.

»Ich will lieber mit dir zum Sport kommen«, murmelte ich hektisch und klammerte mich an den Arm meines Bruders.

Schmunzelnd stupste er mir mit dem Finger auf die Nase. »Kommt gar nicht infrage. Du und Sport, das wird nichts. Außerdem hast du dich so lange darauf gefreut, gib dir einen Ruck. Es wird dir bestimmt ganz viel Spaß machen und du wirst eine Menge lernen.«

Ich schluckte. In meinem Kopf war das alles ja ganz einfach gewesen, aber jetzt, als ich leibhaftig hier vor dem vollen Raum mit all den unbekannten Gesichtern stand, wurde mir ganz anders. Wenn ich eins hasste, dann war es, aus meiner Komfortzone herauskommen zu müssen. Neue Erfahrungen zu machen fiel mir unglaublich schwer.

»Ach, na, sieh mal einer an.«

Irritiert hob ich den Kopf und linste an meinem Bruder vorbei in die Richtung, aus der diese Stimme kam, die dieses ungute Gefühl in mir auslöste. Und dann blickte ich geradewegs in strahlend grüne Augen, die genau auf mich gerichtet waren und mich nicht losließen. Und der kleinere Typ, dieser Leo, stand direkt neben ihm und musterte mich ebenfalls mit einem spöttischen Grinsen. Jetzt konnte ich die Stimme eindeutig zuordnen. Sie gehörte unverkennbar diesem Mats – so hatte ihn sein Kumpel doch genannt.

Oh. Mein. Gott. Ich war doch hier in einem schlechten Film. Was machten diese Kerle hier in unserer beschaulichen Vorstadtschule? Bildete ich mir in meinem seltsamen Zustand jetzt schon Dinge ein? Das musste es sein, eine andere Erklärung ergab gar keinen Sinn. Ich wurde vielleicht krank oder so.

Mein Bruder runzelte die Stirn, als er meinem erstarrten Blick folgte. Als er Mats und Leo erkannte, zuckte er unwillkürlich zusammen. Das schienen die beiden aber nicht zu bemerken oder es war ihnen schlicht egal.

Leo fokussierte mich weiter mit diesem abfälligen Blick. »Was für ein Zufall, oder, Mats? Das ist doch die Kleine, die …«

Weiter kam er nicht, denn ich begann wie eine Bescheuerte zu husten, damit er um Himmels willen bloß nicht weitersprach und mein peinliches Zusammentreffen mit ihnen nicht auch noch vor meinem Bruder ausbreitete. Mein Plan ging auf. Robin sah mich besorgt und ziemlich verwirrt an und klopfte mir schnell auf den Rücken.

»Verschluckt«, krächzte ich, ruderte hilflos mit den Armen und gab mir alle Mühe, authentisch zu wirken. Schauspielern gehörte nun wirklich nicht zu meinen Talenten. Robin tätschelte weiter hilflos meinen Rücken, aber immerhin, Leo hatte ich anscheinend überzeugt. Zumindest redete er nicht weiter und sah nur fragend zu Mats. Auch mein Blick huschte zu ihm und ich erstarrte innerlich. Es war klar, dass ich ihm nichts vormachen konnte. Mit verschränkten Armen verfolgte er mein lausiges Schauspiel, seine Lippen umspielte ein wissendes Grinsen. Schnell hielt ich inne und räusperte mich.

»Ähm … geht schon wieder«, murmelte ich mit gesenktem Blick.

Robin schien überzeugt, dass ich wieder halbwegs Luft bekam, und wandte sich nun mit grimmigem Blick an Mats. »Mats. Was machst du hier?« Seine Stimme klang eisig, so hatte ich meinen Bruder noch nie reden gehört.

Mats trat mit Leo im Schlepptau näher an uns heran und nahm seinen intensiven Blick keine Sekunde von mir. Mir wurde gleichzeitig heiß und kalt. Am liebsten hätte ich mich in Luft aufgelöst.

»Projekttage?«, antwortete Mats meinem Bruder kurz angebunden, während er ihm einen Seitenblick zuwarf, nur um mich danach wieder anzustarren.

Heilige Scheiße. Bei jedem anderen Kerl hätte ich es wirklich mit der Angst zu tun bekommen, aber Mats löste ganz andere Gefühle in mir aus. Mein Bauch flatterte aufgeregt, meine Handinnenflächen begannen zu schwitzen und ich atmete schneller. Punks waren nun wirklich noch nie im Zentrum meiner Aufmerksamkeit gewesen, aber von Mats' Anblick konnte ich mich einfach nicht losreißen. Er trug ein eng anliegendes schwarzes T-Shirt, das einen ungehinderten Ausblick auf seine zahlreichen Tätowierungen zuließ, grüne Cargoshorts, die obligatorischen Springerstiefel und seine Haare waren wieder aufgestellt. Er sah auf eine gewisse Weise wirklich Furcht einflößend aus – auf der anderen Seite überwog aber diese absolute Faszination. Irgendetwas hatte dieser Typ an sich, das mich nicht mehr klar denken ließ.

Diese merkwürdigen Empfindungen schienen aber nicht auf Gegenseitigkeit zu beruhen. Denn er starrte mich mit einem Mal feindselig an.

»Das meine ich nicht, Mats«, knurrte mein Bruder ungehalten zurück. »Was machst du hier? Ich dachte, du willst nicht wieder zurückkommen?«

Mats hob überheblich die Augenbrauen, hielt mich aber weiter in seinem Blick gefangen, während er meinem Bruder antwortete: »Ich habe es mir anders überlegt.«

Robin brummte ungehalten etwas, das ich nicht verstand. Mats' Blick war so einnehmend, dass meine Gedanken sich verselbstständigt hatten und nur noch um ihn kreisten.

»Ist das deine Schwester, Rob?«, fragte er meinen Bruder nun langsam, erneut ohne den Blick von mir zu nehmen.

»Ja«, antwortete Robin trocken. Endlich löste Mats seine Augen von mir, um meinen Bruder mit hochgezogener Augenbraue zu betrachten. Robins Miene war düster. Die beiden sagten ein paar Sekunden gar nichts, und ich wurde das Gefühl nicht los, dass sie ein lautloses Gespräch führten.

Endlich kam Bewegung in Mats. Er schob sich langsam an meinem Bruder vorbei, streifte mich dabei an der Schulter, wobei er mir einen vielsagenden Blick zuwarf, und verschwand, ohne ein weiteres Wort zu sagen, im Kursraum.

»Was hast du mit solchen Typen zu tun, Rob?«, fragte ich meinen Bruder leise. »Den habe ich hier noch nie gesehen.«

Das war immerhin die Wahrheit. Aber ich würde einen Teufel tun und meinem Bruder von meiner ersten Begegnung mit Mats berichten.

Robin zuckte achtlos mit den Schultern, doch sein Gesicht war immer noch angespannt. »Er war früher im Jahrgang über uns, dann ist er weggezogen und ist jetzt aus irgendeinem Grund wieder hergekommen. Keine Ahnung, ich hatte auch nicht viel mit ihm zu tun. Aber setz dich lieber woanders hin, tust du mir den Gefallen? Er ist ... anders.«

»Sicher«, murmelte ich zustimmend. »Ich gehe dann mal besser rein, bevor der Dozent kommt.«

Ein Lächeln legte sich auf seine Züge. »Viel Spaß und lass dich nicht unterkriegen.« Er zwinkerte mir zu und ließ mich dann allein.

Unsicher tastete ich nach dem Griff meiner Tasche, atmete noch einmal tief durch und trat dann in den Raum. Ich blieb wie angewurzelt stehen, als ich erkannte, dass so gut wie keine Plätze mehr frei waren. Und die wenigen unbesetzten Stühle wurden bereits durch Taschen blockiert.

»Guten Morgen, ihr Lieben«, ertönte da hinter mir eine motivierte Männerstimme. Neben mir blieb ein großer, schlaksiger Mann stehen und besah mich mit einem fragenden Blick. »Besuchen Sie auch diesen Kurs?«

Heute ging auch wirklich alles schief. Alle Augenpaare richteten sich auf mich und beobachteten, wie ich hektisch nickte und prompt rot anlief. Ich bekam keinen Ton heraus. Das war genau die Form der Aufmerksamkeit, die ich über alles hasste. Ich konnte mir keinen schlechteren Start in die Projektwoche vorstellen.

»Warum stehen Sie dann hier noch so rum wie bestellt und nicht abgeholt?« Lächelnd legte mir der Dozent seine Hand in den Rücken und schob mich auffordernd in Mats' Richtung. »Hier ist doch noch ein Plätzchen frei.«

Fahrig setzte ich einen Fuß nach dem anderen auf den Boden, und es vergingen gefühlt Stunden, bis ich endlich den Tisch erreichte. Obwohl ich es vermied, Mats anzusehen, entging mir sein schiefes Grinsen nicht, als ich mich ungelenk neben ihn auf den Stuhl sinken ließ.

Während der Dozent sich als Herr Friedrich vorstellte, zog ich, ganz darauf bedacht, keine Geräusche zu machen, meine Unterlagen aus der Tasche und drapierte sie sorgfältiger als nötig auf meinem Tisch. Dann musterte ich Herrn Friedrich genauer. Er war jung, vielleicht Anfang dreißig und leger in Jeans und T-Shirt gekleidet. Und so, wie er lässig auf der Kante des Pults saß und sich freudig die Hände rieb, war er mir sofort sympathisch.

»Meine Damen und Herren, ich freue mich, dass mir ab heute Ihre Bildung für die kommende Woche anvertraut wurde«, legte er los. Ein kleiner Lacher machte die Runde durch den Raum.

Ich grinste und konnte mein unwohles Gefühl allmählich in den Hintergrund drängen. »Kleiner Spaß.« Grinsend fuhr er fort: »Ich bin ja selbst erst ein paar Jährchen älter als die meisten hier und …«

Ein Junge aus der letzten Reihe räusperte sich lautstark und erntete damit ebenfalls einige Lacher.

»Na, ich bitte Sie …« Herr Friedrich hob mahnend seine Augenbraue, lächelte aber amüsiert. »Ich würde sagen, zur Förderung des Zusammengehörigkeitsgefühls und für eine lockere, kreative Atmosphäre sollten wir uns alle duzen, was halten Sie davon?«

Ein zustimmendes Gemurmel folgte aus den Reihen. »Prima, dann bin ich für euch also der Jan.« Freudig klatschte er erneut in die Hände.

Da bemerkte ich eine Bewegung an meiner Seite und zuckte zusammen.

Mats beugte sich unauffällig in meine Richtung und raunte: »Ich beiße nicht, du kannst dich mal entspannen.« Seine Mundwinkel zuckten, als ich ihm einen nervösen Seitenblick zuwarf. »Offensichtlich hast du deinem Bruder nichts von unserem kleinen Zusammentreffen am Freitag erzählt. Wie kommt's?«

»Was denn, es ist doch gar nichts passiert«, zischte ich

leise zurück, während ich den Blick auf Jan gerichtet hielt, der gerade dabei war, Schlagworte an die Tafel zu schreiben und diese laut zu kommentieren.

Mats schmunzelte. »Braves Mädchen. Hab ich doch gewusst, dass du nach diesem dummen Spruch Angst bekommen würdest.« Ruckartig drehte ich den Kopf in seine Richtung und bei dem Anblick seiner amüsiert funkelnden grünen Augen machte mein Magen sofort einen Satz. Jegliche Widerworte blieben mir im Hals stecken, was dieser Vollidiot natürlich sofort registrierte.

Leise lachte er auf und schüttelte ungläubig den Kopf. »Du bist ja wirklich naiv.«

»Halt bloß die Klappe«, knurrte ich leise zurück, was Mats nur noch mehr lachen ließ. Plötzlich wirkte er gar nicht mehr so aggressiv, wie ich ihn bei unserer ersten Begegnung wahrgenommen hatte. Vielmehr war er ekelhaft überheblich. Ich wusste nicht, was ich schlimmer finden sollte.

»Hätte ich gewusst, dass ihr mit eurem Gequatsche nicht mehr dem Kursgeschehen folgt, hätte ich dich wohl eher woanders hingesetzt.«

Ich hielt inne, als ich die Worte des Dozenten direkt vor unserem Tisch vernahm. Augenblicklich lief ich rot an und stammelte eine Entschuldigung. Das war mir in meiner gesamten Schulkarriere noch nie passiert. Noch nie hatte ein Lehrer irgendetwas an mir und meiner Arbeitsweise zu beanstanden gehabt und hier war mein Eindruck innerhalb der ersten halben Stunde bereits ruiniert.

»Wie ist dein Name?«, wandte sich Jan jetzt direkt an mich und ignorierte meinen panischen Gesichtsausdruck.

»Ich ... ähm, ich bin Paula«, murmelte ich mit gesenktem Blick.

»Gut, Paula. Vielleicht fangen wir dann mit der offiziellen Vorstellungsrunde an, vielleicht fesselt das eure Aufmerksamkeit ja mehr.«

»Ich finde das Thema wirklich sehr interessant, das kommt wirklich nicht wieder vor.« Stammelnd versuchte ich die Situation noch zu retten, aber Jan winkte nur ab.

»Lass gut sein. Also, wir beginnen bei euch hier vorn. Paula ist dein Name, und weiter? Was macht dich aus? Warum hast du diesen Kurs gewählt?«

Zu meiner Überraschung war der Dozent gar nicht böse. Er sah mich mit einem offenen, neugierigen Blick an und schien sich wirklich für meine Antwort zu interessieren. Mats lehnte sich mit verschränkten Armen in seinem Stuhl zurück und beäugte mich ebenfalls von der Seite. Wie sollte ich mich denn bitte so konzentrieren?

»Ja, ähm, also ich bin Paula aus der 12. Klasse, Deutsch ist mein Lieblingsfach ...« An dieser Stelle unterbrach Mats mich mit einem aufgesetzten Hüsteln, was mich abrupt verstummen ließ. So ein Idiot.

»Mach weiter, Paula«, forderte Jan mich freundlich auf.

Ich atmete tief ein, versuchte Mats zu ignorieren und fuhr kurz angebunden fort: »Ich schreibe selbst gern und möchte irgendwann mal einen Roman veröffentlichen. Mich fasziniert es, wie man mit Büchern so unterschiedliche Welten erfinden kann. Es muss ein umwerfendes Gefühl sein, wenn man seinen eigenen Namen auf einem Buchdeckel in einer Buchhandlung sieht.« Bei der Beschreibung meines liebsten Hobbys wurde ich langsam meine Nervosität los und auch die Röte an meinem Hals zog sich, dem Kribbeln nach zu urteilen, wohl langsam zurück.

Jan nickte begeistert. »Das klingt nach einem großartigen Plan. Ich wünsche dir, dass du deinen Wunsch eines Tages in die Tat umsetzen kannst. In diesem Kurs wirst du einige sinnvolle Hilfen dafür an die Hand bekommen.«

»Das hoffe ich«, murmelte ich leise, während ich den Blick wieder auf den Tisch senkte.

Jan richtete seine Aufmerksamkeit auf Mats, der immer noch mit verschränkten Armen neben mir saß und unseren Dozenten herausfordernd ansah.

»Willst du dich auch vorstellen, Mats?«

Irritiert kniff ich die Augenbrauen zusammen. Anscheinend kannte er Mats schon, zumindest seinen Namen wusste er bereits. Vielleicht hatte unser Schulleiter Herr Fuchs ihn ja bereits vorgewarnt. So wie Mats sich gab – und ja, ich hatte eindeutig Vorurteile –, schien er nicht zu der Sorte *strebsamer Schüler* zu gehören. Ich konnte mir ungefähr vorstellen, wie es zu seinem Schulwechsel mitten im Schuljahr gekommen war. Solche Fälle gab es schließlich immer mal wieder – allerdings hatte ich sonst nie etwas mit diesen Typen zu tun. Ich hielt mich von allem fern, was auch nur im Ansatz nach Ärger aussah.

Mats zuckte gleichgültig mit den Achseln. »Ich hab mich für die Schreibwerkstatt angemeldet, weil ich keinen Bock auf die anderen Kurse hatte.«

Jan schien mit dieser Antwort nicht wirklich zufrieden zu sein. Als Mats aber den Blick desinteressiert auf seinen Schreibblock richtete, seufzte Jan leise auf und fragte Leo nach seinen Beweggründen, den Kurs zu besuchen. Das bekam ich aber gar nicht mehr mit. Aus dem Augenwinkel beobachtete ich Mats dabei, wie er ein ramponiert aussehendes Notizheft aus seinem Rucksack zog, etwas hineinkritzelte und es dann achtlos wieder zurückfallen ließ. Alles an ihm wirkte fesselnd. Selbst so eine einfache, lapidare Handlung sah bei ihm aus wie etwas immens Wichtiges. Ich hätte ihm so gern noch viel länger zugehört, eine ausführlichere Erklärung gehört, wieso er hier war. Seine Stimme war viel tiefer als die der anderen Schüler, und wenn er sprach, schwang ein rauer Unterton darin mit, der mir bei jedem Wort direkt ins Mark ging. Ich verstand mich selbst nicht mehr. Wieso faszinierte dieser Typ mich so? Er war doch nicht einmal nett zu mir.

»Was starrst du mich so an, hm?«

Erschrocken merkte ich, dass Mats mich unverhohlen taxierte. Jan lief durch die Reihen und schenkte uns keine Aufmerksamkeit mehr, daher räusperte ich mich nervös, weil ich keine Ahnung hatte, was ich ihm antworten sollte.

»Kennst du Jan?«, fragte ich schließlich leise.

Für einen kurzen Moment wirkte Mats überrascht, dann legte sich aber wieder seine undurchschaubare Miene auf seine Züge. »Gut beobachtet.« Er schien seine Antwort nicht weiter ausführen zu wollen, aber schlauer war ich jetzt auch nicht.

Ich warf noch einen prüfenden Blick über die Schulter, aber der Dozent achtete gar nicht auf uns.

»Und woher?« Keine Ahnung, wieso ich das überhaupt wissen wollte, aber es interessierte mich wirklich. Umso enttäuschter war ich, als Mats seine Lippen zu einem abfälligen Grinsen verzog.

»Wieso interessiert dich das, Paula?« So wie er meinen Namen betonte, löste das schon wieder dieses merkwürdige Kribbeln in meinem Bauch aus.

»Nur so«, gab ich platt zurück. »Ich hab mich gefragt, was ausgerechnet du mit Jan zu tun hast.«

»Ausgerechnet ich?« Mats lachte leise. »Du hast ja überhaupt keine Vorurteile, was?«

Verdammt, er wusste wohl ganz genau, was ich von ihm dachte. Peinlich berührt hielt ich den Mund und wich seinem Blick aus.

Als ich eine Bewegung an meiner Seite spürte, zuckte ich zusammen. Mats lehnte sich so weit zu mir, dass ich die Wärme, die von ihm ausging, deutlich fühlen konnte. Ich versuchte, so ruhig wie möglich weiterzuatmen, was bei seinem betörenden Duft wirklich grenzwertig schwierig war.

»Lass uns mal schnell was klarstellen«, flüsterte er grimmig an meinem Ohr, sodass nur ich ihn hören konnte. »Wir sind keine Freunde und werden es auch nie werden. Nur weil du am Freitag der Meinung warst, dir ein Bild über mich machen zu können, heißt das nicht, dass wir ab sofort jedes Geheimnis miteinander teilen. Aber eins verrate ich dir und das solltest du dir merken: Ich stehe nicht auf so naive Dinger wie dich.«

Seine Worte jagten mir einen unangenehmen Schauer über den Rücken und ich schnappte unwillkürlich nach Luft. Mats ließ sich wieder nach hinten auf seinen Stuhl fallen und sah unbeteiligt auf sein Handy, als wäre überhaupt nichts gewesen. Ich hingegen spürte, wie ich vor Scham abermals rot anlief. Erwidern konnte und wollte ich nichts. Was bildete der Kerl sich ein? Und wie kam er darauf, dass ich auf ihn stehen könnte?

Als Jan am frühen Nachmittag den ersten Kurstag für beendet erklärte, war ich die Erste, die aufsprang und fluchtartig das Gebäude verließ. Mats hatte kein weiteres Wort mit mir gewechselt und ich hatte mich unglaublich fehl am Platz neben ihm gefühlt. Dummerweise waren in diesem Zustand auch alle Kursinhalte an mir vorbeigegangen, da ich mich absolut nicht hatte konzentrieren können. Immerhin wurde ich nicht noch einmal ermahnt, das hätte dem ganzen Fiasko noch die Krone aufgesetzt.

Ich stieß die Tür zu unserem kleinen Einfamilienhaus auf, schmiss meine Tasche wie immer auf den Treppenabsatz und schlurfte dann mit bedrückter Miene zum Esstisch, wo meine Mutter und Robin schon mit dem Essen auf mich warteten.

Mit skeptischem Blick musterte meine Mutter mich und schob mir den mit Lasagne gefüllten Teller zu. »War dein erster Tag nicht so, wie du ihn dir vorgestellt hast?«, fragte sie mitfühlend und strich mir in einer beiläufigen Bewegung über den Arm, ehe sie auch Robin einen Teller zuschob. Meine Mutter war nicht wie die anderen Mütter meiner Freundinnen. Sie war vergleichsweise jung und achtete sehr genau darauf, sich immer dem Trend der Zeit anzupassen. Das konnte einerseits bedeuten, dass sie wöchentlich mit einem neuen Haarschnitt aufwartete, anderseits probierte sie an Robin und mir auch die kontroversesten Erziehungsmethoden aus. Aber meine Mutter war meine Mutter, und ich liebte sie abgöttisch, auch wenn sie manchmal ein klein wenig über das Ziel hinausschoss.

»Ich weiß nicht«, murmelte ich, während ich in meiner Portion rumstocherte. »Es war anders als erwartet. Ich hab es mir besser vorgestellt.« Das war immerhin nicht gelogen, wenn auch nicht die ganze Wahrheit. Aber niemals konnte ich meiner Familie von diesem Desastertag berichten. Normalerweise warf mich kein Typ so leicht aus der Bahn. Oder überhaupt aus der Bahn.

Als ich hochsah, begegnete ich dem besorgten Blick meines Bruders. Er zählte wahrscheinlich eins und eins zusammen und hatte eine Ahnung, warum ich so schlecht gelaunt war. Ich rang mir ein Lächeln ab. »Aber das wird schon noch werden. Wahrscheinlich lag das nur daran, dass heute der erste Tag war und wir so viel Grundlegendes besprochen haben. Morgen wird das bestimmt spannender sein.«

Meine Mutter lächelte stolz. »Ich drücke dir die Daumen, dass es noch interessanter wird, mein Schatz. Euer Dozent muss ja erst mal eine Basis für alle Teilnehmer im Kurs erarbeiten, danach könnt ihr dann bestimmt darauf aufbauen.

Robin verdrehte bei ihren Worten die Augen.

»Ja, weil Paula ja immer schlauer ist als alle anderen«, rief er, während er vom Tisch aufsprang und seinen Teller in die Küche brachte. »Darfst du dich eben nicht immer so gut vorbereiten, Schwesterchen, und lässt die Dinge einfach mal auf dich zukommen.« Seine Worte klangen anklagend, doch ich hörte den neckenden Unterton in seiner Stimme und verdrehte daher nur die Augen.

»Rob, nerv nicht immer so«, rief ich zurück und lächelte meine Mutter beruhigend an. »Das wird schon, mach dir keine Gedanken.«

Sie nickte zustimmend. »Ich weiß, dass du dich dort super schlagen wirst. Ignorier Rob einfach, er meint es nicht so.«

Ich stand ebenfalls auf und half meiner Mutter beim Abräumen. »Ich weiß«, stimmte ich ihr zu. Mein Bruder ließ keine Gelegenheit aus, mich mit meinen guten Noten aufzuziehen, dabei war er insgeheim stolz auf mich, das wusste ich.

Nachdem ich meiner Mutter noch schnell in der Küche geholfen hatte, lief ich die Treppe hinauf in mein Zimmer, schnappte mir meinen Laptop und machte es mir damit auf dem Bett bequem. Vor der geöffneten Suchmaschine verharrte ich unschlüssig mit dem Finger auf dem Touchpad. Obwohl Mats so dämlich zu mir gewesen war, bekam ich ihn einfach nicht aus meinen Gedanken.

Ach, was soll's, ich konnte mich ja wenigstens einmal schlaumachen. Den ganzen Tag hatte ich mich gefragt, was die Aufschrift auf seinem schwarzem T-Shirt bedeuten sollte. Ich tippte *Sunburn Of Democracy* ein und verzog dabei amüsiert das Gesicht. Bei der Entstehung dieses Namens war sicherlich viel Alkohol im Spiel gewesen, anders konnte ich mir dieses Ungetüm nicht erklären.

Es öffnete sich eine ganz in Schwarz gehaltene Seite mit dem Logo, das ich auf seinem T-Shirt gesehen hatte, und ich scrollte mich durch die Einträge. Wie ich schon vermutet hatte, war es der Name einer Band. Gespannt durchstöberte ich die Seite. Ich fand einen Artikel zu ihrer Entstehungsgeschichte. »Metal und Punk«, murmelte ich vor mich hin. Das waren so gar nicht meine Musikrichtungen, ich bevorzugte die Musik aus den Charts, die mir das Radio täglich zugänglich machte. Dahingehend war ich wirklich einfach gestrickt.

Ich klickte auf *Tourdaten* und es öffnete sich eine lange Liste. Als ich *Berlin* las, stoppte ich. Ende Mai sollte diese Band also bei uns in der Stadt spielen. Neugierig klickte ich auf *Tickets*. In grünen Lettern sprang mich das Wort *verfügbar* an. Wenn Mats dieses T-Shirt trug, sollte er doch wohl auf das einzige Berlin-Konzert dieser Band gehen, oder? Mein Finger schwebte über dem Mousepad meines Laptops, dann, in einem Anflug von Größenwahn, klickte ich auf *Kaufen* und erhöhte die Menge auf zwei Karten. Fertig. Oh mein Gott, was hatte ich getan?

»Du hast was?«, fragte auch Franzi mich dann bei unserem Routineanruf am Abend ungläubig.

»Paula, das ist ja wirklich schön, dass es dich jetzt offenbar so erwischt hat. Aber wir können doch nicht einfach auf so ein komisches Punkkonzert gehen?« Entrüstet schnaubte Franzi ins Telefon.

Natürlich hatte ich meiner besten Freundin in allen Einzelheiten von meinem Tag berichtet und auch meine undeutbaren Gefühle Mats gegenüber versucht zu erklären. Dass Franzi jetzt auch solch einen Schluss zog, ließ mein Herz aufgeregt hüpfen. Fühlte es sich so an, wenn man sich Hals über Kopf in jemanden verliebt hatte?

»Ich weiß ja auch nicht«, erwiderte ich. »Das war so eine Spontanaktion. Mats wird doch bestimmt da sein.«

Es dauerte ein paar Sekunden, bis Franzi antwortete. Sie seufzte und fuhr dann ruhiger fort: »Ja und dann? Möchtest du dich ihm da an den Hals werfen? Oder wie hast du dir das vorgestellt? Du siehst ihn doch bei den Projekttagen, dann schmeiß dich da an ihn ran.«

Ich ließ mich nach hinten auf mein Bett sinken und schlug die freie Hand vor mein Gesicht. »Keine Ahnung, was ich mir dabei gedacht habe«, gab ich leise zu. Die Aussicht, Mats in seinem natürlichen Umfeld erleben zu können, hatte mich gereizt. Allerdings hatte ich meine spontane Idee schon direkt nach dem Kauf der Tickets wieder bereut. Das war schließlich so gar nicht meine Art.

»Ach, Süße«, seufzte Franzi wieder, aber ich konnte ihr Grinsen bei diesen Worten deutlich vor mir sehen. Den ersten Schock schien sie verdaut zu haben. »Nun gut, dann machen wir das halt. Ist ja noch eine Weile hin, und so haben wir noch Zeit, uns darauf vorzubereiten.«

Dafür liebte ich meine Freundin. Auch wenn ich mir sicher war, dass sie eigentlich kein gesteigertes Interesse daran hegte, dieses Konzert zu besuchen – sie hatte schließlich einen viel anspruchsvolleren Musikgeschmack als ich –, zuckte sie dennoch kaum mit der Wimper und wollte diese Kurzschlussreaktion mit mir durchziehen. Was hätte ich nur ohne sie getan.

DREI

Am nächsten Morgen überlegte ich zum ersten Mal in meinem Leben, die Schule zu schwänzen. Da ich das dann aber doch nicht über mich brachte, machte ich mich schweren Herzens – diesmal überpünktlich – auf den Weg zur Schule.

Ich sicherte mir einen Sitzplatz ganz am Rand am Fenster und war froh, als sich die Reihe neben mir schnell füllte. So entging ich der Gefahr, wieder neben Mats sitzen zu müssen. Als der aber gar nicht auftauchte, verspürte ich ein diffuses Gefühl in meinem Bauch. Einerseits verschaffte mir das die nötige Ruhe, und ich konnte mich ganz auf Jans Ausführungen zum Thema Verlagswesen konzentrieren, anderseits hatte ich mich schon darauf gefreut, einen Blick auf ihn zu erhaschen. Ich musste mir eingestehen, dass ich wirklich enttäuscht über sein Fehlen war. Und ich wusste selbst, wie komisch das klang. Mats war ein Arsch und ich wollte im Grunde ja gar nichts mit ihm zu tun haben. Aber ich konnte mich nicht dagegen wehren, dass mein Herz sich beim Gedanken an ihn schmerzhaft zusammenzog. Das war verrückt.

Als ich meine Sachen zur Pause zusammenpackte, trat Jan auf mich zu.

»Paula, richtig?« Er blieb vor meinem Tisch stehen und lächelte mir zu. »Ich bin ganz erstaunt über dein Wissen zu unserem spannenden Thema. Soweit ich das überblicke, bist du hier mit Abstand die interessierteste Teilnehmerin. Mit solchen Schülern wie dir macht mir die Arbeit wirklich Spaß.«

Ich errötete leicht bei seinem Kompliment. Immerhin hatte ich heute durch Mats' Abwesenheit meinen ersten schlechten Eindruck wiedergutmachen können.

»Oh, vielen Dank, Jan. Ich möchte später auch in diesem Bereich arbeiten und nehme mit, was ich kriegen kann«, antwortete ich ihm.

Er nickte erfreut und klopfte kurz auf meinen Tisch. »Dann denk dran, immer schön am Ball bleiben, dann kannst du dir diesen Traum auch erfüllen.«

Die restlichen Tage der Projektwoche verliefen ähnlich. Mats tauchte nicht noch einmal auf, so konnte ich zwar die letzte Zeit der Projektwoche nutzen und ohne Ablenkung lernen, musste mir aber gleichzeitig eingestehen, dass ich abstruserweise auch ziemlich enttäuscht darüber war. Meine eigenen Gefühle verunsicherten mich immens. Noch nie hatte ich mich so sehr von etwas – oder jemandem – einnehmen lassen, dass alles andere nebensächlich wurde. Ich erkannte mich selbst kaum wieder und das verunsicherte mich fast noch mehr. Immer wieder spähte ich durch die Gänge, um Mats vielleicht doch irgendwo zu entdecken – nur um erneut einen Blick auf ihn zu erhaschen, nicht weil ich ihn in irgendeiner Weise auf mich aufmerksam machen wollte.

Jan war sehr zufrieden mit mir, was er mir zum Abschluss noch persönlich mitteilte. Außerdem empfahl er mir einige Stellen, bei denen ich mich nach einem Praktikum erkundigen könnte. Auch wenn ich einerseits froh darüber war, dass mir Mats nicht mehr über den Weg gelaufen war, so spürte ich andererseits auch einen Stich, dass ich ihn so schnell wohl nicht mehr sehen würde.

Mit meiner Vermutung sollte ich recht behalten. Als uns der Schulalltag wiederhatte, blieb er weiterhin wie vom Erdboden verschluckt.

In einer großen Pause schlenderte ich gedankenverloren

mit meinen Freundinnen über den Schulhof und hörte ihren Gesprächen nur mit einem Ohr zu. In den letzten Tagen schweiften meine Gedanken immer wieder zu dieser einen Person ab – ob ich wollte oder nicht. Ich hasste es, dass er mich allein durch seine Abwesenheit so von dem ablenkte, was mir wichtig war.

»Und ihr beiden wollt das wirklich durchziehen?«

Ich spürte Maries fragenden Blick auf mir und hob den Kopf. »Sorry, ich …«, fing ich an, doch Marie unterbrach mich kichernd.

»Schon okay, so verliebt wie du möchte ich auch mal sein. Kein Ohr mehr für die besten Freundinnen.«

»Schuldig«, bekannte ich mich und hob abwehrend die Hände. »Also, was ziehen wir durch?«, fragte ich.

Laura deutete mit dem Kopf auf Franzi. »Ihr beide wollt zu diesem Punkkonzert?«

»Ja«, gab ich zähneknirschend zu. »Aber ich weiß nicht, ob das so eine gute Idee war. Ich hab ganz schön Angst vor Samstag.«

»Ach, das musst du doch nicht. Bist du dir denn sicher, dass er da ist?«, fragte Laura weiter.

»Nein, das war ja eher so eine Schnapsidee.« Ich glaubte zwar irgendwie immer noch, dass Mats am Samstag bei dem Konzert sein würde, aber das wollte ich nicht so laut vor meinen Freundinnen zugeben.

»Ich denke, der wird da sein. Und dann macht Paula sich den klar.« Franzi legte mir den Arm um die Schultern und drückte mich. Ich verdrehte über den Optimismus meiner besten Freundin nur die Augen.

»Was ziehe ich bloß an?« Verzweifelt blickte ich über meinen Schrankinhalt, der auf meinem Bett ausgebreitet lag.

Franzi saß mit übereinandergeschlagenen Beinen auf dem Sessel in meiner Zimmerecke und beäugte mich. In den letzten zwei Stunden hatte ich jede mögliche Kombination angezogen und war schier gescheitert.

»Wir hätten noch mal einkaufen gehen sollen. Ich mache mich da doch lächerlich«, jammerte ich weiter und ließ mich frustriert auf mein Bett sinken.

Franzi stand seufzend auf und legte die Zeitschrift weg, in der sie geblättert hatte. Beruhigend drückte sie meinen Arm.

»Das waren wir. Zweimal. Wir hatten doch gesagt, dass du die schwarze Jeans mit dem grauen Top anziehst. Wo ist das Problem?«

Ich griff nach dem besagten Top und hielt es mir zum gefühlt hundertsten Mal an diesem Abend prüfend vor die Augen. »Meinst du wirklich? Das bin doch gar nicht ich.«

Ohne meine Reaktion abzuwarten, suchte Franzi mir meine restlichen Klamotten zusammen und drückte sie mir auffordernd in die Arme.

»Los, anziehen. Sonst kommen wir noch zu spät und dann vergeht dir möglicherweise deine Chance auf Mr. Right.«

Ich quiekte, gab mich aber geschlagen und schlüpfte schnell in die Sachen. Als ich mich prüfend vor dem Spiegel betrachtete, musste ich mir selbst eingestehen, dass das Mädchen im Spiegel gar nicht mal so schlecht aussah. Allerdings war es mir erschreckend fremd. Ich zupfte nervös an meinem Ausschnitt und zog ihn kurzerhand mit einem schiefen Grinsen nach unten. »Guck! Wie tief der geht. Da fällt mir ja alles raus. Das geht doch nicht.«

Franzi lachte und griff nach meiner Hand, um sie samt Top wieder nach oben zu ziehen. »Wenn du das einfach in Ruhe lässt, sieht das megasexy aus. Also hab dich nicht so.« Franzi scheuchte mich auf den Sessel und begann dann damit, mir ein leichtes Make-up aufzulegen.

Als sie fertig war, begutachtete sie mich und nickte dann begeistert. »Also, wenn der dich so nicht total heiß findet, dann weiß ich auch nicht.«

»Na ja, ich weiß ja nicht«, murmelte ich. »Diese ganze

Idee war so was von bescheuert. Lass uns doch einfach hierbleiben.«

»Nichts da, Madame. Diese Karten waren teuer, also auf, auf«, scheuchte sie mich.

Waren sie zwar nicht, aber ich verzichtete gnädigerweise darauf, meiner Freundin das unter die Nase zu reiben. »Ist ja schon gut«, brummte ich daher und schnappte meine Tasche.

Als wir das Wohnzimmer betraten, erwarteten meine Eltern uns schon. Sie grinsten amüsiert, als sie uns in unserer Aufmachung sahen, verkniffen sich aber einen Kommentar. Ich verdrehte darüber nur die Augen. So wie ich meine Mutter kannte, war sie insgeheim froh darüber, dass ich endlich einmal unter Leute kam. Sie hatte schon Sorge, mit mir würde irgendetwas nicht stimmen, weil ich mich nicht für dieselben Dinge begeisterte wie andere in meinem Alter.

Mein Bruder war seit einigen Tagen auf Kursfahrt, was mir nur gelegen kam. Ich hatte es vermieden, ihm zu erzählen, was Franzi und ich vorhatten. Im Gegensatz zu meinen Eltern hätte er das nämlich ganz und gar nicht gut gefunden. Er machte sich oft Sorgen um mich und übertrieb dabei wirklich maßlos. Ich hatte schließlich noch nie Anlass zur Sorge gegeben und hatte es auch in Zukunft nicht vor.

Wir erreichten die Konzerthalle nach einer guten halben Stunde Fahrt mit der U-Bahn. Schon von Weitem erkannten wir die große, dunkle Menschentraube, die sich vor dem Eingang gebildet hatte.

Nervös blickte ich zu Franzi. Selbst wenn ich Mats sehen sollte, wusste ich gar nicht, was ich dann tun sollte. Aber es war unmöglich, einen einzelnen Menschen in dieser Menschenansammlung ausfindig zu machen. Franzi deutete meinen enttäuschten Blick richtig und drückte mir die Schulter.

»Hey, lass den Kopf nicht so hängen. Wir haben heute Spaß, egal was ist, okay?«

Ich nickte bedrückt. Wie Spaß bei solch einer Veranstaltung aussehen sollte, war mir noch schleierhaft, aber das wollte ich meiner besten Freundin nicht auf die Nase binden, da sie extra meinetwegen mitgekommen war.

Kurz nachdem wir uns der Menge angeschlossen hatten, begann auch schon der Einlass und wenig später wurden wir von einer freundlichen jungen Frau abgetastet und mit einem Nicken in die Halle gelassen. Wir folgten dem Menschenstrom durch das helle Foyer, in dem zahlreiche Stände aufgebaut waren, und standen kurz darauf in dem großen, dunklen Saal. Die Leute um uns herum drängten in den vorderen Teil der Halle zur Bühne, die erste Reihe war bereits voll besetzt. Staunend sah ich mich um. Die Bühne war von einem schwarzen Vorhang verdeckt, Wellenbrecher teilten die Halle in zwei verschiedene Bereiche.

»Wollen wir nach da vorne? Ich möchte ja nachher etwas sehen.« Franzi deutete auf die Bühne, vor der sich die Leute bereits sammelten. Ich zuckte mit den Schultern.

»Klar, wieso nicht?«

Wir bahnten uns einen Weg durch die Menge und stellten uns so weit wie möglich nach vorne. Schnell füllte sich die Halle, und mein Blick suchte unaufhörlich nach dem einen Gesicht, das ich jetzt schon so lange nicht mehr gesehen hatte. Ich konnte es nicht ausfindig machen und verfluchte meine bescheuerte Idee innerlich erneut, schließlich hatte ich ja nicht mal einen Plan, was ich machen wollte, würde ich ihn wirklich sehen. Vermutlich nichts. Maximal ihn anstarren, aber das war auch schon viel wert. Schließlich versuchte ich immer noch herauszufinden, wieso ausgerechnet so ein Typ mein Interesse geweckt hatte.

Meine Laune verabschiedete sich immer weiter in Richtung Nullpunkt, bis sich endlich etwas tat. Die Menschen um uns herum rückten immer näher, die Hintergrundmusik wurde leiser, blieb schließlich ganz aus und plötzlich ging alles ganz schnell. Die ersten Gitarrengeräusche ertönten und kurz darauf fiel der Vorhang. Von einer beeindruckenden Eigendynamik, der man nicht entkommen konnte, wurden Franzi und ich mitgerissen. Und dann passierte etwas völlig Unerwartetes. Um mich herum spürte ich die

Körper, die an mich gedrückt wurden und die im Takt der Musik hüpften. Der Sound war ohrenbetäubend laut und doch melodisch. Mein schlechtes Gefühl war plötzlich wie weggeblasen, ich passte mich den Bewegungen an und sprang mit der Menge mit. Es machte nichts, dass ich die Songtexte nicht auswendig kannte, den Refrain lernte ich schnell. In mir machte sich eine Euphorie breit, wie ich sie noch nie gespürt hatte. Komischerweise machte es mir überhaupt nichts aus, dass ich eng an schwitzende fremde Körper gepresst wurde. Ein Typ grinste von oben auf mich herab und ich erwiderte es aus vollem Herzen. Ich hatte so einen Spaß wie noch nie zuvor.

Nach vier Liedern konnte ich kurz durchatmen, als der Sänger der Band eine Pause machte und das Publikum begrüßte. Schnaufend sah ich mich nach Franzi um, die ich im Pulk verloren hatte. Ich entdeckte sie schließlich an der Seite. Sie sah nicht ganz so begeistert aus, doch sie bedeutete mir, dass ich dortbleiben sollte. Nur zu gern.

Ich hielt etwa die Hälfte des Konzertes durch, dann verließ mich meine Kondition. Ich versuchte mich durch die Menschen zu drängen, doch in dem Pulk kam ich nicht weit. Da tippte mir jemand auf die Schulter. Ich drehte mich um und blickte in das Gesicht eines jungen Typen. Seine fast schulterlangen verschwitzten Haare hingen ihm in Strähnen ins Gesicht. Er deutete an die Seite, beugte sich dann zu mir vor und brüllte mir gegen die Lautstärke entgegen: »Willst du hier raus?«

Wie aufmerksam von ihm. Überrascht blinzelte ich erst, doch dann machte sich ein völlig neues, selbstsicheres Gefühl in mir breit. Dankbar strahlte ich ihn an und nickte schließlich. Er lächelte, dann packte er mich urplötzlich an der Hüfte und hob mich kurzerhand hoch. Erschrocken quietschte ich auf, was in dem Geräuschpegel aber unterging. Schon spürte ich viele Hände unter mir, und ich wurde so über die Menge getragen, wie ich es schon einige Male vorher beobachtet hatte. All die Hände an meinem Körper zu spüren machte mir gar nichts aus, ganz im Gegenteil. Es fühlte sich unglaublich an, ein Teil dieser Dynamik zu sein und von so vielen Leuten im wahrsten Sinne des Wortes auf Händen getragen zu werden. Kurz darauf hatte ich die Bühne auch schon erreicht und zwei starke, tätowierte Arme nahmen mich in Empfang. Ich klammerte mich überglücklich und mit hochrotem Kopf, der diesmal ausnahmsweise dem Adrenalin und nicht der Nervosität geschuldet war, am Hals des Securitymitarbeiters fest, bis er mich am Rand vorsichtig absetzte. Ich bedankte mich bei ihm mit einem breiten Strahlen und blickte mich dann suchend nach Franzi um, konnte sie aber nirgendwo entdecken. Da ich das Gefühl hatte, zu verdursten, beschloss ich, mir zuerst etwas zu trinken zu organisieren, bevor ich weiter nach ihr suchen wollte. Ich bahnte mir einen Weg zur Bar und bestellte eine Cola. Der ganz in schwarz gekleidete Barkeeper reichte mir das Getränk fast zeitgleich mit meiner Bestellung.

Damit stellte ich mich an den Rand und suchte die Menge nach meiner Freundin ab, konnte sie aber immer noch nicht entdecken.

»Paula, da bist du ja, ich hab dich schon überall gesucht.« Franzi holte mich aus meinen Gedanken, als sie wie aus dem Nichts von hinten an mich herantrat.

»Ich hab dich auch gesucht. Hast du Durst?« Lächelnd drehte ich mich zu ihr um und deutete auf meine Cola.

Sie schüttelte ablehnend den Kopf. »Nein, danke, ich habe mir eben auch schon etwas geholt. Wie sieht es aus, willst du noch bleiben?«, fragte sie mit einem vielsagenden Blick. »Ich kann auf das Konzert gern verzichten, das ist nicht so mein Ding«, ließ sie mich wissen.

Meine wirren Gefühle, die dieses Konzert in mir ausgelöst hatte, würde meine beste Freundin wohl kaum nachvollziehen können, so wie sie mich ansah. Ich hatte schließlich gerade so viel Spaß an einer Sache gehabt, von der ich es nie für möglich gehalten hätte. »Ich würde schon gern noch bleiben«, sagte ich. »Aber wenn du es gar nicht aushältst, können wir auch fahren.«

Franzi nickte gequält, rang sich aber ein Lächeln ab. »Na

gut, ewig wird das hier ja wohl nicht mehr gehen.« Vielsagend deutete sie mit ihrem Finger auf die pogende Masse vor der Bühne. »Ich gehe auf gar keinen Fall wieder da vorne hin, ich bleibe hier am Rand. Das ist ja so gestört, wie sie da alle gegeneinander springen. Ich brauche keine blauen Flecken nach einem Konzertbesuch.« Sie tippte sich mit einem Finger an die Schläfe.

Ich musste über Franzis entsetztes Gesicht lachen und drückte ihr schnell einen Kuss auf die Wange. »Das ist doch gerade witzig. Danke, dass du mitgekommen bist.«

Eine Stunde später beendete die Band das Konzert. Ich hatte durchgehalten und im Pulk der springenden Menschen gefeiert. Durchgeschwitzt, aber überglücklich nahm ich mein neues T-Shirt, das Bandshirt, von der Merchandisingverkäuferin entgegen. Dann umarmte ich Franzi.

»Das war so toll heute, das hätte ich niemals für möglich gehalten.«

Franzi lachte zwar gekünstelt, doch ich konnte ihr das Unbehagen deutlich ansehen. Es war klar, dass sie nicht die gleiche Euphorie empfand wie ich. Als wir uns schließlich auf den Rückweg machten und meine Freundin nur davon redete, wie schrecklich sie diese Veranstaltung gefunden hatte, wusste ich bereits, dass sich irgendetwas in mir verändert hatte.

Am Montag hingen meine Gedanken noch bei meinem ersten Konzertbesuch fest. Diese neuartige Euphorie, mit der diese wild feiernde Meute mich so von sich eingenommen hatte, ließ mich einfach nicht los. Nie hätte ich gedacht, dass ich an solch einer Art Event so viel Spaß empfinden könnte. Wenn Spaß nicht untertrieben war. Es war viel mehr als das. Ich hatte den Einblick in ein ganz eigenes Lebensgefühl bekommen, und dieses faszinierte mich so sehr, dass ich nicht einfach damit abschließen konnte. Man könnte sagen, ich hatte Blut geleckt.

Doch obwohl ich in den Erinnerungen an das Konzert schwelgte, wuchs meine schlechte Laune gerade mit jeder Minute, die ich nach dem Ende meiner letzten Stunde noch länger vor der Schule stand. Schon seit geschlagenen zwanzig Minuten wartete ich auf meinen Bruder.

Immer wieder warf ich einen Blick auf mein Handy, ob er sich endlich erbarmt hatte, mir zurückzuschreiben. Denn ich stand hier nur deshalb so dumm rum, weil er mal wieder nicht daran gedacht hatte, einen Schlüssel einzustecken. Meine Eltern trieben sich wie immer in der Gegend herum und auch ich hatte für den Nachmittag andere Pläne und wollte meiner Lieblingsbuchhandlung endlich mal wieder einen ausgiebigen Besuch abstatten. Meinen Bruder vor der Haustür stehen lassen wollte ich hingegen nicht. Seine Hilfeschreinachricht hatte mich gerade noch rechtzeitig erreicht. Ich war kurz davor gewesen, in den Bus Richtung Stadt einzusteigen. Seitdem war es allerdings still um ihn, und ich wusste nicht, wo ich ihn finden konnte.

Obwohl ich eigentlich nicht alle infrage kommenden Räumen nach meinem verpeilten Bruderherz absuchen wollte, entschied ich mich nach einem erneuten Blick auf mein Handy, der nichts als mein Hintergrundbild anzeigte, es doch zu tun.

Seufzend trat ich zurück in den Eingangsbereich der Schule, der an diesem frühen Nachmittag wie ausgestorben vor mir lag. Um diese Uhrzeit gab es nur noch wenige Kurse und die fanden gerade statt. Mein Bruder hatte jetzt eine Freistunde, konnte sich also entweder in der Cafeteria oder in den Räumen der Oberstufe aufhalten, vermutete ich. Nach einem kurzen Blick in die Cafeteria machte ich mich mit einer missmutigen Miene auf dem Gesicht auf den Weg in den zweiten Stock. Schnaufend erklomm ich die Betontreppe und huschte dann an den offen stehenden Räumen vorbei, um zu dem Trakt zu kommen, in dem wir den Großteil unserer Kurse hatten.

Kurz bevor ich um die Ecke biegen wollte, traten aus dem

letzten Kursraum zwei Kerle auf den Flur. Einer davon war mir seit Neuestem nicht mehr gänzlich unbekannt:

Leo. Er hatte jemanden im Schlepptau, dessen Namen ich nicht kannte. Wieso war er mir in meiner gesamten Schullaufbahn nie über den Weg gelaufen, tauchte jetzt aber andauernd auf?

Ich wusste schon, als ich ihre dümmlich grinsenden Mienen erkannte, dass sie mich nicht einfach so an sich vorbeilassen würden, und wappnete mich innerlich. Die beiden waren diese Art Typen, um die ich, wann immer ich konnte, einen großen Bogen machte. Sie rochen förmlich nach Ärger.

»Ach, sieh an, das ist doch die Kleine, die denkt, dass Mats ein ganz übler Gangster wäre«, sagte Leo an seinen Kumpel gewandt, der sich mir wie erwartet mit verschränkten Armen in den Weg schob.

Er war so riesig und breit, dass ich vor ihm zurückwich.

»Uh, und sie hat Angst vor mir. Ist ja süß«, höhnte er, während er mit einem durchtriebenen Grinsen auf mich zuhielt.

»Was wollt ihr von mir?«, fauchte ich sie so mutig wie möglich an und warf dann einen kurzen Blick in den Raum, aus dem die beiden gekommen waren. Mats saß auf einem der Tische und beobachtete das Geschehen auf dem Gang mit einer undurchsichtigen Miene. Das wurde ja immer besser hier. War ja klar, dass ich ihm ausgerechnet in so einer Situation wieder über den Weg laufen musste. Ich sollte mich einfach an diesen beiden doofen Typen vorbeidrängen, aber das traute ich mich nicht. In meiner Vorstellung war das ganz leicht, an der praktischen Umsetzung scheiterte es aber. Meine Beine wollten einfach nicht so wie ich. Daher blieb ich, wo ich war, und starrte die beiden nur mit verengten Augen an.

»Nichts«, sagte der Große und musterte mich von Kopf bis Fuß. Sein Blick war mir so unangenehm, dass ich meine Arme vor der Brust verschränkte, um mich ihm nicht ganz so ausgeliefert zu fühlen.

»Süß«, sagte er wieder und stieß Leo mit dem Ellenbogen

in die Seite. »Hätte nicht gedacht, dass die größte Streberin der Schule auf die bösen Kerle abfährt.«

Ich wusste nicht, ob ich es als Kompliment auffassen sollte, dass ausgerechnet er mich zu kennen schien – wenn auch nur diesen angeblichen Ruf, den ich wohl innehatte.

»Aber sicher nicht auf dich, Justin.« Mats stand plötzlich neben mir, sah in Richtung der zwei Jungs und bedeutete ihnen, mit seinem Daumen über seine Schulter zeigend, zurück in den Raum zu gehen. Sie rollten beide theatralisch mit den Augen, Justin warf mir noch einen abschätzigen Blick zu, dann aber kamen sie Mats' Aufforderung tatsächlich nach.

Das war ja fast nett von ihm. Da ich Leo und Justin nicht noch mehr Futter für ihre Spekulationen geben wollte, indem ich dümmlich schwärmend vor Mats stand, umfasste ich den Griff meiner Tasche fester und huschte entschlossen weiter.

»Warte mal.«

Mats' Stimme klang schneidend und so bedrohlich, dass ich verschreckt innehielt, um mich wieder zu ihm umzudrehen. Er zog die Tür des Kursraumes zu und kam dann mit undurchsichtiger Miene auf mich zu.

»Ja, bitte?«, fragte ich hastig, während ich mir Mühe gab, mir meine Nervosität nicht anmerken zu lassen. Doch das gelang mir nicht wirklich, weil Mats keinerlei Anstalten machte, vor mir Halt zu machen. Er hielt so stürmisch auf mich zu, dass ich vor ihm zurückwich, bis die Wand in meinem Rücken meinen kleinen Fluchtversuch beendete.

Mats stemmte augenblicklich eine Hand neben meinem Kopf auf und ließ seinen Blick über mein Gesicht gleiten. Seine Miene konnte ich nicht deuten, dafür überforderte mich seine plötzliche Nähe viel zu sehr. »Was willst du von mir?« So angriffslustig, wie ich es zustande brachte, reckte ich das Kinn und starrte ihn an.

»Von dir? Nichts.« Sein süffisanter Tonfall ließ mich innerlich erbeben, dennoch versuchte ich mir nicht anmerken zu lassen, welche Wirkung er trotz seiner harschen Art auf mich hatte. »Ich möchte nur etwas klarstellen«, sagte er dann und hielt seinen stechenden Blick direkt auf meine Augen gerichtet. Mein Körper reagierte instinktiv auf ihn. Meine Knie fühlten sich an wie Wackelpudding und meine Handinnenflächen wurden feucht. Nur wegen dieses Blickes. Das war doch verrückt. Denn seine Worte ließen schließlich schon vermuten, dass das hier kein nettes Gespräch werden würde.

Doch noch sagte er nichts. Seine Augen waren so einnehmend, dass ich mich nicht von ihnen lösen konnte, viel zu sehr faszinierte mich dieses Spiel darin. Möglicherweise benahm ich mich gerade etwas peinlich, ihn so offensichtlich anzuschmachten, aber immerhin behielt ich meine Hände bei mir. Am liebsten hätte ich die nämlich an seine Brust gelegt, die so einladend vor meinem Gesicht aufragte.

»Dann stell mal was klar«, murmelte ich trotzig, als er keine Anstalten machte, weiterzusprechen. Meine Antwort schien ihn zu amüsieren. Sein Mundwinkel zuckte, dann glitt sein Blick kurz an mir herab, bevor er sich wieder auf meine Augen legte.

»Wie hat dir das Konzert gefallen?« Meine Augenbrauen verengten sich irritiert, bis seine Worte in meinem Verstand ankamen.

Er lachte rau auf. »Was hast du da zu suchen gehabt? Mich?«

Bitte?

Seine dreiste Frage, die ja leider der Wahrheit entsprach, brachte mich abermals aus dem Konzept. Gut, also offenbar hatte ich recht mit meiner Annahme gehabt, dass er auch dort sein würde. Nur hatte nicht ich ihn gesehen, sondern er mich. Großartig.

Untätig öffnete sich mein Mund, schloss sich aber kurz darauf, weil ich keine Ahnung hatte, was ich ihm darauf erwidern sollte.

»Du kannst dir vielleicht vorstellen, wie sehr ich überrascht war, dich ausgerechnet dort zu sehen«, sprach er meine Befürchtung aus. »Und da du mir nicht der Typ zu sein scheinst, der sich auf Punkkonzerten rumtreibt, gibt es eigentlich nur zwei Gründe.«

Schon wieder brachte ich nicht mehr als ein irritiertes Blinzeln zustande.

»Also sag mir einfach, Paula: Warst du da, weil du es aus irgendwelchen unerfindlichen Gründen auf mich abgesehen hast, oder …«

Mein ungehaltenes, aber deutliches ertapptes Zischen ließ ihn innehalten. Nun sah er fast ein wenig perplex aus, doch schnell kämpfte sich seine undurchsichtige Miene zurück auf sein Gesicht. »Hm«, brummte er, während er mein Gesicht nach etwas absuchte. Keine Ahnung, was er dort zu finden gedachte.

»Und Grund zwei?«, fragte ich lahm. Alles war wahrscheinlich besser, als wenn er dachte, dass ich etwas von ihm wollte.

Diese Angriffsfläche wollte ich ihm nicht bieten. Außerdem entsprach es ja nicht einmal der Wahrheit. Ich fand ihn interessant. Mehr nicht. Redete ich mir ein.

»Wenn du schon so fragst, gehe ich stark davon aus, dass es Grund Nummer zwei nicht ist. Das wüsstest du.«

»Hä?«, lautete meine wenig eloquente Antwort darauf.

Doch er ignorierte meinen verwirrten Gesichtsausdruck und grinste mich mit seinem typisch schiefen Grinsen an, während er mich plötzlich mit seinem ganzen Körper an die Wand drängte.

Ich fühlte mich, wie ein verschrecktes Kaninchen sich fühlen musste, wenn es vor der hungrigen Schlange saß. Vermutlich sollte ich ihn jetzt von mir schieben, wenn ich ihn nicht in dieser Annahme, dass ich es auf ihn *abgesehen* hatte, lassen wollte, aber mehr als ein paar panische Wimpernschläge bekam ich in der Sekunde nicht zustande. Als plötzlich auch noch seine Hand den Weg an meine Wange fand, war es mit meiner Körperspannung ganz vorbei. Ich hoffte, dass meine zitternden Beine nicht gleich gänzlich ihre Arbeit einstellen würden, als er mit seinem Daumen so zart, wie ich es ihm nicht zugetraut hätte, über meinen Wangenknochen strich.

Noch nie hatte ein Mann mich so berührt und mein Köper war gänzlich davon überfordert. Mats' wissendes Grinsen huschte über mein Gesicht, während sein Zeigefinger an meinen Hals wanderte und an dem Punkt haltmachte, an dem er meinen wild pochenden Puls ganz deutlich fühlen konnte.

In dem Moment seufzte er leise. »Definitiv Grund eins. Gefällt mir zwar grundsätzlich, aber in diesem Fall …« Er machte eine Pause, in der er mich mit einem fast bedauerlichen Blick streifte. »… tut es mir leid.« Mit diesen Worten stieß er sich von der Wand ab und wirbelte herum. »Rob, dein Glück.«

Ich verstand nur noch Bahnhof. Als Robin um die Ecke trat und sein Blick von Mats zu mir wanderte, erstarrte er. »Was ist mein Glück?«, fragte Robin düster in Mats' Richtung.

»Du solltest ein wenig drauf achten, was dein Schwesterchen so treibt. Sie hat eins und eins zusammengezählt, als sie meine Shirts gesehen hat, und hat mich auf dem SoD-Konzert gestalkt.«

Robin und ich gaben einen ähnlich entsetzten Laut von uns. »Was habe ich?«, fragte ich pikiert, während Robins Miene zusehends entgleiste.

Doch Mats kümmerte sich nicht mehr um mich und trat auf meinen Bruder zu. »Ich dachte schon, dass du dabei deine Finger im Spiel hast, aber sie hat mir recht eindrücklich gezeigt, dass es nicht so ist. Glück für dich, Pech für sie, nicht wahr?«

Robins Kieferknochen mahlten sichtbar wütend, als er an Mats vorbei trat und sich schützend vor mich stellte.

»Du denkst, ich würde meine Schwester auf dich ansetzen?«, presste er dunkel hervor und bescherte mir damit einen Einblick in eine Seite, die mir von ihm bisher gänzlich unbekannt war. »Warum sollte ich das tun? Du solltest auch so wissen, wie viel auf dem Spiel steht, da muss ich dich nicht testen.«

»Nein, das denke ich wie gesagt nicht.« Mats grinste überlegen. »Aber sie steht auf mich. Also sorg dafür, dass das keine Probleme gibt. Ich gebe ihr keinen Anlass dazu.« Er tauschte einen vielsagenden Blick mit Robin, und es wirkte wieder so, als liefe ein stummes Gespräch zwischen ihnen ab.

»Verstanden«, brummte Robin schließlich sichtlich genervt.

Mats nickte und versenkte seine Hände in den Hosentaschen seiner Shorts, während er flüchtig in meine Richtung sah. »Gut.«

Damit drehte er sich auf dem Absatz um und verschwand wieder in dem Raum, aus dem er gekommen war.

Und ich flüchtete erst einmal nach Hause, ohne meinem Bruder den Schlüssel dazulassen.

VIER

Nach diesem unverhofften Wiedersehen hatten sich meine Pläne für den Nachmittag erledigt, und ich verkrümelte mich in mein Zimmer, um die unangenehme Begegnung zu verdrängen. Wobei, verdrängen traf es nicht ganz: Ich googelte schon wieder nach der Band, die Mats auf seinem T-Shirt präsentiert hatte.

Warum?

Wenn ich das wüsste.

Ich redete mir ein, dass es nur Mats' Musikgeschmack war, der es mir angetan hatte. Schon einmal war ich durch seine Inspiration überrascht worden, also lohnte sich doch bestimmt ein weiterer Blick.

Ich kannte die Band vom Namen, hatte mich aber noch nie näher damit auseinandergesetzt. Nun siegt aber die Neugier. Ich hörte mich durch einige Songs bei YouTube und recherchierte die Bandgeschichte. Ich war von der Musik und den deutschen Texten sofort gefesselt und hörte so nicht das Klopfen an meiner Tür. Als Robin plötzlich im Zimmer stand, wanderte mein Blick auf die Zeitanzeige des Laptops, und so stellte ich fest, dass mehr als drei Stunden vergangen waren. Mittlerweile war wohl mindestens auch unsere Mutter zu Hause, denn sie musste ihm die Tür aufgemacht haben. Sein Klingeln vorhin hatte ich nämlich nicht ganz unbeabsichtigt ignoriert.

Hastig pausierte ich das Video, das ich mir gerade ansah. Robin sah mich stirnrunzelnd an und ließ sich dann auf meiner Bettkante nieder.

»Du grinst ja schon wieder«, stellte er erleichtert fest. Anscheinend war er mir wegen meiner kindischen Reaktion nicht böse. Und er hatte recht. Ich hatte beim Anschauen der Videos so viel Spaß, dass ich gar nicht mitbekommen hatte, wie viel Zeit verstrichen war. Außerdem hatte ich darüber ganz meinen peinlichen Auftritt vom Nachmittag verdrängt. Der Gedanke daran schlich sich quälend langsam wieder in mein Bewusstsein. Ich nickte und schloss dann meinen Laptop.

»Hör zu, Rob. Du hast da vorhin bestimmt etwas falsch verstanden. Dieser komische Freund von dir interessiert mich kein bisschen. Ich war auf dem Konzert mit Franzi und ...«, fing ich an, aber da unterbrach mich mein Bruder.

»Was zum Teufel hattet ihr bitte auf so einem Konzert zu suchen? Das ist doch gar nicht eure Musikrichtung? Und wieso hat es in dieser Familie niemand für nötig befunden, mir davon auch nur ein Sterbenswörtchen zu erzählen?«

Im Gegensatz zu meiner kindischen Aktion, ihn vor der Tür stehen zu lassen, schien ihn das nun wirklich sauer zu machen. Ich zuckte nur mit den Schultern und sah ihn hilflos an.

»Keine Ahnung, es ... es war nicht so wichtig? Mama und Papa denken eh, es wäre nur eine Phase, das ist mir ganz recht, dann ...«

»Was für eine Phase?«, unterbrach mich mein Bruder schneidend. »Willst du jetzt häufiger auf solche Veranstaltungen, oder was? Hat das doch etwas mit Mats zu tun? Ich hätte nie gedacht, dass meine Schwester auf solche abgefuckten Typen steht!«

»Und ich wusste nicht, dass mein Bruder sich so ausdrückt«, fauchte ich ihn beleidigt an. »Außerdem bin ich achtzehn und deine Zwillingsschwester, nicht deine Tochter. Ich hatte Spaß bei dem Konzert, und das hatte nicht im Geringsten etwas mit deinem Freund, von dem ich übrigens nicht dachte, dass er überhaupt als solcher für dich zählt, zu tun.«

»Und wie kommst du dann auf den Trichter, auf so ein Konzert gehen zu wollen?«, hakte er erneut nach. Meine indirekte Frage zu Mats ignorierte er einfach.

»Ich ... na, also ich hab da die Werbung für gesehen«, stammelte ich, verärgert darüber, dass mir keine bessere Ausrede einfiel.

Mein Bruder zog skeptisch eine Augenbraue in die Höhe. »Ist klar, Paula.«

Ich verdrehte genervt die Augen.

Da seufzte Robin leise und rutschte ein Stück näher an mich. Etwas freundlicher sagte er dann: »Okay, also ich verstehe dich ja, du entdeckst langsam, dass es neben deinem grandiosen Bruder noch andere Männer gibt, die ...«

»Rob«, unterbrach ich ihn grunzend. »Lass das, solche Gespräche werde ich mit dir nicht führen.«

Er grinste kurz, wurde dann aber wieder ernst. »Das mein ich ja nicht. Ich will dir bloß sagen, Mats ist wirklich ein übler Typ. Der ...« Er bedachte mich kurz mit einem Seitenblick, als ob er überlegen würde, ob er es aussprechen sollte, und fuhr dann fort: »Der vögelt alles, was ihm in die Quere kommt, und danach lässt er die Mädels links liegen. Ich möchte nicht, dass du dich da mit einreihen lässt und darunter leidest.« Sein Blick ruhte auf mir, doch für mich ergab das immer noch keinen Sinn.

»Und was war das für ein merkwürdiges Gespräch, das ihr beiden miteinander geführt habt?«

Augenblicklich verdüsterte sich Robins Miene. Er stand auf und ging zur Tür.

»He, Moment! Das ist keine Antwort!«

»Die wirst du von mir auch nicht bekommen, Schwesterchen. Lass es einfach gut sein und vertrau mir.« Mit diesen Worten verschwand er auf den Flur und ich war keinen Deut schlauer als vorher.

Nachdem ich wieder meine Ruhe hatte, ließ ich die Worte meines Bruders sacken. Ich hatte noch keinerlei Erfahrungen mit Jungs gemacht und legte es nicht darauf an, wie eine Nummer behandelt zu werden. Außerdem jagte mir der Gedanke an möglichen Sex mit Mats ziemliche Angst ein. In meiner Vorstellung erlebte ich mein erstes Mal mit einem netten Typen, der meine Interessen teilte und der vor allem nett zu mir sein würde. Die Vorstellung von Sex mit Mats hatte für mich etwas Unheimliches. Ja, Mats gefiel mir auf eine verrückte Art und Weise viel zu gut, gestand ich mir ein. Aber er war ein Idiot, das durfte ich jetzt schon mehrfach feststellen.

Doch wenn mir diese kurze Episode der Schwärmerei etwas gebracht hatte, dann war es die Entdeckung einer völlig neuen Welt. Und diese hatte rein gar nichts mit ihm zu tun, und ich war noch nicht gewillt, sie so kurz, nachdem ich sie entdeckt hatte, wieder aufzugeben.

Kurz entschlossen klappte ich meinen Laptop erneut auf und stieß bei der Suche nach anderen Punkbands schließlich auf die Tourdaten der *Ärzte.* Sie spielten in einer Woche in Berlin. Allerdings waren alle Karten schon restlos ausverkauft. Doch so leicht gab ich mich nicht geschlagen und ich suchte weiter. Kurz darauf fand ich eine Kleinanzeige, in der jemand ein Ticket abgab, da ihre Begleitung krank geworden sei. In einer Kurzschlussreaktion griff ich nach meinem Handy und wählte mit klopfendem Herzen die angegebene Nummer. Nach dem zweiten Klingeln meldete sich eine sympathisch klingende Frauenstimme. »Ja?«

»Hallo, ich habe im Internet gesehen, dass du eine Karte für *Die Ärzte* abzugeben hast? Ist die noch da?«

»Ah ja, stimmt, ja, die Karte ist noch da. Meine Freundin ist leider krank geworden und in meinem Freundeskreis haben schon alle eine Karte. Reicht dir die eine? Sonst kann ich mal bei einem Kumpel nachfragen, der hat wohl auch noch eine«, sprudelte sie drauflos.

»Ähm, ja, danke, aber ich werde wohl alleine gehen«, stammelte ich und merkte, wie doof mein Vorhaben schon wieder klang.

»Allein? Das ist doch blöd, in Gesellschaft ist das doch

viel besser. Wenn du magst, kannst du dich uns gleich anschließen. Dann können wir auch die Kartenübergabe vor Ort machen«, schlug sie vor.

Ich war zuerst etwas überrumpelt von ihrem Angebot, freute mich dann aber. Die Idee klang gar nicht mal so übel, zumal das Mädchen am Telefon wirklich nett wirkte. Vielleicht etwas überdreht, aber nett, und das war ja die Hauptsache.

»Oh, sehr gerne«, stimmte ich ihr also zu und wir verabredeten uns für die nächste Woche. Ich nahm mir vor, meinen Freundinnen diesmal nichts von meinem Plan zu erzählen. Sie würden es sowieso nicht verstehen.

Am Abendbrottisch mit meiner Familie ließ ich dann gleich die Bombe platzen und berichtete von meinem Vorhaben. Ich war darauf gewappnet, dass Robin wieder böse reagieren würde, doch er bedachte mich nur mit einem kurzen Seitenblick. Anscheinend hatte ihn unser Gespräch beruhigt. Meine Eltern lächelten sich wieder nur vielsagend an. Aber da sie mir meinen Plan immerhin nicht ausreden wollten, nahm ich es stillschweigend hin.

In der nächsten Woche mied ich den Pausenhof und konzentrierte mich ganz auf die Schule. Die Nachmittage verbrachte ich mit dem Auswendiglernen der Songtexte und vertröstete meine Freundinnen damit, dass ich lernen müsste. Am Freitag fuhr ich spontan zum Ku'damm und besorgte mir im Musicstore ein T-Shirt der Band, damit fühlte ich mich gut für mein zweites Konzerterlebnis gerüstet.

Am Samstagnachmittag ließ es sich mein Bruder nicht nehmen und bestand darauf, mich zur Halle zu fahren, in der das Konzert stattfinden sollte.

»Also, Schwesterlein«, fing er an, als ich aussteigen wollte: »Du machst keine Dummheiten und meldest dich, wenn ich dich abholen soll, ja?«

»Zum fünften Mal: ja. Und danke fürs Fahren.« Ich lächelte, winkte und wartete, bis er davonfuhr. Dann lief ich auf die Halle zu, vor der sich schon etliche Menschen versammelt hatten. Es war die gleiche Location wie beim letzten

Mal, nur das Publikum wirkte diesmal etwas anders. Es war keine schwarze Masse, auf die ich hier zulief, vielmehr stachen auffällig bunte Besucher aus der Menge heraus.

Ich suchte nach dem Mädchen, von dem ich die Karte kaufen wollte. Am Telefon hatte sie sich als Ruby vorgestellt und nur gesagt, ich würde sie an ihren bunten Haaren erkennen. Mit dieser Beschreibung fiel es mir tatsächlich schwer, die infrage kommenden Personen einzugrenzen. Es gab wahnsinnig viele Mädchen, die ihre Haare in sämtlichen Regenbogenfarben gefärbt hatten. Aber dann blieb mein Blick an einer Gruppe hängen, die etwas abseits stand. Ein Mädchen mit einem knallbunt gefärbten Bob stand in deren Mitte und sah sich auffällig oft suchend um. Als sie meinen fragenden Blick streifte, hob sie lachend eine Hand und winkte mich zu sich. Sie war nur etwas älter als ich, aber ihre drei Begleiter, allesamt männlich, waren wesentlich älter. Ich schätzte alle auf Mitte zwanzig. Irritiert schluckte ich, straffte dann aber die Schultern und ging auf die Gruppe zu. »Ruby?«, fragte ich, als ich vor ihr stand, und sie nickte strahlend. Dann umarmte sie mich und streckte mir das Ticket entgegen.

»Schön, dass du da bist, Paula. Ich bin Ruby und das sind Eddy, Wolle und Basti.« Während ihrer Vorstellung zeigte sie auf die jeweiligen Jungs und diese nickten mir kurz zu.

Mit ihrer offenen Art fühlte ich mich in ihrer Gegenwart sofort wohl. Ich gab Ruby das ausgemachte Geld, und ehe mir die neue Situation unangenehm werden konnte, begann schon der Einlass. Ich war damit beschäftigt, den Anschluss an die Gruppe nicht zu verlieren, denn als die Türen aufgingen, gab es plötzlich kein Halten mehr. Die Leute drängten allesamt nach vorn, jeder wollte zuerst in die Halle, um möglichst weit nach vorne zu kommen.

Als wir es endlich unbeschadet hineingeschafft hatten, liefen auch wir so nah an die Bühne, wie es noch möglich war, und ließen uns dort auf dem Boden nieder. Nur Basti blieb stehen und sah fragend in die Runde.

»Alle Bier?«

Offensichtlich war die Frage rhetorisch gemeint oder zumindest nur an mich gerichtet, denn seine Augen hefteten sich auf mich. Ich hatte noch nicht viel Erfahrung mit Alkohol gemacht, und das, was ich gekostet hatte, hatte absolut furchtbar geschmeckt. Doch das wollte ich jetzt nicht zugeben, also nickte ich leicht und lächelte Basti an. Dabei hatte ich Gelegenheit, ihn näher zu betrachten. Er war der Größte aus der Runde und überragte mich daher um einiges. Er entsprach dem allgemeinen Bild, das ich von einem Punk hatte, ziemlich genau: Er trug eine rot karierte Hose und schwarze Springerstiefel, ein *Ärzte*-T-Shirt und sein grün gefärbten Haare hingen ihm teilweise ins Gesicht. Obwohl ich ihn attraktiv fand, hatte er nicht dieses Besondere, das mich an Mats so faszinierte. Aber stopp, ich wollte heute nicht an Mats denken.

Basti machte sich auf den Weg, und ich lauschte den anderen, die sich gerade über die Hintergrundmusik unterhielten. Dabei nahm ich die zwei restlichen Jungs in Augenschein. Sie waren alle ähnlich wie Basti gekleidet und alle wirkten unheimlich freundlich. Ruby mit ihrer spritzigen Art sowieso. Obwohl sie alle so anders waren, fühlte ich mich in ihrer Gesellschaft auf Anhieb wohl – und das passierte in meinem Leben nicht allzu häufig. Viel zu oft hatte ich das Gefühl, dass Menschen hinter meinem Rücken redeten und sich nur verstellten.

Da wandte sich Eddy, der kleinste, aber muskulöseste Typ an mich: »Und wie kommt es, dass du alleine herkommen wolltest?« Seine Frage klang ehrlich und nicht herablassend, deshalb lächelte ich ihn freundlich an und antwortete ihm mit der Wahrheit.

»Ich habe die Musik erst vor Kurzem für mich entdeckt und meine Freunde können ihr nicht so viel abgewinnen.«

Er nickte ernst. »Solche Freunde braucht keiner. Gut, dass du den richtigen Weg gefunden hast.« Er schenkte mir ein echtes Lächeln. Wolle, ein schlaksiger, langer Kerl, lachte grunzend auf und zwinkerte mir zustimmend zu. »Jetzt hast du ja uns.« Sein warmer Blick wirkte ebenso aufrichtig und ich glaubte ihm auf Anhieb. Obwohl wir uns erst so kurz kannten, fühlte ich mich gleich wohl und zu der Gruppe zugehörig. So etwas passierte mir absolut selten. Nie, um genau zu sein.

Als Basti zurückkam, gab er mir meinen Becher Bier und wir stießen gemeinsam an. Vorsichtig nippte ich an dem Getränk und versuchte, nicht angewidert das Gesicht zu verziehen. Ja, genau so scheußlich hatte ich es in Erinnerung. Doch das würde ich garantiert nicht zugeben, deshalb trank ich den Becher zügig aus.

Ruby hatte mich in ein Gespräch über die Band verwickelt, als ich bereits die ersten Begleiterscheinungen meines zügigen Alkoholgenusses zu spüren bekam. Es war kurz vor Konzertbeginn und wir hatten uns vom Boden erhoben, das Publikum war schon eng zusammengerückt. Ich stand neben ihr, umgeben von den drei Jungs.

»Ich finde Bela am süßesten. Den würde ich nicht von der Bettkante stoßen«, flüsterte Ruby mir zu. Ich erwiderte ihr Grinsen. Gut, dass ich mich im Vorfeld über die Band schlaugemacht hatte, so konnte ich jetzt beweisen, dass ich nicht ganz unwissend war.

»Also ich bin da eher für Farin, ich steh mehr auf blonde, große Typen«, raunte ich ihr verschwörerisch zu, was sie leise kichern ließ. Mädchengespräche waren also doch überall ähnlich. Damit kam ich doch klar. Basti stand rechts neben mir und schüttelte grinsend den Kopf.

»Frauen. Wir sind hier wegen der Musik, nicht wegen der Bandmitglieder.«

Ich stimmte in Rubys Kichern mit ein und schwankte dabei gefährlich zur Seite. Das Konzert hatte noch nicht einmal begonnen und schon machten meine Beine schlapp. Das konnte ja nur in die Hose gehen. Basti griff nach meinem Ellenbogen, hielt ihn fest und musterte mich.

»Du verträgst ja gar nichts«, stellte er fest, doch er schien das eher amüsant zu finden, was sein kleines Lächeln in seinem Mundwinkel andeutete.

»Hihi …«, lallte ich und ließ mich gegen ihn sinken. Mein

Verstand hatte sich wohl schon verabschiedet, aber ich hatte Spaß und deshalb erlaubte ich mir das. Ruby bedachte mich mit einem Grinsen und Basti zog mich lachend an sich.

Das Konzert übertraf all meine Erwartungen. Ich sprang in der Menge, tanzte und grölte die Lieder mit. Zwischen den Songs alberten die Bandmitglieder auf der Bühne miteinander herum und ich kam aus dem Lachen nicht mehr heraus. Nach zwei Stunden war ich körperlich am Ende und signalisierte Ruby, dass ich eine Pause brauchte. Sie deutete mit dem Kopf auf Basti, der ihr Signal verstand und mich aus der hüpfenden Menge bugsierte. Als wir uns aus dem feierwütigsten Teil des Menschenpulkes herausgekämpft hatten, ließ ich mich schwer atmend an eine Säule sinken. Basti stützte sich neben mir ab und begutachtete mich eindringlich.

»Noch was zu trinken?«

Atemlos nickte ich und Basti verschwand. Schwer atmend ließ ich meinen Blick über die pogende Masse schweifen. Die Menschen hier sahen beim genaueren Hinsehen alle unterschiedlich aus: Da gab es den bärtigen, großen tätowierten Mann, der neben einer schlanken Frau im legeren Freizeitoutfit tanzte, dann wiederum eine Gruppe Hardcore-Fans, die komplett mit Merchandise ausgestattet waren, Punker, Menschen ganz in schwarz, ganz in bunt und dann die, die gar nicht hierher zu passen schienen. Und trotzdem tanzten sie alle gemeinsam zu denselben Songs, grölten mehr oder weniger sicher die Texte mit und lagen sich bei den Balladen in den Armen. Dieses Zusammengehörigkeitsgefühl beeindruckte mich nachhaltig und ich spürte ein warmes, glückliches Gefühl in meinem Bauch aufsteigen.

Kurz darauf kehrte Basti mit zwei Bechern Bier zurück und drückte mir einen davon in die Hand. »Du siehst glücklich aus«, stellte er schmunzelnd fest, während er mir zuprostete.

Ich nickte strahlend. »Es ist wahnsinnig toll hier.« Ich kippte das kühle Getränk gierig hinunter und stellte dabei fest, dass der Geschmack mittlerweile gar nicht mehr so übel war.

»Du hast ja einen Zug drauf, alle Achtung«, brüllte mir Basti während des Liedes anerkennend ins Ohr. Erschöpft, aber glücklich grinste ich ihn an.

»Wie lange geht denn das Konzert noch? Ich bin völlig hinüber.« Bildete ich mir das ein oder wurde meine Aussprache schon etwas schwammig?

Egal, Basti schien mich ja auch so zu verstehen. Er rutschte ein Stück näher zu mir und beugte sich zu mir herunter, damit er nicht ganz so laut schreien musste: »Ein bisschen schon noch. Die Jungs spielen immer so gute drei Stunden.«

Drei Stunden? »Oh ja, das kann man wohl sagen.« Während ich immer noch große Augen machte, beobachtete ich das Geschehen auf der Bühne weiter. Die Bandmitglieder gönnten sich zwischen den Songs keine oder nur ganz kurze Pausen, und ich war beeindruckt, wie sehr sie da oben in ihrem Element waren.

Nach meiner kleinen Verschnaufpause entschied ich mich, vom Rand aus weiter zu tanzen und mich nicht noch einmal in die Menge zu wagen. Dazu fühlte ich mich eindeutig zu kaputt und zu beschwipst. Basti leistete mir Gesellschaft, und ich ertappte mich dabei, wie ich ihn beobachtete. Er bemerkte meinen Blick und grinste mich zweideutig an. Trotz meines Zustands lief ich rot an. Hastig sah ich zur Seite, doch im Augenwinkel registrierte ich sein belustigtes Schmunzeln.

Nach dem Konzert fanden wir Ruby und die anderen Jungs erstaunlich schnell wieder und gemeinsam machten wir uns auf den Weg nach draußen. Ich fühlte mich wie in Watte gepackt, meine Ohren dröhnten von der lauten Musik und mir war immer noch etwas schummerig. Trotzdem war ich überglücklich und wollte nicht, dass dieser Abend jetzt schon endete.

Vor der Halle kaufte Ruby an einem Getränkestand Bier und drückte mir eine Flasche in die Hand. Eigentlich wusste ich, dass ich nichts mehr trinken sollte, aber ich wollte meine neue Freundin nicht abweisen, wenn sie schon so nett zu mir war. Also prostete ich den anderen kurz entschlossen zu und nahm einen großen Schluck.

Als ich spürte, wie sich ein Arm um mich legte, erstarrte ich instinktiv. Ich schaute auf und blickte in Bastis dunkle Augen, die sich fest auf meine richteten. Ich ließ es zu, da ich mich bei ihm sicher fühlte. Und zugegebenermaßen konnte ich etwas Unterstützung beim Aufrechtstehen sehr gut gebrauchen.

»Paula ist schon etwas angeheitert«, erklärte er seinen Freunden, woraufhin mich Ruby mit einem Blick bedachte, den ich nicht sicher zuordnen konnte.

Doch sie sagte nichts, sondern fragte lediglich in die Runde: »Wer ist bei der After-Show-Party dabei?«

Ich witterte meine Chance und quietschte getrieben durch den Alkohol vor Freude laut auf. Ich erschrak selbst über mein Lachen, das so gar nicht nach mir klang. Aber egal.

»Ich! Wo müssen wir hin?« Grinsend lehnte ich mich in Bastis Umarmung nach vorne und wollte schon loslaufen, als dieser mich lachend zurückhielt. Frechheit. Ich plumpste zurück an seine Seite und lehnte mich an seine Schulter.

»Hier um die Ecke ist ein Club. Da ist immer was los«, klärte Wolle mich auf und deutete mit einem Kopfnicken auf die dunkle Straße, die vor uns lag.

»Fantastisch. Dann los«, rief Ruby, hakte sich bei ihm ein und zog ihn mit sich. Ich wollte ihr folgen, doch da hatte ich die Rechnung ohne mein Gleichgewichtsorgan gemacht. Statt geradeaus zu gehen, taumelte ich nach rechts und stolperte. Basti konnte mir gerade so folgen und verstärkte seinen Griff, um mich aufzufangen.

»Na, ich bin dir dann mal behilflich«, sagte er lachend, dabei vibrierte seine tiefe Stimme dicht an meinem Ohr und jagte mir einen Schauer über den Rücken. Ob ich das gut oder schlecht fand, konnte ich in diesem Zustand nicht mehr gänzlich sicher zuordnen.

Nach einem kurzen Fußweg, der sich aber wegen meines Zustands etwas in die Länge zog, erreichten wir den kleinen Club. Die frische Nachtluft tat mir gut, und ich traute mich, meinen Arm, mit dem ich mich an Basti geklammert hatte, etwas zu lockern. Skeptisch betrachtete ich die schwarze Eingangstür, hinter der ich schon leise die Bässe aus dem Club vernahm. Mit einem Mal kam mir mein Vorhaben doch etwas beängstigend vor.

»Was ist los? Doch keine Lust mehr?« Ruby warf einen grinsenden Seitenblick auf mich.

»Ähm …«, fing ich an und betrachtete weiter die Eingangstür, die jetzt von einem bulligen Mann geöffnet wurde. Der Typ sah nicht aus, als würde er Mädchen wie mich in seinem Club dulden. Ich spürte förmlich schon, wie er mich gleich vor versammelter Mannschaft abweisen würde, weil ich nicht in diese Umgebung passte, und wollte die Peinlichkeit am liebsten umgehen, indem ich das Ganze hier abbrach.

»Ich komm doch da bestimmt gar nicht rein«, sprach ich meine Bedenken unwirsch aus. Wie blöd sich das anhörte.

»Ach was! Das ist gar kein Problem. Das ist ja nicht das *Berghain* oder so.« Ruby ging selbstbewusst auf den Eingang zu, und Basti löste seinen Arm von mir, aber nur, um im gleichen Moment nach meiner Hand zu greifen.

»Komm, das klappt sicher«, forderte auch er mich auf. Trotzdem fühlte ich mich unwohl, als ich Hand in Hand mit Basti auf den Türsteher zulief. Meine Sorgen waren unbegründet, der Türsteher sah nur kurz auf und nickte uns dann zu. Noch nicht einmal unsere Ausweise wollte er sehen. Wie einfach.

Stickige Luft und der Bass der Musik schlugen mir entgegen. Die Atmosphäre war so ähnlich und gleichzeitig so anders als bei meinem ersten Clubbesuch mit meinen Freundinnen. Der entscheidende Unterschied war der, dass sich das hier um Längen besser anfühlte. Ein Hochgefühl durchströmte mich urplötzlich, das mich wie bescheuert grinsen ließ. Obwohl ich leicht debil gewirkt haben könnte, kümmerte mich das nicht weiter. Aufgeregt ließ ich meinen Blick durch den Club schweifen. Es gab eine kleine Tanzfläche am Rand, auf der anderen Seite befand sich eine urig eingerichtete Bar mit wenigen Sitzgelegenheiten, die allesamt schon belegt waren. Bastis Hand um meine fühlte sich plötzlich schwer an, und obwohl ich mich unwillkürlich verkrampfte, ließ er mich nicht los. Widerstrebend ließ ich mich von ihm zur Bar ziehen. Ich mochte ihn, aber langsam wurde mir das Ganze doch etwas zu viel. Während ich mir den Kopf darüber zerbrach, ob ich ihm falsche Hoffnungen gemacht haben könnte, erreichten wir den Tresen. Vermutlich war es besser, wenn ich den restlichen Abend auf Alkohol verzichtete.

Bevor er mir erneut ein Bier bestellen konnte, lehnte ich mich zu ihm und rief ihm gegen die laute Musik entgegen: »Für mich bitte nur noch eine Cola. Ich glaube, mit dem Bier sollte ich es heute lieber lassen.«

»Sei doch keine Spielverderberin, Paula.« Basti schüttelte grinsend den Kopf. »Jetzt geht die Party doch erst richtig los.« Seine Augen waren rot unterlaufen und starrten mich unangenehm intensiv an, sodass mir erneut ein Schauer über den Rücken lief. Der fühlte sich nun aber wirklich nicht mehr so gut an.

Schnell hob ich ablehnend meine Hand, was Basti aber schon gar nicht mehr mitbekam. Er stützte sich wieder am Tresen ab und rief dem Barkeeper etwas zu. Ich verdrehte innerlich über mich selbst die Augen. Ich und mein Durchsetzungsvermögen. Aber gut, ein Bier mehr oder weniger sollte ja jetzt auch keinen Unterschied mehr machen. Suchend sah ich mich nach den anderen um und entdeckte sie auf der Tanzfläche. Da reichte mir Basti eine geöffnete Bierflasche und stieß mit mir an. Dabei rückte er unangenehm dicht an mich heran und fixierte mich erneut mit seinen Augen, sodass ich schnell wegsah und einen Schluck von meinem Bier nahm. Diese Entwicklung gefiel mir gar nicht, beschwipst hin oder her. Doch ich wusste nicht, wie ich am besten aus dieser Situation wieder herauskam. Basti rückte noch näher an mich und legte seinen Arm um meine Taille. Mit einem festen Griff zog er mich mit sich in eine ruhigere Ecke des Clubs. Niemand nahm von uns Notiz und ich wurde von Sekunde zu Sekunde unruhiger. Der Bass wummerte im Wettlauf mit meinem immer schneller pochenden Herz. Ich nahm meinen ganzen Mut zusammen und versuchte mich unauffällig aus seinem Griff zu winden, indem ich mich langsam an die Wand zurücksinken ließ. Aber der Plan ging nach hinten los. Basti rückte augenblicklich nach und drückte mich mit seinem ganzen Gewicht gegen die Wand.

»Ähm, woher kennst du Ruby eigentlich?«, versuchte ich ihn mit meiner Frage abzulenken und nahm erneut einen großen Schluck aus der Bierflasche. Ich spürte seinen intensiven Blick auf mir ruhen, dann griff er nach meiner Flasche und stellte sie achtlos auf einen Stehtisch neben uns. Ich schluckte nervös. Da er mir nicht antwortete, probierte ich es weiter: »Ich wollte noch mit ihr tanzen, ist sie auf der Tanzfläche?« Ich wollte mich aus Bastis Griff winden, doch er hielt mich fest und deutete ein Kopfschütteln an.

»Sei doch nicht so schüchtern«, rief er mir ins Ohr. Mit seiner linken Hand hielt er mich weiter an der Taille, mit der rechten umfasste er mein Gesicht und hob vorsichtig, aber bestimmt mein Kinn an, damit ich ihn ansehen musste. Was sollte das denn jetzt werden?

Meine innere Stimme warnte mich und befahl mir, mich sofort zu wehren und das Weite zu suchen. Doch durch den Alkohol und die Situation, die mich in dem Augenblick total überforderte, war ich unfähig, mich zu bewegen.

Langsam senkte Basti seinen Kopf. Wollte er mich etwa küssen? Meine Gedanken überschlugen sich, unfähig, sich zu etwas Vernünftigem zusammenzusetzen. Endlich gelang es meinen Synapsen, die richtigen Befehle an meinen Körper zu senden. Panisch wandte ich den Kopf aus seinem Griff und ich erhaschte einen Blick über seine Schulter. Wo waren bloß Ruby und die anderen?

Aber es waren nicht Rubys Augen, an denen mein hilfloser Blick hängen blieb. Mats stand ein paar Meter weiter und sah direkt in meine Richtung. Er hatte mich erkannt, das war eindeutig. Und er wirkte sehr überrascht, mich hier zu sehen. Er hatte mir gerade noch gefehlt.

Ein paar Sekunden überlegte das Teufelchen auf meiner Schulter tatsächlich, Basti zu küssen, einzig, um Mats zu zeigen, dass ich nicht das naive Mädchen war, für das er mich hielt. Aber hatte ich mir nicht geschworen, dass Mats mir egal war? Mir schwirrte der Kopf. Doch bevor ich mir darüber weitere Gedanken machen konnte, umfassten Bastis Finger wieder mein Kinn und drehten mein Gesicht zu ihm, diesmal eine Spur härter. Seine Augen schimmerten vom Alkohol und er wirkte nicht mehr so nett wie zuvor am Abend. Ich wich erneut zurück, doch ich stieß nur hart gegen die Wand.

»Hey, du hast den ganzen Abend mit mir geflirtet. Dann zier dich doch jetzt nicht so«, knurrte er gefährlich nah an meinem Mund.

Ich erschauderte.

»Ich weiß nicht ... Hab ich das?«, murmelte ich hilflos gegen die laute Musik an und suchte mit meinen Augen hinter Basti nach Mats, doch ich konnte ihn nicht mehr sehen.

Verdammt.

Basti senkte seinen Kopf, und endlich wusste ich, was ich zu tun hatte. Ich drehte vehement den Kopf zu Seite, aber seine Finger waren schnell. Hart umfasste er mein Kinn und drehte es schmerzhaft zurück vor sein Gesicht. »Jetzt stell dich doch nicht so an«, murmelte er vor meinen Lippen.

Ich schloss frustriert die Augen und fügte mich machtlos dem Unvermeidlichen. Aber dann kippte ich plötzlich haltlos nach vorn, weil Basti an der Schulter von mir weggerissen und zur Seite geschubst wurde. Perplex, weil ich den Halt verloren hatte, stolperte ich ein paar Schritte nach vorn und wurde von Mats aufgefangen. Die Erleichterung und der Alkohol übermannten mich urplötzlich und so lehnte ich mich kurzerhand seufzend an seine Brust.

»He, was wird das, Mann?«, hörte ich Basti neben mir brüllen.

Träge blinzelnd drehte ich mich zur Seite und sah gerade noch, wie er sich drohend vor Mats aufbaute. Der warf mir einen skeptischen Blick zu und schüttelte abfällig den Kopf. So viel zu meiner nicht naiven Außenwirkung. Schlagartig wurde mir klar, wie peinlich ich mich an diesem Abend eigentlich benommen hatte.

»Siehst du doch, ich nehme sie mit«, herrschte Mats ihn trocken an.

»Was?«, quietsche ich erschrocken und gleichzeitig irgendwie begeistert und sah zu Mats auf, der meinen Blick einfing.

Er beugte sich mit diesem typisch schiefen Grinsen an mein Ohr, strich sanft mit seinen Lippen darüber und feuerte damit eine ganze Gänsehautexplosion über meinen Körper.

»Nicht, um dich zu vögeln. Guck mich nicht so lüstern an, ich bringe dich bloß nach Hause.« Er lachte, als er kurz meine entgleisende Miene betrachtete, dann richtete er sich wieder auf und zog mich gleichzeitig an seine Seite.

»Was ist denn hier los?«, drängte sich da die Stimme von Ruby an mein Ohr. Hinter ihr erschienen nun auch die anderen. Erleichtert löste ich mich von Mats und ging schwankend auf sie zu. Jetzt musste ich ihm beweisen, dass ich die Situation sehr wohl im Griff hatte.

»Nichts, alles gut«, log ich in Rubys Richtung. Ich hatte wieder etwas Kraft gesammelt und wollte diese fatale Situation so schnell wie möglich beenden.

»Gar nichts ist gut. Der Typ hier hat sich eingemischt, als ich mir die Schnecke klarmachen wollte«, rief Basti lallend neben mir, und ich zuckte zusammen, als sein alkoholgeschwängerter Atem auf meine Wange traf. Ruby sah mich wieder mit diesem Blick an, den ich nicht richtig zuordnen konnte. »Paula, sag jetzt, dass du …«, mischte Basti sich grunzend wieder ein, aber ich konnte ihm nicht mehr antworten. Der Raum begann sich zu drehen, ein Pfeifen legte sich auf meine Ohren und ich wankte erschrocken zur Seite.

Mats' Griff wurde fester, er hielt mich, damit ich nicht umkippte.

»Das reicht jetzt! Du bist ja stockbesoffen«, fuhr er mich zischend an. Schuldbewusst linste ich mit einem Auge zu ihm hoch und lehnte meinen pochenden Kopf an seine Brust. Das hier war mir alles dezent zu viel.

Mit einer Leichtigkeit hob Mats mich plötzlich auf seine Arme und trug mich wie ein Baby in Richtung Ausgang. Ich wollte protestieren, doch sein eisiger Blick ließ mich verstummen. Ruby lief aufgeregt hinter uns her, in ihrem Gesicht stand ein verwirrter Ausdruck.

»Paula, wer ist denn dieser Kerl hier jetzt? Kennst du den?« Sie schien sich wirklich Sorgen um mich zu machen.

Ich schaute kurz zu Mats hoch, der weiter verkniffen nach vorne starrte, und seufzte dann. »Ja, ich kenne ihn. Danke, ja?«, rief ich ihr so laut wie möglich zu. Sie nickte, blieb am Ausgang stehen und sah uns nach.

Mats trug mich noch ein paar Schritte weiter, dann setzte er mich ab, ließ seine Hände aber weiter stützend an meinen Schultern.

»Geht's?«, fragte er in einem milderen Ton und musterte mich besorgt. Ich griff Halt suchend nach seinem Arm, atmete die kühle Nachtluft ein und nickte langsam. »Gut«, murmelte er leise und führte mich zu seinem grünen Auto, das am Straßenrand geparkt war. Da fiel es mir siedend heiß wieder ein. Robin.

»Ach du Scheiße«, stieß ich keuchend aus. »Wie spät ist es?«

»Keine Ahnung, zwei Uhr oder so?«

»Ich sollte doch Rob anrufen, damit er mich abholt«, gab ich schuldbewusst zu. Langsam lichtete sich der Nebel in meinem Kopf. So wie ich meinen Bruder kannte, machte er sich bestimmt schon fürchterliche Sorgen um mich, weil ich mich nach dem Konzert nicht gemeldet hatte. Auf Mats' Gesicht schlich sich endlich wieder sein typisches Grinsen und er hielt mir die Beifahrertür auf.

»Steig ein, ich fahr dich nach Hause.« Sein Ton erlaubte

keine Widerrede und sein schiefes Lächeln bescherte mir das bekannte Kribbeln in der Magengegend. Ich biss die Zähne zusammen. Dieser Verlauf passte mir so gar nicht.

Da ich für Widerworte jedoch zu fertig war, ließ ich mich dennoch auf den Sitz gleiten und schloss die Augen. Das würde in der Schule doch wieder in einer Katastrophe enden. Mats stieg auf der Fahrerseite ein, ihn schien die Situation mittlerweile sehr zu amüsieren, denn er lächelte immer noch in sich hinein.

»Soll ich deinen Bruder anrufen oder machst du das?«

»Ich mach das schon«, murmelte ich. »Obwohl du mich in der Schule wahrscheinlich eh wieder bloßstellst«, fügte ich leise an. Ich wusste nicht, warum ich das gesagt hatte, der Alkohol schien mich mutig zu machen. Mats schaute mich lange an, sparte sich aber zum Glück einen Kommentar. Mit zittrigen Fingern kramte ich mein Handy aus meiner Tasche. Zehn Anrufe in Abwesenheit und fünf Nachrichten. Ohne sie zu öffnen, rief ich meinen Bruder an. Er nahm sofort ab. Bevor ich etwas sagen konnte, lehnte sich Mats zu mir herüber und nahm mir das Handy aus der Hand. Ich war zu perplex, um zu reagieren, und starrte ihn nur überrumpelt an.

»Hey Rob, ich habe deine Schwester nach dem Konzert getroffen, ich bring sie nach Hause, dann musst du dich nicht extra auf den Weg machen.«

Ich konnte die Worte meines Bruders nicht verstehen, aber die Lautstärke, die ich von der Beifahrerseite aus vernahm, ließ nichts Gutes ahnen.

Mats lauschte kurz, dann erwiderte er ruhig: »Alter, mach mal keinen Stress. *Die Ärzte* spielen immer so lang, das ist kein Grund, sich so aufzuregen.« Er hörte wieder kurz zu, dann seufzte er genervt. »Entspann dich. Wenn du willst, setze ich sie hier draußen in die Kälte und sie wartet hier alleine auf dich. Oder ich fahr sie einfach schnell vorbei. Musst du wissen, was dir lieber ist.«

Oh nein. Ich konnte mir vorstellen, wie sehr meinen Bruder die Tatsache störte, dass ich bei Mats im Auto saß.

»Na, siehst du. In einer halben Stunde sind wir da. Bis

gleich«, hörte ich von Mats, dann legte er auf und reichte mir grinsend mein Handy.

»Gern geschehen.« Er zwinkerte mir zu, dann startete er den Motor und fuhr los. In den ersten Minuten sagte niemand etwas, Mats trommelte nur mit seinen Fingern im Takt zur Musik auf das Lenkrad. Als wir die Autobahn erreicht hatten, schaute er kurz zu mir herüber. Ich hing in meinem Sitz und starrte aus dem Fenster. Mir war zwar übel, aber allmählich hatte ich wieder das Gefühl, klar denken zu können, was die Situation umso unangenehmer machte. Mats überraschte mich mit einer Frage, mit der ich von ihm nicht gerechnet hätte.

»Wie geht es dir?«, erkundigte er sich.

»Gut«, murmelte ich ausweichend. Ich wusste, dass Mats spätestens in der Schule wieder den coolen Hecht heraushängen lassen und sich über meinen alkoholisierten Zustand lustig machen würde. Er warf mir einen skeptischen Blick zu.

»Kanntest du die Leute da?«

Ich spielte nervös an dem Reißverschluss meiner Tasche. Seine Frage war mir unangenehm und ich wollte ihm ungern die Wahrheit sagen. Im Lügen war ich allerdings auch schlecht.

Er schien wirklich auf eine Antwort zu warten, deshalb sagte ich: »Ja, ich war mit ihnen zum Konzert verabredet. Ruby hatte mir eine ihrer beiden Karten verkauft, und da ich nicht alleine gehen wollte, hat sich das so ergeben.«

»Du wolltest allein auf das Konzert?« Mats schien ehrlich überrascht und musterte mich kurz von der Seite, ehe er seine Aufmerksamkeit wieder auf die Straße vor uns richtete.

»Wollte ich ja eben nicht«, gab ich genervt zurück.

»Und deshalb gehst du mit Wildfremden und lässt dich von einem Typen abfüllen, der zehn Jahre älter ist als du und dich abschleppen will?« Seine Frage klang zynisch.

Alarmiert setzte ich mich auf. »Du darfst Rob davon nichts erzählen. Bitte.« Ich flehte fast, aber das war mir egal. Sollte Mats doch von mir denken, was er wollte. Hauptsache, mein Bruder erfuhr von der ganzen Geschichte nichts. Aber was machte ich mir eigentlich vor? Als ob ich Mats irgendwie davon abhalten könnte.

Frustriert ließ ich mich zurück in den Sitz sinken. »Aber das machst du wahrscheinlich eh. Und spätestens übermorgen bin ich das Gespött der ganzen Schule.« Meine Stimme begann zu zittern. Jetzt bloß nicht anfangen zu heulen, ermahnte ich mich in Gedanken und biss die Zähne zusammen.

Mats sagte nichts, aber ich spürte seinen Blick auf mir.

Die Stille zwischen uns breitete sich aus, und als ich mich wieder etwas gefangen hatte, fuhr ich leise fort: »Ich mag diese Musik. Ich war mit meiner Freundin auf dem Konzert, wo du auch warst, und ich hatte dabei so viel Spaß. Mir gefällt diese Atmosphäre, das Ausgelassene, die Menschen dort, die alle so offen und ohne Vorurteile sind. Aber ich kenne nun mal keine anderen Leute, mit denen ich da hingehen könnte. Franzi hat das Konzert im Nachhinein nur schlechtgeredet. Deshalb wollte ich alleine gehen. Und Ruby hatte mir angeboten, dass ich mich ihnen anschließen könnte, und der Abend mit der Gruppe war auch echt cool. Ich habe vorher halt noch nie wirklich viel Alkohol getrunken, und da ich sie ja gerade erst kennengelernt hatte, wollte ich nicht direkt die Spaßbremse sein …« Ich stockte. Wieso zum Teufel erzählte ich ihm das jetzt alles?

»Oh Mann …«, murmelte Mats, das Grinsen auf seinem Gesicht war verschwunden. »Du lässt dich abfüllen, weil es dazugehört? Ich hab ja schon gewusst, dass du eine kleine Spießerin bist, aber dass man so naiv sein kann …«, presste er leise hervor. »Der Typ hätte dich noch gevögelt und du hättest aus Anstand nichts gesagt, oder was?«

Seine Unterstellung traf mich hart und ich presste die Lippen zusammen.

Plötzlich hielt er inne und schaute einen Moment zu lange zu mir. »Natürlich. Verdammte Scheiße.« Entsetzt schüttelte er den Kopf. »Du hättest dich von dem Mistkerl entjungfern lassen«, stellte er knurrend fest.

Ich lief rot an und spürte, wie Mats mich trotz der Dunkelheit im Auto dabei ertappte. Ich wollte etwas erwidern, doch da hob er eine Hand und bedeutete mir, ruhig zu sein.

»Nein, stopp, dazu musst du nichts sagen. Das wollte ich gar nicht laut aussprechen.« Seine Stimme klang plötzlich ganz ernst.

Die Situation war mir so unangenehm, dass ich mich am liebsten in Luft aufgelöst hätte. Ich wollte von Mats nicht wie ein hilfloses kleines Mädchen dargestellt werden. Doch unter näherer Betrachtung der Umstände wurde mir klar, dass es genau so war. Ich war froh, dass Mats mich an diesem Abend von einem folgenschweren Fehler bewahrt hatte. Gerettet hatte.

Ich wollte mir gar nicht ausmalen, was mit Basti noch passiert wäre. Anscheinend war ich ja nicht in der Lage, meine Grenzen selbst zu stecken und zu behaupten. Denn Basti hatte diese heute eindeutig übertreten. Auch wenn ich ihm vielleicht falsche Hoffnungen gemacht hatte. Und der Alkohol durfte dafür auch keine Ausrede sein.

Wir schwiegen, bis wir beim Haus meiner Eltern ankamen. Robin erwartete mich schon draußen. Mit einem schuldbewussten Gesichtsausdruck stieg ich aus dem Auto.

»Beim nächsten Mal schreibst du mir bitte, wenn das so viel länger dauert. Eine kleine Nachricht wird ja zeitlich wohl drin sein«, fuhr er mich an. Sein Blick war ernst, doch dann wurde er weicher, als er mein schuldbewusstes Gesicht sah.

»Ist alles klar bei dir?«, fragte er mich mit einem Seitenblick auf Mats. Ich nickte schnell und sah vorsichtig zu Mats hinüber. Ich hatte Angst vor dem, was er meinem Bruder berichten würde. Er lehnte aber nur lässig an seinem Auto und spielte abwartend mit seinem Schlüssel. Wieder tauschten sie einen dieser stummen Blicke aus, die ich nicht verstand.

»Ja, alles gut bei dir, Paula?«, fragte nun auch Mats mit einem süffisanten Unterton in der Stimme.

»Alles gut.«

Mats schmunzelte und bedachte mich mit diesem schiefen Grinsen, bevor er sich mit einem vielsagenden Blick an Robin wandte. »Alles gut«, wiederholte er meine Worte deutlich.

Robin sah fast ein bisschen belustigt aus. »Danke, Mann. Da hast du tatsächlich noch mal was gut bei mir.« Er klopfte ihm freundschaftlich auf die Schulter, was Mats dazu veranlasste, meinem Bruder grinsend mit dem Schlüssel zu drohen.

»Pass auf, was du sagst, sonst nehme ich dich bestimmt beim Wort.«

»Mach das«, erwiderte mein Bruder ruhig.

Mats ging zurück zur Fahrerseite und hob zum Abschied eine Hand. »Gute Nacht allerseits.« Sein Blick blieb kurz an mir hängen, dann stieg er in sein Auto und fuhr los. Ich seufzte erleichtert.

FÜNF

Nachdem ich den Sonntag weitestgehend mit Kopfschmerzen im Bett verbracht hatte, fühlte ich mich am Montag immerhin wieder halbwegs fit. Trotzdem betrat ich das Schulgebäude mit einem unguten Gefühl im Bauch.

In unserem Kursraum ließ ich mich neben Franzi auf meinen Platz fallen und bemühte mich um eine halbwegs neutrale Miene. Aber meine Freundin durchschaute mich wie immer sofort.

»Welche Laus ist dir denn über die Leber gelaufen? Geht's dir gut?«, fragte Franzi irritiert, nachdem sie mich zur Begrüßung auf beide Wangen geküsst hatte.

Ich rieb mir die Schläfen und erwiderte: »Ich habe bloß etwas Kopfschmerzen, vielleicht werde ich ja krank.« Ich hatte nicht vor, Franzi von meinen Wochenenderlebnissen zu berichten. Ich konnte mir ihr entsetztes Gesicht schon bildlich vorstellen und wollte die Diskussionen über mein naives Verhalten auf jeden Fall vermeiden. Franzi runzelte die Stirn, aber bevor sie die Möglichkeit hatte, weiter nachzuhaken, betrat schon unsere Lehrerin Frau Mertens den Raum. Froh über die Ablenkung griff ich nach meinem Block und gab vor, dem Unterricht zu folgen. Entgegen meiner Gewohnheit schaffte ich es aber nicht, mich zu konzentrieren. Immer wieder schweiften meine Gedanken ab, und ich malte mir die schlimmsten Horrorszenarien aus, wenn ich Mats in der Schule wiedersehen würde. Ich konnte immer noch nicht verstehen, wieso ich ihm nach dem Konzert im Auto ungefiltert die Wahrheit erzählt hatte.

»Laura und Marie warten schon in der Cafeteria auf uns, also mach hinne«, zischte mir Franzi beim Pausenklingeln zu, während sie ihre Sachen unordentlich in ihre Tasche schob. Langsam erhob ich mich von meinem Platz und suchte gedanklich nach Ausreden, um nicht mit in die Cafeteria zu müssen. Da mir auf die Schnelle aber keine einfiel, gab ich mich geschlagen und folgte Franzi mürrisch. Meistens verbrachte Mats seine Pausen ja sowieso draußen, also warum sollte er ausgerechnet heute in der Cafeteria sein?

Als wir den Raum betraten, sah ich meine Freundinnen schon auf uns warten, aber keine Spur von Mats. Beruhigt atmete ich aus.

Nachdem wir uns unser Essen gekauft hatten, setzten wir uns zu Laura und Marie an den Tisch. Während ich appetitlos in meinen Nudeln stocherte, hörte ich mit einem Ohr dem Gespräch meiner Freundinnen zu. Für die neusten Klamottentrends hatte ich heute allerdings wirklich keinen Nerv. Ich sah genau in dem Moment zur Tür, um mich zu vergewissern, dass Mats nicht doch noch auftauchte, als diese aufging und er lässig wie immer in den Raum schlenderte. Im Schlepptau hatte er seine nervigen Kumpels. Sie entdeckten mich, und Justin grinste anzüglich in meine Richtung, während er Mats den Ellenbogen in die Seite stieß, um ihn auf mich aufmerksam zu machen. Leo sagte etwas und lachte kurz darauf los, aber Mats stieg nicht darauf ein. Als er in meine Richtung sah, kräuselte er lediglich leicht die Stirn, dann schubste er Justin in die entgegengesetzte Richtung und bedeutete auch Leo, ihm zu folgen.

Franzi war meinem Blick gefolgt. »Das ist er, oder?«

Ich brummte ungehalten. »Hm.«

An Franzis skeptischer Miene konnte ich genau ablesen, was sie von Mats' Äußerem hielt.

Trotzdem nickte sie nur, hob achtlos die Schultern und sah zu mir. »Nett sieht er aus.«

Ich grinste über ihre offensichtliche Flunkerei, sagte aber nichts dazu und war froh, dass meine Freundin offensichtlich auch nicht vorhatte, dieses Thema zu vertiefen.

Aber auch die restliche Woche verlief erstaunlich ruhig. Mats bekam ich nur selten zu Gesicht, und wenn, dann ließen er und seine Freunde mich in Ruhe. Zum Glück hatten wir keine gemeinsamen Kurse, dieser Umstand ließ meine Nerven wenigstens im Unterricht etwas entspannen.

Am Freitag saß ich mit Laura und Franzi in der Pause auf den Tischtennisplatten und lauschte halbherzig dem Gespräch über eine neue Nagellackmarke, als mein Handy vibrierte und mir den Empfang einer neuen Nachricht anzeigte. Die Nummer war nicht in meinem Handy gespeichert, deshalb drückte ich umso neugieriger auf das grüne Nachrichtensymbol.

Hi Paula, bist du letzten Samstag noch gut nach Hause gekommen? Basti war total drauf und kann sich an nichts mehr erinnern, aber ihr beide habt euch ja sehr gut verstanden ... Wir gehen heute auf eine Party, hast du Lust mitzukommen? Liebste Grüße, Ruby

Ich war überrascht über den freundlichen Ton ihrer Nachricht. Ich hatte mir ausgemalt, dass Basti bei ihr schlecht über mich geredet hatte, weil ich ihn abgewiesen hatte. Oder eher, weil ich von Mats von ihm weggezogen worden war. Wie auch immer.

Vielleicht war er ja wirklich so betrunken gewesen, dass er sich gar nicht mehr an sein aufdringliches Verhalten erinnern konnte? Diesen Aspekt hatte ich nie bedacht und deshalb den losen Kontakt zu Ruby und ihren Freunden gleich wieder abgehakt, obwohl ich sie sehr nett fand. Unsicher schwebte mein Finger über der Antworttaste. Auch wenn ich mich selbst am meisten damit überraschte, reizte mich der Gedanke, mit Ruby etwas zu unternehmen. Da holte Laura mich aus meinen Gedanken und stupste mit ihrem Schuh gegen meinen. Fragend sah ich von dem Display auf.

»Wer ist das denn?«, fragte sie und deutete mit dem Kopf auf mein Handy.

»Ach, nichts weiter.« Rasch schob ich das Gerät zurück in seine Lederhülle. »Mama hat gefragt, wann ich nach Hause komme, wegen des Abendessens mit meinem Vater«, log ich.

»Dann schreib ihr, dass du erst morgen kommst. Wir können doch direkt nach der Schule zu Marie und dann machen wir mal wieder einen Mädelsabend. Wir können kochen und dann sehen wir uns den neuen Film mit Jamie an«, rief Franzi enthusiastisch.

»Oh ja, Jamie«, fiel Laura kreischend mit ein.

»Oh ja, Jamie«, wiederholte ich ironisch und betonte seinen Namen dabei genauso schrill wie meine Freundinnen. »Ohne mich.«

Jamie war der In-Schauspieler überhaupt und scheinbar alle Mädels auf der ganzen Welt fuhren auf den gut aussehenden Kerl ab. Mir war er mit seinen blonden Locken und zugegebenermaßen gestähltem Körper einfach zu langweilig. Generell konnte ich Schauspielern noch nie sonderlich viel abgewinnen.

»Paula«, ermahnte mich Franzi. »Jamie ist so hot, den muss man doch einfach gut finden.«

Da fiel ihr Laura kichernd ins Wort: »Paula doch nicht. Die steht doch aktuell nur auf Bad Boys.« Sie legte mir affektiert eine Hand auf die Schulter und amüsierte sich königlich über sich selbst. Da war meine Entscheidung gefallen. Ich sprang von der Tischtennisplatte und deutete auf das Schulgebäude.

»Sorry, Mädels, ich überlasse euch euren Jamie heute Abend. Ich habe mir vorgenommen, mich auf die Deutschprüfung nächste Woche vorzubereiten. Und das habe ich schon viel zu sehr schleifen lassen.« Die Lüge ging mir mittlerweile erstaunlich leicht von den Lippen, ich wunderte mich selbst über mich.

»Ach, Paulachen, sei doch nicht immer so eine Streberin.

Du bist doch eh die Jahrgangsbeste, wieso solltest ausgerechnet du heute Abend lernen?« Franzi sprang ebenfalls von der Tischtennisplatte und schaute mich flehend an.

Ich seufzte. »Ich war in letzter Zeit durch Mats viel zu sehr abgelenkt. Das muss ich jetzt nachholen.«

Franzi zog eine Grimasse, aber dann seufzte sie ergeben und nickte zustimmend. »Beim nächsten Mädelsabend schauen wir einen Film mit irgendwelchen Bad-Boy-Typen, ja?«

Ich musste lachen und drückte sie schnell. Auch wenn ich in letzter Zeit das Gefühl hatte, dass ich mich immer weiter von meinen Freundinnen entfernte, merkte ich jetzt wieder, wie lieb ich Franzi doch immer noch hatte.

»Einverstanden.«

»Und was für eine Party ist das?«, fragte meine Mutter und fuhr weiter fort, das Geschirr aus dem Geschirrspüler auszuräumen.

Ich stand neben ihr und nahm ihr das Besteck ab, um es in die Schublade einzuräumen. »Bei einem von Rubys Freunden, dem Mädchen, mit dem ich letzte Woche auf dem Konzert war. Sie kennt da ganz viele Leute und da kann ich mich anschließen. Sie ist wirklich ganz nett.«

Ich versuchte nun schon seit geraumer Zeit, meine Mutter von meinem Vorhaben, auf die Party zu gehen, zu überzeugen, doch das gestaltete sich schwieriger als gedacht. Meine Mutter war sehr skeptisch geworden, als ich ihr von meinem Plan erzählt hatte.

»Du kennst dieses Mädchen doch gar nicht richtig. Ein Konzert zusammen besuchen ist ja in Ordnung, das ist eine öffentliche Veranstaltung. Aber auf eine private Party? Ich weiß nicht, Paula. Da ist mir irgendwie nicht ganz wohl bei der Sache«, seufzte sie.

So kannte ich meine Mutter gar nicht, normalerweise war sie Neuem gegenüber sehr aufgeschlossen, und es hatte sogar

Zeiten in meinem Leben gegeben, da versuchte *sie*, mich zu überzeugen, dass ich mehr unternehmen solle.

Natürlich konnte ich sie einfach vor vollendete Tatsachen stellen, schließlich war ich neuerdings volljährig, aber die Harmonie in der Familie war mir wichtig – und ich hatte auch nicht damit gerechnet, dass sich mein Vorhaben als so großes Problem entpuppen würde.

Ich verschränkte die Arme vor meinem Oberkörper und stierte meine Mutter an. Nachdem ich am Nachmittag zu Hause angekommen war, hatte ich gleich Ruby geschrieben, dass ich gerne mitkommen wollte. Und nun diese unnötige Diskussion.

»Ich mache da auch keinen Unsinn, Mama«, flehte ich weiter, ihr Gesichtsausdruck blieb dennoch skeptisch.

»Wobei machst du keinen Blödsinn, Schwesterchen?«, ertönte da die Stimme meines Bruders in der Küchentür.

Meine Mutter war schneller als ich: »Paula möchte heute Abend auf eine Party mit einer neuen Freundin, die sie erst seit Kurzem kennt. Da bin ich nicht so glücklich drüber.«

Robin hob überrascht eine Augenbraue und sah mich an. »Die, die dir die Karte verkauft hat?«

»Jaha …«, brummte ich genervt.

Von meinem Bruder erhoffte ich mir wenig Unterstützung, doch er überraschte mich, indem er vorschlug: »Ich kann Paula dann ja abholen. Dann muss sie abends nicht alleine fahren.« Mit einem Seitenblick auf mich fügte er hinzu: »Wenn du mir rechtzeitig eine Nachricht schreibst.«

Ich errötete, als ich an die Autofahrt mit Mats dachte. Schnell beeilte ich mich, ihm zu versichern: »Ja, natürlich. Das ist doch kein Problem. Siehst du, dann ist das doch alles sicher. Mir wird nichts passieren.«

Meine Mutter legte seufzend das Geschirrhandtuch weg. »Und du machst da wirklich keinen Unsinn, ja, Paula?«

Grinsend drückte ich erst meine Mutter, dann meinen Bruder an mich. »Wann habe ich je Unsinn gemacht?«

Sie lachte leise. »Und das darf auch gerne so bleiben. Ich

will keine ungewollten Schwangerschaften in meinem Haus, bevor meine einzige Tochter die Schule beendet hat.«

Ich japste erschrocken nach Luft, aber meine Mutter grinste und tätschelte mir beruhigend den Arm. »War nur ein Scherz.«

Aber ich wusste durch ihr angestrengtes Lächeln, dass sie ihre Worte durchaus ernst meinte. Mütter.

Im strömenden Regen stieg ich aus der S-Bahn aus und suchte den Bahnsteig nach Ruby ab. Wir hatten uns hier für 20 Uhr verabredet und untypischerweise war ich zehn Minuten zu spät. Am anderen Ende des Bahnsteigs sah ich sie dann, sie stand neben Basti und einem anderen Typen, den ich nicht kannte, und winkte mir wild zu. Ich zog mir die Kapuze meines Pullovers über den Kopf und lief ihnen entgegen. Es überraschte mich nicht, dass Basti auch zur Party ging, allerdings hatte ich gehofft, ihm erst im weiteren Verlauf des Abends zu begegnen.

Als ich sie erreichte, zog Ruby mich freudestrahlend in ihre Arme. Dann drehte sie mich in die Richtung des fremden Typen und stellte mich vor.

»Mo, das ist Paula. Paula, das ist Moritz, aber er wird von allen nur Mo genannt.«

»Hey, Paula«, begrüßte dieser mich mit einer angenehm tiefen Stimme und griff nach meiner Hand, die ich ihm entgegenstreckte.

Ich fand ihn gleich sympathisch. Mo führte meine Hand zu seinem Mund und hauchte mir grinsend und mit einem angedeuteten Knicks einen Kuss auf die Hand. Ich kicherte.

»Und Basti kennst du ja«, flötete Ruby hinter mir.

Langsam drehte ich mich zu ihm um und blickte ihm unsicher entgegen. Basti schien meine Unsicherheit gar nicht aufzufallen. Er sah mir direkt in die Augen und zog mich in seine Arme.

Während er mich an sich drückte, flüsterte er mir ins

Ohr: »Sorry wegen Samstag. Ich war hackevoll und kann mich an nicht mehr viel erinnern. Hab ich was angestellt?« Er drückte mich leicht von sich, um mich fragend anzusehen.

Ich war versucht, seinem Blick auszuweichen, doch in seinen Augen konnte ich sehen, dass er es ehrlich meinte.

»Schon okay.« Und ich meinte es tatsächlich so. Es war ja nichts passiert.

Ich sah die Erleichterung in seinem Blick aufleuchten. Glücklicherweise griff er heute nicht nach meiner Hand und ließ mir meinen nötigen Freiraum. Da hatte meine Intuition mich wohl doch nicht so getäuscht. Basti war eigentlich ein guter Kerl. Nur wenn er wieder Alkohol trinken sollte, würde ich mich diesmal vor ihm in Acht nehmen.

»Wie weit ist es denn von hier?«, wandte ich mich an Ruby, die sich schon umgedreht hatte und rasch in Richtung Ausgang lief.

»Nur ein paar Minuten. Beeilt euch, sonst sind wir gleich richtig nass«, rief sie mir über die Schulter zu.

Von der S-Bahn-Station waren es tatsächlich nur wenige Meter, die wir im Eiltempo zurücklegten. Keuchend erreichten wir einen typischen Berliner Altbau und Ruby klingelte in einer der obersten Etagen Sturm. Kurz darauf wurden wir hereingelassen und nach einer schier endlosen Anzahl von Treppenstufen erreichten wir eine großzügige Dachgeschosswohnung.

Ich lehnte mich erschöpft an die Wand und grinste Ruby an. »Ich brauche erst mal was zu trinken.«

»Gute Idee«, pflichtete sie mir bei.

»Keine Kondition oder was, Kleine?« Ein großer, dunkelhaariger Typ, ganz in Schwarz gekleidet und mit weißblond gefärbten Haaren, tauchte neben uns auf und zog Ruby mit einem Arm an sich.

»Andy«, rief sie fröhlich und pikte ihm gleich darauf provozierend in die Seite. Er krümmte sich lachend und hielt sie am Arm fest. »Warum musst du auch so weit oben wohnen?«

»Das hält mich fit«, erwiderte er trocken und deutete auf seine muskulösen Oberarme.

Ruby lachte nur und verdrehte die Augen. Dann legte sie einen Arm um mich und zog mich zu sich heran. »Das ist meine Freundin Paula. Und Paula, das ist Andy. Ihm gehört die Bude, er ist Musikproduzent, deshalb kann er sich so was Protziges hier leisten.«

Andy gab mir lächelnd die Hand. »Hi, Paula, fühl dich wie zu Hause.«

Ich nickte ihm zu, als er sich schon wieder abwandte, um weitere Gäste zu begrüßen. Ruby zog mich gleich weiter in eine große und hochmoderne offene Küche. Ich staunte nicht schlecht. Auf der großen Kücheninsel waren die verschiedensten Getränke aufgebaut. Die Auswahl reichte von Softdrinks über verschiedene Biersorten bis hin zu den ausgefallensten harten Alkoholika, die ich noch nie in meinem Leben gesehen hatte. Aber gut, ich musste mir selbst eingestehen, dass ich da wohl kein Maßstab war.

»Was möchtet ihr trinken?« Basti tauchte neben uns auf, er selbst hatte bereits ein Bier in der Hand.

»Ich möchte gleich mal den Wodka dahinten ausprobieren«, rief Ruby und deutete auf eine besonders edel aussehende Flasche mit durchsichtigem Inhalt.

»Und du, Paula?«, wandte sich Basti an mich.

»Ähm …«, fing ich an und ließ meinen Blick schnell über die Auswahl schweifen. »Vielleicht erst mal eine Cola?«

»Die Cola gibt's erst spätabends, wenn du dicht bist, Paulinchen«, neckte mich Ruby. »Du kannst den Wodka auch mischen.«

Ich nickte ergeben. »Aber mit Cola.« Da hatte ich jetzt aber volles Durchsetzungsvermögen gezeigt. Grinsend bereitete Basti unsere Getränke zu und reichte mir dann einen großen Becher.

»Prost«, verkündete er und stieß seine Flasche gegen meinen Becher.

»Prost«, erwiderte ich und wollte an dem Inhalt riechen, doch da spürte ich Bastis Finger an meinem Kinn.

Leicht hob er es an, sodass ich ihm in die Augen sehen musste, und ließ mich dann wieder los. »Du musst beim Anstoßen in die Augen sehen. Sonst gibt's sieben Jahre schlechten Sex«, raunte er mir leise zu und ich schluckte hart.

Ich wusste, dass ich mich eigentlich unwohl fühlen müsste, aber seltsamerweise fand ich das alles tierisch aufregend. Basti zwinkerte mir zu und verschwand. Etwas perplex drehte ich mich zu Ruby um, die grinsend an der Küchenfront lehnte.

»Da geht doch was zwischen euch?«

»Nein«, erwiderte ich eine Spur zu laut und spürte, wie ich rot anlief.

»Das muss dir doch nicht peinlich sein. Basti ist heiß«, kicherte Ruby und stieß mit mir an. »Auf den Abend, neue Freundin.«

Ich probierte einen Schluck von meinem Wodka-Cola-Gemisch und stellte überrascht fest, dass ich den Wodka kaum herausschmeckte. Im Gegensatz zu Bier würde ich hieran wohl schnell Gefallen finden können.

Langsam füllte sich die Wohnung und die Musik wurde lauter gestellt. Ruby zog mich durch das großzügige Wohnzimmer. Wir durchquerten den langen Altbauflur, dessen Wände von Andys populärer Arbeit zeugten. Große eingerahmte Schallplatten in Silber, Gold und sogar Platin bezeugten den Erfolg seiner produzierten Lieder. Staunend blieb ich stehen und musterte die Platten. Ich war ehrlich beeindruckt.

Kurz darauf ließ ich mich von Ruby weiterziehen. Am Ende des Flures erreichten wir eine kleine Treppe, die durch eine Dachluke nach oben führte. Ruby kletterte, mit einer Hand ihr Glas balancierend, auf die ersten Stufen.

»Wo geht's denn da hin?«, fragte ich neugierig, während ich ihre Bemühungen mit einem Grinsen beäugte. Ich schaute mir das Spektakel kurz an, dann streckte ich den Arm aus. »Gib schon her, sonst muss ich gleich noch den Krankenwagen rufen.«

Dankbar reichte sie mir ihren Becher. Während sie sich weiter mit der schmalen Treppe abmühte, sagte sie: »Da oben hat Andy eine monstergeile Dachterrasse. Ich hoffe, der Regen hat aufgehört, dann können wir von da über ganz Berlin gucken.«

Habe ich schon erwähnt, dass ich wirklich beeindruckt war?

Ruby hatte mittlerweile die Luke erreicht und drückte sie auf. Dann kletterte sie durch und streckte von oben ihre Hand nach unten. Ich reichte ihr nacheinander unsere Becher und kletterte dann hinter ihr her.

»Wow«, stieß ich aus, als ich den Blick über die riesige Terrasse gleiten ließ. Ruby hatte nicht übertrieben. Die Terrasse nahm das gesamte Dach des Hauses ein, auf der einen Seite erkannte ich eine Ecke, die mit Balkonmöbeln gemütlich eingerichtet und mit hübschen Pflanzen dekoriert war. Als ich meinen Blick auf die andere Seite schweifen ließ, stockte ich kurz und riss dann ungläubig die Augen auf. »Ist das das, was ich denke?«, rief ich überrascht aus.

»Ja, das ist ein Pool. Ich sag doch, Andy ist sehr erfolgreich in dem, was er tut.« Ruby lachte und klang dabei ziemlich stolz.

»Krass.« Für mehr fehlten mir in dem Moment die Worte.

»Komm, du musst unbedingt mal runtergucken«, gluckste Ruby und zog mich zum Rand des Daches. Ich hielt mich vorsichtig an der Umrandung fest und bekam das Staunen nicht aus dem Gesicht. Ruby hatte tatsächlich nicht zu viel versprochen. Der Regen hatte aufgehört und ich konnte weit über die Dächer Berlins blicken.

»Ist das krass«, murmelte ich wieder leise. »Woher kennst du so einen Typen?«

Sie grinste lasziv. »Ich hab ihn mal auf einem Konzert seiner Band kennengelernt. Wir vögeln manchmal.«

Ich verschluckte mich fast an meinem Getränk und konnte es nicht verhindern, dass ich sie schockiert ansah.

»Schau doch nicht so.« Ruby tätschelte mir schmunzelnd den Rücken.

Ich räusperte mich. »Schon gut. Geht wieder«, nuschelte ich.

»Darf ich dich mal was fragen?« Ruby sah mich vorsichtig an. Ich konnte mir vorstellen, was jetzt kam, dennoch nickte ich.

»Was macht eine wie du auf solchen Konzerten?«

Ich seufzte. »Eine wie ich?«, fragte ich plump zurück.

»Du weißt schon. Du wirkst eher so ... ich weiß auch nicht. Spießig?«, versuchte sie ihre Gedanken zu formulieren.

»Dabei gebe ich mir so Mühe, das zu verbergen«, witzelte ich. Erleichtert, weil ich ihr ihre Frage nicht krummnahm, lächelte sie und zog mich dann zu der Möbelgarnitur.

Der Regen hatte sich verzogen und ein paar Typen waren gerade dabei, Kissen und andere Stoffaccessoires aus einer Box zu nehmen und sie auf den Möbeln zu verteilen.

Ruby und ich schnappten uns eine der flauschigen Fleecedecken, sicherten uns einen Platz und kuschelten uns gemeinsam darunter.

»Also«, fuhr sie fort, »du bist anders als die typischen Punkkonzertbesucher. Du trinkst keinen Alkohol, hast keine Erfahrung mit Jungs ...«

Ich starrte sie überrascht an. »Ich habe doch Alkohol getrunken. Und Basti hätte mich fast geküsst, da ...«

Lächelnd winkte Ruby ab. »Dann machst du es zumindest nicht oft.«

Ertappt hielt ich meinen Mund.

»Das ist doch nicht schlimm. Ich habe mich bloß gefragt, wieso du ausgerechnet in dieser Szene mitmischen willst.«

Jetzt war ich tatsächlich etwas beleidigt. Ruby schien das zu bemerken und drückte meine Hand.

»Bei mir war das ganz anders, deshalb bin ich so überrascht. Du wirkst so behütet, ich dagegen bin größtenteils im Heim und bei Pflegeeltern aufgewachsen, die mich ziemlich mies behandelt haben, und meine Freunde, die für mich meine Familie sind, habe ich erst auf den Konzerten kennengelernt. Wäre das anders gewesen ...« Sie machte eine Pause und überlegte. »Ich weiß nicht, ob ich dann solche Musik hören würde.«

Ich war überrascht über ihre Erzählung, dennoch passte

das irgendwie zu ihr. Ich wollte ihr nicht von Mats erzählen, deshalb schwieg ich und beobachtete den Himmel. Nach einer kurzen Pause, in der wir beide nichts sagten, schaute mich Ruby von der Seite an.

»Zwischen dir und Basti, da geht aber was, oder?«

»Nein, nein«, beeilte ich mich zu sagen.

»Ach, komm, du hast ihm doch die ganze Zeit an der Seite geklebt.« Sie grinste wissend.

Erschrocken stellte ich fest, dass ich wirklich den Eindruck vermittelt haben musste. Es war ja wirklich so, beim Konzert war ich Basti nicht von der Seite gewichen. Ich war froh, dass er sich so um mich gekümmert hatte, so hatte ich mich den Abend über sicher gefühlt. Bis er betrunken war und mehr von mir wollte.

Hinter uns knarrte die Luke und Andy kletterte auf die Terrasse. »Da bist du ja, ich hab dich schon gesucht«, sagte er kurz darauf leise und umarmte Ruby von hinten. Sie schnurrte und lächelte ihn glücklich an.

Ich schälte mich aus der Decke und deutete auf mein Glas. »Ich ... ähm. Ich brauch Nachschub.«

Ruby wollte sich ebenfalls erheben, doch ich bedeutete ihr, sitzen zu bleiben.

»Ich finde den Weg schon.«. Ich zwinkerte ihr zu.

Dankbar warf sie mir eine Kusshand zu und drehte sich dann zu Andy, um ihn in einen innigen Kuss zu ziehen. Mit knallroten Wangen machte ich mich auf den Weg zurück in die Wohnung. Hastig kletterte ich mit meinem Glas in der einen Hand die schmale Treppe hinunter. Mittlerweile war die Wohnung gut gefüllt, und eine warme, stickige Atmosphäre empfing mich, als ich den Flur durchquerte und nach bekannten Gesichtern Ausschau hielt. Vorsichtig drückte ich mich an den fremden Menschen vorbei, die mich keines Blickes würdigten. Ich verfluchte mich innerlich dafür, Ruby allein gelassen zu haben. Wem wollte ich denn wieder etwas beweisen?

Im Wohnzimmer suchte ich nach Basti und Mo, konnte die beiden aber nirgendwo finden. Vielleicht sollte ich doch wieder nach Hause fahren, das kurze Gespräch mit Ruby hatte mir nur wieder vor Augen geführt, wie fehl am Platz ich mich in diesen Kreisen fühlen sollte.

»Brauchst du neu?« Ein kleiner, augenscheinlich betrunkener Typ tippte mir auf die Schulter und deutete auf meinen Becher. Ich registrierte, dass ich neben der improvisierten Bar stand. Anscheinend machte er hier den Barkeeper. Na gut, einer ging noch. Ich nickte also und reichte ihm meinen Becher.

»Wodka-Cola bitte«, rief ich ihm zu. Er nickte und kurz darauf reichte er mir den Becher zurück. Nach meinem ersten Schluck stellte ich fest, dass Basti es mit mir vorhin wirklich sehr nett gemeint haben musste. Diese Mischung enthielt deutlich mehr Alkohol und ich verzog unwillkürlich das Gesicht. Dennoch versuchte ich mir nichts anmerken zu lassen und merkte gar nicht, wie ich, um beschäftigt zu wirken, den Becher zügig austrank, während ich das Geschehen auf der Tanzfläche in der Mitte des Raumes beobachtete. Es lief ganz andere Musik, als ich es von den Konzerten kennengelernt hatte. Elektrobeats und poppige Titel wechselten sich ab, die Leute tanzten in einem Tanzstil, den ich so noch nie gesehen hatte.

Plötzlich war der Barkeeper wieder neben mir und drückte mir einen neuen Becher in die Hand. Dankbar lächelte ich ihn an. Sehr aufmerksam von ihm. So langsam begann mir der Alkohol zu schmecken und so hatten meine Hände wenigstens Beschäftigung. Ich wollte mich galant an die Theke lehnen, verfehlte sie aber um Haaresbreite und stolperte ein paar Schritte. Vor Schreck begann ich zu kichern und griff erneut nach der Arbeitsplatte. Diesmal erwischte ich sie und lehnte mich entspannt daran an. Puh, das hätte peinlich werden können.

»So langsam bekomme ich das Gefühl, dass du mich verfolgst.«

Überrascht wandte ich mich zu der Seite, von der diese bekannte Stimme allmählich an mein vernebeltes Hirn gelangte. Der intensive Blick grüner Augen bohrte sich in mich.

Instinktiv schnappte ich nach Luft und starrte Mats an. Wo kam der denn jetzt her?

Ganz cool bleiben, Paula, ermahnte ich mich selbst und wollte einen Schluck aus meinem Becher nehmen. Doch Mats war schneller und griff danach.

»Ey, gib das wieder her!«, protestierte ich und bemerkte ein leichtes Lallen in meiner Stimme.

Er musterte mich. »Ganz bestimmt nicht. Du bist doch schon wieder total betrunken. Was machst du hier?«

»Ich wüsste nicht, was dich das angeht«, gab ich schnippisch zurück und versuchte, an ihm vorbeizusehen.

Es ging mir tierisch auf den Zeiger, dass Mats offenbar der Meinung war, er müsse sich als mein Babysitter aufspielen. Ich drückte mich von der Kücheninsel ab, um ihn ganz kühn stehen zu lassen, doch mein Plan ging nicht auf. Der Alkohol, den ich nicht gewohnt war, machte mir einen Strich durch die Rechnung und ließ mich nach vorne umkippen. Ich hatte das Gefühl, einige Meter durch dichten Nebel zu fallen. Ich wusste nicht mehr, wo oben und unten war, doch seltsamerweise verspürte ich keine Angst. Ich hielt die Augen geschlossen und wartete auf den Aufprall, aber nichts geschah. Langsam öffnete ich die Augen einen Spaltbreit, nur um zuckende Lichter zu sehen. Schnell kniff ich sie wieder zusammen. Kurz darauf verstummte der Lärm, der mich eben noch umgeben hatte, und ich spürte wieder festen Halt unter mir.

»Du kannst die Augen wieder aufmachen«, hörte ich Mats amüsiert sagen und tat, wie mir geheißen wurde.

Ich befand mich in einem dunklen Schlafzimmer, Mats musste mich hierhergetragen haben. Er setzte sich auf die Bettkante und drückte mir eine kalte Wasserflasche in die Hand.

»Trink das«, befahl er mir. Gehorsam griff ich nach der Flasche und trank sie gierig aus. Ich spürte förmlich, wie ich mich gleich besser fühlte. »Wenn du keinen Alkohol gewohnt bist, solltest du den nicht so runterkippen«, ermahnte Mats mich. Ich rollte genervt mit den Augen.

»Ich stalke dich nicht.« Ich hatte wieder das Gefühl, mich vor ihm rechtfertigen zu müssen, und überging die Bemerkung über den Alkohol. Aufmerksam verfolgte Mats jede meiner Bewegungen.

Ich seufzte frustriert. »Ruby hat mich gefragt, ob ich mit ihr hierherkomme. Da hast du gar nichts mit zu tun. Woher sollte ich auch wissen, dass du hier bist? Und was sollte ich auch für einen Grund haben, ausgerechnet dich ...«

Mats' amüsierter Blick ließ mich verstummen.

»Warum bist *du* eigentlich hier?«, fragte ich ihn entrüstet. Der Alkohol machte mich mutig, und so schaffte ich es, seinem Blick standzuhalten.

Er zuckte mit den Schultern. »Ich kenn Andy.« Damit schien für ihn alles gesagt, denn er zog sein Handy aus der Tasche und tippte darauf herum.

»Du musst nicht hier sein.« Mein Tonfall klang zu schnippisch, doch ich konnte es nicht unterdrücken. »Wenn du irgendeine Tussi anrufen willst, kannst du das gerne machen, ich komm schon zurecht.« Was war denn bitte in mich gefahren?

Mats sah grinsend von seinem Handy hoch und musterte mich mit einer hochgezogenen Augenbraue. *Herzlichen Glückwunsch, Paula*, gratulierte ich mir selbst zu diesem hochgenialen Schachzug. Kein Wunder, dass Mats mich für ein nerviges kleines Mädchen hielt. Zerknirscht kniff ich die Lippen zusammen und wich seinem Blick aus.

»Zu deiner Beruhigung: Ich will lediglich deinem Bruder Bescheid sagen.«

»Du willst was?«, kreischte ich und meine Stimme überschlug sich dabei mehrfach. Für wen hielt er sich?

Mats hob abwehrend die Hände und lächelte mich milde an. »Sorry, das gehört sich so. Das ist hier keine Umgebung für dich.«

Wie konnte er es wagen. Es war ja schön und gut, dass er sich für mich verantwortlich fühlte, aber das ging eindeutig zu weit. Ich richtete mich auf und stürzte mich mehr schlecht als recht auf Mats.

»Nein, das machst du nicht ...«, quiekte ich beim Versuch, ihm das Handy aus der Hand zu reißen. Doch er war schneller und hob seinen Arm in die Luft. Ich angelte nach seiner Hand und versuchte mich aufzurichten, was sich, so benebelt, wie ich noch war, schwieriger als angenommen gestaltete.

»Paula«, keuchte Mats unter mir und hielt mich mit der freien Hand an der Taille fest. Ich hielt inne und begriff, dass ich auf Mats Schoß geklettert war und ihm beim Versuch, an sein Handy zu gelangen, geradewegs meine Brüste ins Gesicht gepresst hatte.

Die Erkenntnis schlich sich langsam in mein Hirn und löste dort eine Massenpanik aus. Ich spürte, wie ich knallrot anlief. Am liebsten wollte ich alles gleichzeitig machen: schreien, weinen und flüchten. Doch der Alkohol in mir bewirkte das Gegenteil. Ich versuchte kläglich, mich aus seinem Griff zu befreien, schaffte es aber nur mühsam, von seinem Schoß zu klettern. Ich richtete mich auf und wankte auf die Tür zu. Mats war schneller und hielt mich seufzend am Arm fest, sodass ich wie ein nasser Sack zurück auf das Bett plumpste. Beschämt wich ich abermals seinem Blick aus und verschränkte die Arme vor meiner Brust. Ich glaubte zu sehen, wie Mats' Blick kurz an mir herabwanderte, dann schaute er mich mitfühlend an.

»Ich sag ihm nichts, okay?«, murmelte er mit rauer Stimme. Den Ton, der darin mitschwang, konnte ich nicht deuten.

Ich nickte vorsichtig. Die Stille, die sich zwischen uns ausbreitete, war nervenaufreibend. Wie war es bloß schon wieder zu solch einer peinlichen Situation gekommen?

Mats' undurchsichtiger Blick ließ nicht von mir ab. Nach einer Weile hatte ich das Gefühl, wenigstens halbwegs die Gewalt über mich zu haben. Ich robbte auf das Bettende zu und unternahm einen erneuten Versuch, aufzustehen. »Ich hab Durst«, informierte ich Mats, der meine Bemühungen belustigt verfolgte.

Er schien einen Entschluss gefasst zu haben, denn plötzlich stand er auf und reichte mir die Hand, die ich dankbar ergriff. Mats zog mich mit einem Arm an sich und stützte mich so auf dem Weg bis zur Tür. Ich war immer noch etwas wacklig auf den Beinen, aber mit Mats' Hilfe ging es ganz gut. Er stieß die Tür auf und wir traten hinaus in den Flur. An der gegenüberliegenden Seite erkannte ich Ruby, Mo und Basti in einer kleinen Gruppe zusammenstehen. Ruby entdeckte mich sofort.

»Paula«, übertönte sie die Musik und kam mir entgegen.

Ich sah, wie Basti bei meinem Namen sofort den Blick hob und bei meinem Anblick erstarrte. Auch Mats neben mir erkannte Basti sofort.

»Was will dieser Wichser denn hier?«, knurrte er leise und verstärkte den Griff um meine Taille.

»Es ist alles gut. Der war letzte Woche nur so betrunken«, murmelte ich ihm leise zu.

»Natürlich«, zischte er ironisch zurück. »Du musst noch viel lernen, Paula-Mäuschen.«

Irritiert über seine Wortwahl schaute ich zu ihm auf, doch Mats' Blick hing noch immer an Basti. Und der wirkte nicht gerade erfreut. Ruby hatte uns mittlerweile erreicht und grinste mich vielsagend an.

»Ah, soso, Paula. Du reißt dir erst mal 'nen Typen auf.« Sie lachte und begutachtete Mats dann prüfend ohne jede Scheu. »Hübsches Kerlchen, gut gemacht, Süße. Vielleicht wird das mit dir ja doch was.« Sie zwinkerte mir zu, und ich hatte das Gefühl, vor Scham im Boden versinken zu müssen.

Doch dann schien Ruby Mats zu erkennen. Ich sah förmlich, wie es bei ihr Klick machte. »Ach, sag bloß, du bist doch der Kerl, der sie letzte Woche schon an der Bar abgeschleppt hat.« Sie klatschte aufgeregt in die Hände, dann schaute sie mich vorwurfsvoll an. »Das hättest du mir ja ruhig sagen können. Und ich dachte, du willst was von Basti.«

Hilfe suchend schaute ich zu Mats hoch, der meinen Blick richtig deutete. Er grinste Ruby an.

»Da muss ich dich enttäuschen. Deine Freundin trinkt in letzter Zeit gerne mal einen über den Durst.« Er warf mir einen Seitenblick zu und fuhr dann fort: »Und da sie die Schwester von meinem Kumpel ist, helfe ich gerne aus.«

Ich schloss die Augen. Das durfte doch nicht wahr sein. Jetzt machte er mich auch noch vor meinen neuen Freunden zum Deppen.

Doch Ruby lachte nur und zwinkerte in unsere Richtung. »Ja, na sicher.«

Mats grinste ihr zu, dann schob er mich über den Flur zum Wohnzimmer und in die Küche. Dort griff er nach der Cola und reichte mir dann einen vollen Becher. Dankbar nahm ich einen großen Schluck.

»Geht's dir besser? Oder muss ich jede Sekunde damit rechnen, dich wieder auffangen zu müssen?«

Ich funkelte ihn an. »Nein, danke, mir geht es gut. Aber ich würde gerne an die frische Luft, hier drinnen ist es ja nicht zum Aushalten.«

Zu meinem Erstaunen nickte er und schob mich durch den Flur zu der Leiter, die auf die Dachterrasse führte.

»Ladys first.« Mit einer galanten Handbewegung deutete Mats auf die schmale Treppe.

Ich zögerte kurz, dann drückte ich ihm meinen Becher in die Hand und erklomm die ersten Stufen. Es war mir peinlich, dass Mats nun einen ungehinderten Blick auf meinen Hintern werfen konnte, deshalb wollte ich umso schneller die Terrasse erreichen. Anscheinend war ich immer noch leicht benebelt vom Alkohol, und so kletterte ich mühsam und langsam nach oben, immer darauf bedacht, bloß nicht das Gleichgewicht zu verlieren. Ich hörte Mats von unten irgendeinen Spruch sagen, den ich aber nicht genau verstand. Mit letzter Kraft erreichte ich nach einer gefühlten Ewigkeit die Empore.

Mats tauchte direkt nach mir aus der kleinen Luke auf und gab mir meinen Becher zurück. »Warst du schon hier oben?«, fragte er mich und schlenderte zum Geländer.

Ich nickte und folgte ihm. »Ja, Ruby hat mir das hier schon gezeigt.«

Im Gegensatz zu vorhin war die Terrasse jetzt gut gefüllt.

Die Möbel waren komplett belegt und überall standen Leute in kleinen Grüppchen herum. Wir erreichten das Geländer, und ich hielt mich unsicher daran fest, was Mats ein Grinsen entlockte. Ich ignorierte ihn und lugte über den Rand. Aber diese Höhe war mir in meinem Zustand zu viel.

Ich bemerkte, wie es sich in meinem Kopf anfing zu drehen, und schreckte zurück. »Huh, nee. Lass mal lieber.«

Mats lachte. »Hast du Höhenangst?«

Ich zog eine Grimasse. »Schon ein bisschen, und in Kombination mit dem Alkohol ist das nichts für mich«, gab ich offen zu.

Mats musterte mich und ich wich seinem Blick diesmal nicht aus. Er wirkte irritiert. »Du bist mir ein Rätsel«, meinte er dann leise und wandte seinen Blick ab, um auf die Stadt, die weit vor uns lag, zu schauen.

Jetzt war ich diejenige, die verwirrt war. Ich war ein Rätsel für Mats? Das war doch genau andersherum. Das eine Mal war er komplett abweisend mir gegenüber, dann wiederum superfreundlich und sorgte sich um mich. Ich räusperte mich und wusste nicht, was ich erwidern sollte. Schließlich entschied ich mich für die Wahrheit.

»Wieso bin ich für dich ein Rätsel?«, fragte ich geradeheraus.

Er drehte sich zu mir um, auf seiner Stirn bildete sich eine kleine nachdenkliche Falte. »Ich habe dich nicht so eingeschätzt, dass du dich auf solchen Partys rumtreibst, dir von fremden Leuten Alkohol andrehen lässt und auf Punkkonzerte gehst.«

Ich verschränkte beleidigt die Arme vor der Brust und musterte ihn. Es ging mir langsam auf die Nerven, dass anscheinend jeder in meinem Umfeld der Meinung war, ich dürfte nicht selbst bestimmen, wie ich Spaß haben wollte. Ich musste zugeben, in diese Welt war ich nur durch Mats hineingerutscht. Aber diese Welt, die sich mir mit meinem ersten Konzertbesuch geöffnet hatte, wollte ich notfalls auch allein erkunden. Dazu brauchte ich keine Franzi, keine Ruby, keinen Basti und erst recht keinen Mats.

Lüg dich bloß selber an, schalt mich mein Unterbewusstsein. Zerknirscht musste ich ihm recht geben. Mit Mats wäre das schon irgendwie ganz nett. Mehr als nett. Aber einen Teufel würde ich tun und ihm das jetzt auch noch auf die Nase binden. Mein Peinlichkeitslevel für heute war mal wieder mehr als erfüllt.

Ich nahm einen großen Schluck von meiner Cola, dann hob ich zu meiner Erklärung an. »Mir geht dieser ganze Mode- und Trend-Schnickschnack meiner Freundinnen schon lange ziemlich auf den Zeiger. Es geht in unseren Gesprächen immer nur um Gerüchte, vermeintlich hübsche Kerle und die neusten Nagellackfarben. Das ist mir alles viel zu oberflächlich und das interessiert mich nicht.«

Ich dachte daran, wie meine Freundinnen jetzt zu dieser Zeit wahrscheinlich zusammengerottet vor dem Fernseher hockten, gleichzeitig das neueste Hollywoodsternchen anschmachteten, sich über die aktuellsten Trends in Hochglanzmagazinen informierten und sich gegenseitig ihre Nägel lackierten. Nein, das war wirklich nicht meine Welt. Sie war es noch nie gewesen und würde es auch nie werden, das wusste ich ganz genau.

Ich sah Mats an und fuhr fort: »Musik ist so viel mehr und hat in meinen Augen ganz viel mit Literatur zu tun. Man kann Geschichten erzählen, dichten und reimen, mit den Worten spielen und so ganz eigene, unterschiedliche Welten erschaffen. Auf dem Konzert habe ich dann erlebt, wie sich die Geschichten mit der Musik zu einem Ganzen verbunden haben, in dem man für einen Abend abtauchen kann.«

Ich stoppte und wusste nicht, wie ich weiter fortfahren sollte, um Mats diese magischen Momente nur im Entferntesten erklären zu können. Ich zuckte hilflos mit den Schultern, unfähig, ihm das, was ich fühlte, näherzubringen. Und was zum Teufel hatte dieser Kerl eigentlich an sich, dass ich ihm immer ungefiltert das erzählen musste, was ich gerade fühlte? Wie so oft in letzter Zeit musste ich über mich selbst den Kopf schütteln.

Mats schien meinen inneren Kampf nicht zu bemerken.

Nachdenklich hob er sein Glas an die Lippen und nickte. Seine Augen ruhten auf mir und sein Blick wurde so intensiv, dass ich reflexartig zur Seite schaute.

»Ich weiß, was du meinst«, murmelte er dann.

Plötzlich stand er so dicht neben mir, dass ich seinen unverkennbaren Duft riechen und seine Körperwärme an meinem Arm spüren konnte. Mein Herz fing in meiner Brust an, wie wild zu klopfen, und ich schnappte unwillkürlich nach Luft. Seine bloße Existenz machte mich schier wahnsinnig. Wie ferngesteuert drehte ich mich zu ihm und wurde direkt von seinem intensiven Blick gefangen genommen. Es kam mir vor wie mehrere Minuten, in denen wir beide kein Wort sagten. Mats' Blick glitt über meinen Körper und blieb dann wieder an meinen Augen hängen.

Der Moment wurde jäh unterbrochen, als ein lautes Gitarrenriff ertönte. Mats fuhr zurück und zog in einer fließenden Bewegung sein Handy aus der Hosentasche. Er wirkte ertappt und fuhr sich in einer unsicheren Geste durch die Haare. Das passte so gar nicht zu ihm. Er warf einen Blick auf das Display, nahm das Gespräch an und entfernte sich ein paar Schritte von mir. Dabei bedeutete er mir, kurz auf ihn zu warten. Ich nickte artig, drehte mich weg und ließ meinen Blick über die Häuserdächer Berlins schweifen. Ich wollte Mats bei seinem Telefonat nicht belauschen. Allerdings stand er jetzt ohnehin so weit von mir entfernt, und die dumpfen Beats, die aus der Wohnung unter uns drangen, taten ihr Übriges, sodass ich ihn auch gar nicht hätte verstehen können, selbst wenn ich es denn gewollt hätte.

Es war mittlerweile dunkel geworden, aber eine Stadt wie Berlin schläft niemals. Die Lichter in den Wohnblöcken, die Scheinwerfer der Autos und die zahlreichen Werbetafeln sorgten für eine bunt leuchtende und blinkende Atmosphäre, die ich so an meiner Stadt liebte. Es stand ganz oben auf meiner To-do-Liste, nach meinem Abitur in die pulsierende Mitte zu ziehen und mit Haut und Haaren in dieses Leben einzutauchen. Aber bis es so weit war, musste ich mich wohl noch ein wenig mit dem idyllischen Stadtrand begnügen, wo ich mein ganzes bisheriges Leben verbracht hatte.

Ich seufzte bei dem Ausblick und nippte an meiner Cola. Ich fühlte mich schon viel weniger betrunken und der Abgrund hinter dem Geländer ängstigte mich nicht mehr ganz so sehr wie noch vor wenigen Minuten. Wie auf das Stichwort erschien Mats neben mir und legte eine Hand auf die Brüstung.

»Ich hatte kurz Angst, dass du, betrunken wie du bist, vom Dach fällst.« Er bedachte mich mit einem Schmunzeln.

Ich schnaubte kurz und schüttelte dann den Kopf. »Geht schon wieder ganz gut. Und bei dir?« Ich deutete auf sein Handy, das er noch in der Hand hielt. »War was Wichtiges?«

Kurzzeitig legte sich ein Ausdruck auf Mats' Gesicht, den ich nicht richtig deuten konnte. Fühlte er sich ertappt? Ein flaues Gefühl machte sich in mir breit, als ich mir vorstellte, dass ihn vielleicht gerade seine Freundin angerufen haben könnte. Schnell verscheuchte ich den Gedanken.

Mats schüttelte den Kopf und steckte sein Handy zurück in seine Hosentasche. »Nein, nur ein Freund. Er wollte wissen, wo ich gerade bin.« Sein Blick glitt zur Dachluke hinter mir. »Und da ist er auch schon.«

Ich folgte seinem Blick und erstarrte. Robin hatte die Dachluke bereits hinter sich gelassen und kam geradewegs auf uns zu. Sein Blick verhieß nichts Gutes.

»Ist das dein verdammter Ernst?« Ich drehte mich zu Mats und funkelte ihn an. »Ich dachte, du sagst ihm nichts?«

Ein Grinsen legte sich über Mats' Gesicht und er rückte ein Stück näher an mich heran. Ich hielt den Atem an und starrte ihn überrascht an, als er seinen Kopf zu meinem Ohr neigte.

»Sorry, aber du dachtest doch jetzt nicht wirklich, dass ich deinen Babysitter spielen würde? Du hast auf so einer Party nichts verloren.«

Seine geflüsterten Worte fühlten sich an wie ein Faustschlag in meinen Magen und ich wich alarmiert zurück.

Mats rückte nach und fuhrt fort: »Du warst so betrunken,

ich hätte alles mit dir anstellen können.« Er machte eine kurze Kunstpause und fuhr bedrohlich fort: »Genauso wie jeder andere Mann hier, und du hättest dich nicht gewehrt. Glaub mir, das willst du nicht. Sieh es als gute Tat von mir.«

Er richtete sich wieder auf und zwinkerte mir frech zu.

Ich schnappte nach Luft. Tränen der Demütigung stiegen mir in die Augen, und ich versuchte sie hektisch wegzublinzeln, konnte aber nichts dagegen machen. Da war er wieder. Der Mats, der so herablassend und fies war. Wie hatte ich nur denken können, dass er wirklich anders sein könnte? Dass irgendetwas sich verändert hätte?

In dem Moment erreichte uns mein Bruder. Er bedachte mich mit einem grimmigen Blick und schlug dann freundschaftlich bei Mats ein.

»Hey, das wird jetzt aber nicht zur Gewohnheit«, sagte dieser lachend. »Ich habe sie vorhin stockbesoffen in der Küche aufgegabelt und bis jetzt auf sie aufgepasst.«

»Danke, Mann«, murmelte Robin bedrückt und klopfte Mats auf die Schulter. »Eigentlich hattest du ja bei mir noch was gut.«

»Beim nächsten Mal dann«, antwortete Mats. »Ich überlasse sie dann mal dir, ich habe noch gar nicht alle meine Leute begrüßt.« Mit diesen Worten drehte sich Mats zum Gehen und klopfte Robin noch kurz auf den Rücken.

»Ciao, Paula. Bis Montag«, fügte er mit einem Grinsen an mich gewandt hinzu.

Seine Worte klangen für mich wie eine Drohung und ich wollte am liebsten im Boden versinken. Ohne ein Wort zu sagen, stürmte ich an meinem Bruder vorbei auf die Dachluke zu. Mein Alkoholpegel machte es mir schwer, die kleinen Treppenstufen zu treffen, aber schließlich erreichte ich unversehrt die Wohnung. Robin folgte mir direkt auf den Fersen. Wahrscheinlich machte er sich Sorgen, dass ich direkt wieder an die Bar stürmen und mir die Kante geben würde. Ich schnaubte innerlich auf. Es reichte langsam. Ich musste dringend mit meinem Bruder klären, dass er mich nicht länger so zu behandeln hatte.

Während ich mich durch die Leute quetschte, die in kleinen Grüppchen den Flur belagerten, bemühte ich mich, meinen Blick nicht von meinem Ziel abzuwenden. Ich hatte jetzt keinen Nerv mehr dafür, auch noch Ruby und ihren Freunden zu begegnen.

Wir erreichten schließlich ungehindert die Wohnungstür. Erleichtert trat ich ins Treppenhaus und atmete auf. Während ich zum Auto stapfte, sagte Robin kein Wort. Auch auf der Fahrt sagte er nichts. Erst kurz bevor wir unser Haus erreichten, seufzte er leise.

»Paula, ich will nicht der blöde große Bruder sein, der dir jeden Spaß verbietet.«

»Drei Minuten«, herrschte ich ihn an, was ihm immerhin ein kurzes Grinsen entlockte. Aber dann wurde er schnell wieder ernst.

»Im Gegenteil, ich habe mich für dich gefreut, dass du jetzt auch mal etwas rauskommst.«

»Bitte?«, fauchte ich ihn lauter als beabsichtigt an. »Dass ich mal etwas rauskomme? Du spinnst ja.«

Robins Finger schlossen sich fester um das Lenkrad und ich hörte seine Zähne knirschen, als er sie fest zusammenbiss. Das machte er immer, wenn er sauer wurde.

»Meinetwegen kannst du dich auch betrinken, so viel wie du möchtest, aber ...«

»Aber was?«, unterbrach ich ihn erbost. »Aber nur unter deiner Aufsicht, oder wie? Was ist denn dein Problem, Rob?«

Jetzt starrte er mich sauer von der Seite an. »Aber« fuhr er gefährlich leise fort, »dabei wäre es schön, wenn du dich nicht immer an den schlimmsten Typen unserer Schule heranmachen würdest. Ich habe dir schon mal gesagt, dass Mats kein Umgang für dich ist, und das sage ich dir nicht, um dich zu ärgern, sondern ich meine das ernst. Du weißt nicht, wie er drauf ist, und diese Enttäuschung würde ich dir gern ersparen.«

»Wie kommst du darauf, dass ich mich an Mats herangemacht habe? Er war zufällig auf derselben Party wie ich auch, das kann ja mal vorkommen. Und außerdem kann ich auch ganz gut auf mich allein aufpassen. Und überhaupt ist er auch gar nicht mein Typ«, schnaubte ich zurück.

Robin lachte kurz auf. »Nein, gar nicht.« Seine Stimme triefte vor Ironie. »Ich habe Augen im Kopf, Paula.«

Ich schwieg und wandte mein Gesicht ab in der Hoffnung, er würde nicht sehen, wie ich errötete.

»Paula, er hat mir gesagt, dass du dich auf ihn geworfen hättest – mit deinen Brüsten. So was denkt er sich ja nicht aus.«

Mir wurde gleichzeitig heiß und kalt. Das hatte Mats nicht wirklich gebracht?

»Oh Gott« stöhnte ich und vergrub mein Gesicht in meinen Händen. »So war das doch gar nicht. Ich wollte doch nur an sein Handy, weil er dir …«

Ich brach mitten im Satz ab. Das war so bescheuert. Ich stöhnte und ließ meinen Kopf, der mittlerweile ziemlich brummte, nach hinten sinken.

Das Auto kam vor unserem Haus zum Stehen, doch keiner von uns machte Anstalten, auszusteigen. Robin machte nach einigen Minuten des Schweigens den Anfang.

»Vergessen wir das. Und du ihn. Aber du passt in Zukunft besser auf dich auf, in Ordnung?«

Verbissen nickte ich und kletterte aus dem Auto. Ich sog die kühle Nachtluft ein und schloss die Augen. Mein Kopf dröhnte und ich fühlte mich mies. Ob das am Alkohol oder an der peinlichen Situation mit Mats lag, konnte ich nicht genau sagen. Wahrscheinlich war es ein Mix aus allem.

Wir hatten Glück, dass unsere Eltern bereits schliefen und so nichts von meinem Zustand mitbekamen. Auf diese Diskussion hatte ich noch viel weniger Lust als auf die mit meinem Bruder. Ich ließ das Zähneputzen ausfallen und kroch, so wie ich war, in mein Bett, zog mir die Decke über den Kopf und fiel innerhalb weniger Minuten in einen unruhigen Schlaf.

SECHS

Das restliche Wochenende verschanzte ich mich in meinem Zimmer und kam nur zu den gemeinsamen Mahlzeiten heraus. Meine Eltern bedachten mich mit sorgenvollen Blicken, aber sie ließen mich in Ruhe, nachdem ich gesagt hatte, dass ich nicht weiter darüber sprechen wollte. Ich verdrängte die Gedanken an die Party mithilfe meiner Hausaufgaben, allerdings gelang mir das nicht so gut, wie ich es von mir gewohnt war.

Am Montag war ich überpünktlich in der Schule. Als ich zu meinem Kursraum ging, suchte ich gewohnheitsmäßig mit meinem Blick das Foyer nach Mats oder seinen Freunden ab, aber natürlich konnte ich zu dieser Uhrzeit keinen von ihnen entdecken.

Ich war die Erste, die sich an diesem Morgen in den Kursraum verirrte. Um die Zeit zu überbrücken, sortierte ich meine Unterrichtsmaterialien erneut, obwohl ich dies bereits mehrfach am Wochenende getan hatte.

Nach und nach füllte sich der Raum. Erst kurz vor Beginn der Stunde betraten Franzi, Laura und Marie den Raum. Als sie mich sahen, verdüsterte sich ihr Blick. Während die anderen beiden mich nur mit einem Kopfnicken begrüßten, machte Franzi keinen Hehl aus ihrer schlechten Stimmung mir gegenüber. Sie ließ sich ohne unser obligatorisches Begrüßungsküsschen auf ihren Platz neben mir fallen und starrte mich mit zusammengekniffenen Augenbrauen an. So sauer kannte ich meine beste Freundin gar nicht.

Ich hob entwaffnend die Hände. »Es tut mir leid. Ich weiß, ich habe mich das ganze Wochenende nicht bei euch gemeldet und abends habe ich auch nicht angerufen.«

Franzis Blick wurde etwas weicher. Dennoch fuhr sie mich eine Spur zu zickig an: »Ich hoffe für dich, dass du dafür eine gute Ausrede hast, mein Fräulein.« Sie hob belehrend den Zeigefinger. »Unsere abendlichen Dates dürfen nur aus besonders wichtigen Gründen ausfallen. Wie lautet deine Verteidigung?«

Ihre Stimme klang schon etwas versöhnlicher, aber ihr Blick bohrte sich dennoch in meinen. Ich konnte meine Freundin ja verstehen. Es war in all den Jahren unserer Freundschaft noch nie vorgekommen, dass wir so wenig Kontakt hatten oder gar Geheimnisse voreinander hatten. Aber auch Franzi würde mich nicht verstehen. Ich wollte gerade mit meiner mühsam am Wochenende zurechtgelegten Ausrede beginnen, als Frau Mertens den Raum betrat.

»Nach der Stunde«, zischte Franzi mir leise zu und ihr Ton duldete keinen Widerspruch.

Ich nickte ergeben.

Es dauerte dann doch noch bis zur großen Pause, bis ich mit meinen Freundinnen in Ruhe reden konnte. Wir saßen auf unseren angestammten Plätzen in der Cafeteria und ich schob meine Salatblätter nervös von links nach rechts. Ich war mir nicht sicher, ob sie mir glauben würden. Ich war schließlich eine ganz schlechte Lügnerin.

»Nun sag schon, raus mit der Sprache«, fing Marie an und verschränkte ungeduldig die Arme vor ihrer Brust.

»Wir haben das ganze Wochenende kein Sterbenswörtchen von dir gehört, dabei wolltest du doch angeblich nur lernen?«, pflichtete Laura ihr bei.

»Nun lasst sie doch erst mal zu Wort kommen.« Franzi legte versöhnlich eine Hand auf meinen Arm.

Wir konnten uns nie lange böse sein. Ich seufzte und schaute sie dankbar an.

»Es tut mir leid« fing ich an. »Ich war in der letzten Zeit eine ganz schlechte Freundin, weil ich mich so im Selbstmitleid wegen diesem Idioten gesuhlt habe. Ich brauchte das Wochenende, um in Ruhe über alles nachdenken zu können und ...«

Marie unterbrach mich mit gerunzelter Stirn: »Das ist alles? Wir dachten, mit dir wäre irgendwas passiert und du verheimlichst uns was.« Ihre Stimme klang noch immer vorwurfsvoll.

»Ihr kennt mich doch ...«, murmelte ich leise und hoffte, dass ich überzeugend wirkte.

Franzi sprang direkt darauf an und zog mich in ihre Arme. »Paula, du bist mir wirklich eine. Du weißt doch, dass du immer mit uns reden kannst, oder? Ich fühle mich ganz schlecht bei dem Gedanken, dass du das ganze Wochenende in deinem Zimmer gesessen hast und dir blöde Gedanken wegen diesem Idioten gemacht hast.«

Ihre Augen funkelten, diesmal war aber nicht ich der Grund ihres Zorns.

Ich schluckte und spürte das schlechte Gewissen in mir aufsteigen. Schnell redete ich weiter: »Aber ich habe mir etwas überlegt.« Grinsend schaute ich meine Freundinnen an und rieb mir die Hände, um die Spannung zu erhöhen.

Laura und Marie schauten mich immer noch skeptisch an, Franzi hingegen musterte mich neugierig. »Ja? Was denn?«

Ich lehnte mich verschwörerisch über den Tisch und senkte meine Stimme. »Rob macht am Wochenende eine Party«, mein Blick fiel auf Franzi, »und ich weiß, wie wir dabei sein können.« Ich lehnte mich zurück und schaute erwartungsvoll in die Gesichter meiner Freundinnen. Doch ich konnte darin nicht die Euphorie sehen, die ich erwartet hatte. Ich runzelte die Stirn. »Was? Ist das etwa keine gute Nachricht? Das ist der erste Schritt in die richtige Richtung, um ihn auf Franzi aufmerksam zu machen«, half ich meinen Freundinnen auf die Sprünge.

»Na ja, dein Bruder kennt Franzi doch. Ob das nun hilft,

dass sie bei seiner Party dabei ist? Was soll das bringen?«, zweifelte Laura.

Franzi stimmte ihr zu. »Laura hat recht. Was soll denn das bringen? Für ihn werde ich wohl immer die beste Freundin seiner Schwester bleiben. Ob wir da nun hingehen oder nicht …«

Ich wischte ihre Zweifel mit einer Handbewegung weg. »Ihr versteht noch nicht. Wir gehen da nicht einfach so hin. Franzi, du wirst dort mit deiner Tanzgruppe auftreten. Was meinst du, was Rob für Augen machen wird, wenn er dich so sieht.«

Marie war die Erste, die auf meine Worte reagierte. Sie begann so sehr zu lachen, dass ihr die Tränen in die Augen stiegen.

Jetzt war ich es, die sie böse anstarrte. »Was ist denn? Das ist mein Ernst.«

Laura lehnte sich immer noch grinsend nach vorne und nahm meine Hand in ihre. Jetzt fühlte ich mich wirklich bescheuert und zog sie grummelnd weg.

»Du meinst echt, Rob – und die anderen – hätten Spaß daran, wenn Franzis Tanzgruppe bei ihm auf der Party auftreten würde?« Das Wort Party zog sie extra in die Länge, um mich von der Absurdität meiner Worte zu überzeugen.

»Sie müssen ja keinen Volkstanz aufführen«, gab ich schnippisch zurück. »Und außerdem habe ich ihn schon gefragt – und er würde sich freuen.« Huch. Noch eine Lüge, die mir dermaßen leicht von den Lippen gegangen war, dass ich mich selbst damit überraschte. Denn kaum hatte ich die Worte ausgesprochen, bereute ich sie auch schon. Wenn schon meine Freundinnen die Idee so blöd fanden, würde sie wohl bei meinem Bruder nicht viel mehr Anklang finden.

»Aber gut, wenn euch mein Vorschlag nicht gefällt, dann lassen wir das wohl lieber«, ruderte ich zurück und schüttelte im Geist den Kopf über mich.

Doch jetzt war Franzis Interesse geweckt. »Im Ernst?«, hakte sie aufgeregt nach. »Ich frage gleich mal die Mädels. Wenn Rob da echt Bock drauf hat, dann lassen wir uns doch einfach eine echt sexy Choreo einfallen, und vielleicht sieht er in mir dann doch noch etwas anderes als die ewige Freundin seiner Schwester?«

Sie hatte schon ihr Handy in der Hand und tippte eine Nachricht an ihre Tanzgruppe. Jetzt hatte ich Franzi am Haken. Und ein Problem. Mein Plan sah eigentlich nur vor, dass ich die Mädels mit dieser Idee von ihren Vorwürfen wegen des Wochenendes ablenkte. Und nun hatte ich den Salat, für den ich und mein getroffenes Ego ganz allein verantwortlich waren. Jetzt musste ich mir wirklich etwas ausdenken, ich wollte meine Freundin nicht schon wieder enttäuschen.

»Na gut, ich rede dann noch mal mit Rob über die Details und ...« Ich stockte. Denn in dem Moment betrat mein Bruder mit seinen Freunden im Schlepptau die Cafeteria.

Franzi folgte meinem Blick und lief rot an.

Überrascht hob Marie eine Augenbraue und grinste nun auch. »Ach nee? Kaum tut sich eine Chance für dich auf, wirst du gleich rot, wenn du ihn siehst?«

Franzi lief noch mehr an und schüttelte hastig den Kopf. »Ach, Quatsch. Das ist jetzt nur der Aufregung geschuldet.«

Mit einem gespielten Blick auf die Uhr sprang ich auf. »Oh, es ist schon so spät, wir müssen los. Kommt.« Ich griff nach meiner Tasche und wedelte mit einer Hand in die Richtung meiner Freundinnen. Dabei behielt ich meinen Bruder im Auge. Ich hoffte, dass er jetzt nicht in unsere Richtung gucken würde. Doch natürlich schaute er just in dem Moment zu mir.

Er nickte uns zu und wollte gerade in unsere Richtung ansetzen, da winkte ich ihm zu und rief: »Wir sind gerade auf dem Sprung und quasi schon weg. Bis nachher.« Ich drückte mich schnell an den wartenden Schülern vorbei und registrierte erleichtert, dass meine Freundinnen mir bereits folgten.

Für das Gespräch mit Rob brauchte ich noch Ideen und vor allem keine Zuhörer.

»Wir haben doch noch etwas Zeit? Wir könnten doch

noch mit Rob darüber reden, was er sich genau vorstellt?«, warf Laura ein und blieb vor der Tür stehen.

Alarmiert drehte ich mich zu ihr und schüttelte vehement mit dem Kopf. »Ich muss noch ... Hausaufgaben abschreiben. Bitte, kommt ihr jetzt?«

»Hausaufgaben abschreiben? Du?« Marie hatte wieder ihren skeptischen Blick aufgelegt und blieb neben Laura stehen. Das war nicht gut. Gar nicht gut.

Ich stolperte rückwärts durch die Tür, den Blick noch auf meine Freundinnen gerichtet, und winkte sie mit. »Bitte, ich ...« In dem Moment prallte ich gegen etwas Hartes, Warmes und drehte mich erschrocken um.

Das fehlte gerade noch. Ich spürte, wie die Farbe aus meinem Gesicht wich, während Mats mich stützend an den Armen festhielt. Er vergewisserte sich kurz, dass ich stehen blieb, und ließ mich dann schnell wieder los. Das typische Mats-Lächeln erschien auf seinem Gesicht und mir schwante Böses.

»Na, heute mal nicht mit den Brüs...«

»Stopp!«, fuhr ich ihn an und überrascht hielt er mitten im Satz inne. Sein amüsierter Blick glitt zu meinen Freundinnen, die die Szene beobachteten, und dann wieder zurück zur mir. Ich schüttelte unmerklich mit dem Kopf und sah ihn eindringlich an. Jetzt war auch alles egal. Zu meiner Überraschung trat Mats einen Schritt zurück, um mich durchzulassen.

»Tschuldige, mein Fehler«, lächelte er mild. »Nach dir.«

Mit gesenktem Kopf schlüpfte ich an ihm vorbei und wartete im Flur darauf, dass die Mädels mir folgten. Mats war bereits im Türrahmen verschwunden. Erleichtert ließ ich mich an die Wand hinter mir sinken. Das war ja gerade noch einmal gut gegangen.

Nach der Schule verabschiedete ich mich von Franzi unter dem Vorwand, noch etwas für die Hausaufgaben vorbereiten zu müssen. Bevor ich nach Hause fuhr, machte ich einen Abstecher zum Supermarkt. Wenn ich Rob auf meine Seite ziehen wollte, musste ich vorbereitet sein.

Zu Hause bereitete ich dann in Windeseile eine Lasagne zu, die gerade rechtzeitig fertig wurde, als mein Bruder das Haus betrat. Er schaute mich überrascht an, als er mich wartend am gedeckten Tisch sitzen sah.

Ich machte eine einladende Handbewegung und deutete auf den dampfenden Teller vor ihm. »Setz dich, Bruderherz«, lächelte ich. »Sonst wird das Essen noch kalt.«

Robin setzte sich stirnrunzelnd. »Womit habe ich denn das verdient? Ich dachte, ich muss mich heute wieder mit Dosenessen begnügen, bis Mama heute Abend nach Hause kommt.« Er grinste.

»Ich dachte, ich tu dir mal etwas Gutes«, nuschelte ich, während ich mir einen großen Bissen Lasagne in den Mund schob.

»Hmm ...« Robin zog vielsagend die Augenbrauen in die Höhe und begann gierig zu essen. Ich hatte gerade die Hälfte meiner Portion geschafft, als er mir den Teller für einen Nachschlag hinschob und sich genüsslich den Bauch hielt. »Hast du gut gekocht.«

Lächelnd tat ich ihm noch eine Portion auf und sah zu, wie er sie in Windeseile verschlang.

Dann lehnte er sich zufrieden zurück und sah mich abwartend an. »Also? Was willst du von mir?«

Ich wusste nicht genau, wie ich anfangen sollte, und stocherte in meinem Teller herum.

»Raus damit«, forderte er mich weiter auf. »Willst du wieder meinen Segen für eine Party?« Als er mein ertapptes Gesicht sah, verdunkelten sich seine Gesichtszüge für einen kurzen Moment, nur um danach wieder weich zu werden. »Paula, versteh mich bitte nicht falsch. Ich habe nichts dagegen, wenn du auf Partys oder Konzerte gehst. Aber dass Mats da immer in irgendeiner Weise involviert ist, finde ich gar nicht gut. Ich will dich nicht in der Nähe von diesem Typen wissen.« Nachdenklich drehte er sein Glas in seinen Händen, während er meine Reaktion beobachtete.

Ich stieß grimmig die Luft aus. »Es geht nicht um Mats und es geht auch nicht um irgendeine Party. Ich dachte vielmehr an deine Party. Sonst wolltest du mich ja nie dabeihaben, aber diesmal …«

»Du meinst, du interessierst dich jetzt überhaupt erst für Partys«, unterbrach Robin mich grinsend. »Du hättest meinetwegen auch schon eher zu meinen Partys kommen können, aber da hättest du dich doch eh immer gelangweilt. Deshalb habe ich dich nie gefragt.«

Da musste ich ihm allerdings zustimmen, ich hatte ja bisher nie viel Wert auf große Veranstaltungen gelegt und mein Bruder hatte das natürlich mitbekommen.

»Heißt das, ich darf kommen?«, bohrte ich nach.

Mein Bruder lachte und zeigte auf die leere Lasagneschüssel vor uns. »Na klar. Dafür hätte es sogar nicht mal ein Bestechungsessen gebraucht«, zwinkerte er und ich grinste zurück.

»Ähm, na ja, da ist aber noch was.«

»Ja?«

»Ich habe mir gedacht, dass Franzi mit ihrer Tanzgruppe vielleicht etwas aufführen könnte?«

Robins Reaktion erinnerte mich an die von Marie, nachdem ich meine Idee offenbart hatte. Er begann schallend zu lachen. Als ich nicht mit einstimmte, brach er abrupt ab und musterte mich fragend. »Du meinst das echt ernst, hm?«, stellte er dann fest.

Beleidigt verschränkte ich die Arme vor meiner Brust. »Ja, das meine ich.«

»Das ist keine Feier, wie du sie vom runden Geburtstag von Opa kennst, Paulinchen«, zog mein Bruder mich grinsend auf. »Da gibt es normalerweise keine Aufführungen.«

Genervt verdrehte ich die Augen und zog mein Handy aus der Tasche. Dann öffnete ich die YouTube-App und schob meinem Bruder das Handy zu. »Hier, so was macht sie. Das käme bei Opas Achtzigstem wohl nicht so gut«, meinte ich vielsagend und deutete auf das Display.

Robin zog das Handy zu sich und beobachtete, wie die Mädchengruppe sich zum Hip-Hop Sound bewegte. Anerkennend zog er eine Augenbraue hoch. »Und das kann

Franzi? Ich dachte, sie tanzt eher so …« Er suchte nach Worten, ließ den Satz dann aber unvollendet, als sein Blick zurück auf das Display wanderte. Vielleicht hätte ich ein Video mit weniger leicht bekleideten Mädchen heraussuchen sollen. Schließlich ließ Robin das Handy sinken und zuckte mit den Schultern. »Okay.«

»Okay, was?«, fragte ich überrumpelt. Ich hatte mich auf mehr Überzeugungsarbeit eingestellt, nachdem die Idee ja so abwegig zu sein schien.

Mein Bruder deutete auf das Handy und fuhrt fort: »Also ich habe Franzi ja noch nie tanzen sehen, aber wenn sie das nur halbwegs so gut kann wie die Damen hier in dem Video«, er grinste anzüglich und ich knuffte ihn lachend in die Seite, »dann kann sie das gerne machen. Da werden sich die Kerle freuen.«

Ich schüttelte immer noch lachend den Kopf. »Idiot. Aber ich hab dich trotzdem lieb.«

Robin lachte und zwinkerte mir zu. Währenddessen griff ich nach meinem Handy, sprang vom Tisch auf und deutete auf die Küche.

»Ich habe gekocht, dafür machst du sauber, Bruderherz«, säuselte ich.

Robin gab einen murrenden Laut von sich, gab sich aber geschlagen und stand auf, um den Tisch abzuräumen. Ich war gerade an der Treppe angelangt, als er mir hinterherrief: »Ach, Paula?«

»Ja?« Ich ging zurück ins Wohnzimmer und lehnte mich mit fragendem Blick an den Türrahmen.

»Warum sollte Franzi das überhaupt machen wollen?«

»Ähm … warum denn nicht?« Kaum hatte ich meine wenig originelle Antwort ausgesprochen, erschien vor meinem inneren Auge das Emoticon, das sich an die Stirn schlägt. Ich setzte gedanklich noch ein Ausrufezeichen dahinter und suchte fieberhaft nach einer guten Erklärung, da wurde ich von Robin unterbrochen.

»Ach, sag bloß, sie steht auf mich und will mich beeindrucken? Na, wenn sie so tanzt wie die Mädels in dem Video, dann kann das ja vielleicht sogar was werden.« Er hielt in seinem Lachen inne, als er sah, wie ich rot anlief.

»Nee, Paula, das war ein Witz von mir. Franzi? Ernsthaft? Wie kommt sie denn darauf? Ich kenne sie doch schon fast ihr ganzes Leben, ich …«

»Hör auf«, unterbrach ich ihn. »Du übertreibst. Und nein, sie steht gar nicht auf dich. Sie mag dich und möchte dir eben was Nettes vorführen.« Ich streckte meinem Bruder die Zunge heraus und machte auf dem Absatz kehrt. Das hatte ich ja wieder toll hinbekommen. Als ich die Stufen zu meinem Zimmer hinauflief, hörte ich Robin noch leise lachen.

Am Abend rief ich meine beste Freundin reumütig überpünktlich, genau genommen fünf Minuten vor acht Uhr, an. Sie berichtete mir, dass sie sich bereits mit ihrer Tanzgruppe getroffen habe und sie sich eine Choreographie ausgedacht hätten. Während ich Franzi bei ihren begeisterten Erzählungen zuhörte, spürte ich, wie sich die Erleichterung in mir ausbreitete. Ich war so froh, dass meine Übersprunghandlung vom Vormittag so glimpflich ausgegangen war. Es hätte mir das Herz gebrochen, Franzi nun doch noch absagen zu müssen, nachdem sie sich schon so auf die Party freute. Ich hörte ihren Ausführungen über die verschiedenen Tanzschritte weiter zu, auch wenn ich kein Wort davon verstand.

Nachdem wir aufgelegt hatten, ließ ich mich rücklings auf mein Bett fallen und starrte an die Decke. Hoffentlich war das keine Schnapsidee.

SIEBEN

»Die Shorts oder die Lederröhre?« Franzi stand verzweifelt vor dem Spiegel und hielt beide Teile abwechselnd vor sich.

Ich machte schnell den letzten Pinselstrich auf meinem Nagel, bevor ich das Fläschchen behutsam zuschraubte. Dann drehte ich mich zu meiner Freundin herum und seufzte. »Franzi, das hast du jetzt schon dreimal gefragt.«

»Stimmt. Es ist einfach brütend heiß draußen, da gehst du in langen Hosen ein«, rief Marie, während sie einen Blick über ihre Schulter zu Franzi gleiten ließ.

Sie stand hinter Laura und drehte ihr eine Flechtfrisur in die langen Haare.

»Aber die Shorts lassen meine Beine so dick aussehen«, jammerte Franzi, während sie hineinschlüpfte.

Ich stand auf und ging zu ihr hinüber. »Du siehst wunderbar aus«, lächelte ich und drückte leicht ihren Arm.

Die Woche war wie im Flug vergangen. Robin war mit einigen Kumpels bereits zu dem gemieteten Raum aufgebrochen, während wir Mädels uns noch fertig machten. Laura und Marie waren nun auch bereit und gesellten sich zu uns. Laura warf einen Blick in den Spiegel, in dem wir vier uns gegenseitig ansahen.

»Wir sehen toll aus«, stellte sie dann beeindruckt fest und wir begannen zu kichern.

Obwohl der Abend bisher so sehr von Mädchenkram geprägt war, hatte ich doch jede Menge Spaß. Ich hatte mir sogar freiwillig die Nägel in einem dunklen Rotton lackiert. In Kombination mit dem kurzen bordeauxroten Spitzenkleid, das ich mir extra für die Party gekauft hatte, musste ich mir eingestehen, dass ich gar nicht mehr so unschuldig wirkte, wie ich in Wirklichkeit war.

Da klopfte es an der Tür und mein Vater streckte vorsichtig seinen Kopf in mein Zimmer. »Hübsch seht ihr aus«, meinte er anerkennend. »Dann können wir ja jetzt los?«

Mein Vater bestand darauf, uns zur Party zu fahren, und wir nahmen das Angebot gerne an. Der Partyraum war einige U-Bahn-Stationen entfernt und bei der Hitze wirkte die Klimaanlage im Auto meines Vaters einfach zu verlockend auf uns.

Nach etwa zwanzig Minuten Fahrt setzte er uns schließlich an der Straßenecke vor dem Partyraum ab und wünschte uns viel Spaß. Während wir auf den Raum zustöckelten, war Franzi ungewöhnlich still. Ich ließ Laura und Marie vorgehen und griff dann beruhigend nach ihrer Hand.

»Es wird schon alles gut gehen«, murmelte ich ihr aufmunternd zu. »Es ist doch nur mein Bruder.«

Franzi lachte gequält auf. »Nur ist gut.«

Stirnrunzelnd betrachtete ich sie. Ich wusste ja seit Längerem, dass Franzi Robin gut fand. Dass sich das aber nun zu einer handfesten Schwärmerei entwickelte, hatte ich nicht kommen sehen. Dafür hatte Franzi ihre Vorlieben, was Jungs betraf, in der Vergangenheit zu schnell gewechselt. Ich drückte noch einmal ihre Hand, als wir in den dunklen Raum eintraten. Es war bereits nach 21 Uhr und der Saal war schon gut gefüllt. Laute Rockmusik ertönte aus den Lautsprechern und in meinem Bauch begann es merkwürdig zu kribbeln.

Natürlich hatte ich mir die Frage gestellt, ob Mats heute auch hier sein würde. Aber ich betete mir selbst vor, dass es mir egal wäre. Schließlich hatte ich dem Idioten abgeschworen. Und außerdem stand die Mission für heute längst fest, und so, wie ich Franzis Gesichtsausdruck deutete, hatte ich hier noch jede Menge Arbeit vor mir. Sie war kreidebleich und klammerte sich an mir fest. Ich entdeckte einen freien Tisch am Rand des Raums und dirigierte meine Freundinnen dorthin. Dann drückte ich Franzi auf den Stuhl und kniete mich vor sie.

»Ich besorge uns was zu trinken. Bin gleich wieder da. Nicht umkippen in der Zeit, hast du verstanden?«, rief ich ihr über die Musik hinweg zu.

Sie nickte fahrig und wischte sich nervös mit den Händen über ihre Oberschenkel. Laura setzte sich neben sie und Marie folgte mir zu der Bar.

Ich entschied mich für zwei Becher Wodka-Cola, während Marie sich zwei Gläser Sekt geben ließ. Kurz bevor wir unseren Tisch erreichten, tauchte mein Bruder neben uns auf.

»Da seid ihr ja«, rief er gegen die Musik an.

Marie winkte ihm grinsend mit ihren Gläsern zu und ließ sich dann neben Laura nieder. Robins Blick glitt zu den Bechern in meiner Hand.

»Lass mal sehen, Schwesterchen«, forderte er mich dann gespielt streng auf und nahm mir einen aus der Hand.

Er probierte einen Schluck, doch bevor er etwas sagen konnte, flüsterte ich ihm zu: »Das ist für Franzi. Sie braucht etwas, um locker zu werden.«

Mein Bruder grinste vielsagend und reichte dann den Becher an Franzi weiter. Er beugte sich zu ihr und sagte etwas, das ich in der Lautstärke nicht verstand. Dann wandte er sich wieder an mich und legte mir kurz die Hand auf die Schulter. »Ich bin dann mal wieder weg, die anderen begrüßen. Wenn was ist, schreib mir am besten 'ne WhatsApp.«

Ich nickte und überlegte kurz, ob ich ihn auf Mats ansprechen sollte, verwarf den Gedanken aber schnell wieder. Ich hatte es die ganze Woche lang geschafft, mit niemandem über ihn zu sprechen. Das Gerede hatte endlich aufgehört und ich wollte das Feuer nicht selbst wieder entfachen.

Ich setzte mich neben Franzi und nahm einen großen

Schluck von meinem Getränk. Der Barkeeper hatte es wohl gut gemeint mit mir, die Mischung schmeckte abartig nach Alkohol. Doch da ich nicht wieder denselben Fehler machen wollte wie bei meiner letzten Party, zwang ich mich, langsam zu trinken.

»Und, was hat Rob zu dir gesagt?« Neugierig grinste ich Franzi an. Ich registrierte, dass sie ihren Becher bereits ausgetrunken hatte.

»Er hat gemeint, dass er sich auf den Auftritt freuen würde«, antwortete sie. »Oh Gott Paula, ich bin so nervös.« Sie ließ sich gegen die Lehne sinken und starrte in den Raum, der sich immer mehr füllte.

»Du machst das schon«, rief Laura und prostete ihr mit ihrem Sektglas zu.

»Wann kommen die Mädels?«, fragte ich und schaute auf meine Uhr. Es war bereits halb zehn und Robin hatte den Auftritt von Franzis Gruppe für 23 Uhr angekündigt.

»Sie müssten bald hier sein«, murmelte Franzi und starrte weiter in den Raum.

Kurz entschlossen stand ich auf und deutete auf die Bar. »Weißt du was? Du brauchst was für deine Nerven. Ich bin gleich wieder da.«

Ich trank mein Getränk nun doch mit einem Zug aus, schüttelte mich kurz vor Ekel und stand auf. Dann schnappte ich mir auch Franzis Becher und schob mich durch die Leute, bis ich am Tresen stand. Während ich wartete, dass der Typ, der hier den Barkeeper spielte, zu mir sah, damit ich ihm meine Becher geben konnte, registrierte ich einen Kerl neben mir, der mich über den Rand seines Bechers musterte.

»Kann ich dir helfen?«, fuhr ich ihn eine Spur zu schnippisch an. Ich kannte ihn, der Typ hieß Marius und hatte früher mit meinem Bruder in einer Fußballmannschaft gespielt. Ich hatte ihn einige Male getroffen und dabei hatte er sich nicht von seiner nettesten Seite gezeigt. Er hatte mir deutlich zu verstehen gegeben, was er von der braven Schwester seines Kumpels hielt.

»Man wird eine hübsche Frau ja wohl noch anschauen

dürfen.« Er grinste mich an und ließ seinen Blick unverhohlen über meinen Körper wandern.

Perplex wich ich einen Schritt zurück. Er schien mich nicht zu erkennen. Ich wusste nicht, wie ich auf seine offensichtliche Anmache reagieren sollte. Einerseits fühlte ich mich geschmeichelt, welche Frau hört es denn nicht gerne, wenn sie als schön betitelt wird? Anderseits konnte ich diesem schmierigen Typen nichts abgewinnen und hatte noch immer seine blöden Sprüche über mich von früher im Kopf. Nein, danke, ich hatte es nicht nötig, auf die Anmache von so einem überheblichen Kerl einzugehen.

Doch bevor ich überhaupt die Möglichkeit dazu bekam, ihm einen abfälligen Spruch hinzudrücken, machte es bei ihm anscheinend Klick und ein verblüffter Ausdruck huschte über sein Gesicht.

»Ach, sag bloß, du bist doch die Zwillingsschwester von Robin. Pauline oder so, richtig? Wir sind ja quasi alte Freunde. Du hast dich aber gemacht.« Er stieß einen Pfiff aus, während er mich wieder wie ein Stück Fleisch betrachtete.

Angewidert rückte ich noch ein Stück von ihm ab. »Paula«, verbesserte ich ihn, doch er schüttelte nur stirnrunzelnd den Kopf.

»Wie auch immer. Wie sieht's aus? Willst du mit mir was trinken? Über die alten Zeiten quatschen und unsere Freundschaft neu aufleben lassen?«

Ich musste über die Kuriosität der Situation lachen und schüttelte vehement den Kopf. »Ich kann mich nicht erinnern, mit dir befreundet gewesen zu sein. Und nein, ich muss dich enttäuschen. Absolut kein Interesse.«

Seine Miene verfinsterte sich. Mit dieser Antwort schien er nicht gerechnet zu haben.

Immer noch grinsend schob ich mich weiter an ihm vorbei, bis ich im Sichtfeld des Barkeepers stand. Ich winkte ihn zu mir und ließ mir die beiden Becher neu auffüllen. Dann ließ ich den verdatterten Marius stehen und lief mit gestärktem Selbstbewusstsein zum Tisch zurück.

In meiner Abwesenheit waren die drei Mädchen aus

Franzis Tanzgruppe erschienen und quetschten sich mit uns um den kleinen Tisch. Ich begrüßte sie mit einem Kopfnicken und reichte Franzi ihren Becher. Dann prostete ich ihr zu und nahm einen großen Schluck aus meinem. Ich spürte schon wieder, wie der Alkohol zu wirken begann. Er schmeckte auch gar nicht mehr so schlecht, ich sollte wirklich langsamer machen.

»Rutsch doch mal noch etwas rüber«, rief ich Franzi über die Musik hinweg zu und stieß sie spielerisch mit meiner Hüfte an.

Sie lachte und machte mir, so gut es eben ging, etwas Platz, damit ich neben sie rutschen konnte.

»Was war denn das eben für ein Kerl?«, fragte sie mich. »Kanntest du den?«

Ich nickte. »Ja, von früher noch. Stell dir vor, früher hat der mich immer blöd angemacht und heute wollte er was mit mir trinken und hat gesagt, ich wäre eine schöne Frau.«

»Na, wo er recht hat«, stimmte Franzi achselzuckend zu.

»Danke fürs Kompliment«, lächelte ich. »Ich hab ihn dann aber stehen lassen. Fühlte sich gut an.«

Bis zu Franzis Auftritt trank ich mit ihr noch einen weiteren Becher des Wodka-Cola-Gemischs, bis ich endlich den Eindruck hatte, dass der Alkohol bei ihr die gewünschte Wirkung zeigte. Sie war wesentlich entspannter und wirkte wieder wie die Franzi, die ich kannte. Kurz vor elf erschien Robin wieder an unserem Tisch. Er roch nach Zigaretten und Alkohol, wirkte aber keineswegs betrunken. Obwohl ich wusste, dass mein Bruder diese Art von Partys häufig feierte, war es merkwürdig, ihn so zu erleben.

»Seid ihr so weit?«, fragte er an Franzi gewandt.

»Klar.« Sie sprang hektisch auf. Bevor sie mit den anderen Mädels hinter meinem Bruder herging, beugte sie sich zu mir rüber und rief: »Drück mir die Daumen, ja?«

»Was denkst du denn«, lachte ich und hielt meine beiden gedrückten Daumen in die Höhe.

Sie nickte, sammelte sich kurz und murmelte dann wie zu sich selbst: »Dann mal auf in den Kampf.«

Aufgeregt lief ich hinter ihnen her, bis wir den hinteren Teil des Raumes erreicht hatten. Robin hatte sich ein Mikrofon geschnappt und wurde von einer großen Menschentraube umringt. Er machte eine ausladende Armbewegung und lachte gelöst.

»Leute, wie ich einigen von euch schon erzählt habe, gibt es jetzt noch eine kleine Showeinlage. Ich bin genauso gespannt wie ihr, was uns jetzt erwartet.« Er bedeutete Franzis Gruppe mit einer Handbewegung, zu ihm zu kommen. »Ich spare mir jetzt mal viele Worte und wünsche uns allen viel Spaß.« Er lachte und die Leute fielen jubelnd mit ein. Es war so dunkel im Raum, dass ich Franzis Gesicht nicht genau erkennen konnte. Ich stand am Rand, abseits vom Geschehen, und lehnte mich gespannt an der Wand hinter mir an.

Hoffentlich ging jetzt nichts schief, Franzi würde sich wohl sonst nie wieder zu mir nach Hause trauen.

In dem Moment wechselte der Sound und die lauten Hip-Hop-Beats setzten ein. Die Gruppe legte los und begeisterte die Leute direkt. Die Jungs johlten und feuerten sie weiter an. Ich bezweifelte, ob das nur an den Tanzmoves lag und nicht vielmehr an der knappen, sexy Kleidung, die die Mädels trugen.

Männer ..., dachte ich amüsiert und beobachtete das Geschehen weiter, während ich an meinem Becher nippte. Ich freute mich, dass meine Idee aufgegangen war. Mein Blick wanderte zu meinem Bruder, der zwischen seinen zwei besten Kumpels stand und den Blick nicht von der Gruppe abwandte. Ich musste grinsen. Vielleicht könnte das ja echt was werden mit den beiden.

Nach zwei Songs sollte der Auftritt eigentlich beendet sein, doch die Jungs forderten lautstark eine Zugabe, die die Gruppe dann natürlich nachlegte.

»Heute habe ich tatsächlich damit gerechnet, dich hier zu treffen«, vernahm ich plötzlich neben mir die Stimme, die mir direkt einen Schauer über den Rücken laufen ließ. Ich sah zu Mats hoch und bei seinem Anblick begannen die Schmetterlinge in meinem Bauch wieder zu tanzen. Wie konnte dieser Kerl bloß nach allem noch so eine Wirkung auf mich haben?

»Ach so?«, gab ich nur lahm zurück.

Mats grinste und deutete auf das Geschehen vor uns. »Ist das nicht deine Freundin? Ganz schön heiß, was die da machen. Hätte ich ihr gar nicht zugetraut.«

Ich kniff bei seiner Bemerkung die Augenbrauen zusammen und schaute ihn trotzig an. Was war das denn jetzt? Mats fand Franzi heiß? So etwas hatte ich in meinem Plan absolut nicht bedacht. Trotzig verschränkte ich die Arme vor der Brust.

»Du weißt, dass Franzi meine Freundin ist? So viel Beobachtungsgabe hätte ich dir gar nicht zugetraut«, gab ich schnippisch zurück. Vielleicht war es albern, aber seine Aussage hatte mich getroffen. Es war schon immer so gewesen, dass Franzi es viel leichter bei Jungs hatte, während ich bei allen immer nur die brave Zwillingsschwester meines Partybruders war. Das würde ich meiner besten Freundin natürlich so nie sagen, sie konnte ja schließlich nichts dafür. Bisher hatte mich das auch nie so gestört, nun musste ich mir aber eingestehen, dass dieser Umstand mich mittlerweile ziemlich wurmte.

»Glaub mir, ich bekomme mehr mit, als du vielleicht denkst.« Mats' grüne Augen bohrten sich in meine und ließen seine Worte bedrohlich auf mich wirken.

Ich schluckte, konnte meinen Blick aber nicht abwenden. In seiner Gegenwart war ich einfach nicht mehr imstande, klar zu denken. Der typische Mats-Geruch tat sein Übriges, um mein Gehirn noch weiter zu vernebeln. Ich musste hier weg, bevor ich ihm wieder unüberlegt meine halbe Lebensgeschichte preisgab. Ohne groß nachzudenken, drückte ich ihm meinen leeren Becher in die Hand.

»Ich brauch mal frische Luft.« Mit diesen Worten ließ ich ihn stehen und schlängelte mich durch die Leute zum Ausgang. Ich würde jetzt zwar nicht mehr den Rest von Franzis Show sehen, aber wegen Mats hatte ich eh schon nichts mehr davon mitbekommen.

Als ich die Tür nach draußen aufstieß, sog ich die frische Nachtluft in meine Lungen und atmete tief durch. Ich war stolz auf mich, wie ich die Situation gemeistert hatte. Mats sollte bloß nicht denken, dass er leichtes Spiel bei mir hätte.

Moment, er hat gar kein Spiel bei mir, korrigierte ich mich selbst. Ich hatte ihm doch abgeschworen. Kerle wie er machten eh immer nur Probleme, wie ich selbst ja nun schon mehrfach feststellen musste. Ich wollte gerade mein Smartphone aus der Tasche ziehen, um meine Nachrichten zu checken, als sich die Tür erneut öffnete.

Mats trat heraus. In den Händen hielt er zwei Becher, wovon er mir einen in die Hand drückte. Perplex schaute ich ihn an.

»Ich dachte, das wäre eine Aufforderung gewesen?« Er grinste mich von oben herab an.

Ich fühlte, wie ich wieder rot anlief, und verfluchte mich dafür selbst. Mats entging mein innerer Zwist wohl nicht. Während er mich grinsend beobachtete, zündete er sich eine Zigarette an, nahm einen tiefen Zug und blies die Wolke zur Seite. Ich beobachtete ihn fasziniert. Ich konnte Rauchern zwar wirklich nicht viel abgewinnen, aber bei Mats sah das Ganze irgendwie verboten heiß aus. Ich schluckte. Was war bloß los mit mir? Ich warf mir nichts, dir nichts alle meine Prinzipien über Bord, und das für einen Typen, der noch nicht einmal nett zu mir war?

Mats registrierte meinen Blick und hielt mir die Hand mit der Zigarette hin. »Willst du mal probieren?«

Ich wich zurück. »Was? Nein! Spinnst du?« Vehement schüttelte ich den Kopf. Doch schon schlichen sich wieder die Gedanken in mein vernebeltes Hirn, die ich so nicht an mir kannte. Was wäre denn schon dabei? Einmal an der Zigarette von Mats ziehen würde doch bestimmt nicht schlimm sein. Es wäre immerhin von Mats. Die Zigarette, die er bereits in seinem Mund hatte. Oh Gott, ich sollte vielleicht einfach nach Hause gehen, ich war ja nicht mehr ganz bei Trost.

Mats zog die Hand grinsend zurück und nahm noch einen Zug. »Hätte ich auch nicht von dir erwartet.«

Mist, Chance vertan. Ich trank schnell einen großen Schluck aus dem Becher und musste husten, so hochprozentig schmeckte die Mischung.

»Wodka-Cola«, triumphierte Mats. »Hab ich mir nämlich gemerkt.« Anzüglich hob er eine Augenbraue.

Jetzt war es an mir zu grinsen. Diesen Mats mochte ich.

»Wieso tanzt du da nicht mit?«

»Ich?« Skeptisch schaute ich ihn an. Meinte er die Frage ernst?

»Klar du, wer denn sonst?« Seine Augen huschten über meinen Körper, bevor er mir wieder in die Augen sah. »Du hast doch die Figur dazu.«

Im Gegensatz zu Marius störte es mich bei Mats nicht, als er mich so intensiv betrachtete. Im Gegenteil. Sein Blick löste etwas in mir aus, das ich nicht richtig deuten konnte. Und ich freute mich über sein Kompliment. Mutig geworden grinste ich ihn keck an.

»Die Figur ist ja nicht alles, was man dazu braucht. Ich könnte mir die Tanzschritte und die Reihenfolge gar nicht merken, geschweige denn dass ich in irgendeiner Weise eine Form von Taktgefühl besäße. Und davon mal abgesehen und unter uns: Das ist gar nicht meine Musik.« Ich lachte und schüttelte den Kopf, um die Absurdität dieser Frage zu verdeutlichen.

»Stimmt ja, du stehst ja eher auf härtere Sachen.« Zweideutig grinste er mich an, beugte sich ein Stück näher zu mir und fuhr mit leiserer Stimme fort: »Hab ich mir auch gemerkt.«

Bei seinem Blick wurde mir abwechselnd heiß und kalt und die Spannung zwischen uns schien die Luft zum Vibrieren zu bringen.

»Idiot«, murmelte ich und hob meinen Arm, um ihm gegen die Schulter zu boxen.

Doch Mats war schneller, hielt mich am Handgelenk fest und kam noch einen Schritt näher. Sein Geruch nebelte mich ein und ließ mich regelrecht erstarren. Mats ließ seinen Daumen sanft über mein Handgelenk gleiten, während er seinen stechenden Blick nicht von meinem Gesicht nahm.

Mein Herz begann, wie wild zu klopfen, und ich fühlte, wie Mats mich noch näher an sich heranzog. Mit der freien Hand strich er vorsichtig eine Haarsträhne aus meiner Stirn und seine Fingerspitzen lösten ein angenehmes Kribbeln auf meiner Haut aus.

In diesem Moment wurde hinter uns die Tür aufgerissen. Mats ließ urplötzlich von mir ab und brachte eilig einige Schritte Sicherheitsabstand zwischen uns. Ich war immer noch unfähig, mich zu bewegen, und starrte zur Tür, an der Franzi und Robin aufgetaucht waren.

»Da bist du ja«, rief Franzi aufgeregt und kam eilig zu mir gelaufen. »Was war das denn?«, formulierte sie lautlos mit ihren Lippen und wies mit den Augen aufgeregt zu Mats.

Ich bedeutete ihr mit einer kleinen Handbewegung, dass wir später darüber reden würden.

»Sorry, dass ich den Rest von eurem Auftritt verpasst habe«, sagte ich laut und bemerkte, wie meine Stimme etwas zitterte.

Mein Blick huschte zu Mats, dessen Miene ich nicht deuten konnte. Robin hingegen konnte ich leicht ansehen, dass er nicht gerade erfreut war, mit wem er mich hier draußen traf.

»Ich sagte doch, hier brauchst du heute nicht auf sie aufzupassen.« Er grinste Mats an, doch der bissige Unterton seiner Stimme entging mir nicht.

Mein Bruder war sauer.

Mats hob entwaffnend die Hände. »Sorry, Gewohnheit.« Er nickte kurz in Robins Richtung. »Aber jetzt bist du ja wieder da, dann gehe ich wohl mal wieder rein.«

Ohne mich noch eines Blickes zu würdigen, drehte er sich um und verschwand durch die Tür.

»Alles in Ordnung?«, fragte Robin mich nun. In seiner Stimme schwang Besorgnis mit.

Ich schwenkte lässig meinen Becher in der Hand und versuchte meiner Stimme so viel Halt wie möglich zu geben.

»Na klar, was soll denn sein? Wir haben uns bloß unterhalten. Alles gut.«

Robin wandte den Blick nicht von mir ab und suchte in meinen Augen, ob ich die Wahrheit sagte.

Genervt ging ich an ihm vorbei. »Spiel dich doch nicht immer so auf. Ich bin schon groß und kann auf mich alleine aufpassen«, fuhr ich ihn eine Spur zu harsch an. Jetzt war ich sauer. Er hatte mir den Moment mit Mats versaut. Grummelnd stand ich an der Tür und schaute auffordernd zu Franzi. »Kommst du?«

»Klar.« Sie eilte zu mir. Mittlerweile hatten noch andere Leute den Weg nach draußen gefunden, die sich zu meinem Bruder gesellten. Sehr gut. So kam er uns nicht nach und ich entging seinem Kreuzverhör.

Zurück im Raum suchten meine Augen direkt nach Mats. Ich brauchte nicht lange, bis ich ihn entdeckte. Er stand mit dem Rücken zu uns an der Bar und unterhielt sich mit einem Mädchen, das ich nicht kannte. Ich spürte, wie sich die Eifersucht in mir an die Oberfläche kämpfte. Ich sollte mich jetzt mit Mats unterhalten.

Franzi war meinem Blick gefolgt. »Du willst immer noch was von ihm, richtig?« Ich erwiderte nichts, meine Freundin durchschaute mich dennoch. »Habe ich es mir doch gedacht. Du warst in letzter Zeit so komisch. Du brauchst das nicht vor mir zu verheimlichen, ich bin doch deine Freundin.« Sie verschränkte die Arme und sah mich vorwurfsvoll an.

»Ich dachte, du verstehst das nicht. Ich habe nicht den Eindruck, dass du ihn sonderlich nett findest.« Ich seufzte resigniert. »Das finde ich ja eigentlich selbst nicht.« Wir erreichten unseren Tisch, ich konnte aber Laura und Marie nirgends entdecken. »Wo sind denn die anderen?«

»Die sind tanzen.« Franzi deutete auf den hinteren Teil des Raumes, in dem vorhin ihr Auftritt stattfand.

Ich setzte mich und nahm einen großen Schluck aus meinem Becher. Aus dem Becher, den Mats eben noch in der Hand hatte. Ich schaute wieder zur Bar und sah gerade noch, wie Mats sich umdrehte. Hatte er auch zu mir gesehen? Oder bildete ich mir jetzt schon Dinge ein?

»Es ist doch egal, ob ich ihn nett finde oder nicht«, nahm Franzi den Faden wieder auf. »Ich dachte nur ehrlich, dass du deine kurze Schwärmerei beendet hattest. Da musste ich dich doch in deiner Antipathie unterstützen, oder nicht? Dafür sind Freundinnen doch da.«

Ich musste lachen und fühlte mich gleich besser. »Danke.«

»Also, was ist da draußen passiert?«

»Nichts.«

Franzi schaute mich abwartend an.

»Also, wir haben uns kurz unterhalten und er war echt nett, irgendwie. So auf seine Weise«, druckste ich herum.

»Und dann?«, hakte Franzi nach. »Wir haben euch doch gestört, so wie ihr da auseinandergestoben seid.«

Ich seufzte. »Ja, ich glaube, er hätte mich fast geküsst.«

Franzis Augen wurden groß. »Habe ich es mir doch gedacht. Was machst du dann noch hier? Los, ab mit dir.«

Sie deutete auf die Bar, doch ich schüttelte abwehrend den Kopf.

»Nee, der redet grad mit irgendeiner Blondine.« Ich riskierte noch einen Blick zur Bar, konnte Mats aber nirgendwo mehr entdecken. »Oder ist weg«, murmelte ich und seufzte wieder resigniert. Franzi sah mich mitleidig an und ich besann mich auf ein anderes Thema. »Egal jetzt. Erzähl erst mal, wie fand Rob deinen Auftritt?«

Franzi war sofort Feuer und Flamme und berichtete, wie mein Bruder sie nach ihrer Show umarmt hatte und sich für die großartige Performance bedankt hatte. Und er hatte sie gefragt, ob sie demnächst vielleicht mal etwas mit ihm trinken gehen würde. Ich freute mich für Franzi. Doch wegen der Sache mit Mats war ich nicht ganz so sehr bei der Sache, wie es sich für eine gute Freundin gehört hätte. Ständig suchte mein Blick den großen Raum nach ihm ab, nur um festzustellen, dass er wohl wirklich nicht mehr da war.

»Und du hättest damit echt kein Problem?«, holte Franzi mich aus meinen Gedanken.

»Womit?«

»Wenn aus mir und Robin etwas werden sollte, sagte ich doch gerade.«

»Ach, Quatsch, warum denn? Du bist meine beste Freundin, etwas Besseres könnte ich mir für meinen Bruder gar nicht vorstellen. Du darfst mich dann bloß nicht vernachlässigen«, sagte ich und Franzi lächelte mich verschwörerisch an.

»Vielleicht ein bisschen?«

»Na gut, ein bisschen«, stimmte ich gnädig zu.

»Kommt ihr mit tanzen?« Marie tauchte neben uns auf. Ihre Haare klebten ihr verschwitzt im Gesicht und ihre Wangen waren von der Anstrengung rot angelaufen. Sie sah trotz alledem bezaubernd aus, und ich verstand die Blicke der Jungs, die sich nach ihr umdrehten, als sie so vor unserem Tisch stand. Franzi sah mich fragend an. Ihre Antwort kannte ich.

»Ach nein, lasst mal. Ich wollte eh grad auf die Toilette, geht ruhig«, forderte ich die beiden auf.

»Ich lasse dich doch hier nicht alleine sitzen.« Empört sah Franzi zu mir.

»Ich komm schon klar. Ich hole mir dann noch was zu trinken und komme dann nach und gucke euch zu.« Ich zwinkerte ihr zu. »Na los.«

Nachdem meine Freundinnen auf die Tanzfläche verschwunden waren, holte ich mein Handy hervor. Ich hatte zwei ungelesene Nachrichten. Eine war von meinem Vater, der wissen wollte, ob er uns auch abholen sollte oder ob wir mit meinem Bruder nach Hause fahren würden. Ich textete ihm schnell eine Antwort – wir kamen klar.

Die zweite Nachricht war von Ruby. Seit der Party hatte ich nur noch einmal mit ihr geschrieben. Ich war zurzeit wirklich schlecht, was das Pflegen meiner Sozialkontakte anging. Ihre Nachricht machte das schlechte Gewissen nicht besser.

Hey, gibt's dich noch? Falls du noch Lust hast, mit uns abzuhängen, könntest du nächstes Wochenende mit auf ein Konzert kommen? Ist nur eine lokale Band, macht aber genauso viel Spaß wie bei den großen Gigs.

Ich drehte mein Handy unschlüssig in der Hand. Ach, was soll's. Kurz entschlossen tippte ich eine Antwort.

Sorry!! Ja, bin etwas im Stress, Schule und so. Aber das klingt toll, ich wär gern dabei.

Das war die Wahrheit. Bei der Aussicht, bald wieder auf ein Konzert zu gehen, machte mein Herz einen Sprung. Der Teil mit dem Stress in der Schule war zwar etwas geflunkert – im Gegenteil, ich hatte die Schule entgegen meiner sonstigen Art in der vergangenen Woche sträflich vernachlässigt – aber diese kleine Notlüge dürfte ja wohl erlaubt sein. Außerdem passierte so kurz vor den Ferien eh nichts Wichtiges mehr. Ich steckte mein Handy zurück in meine Tasche und machte mich auf den Weg zu den Toiletten.

Als ich in den kleinen Seitengang abbog, hörte ich zwei aufgebrachte Stimmen, die mir sehr bekannt vorkamen. Ich verlangsamte meine Schritte und spähte um die Ecke. Im hinteren Teil des Ganges standen sich Robin und Mats gegenüber. Mats hatte die Arme vor der Brust verschränkt und Robin redete auf ihn ein. Ich wollte nicht lauschen, aber etwas an der Szene kam mir komisch vor und so wartete ich leise ab.

»Wenn du unbedingt drauf bestehst, werde ich dir das zeigen.«

»Ich bestehe drauf ... Sie ist meine Schwester. Wir haben einen Deal, Mats. Das kannst du einfach nicht bringen, nicht nachdem du ...«

Mats unterbrach ihn zischend. »Das weiß ich und da war auch nichts. Ich halte mich dran, kannst du dich schon drauf verlassen.«

»Ach, kann ich das, ja?« Mein Bruder klang zornig. So kannte ich ihn gar nicht. »Das sah da draußen aber anders aus. Was hattest du mit ihr vor, hm?«

»Nichts, Mann. Jetzt krieg dich mal wieder ein. Wir haben

uns bloß unterhalten, sonst bin ich ja immer nur damit beschäftigt, sie dir wieder heil nach Hause zu bringen.«

»Ich habe dich nicht darum gebeten.«

»Tu doch jetzt nicht so. Soll ich sie das nächste Mal da stehen lassen bei den ganzen Vollidioten, oder was?«

»Als ob du so viel besser wärst!«

Das saß. Mats schien keine Antwort mehr zu haben und schnaubte nur erbost.

»Halt dich einfach dran und lass sie in Ruhe!«, legte mein Bruder nach.

»Sicher. Sie ist eh nicht mein Typ.«

Mats' Worte ließen das Blut in meinen Adern gefrieren. Hatte ich die Situation vorhin so falsch gedeutet?

»Als ob du irgendeinen Typ hättest«, regte sich mein Bruder weiter auf. »Du fickst alles, was nicht bei drei auf den Bäumen ist. Und meine Schwester wird nicht dazugehören! Sie nicht, hast du verstanden? Hab wenigstens einmal ein bisschen Anstand!«

»Ich habe es verstanden, okay.« Mats stieß sich von der Wand ab. Das Gespräch schien für ihn beendet.

Schnell drehte ich mich um und lief zurück in den Raum. Während ich mich möglichst lässig an die Wand lehnte, um den Eindruck zu erwecken, dass ich schon lange hier rumstand, klopfte mein Herz mir bis zum Hals. Ich konnte das gerade Gehörte nicht einordnen. Ich hatte noch nie erlebt, dass mein Bruder so sehr aus der Haut gefahren war. Jetzt war klar, dass zwischen den beiden irgendetwas vorgefallen sein musste, auch wenn ich nicht die leiseste Ahnung hatte, was das gewesen sein könnte.

Aus dem Augenwinkel sah ich, wie Mats aus dem Seitengang trat und direkt auf die Bar zusteuerte. Meinen Bruder konnte ich nirgends entdecken. Hatte ich ihn schon verpasst? Da meine Blase nun ziemlich drückte, gab ich mir einen Ruck, betrat den Seitengang erneut und steuerte die Damentoilette an. Robin stand immer noch im Gang. Er hatte die Arme über sich an der Wand abgestützt und lehnte seinen Kopf daran. Als er meine Schritte vernahm, richtete er sich auf. Ein Lächeln legte sich auf sein Gesicht, als er mich erkannte.

»Paula.«

»Ich muss ganz dringend aufs Klo«, rief ich ihm entschuldigend entgegen.

Meinen Toilettenbesuch zog ich absichtlich in die Länge. Ich wollte Robin nicht noch einmal begegnen, nicht bevor ich die Szene zwischen ihm und Mats besser einordnen konnte. Als ich nach geschlagenen fünfzehn Minuten den Toilettenraum verließ, lehnte mein Bruder immer noch an der Wand und wartete auf mich.

»Ich dachte schon, du kommst gar nicht mehr raus«, stellte er fest und musterte mich.

Hatte er doch mitbekommen, dass ich sie belauscht hatte?

»Manchmal brauchen Mädchen eben länger.«

»Ist wirklich alles okay bei dir?«, hakte Robin erneut nach.

Ich stöhnte genervt auf. »Ja, Robbie. Himmel, was ist denn nur los mit dir? Mats wollte mich bestimmt nicht fressen. Wenn ich deine Hilfe bräuchte, würde ich dich schon fragen. Wirklich.«

Bei der Erwähnung seines Spitznamens, den ich ihm als kleines Kind immer gegeben hatte, lächelte mein Bruder. »Das hoffe ich. Du weißt doch noch, was ich dir über Mats erzählt habe? Das meinte ich ernst. Ich will nicht, dass dir wehgetan wird.«

Erleichtert stellte ich fest, dass er wohl keine Ahnung hatte, dass ich seine Auseinandersetzung mit Mats mit angehört hatte. »Das weiß ich doch, Bruderherz. Ich habe auch nicht vor, mir wehtun zu lassen. Und jetzt komm, da draußen findet deine Party statt.«

Ich lotste ihn zurück in den Raum und hielt inne, als mein Blick auf die Bar fiel. Mats lehnte entspannt am Tresen, neben ihm stand die Blondine von vorhin. Kurz trafen sich unsere Blicke und Mats' Gesichtsausdruck versteinerte. Im gleichen Moment legte er seine Hände an die Taille der Blondine, zog sie zu sich herüber und küsste sie. Mir wurde schlecht, doch ich konnte den Blick nicht von ihnen abwenden. Das, was ich dort sah, war kein kurzes Küsschen. Mats machte sich regelrecht über das Mädchen her und sie hatte augenscheinlich äußerst viel Spaß dabei.

Ich stand da wie vom Donner gerührt, unfähig, mich zu bewegen oder einen klaren Gedanken zu fassen. Hatte ich die Situation so fehlgedeutet? Oder hatte Mats mich einfach abgehakt und sich ein anderes, willigeres Mädchen gesucht? Das konnte und wollte ich einfach nicht glauben. Aber die Bilder, die sich vor meinen Augen abspielten, ließen keinen Raum für große Spekulationen.

Franzi erschien an meiner Seite, und ihr Gesichtsausdruck verriet mir, dass sie Mats auch schon gesehen hatte.

Auch meinem Bruder entging ihr mitfühlender Blick in meine Richtung nicht. Er gab einen grimmigen Laut von sich. »Ich wusste es. Wieso müssen sich Mädchen immer in die dämlichsten Arschlöcher verlieben, die die Welt zu bieten hat?«

»Paula ist doch gar nicht in Mats verliebt«, versuchte Franzi die Situation noch zu retten, doch mein Bruder winkte missbilligend ab.

»Ich bin nicht blöd, okay?«

Franzi verstummte und sah mich weiter mitleidig an. »Paula, wollen wir nach Hause gehen?«

Ich ignorierte ihre Frage und sah meinen Bruder wütend an. »Wenn du ihn so scheiße findest, wieso hängt ihr dann andauernd miteinander rum? Warum ist er heute auch hier?«

Ich wusste nicht, wieso ich plötzlich das Gefühl hatte, Mats verteidigen zu müssen, obwohl er hier vor meinen Augen gerade mit einer anderen rumknutschte. Vielleicht war ich froh, meine Emotionen voll in der Wut ausleben zu können, die mich gerade überkam. Der harte Aufprall in der Realität würde wohl noch früh genug kommen. Ich starrte ihn aufgebracht an.

Mein Bruder runzelte die Stirn. Er schien nicht recht zu

wissen, wie er auf meine Frage reagieren sollte. »Das ist nicht so einfach, Paula.«

»Natürlich nicht.« Meine Stimme triefte vor Hohn. »Ich werde es schon verstehen. Ich bin auch nicht blöd.«

Er schüttelte nur den Kopf. »Bitte, Paula, lass es einfach gut sein, ja? Du siehst doch, wie er ist …«

»… das habe ich nicht verdient«, vervollständigte ich genervt seinen Satz. »Das sagtest du bereits. Also?«

»Paula, es wär vielleicht wirklich besser, wenn wir jetzt gehen?« Franzi nahm mich vorsichtig am Arm und warf einen Blick zu Robin, der sie dankbar ansah.

Ich schüttelte energisch den Kopf. »Nein. Ich bleibe.«

Ich starrte meinen Bruder weiter an und versuchte dabei die Tatsache zu ignorieren, dass Mats nur wenige Meter von uns entfernt mit dieser Trulla rummachte. Was mir misslang. Ich musste es unbedingt noch einmal sehen. Es war wie bei einem Unfall, man wollte eigentlich nicht, musste aber immer wieder hinsehen. Ich riskierte einen kurzen Blick aus dem Augenwinkel und stellte überrascht fest, dass Mats weg war. Allerdings fehlte auch die Blondine. Ich zählte eins und eins zusammen, und mir wurde noch schlechter, als mir ohnehin schon war. Hoffentlich waren sie wenigstens abgehauen und vergnügten sich hier nicht in irgendeiner dunklen Ecke. Zuzutrauen wäre es ihm ja scheinbar. Ich schluckte das eifersüchtige Gefühl herunter und konzentrierte mich wieder auf meinen Bruder.

»Schön, dann bleib halt noch hier, ich werde dazu aber nichts mehr sagen. Halt dich bitte einfach fern von ihm, okay?«

Seine Frage war keine Bitte, so viel stand fest. Doch der Ton in seiner Stimme war eine Spur milder als noch kurz zuvor. Meine Frage nach dem Warum ignorierte er geflissentlich, drehte sich um und verschwand in der Menge.

»Paula, es tut mir so leid.« Franzi sah mich mitfühlend an. »Aber vielleicht hat Rob ja recht und Mats ist halt einfach so.« Sie sah aus, als würde sie noch etwas sagen wollen, doch dann überlegte sie es sich anders und schwieg.

»Und warum ist er dann mit ihm befreundet? Wenn er ihn doch so scheiße findet?«

»Das hat er ja gar nicht gesagt. Bei Männern ist das ja manchmal etwas anders«, versuchte Franzi die Reaktion meines Bruders zu erklären. »Er kann ja trotzdem mit ihm befreundet sein, obwohl er weiß, dass Mats, was Frauen angeht, ein Arschloch ist.«

Ich runzelte die Stirn. Das klang absolut nicht nach meinem Bruder. Doch bevor ich meine Zweifel weiter ausführen konnte, sah ich Laura und Marie auf uns zusteuern. Schnell blickte ich zu Franzi und bedeutete ihr mit einem Blick, dass das lieber unter uns bleiben sollte.

Sie nickte sofort. »Selbstverständlich«, flüsterte sie mir verschwörerisch zu, während sie auf unsere Freundinnen zuging.

»Wo wart ihr denn die ganze Zeit? Wir waren jetzt Ewigkeiten auf der Tanzfläche und dachten, ihr kommt vielleicht irgendwann mal wieder?« Lauras Stimme klang von der Anstrengung und der schlechten Luft im Raum schon ganz kratzig.

»Wir waren gerade auf dem Weg zu euch«, versicherte Franzi.

»Jetzt brauchen wir aber erst mal was zu trinken.« Marie deutete auf die Bar.

»Oh, da bin ich dabei«, stimmte ich eine Spur zu enthusiastisch zu und meine Freundinnen sahen mich überrascht an.

Laura kniff die Augen fragend zusammen. »Wie kommt es, dass du dich heute so volldröhnst? Das ist doch sonst gar nicht deine Art.«

Mist. Das war wohl die Konsequenz meines langweiligen Spießerlebens.

Doch bevor ich mir eine Erklärung für meinen vermeintlichen Sinneswandel ausdenken konnte, lachte Franzi laut auf und zog mich mit zum Tresen.

»Hey, das ist die Party von ihrem Bruder, lasst sie doch ruhig ordentlich mitfeiern.« Sie winkte Laura und Marie hinter uns her und bestellte an der Bar noch eine Runde Wodka-Cola für uns vier. »Trink das, dann fühlst du dich gleich besser«, raunte sie mir zu, sodass die anderen sie nicht verstehen konnten.

Tatsächlich sah meine Laune, nachdem ich den Inhalt hinuntergekippt hatte, gleich schon viel besser aus. Und auch bei meinen Freundinnen zeigte der Alkohol langsam seine Wirkung.

»Paula, ich bin überrascht, wie gut du mit uns mithältst.« Marie klang deutlich beeindruckt, während sie sich an der Tresenkante abstützte, um ihr Gleichgewicht zu halten.

»Hast du etwa trainiert?« Lauras Stimme klang bereits deutlich wackeliger als die von Marie, und sie kicherte los, als hätte sie einen aberwitzigen Spaß gemacht.

Franzi verdrehte lachend die Augen und wollte mich mit in Richtung Tanzfläche ziehen. »Ich will noch mal tanzen.«

Die anderen beiden stimmten ihr johlend zu, doch ich blieb weiterhin an der Bar angelehnt stehen.

»Nein, lasst mal, ich bleibe hier.« Mein Blick glitt zu dem Barkeeper, der mich unverhohlen von der Seite musterte. Ich glaubte ihn bereits einmal in der Schule gesehen zu haben, aber sicher war ich mir nicht. Schamlos deutete ich auf ihn. »Ich flirte einfach ein bisschen mit diesem hübschen Kerl da.«

Mutig geworden zwinkerte ich ihm zu und hörte im Hintergrund, wie meine Freundinnen kreischend loslachten. Die hatten sich wohl vor lauter Alkohol nicht mehr im Griff. Das könnte mir nicht passieren. Die Wolke in meinem Gehirn ließ die Welt um mich herum ganz friedlich wirken. Alle Menschen waren so zuvorkommend zu mir und lächelten mich die ganze Zeit an. Wie freundlich von ihnen. Waren die sonst auch immer so nett? Ich grinste den Barkeeper immer noch an und winkte ihn dann zu mir.

Belustigt kam er meiner Aufforderung nach, während er sein Geschirrtuch in einer eleganten Bewegung über seinen Arm warf. Er sah mich mit schiefgelegtem Kopf fragend an. »Noch einmal das Gleiche?«

»Hast du vielleicht noch was Leckeres?«

Er zuckte mit den Schultern. »Ich kann dir einen Cocktail machen, wenn du magst.«

Ich grinste übertrieben, zwinkerte ihm erneut zu und lehnte mich weiter zu ihm. »Wenn der so süß ist wie du, dann gerne.«

Ich hörte die Umstehenden lachen, ignorierte sie aber. Mein Blick haftete an dem Typen, der jetzt grinsend nach einem neuen Glas griff.

»Na, da lässt sich doch was machen.«

Zufrieden lehnte ich mich zurück und beobachtete das Geschehen im Raum. Es war jetzt wohl weit nach Mitternacht und der Saal hatte sich schon zu einem Großteil geleert. Ich wollte nicht, dass die Party schon endete. Es wurde doch gerade erst gut.

Kurze Zeit später drückte der Barkeeper mir einen hellrosa Cocktail in die Hand. »Bitte schön.«

Ich nahm einen großen Schluck. »Hmm, sehr lecker. Das hast du gut gemacht, schöner Mann.« Ich grinste anzüglich.

Flirten war ja doch nicht so schwer, wie ich immer dachte. Er lachte und zwinkerte mir zu. Auch die Bar leerte sich nun zusehends, also beschloss ich, meinen Freundinnen auf der Tanzfläche zuzusehen. Doch kurz nachdem ich mich vom stützenden Tresen abgestoßen hatte, begann der Boden unter mir zu verschwimmen und ich torkelte nach vorn. Ich gab einen quietschenden Laut von mir. Wieso drehte sich plötzlich alles? In dem Moment tauchte Robin vor mir auf. Als er mich so sah, presste er die Zähne aufeinander und griff dann nach meinen Armen, um mich zu stützen. Dankbar lehnte ich mich bei ihm an.

»Paula, du bist ja total besoffen« Er klang sauer.

Schon wieder war er sauer, sonst war mein Bruder doch nie sauer. Halt, nein. War ich nicht eigentlich sauer auf ihn? Ich wusste es nicht mehr, ich bekam keinen klaren Gedanken mehr zustande.

»Was hast du ihr gegeben?«, rief Robin nun zu dem gut aussehenden Mann an der Theke.

Der hob entwaffnend die Hände und deutete mit dem Kinn auf mein Cocktailglas, das ich noch immer in der Hand hielt. »Der ist alkoholfrei. Ich hatte den Eindruck, sie hätte genug für heute.«

»Bitte?«, quietschte ich nun erbost und wollte zurück zur Theke stürmen.

Doch mein Bruder hielt mich weiter fest. »Oh nein, du bleibst hier. Wir fahren jetzt nach Hause.«

»Ich will aber nicht.« Trotzig wie ein kleines Kind starrte ich ihn an.

»Davon wird es auch nicht besser, wenn du dich jetzt hier volllaufen lässt«, fuhr mein Bruder mich an. »Komm mit.« Er wollte mich mit sich ziehen, doch ich stemmte mich mit all meiner übrig gebliebenen Körperspannung gegen ihn. »Gut, dann eben so«, murmelte Robin, drehte sich um und hob mich mit einem Ruck hoch.

»Das ist doch nicht dein Ernst«, brüllte ich ihn an und schlug mit meinen Fäusten auf seinen Rücken. Das schien ihn nicht im Geringsten zu beeindrucken. Er trug mich zur Tanzfläche, sammelte meine Freundinnen ein und bugsierte uns dann nach draußen. Dort stellte er mich vorsichtig ab, hielt mich aber noch weiter an den Oberarmen fest. Er hatte wohl Angst, dass ich mich gleich wieder von ihm losriss. Aber diese Angst war unbegründet. Mittlerweile war mir übel und ich ließ mich auf den Boden sinken.

Robin beäugte mich missbilligend, dann wandte er sich an Franzi. »Ich bin gleich wieder da. Pass bitte kurz auf sie auf, ja?« Dann verschwand er erneut im Saal.

Ich steckte den Kopf zwischen meine Knie und versuchte meine Umgebung auszublenden. Mir war so schlecht. Irgendjemand sagte etwas zu mir, doch ich reagierte nicht.

Kurze Zeit später war Robin wieder da. »Kannst du aufstehen? Du musst nicht weit laufen, das Taxi steht gleich dahinten.«

Ich murmelte zustimmend und ließ mir von ihm hochhelfen. Dann bugsierte er mich vorsichtig in das Großraumtaxi. Laura und Marie quatschten auf der Fahrt ununterbrochen und schienen gar nichts von meinem Zustand mitzubekommen.

Nachdem wir meine Freundinnen zu Hause abgeliefert hatten, war es ganz ruhig im Wageninneren. Mein Bruder sagte kein Wort, bis wir an unserem Haus ankamen.

Robin brachte mich in mein Zimmer, und ich ließ mich angezogen, wie ich war, auf mein Bett fallen. Dann griff ich nach meiner Bettdecke und zog sie mir bis ans Kinn.

»Kannst du bitte das Licht ausmachen?«

Robin ignorierte meine Bitte, setzte sich auf meine Bettkante und betrachtete mich immer noch schweigend.

»Was ist? Ich sollte jetzt wohl schlafen«, murmelte ich und musste gähnen. Immerhin war mir nicht mehr schlecht, ich war nur noch todmüde.

»Ja, das solltest du wohl«, murmelte mein Bruder. Ich sah ihn auffordernd an und er erhob sich seufzend. Am Lichtschalter hielt er inne. »Es tut mir leid, so sollte das heute nicht laufen«, entschuldigte er sich mit leiser Stimme und schloss dann vorsichtig die Tür hinter sich.

Und ich fiel prompt in einen tiefen, traumlosen Schlaf.

Am nächsten Tag wachte ich mit dröhnenden Kopfschmerzen auf. Und sofort erschienen die Bilder des gestrigen Abends vor meinen Augen. Stöhnend zog ich mir die Decke über das Gesicht. Doch die Erinnerungen konnte ich damit nicht ausblenden. Der Tag ging ja schon gut los. Mein Magen knurrte und langsam schälte ich mich aus meinem Bett. Ich trottete ins Wohnzimmer, wo meine Eltern mich bereits breit grinsend erwarteten. Mit jeder Reaktion hätte ich gerechnet, aber nicht damit. Verwirrt sah ich sie an.

»Guten Morgen.« Es klang eher wie eine Frage.

»Guten Morgen ist gut, es ist bereits nach eins«, sagte meine Mutter schmunzelnd. Sie stand auf, ging hinüber in die Küche und goss mir ein Glas Wasser ein. Dann reichte sie es mir zusammen mit einer Kopfschmerztablette.

Aha, Robin hatte also gepetzt.

Ich verzog das Gesicht, nahm die Tablette aber dankbar an und spülte sie herunter. Dann ließ ich mich neben meinen Vater auf das Sofa sinken.

»Na, wie fühlt er sich an, der erste Kater?«, zog der mich lachend auf.

»Papa!«

»Man wird ja wohl noch fragen dürfen«, mischte sich meine Mutter ein. »Robin hat berichtet, dass du gestern wohl etwas über den Durst getrunken hast.«

»Wenn man gar nichts gewohnt ist, geht das ja schnell«, murmelte ich und mein Vater nickte nachsichtig.

»Das stimmt. Deswegen sind wir froh, dass Robin gestern bei dir war und auf dich achtgeben konnte. Es ist doch immer besser, diese ersten Erfahrungen in einem geschützten Kreis zu machen.«

Haha. Wenn die wüssten.

»Wo ist Rob eigentlich?«, wechselte ich schnell das Thema.

»Der wollte noch zu einem Freund, irgendwas klären oder so. Ist gestern noch etwas vorgefallen?«, fragte meine Mutter, während sie anfing, die Töpfe für das Mittagessen hervorzuholen.

»Nicht dass ich wüsste«, wich ich der Frage aus. Ich hatte so eine leise Ahnung, bei wem Robin gerade war. Nur was sie noch zu klären hatten, war mir nach wie vor ein Rätsel. Eigentlich hatte ihr Streit gestern danach geklungen, als wäre alles gesagt. »Ich gehe wieder in mein Zimmer.«

»Aber du isst doch mit, oder?« Meine Mutter hielt inne und sah mich fragend an. »Du hast schließlich schon das Frühstück ausfallen lassen.«

»Jaja«, murmelte ich und schlurfte zur Treppe.

ACHT

Meinen Bruder bekam ich den ganzen Tag nicht mehr zu Gesicht. Am nächsten Morgen beeilte ich mich, damit ich mich meinerseits vor ihm drücken konnte, und brach überpünktlich zur Schule auf. Es war so früh, dass sogar die Türen noch verschlossen waren.

Ich warf meine Schultertasche mit einem Seufzer auf die große Betonbank vor der Schule und zog fröstelnd meine Strickjacke enger um mich. Es war kurz vor sieben Uhr, um die Zeit sollte man doch im Hochsommer davon ausgehen können, dass es schon ein paar Grad mehr hatte. Meine Gedanken schweiften zurück zu meinem Bruder und Mats. Was hatten die beiden bloß für ein Problem miteinander? Egal, welche Szenarien ich mir ausmalte, es ergab einfach alles keinen Sinn. So wie Robin mit Mats gesprochen hatte, musste etwas zwischen ihnen vorgefallen sein. Etwas Gravierendes, sonst könnte mein Bruder doch den Kontakt zu ihm einfach einstellen. Wieso sollte man sich mit jemandem abgeben, den man eigentlich nicht leiden kann? Nein, ich musste mir etwas einfallen lassen, damit Robin mit der Sprache herausrückte.

Hinter mir ertönten eilige Schritte. Aus dem Augenwinkel erkannte ich unseren Schulleiter, der, seine große Ledertasche unter den Arm geklemmt, auf die Tür zuhielt und gleichzeitig versuchte, mit einer Hand seine Autoschlüssel und den großen Schlüsselbund für die Schule unter Kontrolle zu bringen.

»Guten Morgen, Herr Fuchs«, rief ich ihm zu und lächelte zaghaft.

Er nickte mir zu und ein verwirrter Ausdruck legte sich auf sein Gesicht. »Ebenfalls guten Morgen. Bin ich etwa zu spät oder bist du viel zu früh, Paula?«

»Nein, alles gut. Ich wollte die frische Morgenluft noch etwas nutzen, bevor es heute wieder so heiß wird«, flunkerte ich.

»Ach, dann ist ja gut«, lachte er und drückte die schwere Eingangstür mit der Schulter auf. »Aber gut, dass ich dich hier treffe, ich wollte heute sowieso mit dir sprechen. Komm doch gleich mal mit in mein Büro, bitte«, fuhr er an mich gewandt fort.

Sein Satz löste ein unangenehmes Gefühl in meinem Bauch aus, und auch mein Blick schien mir kurz zu entgleisen, denn der Direktor hob beschwichtigend eine Hand: »Nichts Schlimmes, keine Sorge.«

Das komische Gefühl in meinem Magen blieb trotzdem, ich hatte keine Idee, was er von mir wollen könnte. Ich hasste es, wenn ich die Situationen nicht mehr im Griff hatte. Nervös folgte ich ihm und bereute es sofort. Die stickige, heiße Luft im Gebäude fühlte sich an, als würde ich gegen eine Wand laufen. Auch dem Direktor entwich ein Stöhnen, als er neben mir die große Betontreppe nach oben stieg.

»Gut, dass der Wahnsinn hier bald erst mal wieder ein Ende hat. Bei den Temperaturen kann doch keiner mehr etwas Vernünftiges leisten, Lehrer wie Schüler«, murmelte er leise vor sich hin.

Ich gab ein zustimmendes Schnaufen von mir. Für die kommende Woche waren Rekordtemperaturen angesagt, da konnte auch die Aussicht auf die bevorstehenden Sommerferien keine Motivation mehr herauskitzeln. Die verfahrene Situation mit Mats tat ihr Übriges, dass ich die Ferien dieses Jahr herbeisehnte.

Tust du nicht, meldete sich eine kleine vorwurfsvolle

Stimme in meinem Kopf. *Dann wirst du Mats sechs lange Wochen nicht mehr sehen.*

Diese Gewissheit bereitete mir tatsächlich ein unangenehmes Bauchgefühl. Auf der anderen Seite war ich aber auch froh darüber, dass ich mich so erst einmal erholen konnte von dem Frust, den die Begegnungen mit ihm mir immer wieder bescherten. Ich wusste nicht, welches Gefühl gerade überwog.

Ich folgte meinem Schulleiter in sein Büro und ließ mich auf sein Handzeichen auf den Stuhl vor seinem Schreibtisch sinken. Was wollte er bloß von mir? Ich hatte mir noch nie etwas zuschulden kommen lassen und auch meine Noten waren nach wie vor sehr gut. Wobei ich mir tatsächlich kleine Nachlässigkeiten eingestehen musste. Aber das rechtfertigte kein Gespräch mit dem Direktor. Nervös knetete ich meine kalten Hände und wartete darauf, dass er seine Sachen abgelegt hatte und sich mir gegenüber hinter seinen Schreibtisch setzte.

»Also, ich will es kurz machen.« Er warf einen schnellen Blick auf seine Armbanduhr und fuhr fort: »Ich habe gestern eine E-Mail von Herrn Friedrich bekommen. Du erinnerst dich vielleicht, er war hier als Kursleiter während der Projekttage.«

»Ja, klar. Ich war bei ihm in der Schreibwerkstatt«, sagte ich und nickte zustimmend.

»Er hat mir geschrieben, dass in seiner Agentur ein Praktikumsplatz frei geworden ist, und dabei hat er an dich gedacht. In seiner Mail hat er dich in den höchsten Tönen gelobt.«

»Oh«, gab ich überrumpelt von mir. »Das ist ja toll.«

Herr Fuchs nickte zustimmend. »Tatsächlich. Du musst wirklich gute Arbeit in dem Kurs geleistet haben. Aber das kennt man von dir ja auch nicht anders.« Er zwinkerte mir zu und öffnete seinen Laptop.

Ich spürte, wie meine Ohren rot anliefen, und senkte schnell meinen Blick. Mit Komplimenten konnte ich wirklich nicht gut umgehen, trotzdem freute ich mich ungemein. Herr

Fuchs tippte ein paarmal auf der Tastatur herum, und kurz darauf wurde ein Dokument ausgedruckt, das er mir anschließend über den Tisch reichte.

»Das hier ist die Kontaktadresse der Agentur. Wenn du Interesse hast, und ich würde dir wirklich ans Herz legen, diese Chance zu ergreifen, dann ruf am besten heute noch an. Dann könnt ihr die Details besprechen.«

Ich warf einen Blick auf das Blatt. *Literaturagentur Traumschreiber*, las ich, gefolgt von einer Adresse und Kontaktdaten.

»Das werde ich machen. Vielen Dank, Herr Fuchs.« Ich griff nach meiner Tasche und dem Zettel und stand auf.

Der Direktor lächelte milde. »Gern geschehen. Das ist dein ganz eigener Verdienst. Hab noch eine gute letzte Woche.«

»Danke, das wünsche ich Ihnen auch«, rief ich und öffnete mit einer Hand die Tür, während ich mit der anderen Hand versuchte, den Zettel in meine geöffnete Tasche zu schieben. Doch als ich leicht an der Tür drückte, wurde sie gleichzeitig von der anderen Seite aufgerissen. Ich verlor das Gleichgewicht und stolperte erschrocken mit einem leisen Schrei nach vorne. Gleichzeitig versuchte ich mich auf den Beinen zu halten und meine Tasche nicht zu verlieren. Da umfingen mich bereits zwei tätowierte Arme und hielten mich an den Schultern fest.

»Na hoppla, wen haben wir denn da?«

Die tiefe männliche Stimme kannte ich mittlerweile nur zu gut. Mats' Augen suchten meine, und in der Sekunde, in der sich unsere Blicke trafen, spürte ich sofort wieder das Lodern in meinem Magen, und ich merkte, wie mir die Hitze in die Wangen schoss.

»Geht schon, danke«, murmelte ich hektisch. Ich wich seinem Blick aus und drückte mich schnell an ihm vorbei.

Während ich den Gang entlanghastete, spürte ich Mats' Blick in meinem Rücken, aber ich zwang mich, mich nicht mehr nach ihm umzudrehen.

In den großen Pausen überzeugte ich meine Freundinnen davon, trotz der Temperaturen in der Cafeteria zu bleiben, und so schaffte ich den Tag ohne einen weiteren Mats- oder Bruder-Vorfall.

Zu Hause bewaffnete ich mich sofort mit Block und Stift und schloss mich mit dem Telefon in meinem Zimmer ein, um Ruhe zu haben. Dann atmete ich zweimal tief durch, um mich zu beruhigen, und wählte dann die auf dem Zettel angegebene Nummer wegen des Praktikums. Eine Frau mit einer sehr angenehmen Stimme nahm ab.

»Literaturagentur Traumschreiber, Schröder mein Name, was kann ich für Sie tun?«

»Paula Albrecht, hallo. Ich habe Ihre Nummer von meinem Schulleiter erhalten. Ich wurde wohl für ein Praktikum empfohlen«, fing ich mit flatternder Stimme an.

»Paula, wie schön, dass Sie sich melden. Jan ist gerade nicht im Haus, aber er hat Sie in den höchsten Tönen gelobt und versichert, dass wir mit Ihnen eine gute Wahl treffen werden.«

Ich merkte schon wieder, wie meine Ohren rot anliefen, und war froh, dass ich meiner Gesprächspartnerin nicht persönlich gegenübersaß.

»Danke, es hat mich sehr gefreut, dass er dabei an mich gedacht hat. Ich würde wirklich gern ein Praktikum bei Ihnen machen«.

»Das freut uns sehr. Da Sie ja bereits auf Empfehlung zu uns kommen, würde ich vorschlagen, Sie kommen dann am Montag in Ihrer ersten Ferienwoche um zehn Uhr einfach zu uns in die Agentur und dann legen wir direkt los. Was halten Sie davon?«

Das war ja einfach. Vor einem Vorstellungsgespräch hätte ich sehr großen Bammel gehabt, umso besser, dass so etwas nicht nötig war.

»Das klingt super«, erwiderte ich wahrheitsgemäß.

Frau Schröder erklärte mir noch, welche Unterlagen ich benötigte und an meinem ersten Tag mitbringen sollte, dann verabschiedeten wir uns und ich legte auf. Zufrieden warf ich mich auf mein Bett und verkündete Franzi per WhatsApp schnell die frohe Botschaft. Kurz darauf vibrierte mein

Handy, doch die Nachricht war nicht von meiner besten Freundin, sondern von Ruby, die mir die Adresse von dem Club schickte, in dem das Konzert am Wochenende stattfinden sollte. Ich schrieb ihr zurück, dass ich mich schon freute, und kurz darauf antwortete sie mir:

Das wird lustig! Du kannst auch gern deinen heißen Freund mitbringen.

Boah. Genervt warf ich mein Handy auf mein Kissen und ließ die Nachricht unbeantwortet.

Die letzte Schulwoche zog sich gefühlt eine Ewigkeit. Die heißen Temperaturen taten ihr Übriges, dass die Laune der meisten Schüler im Keller war. Mats schien sowieso schon mit der Schule abgeschlossen zu haben und ließ sich an keinem Tag mehr blicken. Ich ging stark davon aus, dass sich sein Gespräch beim Direktor um seine ständigen Fehlzeiten gedreht hatte. Anscheinend waren ihm Schule und Autoritäten im Allgemeinen völlig egal. Vielleicht war er auch von der Schule geflogen? Bei dem Gedanken machte mein Magen einen aufgeregten Satz. Nein, ich hoffte doch, dass ich ihn in unserem letzten Jahr vor dem Abitur noch öfter zu Gesicht bekommen würde. Wenigstens aus der Ferne schmachten wollte ich mir zugestehen. Auch wenn Mats ein riesengroßes Arschloch war mit seinen zahlreichen Frauengeschichten. Ich musste an das Mädchen von Robins Party denken und verscheuchte schnell den Gedanken. Was allerdings gar nicht so einfach war.

Die meisten meiner Mitschüler daddelten unter dem Tisch auf ihren Handys oder starrten mit leerem Blick aus dem Fenster, während Frau Mertens ihre letzte Motivation zusammenkratzte, um uns vor den Zeugnissen ihre Abschlussrede zu halten.

Ich versuchte mich auf ihre Worte zu konzentrieren, aber meine Gedanken schweiften immer wieder ab. In meiner Verzweiflung heftete ich meinen Blick auf die großen Zeiger der Uhr über der Tafel und verfolgte aufmerksam, wie der große Zeiger langsam voranschritt. Es machte den Anschein, als würden die Zeiger, je länger ich sie anstarrte, immer träger werden, und ich musste gähnen. Ich machte mir noch nicht einmal die Mühe, es zu verbergen. Langsam wanderte mein Blick zu meiner Lehrerin zurück, die plötzlich direkt in meine Richtung schaute. Ertappt schloss ich den Mund und sah sie zerknirscht an. Doch der erwartete Rüffel blieb aus. Sie lachte nur leise und unterbrach ihre Rede.

»Ich sehe schon, ihr seid alle durch für dieses Jahr. Dann spare ich mir den Rest, ihr wisst ja, worauf ich hinauswill. Genießt eure Ferien, erholt euch, habt Spaß, aber werft das ein oder andere Mal vielleicht auch einen kleinen Blick in die Schulbücher …«

Sie wurde vom Lachen des Kurses unterbrochen.

»Was rede ich eigentlich. Hier sind eure Zeugnisse und dann ab mit euch.« Frau Mertens begann, die Zeugnisse nach alphabetischer Reihenfolge auszugeben.

Sobald die ersten ihre Bewertungen erhalten hatten, wurden Stühle geschoben und eine aufgeregte Geräuschkulisse breitete sich aus. Mein Zeugnis fiel wie erwartet sehr gut aus. Zufrieden schob ich es in meine Mappe und steckte sie in meine Tasche. Franzi war nicht so glücklich. Sie steckte es ohne weitere Bemerkung ein und wollte nicht weiter darüber reden. Als auch Laura und Marie ihre Zeugnisse hatten, verließen wir gemeinsam den Raum und setzten uns vor der Schule auf die kleine Betonmauer.

»Endlich ist es geschafft«, seufzte Marie und wir stimmten ihr murmelnd zu.

»Paula, dein Zeugnis ist ja wieder bombe, kann das sein?« Laura sah mich neckend an.

Franzi verdrehte gespielt genervt die Augen und antwortete für mich: »Hallo, das ist Paula. Was erwartest du bitte? Da muss schon mehr als so eine kleine Schwärmerei passieren, dass sie in der Schule nachlässt.«

»Ja, ein Atomkrieg zum Beispiel«, fiel Marie lachend ein.

Ich knuffte sie freundschaftlich in die Seite. »Jetzt übertreibt mal nicht. Das Lernen fällt mir halt leicht.«

Der Platz vor der Schule füllte sich zusehends, aber heute

mit der Aussicht auf sechs lange, freie Wochen hatte es niemand mehr eilig, nach Hause zu kommen.

»Apropos Schwärmerei, guck mal da, Paula«, raunte Franzi mir leise zu und deutete unauffällig auf die Schultür, aus der gerade eine Gruppe tätowierter Jungs heraustrat.

Ich konnte Mats ausmachen, der als Letzter das Gebäude verließ. Seine Laune war gut, also war er offensichtlich nicht von der Schule geflogen. Mein Herz machte einen Satz. Rasch wandte ich meinen Blick ab, aber Marie hatte mich ertappt.

Sie quietschte übertrieben laut los, stieß Laura mit der Schulter an und wedelte mit ihrer Hand in die Richtung der Jungs.

»Hör auf«, fuhr Franzi sie an und drückte Maries Arm nach unten.

»Mann, ihr macht da auch echt ein Drama draus.« Marie verdrehte die Augen. »Ich dachte, Paula will eh nichts mehr von ihm. Ist doch so, oder?« Sie sah mich auffordernd an.

Mein Blick huschte in Richtung der Jungs. Alarmiert stellte ich fest, dass die Gruppe geradewegs auf uns zuhielt.

»Ähm, ja, natürlich nicht«, murmelte ich zustimmend und versuchte Franzi mit den Augen zu signalisieren, dass wir gehen sollten.

Bis Franzi mir ihre Aufmerksamkeit schenkte, war es bereits zu spät. Laura und Marie fiel das Lachen aus dem Gesicht, als die Gruppe bei uns stehen blieb und Mats das Wort ergriff. »Hey, Paula.«

Ich wappnete mich innerlich für die nächste Peinlichkeit und drehte mich zu ihm um. Er nickte kurz zu meinen Freundinnen, dann ruhte sein Blick auf mir.

Ach, klar, jetzt war ich wohl an der Reihe, etwas zu sagen.

Der Anblick, wie er hemmungslos mit dem Mädel rumgeknutscht hatte, schob sich in mein Gedächtnis und so stierte ich ihn nur an.

Franzi kam mir zu Hilfe, indem sie ein fragendes *Hallo* an die ganze Gruppe richtete.

Mats' Freunde erwiderten den Gruß halbherzig, schlenderten dann aber weiter.

Was denn, heute keine Gemeinheiten von denen? Das musste wohl an den bevorstehenden Sommerferien liegen.

Mats hob abwartend eine Augenbraue und sah mich fragend an. »Bekomme ich kein Hallo von dir?«

»Was willst du?«, fuhr ich ihn stattdessen an.

Ich hörte Franzi neben mir aufgeregt etwas murmeln, dann gestikulierte sie irgendetwas in Lauras und Maries Richtung und die drei entfernten sich ebenfalls von uns.

Mats verfolgte den Abgang der drei stirnrunzelnd und blickte dann wieder zu mir. »Hab ich dir was getan?« Er wirkte wirklich verblüfft.

Ich lachte angesichts dieser Ignoranz kurz auf. »Ach, nicht doch. Du bist doch die Nettigkeit in Person.« Meine Antwort triefte vor Ironie, was Mats nicht entging.

Er seufzte. »Hör zu, Paula. Es tut mir leid, dass ich anfangs nicht so nett zu dir war. Aber ich dachte, da sind wir mittlerweile drüber hinweg?«

»Ist das so?«, stichelte ich. Ich war wirklich stolz auf mich, dass ich nicht einknickte. Aber das Bild von Mats mit der Schnepfe war so präsent vor meinen Augen, dass ich gar nicht anders konnte, als sauer zu sein. »Den Eindruck habe ich nicht wirklich.« Ich verschränkte die Arme vor der Brust und funkelte ihn weiter an.

Sein Blick war sichtlich verwirrt und mich beschlichen langsam Zweifel.

»Ich weiß ehrlich gesagt nicht, worauf du hinauswillst, ich wollte eigentlich nur nett«, er betonte das Wort extra und machte eine kurze Kunstpause, »nach deinem Zeugnis fragen.«

Ungläubig sah ich ihn an. »Als ob dich das wirklich interessiert. Was willst du wirklich? Mich mit meinem Streberzeugnis aufziehen, oder was? Aber mach ruhig, ich komm mit deinen blöden Sprüchen schon klar.«

»Daraus entnehme ich also, dass deine Noten gut sind«, stellte er schmunzelnd fest.

»Was man von deinen vermutlich nicht behaupten kann«, gab ich bloß zur Antwort. Jetzt war es an mir, ihn triumphierend anzusehen. Es fiel mir leichter als gedacht.

Mats legte den Kopf schief und ein Lächeln schlich sich auf sein Gesicht. »Ich bin zufrieden.«

»Als ob.«

Er lachte leise, dann kam er einen Schritt näher und ich wich automatisch vor ihm zurück. Mats senkte die Stimme, obwohl niemand in unserer Nähe stand, und beugte sich ein Stück zu mir. »Ich hatte eigentlich den Eindruck, dass wir uns bei unserer letzten Begegnung sehr gut verstanden haben. Willst du mir nicht sagen, was los ist, Paula?«

Die Art, wie er meinen Namen betonte, ließ die Schmetterlinge in meinem Bauch tanzen. Obwohl ich immer noch sauer war, verfehlten seine Worte ihre Wirkung nicht, und seinem Blick nach zu urteilen, war er sich dessen absolut bewusst. Trotzdem wollte ich hier jetzt nicht klein beigeben.

Ich kratzte meinen letzten Rest Wut auf Mats zusammen, schnaubte kopfschüttelnd und wollte ihn stehen lassen, da griff er nach meinem Arm und zog mich zurück, sodass ich kurz vor ihm zum Stehen kam.

Auffordernd musterte er mich und schüttelte langsam den Kopf. »Erst sagst du mir, was dich zu so einer Furie werden lässt. Irgendwas scheine ich ja verbrochen zu haben.« Sein Blick war nicht länger amüsiert, und er schien wirklich nicht zu wissen, was mich so verärgerte.

Hilfe suchend schaute ich zu meinen Freundinnen, aber die standen mittlerweile auf der gegenüberliegenden Straßenseite und beäugten uns von Weitem kritisch.

»Ich weiß gar nicht, wieso dich das überhaupt interessiert. Solltest du nicht genug damit zu tun haben, dich mit deinen zahlreichen Frauenbekanntschaften auseinanderzusetzen? Die Dame von Robins Party ist doch sicher ganz erpicht auf deine Gesellschaft.«

Ein erstaunter Ausdruck legte sich auf sein Gesicht, dann kehrte das typische schiefe Grinsen zurück. »Du bist eifersüchtig«, stellte er fest und seine grünen Augen musterten mich amüsiert.

Oh Gott, wieso hatte ich das bloß gesagt? Ich musste ja total verrückt geworden sein. Mein Gesicht fühlte sich feuerrot an. Ich konnte seinem Blick nicht länger standhalten und taumelte ein paar Schritte rückwärts.

»Nein, so, ähm, so war das ja nicht, also, das meinte ich nicht«, stammelte ich. Ich bezweifelte, dass mein Gesicht sich noch mehr verfärben konnte, und ich wünschte, unter mir würde sich ein Loch auftun, in das ich verschwinden könnte und das mich auf der anderen Seite der Welt wieder ausspucken würde. Aber diesen Gefallen tat mir das Schicksal natürlich nicht.

Stattdessen wurde Mats' Grinsen breiter. »Nein. Natürlich hast du das nicht so gemeint.« Er hob seine Hand und legte sie mir vorsichtig an mein Gesicht.

Ich starrte ihn wie ein verschrecktes Kaninchen an und war nicht mehr in der Lage, regelmäßig zu atmen.

Er strich mir sanft mit dem Daumen über die Wange. Seine Berührung war hauchzart und nach einer Viertelsekunde schon wieder vorbei. »Wieso wirst du dann so rot?«

Ich biss mir auf die Unterlippe, außerstande, ihm zu antworten.

Er warf einen Blick über meine Schulter, seufzte und trat ein paar Schritte zurück. »Also gut, wenn du mir nicht sagen willst, was wirklich dein Problem ist …« Er machte eine bedeutungsvolle Pause und sah mich fragend an.

Ich schüttelte schnell den Kopf.

»Dann entschuldige ich mich einfach pauschal für das, womit ich dich verärgert haben könnte. Gut so?«

Ich sah ihn skeptisch an, konnte aber keine Regung auf seinem Gesicht erkennen, also zuckte ich mit den Schultern. »Meinetwegen.«

»Paula.« Mein Bruder tauchte neben mir auf und bedachte mich mit einem Blick, der wohl auch die Hölle zum Zufrieren bringen könnte. Mats wirkte nicht überrascht, er musste meinen Bruder schon gesehen haben.

»Rob«, sagte er langsam und nickte ihm zu. »Alles klar?«

»Bei mir schon. Und bei euch? Warum steht ihr beide hier so abseits?«

»Boah, Robin«, knurrte ich. »Spiel dich nicht schon wieder so auf, bitte. Mats hat mich lediglich nach meinem Zeugnis gefragt.«

»So? Hat er das, ja?« Seine Miene war unergründlich. »Und wieso interessiert dich das?«, wandte er sich an Mats.

In den Blicken, die die beiden sich zuwarfen, schien ein eigenes Gespräch abzulaufen, dem ich nicht folgen konnte.

»Ja, tatsächlich interessiert mich das. Wir haben ja durchaus etwas Zeit in den letzten Wochen miteinander verbracht, da darf ich doch meinen guten Willen zeigen und mich nach den Noten deiner Schwester erkundigen.« Mats verschränkte die Arme vor der Brust, was seine Muskeln noch definierter wirken ließ als ohnehin schon.

Mein Blick verweilte etwas zu lange an ihnen, denn als ich wieder hochsah, bemerkte ich an Mats' Grinsen, dass mein Starren nicht unbemerkt geblieben war. Aber war der Peinlichkeitslevel erst einmal erreicht, machte das nun auch nicht mehr viel aus.

»Natürlich«, erwiderte mein Bruder langsam. Immerhin war ihm entgangen, was meine Aufmerksamkeit auf sich gezogen hatte. Oder er übersah es gekonnt.

Im Endeffekt konnte mir das ja auch egal sein, Robin dachte sich seinen Teil ja sowieso schon und er hatte damit ja auch nicht ganz unrecht.

»Dann können wir jetzt nach Hause?«, wandte er sich dann an mich.

Ich zuckte unentschlossen mit den Schultern. »Ja, klar.«

Ich war mir nicht sicher, ob man mir die Enttäuschung in der Stimme anhörte. Auch wenn es nicht das angenehmste Gespräch mit Mats gewesen war, so war es immerhin überhaupt ein Gespräch mit ihm. Und irgendwo, ganz tief vergraben in meinem Hinterkopf, meldete sich wieder ein kleines Stimmchen, das mich daran erinnerte, dass ich eigentlich noch sauer auf ihn war. Oder es sein sollte. Auch wenn mir das gerade ziemlich schwerfiel. Es war wohl einfach Zeit, mir einzugestehen, dass ich ordentlich verknallt war in diesen blöden Kerl.

Auch Mats wirkte nicht zufrieden, wie unsere Begegnung auseinanderging. Er hob kurz die Hand in meine Richtung, während er schon loslief. »Ciao, Paula. Und pass auf dich auf«, rief er mir über die Schulter hinweg noch zu, und ich meinte, einen neckenden Unterton in seiner Stimme zu erkennen.

Ich schenkte ihm ein zaghaftes Lächeln und hob ebenfalls meine Hand.

»Was habe ich dir gesagt?« Mein Bruder sah mich vorwurfsvoll an. »Du sollst ihn dir aus dem Kopf schlagen.«

Jetzt war ich es, die die Arme vor der Brust verschränkte. »Und ich habe dir gesagt, dass es da erstens gar nichts aus dem Kopf zu schlagen gibt, und zweitens wäre es, falls es so wäre, meine eigene Entscheidung, ich bin schließlich kein Baby mehr.«

»Er ist aber nicht der, für den du ihn hältst«, murmelte mein Bruder, während wir nebeneinander über die Straße gingen. »Er ist nicht nett. Er erkundigt sich nicht einfach so nach deinem Zeugnis, glaub mir.«

»Oh, glaubst du, das wüsste ich nicht? Nett ist jetzt nicht unbedingt das Adjektiv, das ich als Erstes mit Mats in Verbindung bringen würde. Und solange du mir nicht sagst, was zwischen dir und ihm vorgefallen ist, will ich nichts mehr von dir über ihn hören.«

»Das kann ich nicht.«

»Wieso nicht? Ich bin deine Schwester, wem, wenn nicht mir, könntest du es denn erzählen? Was würde passieren?«

Wir hatten mittlerweile meine Freundinnen erreicht und Robin blieb mir die Antwort auf meine Frage schuldig.

NEUN

Den Samstag verbrachte ich damit, mich auf den bevorstehenden Konzertabend einzustimmen. Ich wollte mein Image der ewig biederen Streberin Paula den Kampf ansagen. Als erster Schritt mussten meine schönen, aber grausam langweiligen Haare weichen. Ich ging zum Friseur und ließ sie mir radikal kürzen. Der Anblick des frechen Bobs war noch sehr ungewohnt, aber es gefiel mir sehr gut, wie die schokobraunen Spitzen mein Gesicht umschmeichelten. Anschließend mistete ich meinen Kleiderschrank aus und tanzte und sang dabei zu laut aufgedrehter Musik. Ich wirbelte gerade motiviert den großen blauen Sack durch mein Zimmer, als die Tür aufging und meine Mutter mich mit überraschter Miene ansah.

»Was hast du denn mit deinen Haaren gemacht?«

Grinsend blieb ich stehen, drehte die Musik leiser und strich mir prustend eine Haarsträhne zurück, die mir immer wieder ins Gesicht fiel.

»Gefällt es dir? Ich hatte das Gefühl, es wird mal Zeit für etwas Neues.«

Meine Mutter kam näher und beäugte das Klamottenchaos, das ich auf meinem Bett ausgebreitet hatte, genauer.

»Ja, es sieht toll aus, aber es macht dich so erwachsen.«

»Das bin ich ja auch«, sagte ich und zwinkerte ihr zu.

Meine Mutter seufzte theatralisch, sagte aber nichts.

Stattdessen strich sie mir skeptisch die kecke Haarsträhne hinters Ohr, die sich schon wieder selbstständig gemacht hatte. Sie deutete auf mein Bett. »Und der Kleidungsstil muss jetzt auch passend ausgetauscht werden, ja? Ist das jetzt hier quasi der verspätete Frühjahrsputz? Wenn ich es nicht besser wüsste, würde ich ja glatt denken, da ist ein Mann dran schuld.« Sie sah mich gespielt ernst an.

Lachend schüttelte ich den Kopf. »Nein, Mama, kein Mann.«

Wenn sie wüsste, wie nah sie der Wahrheit doch war. Mütter haben halt einfach eine sehr gute Intuition, was ihre Kinder angeht.

»Einfach nur so. Außerdem sind die kurzen Haare im Sommer viel angenehmer.«

»Wenn du das sagst.« Sie deutete auf die Tür. »Dann lass ich dich mal in Ruhe walten. Aber ein paar ordentliche Klamotten lässt du bitte noch übrig, hörst du?« Sie zog warnend ihre Augenbrauen hoch, lächelte mich dabei aber verschmitzt an.

»Aber sicher.«

Am frühen Abend war ich ausgehbereit. Ich hatte mich nach langer Überlegung für kurze schwarze Shorts und ein dunkelrotes Tanktop entschieden. Ich schminkte meine Augen dunkler und war mit dem Ergebnis sehr zufrieden. Es war nicht zu stark, sodass ich mich wohlfühlte, aber auch nicht zu wenig. An der Haustür schlüpfte ich in meine schwarzen halbhohen Chucks und machte mich dann auf den Weg. Mit Bus und U-Bahn brauchte ich eine knappe Stunde bis zu dem kleinen Club in der Innenstadt.

Ruby stand etwas abseits neben einem Typen, den ich noch nicht kannte. Als sie mich sah, winkte sie mir zu und bedeutete mir mit der Hand, dass ich zu ihnen kommen sollte. Bevor ich ihn näher in Augenschein nehmen konnte, hatte mich Ruby bereits in eine lange Umarmung gezogen und schaukelte mit mir von links nach rechts.

»Paulinchen«, rief sie lachend, und ich konnte nicht anders, als in ihr Lachen mit einzustimmen, und drückte sie fest.

Sie war mir in der letzten Zeit schon sehr ans Herz gewachsen, weil sie mir mit ihrer offenen Art eine neue Welt eröffnet hatte, in der ich mich sehr wohlfühlte.

Wir schwankten in unserer ausgelassenen Umarmung gegen Rubys Begleiter, der stützend seine Hände an meine Schultern legte, damit wir nicht umfielen. Ruby löste sich lachend von mir und deute mit dem Finger auf ihn. »Das ist übrigens Jonathan, der von allen aber nur Jon genannt wird.«

Ich drehte mich zu ihm und schon zog er mich in eine kurze Umarmung. Dann schob er mich wieder ein Stück von sich weg und grinste mich an.

»Freut mich, dich kennenzulernen, Paula.« Seine dunkelblauen Augen musterten mich kurz, aber es fühlte sich nicht unangenehm an.

»Ebenfalls«, gab ich lächelnd zurück.

Der Typ gefiel mir. Er war groß und sportlich, und ihm fiel eine braune widerspenstige Locke ins Gesicht, die echt süß aussah. Sein Blick ließ nicht von mir ab, und mein Magen machte einen kleinen Hüpfer, weshalb ich sofort an Mats erinnert war. Schnell schob ich den Gedanken beiseite. Ich war heute hier, um Mats zu vergessen und um aus meinem Schneckenhäuschen herauszukommen. Da kam dieser Typ hier gerade recht.

»Jon habe ich mal auf einem kleinen Konzert genau hier in dieser Location kennengelernt«, erzählte Ruby und deutete hinter mich auf den kleinen Club. »Seitdem gehen wir hier immer mal wieder zusammen hin, wenn er mal wieder in Berlin ist.«

Fragend sah ich zu Jon. »Du wohnst hier gar nicht?«

Ich konnte nicht ausmachen, ob in meiner Stimme der Hauch von Enttäuschung mitschwang, die ich gerade empfand. Jon war mir auf den ersten Blick sympathisch, und ich fand es schade, dass ich ihn wohl nicht häufiger sehen würde.

»Ich hab hier mal gewohnt, aber jetzt hat es mich beruflich in die Trachtengegend verschlagen.« Er hob vielsagend seine Augenbrauen und schüttelte seinen Kopf. »Ein komisches Völkchen, die da unten.«

Ich musste lachen und Jon zwinkerte mir zu.

Nachdem wir den Club betreten hatten, sicherten wir uns einen kleinen Tisch am Rand und Jon besorgte uns jeweils einen Becher Bier. Ich trank diesmal langsamer und wollte nicht wieder den gleichen Fehler machen wie bei meinem letzten Alkoholerlebnis. Ruby berichtete von den zahlreichen Konzerten, die sie bereits hier gesehen hatte, und ich folgte ihren Erzählungen gespannt. Meine Vorfreude auf das Konzert wuchs mit jeder Minute, die verstrich, und ich war bester Laune.

Nach einer Stunde war der kleine Raum rappelvoll und wir mischten uns unter das Publikum. Als die ersten Gitarrenriffs erklangen, gab es im Saal kein Halten mehr. Wie bei einer großen Naturgewalt begannen sich die Leute in einer großen Welle zu bewegen, die sich von links nach rechts und ein Stück nach vorn und nach hinten schob. Ich war dicht an Ruby und Jon gepresst und genoss das diffuse Gefühl von Freiheit in der Enge. Jon warf mir einen Blick zu und ich strahlte ihn an. Beim nächsten Lied löste sich die Masse so weit auf, dass ich wieder etwas Luft bekam und mich selbstständig bewegen konnte. Ich sprang im Takt zur Musik mit, wurde hin und her gedrückt und genoss das Gefühl.

Ruckartig drückte die Schar nach hinten und ich stolperte mit der Bewegung mit. Kurz vor der Bühne entstand ein Kreis und ich fand mich auf einmal genau an dessen Rand wieder. Die Musik war ruhiger und wirkte irgendwie bedrohlich.

Irritiert sah ich mich um. Alle schienen auf irgendetwas zu warten, und ich wurde den Eindruck nicht los, dass hier gerade etwas gehörig schieflief.

Da fasste mich jemand am Arm und zog mich nach hinten zurück in die Menge. Ich erkannte Jon, während wir uns durch die Leute bis an die Seite durchkämpften. Dort ließ er mich los. Er beugte sich nah an mein Ohr und rief über die Musik hinweg: »Du sahst nicht so aus, als wüsstest du, was da gleich auf dich zukommt.«

Da hatte mein Gefühl mich also nicht getäuscht.

Ertappt schüttelte ich den Kopf. Jon nickte vielsagend und deutete auf den Kreis vor der Bühne.

Die Musik ging krachend los und im selben Augenblick rannten alle im Kreis aufeinander zu und vermischten sich in eine wild gegeneinanderspringende Masse. Ich schluckte. Das hätte mich wohl sehr überrumpelt, wenn ich dort stehen geblieben wäre.

»Ups«, gab ich leise von mir und beobachtete das entfesselte Treiben vor der Bühne weiter.

Jon beugte sich wieder zu mir und rief gegen die Musik: »Das nennt man Moshpit. Geht ganz schön hart zur Sache da drin. Wenn man das nicht weiß, kann das ziemlich gefährlich werden.«

Ich nickte, ohne den Blick von der wilden Masse vor mir zu wenden. Das wäre mir dann doch etwas zu viel des Guten gewesen. Die Kerle, die im Kreis gegeneinandersprangen, sahen wirklich nicht zimperlich aus. Es wunderte mich, dass alle scheinbar noch heil waren.

Jon stupste mich in die Seite und zeigte auf den Getränkestand. »Ich hol mir noch ein Bier, möchtest du auch noch was?«

Da spürte ich erst, wie durstig ich nach dem ganzen Getanze und Gehüpfe war, und nickte. »Ich würde aber was ohne Alkohol bevorzugen, ich fühl mich ganz ausgetrocknet«, rief ich Jon entgegen.

Als Antwort zwinkerte er mir nur zu und verschwand im Getümmel.

Ich versuchte, Ruby in der Menge auszumachen, und entdeckte schließlich ihren bunten Schopf am gegenüberliegenden Rand. Ruby war zwar ähnlich klein wie ich, durch ihre auffallenden Haare konnte man sie aber einfach nicht übersehen. Sie knutschte ungeniert mit einem großen, ganz in schwarz gekleideten Kerl mit einem riesigen blauen Iro.

Soweit ich es ausmachen konnte, war das nicht Andy, den ich eigentlich für ihren Freund gehalten hatte.

Jon tauchte wieder neben mir auf und gab mir einen großen Becher mit durchsichtiger Flüssigkeit. Stirnrunzelnd hielt ich ihn mir an die Nase, konnte aber keinen verdächtigen Alkoholgeruch wahrnehmen.

»Das ist nur Wasser, keine Sorge.« Grinsend hob er eine Augenbraue.

Bei dieser Geste musste ich sofort wieder an Mats denken und war prompt von mir selbst genervt.

»Danke«, sagte ich erleichtert und nahm einen vorsichtigen Schluck.

Tatsache, es war wirklich nur Wasser. Ich merkte, wie Jon neben mir anfing zu lachen.

Gierig trank ich den Becher in einem Zug aus.

Jon deutete auf Ruby, die sich immer noch an dem Punker zu schaffen machte.

»Typisch Ruby«, klärte er mich auf. »Ich glaube, ich war noch nie mit ihr auf einem Konzert, bei dem sie sich nicht jemanden klargemacht hat.«

»Ich dachte, sie hat einen Freund«, merkte ich stirnrunzelnd an.

»Ruby hat keinen Freund. Das ist nicht so ihre Art, wenn du verstehst, was ich meine.«

Ich merkte, wie ich leicht errötete, und drehte mich schnell von Jon weg. Er sollte nicht sehen, wie unerfahren ich mich in diesen Dingen fühlte.

Während der letzten Songs blieb ich mit ihm am Rand. Wir hüpften und tanzten ausgelassen und Jon grölte die Texte der Lieder laut mit.

Mit dem Abschlusslied stimmte die Band komplett andere Töne an als bisher. Leise Gitarrenriffs ertönten, die Menschen hielten Feuerzeuge in die Luft und die Menge wiegte sich im Takt zur Musik.

Auch Jon legte seinen Arm um mich und sah mich fragend an, als ob er mich um Erlaubnis bitten würde. Als Antwort schlang ich ihm meinen Arm um die Hüfte und schunkelte zusammen mit ihm dem Abschluss entgegen.

Als der letzte Klang in dem vollgestopften Saal verhallte, drückte Jon mich noch einmal an sich und ließ mich dann los.

»Das war so toll«, rief ich ausgelassen und hüpfte vor Begeisterung auf und ab. Ich fühlte mich erschöpft, aber ich war so glücklich wie lange nicht mehr.

Jon hob seine Hand an meine Wange und strich mit dem Daumen darüber. »Das sehe ich. Du bist ganz rot«, neckte er mich und ich legte ertappt meine Hände an meine Wangen.

»Ich bin echt fertig«, gab ich zu. »Aber es war so krass, ich brauche unbedingt das Album der Band.«

»Das ist kein Problem, ich kann dir die Dateien geben«, sagte Jon achselzuckend.

»Was, nein! Das ist doch illegal. Die kaufe ich mir natürlich selbst.«

Jon lachte. »Du bist ja echt 'ne Süße.«

Ich fühlte, wie ich angesichts seiner Äußerung wieder rote Ohren bekam, und schaute schnell weg. Ich musste dringend an mir arbeiten und nicht immer ungefiltert alles herausposaunen, was mir gerade durch den Kopf ging.

»Meinst du, Ruby ist noch da, oder ist sie mit dem Typen abgedampft?«, lenkte ich Jon ab und suchte mit den Augen den immer leerer werdenden Saal ab. Ich musste nicht lange suchen, da quietschte es plötzlich an meiner Seite und Ruby warf sich in meine Arme.

»Es war endgeil«, rief sie laut. Sie sah so aus, wie ich mich fühlte. Ihr weißes Tanktop war durchnässt und ihr schwarzer BH blitzte darunter hervor. Ihre Wangen waren rot gefärbt, ihre Haare hingen ihr in wilden Strähnen ins Gesicht, aber der Ausdruck in ihren Augen war strahlend. Sie wirkte total glücklich und gleichzeitig total erledigt.

»Hattet ihr Spaß?«, fragte sie an mich gewandt und musterte Jon und mich mit abwechselnden Blicken.

»Oh ja.« Bekräftigend nickte ich. »Es war so megagenial.

Aber Jon hat mich aus dem Moshpit gezogen, bevor ich da völlig unwissend genau mittendrin gestanden hätte.«

Ruby lachte laut auf und tätschelte Jon die Schulter. »Danke, ich hatte gar nicht mehr daran gedacht, Paula davor zu warnen.«

Jon schob Rubys Hand grinsend weg. »Hab ich gern gemacht. Und du, Ruby? Gar nicht mit deiner Beute unterwegs?«

Ruby verdrehte die Augen. »Nee, Mann. Ich bin doch heute mit euch hier. Der Typ war hier für zwischendurch ganz nett, aber für mehr brauche ich den nicht. Wenn schon sein Knutschen so scheiße ist, will ich nicht wissen, wie der im Bett drauf ist.« Sie zog eine Grimasse.

Jon lachte, und ich tat so, als hätte ich ihre Bemerkung nicht gehört, damit ich nichts darauf erwidern musste. Aber ich spürte, wie meine roten Wangen mich verrieten.

Jon betrachtete mich, und kurz sah er so aus, als würde er etwas sagen wollen, ließ es dann aber.

Schnell wandte ich meinen Blick ab und folgte Ruby und Jon nach draußen.

»Und was machen wir jetzt? Gehen wir noch was trinken?« Erwartungsvoll sah Ruby von Jon zu mir.

Unschlüssig hob ich die Achseln. »Von mir aus gerne. Ich muss nur heute rechtzeitig meinem Bruder Bescheid sagen, damit er mich abholen kann. Ich habe keine Lust auf noch mehr Stress mit ihm.«

Jon gluckste neben mir. »Bist du nicht erwachsen?«

Ich verdrehte theatralisch die Augen. »Mein Zwillingsbruder ist der Meinung, er müsste mich vor allem Schrecklichen dieser Welt bewahren. Am liebsten würde er mich wohl auf Schritt und Tritt begleiten, von daher bin ich froh, dass er mir diese Freiheiten so weit lässt.« Ich grinste entschuldigend.

Jon nickte wissend. »Klingt vernünftig, der Kerl. Aber das bekommen wir schon hin. Dann lasst uns in die *Kajüte* gehen, das war früher meine zweite Heimat.«

Ruby stimmte ihm zu. »Da können wir hinlaufen, ist nicht weit weg.«

Wir liefen in einem kleinen Pulk von Menschen durch die Nacht. Die erfrischende Luft tat mir gut und ich fühlte mich allmählich nicht mehr ganz so erhitzt.

Ruby und Jon tauschten sich mit Insiderwissen über die Band aus, bis Jon plötzlich seinen Arm um mich legte und mich an sich zog. »Ich glaube, Ruby«, setzte er an, »du hast Paula hier echt angesteckt.«

Ich grinste und ließ es zu, dass er mich an sich drückte. Es fühlte sich in diesem Moment so richtig an und ich fühlte mich endlich mal wieder frei und glücklich.

Ich war nicht länger nur die biedere Schwester oder die spießige Freundin, nein, genau in diesem Moment war ich einfach nur Paula. Den Gedanken an einen gewissen Kerl mit Iro, der sich unweigerlich erneut aufdrängte, erstickte ich sofort im Keim. Ich wollte diesen Abend unbeschwert genießen.

Nach einem kurzen Fußmarsch erreichten wir die Bar. Sie war schon gut besucht und so, wie es aussah, waren fast alle anderen Gäste wie wir vorher in dem Club gewesen.

Es gab keine Einlasskontrolle und so konnte ich mich kurze Zeit später neben Ruby auf eine Bank sinken lassen. Wir hatten Glück und konnten noch einen der wenigen freien Tische in der hintersten Nische des Lokals ergattern.

Die Bar war urig, wenn nicht sogar ein wenig heruntergekommen eingerichtet, aber das störte mich nicht. Das dunkle Holz strahlte den Charme längst vergangener Zeiten aus und das fühlte sich unheimlich authentisch an. Es gefiel mir hier.

Jon fragte mich, ob ich auch noch ein Bier mit ihnen trinken wolle, und ich stimmte zu.

Ich schickte Robin schnell eine Nachricht, dass es mir gut ging und ich noch etwas bleiben wolle, dann legte ich mein Handy auf den Tisch, damit ich seine Antwort auch sehen würde.

Während wir unser Bier tranken, fachsimpelten Jon und Ruby weiter über das Konzert und ich hörte ihnen zu. Unvermittelt tauchte ein Typ an unserem Tisch auf, der mir bekannt vorkam. Es war Andy. Im selben Moment sprang Ruby auch schon kreischend auf, warf sich in seine Arme, und kurz darauf versanken sie in einem so innigen Kuss, dass ich beschämt den Blick abwandte.

Jon hob vielsagend seine Augenbrauen in meine Richtung.

Ruby riss sich nach Luft schnappend von Andy los, umklammerte ihn aber weiterhin und sah uns dann entschuldigend an. »Ich wusste nicht, dass Andy heute herkommt, aber macht es euch etwas aus, wenn ich euch allein lasse?« Ihre Augen blitzten.

Ich merkte die kribbelnde Röte, die sich in meinem Gesicht ausbreitete.

»Nee, meinetwegen könnt ihr verschwinden«, antwortete Jon.

Ich nickte zustimmend.

Ruby warf mir einen Kussmund zu und ließ sich von Andy wegziehen.

»Ihre Lebensweise ist dir etwas fremd, kann das sein?«, zog Jon mich auf und ich musste ertappt lachen.

»Ach, das kann ja jeder machen, wie er will, aber für mich wäre das jetzt eher nichts«, gab ich zu.

»Das habe ich mir gedacht. Ich bin auch nicht der Typ dafür«, stimmte Jon mir zu. Er verschränkte die Arme vor der Brust, und mir fiel auf, wie definiert seine Muskeln waren.

Jon sah wirklich gut aus und er war wirklich nett zu mir. Wieso gab es dann noch diese kleine Stimme in meinem Hinterkopf, die mahnend den Zeigefinger hob? Ich war in einem Alter, in dem ich mich ausprobieren sollte. Ich sollte Spaß haben, mich mit Jungs treffen und Erfahrungen sammeln. Jon war süß und wirklich nett, ich sollte ihm einfach eine Chance geben. Zumindest in der Theorie. In der Praxis sah das Ganze schon wieder ganz anders aus.

Jon musste meinen Blick gesehen haben, er lächelte wissend und ich sah schnell woandershin. Daran musste ich *wirklich* arbeiten.

Praktischerweise leuchtete in diesem Moment das Display meines Handys auf und ich griff schnell danach.

Vergiss es, es ist schon halb zwei. Irgendwann will ich auch mal ins Bett. Schreib mir, wo genau ihr seid, ich bin sowieso schon unterwegs.

»Och, nö«, stöhnte ich. »Mein Bruder ist schon auf dem Weg, um mich abzuholen.«

Ich antwortete ihm und schickte ihm die Adresse der Bar.

»Schade.« Jon erhob sich und hielt mir die Hand hin. »Dann begleite ich dich aber wenigstens noch raus.«

Ich ließ mich von ihm aus der Sitzecke ziehen und folgte ihm dann an der Hand nach draußen. Es fühlte sich seltsamerweise nicht merkwürdig an, seine Hand zu halten.

Vor der Bar zog Jon eine Zigarettenpackung aus der Tasche und schaute mich fragend an. »Stört es dich, wenn ich eine rauche?«

Ich schüttelte den Kopf und beobachtete ihn, wie er sich eine Zigarette zwischen die Lippen steckte und sie anzündete.

Er nahm einen tiefen Zug. »Oder willst du auch eine? Ich hab dich jetzt eher so eingeschätzt, dass du zu den Nichtrauchern gehörst.«

Abwehrend hob ich meine Hände. »Nein, danke, hast du dir schon ganz gut gedacht.« Ich lächelte ihm zaghaft zu.

»Wann ist dein Bruder hier?«

Ich prüfte die Uhrzeit seiner Nachricht und schätzte die Fahrzeit ab. »Wahrscheinlich gleich. So wie ich ihn kenne, lungert er schon einige Zeit hier in der Gegend in irgendeiner Kneipe rum.«

Meine Antwort schien Jon gar nicht zu behagen, ein enttäuschter Ausdruck legte sich über sein Gesicht. »Hat es dir denn heute gefallen?«, fragte er und nahm noch einen langen Zug, während er mich interessiert musterte.

»Da fragst du noch?« Ich hob überrascht die Augenbrauen. »Es war genial.«

Jon lachte leise, ließ seine Zigarette auf den Boden fallen und trat sie mit der Fußspitze aus. »Ich kann dich noch so schwer einschätzen, Paula«, sagte er langsam und trat einen Schritt auf mich zu.

Er stand nun so nahe bei mir, dass ich den leichten Rauchgeruch wahrnahm. Diesen Duft kannte ich und ich verband ihn mit dem unwiderstehlichen Geruch von Mats.

Mein Gehirn war wie vernebelt, und ich trat wie ferngesteuert weiter auf Jon zu, ohne ihn dabei aus den Augen zu lassen. Ich sah Überraschung in seinen Augen aufflackern, die aber genauso schnell wieder aus seiner Miene verschwand, wie sie gekommen war.

Bedächtig hob er seine Hand und legte sie an meine Wange. Ich schloss kurz die Augen und schmiegte mein Gesicht in seine Handfläche.

Ich war verwirrt. Es fühlte sich gleichzeitig so richtig und falsch an und das Gefühl in meinem Bauch konnte ich nicht mehr deuten. Ich schlug die Augen wieder auf und sah direkt in Jons strahlend blaue Augen. Sein Geruch umfing mich.

»Paula, was wird das denn hier?«, murmelte Jon, während er mich langsam noch näher an sich heranzog.

Ich ließ ihn nicht aus den Augen und legte vorsichtig meine Hände an seine Brust. Das war richtig, oder? Ich wollte mich ausprobieren, nicht mehr so prüde sein.

Mein Herz schlug wie verrückt, als seine Lippen immer näher kamen. Ich konnte nicht mehr klar denken, da waren nur noch dieser Geruch und die stechenden Augen, die mich fest in ihrem Bann hielten.

Jons Hand wanderte in meinen Nacken und er kam mir noch näher. Es war, als suchten seine Augen nach einer Bestätigung. Automatisch öffnete ich meinen Mund ein wenig und dann landeten schon Jons weiche Lippen auf meinen. Er zog mich an sich, und ich klammerte mich an ihn, während er mir den ersten richtigen Kuss meines Lebens gab.

Er schmeckte nach Rauch und Bier, aber das störte mich keineswegs. Ich fühlte mich wie von Sinnen. Zuerst war der Kuss sanft und forschend, dann stupste Jon mit seiner Zunge vorsichtig an meinen Lippen, um Einlass zu bekommen. Ich öffnete den Mund und spürte, wie Jons Zunge mit meiner spielte. Seine Hände wanderten an meinem Rücken herab und landeten schließlich auf meinem Hintern und zogen mich noch enger an ihn heran.

Als ich an meinem Bauch spürte, dass sich in seiner Hose etwas regte, schob sich plötzlich Mats' Gesicht in meine Gedanken.

Keuchend drückte ich mich von Jon weg und starrte ihn mit aufgerissenen Augen an.

Was zum Teufel war hier gerade passiert? Ich stolperte ein paar Schritte nach hinten und Jon ließ mich sofort los. Er schien genauso überrascht zu sein wie ich.

»Sorry, das war dir wohl etwas zu schnell, hm?«, murmelte er mit belegter Stimme.

»Ich ... Es tut mir leid, ich weiß auch nicht«, stotterte ich und klang dabei ebenso krächzend wie er.

Im selben Moment hielt hinter uns Robins Auto. Ich hatte meinen Bruder noch nie so für sein schlechtes Timing geliebt wie in diesem Augenblick.

Jon erkannte die Situation sofort. »Das ist dann wohl dein Bruder«, stellte er trocken fest, während er mich nicht aus den Augen ließ.

Ich nickte hastig. »Genau, ich ... ähm«, stotterte ich weiter, »ich glaube, ich sollte dann mal.« Ich zuckte unsicher mit den Schultern, blieb aber stehen, unfähig, mich zu bewegen.

Da schlich sich endlich wieder ein Grinsen auf Jons Gesicht und auch ich lächelte ihn vorsichtig an. »Nun geh schon. Und schlaf gut, Paula.«

Ich erwachte aus meiner Starre und hob unbeholfen eine Hand. Dann murmelte ich ein paar Abschiedsworte und lief schnell zu Robins Auto.

»Wer war denn das?«, begrüßte mich mein Bruder mit gerunzelter Stirn, während ich auf den Beifahrersitz rutschte.

»Ein Freund von Ruby, nichts weiter«, gab ich so sicher wie möglich zurück.

Bevor Robin weiter nachbohren konnte, berichtete ich ihm auf der Rückfahrt in allen Einzelheiten von meinem Abend. Den letzten Teil ließ ich dabei aus, ich konnte die Situation ja selbst noch gar nicht einordnen – und zum ersten Mal in meinem Leben hatte ich nicht das dringende Bedürfnis, alles mit meinem Zwillingsbruder zu teilen.

Am Sonntag kam ich nur zu den Mahlzeiten aus meinem Zimmer und redete mich mit Vorbereitungen für meinen ersten Praktikumstag heraus. Dabei verbrachte ich die meiste Zeit damit, meine Gedanken in meinem Tagebuch festzuhalten und den gestrigen Abend immer und immer wieder vor meinem inneren Auge nachzuspielen.

Am Abend griff ich pünktlich um acht Uhr zum Telefon und rief Franzi an. Ich war mir bis zu diesem Zeitpunkt nicht sicher, ob ich ihr von Jon erzählen sollte. Aber als ich die Stimme meiner besten Freundin hörte, gab es kein Halten mehr. Ich erzählte ihr alles, was mit Jon passiert war.

Als ich endlich geendet hatte, blieb es für einen Moment still.

»Franzi, bist du noch da?« Ich kniff die Augenbrauen zusammen und warf einen Blick auf das Telefondisplay. Da hörte ich ein leises Ausatmen.

»Puh«, fing meine beste Freundin an. »Das klingt so gar nicht nach dir.«

»Was? Wieso nicht? Habe ich etwa nicht das Recht, Jungs kennenzulernen und mich spontan zu verlieben?« Irgendwie fühlte sich dieser Satz falsch an. Trotzdem war ich etwas beleidigt. So hatte ich mir Franzis Reaktion nicht vorgestellt, wenn ich ihr eröffnen würde, dass ich das erste Mal einen Jungen geküsst hatte.

»Ach, Paula, so meine ich das ja gar nicht«, seufzte Franzi. »Es ist doch nur so, dass du nun mal wochenlang für Mats schwärmst und jetzt so plötzlich all deine Prinzipien über Bord wirfst, um auf Konzerte zu gehen, zu trinken und Jungs aufzureißen. Das passt so gar nicht zu der Paula, die ich mein Leben lang kenne.«

Ich zog am Telefon eine Schnute, die Franzi natürlich nicht sehen konnte.

Trotzdem lachte sie leise. »Hör auf, so zu gucken, du weißt, dass ich recht habe.«

Stöhnend ließ ich mich mit dem Telefon am Ohr nach hinten auf mein Bett fallen. »Ja, vermutlich hast du recht. Ich meine, ich bin mit dem Vorsatz losgegangen, dass ich es Mats zeigen werde und mir ebenso selbst beweisen möchte, dass ich eben nicht nur so eine graue Maus bin und …«

»Du bist doch keine graue Maus«, unterbrach mich Franzi erbost. »Du hast eben noch andere Prioritäten als immer nur Jungs und Saufen, das ist doch völlig legitim.«

»Aber auch langweilig«, murmelte ich resigniert. »Es hat sich gestern gar nicht falsch angefühlt. Weißt du, vielleicht habe ich Mats gebraucht, um einen Schubs in die richtige Richtung zu bekommen. Das Konzert war so gigantisch und betrunken war ich von den zwei Bier gestern auch nicht. Und Jon war echt niedlich.«

Franzi murmelte leise etwas, das ich nicht verstand. Dann sagte sie deutlicher: »War der Kuss denn gut?«

Die Erinnerung an den Kuss schwappte wieder über mich und erneut flammte dieses ungute Gefühl in meinem Bauch auf.

»Die Antwort dauert zu lange, Paula«, ermahnte mich meine beste Freundin. »Hat er dich dazu gezwungen? Ich sag's dir, wenn der etwas gemacht hat, was du nicht wolltest, dann kannst du dich aber drauf verlassen, dass ich ihn finden werde, ich …«

»Nein, jetzt mach mal halblang«, unterbrach ich sie. »Es war alles gut. Und ja, auch der Kuss war irgendwie gut. Ich weiß es ja gar nicht, ich habe ja gar keine Vergleichswerte«, jammerte ich.

Franzi lachte. »In der Regel sollte man schon wissen, ob der Kuss jetzt gut war oder nicht. Das merkt man schon.«

Ich blieb still. Ja, vermutlich war der Kuss gut gewesen, aber ich traute meinen eigenen Gefühlen nicht über den Weg.

»Jetzt warte doch erst mal ein paar Tage ab, bis das alles nicht mehr so frisch ist. Und wenn du ihn dann vermisst, dann weißt du bestimmt, woran du da bist.«

Ich murmelte eine Zustimmung. Aber so richtig wohl fühlte ich mich damit nicht.

Ich philosophierte mit Franzi noch ein wenig über mein bevorstehendes Praktikum, dann verabschiedeten wir uns und ich machte mich bettfertig.

Ich lag noch lange wach und meine Gedanken kreisten weiterhin nur um den Kuss. Dabei stellte ich mir vor, dass es keine blauen Augen, sondern tiefgrüne Augen gewesen waren, in denen ich versunken war. Und die starken Arme, die mich umfangen hatten, gehörten nicht zu dem netten Jon, sondern zu dem Kerl, der immer einen blöden Spruch in meine Richtung auf Lager hatte. Das Kribbeln in meinem Bauch verstärkte sich bei der Vorstellung, und ich kniff genervt die Augen zusammen, um die Gedanken zu vertreiben.

Aber Mats hatte sich tief in meinem Bauch und in meinem Herzen verankert und so schnell würde ich ihn da offenkundig nicht herausbekommen. Es war an der Zeit, dass ich das endlich akzeptierte.

ZEHN

Pünktlich, kurz vor zehn Uhr, betrat ich am nächsten Tag voller Aufregung die kleinen Büroräume der Literaturagentur. Sie hatte sich in einem gemütlichen Cottage im Hinterhof mitten im Berliner Szenekiez Prenzlauer Berg eingerichtet. Das kleine Häuschen war ringsherum mit Efeu bewachsen und strahlte altertümlichen Charme aus.

Als ich den gemütlich eingerichteten Vorraum betrat, fühlte ich mich sofort wohl. Die Wände waren in gedeckten Farben gehalten. Künstlerische Bilder von Buchcovern und verschnörkelten Zitaten zierten sie und rundeten die Atmosphäre perfekt ab. Auf der rechten Seite des kleinen Raumes stand eine gemütliche, etwas abgewohnte Ledergarnitur, die dem Raum erst das richtige Flair verlieh. Auf der gegenüberliegenden Seite stand etwas abseits ein großer Empfangstisch, hinter dem eine junge Frau saß und mich freudig anstrahlte. Sie erhob sich, kam um ihren Tresen herum und streckte mir freundlich die Hand hin, die ich sofort ergriff.

»Sie müssen Frau Albrecht sein, richtig?«

Ich nickte, während ich, ihr Lächeln erwidernd, ihre Hand schüttelte.

»Das freut mich, ich bin Frau Schröder, aber Sie können gerne Lisa zu mir sagen.«

»Danke, ich bin Paula«, sagte ich.

»Ich bin hier die Dame für alles«, klärte sie mich auf. »Wenn du irgendein Problem mit irgendwas oder irgendwem haben solltest, dann kannst du immer gerne zu mir kommen.« Sie deutete auf einen kleinen Flur, der rechts vom Empfangsraum abging. »Hier hinten sind die Büros. Wir sind, wie du ja schon gesehen hast, ein kleines Haus, aber ich sage immer: klein, aber fein.« Sie lächelte, und in ihrem Blick sah ich die Freude, die sie empfand, hier zu arbeiten. Ich mochte sie auf Anhieb.

»Komm, ich stelle dir den Chef vor. Keine Angst, er ist ein netter Mann, du wirst ihn mögen.«

Ich folgte ihr in den angrenzenden kleinen Flur und wartete hinter ihr, während sie an einer Tür klopfte und mir dann bedeutete, ihr nachzukommen.

Das Büro war recht kompakt und nicht so, wie ich es mir vorgestellt hatte. Es war wie der Rest des Gebäudes in gemütlichen Farben eingerichtet und hatte eher den Anschein eines kleinen Wohnzimmers als eines Chefbüros. Einzig der große, massive Holztisch, der im hinteren Teil des Raumes am Fenster stand, ließ erahnen, dass hier tagtäglich gearbeitet wurde.

Hinter dem Schreibtisch saß ein gedrungen wirkender Mann fortgeschrittenen Alters. Er hatte fast keine Haare mehr und trug eine zu kleine Brille, deren Gestell wie aus dem vergangenen Jahrhundert wirkte.

Auf seinem faltigen Gesicht breitete sich ein Lächeln aus, als er uns hereinkommen sah. »Guten Morgen. Haben Sie heute das schöne Wetter mitgebracht? Was für ein toller Start an Ihrem ersten Praktikumstag, nicht wahr?« Er erhob sich etwas schwerfällig und kam hinter seinem Schreibtisch hervor.

Ich ergriff seine dargebotene Hand und erwiderte seinen festen Händedruck.

»Danke, es freut mich sehr, Sie kennenzulernen, Herr Vogt«, stammelte ich nervös.

Bevor ich ihn wieder loslassen konnte, legte er seine andere Hand auf meine und drückte sie kurz. »Meine Güte, Sie haben ja ganz kalte Pfoten, Sie müssen doch nicht aufgeregt sein. Wir sind hier alle eine große Familie.« Sein Lächeln kam von Herzen, und ich spürte, wie meine Nervosität verflog.

»Sie haben es hier wirklich wunderschön. Ich freue mich sehr, dass ich die Möglichkeit bekomme, bei Ihnen ein paar wertvolle Erfahrungen zu sammeln.«

Er lächelte. »Setzen Sie sich doch.« Er deutete auf die kleine Ledergarnitur und ließ sich selbst in einem Sessel nieder. Lisa setzte sich auf das Sofa und ich tat es ihr gleich. Auf dem runden, alt anmutenden Tischchen vor uns standen bereits Gläser und eine Wasserkaraffe bereit. »Bedienen Sie sich jederzeit, bitte.«

Das ließ ich mir nicht zweimal sagen. So hatten meine nervösen Finger endlich etwas Sinnvolles zu tun.

Während ich drei Gläser einschenkte, begann Herr Vogt zu erzählen. Er hatte eine sehr angenehme Stimme, und als er von seinem Werdegang und den Anfängen seiner Literaturagentur berichtete, fühlte ich mich ein wenig wie bei einer Märchenstunde.

Er erzählte, wie er einst selbst als Autor gearbeitet und alle Länder dieser Welt bereist hatte, um seine Geschichten so lebendig wie möglich werden zu lassen. Seine Ausführungen waren so detailreich und mitreißend, dass ich das Gefühl hatte, ein Teil seiner Romane zu werden.

Vor fünf Jahren erst hatte sich Herr Vogt schließlich in Berlin niedergelassen, um nun aufstrebenden Autoren die ersten Schritte zu vermitteln und, wie er sagte, guten Geschichten zu helfen, zum Leben erweckt zu werden.

All seine Bücher sah er als seine kleinen Babys an, die er nach einer mehr oder weniger langen Reifephase ins Leben entließ, damit sie dort ein Stück weit die Welt verändern können.

Ich lauschte seinen Ausführungen gespannt und war etwas enttäuscht, als er schließlich endete und mich warmherzig ansah.

»So viel nun also in aller Bescheidenheit zu mir.« Er lächelte, schielte auf die Uhr und räusperte sich.

Ich folgte seinem Blick und erschrak. Wir saßen schon zwei Stunden hier in seinem Büro. Die Zeit war wie im Flug vergangen, und wenn es nach mir gegangen wäre, hätte Herr Vogt gut und gerne noch weitererzählen können.

»Jetzt bin ich neugierig auf Sie. Jan hat zwar schon einiges berichtet, aber es ist doch immer viel schöner, selbst mehr von den Menschen und ihren Geschichten zu erfahren.« Er nickte mir aufmunternd zu. »Nur keine falsche Scheu, erzählen Sie einfach drauflos. Alles, was Ihnen richtig und wichtig erscheint«, forderte er mich freundlich auf.

Ich setzte mich auf und meine Finger fuhren nervös über die Naht meiner Stoffhose. »Ähm, also wenn ich ehrlich bin, kann ich gar nichts so wirklich Spannendes über mich erzählen.« Ich machte eine Pause und sah Herrn Vogt unsicher an.

Dieser nickte mir nur wieder aufmunternd zu.

»Ich bin frische achtzehn Jahre, gehe zurzeit aufs Gymnasium, mache nächstes Jahr mein Abitur und möchte später im Verlagswesen arbeiten«, fuhr ich fort.

Herr Vogt rückte seine Brille zurecht und machte eine wegwerfende Handbewegung. »Das weiß ich doch alles schon.« Er deutete auf mich. »Aber wer sind Sie? Was macht Sie aus? Was sind Ihre Träume, Ihre Wünsche? Was macht Ihnen Spaß?«

Ich schluckte trocken. »Ich fürchte, ich bin ziemlich langweilig.«

Herr Vogt kniff die Augenbrauen zusammen. »Kein Mensch ist langweilig, Paula. Schreiben Sie gern selbst?«

Ich nickte schüchtern. »Ja, ich habe ein Tagebuch und ich versuche mich auch in kleinen Projekten. Die sind aber noch lange nicht lesereif.«

»Das ist toll. Ich schlage Ihnen etwas vor. Wenn es Ihnen leichter fällt, sich schriftlich auszudrücken, dann schreiben Sie mir doch etwas über sich. Das muss nicht jetzt und sofort sein. Wann immer Sie das Gefühl haben, jetzt möchten Sie etwas mitteilen, dann tun Sie das. Ich muss es am Ende auch nicht lesen, es bleibt Ihnen selbst überlassen, ob und mit wem Sie diese Gedanken dann teilen. Aber das wäre eine sehr schöne Übung für Sie. Was halten Sie davon?«

Ich nickte bedächtig. »Das würde ich gern probieren.«

»Sehr gut. Und denken Sie daran, nichts, was Sie mitteilen wollen, ist langweilig oder nicht gut genug. Haben Sie einfach etwas Mut.«

Ich lächelte verlegen und nippte an meinem Wasser, um einer weiteren Antwort zu entgehen.

»Gut, dann wird Lisa Ihnen jetzt Ihren Arbeitsplatz zeigen. Scheuen Sie sich nicht zu fragen, sobald sie etwas wissen wollen.« Herr Vogt erhob sich und reichte mir erneut die Hand. »Auf ein tolles und lehrreiches Praktikum, bei dem Sie eine Menge mitnehmen werden und die Welt vielleicht ein bisschen verändern.«

»Er ist total liebenswert, aber auch ein bisschen verschroben seltsam«, schloss ich am Abend meine Zusammenfassung am Abendbrottisch. »Ich kann mir nicht vorstellen, dass ich als kleine Praktikantin in irgendeiner Weise die Welt verbessern könnte.« Ich legte die Stirn in Falten und musste grinsen.

»Das klingt wirklich nach einer tollen Möglichkeit für dich, mein Schatz.« Meine Mutter legte ihre Hand kurz auf meine und drückte sie leicht. »Und wer weiß, was für Bücher du dort entdecken wirst, vielleicht werden sie die Welt verändern – sag niemals nie.«

Robin ließ ein lautes Schnaufen hören, das klang, als könnte er sich nicht zwischen Lachen oder Husten entscheiden. »Die Welt mit Büchern verändern, schon klar. Lern mal was Richtiges, kleine Schwester.« Er hob mahnend den Zeigefinger, doch seine Augen umspielte ein Lächeln. Er freute sich für mich.

»Hör auf, mich aufzuziehen, du dummer Vogel«, neckte ich ihn und boxte ihn leicht gegen die Schulter.

»Na, ihr beiden.« Meine Mutter deutete ein Kopfschütteln an, bevor sie begann, den Küchentisch abzuräumen. »Hast du Papa schon von deinem ersten Tag berichtet?«

Mein Vater war – mal wieder – auf Geschäftsreise und kam erst am Wochenende zurück. Da blieb uns nichts anderes übrig, als ihn mittels Telefon und E-Mails über unseren Familienalltag auf dem Laufenden zu halten.

»Ich habe ihm nur eine Nachricht geschrieben, weil er vorhin nicht ans Telefon gegangen ist. Aber bis auf einen Einzeiler hat er sich noch nicht geäußert.«

Meine Mutter seufzte. »Er hat viel zu erledigen, bis der Deal wirklich steht. Ich hoffe, danach kehrt hier erst mal für eine Weile wieder so etwas wie ein Familienleben ein.«

Ich ging zu ihr und drückte ihr leicht die Schulter. »Ach, Mama, wir kennen es doch nur so. Dafür bringt Papa ordentlich Schotter mit nach Hause.« Ich zwinkerte ihr zu im Versuch, sie etwas aufzuheitern.

Die Situation war für uns alle nicht leicht und zerrte so manches Mal an unseren Nerven. Vor allem für meine Mutter tat es mir leid, dass Sie ihren Mann so selten zu Gesicht bekam. Ich wusste, dass sie ihn sehr vermisste, wenn er wieder unterwegs war, doch sie versuchte immer, sich nichts anmerken zu lassen.

»Genau, damit du das ganze Geld jetzt neuerdings für überteuerte Tickets auf dem Schwarzmarkt verpulvern kannst.« Mein Bruder rempelte mich beim Vorbeigehen leicht mit der Schulter an und zwinkerte mir zu.

Ich streckte ihm die Zunge raus, was er nur mit einem leisen Lachen quittierte.

Nach meinem üblichen Anruf bei Franzi versuchte ich mich in meiner Aufgabe, die ich von Herrn Vogt bekommen hatte. Doch mein neues Dokument auf dem PC blieb weiß. Ich probierte angestrengt, halbwegs spannende Fakten über mein Leben zusammenzukratzen, doch mir fiel partout nichts ein, was mich in den Augen dieses Mannes, der schon so viel in seinem Leben erlebt und gesehen hatte, halbwegs interessant machen könnte.

Entnervt schloss ich das Dokument wieder und ging unverrichteter Dinge schlafen.

Die nächsten Praktikumstage verbrachte ich damit, die Abläufe im Büro kennenzulernen und mein erstes Manuskript zu lesen. Ich saß in dem einzigen anderen Büro, das es neben dem des Chefs noch gab, und teilte es mir mit zwei Literaturagenten. Das dritte kleine Zimmer war für Besprechungen und die Arbeit mit den Autoren reserviert.

Am Freitag erschien ein bekanntes Gesicht in der Agentur. Ich legte gerade das Manuskript zur Seite, als Jan das Büro betrat.

»Guten Morgen, Paula. Es freut mich außerordentlich, dich hier zu sehen.« Er strahlte, während er auf mich zugestürmt kam und mir freudig die Hand schüttelte.

»Es ist wirklich wunderbar hier. Tausend Dank, dass du mich empfohlen hast.«

»Ach, kein Problem. Du weißt doch, ohne Fleiß kein Preis. Und du warst auffallend begabt und bist dazu noch unheimlich ehrgeizig. Das war also dein ganz eigener Verdienst, da kannst du dir schon selbst auf die Schulter klopfen.«

Mal wieder errötete ich bei seinem Kompliment. Ich musste wirklich lernen, souveräner zu reagieren. Wie unreif musste ich wirken.

Jan zog sich einen Stuhl heran und setzte sich verkehrt herum vor meinen Schreibtisch. »Erzähl mal, an was arbeitest du gerade?« Neugierig musterte er mich.

Ich zog den dicken Blätterstapel wieder vor mich und deutete darauf. »Ich habe gerade das erste Manuskript zu Ende gelesen. Es ist ein Romandebüt, ziemlich schwere Kost, wenn du mich fragst. Aber es regt wirklich zum Nachdenken an. Ich schätze, solche Bücher meint Herr Vogt, wenn er davon redet, dass Bücher die Welt verändern können.«

Jan nickte bedächtig. »Das klingt ganz danach. Hättest du dir das Buch in der Buchhandlung gekauft?«

Bei dieser Frage runzelte ich kurz die Stirn und schüttelte dann den Kopf. »Ich schätze, nein.« Nachdenklich senkte ich den Blick auf das Manuskript. »Es geht um so tiefe Themen.

Verlust, Trauer, Wut. Der Protagonist versucht, sich selbst wiederzufinden, und landet am Ende in einem Strudel aus Selbstgeißelung und Selbsthass, weil er meint, er hätte das Leben nicht verdient. Das war schon sehr schwierig zu lesen und normalerweise bevorzuge ich leichte Kost wie Liebesromane«, gab ich lächelnd zu.

»Oh, da hast du es für den Anfang ja wirklich mit ziemlich hartem Stoff zu tun.«

»Aber das Buch hat mich zum Nachdenken angeregt und ich habe mit dem Protagonisten mitgelitten. An einigen Stellen hätte ich ihn gerne geschüttelt und ihm gesagt: *Hey, siehst du nicht, wie ungerecht du zu dir selbst bist?* An anderer Stelle hätte ich am liebsten geweint, weil das Leben so gemein zu ihm war. Genau das macht doch ein gutes Buch aus.« Unsicher zuckte ich mit den Schultern.

»Definitiv. Und das ist jetzt die Aufgabe unserer Agentur. Solche Rohdiamanten müssen wir aus all den vielen Anfragen herausfiltern und sie so schleifen und verpacken, dass sie funkeln und wir das Interesse der Verlage und der Leser damit wecken. Wir müssen Vorurteile abbauen, das Buch gesellschaftsfähig machen. Es gibt immer Abnehmer für solche Themen, das ist ganz klar. Aber unser Ziel ist es, unsere Bücher einer großen Anzahl an Lesern zugänglich zu machen und sie im besten Fall etwas zu ihrem Glück zu zwingen. Solch ein Randthema hat es bei den großen Verlagen oft nicht leicht. Wie du schon sagtest, viele Leser greifen eher zu seichteren Romanen.«

Ich fühlte mich angesprochen und merkte bereits wieder, wie ich rot anlief.

»Das ist ja auch gar nicht schlimm. Wir wollen von Büchern vor allem unterhalten werden, da liegt diese Wahl dann nahe. Aber es wäre ungerecht diesen etwas anderen, sehr wertvollen Büchern gegenüber, sie nicht weiter zu beachten. Sie müssen nur anders von uns angegangen werden. Kannst du dir darunter etwas vorstellen?«

Nachdenklich nickte ich. »Ich würde gern wissen, wer

hinter dem Buch und seiner Geschichte steht, dann könnte ich das besser einordnen, schätze ich.«

Jan nickte bekräftigend. »Autorenarbeit ist ein ganz wichtiger Teil unserer Arbeit, ganz richtig. Und du hast Glück, du wirst ihn gleich kennenlernen.«

Damit hatte ich noch nicht gerechnet. Ich dachte, ich könnte mich glücklich schätzen, wenn ich am Ende meines Praktikums überhaupt einmal das ein oder andere Wort mit einem Autor gewechselt haben würde. Ein Autor stand für mich ungefähr auf der Stufe eines Filmstars, und schon beim Gedanken daran, gleich einen wahrhaftig echten zu treffen, bekam ich schwitzige Hände.

Jan deutete auf die Uhr. »Er ist bestimmt schon da, Lisa wird ihn schon ins Besprechungszimmer gebracht haben. Bist du bereit?«

»Nein, gar nicht.« Überrumpelt stand ich auf und schnappte mir meinen Notizblock. »Was muss ich denn jetzt machen? Ich weiß nicht, ob ich so aus dem Stegreif einen Autor zu seinem Buch befragen kann.« Meine Stimme überschlug sich, und ich merkte, wie die Panik mir zu Kopf stieg.

Ich hasste es, unvorbereitet zu sein. Und noch schlimmer war es, wenn ich unvorbereitet war und noch überhaupt kein Vorwissen hatte. Ich kannte mich doch noch gar nicht aus.

Jan bemerkte, dass ich kurz davor war, zu hyperventilieren, und legte mir beruhigend eine Hand auf die Schulter. »Keine Sorge, das ist jetzt vor allem mein Part. Du bist einfach dabei, und wenn du Fragen hast, dann fühle dich frei, diese zu äußern.«

Erleichtert atmete ich auf. »Gott sei Dank. Dann ist das also dein Projekt?«

Jan nickte und bedeutete mir, ihm zum Besprechungsraum zu folgen. »Ganz richtig, ich wollte dir deine Meinung nur nicht vorwegnehmen, deswegen habe ich dich erst mal erzählen lassen. Ich sehe das aber sehr ähnlich wie du.« Er grinste mir verschwörerisch zu.

Dann blieb er vor der Tür stehen und deutete in deren

Richtung. »Ihr seid euch übrigens nicht unbekannt.« Er zwinkerte mir wieder zu und stieß schwungvoll die Tür auf.

Was ich dann sah, passte einfach nicht zusammen. Ich stand mit geöffnetem Mund in der Bürotür und hätte mir am liebsten die Augen gerieben. Verwirrt sah ich zu Jan und wieder zu dem, der da in lässiger Pose auf dem Sofa im Besprechungsraum saß. Als Mats mich erblickte, sah er für einen kurzen Moment ebenso verwirrt aus, wie ich mich fühlte. Im Gegensatz zu mir hatte er sich aber schnell wieder im Griff und ließ sich nichts anmerken. Mats stand auf, um uns zu begrüßen. Er streckte mir tatsächlich die Hand hin, die ich scheu ergriff. Sie fühlte sich wahnsinnig weich und warm an und ich hätte sie am liebsten nicht mehr losgelassen. Mats schien das anders zu sehen, denn er schüttelte meine Hand so kurz, wie es nur möglich war.

»Hallo, Paula. Ich muss zugeben, es überrascht mich, dich hier zu sehen.« In seiner Stimme schwang die Verwunderung deutlich mit, aber seine Augen bohrten sich so intensiv wie immer in meine, dass ich sogar vergaß, ihm zu antworten.

Jan kam mir zu Hilfe. »Überrascht dich das wirklich? Im Gegensatz zu dir hat Paula im Kurs engagiert mitgearbeitet. Findest du nicht, dass solch eine Leistung belohnt werden musste?«

»Mit noch mehr Arbeit in den Ferien?«, konterte Mats mit einem Grinsen in der Stimme.

»Du wirst es wohl nie lernen. Aber gut, setzt euch, dann können wir anfangen. Paula ist schon ganz neugierig auf dich.« Jan zwinkerte mir zu.

Ich wünschte, der Boden würde sich unter mir auftun und mich einfach verschlucken, damit ich dieser peinlichen Situation entkam.

Seine Bemerkung sollte ein Scherz sein, doch im Grunde lag er damit ja gar nicht so falsch. Mats' hochgezogener Augenbraue und seinem selbstgefälligen Grinsen nach zu urteilen, wusste er ganz genau, was ich dachte.

Ich wich seinem Blick aus und trat die Flucht nach vorne

an, indem ich mich auf die Couch fallen ließ und meinen Notizblock aufschlug.

Doch ich hatte die Rechnung ohne Mats gemacht, der sich direkt neben mich auf das Sofa setzte. Er war mir so nah, dass sich die feinen Härchen auf meinen Unterarmen aufrichteten und ich seine Anwesenheit mit jeder Zelle meines Körpers deutlich fühlen konnte.

Jan nahm gegenüber von uns auf einem Sessel Platz und schaute dann erwartungsvoll zu Mats. »Ich nehme an, ich muss euch nicht mehr groß vorstellen?«

Mats nickte bloß mit einem Seitenblick auf mich.

Immerhin wusste ich jetzt, woher die beiden sich bei der Schreibwerkstatt schon kannten. Dass ich diese Verbindung noch nicht früher in Erwägung gezogen hatte.

Nervös verschränkte ich die Arme vor meiner Brust. Die Besprechung hatte noch nicht einmal begonnen und ich war bereits völlig am Ende mit meinen Nerven.

»Gut, Mats, wir haben uns zu dem Thema ja bereits besprochen. Möchtest du Paula eine kleine Zusammenfassung geben?«

Meine Augen huschten zu Mats, dessen Blick sich für einen Moment verdunkelte.

Doch dann zuckte er bloß mit den Schultern. »Klar. Bloß, so viel gibt es da ja gar nicht zu erzählen. Ich habe ein Buch geschrieben, und ihr findet das gut und wollt jetzt dafür sorgen, dass es an die richtige Leserschaft gelangt. So die kurze Zusammenfassung.«

Jetzt war es an mir, skeptisch eine Augenbraue zu heben. »Damit kann ich jetzt noch nicht allzu viel anfangen, ehrlich gesagt«, erwiderte ich. »Wie bist denn ausgerechnet du dazu gekommen, ein Buch zu schreiben?« Ich gab mir Mühe, meine Stimme fest klingen zu lassen, doch so ganz gelang es mir nicht.

Das passte einfach alles nicht zusammen. Ich konnte mir nicht vorstellen, dass dieser Mats, den ich kannte, einen solchen Roman mit so viel Tiefgang verfasst haben konnte.

Amüsiert sah Mats mich an. »Ausgerechnet ich? Was willst du mir damit sagen?«

Jetzt überschlug sich meine Stimme beinahe vor Erregung. »Na, das passt doch alles nicht richtig zusammen. Du hast die Schreibwerkstatt andauernd geschwänzt, du bist herablassend zu mir, weil ich so ehrgeizig bin ...«

»Stopp mal kurz, Paula, bitte«, unterbrach mich Jan und schaute dann irritiert von Mats zu mir und wieder zurück. »Ich wusste nicht, dass hier so etwas wie eine Feindschaft zwischen euch herrscht.«

»Ist das so offensichtlich, ja?«, murmelte ich leise.

»Ja, ziemlich. Ich habe dich bisher als sehr nettes und freundliches Mädchen erlebt und ich verbitte mir, dass du hier so mit Mats redest.«

Seine Worte trafen mich hart und ich senkte beschämt den Blick.

Doch da hob er schon beschwichtigend die Hand. »Das ist nicht böse gemeint. Ich glaube nur, dass ihr da wohl noch etwas zu klären habt, bevor wir hier vernünftig arbeiten können.« Er warf einen Blick auf seine Armbanduhr. »Ich mache euch einen Vorschlag. Wir machen jetzt eine Mittagspause, ihr geht etwas essen, besprecht euch und dann treffen wir uns um eins wieder und fangen bei null wieder an. Wie klingt das für euch?«

»Essen klingt immer gut«, antwortete Mats und zuckte unbeteiligt mit den Schultern.

Ich wartete weiterhin auf das Loch, das ich mir immer sehnlicher herbeiwünschte. Doch ich wurde nicht erhört.

Grummelnd stand ich also auf und folgte Mats nach draußen.

Das durfte doch wirklich nicht wahr sein. Am Ende meiner ersten Praktikumswoche hatte ich mir bereits so eine Schmach eingehandelt. Ich hatte mich gerade im Büro eingelebt und nun diese Peinlichkeit. Was sollte Jan jetzt bloß von mir denken? Ich war ein naives, dummes Mädchen, das es nicht hinbekam, ihr Privatleben vom Job fernzuhalten.

Bevor ich mich weiter über mich selbst ärgern konnte, stand ich neben Mats auf der belebten Hauptstraße.

Nachdenklich versenkte er seine Hände in den Taschen seiner Cargoshorts. »Gut, da wären wir also. Ich für meinen Teil kann echt etwas zu essen vertragen, wie sieht's bei dir aus?«

Ich murmelte eine Zustimmung, aber vermied es, ihn direkt anzusehen.

»Worauf hast du Lust?«

»Ist mir egal.«

»Egal gibt's aber nicht. Pizza? Asiatisch? Döner?« Er klang leicht genervt, doch ich wusste nicht, was ich ihm antworten sollte.

Ich wollte überhaupt gar nichts mit Mats essen gehen. Ich wollte nach Hause und in mein Bett und die ganze beknackte Situation mit ihm einfach vergessen.

»Ich habe gar keinen Hunger«, gab ich dann leise zurück und sah weiter an ihm vorbei.

»Frauen ...«, brummte Mats, während er einfach loslief und ich meine Mühe hatte, mit ihm Schritt zu halten. Er achtete nicht weiter auf mich und lief geradewegs zu einem kleinen, asiatisch anmutenden Imbiss.

»Ich nehme ein Sushi-Menü, sicher, dass du nichts möchtest?«

Unschlüssig sah ich von ihm zur Karte und wieder zurück. Mein Magen knurrte und verriet mich damit.

»Okay«, lenkte ich schnell ein. »Dann nehme ich einen Glasnudelsalat.«

Mats rollte zwar über meine Auswahl mit den Augen, nahm meine Entscheidung dann aber so hin und gab unsere Bestellung auf.

Als er sein Portemonnaie zückte, um zu bezahlen, griff ich nach meinem Geldbeutel, um ihm meinen Anteil zu geben. Mats drückte mir den Geldschein kopfschüttelnd wieder zurück in die Hand.

»Nein, lass mal gut sein. Du hast doch gehört, wir sollen

bei null anfangen, da habe ich wohl erst mal etwas bei dir wieder geradezurücken.« Er grinste mich vielsagend an.

Wir setzten uns mit unserem Essen an den einzigen kleinen Tisch im Lokal und ich stocherte schweigend in meinem Salat. Ich hatte absolut keine Ahnung, was und wie ich jetzt mit Mats reden sollte.

Anscheinend hatte er auch kein Interesse, weiter mit mir zu reden, er aß in aller Seelenruhe sein Sushi.

Ich überlegte gerade fieberhaft, was ich sagen könnte, als Mats mir seinen Teller hinschob. »Hier, probier mal. Dein Glasnudeldings scheint ja nicht so der Hit zu sein, so wie du den malträtierst.«

Wenn es doch nur das wäre. Aber was hatte ich schon zu verlieren.

Ich griff nach einer mit Fisch gefüllten Sushirolle, tunkte sie so, wie ich es bei Mats beobachtet hatte, in die Sojasauce und schob sie mir dann beherzt in den Mund. Mit vollem Mund musste ich wenigstens nicht mit ihm reden.

Der Geschmack in meinem Mund überwältigte mich. Ich gab ein entzücktes Stöhnen von mir, das sich von ganz allein den Weg aus meinem Mund bahnte. Überrascht hielt ich beim Kauen inne und merkte, wie ich schon wieder rot anlief. Verflucht.

Mats lachte leise und musterte mich mit schief gelegtem Kopf. »Sag bloß, du hast noch nie Sushi gegessen?«

Ertappt würgte ich den Reisklumpen schnell herunter. »Nein, bisher hab ich mich immer gewundert, was die Leute an rohem Fisch so toll finden.«

»Und wie kommt's, dass du jetzt probiert hast?«

Weil du ihn gegessen hast, und alles, was du machst, finde ich irgendwie toll?

»Ähm«, gab ich nur platt zurück und zuckte mit den Schultern. »Irgendwann ist ja immer das erste Mal, oder?«

Etwas flackerte für einen kurzen Moment in Mats' Augen auf, dann sah er mich grinsend an. »Das ist wohl wahr.«

Ich wurde mir der Doppeldeutigkeit meiner Worte bewusst. Am liebsten hätte ich mir an die Stirn geschlagen.

Zum Glück ging Mats aber nicht weiter darauf ein, sondern schob seinen Teller lediglich zu mir hin. »Hier, dann iss ruhig.« In der nächsten Bewegung angelte er seufzend nach meinem Salat und zog ihn schmunzelnd zu sich heran.

»Nein, das geht doch nicht«, intervenierte ich.

Mats lachte nur. »Wieso sollte das nicht gehen? Traust du mir so viel Nettigkeit nicht zu, oder was?«

Skeptisch hob ich eine Braue und sah zu ihm auf. »Kann schon sein.«

»Na siehst du, die Basis für ein friedliches Zusammenarbeiten ist damit doch geschaffen.« Er zwinkerte mir zu. »Los, und jetzt sag schon, warum du mir nicht zutraust, dass ich schreibe.«

Seine Aufforderung kam unerwartet und überrumpelte mich. Um Zeit zu schinden, schnappte ich mir noch eine Sushirolle und schob sie mir schnell in den Mund. Mats erkannte meine Ausweichtaktik und grinste. Doch er schien an meiner Antwort wirklich interessiert und sah mich weiter mit neugieriger Miene an.

»Wie ich schon gesagt habe«, fing ich dann an. »Du bist nie in der Schule, du machst dich darüber lustig, dass ich gute Noten habe.« Ich zuckte hilflos mit den Schultern. »Das passt irgendwie nicht zusammen. Ich habe dein Manuskript gelesen …« Ich stockte und suchte nach Worten.

»Und?« Er sah ehrlich interessiert an meiner Meinung aus.

»Und ich fand es toll, wirklich.« Ich warf einen prüfenden Blick auf seine Miene, aber ich erkannte keine Regung, daher fuhr ich fort. »Ich muss zugeben, das war zuerst gar nicht mein Genre, doch es hat mich sofort gefesselt. Du verstehst es wirklich, den Leser mit deinen Figuren mitleiden zu lassen.«

Mats' Blick war weiter unergründlich.

Als ich keine Anstalten machte, weiterzusprechen, regte er sich endlich. »Das freut mich zu hören«, sagte er, ohne eine Emotion in seiner Stimme zuzulassen.

Ich wusste nicht, ob ich es wagen konnte, die Frage zu

stellen, die ich im Hinterkopf hatte, seitdem ich das Manuskript gelesen hatte.

Ehe ich mich dazu durchringen konnte, wechselte Mats das Thema und hatte damit sofort wieder die Leichtigkeit inne, die er sonst immer ausstrahlte. »Weißt du, kleine Paula, vielleicht solltest du mal etwas weniger schwarz-weiß denken.« Er grinste, um seine Worte zu entschärfen.

Ich taxierte ihn bei der Erwähnung meines Namens. »Was meinst du damit?«

»Ich schwänze nicht.« Er lachte leise. »Na gut, vielleicht manchmal. Aber meistens bleibe ich mit ausdrücklicher Genehmigung vom Direktor fern. Und bei noch einem Punkt muss ich dich enttäuschen – meine Noten sind ausnahmslos gut.« Er zwinkerte mir wieder zu.

Sofort fuhr das bekannte Kribbeln in meinen Bauch, für das dieser Kerl schon so häufig verantwortlich gewesen war.

»Aber wie kann das denn sein?«

Ich war verwirrt. Herr Fuchs gab Mats frei, damit er sein Buch schreiben konnte? War so was überhaupt erlaubt? Diesen Punkt hatte ich nie bedacht.

»Und wieso machst du dich dann über meine Noten lustig?«, hakte ich gefrustet nach.

Er hob beschwichtigend die Hände. »Schuldig. Das tut mir leid. Das ist so aus mir rausgerutscht und hat sich einfach so ergeben.«

»Einfach so ergeben«, echote ich und verschränkte die Arme vor der Brust, während ich ihn sauer anstierte.

Mats hob belustigt die Schultern, was ich mit einem Kopfschütteln abtat.

»Wieso gibt dir der Direktor frei?«, hakte ich weiter nach.

Mats stand plötzlich auf und deutete mit dem Kopf in Richtung des Büros. »Das erzähle ich dir ein anderes Mal. Jetzt müssen wir erst mal zurück zur Besprechung. Waffenstillstand?« Er hielt mir eine Hand hin, und ich stimmte zu, während ich mir grummelnd von ihm hochhelfen ließ.

Ich wollte meine Hand schnell von ihm wegziehen und etwas Sicherheitsabstand zwischen uns bringen, doch Mats griff schnell nach meinem Handgelenk und beugte sich zu mir. Mit der anderen Hand griff er nach meiner Haarsträhne, die mir immer wieder ins Gesicht fiel.

Ich erschauderte unter seiner Berührung und sah mit pochendem Herzen zu ihm auf.

»Deine neue Frisur steht dir übrigens echt gut«, raunte er mir ins Ohr.

Seine Worte ließen mich regelrecht erstarren. Mats' Blick wanderte über mein Gesicht, und ich meinte, ein amüsiertes Funkeln in seinen Augen zu erkennen, bevor er sich abwandte und schnell den Rückweg antrat.

Der Rest des Meetings verlief mühselig. Ich scheute jegliche weitere Konfrontation mit Mats und kritzelte in meinem Block herum, damit ich ihm und Jan nicht in die Augen sehen musste. Mats beantworte die Fragen von Jan locker wie eh und je, dennoch hatte ich das Gefühl, dass er sehr oberflächlich blieb und tiefer gehenden Fragen auswich.

So hatte ich am Ende zwar erfahren, dass das Buch zwar Mats' erster Roman war, er aber durchaus schon Schreiberfahrung vorweisen konnte. Was genau er damit meinte, blieb für mich ein Rätsel. Und auch die Frage, die mich am meisten interessierte, blieb weiterhin unbeantwortet. Jan fragte zwar nach Parallelen zwischen seiner eigenen Biografie und seinem Buch, Mats wich der Frage aber gekonnt aus und erzählte stattdessen, wie leid ihm selbst sein Protagonist tat. Dies nahm Jan dann zum Anlass, um ausgiebig über dessen Entwicklung zu sinnieren.

Am späten Nachmittag stellte Jan erschrocken fest, dass er sich beeilen musste, um noch pünktlich zu seinem Folgetermin zu kommen. Er verabschiedete sich hastig von uns und wünschte mir einen schönen Feierabend.

Dann war ich wieder allein mit Mats. Unsicher stand ich an der Tür des Besprechungsraums und wusste nicht, was ich jetzt zu ihm sagen sollte.

Doch er kam mir schon zuvor. »Soll ich dich mit nach Hause nehmen? Ich bin mit dem Auto da.«

»Ach, danke. Aber ich fahr ganz gerne U-Bahn«, sagte

ich und schaute auf meine Fußspitzen. Ich hatte nach diesem Tag kein gesteigertes Interesse daran, noch mehr Zeit mit Mats zu verbringen. Zuerst wollte ich nach Hause in mein Bett und die Erlebnisse für mich sortieren und verarbeiten. Mats ließ ein leises, tiefes Lachen hören und ich schaute auf.

»Stimmt, ich vergaß. Bei den Temperaturen ist es ja wirklich spaßig, sich im Feierabendverkehr in die Öffis zu quetschen. Lass mich raten, du liest auf dem Weg bestimmt immer.«

Genervt rollte ich mit den Augen. Das Problem war, dass Mats recht hatte. Wie so oft.

»Weißt du, was ich glaube? Du willst es vermeiden, noch mehr Zeit mit mir zu verbringen, habe ich recht?«

Ich spürte, wie ich schon wieder rot wurde, und wollte mich abwenden, aber Mats war schneller.

Er ließ seine Hand an meine Wange wandern und strich sanft mit dem Daumen darüber. »Erwischt«, raunte er.

Dieses kehlige Geräusch verursachte ein Kribbeln, das sich von meinem Nacken abwärts ausbreitete.

Wie erstarrt blieb ich einige Sekunden stehen, dann fing ich mich endlich. Schnell drehte ich mich von ihm weg und öffnete die Tür. »Gut, wie du willst, dann fahr mich nach Hause, ich habe damit gar kein Problem. Ich wollte dir nur nicht zur Last fallen, damit du dich nicht schon wieder bei meinem Bruder beschweren musst.«

Während ich schnell in mein Büro lief, um meine Tasche zu holen, hörte ich in meinem Rücken das leise Lachen von Mats.

Ich verabschiedete mich von meinen Kollegen und trat dann in den Vorraum des Büros. Mats stand bei Lisa am Empfangstresen und unterhielt sich mit ihr. Lisas Wangen waren rosa gefärbt, und sie schien Mats mit den Augen zu verschlingen, während er ihr gerade etwas erzählte. Ich spürte einen Stich in der Magengrube.

»Wir können.« Meine Stimme klang lauter als beabsichtigt.

Lisas Kopf ging ruckartig hoch und sie sah irritiert von mir zu Mats. »Ihr kennt euch?«

Mats funkelte mich belustigt an, dann schaute er wieder zu Lisa. »Ja, wir gehen auf die gleiche Schule. Und außerdem ist Paula die kleine Schwester eines Freundes.«

Natürlich, das musste jetzt ja wieder sein. Jetzt funkelte ich ihn mit zusammengekniffenen Augenbrauen an. »Genau, nur die *kleine* Schwester.« Ich betonte das Wort extra, was Mats wieder zum Grinsen brachte.

Er kam zu mir herüber, legte einen Arm um meine Schultern und schaute dann auf mich herab. Was sollte das denn jetzt bitte werden?

»Siehst du? Klein. Ziemlich klein sogar. Du musst den Kopf in den Nacken legen, um zu mir hochzusehen. Also habe ich doch recht.« Triumphierend grinste er.

Ich musste wider Willen lachen.

Lisa hatte sich wieder hinter ihren Tresen zurückgezogen, linste aber immer wieder zu uns herüber.

Mats ließ weiter seinen Arm um meine Schulter liegen, während wir zur Tür gingen.

Ich winkte Lisa zum Abschied zu, und während sie den Gruß erwiderte, lag ein Ausdruck in ihren Augen, den ich nicht richtig deuten konnte. War sie etwa neidisch auf mich? Ich konnte es ihr nicht verübeln. So hatte ich wohl immer die anderen Frauen angesehen, die Mats zu nahe kamen.

Mats hatte – wie sollte es auch anders sein – einen Parkplatz in direkter Nähe zur Hinterhofeinfahrt bekommen, in der sich das kleine Bürogebäude befand.

Ich stieg auf der Beifahrerseite ein und beobachtete ihn, wie er lässig um das Auto herum ging und dann in einer geschmeidigen Bewegung auf den Fahrersitz rutschte. Schnell wandte ich meinen Blick ab.

Mats startete den Motor und sofort ging laute Musik an. Er trommelte mit dem Daumen im Takt zur Musik auf das Lenkrad und warf mir einen schiefen Blick zu. »Das müsste doch voll dein Ding sein, oder? Rob hat erzählt, dass du dich jetzt nur noch auf Punkkonzerten rumtreibst.«

Ich gab einen genervten Laut von mir.

»He, das war ein Scherz.« Mats grinste in meine Richtung.

»Schon klar. Ich wüsste wirklich gern, was ihr am Laufen habt. Ich dachte eigentlich, ihr mögt euch gar nicht, aber dafür tauscht ihr euch erstaunlich oft über mich aus und hängt zusammen rum.« Forschend sah ich ihn an.

Seine Miene blieb ausdruckslos, während er sich durch den dichten Großstadtverkehr schlängelte.

»War das eine Frage?«, gab er schließlich betont lässig zurück.

»Was denkst du denn? Natürlich war das eine Frage.«

Er zuckte mit den Schultern. »Wir sind Kumpels, das ist alles. Nicht mehr und nicht weniger. Hör auf, da so viel reinzuinterpretieren, das kannst du mit deinen Büchern machen. Bei uns ist das sinnlos, weil es da nichts gibt.«

Ich schnappte nach Luft. »Hör mal, ich interpretiere gar nichts. Das sieht doch ein Blinder, dass zwischen euch irgendwas vorgefallen ist. Eigentlich dachte ich bisher, ich weiß ganz gut, was im Leben meines Bruders so passiert, aber seitdem du aufgetaucht bist, bin ich mir da irgendwie nicht mehr so sicher.« Ich funkelte ihn schon wieder an.

Dieser Kerl machte mich wahnsinnig. Und mein Bruder sowieso. Wieso machten sie nur so ein Geheimnis daraus? Das Gespräch, das ich zwischen den beiden auf Robins Party mitangehört hatte, ging mir nicht mehr aus dem Kopf. Und sofort hatte ich auch wieder das Bild von Mats' blondem Eroberungsschnittchen vor Augen und spürte schon wieder die Wut auf ihn die Oberhand gewinnen.

Mats warf einen kurzen Seitenblick auf mich und kräuselte die Augenbrauen. »Das ist doch kein Grund, so sauer zu sein? Hey, Kleine, was hab ich dir denn jetzt schon wieder getan?«

»Nenn mich nicht immer so«, fauchte ich zurück und verschränkte die Arme vor der Brust.

»Ich weiß ja nicht, was du dir da ausmalst, aber ich bin einfach nur mit deinem Bruder befreundet. Wir sind nicht die besten Buddys, aber auch keine Fremden. Männerfreundschaften laufen eben etwas anders als eure Herzchen-Herzchen-Mädelsfreundschaften.«

»Es geht doch jetzt gar nicht um Rob«, rutschte es mir raus und ich bereute es direkt.

»Nicht? Dann habe ich in unserem Gespräch wohl einen Punkt verpasst.« Amüsiert schaute Mats kurz zu mir herüber.

Doch ich sah angestrengt durch die Windschutzscheibe, als würde ich an seiner Stelle die Verantwortung auf dem Fahrersitz innehaben. Ich hatte den Eindruck, dass er sehr wohl wusste, woher meine schlechte Laune stammte.

Mein Gott, wieso musste mich dieser Typ immer so schnell die Fassung verlieren lassen? Hatte ich nicht eigentlich beschlossen, dass er mir nun egal war? Auch wenn er solche grandiosen Bücher mit so viel Tiefgang und ...

»Weißt du was?« Mats unterbrach meine abschweifenden Gedanken und knuffte mich in die Seite. »Ich habe das Gefühl, dass wir immer noch nicht ganz bei null angelangt sind, so wie Jan es ja eigentlich gern von uns hätte. Und da du jetzt ja offenbar an der Veröffentlichung meines Buches beteiligt sein wirst, fände ich es ganz praktisch, wenn ich mich nicht immerzu von dir ankeifen lassen müsste.«

Ich lief rot an und schaute erwartungsvoll zu ihm. Was wollte er damit sagen?

»Da mein Sushi-Friedensangebot anscheinend noch nicht genug war, habe ich eine andere Idee.« Er zwinkerte mir zu und bog ab auf die Stadtautobahnausfahrt, die wir gar nicht nehmen mussten, wenn wir in unser Wohnviertel zurückwollten. »Dann bringe ich dich heute erst später nach Hause. Oder ist das ein Problem?«

Mein Herz machte einen aufgeregten Hüpfer. Er wollte etwas mit mir unternehmen?

»Na, ich bekomme höchstens ein Problem mit Rob.« Ich konnte das Grinsen nicht unterdrücken. »Du kennst ihn ja.«

Mats hob eine Augenbraue. »Das bekomme ich schon hin. Ich hab ja noch etwas gut bei ihm, dann löse ich das einfach jetzt ein. Ist ja schließlich für ein gutes Arbeitsklima.« Auf sein Gesicht legte sich wieder das schiefe Grinsen.

Sofort rumpelte es erneut in meinem Bauch. Das war nicht gut. Gar nicht gut.

»Wo fahren wir denn hin?«

»Lass dich überraschen.« Er schien jetzt deutlich gelöster und wirkte viel entspannter als sonst. »Ich wollte da heute Abend eh hin, kommt mir jetzt ganz gelegen, dass ich jetzt nicht den Umweg fahren muss.«

»Moment, du hast mir angeboten, dass du mich mitnimmst, nicht, dass du extra für mich nach Hause fährst.«

»Richtig, richtig. Und was sagt uns das, kleine Paula?« Neckend nutzte er wieder meinen verhassten Spitznamen. »Ganz genau, ich bin eben doch nett«, beantwortete er seine Frage selbst.

»Aber du musst mich doch nicht extra nach Hause fahren.« Entsetzt starrte ich ihn an.

Mats hob grinsend die Schultern. »Mache ich doch auch gar nicht mehr.«

Ich stöhnte auf. Das konnte ja was werden.

ELF

Nach einer kurzen Fahrt erreichten wir ein Industriegebiet. Skeptisch sah ich zu Mats hinüber. Ich konnte mir nicht vorstellen, was das hier werden sollte.

Er spürte meinen Blick und warf mir ein entwaffnendes Lächeln zu. »Keine Sorge, ich habe nicht vor, dich hier in der Pampa auszusetzen oder sonst was mit dir anzustellen.«

Prompt wurde ich wieder rot, was Mats mit einem kleinen Schmunzeln quittierte.

Kurz darauf wurden seine Züge wieder ernst und er runzelte leicht die Stirn. Ich hatte den Eindruck, dass er seine Entscheidung, mich hier mit hinzunehmen, mittlerweile doch infrage stellte.

Dann bog er auf ein unscheinbares Gelände ab und parkte sein Auto vor einer kleinen Halle. Vereinzelt standen bereits ein paar andere Autos vor dem Gebäude, das recht heruntergekommen auf mich wirkte.

Ich suchte nach Hinweisen, in was ich hier hineingeriet. Bis auf die vielen bunten Konzertplakate, die an der Betonwand hingen und über die Zeit durch die Witterung schon arg in Mitleidenschaft gezogen worden waren, konnte ich aber keine Hinweise entdecken.

Wir stiegen aus und liefen auf die Halle zu.

»Was ist das hier?«, fragte ich unsicher.

Mats öffnete die große Stahltür, die eher schlecht als recht in ihren Angeln hing, und bedeutete mir hineinzugehen.

Skeptisch blieb ich neben ihm stehen. »Das sieht jetzt ehrlicherweise nicht so einladend aus«, murmelte ich und beäugte das quietschende Konstrukt.

»Komm schon, trau dich.« Mats legte mir eine Hand an den Rücken.

Ich zuckte bei seiner Berührung leicht zusammen.

Mit sanftem Druck dirigierte er mich in den dunklen Vorraum. Meine Augen brauchten einen kurzen Moment, um sich an das schummrige Licht zu gewöhnen. Dann machte ich zwei Flure aus, die sich nach links und rechts erstreckten. Dumpf nahm ich Gitarrenklänge wahr.

»Was machen wir denn hier?« Fragend sah ich zu Mats, der mich weiter in einen der Gänge schob.

»Ich dachte, ich zeige dir mal eine andere Perspektive.«

Wir gelangten an eine schwere, gepolsterte Tür, die Mats mit Leichtigkeit aufschob.

In diesem Moment wurde die Musik lauter, und ehe ich mich versah, stand ich mitten in einem Proberaum.

Zentral im Raum war das Bandequipment aufgebaut, drei Jungs, die schätzungsweise in unserem Alter waren, waren hier gerade total in ihrem Element.

Der Gitarrist sah aus wie der klischeehafteste Punk, den ich mir vorstellen konnte. Er hatte einen rot gefärbten Iro, trug ein schwarzes Band-Shirt, eine grün karierte Hose und Springerstiefel.

Als er uns hereinkommen sah, grinste er uns nur kurz zu und widmete sich gleich wieder seinem schnellen Gitarrenriff. Der Drummer saß so versteckt hinter seinem Schlagzeug, dass ich nicht viel von ihm sehen konnte. Er trug ebenso wie sein Bandkollege ein schwarzes T-Shirt, und seine schwarzen Haare fielen ihm wild ins Gesicht, während er in einer Mordsgeschwindigkeit auf sein Musikinstrument einschlug.

Beeindruckt beobachtete ich ihn eine Weile, bis mein Blick auf den Bassisten fiel. Er wirkte normaler als die anderen beiden. Er trug eine Jeans und ein grünes Motivshirt mit einer Comicfigur und war ganz in sein Spiel vertieft. Ich sah mich im Raum um. Die Wände waren dunkelrot und über und über mit Bandpostern und Tourplakaten zugeklebt.

An einer Seite stand eine schwarze abgewetzte Ledergarnitur und überall stapelten sich Bierkästen zwischen den verschiedensten anderen Musikgeräten, die mir nicht alle etwas sagten.

Mit einem lauten Krachen endete das Lied, das die Band gerade gespielt hatte, und die Blicke der Bandmitglieder richteten sich in voller Aufmerksamkeit auf uns. Ich fühlte mich unheimlich fehl am Platz.

Der Gitarrist legte zuerst sein Instrument zur Seite und kam auf uns zugesprungen. »He, Mann. Du bist ja so früh, was ist los mit dir?« Er lachte und zog Mats in eine große Umarmung. Dann richtete sich sein Blick auf mich. »Und wen haben wir hier?« Er musterte mich, ich konnte aber keine Gehässigkeit in seinem Blick erkennen. Er wirkte neugierig, aber nicht so, als würde er mich in irgendeiner Art und Weise verurteilen.

Bevor ich mich vorstellen konnte, kam Mats mir zuvor. Er legte einen Arm um meine Schultern. »Das hier ist Paula, ich kenne sie aus der Schule.«

Mit hochgezogener Augenbraue schaute ich ungläubig zu Mats hoch. Er hatte tatsächlich nicht die Wörter *klein* oder *Schwester vom Kumpel* erwähnt.

»Cool. Ich bin Frederick, aber alle nennen mich Freddi. Kannst du gerne auch machen.« Sein Lächeln wirkte echt und ich mochte ihn sofort.

Auch die anderen beiden hatten uns mittlerweile erreicht. Sami, der Bassist, war, wie ich mir schon gedacht hatte, eher von der ruhigeren Sorte. Nachdem er sich vorgestellt hatte, verzog er sich wieder zu seinem Instrument, um mit geübten Griffen die Saiten zu stimmen.

Der Drummer stellte sich als Ben vor. Er war etwas

kleiner und breiter als seine Freunde, und mit seiner aufgeweckten und aufgeschlossenen Art machte er es mir sehr leicht, mich willkommen zu fühlen.

Er drückte mich herzlich an sich, und ehe ich mich versah, hatte er Mats und mir jeweils eine Bierflasche in die Hand gedrückt. Er prostete mir mit einem Grinsen zu und nahm selbst einen großen Schluck aus seiner Flasche. Mats bedachte mein Bier mit einem warnenden Gesichtsausdruck in meine Richtung, kommentierte es aber nicht. Ben folgte seinem Blick und schaute amüsiert zwischen uns hin und her.

»Was denn, habe ich was falsch gemacht? Ist sie trockene Alkoholikerin und darf keinen Alkohol mehr trinken?«

Mats lachte. »Nein, alles gut.«

Er wollte mich weiter zur Couch ziehen, aber Ben wandte sich an mich. »Na, sag schon, wieso hat *Herr Mir-ist-sonst-doch-alles-egal* ein Problem damit, wenn du Alkohol trinkst? Schießt du dich immer ab und wir müssen den Notarzt rufen? Spielst du nur lustige Trinkspiele mit uns und trinkst uns dann unter den Tisch? Oder ...« Er riss lachend die Augen auf und deutete mit dem Bier in seiner Hand und gleichzeitig erhobenem Zeigefinger auf mich. »Das ist es.« Er nickte bekräftigt zu dem Gedanken, der ihm gerade gekommen war. »Du wirst später unter viel Alkoholgenuss zum Groupie! Ha!« Er lachte. »Dann kann ich verstehen, wieso Mats dich da warnen will. Guck mich mal an, ich bin jetzt ja eher nicht so der Typ Frauenschwarm, also zumindest im nüchternen Zustand«, er zwinkerte mir verschwörerisch zu, »aber wenn wir erst mal auf der Bühne stehen, wirst du uns mit etwas Alkohol bestimmt ganz unwiderstehlich finden und ...«

Er kam nicht weiter, denn Mats unterbrach seinen Redeschwall, indem er mich lachend noch näher an sich zog und den Kopf schüttelte. »Ben, hör auf mit dem Quatsch. Du verschreckst Paula gleich noch, und ich gebe zu, das könnte ich sogar nachvollziehen. Ist ja nicht auszuhalten, was du hier wieder von dir gibst. Hast auch schon das ein oder andere Bierchen intus, kann das sein?«

Ben lachte ertappt und beugte sich ein Stück näher zu mir. »Keine Sorge, ich quatsch immer so viel Scheiß. Wenn es dir zu viel wird, sag mir einfach, ich soll die Klappe halten.« Er zwinkerte mir wieder zu.

Kopfschüttelnd lachte ich. »Alles gut, ich find dich lustig.« Mit einem Seitenblick zu Mats fügte ich hinzu: »Und ich laufe auch nicht gleich weg vor Angst, keine Sorge.«

Mats hob immer noch grinsend als Antwort entwaffnend beide Hände.

Im Laufe des Abends füllte sich der kleine Proberaum immer mehr mit Freunden der Band. Ich saß auf einem Sessel und Mats hatte sich mit seinem Bier auf dessen Lehne gesetzt. Er deutete mit einem Kopfnicken auf die Bandmitglieder, die damit begannen, ihre Instrumente abzubauen.

»Die Jungs bringen ihre Sachen gleich nach nebenan und dann spielen sie nachher eine kleine Show. Das ist einer der ersten Auftritte mit zahlendem Publikum, das ist also alles noch ziemlich neu und aufregend für sie.«

»Oh, das ist ja krass. Aber wir haben doch gar keinen Eintritt bezahlt?«

Mats lachte leise. »Nein, wir zahlen ja auch nichts, *kleine* Paula.«

Er betonte das Wort extra, und ich beschloss, ihn einfach zu ignorieren. Vielleicht hörte er dann von selbst wieder mit diesem dämlichen Spitznamen auf, wenn ich ihm einfach keine Angriffsfläche mehr bot.

Ich sah ihn abwartend an.

Mats schien fast etwas enttäuscht über meine ausbleibende Reaktion zu sein, aber dann redete er weiter. »Ich kenne die drei gut, daher sind wir heute auf der anderen Seite dabei. Ich sag ja, das ist hier im Gegensatz zu den bekannten Bands ein ziemlicher Perspektivwechsel. Große Konzerte machen echt Spaß, keine Frage, aber so kleine unbekannte Bands sind auch wirklich sehenswert.«

Daran zweifelte ich keine Sekunde. Auch wenn die Location alles andere als luxuriös war, so strahlte sie trotzdem eine Heimeligkeit aus, und ich fühlte mich, anders als erwartet, sehr wohl. Auch alle anderen Freunde der Bandmitglieder waren sehr offen auf mich zugegangen, und ich hatte keine blöden Sprüche kassiert, was dazu beitrug, dass ich mich sehr auf den bevorstehenden Abend freute.

»Das wird bestimmt echt cool«, sagte ich und spürte, wie sich die Vorfreude in meinem Bauch bemerkbar machte. »Ich muss Rob aber noch anrufen«, seufzte ich dann.

Ich hatte meiner Mutter nach unserer Ankunft eine Nachricht geschrieben, dass ich mich verspäten würde, aber bisher hatte ich es aufgeschoben, ihr und meinem Bruder zu sagen, wo ich wirklich war.

Mats deutete meinen genervten Blick richtig.

»Lass mich das mal machen.« Er zückte sein Handy und wählte Robs Nummer.

Bevor ich einschreiten konnte, hielt er es sich bereits ans Ohr. »He, hier ist Mats. Was geht?«

Ich hörte, wie Robin etwas antwortete, dann erwiderte Mats geradeheraus: »Du, um es kurz zu machen. Ich habe deine Schwester unterwegs aufgegabelt, und wir sind jetzt bei Freunden, die heute hier ein Konzert geben. Kein großes Ding, ich pass gut auf sie auf und bringe sie dir danach wieder heil zurück.«

Mit geweiteten Augen starrte ich zu Mats, der bei Robins Antwort keine Miene verzog. Schließlich schüttelte er den Kopf und seine Züge verdunkelten sich. »Nein, ich gebe sie dir jetzt nicht. Du brauchst ihr jetzt kein schlechtes Gewissen einzureden und außerdem war es meine Idee. Wenn du auf jemanden sauer sein willst, dann auf mich. Das ist dann aber dein Problem und juckt mich nicht.« Er lachte kurz und unterbrach meinen Bruder dann wieder, diesmal eine Spur schärfer. »Alter, krieg dich ein. Ich würde dich nicht anrufen, wenn ich bei der ganzen Geschichte irgendwelche Hintergedanken hätte. Es war ein Zufall, dass wir uns heute getroffen haben, und es war eine spontane Idee, dass ich sie mit hierhergenommen habe. Keine große Sache. Du solltest lieber froh sein, dass ich sie diesmal von Anfang an im Blick habe und sie nicht wieder aus einer Scheißsituation mit besoffenen Typen holen muss.« Sein Ton war jetzt schärfer, und es klang, als würde er keine Widerrede dulden.

Das gefiel meinem Bruder wohl gar nicht.

Ich streckte Mats auffordernd die Hand hin, damit er mir das Handy gab, doch er schüttelte verneinend den Kopf.

So leicht ließ ich mich nicht abwimmeln, das nahm doch schon wieder keine gute Entwicklung zwischen den beiden. Ich stand auf und wollte nach dem Handy greifen, aber Mats war schneller als ich und sprang ebenfalls auf.

Ich stand nun ganz dicht vor ihm und starrte mit zusammengekniffenen Augen zu ihm auf. Da er viel größer war als ich, hatte ich aber keine Chance, an das Telefon zu gelangen. Mats sah von oben auf mich herab, und ein Schmunzeln umspielte seine Lippen, als er wieder bedächtig den Kopf schüttelte. Mit der anderen Hand griff er nach meiner ausgestreckten Hand und hielt sie an seine Brust gedrückt fest, damit ich nicht weiter nach dem Handy angeln konnte.

Ich hörte meinen Bruder durch das Telefon weiter dumpf auf Mats einreden und wagte nicht, mich zu bewegen. So dicht an Mats gedrückt, nahm ich seinen typischen Geruch überdeutlich wahr und ich hätte mich am liebsten an ihn geschmiegt.

So mit mir selbst beschäftigt, verpasste ich die letzten Worte, die Mats an meinen Bruder richtete, bevor er auflegte und sein Handy wieder in die Hosentasche gleiten ließ.

Langsam ließ er auch meine Hand los und ich wich prompt ein Stück zurück. Dabei stellte ich fest, dass ich den Atem angehalten haben musste, denn beim Zurücktreten löste er sich mit einem lauten Seufzer. Ich ignorierte Mats' anzüglichen Blick, was mir dank des Alkohols deutlich leichter fiel als im nüchternen Zustand.

»Sag schon, hat er die Polizei alarmiert, und mich erwartet hier gleich ein Sonderkommando, das mich auf allen vieren zu meinem Bruder schleift?«

»Wie kommst du denn darauf? Rob ist halt besorgt um seine Schwester, das wäre ich bestimmt auch. Er war nicht begeistert, aber er hat eingesehen, dass ich gut auf dich aufpassen werde.«

Das bezweifelte ich zwar, aber bei seinen Worten horchte ich auf. Sofort musste ich an sein Manuskript denken und an die bewegende Geschichte des Protagonisten, der seine Schwester verloren hatte.

»Hast du denn Geschwister?«, fragte ich behutsam und beobachtete jede Regung in seiner Miene.

Sie war unergründlich, während sich seine grünen Augen in meine bohrten. Mein Herz wurde schwer, als er nichts erwiderte. Dann stimmte es also, und Mats verarbeitete in seinem Buch seine Geschichte, den Tod seiner Schwester, die ihn vollkommen aus der Bahn geworfen hatte. Die Erkenntnis breitete sich langsam in mir aus und verursachte ein beklommenes Gefühl in meinem Bauch. Ich wusste nicht, was ich sagen sollte. Ohne es zu wollen, sah ich ihn mitleidig an. »Ich ... das war dumm von mir, tut mir leid, du musst nicht darüber sprechen, ich ...«, stammelte ich. Unbeholfen hob ich die Schultern.

Da fing Mats plötzlich aus heiterem Himmel an zu lachen. Mit blitzenden Augen beugte er sich zu mir. »Ach, Paula, den ganzen Tag schon brennt dir diese Frage unter den Nägeln. Frag mich doch einfach, wenn du wissen willst, ob ich über mich selbst geschrieben habe.« Herausfordernd sah er mich an.

»Ähm, tust du das denn nicht?«, gab ich unsicher zurück.

Grinsend verschränkte er die Arme vor der Brust. »Das wäre dir am liebsten, hm? Die Erklärung für alles, wieso ich so bin, wie ich bin. So *abgefuckt*.« Er raunte mir die Worte ins Ohr und ich zuckte zusammen.

»Du bist nicht abgefuckt«, gab ich wie aus der Pistole geschossen zurück. Und das meinte ich ernst. Erst heute wieder konnte ich ganz viel Zeit mit der netten Seite von Mats verbringen, sogar die Erinnerungen an die Tussi von Robins Party waren nicht mehr ganz so präsent.

»Danke. Aber du kennst mich nicht. Und ich muss dich enttäuschen. Du kannst zwar viel in den Roman hineininterpretieren, aber mit deiner Annahme, dass er autobiographisch ist, liegst du falsch.« Er zuckte leicht mit den Schultern.

Einerseits war ich froh darüber, dass Mats wohl nicht diese schlimmen Erfahrungen seines Protagonisten hatte machen müssen, andererseits hatte er recht damit, dass ich mich schon ziemlich darauf eingeschossen hatte, sein Verhalten anhand irgendeines Schicksalsschlages erklären zu wollen.

»Du kannst nicht immer alles in Schubladen stecken, Paula, das hatten wir doch schon. Und jetzt, wo du weißt, dass ich meine schlimmen Seiten nicht mit einer schrecklichen Vergangenheit entschuldigen kann, glaubst du mir vielleicht, wenn ich zugebe, dass ich deinem Bruder recht geben muss. Halte dich besser von mir fern, ich gehöre nämlich nicht zu den guten Jungs.« Sein Blick war eindringlich.

Ich wich tatsächlich einen Schritt zurück, schüttelte dabei aber vehement den Kopf. »Ich will mich aber nicht von dir fernhalten.« Meine Worte waren ausgesprochen, bevor ich sie zurückhalten konnte, und trotz des Alkohols merkte ich, wie meine Wangen rosa anliefen.

Mats seufzte. »Das habe ich schon befürchtet.«

Seine Worte jagten einen Schauer durch meinen Körper. Was sollte das denn jetzt schon wieder heißen? Mats ging nicht weiter darauf ein.

»Komm, lass uns rübergehen, dann wirst du mal sehen, wie es bei den kleinen Punkbands abgeht. Das ist gar nicht mit den großen kommerziellen Konzerten zu vergleichen.«

Ich folgte ihm in den Teil der Halle, der den größten Raum einnahm. Trotzdem war der Saal nicht mit den Ausmaßen der anderen Locations zu vergleichen, die ich bisher gesehen hatte.

»Wie viele Leute passen hier denn rein?« Skeptisch beäugte ich den Platz vor der kleinen Bühne, der mit den Bandmitgliedern und deren Freunden schon gut gefüllt war. Mats lachte.

»Ach, ein bisschen geht schon noch, sonst macht's ja auch keinen Spaß, wenn alle so weit auseinanderstehen. Pogo lebt schließlich von Körperkontakt. Ich muss dich allerdings warnen.« Er sah schief grinsend zu mir herab. »Das hier wird nicht im Entferntesten etwas damit zu tun haben, was du bei den großen Auftritten gesehen hast. Vielleicht sollten wir deshalb lieber erst mal etwas weiter hinten bleiben.«

Empört schnaubend bohrte ich meinen Blick in seinen. »Ach, Quatsch. Mir gefällt das da vorne, genau das ist es doch, was das Konzert für mich ausmacht. Ich bin kein kleines Püppchen, das immer von irgendwem beschützt werden muss.«

Mats brummte genervt. »Das halte ich wirklich für keine gute Idee.«

»Nein, das halte ich schon aus, wirst du sehen. Aber vorher brauche ich unbedingt noch was zu trinken.«

Ich suchte den Raum nach so etwas wie einem Getränkestand ab und wurde schließlich in der hintersten Ecke fündig.

Entschlossen steuerte ich darauf zu. Als wir ihn erreichten, zückte Mats bereits sein Portemonnaie und bedeutete mir mit einer Handbewegung, dass ich es ihm überlassen sollte. Meinetwegen.

»Was willst du denn? Sie haben hier auch Cola und so süßes Zeug.«

Als Mats meinen beleidigten Blick sah, seufzte er schmunzelnd und kaufte uns zwei Flaschen Bier. Er öffnete beide in einer gekonnten Bewegung mit seinem Feuerzeug und drückte mir dann eine der beiden in die Hand.

»Wow«, murmelte ich beeindruckt. »Das hast du aber drauf.«

Mats lachte und stieß sachte mit mir an, während er mir tief in die Augen sah. »Ist keine Kunst. Jahrelange Übung.« Er folgte mir mit den Augen, als ich einen großen Schluck aus meiner Flasche nahm.

Der Geschmack war gar nicht mehr so übel, man gewöhnte sich echt an alles.

»Du verträgst mittlerweile hoffentlich etwas mehr? Oder laufe ich heute wieder Gefahr, dich über der Schulter raustragen zu müssen?« Er grinste bei der Erinnerung an meine ersten Erfahrungen mit Alkohol.

»Hör auf«, murmelte ich.

In dem Moment wurde die quietschende Tür im Eingangsbereich geöffnet und die kleine Halle füllte sich zusehends.

»Okay, das wird echt voll. Ich dachte, jetzt kommen nur noch ein paar Freunde«, stellte ich erstaunt fest.

»Die Freunde sind doch wir. Jetzt kommen erst die zahlenden Gäste.« Mats zwinkerte mir zu. »Wenn du echt nach vorne willst, sollten wir da langsam hin, sonst ist nachher kein Durchkommen mehr. Wir können aber auch gern hier hinten bleiben, da ...«

»Nein«, schnitt ich ihm das Wort ab und zog ihn mit vor die Bühne.

Belustigt grinste Mats mich an. »Ich mag Frauen, die wissen, was sie wollen.«

Prompt wurden meine Wangen heiß. Meine Güte.

»Aber ich habe irgendwie das ungute Gefühl, dass du diese Entscheidung hier noch bereuen wirst.«

Ich stoppte direkt vor der Bühne und ließ Mats los. »Ach, Quatsch. Das wird schon gut werden.«

Dem würde ich es zeigen. Das war jetzt die Chance, ihm zu beweisen, dass ich auch anders konnte und dass er sich in mir getäuscht hatte. So.

»Mats.« Ein großer, stämmiger Kerl erschien neben uns und umarmte ihn freudig. »Du warst lang nicht mehr hier«, stellte er fest.

»Ja, hatte zu tun. Ist der Rest auch da?« Suchend blickte Mats sich um und konnte sich seine Frage wohl selbst beantworten.

»Yeah, da seid ihr ja«, rief er plötzlich laut und sprang mit ausgebreiteten Armen einer kleinen Gruppe entgegen.

Ich beobachtete, wie er von zwei Mädels in Beschlag genommen wurde, die sich ihm förmlich an den Hals schmissen. Ich hatte das dezente Gefühl, mich in die nächste Ecke übergeben zu müssen.

»Und du bist?«, fragte der Kerl neugierig, der immer noch neben mir stand.

»Paula«, antwortete ich und konnte die Augen nur schwer von Mats reißen, der mittlerweile zwei weitere Freunde begrüßte. Etwas versöhnt stellte ich fest, dass die Jungs sich fast noch mehr in den Armen lagen als Mats vorher mit den Mädels.

»Und du?«

»Nenn mich einfach Puffy.«

»Puffy?«, wiederholte ich irritiert und wandte mich ihm zu.

Der Typ fing an zu lachen. »Ach frag nicht, wie es zu diesem Spitznamen kam. Nur so viel, da hat sich ein Running Gag verselbstständigt.« Er zuckte unschuldig mit den Schultern.

Plötzlich erschien Mats wieder neben mir, im Schlepptau die Gruppe, die er eben begrüßt hatte. Er stellte mich der Runde vor.

Sie wirkten alle sehr nett und offen, auch wenn die Mädels mir ein Dorn im Auge waren.

Mats hatte locker einen Arm um die Schulter einer Blondine gelegt und sagte leise etwas zu ihr. Ihr Blick ging hoch zu mir und ich hob alarmiert die Augenbrauen. Unerwartet freundlich lächelte sie mich an und erwiderte Mats dann etwas, das ich nicht verstand.

Puffy erzählte mir ausschweifend etwas über die Band und dass sie alle sich schon seit einer halben Ewigkeit kennen würden, doch ich hörte ihm nur mit einem Ohr zu. Ich ließ Mats nicht aus den Augen, der mit seinen Freunden redete und lachte.

Da stoppte Puffy in seinen Ausführungen und sah mich mit einem wissenden Grinsen an. »Du hörst mir gar nicht zu, stimmt's?«

»Was? Oh, nein, doch natürlich«, stammelte ich hastig und wandte den Blick von Mats ab.

»Ach, das kenne ich schon, Mats ist immer der, der die Weiber abschleppt, da mache ich mir gar keine Illusionen mehr.« Er zwinkerte mir zu. »Bist du das erste Mal hier dabei? Hab dich vorher noch nie gesehen.« Unbeirrt redete er einfach weiter.

Ich schluckte mein mulmiges Gefühl herunter. »Ja, bin ich. Ich war vorher erst bei einigen größeren Auftritten, das ist jetzt hier noch Neuland für mich«, gab ich zu.

Er hob anerkennend eine Augenbraue. »Respekt. Dann gleich hier vorne. Ich gehe davon aus, dass Mats dich nicht vorgewarnt hat?«

»Selbstverständlich habe ich das«, mischte dieser sich plötzlich ein.

Ich hatte gar nicht mitbekommen, dass er unserem Gespräch gefolgt war. Wie viel hatte er schon gehört?

»Sie ist aber unbelehrbar.« Schmunzelnd legte er mir so wie der Blonden eben einen Arm um die Schulter und zog mich leicht an sich.

Ich verschränkte unsicher die Arme. Langsam begann ich meine Entscheidung zu bezweifeln. Andererseits, was bitte sollte hier vorne denn schlimmer sein als auf den anderen Konzerten? Und ein Rückzieher kam zu diesem Zeitpunkt absolut nicht mehr infrage, wenn ich mich nicht lächerlich machen wollte.

Der Saal platzte mittlerweile aus allen Nähten und endlich wurden die Türen geschlossen. Die Leute drängten in Scharen weiter nach vorne und unsere Gruppe wurde immer enger zusammengedrückt.

Mein Bauch fing an zu kribbeln und eine wohlige Vorfreude breitete sich in meinem ganzen Körper aus. Ich konnte es kaum mehr erwarten.

Obwohl es immer stickiger wurde und mir schon Leute auf die Füße traten, verstärkte dies die Spannung nur umso mehr.

Ich warf einen Blick auf die kleine Bühne. Die Jungs

hatten sich hinter ihren Instrumenten positioniert und waren augenscheinlich schon ganz heiß darauf, endlich loslegen zu können. Ben trommelte lautlos mit seinen Drumsticks auf seinem Oberschenkel herum, Freddi flirtete mit den Mädels in der ersten Reihe. Nur Sami wirkte hinter seinem Bass versteckt etwas in sich gekehrt.

Wie gut ich das nachvollziehen konnte. Mich würden keine zehn Pferde auf so eine Bühne bringen.

Die alten Holzbretter, auf denen die Jungs standen, waren genauso abgerockt wie der Rest der Halle. Die alte Location hatte ihre besten Jahre wohl schon lange hinter sich. Doch genau das machte den Charme des alternativen Konzertes nur noch authentischer.

Ich grinste über beide Ohren und wippte ungeduldig auf meinen Zehenspitzen auf und ab.

Mats beugte sich von hinten an mein Ohr, und da registrierte ich erst, dass er es war, an den ich immer enger gedrückt wurde.

»Jetzt ist es zum Umentscheiden sowieso zu spät«, wisperte er.

Sein Atem streifte meinen Hals, und ich spürte, wie sich eine Gänsehaut über meinen Körper ausbreitete. Oh Mann, ich war diesem Typen wohl echt von Kopf bis Fuß verfallen.

Hatte ich nicht heute Morgen noch die Hoffnung gehabt, ihn erst im nächsten Schuljahr wiederzusehen und so in Ruhe über ihn hinwegkommen zu können? So schnell konnte sich das alles verändern. Und so leicht würde ich von meiner Mats-Besessenheit wohl nicht herunterkommen, musste ich mir ehrlicherweise eingestehen.

Ich schob die Gedanken weit weg und strahlte Mats zur Antwort an. Jetzt wollte ich nicht weiter darüber nachdenken und einfach nur das Konzert genießen.

Mats drückte kurz meine Schulter und dann ertönten endlich die ersten Gitarrenriffs. Und was dann passierte, hatte ich tatsächlich noch nie erlebt.

Die Menge rastete komplett aus. Wie bei den anderen Konzerten begann sich die Menschentraube zunächst im

Ganzen zu bewegen, ich wurde mit einer Gewalt gegen meinen Vordermann gedrückt, dass es schier unmöglich war, mich dagegen zu sträuben.

Die Menge schwappte nach links, nach rechts und dann ein Stück vor und zurück, bis sich endlich etwas Eigendynamik entwickelte. Ich hatte meine liebe Mühe, mich auf den Füßen zu halten, und ich brachte meine ganze Konzentration dafür auf, sodass ich vom ersten Song überhaupt nichts mitbekam.

Beim nächsten Lied wurde das Geschiebe endlich weniger, jeder hatte nun seinen Platz in der Menge gefunden.

Die Band schlug zunächst einige leise Töne an, die es mir ermöglichten, einen Blick nach hinten zu werfen. Mats stand immer noch direkt hinter mir und warf mir jetzt einen prüfenden Blick zu.

Ich formte mit meinen Lippen ein *Alles okay* und strahlte ihn weiter an. Da bemerkte ich erst seinen Arm, den er um meine Taille geschlungen hatte.

Glücklich richtete ich meine Aufmerksamkeit wieder auf die Bühne. Freddi riss sich mit einem geübten Handgriff sein verschwitztes Shirt vom Leib und warf es mit laszivem Blick in die erste Reihe, wo ein schrill kreischendes Mädchen wild die Arme danach ausstreckte. Sami grinste schief und schien voll in seinem Element zu sein. Er brauchte sich nicht wie seine Bandkollegen in den Mittelpunkt zu stellen, er ging komplett in seiner Musik auf.

Die leisen Töne wurden durch schnelle, harte Riffs abgelöst. Die Band legte jetzt erst so richtig los und nahm das Publikum mit sich. Um mich herum sprangen die Leute wild gegeneinander.

Mats konnte mich nicht länger halten, und ich wurde unsanft gegen einen großen Typ geschubst, der mir wiederum den nächsten Stoß gab. Ich wurde ungewollt zum Spielball.

In der Masse erhaschte ich einen kurzen Blick auf Mats, dessen Miene angestrengt wirkte. Jetzt verstand ich, wovor er mich die ganze Zeit warnen wollte. Ich prallte von hinten gegen einen großen Kerl und nutzte die Chance. Mit beiden

Händen klammerte ich mich in seinem T-Shirt fest und rammte die Füße in den Boden, damit ich nicht direkt weitergeschubst werden konnte.

Ich zog mich an ihm ein Stückchen hoch und schnappte nach Luft. Ein paar Menschen neben mir tauchte Mats wieder auf. Er versuchte sich augenscheinlich wieder zu mir durchzukämpfen und angesichts dieser lieben Geste machte mein Herz einen Sprung. Doch ich brauchte Mats' Hilfe nicht.

Ich holte noch einmal tief Luft und drehte mich dann wieder um. Jetzt war ich vorbereitet. Neben mir prallte ein Typ auf, er stoppte kurz und suchte nach meinem Blick. Ich grinste ihn an und sprang dann mit voller Wucht gegen seine Schulter. Der Aufprall tat nicht so weh, wie ich es mir ausgemalt hatte. Wir wurden vielmehr voneinander abgelenkt, und ich prallte gegen zwei weitere Leute, bevor ich wieder mitten im Gewühl abtauchte. Ich wurde von links nach rechts geworfen und über unseren Köpfen brodelte die Musik in ohrenbetäubender Lautstärke.

Ich hätte es selbst niemals für möglich gehalten, aber ich hatte den Spaß meines Lebens. Grölend warf ich mich wieder und wieder zurück in die pogende Masse. Ich konnte nicht ausmachen, wie viele Songs ich aushielt. Ich merkte zwar, wie ich immer mehr ans Ende meiner Kräfte geriet, aber ich wollte noch nicht aufhören.

Die Band spielte gerade einen vergleichsweise ruhigen Song, und ich krallte mich an meinem Vordermann fest, um mich kurz zu erholen.

Ich liebte diesen Kontrollverlust bei Konzerten und fühlte mich wie ausgewechselt. Ich dachte nicht mehr stundenlang darüber nach, was jemand über mich denken könnte, sondern fühlte nur noch den Rausch der Musik. Selbst Mats stand jetzt nicht mehr im Mittelpunkt meiner Gedanken, ich schob meine Probleme einfach weit von mir.

Die Pause war nicht von langer Dauer. Das nächste Lied war gefühlt doppelt so schnell wie alle anderen vorher zusammen und meine nachlassende Kondition machte sich langsam wirklich bemerkbar.

Ich spielte gerade mit dem Gedanken, mich an den Rand zu kämpfen, als mich ein Ellenbogen mit voller Wucht im Rücken traf. Ich strauchelte nach Luft schnappend nach vorne, stolperte über Beine und Füße und versuchte irgendwie mit den Händen Halt zu finden, griff aber ins Leere.

Unsanft landete ich auf dem Boden und spürte sofort, wie mehrere Menschen über mich stolperten und ebenfalls zu Fall gerissen wurden. Kurz überkam mich eine Welle der Angst. Bevor ich weiter darüber nachdenken konnte, löste sich der Druck um mich herum plötzlich auf und ich wurde mit festem Griff unter den Achseln gepackt und hochgezogen. Ein Typ stellte mich auf die Füße und sah mir prüfend ins Gesicht. Ich nickte dankbar, um zu signalisieren, dass ich heil geblieben war.

Ich registrierte, dass die umstehenden Leute in ihrer Bewegung innehielten. Sie hatten einen Kreis um uns gebildet und hielten uns so den Rücken frei, bis alle, die auf dem Boden gelegen hatten, wieder sicher auf den Füßen standen. Eine Welle des Zusammengehörigkeitsgefühls durchströmte mich, und ich musste mich sogar bemühen, die Tränen wegzublinzeln. Ich kannte diese Leute alle nicht und doch waren sie so hilfsbereit. Dieses Gefühl kannte ich aus der Schule gar nicht, obwohl meine Mitschüler sich wesentlich empathischer zueinander verhalten sollten.

Bevor ich mich wieder ins Getümmel werfen konnte, wurde ich am Arm gepackt.

Mats' Miene war wie versteinert. »Alles in Ordnung?«, rief er mir gegen die Musik ins Ohr.

Ich nickte mehrmals hintereinander und zeigte ihm einen Daumen nach oben.

Skeptisch sah Mats auf mich herab. »Willst du jetzt endlich raus?«

Ich hielt mich an seinem Arm fest, damit ich nicht von ihm weggedrückt wurde.

»Ja, ich kann langsam echt nicht mehr.« Ich brüllte ihm

ebenfalls ins Ohr und hatte nicht die geringste Ahnung, ob er mich überhaupt verstanden hatte. Zweifelnd besah ich die Menschenmasse, die sich in einem dicht gedrängten Pulk um uns herum ausbreitete.

Auf Mats' Gesicht war keine Regung zu erkennen. Ich versuchte mich an ihm vorbei an den Rand zu drängen, wurde aber prompt wieder von einem Tanzenden zurückgedrückt. Okay, also auf ein Neues.

Ehe ich einen weiteren Versuch unternehmen konnte, schüttelte Mats den Kopf. Er legte seine Hände um meine Taille und hob mich hoch. »So läuft das hier.«

Und schon spürte ich, wie ich plötzlich von mehreren Händen empfangen wurde und über die Köpfe der Leute nach vorne getragen wurde. Ich warf einen Blick zur Bühne. Ben erkannte mich sofort und jauchzend winkte er mit seinem Drumstick in meine Richtung. Ich lachte ebenfalls und schwenkte meinen Arm hemmungslos in der Luft, dabei reckte ich einen Daumen in die Höhe und strahlte ihn dümmlich an.

Dann war mein kurzes Crowdsurfing auch schon fast beendet. Kurz bevor ich den kleinen Graben vor der Bühne erreichte und mir anfing, Sorgen zu machen, wie ich hier bloß heil wieder herunterkommen sollte, sah ich einen großen tätowierten Mann, der in der Lücke zwischen Bühne und Menschenmenge auf mich wartete.

Ob das auch ein richtig echter Securitymann war wie damals auf dem ersten Konzert? Bevor ich mir noch länger Gedanken darüber machen konnte, wer mich denn da nun auffangen würde, hatte er mich auch schon mit einem festen Griff umschlossen und setzte mich vorsichtig ab. Dann deutete er mit einem Kopfnicken an den Rand, und ich folgte schnell seiner Anweisung, denn er streckte schon wieder die Arme nach dem Nächsten aus.

Ich warf einen Blick zurück und erkannte Mats, der sich mit einem Klopfen auf die Schulter bei ihm fürs Runterheben bedankte und dann auf mich zukam. Ohne ein Wort zu sagen, packte er mich am Oberarm und dirigierte mich durch die Leute, die am Rand wesentlich lockerer zusammenstanden als in der Mitte.

»Wo willst du denn hin?«, rief ich ihm zu, doch entweder hörte er mich nicht oder er überhörte mich absichtlich.

Unser Weg endete am Getränkestand.

»Cola oder Fanta?«

Amüsiert schaute ich zu ihm hoch. »Das ist die Auswahl?«

»Zumindest für mich. Du kannst meinetwegen auch ein Bier trinken, solange du nachher nicht mein Auto vollkotzt.«

Ich lehnte mich erschöpft an einen Betonpfeiler und wedelte seine Bedenken mit einer Handbewegung weg. »Ach was, das tu ich schon nicht. Ich will noch ein Bier, das passt hier so zur Atmosphäre.«

Mats bedachte mich mit einem schiefen Blick, überreichte mir aber kurze Zeit später mein gewünschtes Getränk. Er selbst hatte sich tatsächlich eine Cola gekauft.

»Na, sieh mal einer an«, murmelte er, während er mir seine Flasche zum Anstoßen entgegenhielt.

Lachend stieß ich mit dem Flaschenhals dagegen und nahm dann einen großen Zug von dem kalten Getränk. Da merkte ich erst, wie ausgetrocknet ich von dem ganzen Gehüpfe überhaupt war. Atemlos setzte ich die Flasche ab und sah, wie Mats mich beobachtete.

Anerkennend hob er eine Augenbraue. »Du hast ja einen Zug drauf, das hätte ich gar nicht von dir erwartet.«

Mutig geworden lehnte ich mich zu ihm. »Du hast auch nicht von mir erwartet, dass ich es so lange da vorne aushalte, stimmt's?« Meine Stimme nahm einen neckenden Unterton an, den ich von mir gar nicht kannte, der mir aber durchaus gefiel.

Etwas flackerte in seinem Blick auf.

Wir wurden jäh von Freddi unterbrochen, der sich mit den letzten Klängen beim Publikum bedankte und verabschiedete. An der Bühne ging ein schummriges Licht an, die Türen wurden geöffnet, und plötzlich herrschte reges

Treiben in unserer Ecke, da die ausgetrocknete Meute möglichst schnell zum Getränkestand wollte.

»Komm, lass uns frische Luft schnappen.« Mats deutete mit dem Kopf auf den Ausgang und legte mir wieder die Hand in den Rücken, um mich in der allgemeinen Aufbruchsstimmung nicht zu verlieren.

Wir erreichten im Strom der Menschen den Ausgang und quetschten uns durch die Tür ins Freie. Der Großteil trat bereits den Heimweg an.

Neben der Halle erstreckte sich eine Außenfläche aus Beton, die zwar nicht sehr einladend aussah, auf der sich nun aber ein kleiner Teil der Besucher in Grüppchen verteilte.

Mats lenkte mich in eine ruhige Ecke hinter der Halle, in der ein paar Holzpaletten mit abgewetzten Stoffkissen zu einer gemütlichen Sitzgruppe gestapelt waren. Einladend deutete er darauf. »Setz dich doch.«

Ich grinste und folgte seine Aufforderung nur zu gerne. Ich nahm einen weiteren großen Schluck aus meiner Flasche, während Mats sich dicht neben mich sinken ließ.

»Das war grandios«, murmelte ich dann in meine Flasche. »Danke, Mats.«

Er sah mich mit überraschtem Gesichtsausdruck an. »Wow, das hätte ich jetzt irgendwie nicht erwartet. Meinst du das ernst?«

Verwirrt schaute ich auf. »Natürlich meine ich das ernst. Warum hast du mich denn sonst mitgenommen, wenn du dachtest, das würde mir nicht gefallen?«

Sollte das wieder irgendeine blöde Aktion von ihm werden, in der er mich möglichst blöd und naiv darstellen wollte? Klasse, da hatte ich gerade das Gefühl, die nette Seite an Mats entdeckt zu haben, da machte er das direkt wieder zunichte.

Ich stierte ihn enttäuscht an. »Ach, vergiss es.«

Ich wollte mich wieder aufrappeln, um von ihm wegzukommen, da packte er mich leicht am Handgelenk und zog mich zurück.

»Nicht weglaufen, kleine Paula.« Er schmunzelte. »Ich

meinte damit doch bloß den Moshpit da vorne. Ich hab noch versucht, zu dir durchzukommen, aber ich hatte keine Chance. Ich habe dich schon mit gebrochenen Knochen auf dem Boden liegen sehen. Ich habe keine Ahnung, wie ich das deinem Bruder hätte erklären sollen«, scherzte er.

Zumindest dachte ich, dass es ein Scherz sein sollte.

Der Ausdruck in seinen Augen wirkte überraschend ernst. »Ich wollte dich da eigentlich rausholen und hab es nicht geschafft, das tut mir leid.«

Was? Als seine Worte zu mir durchdrangen, schüttelte ich hastig den Kopf. »Ich dachte, du hast gesehen, dass ich da freiwillig wieder rein bin? Ich hatte so viel Spaß wie noch nie«, platzte es aus mir heraus und bei der Erinnerung an das Gefühl vor der Bühne begann ich wieder wie ein Honigkuchenpferd zu strahlen.

»Im Ernst? Und ich habe mir so einen Stress gemacht und habe die ganze Idee, dich hier mit herzunehmen, verflucht.«

»Oh nein«, beeilte ich mich zu sagen. Zerknirscht sah ich ihn an. »Das wollte ich nicht. Jetzt habe ich die Premiere versaut und du wirst mich wahrscheinlich nie wieder mitnehmen, stimmt's?« Ich seufzte und nahm noch einen Schluck von meinem Bier. Enttäuscht stellte ich fest, dass es bereits so gut wie leer war.

Belustigt blickte Mats von mir zur Flasche und wieder zurück. »Du solltest dann wohl vielleicht auch auf Cola umsteigen. Nicht dass du noch etwas sagst, was du später bereuen wirst.« Er warf mir ein anzügliches Grinsen zu.

Der Typ ging mir auf die Nerven.

»Was sollte ich denn bereuen wollen? Ich habe es wirklich satt, dass alle Welt mir immer vorschreiben will, was ich zu tun und zu lassen habe. Ich dachte, gerade du wärst da etwas anders.« Angriffslustig funkelte ich ihn an. Der Alkohol in meinem Blut machte mich mutig, doch tief in meinem Inneren meldete sich eine kleine Stimme, die anmerkte, dass Mats mit seiner Behauptung vielleicht gar nicht so falschlag. Doch ich ignorierte sie und rappelte mich auf.

»Wo willst du hin?« Er stand ebenfalls auf und folgte mir zurück in die Halle.

»Ich hole Nachschub.« Provozierend wedelte ich mit meiner leeren Flasche in seine Richtung. »Und wenn du nicht so ein Spielverderber sein willst, trinkst du lieber mit mir mit.«

Huch, wo kamen bloß diese Worte her? Egal, ich wollte mir meine gute Stimmung nicht schon wieder von Mats versauen lassen und einmal einfach locker sein, ohne mir über die Konsequenzen Gedanken zu machen. Und dazu gehörte ganz sicherlich keine Cola auf einem Punkkonzert.

Mats stand neben mir und fuhr sich mit einer Hand durch seine braunen Haare. Sie waren länger geworden, und ungestylt erkannte man nicht mehr, dass er sie vor Kurzem noch regelmäßig als Iro getragen hatte.

»Du bist schlimmer, als ich dachte«, murmelte er resigniert, aber in seinen Augen erkannte ich, dass ihn etwas sehr amüsierte.

»Normalerweise würde ich nicht einfach zulassen, dass du mich unter den Tisch trinkst, da kannst du dir sicher sein. Aber heute bin ich mit dem Auto da und will dich noch sicher nach Hause bringen, du erinnerst dich?«

»Oh«, entfuhr es mir kleinlaut. Da war ja was. In meinem Konzertwahn hatte ich tatsächlich ganz die Umstände, wie und warum wir eigentlich hier waren, verdrängt.

»Vielleicht sollten wir dann doch lieber fahren«, lenkte ich ein.

Mats schüttelte den Kopf und bestellte mir zu meiner Überraschung noch ein Bier und drückte mir die neue Flasche in die Hand. »Nein, ich will noch etwas warten, bis mein letztes Bier abgebaut ist. Aber wie gesagt, tu dir keinen Zwang an. Vielleicht wird das heute ja noch ganz witzig.«

Ich rollte genervt mit den Augen. »Sicherlich nicht. Ich habe mich schon ganz gut im Griff.«

»Das werden wir noch sehen.« Herausfordernd grinste Mats mich an.

Dieses Bier ging ich etwas langsamer an. Ich wollte mir

bloß nichts zuschulden kommen lassen und Mats damit noch mehr Angriffsfläche bieten, um mich zu piesacken.

Wir kehrten nach draußen zurück und fanden die Band und Mats' Freunde, die wir kurz vor dem Konzert getroffen hatten, bei den Paletten vor. Sie saßen in einem großen Kreis zusammen, die Stimmung war ausgelassen. Die meisten anderen Gäste hatten mittlerweile den Heimweg angetreten und die Atmosphäre war nun sehr entspannt.

Freddi winkte uns zu sich und klopfte mit seiner freien Hand neben sich auf den Boden. »Kommt, setzt euch zu uns.«

Der Einladung kam ich zu gerne nach. Mats ließ sich neben mir auf ein Kissen fallen und wurde direkt von der Blondine in Beschlag genommen. Vielleicht hätten wir uns doch nicht setzen sollen.

»Wie hat dir das Konzert gefallen?« Freddi sah mich erwartungsvoll an.

Ich wandte mich zu ihm und strahlte ihn trotz der Umstände an. Ich wollte mir jetzt nicht noch wegen irgendwelcher Mädels den Abend versauen lassen.

»Es war einfach fantastisch. Ihr wart wirklich großartig, es war viel besser als bei den großen Konzerten.«

Freddi lachte und strich sich seine roten Haare aus dem Gesicht. Sein Iro hatte den Auftritt nicht überlebt und hing ihm jetzt in wilden Zotteln vom Kopf, was irgendwie süß aussah.

»Danke für die Blumen. Ich muss aber zugeben, dass wir schon etwas bekannter sind und auf Facebook und Instagram eine riesige Fanbase haben. Also für diese Verhältnisse. Nur als Warnung, falls du mal zu einer ganz kleinen Band gehst und dich dann über das verhaltene Publikum wunderst. Wir haben halt echt geile Fans.«

Der Stolz in seiner Stimme war unüberhörbar und ich freute mich mit ihm. »Ich werde es mir merken.«

Während die Bandmitglieder ihre witzigsten Erlebnisse der Bandgeschichte zum Besten gaben, ließ ich meinen Blick über die Runde schweifen.

Ben, der Drummer, saß neben Puffy. Er hatte sein Handy

in der Hand und zeigte ihm augenscheinlich gerade ein Video, das sehr lustig sein musste, denn beide bekamen sich kaum mehr ein vor Lachen.

Neben den beiden saß Sami. Er überraschte mich damit, dass er das andere Mädchen vor sich zwischen seinen Beinen sitzen hatte und sie eng mit seinen Armen umschlang. Die beiden sahen vertraut aus, jedoch nicht so, als hätten sie eine Beziehung miteinander. Aber ich musste zugeben, dass ich davon selbst ja noch gar keine Ahnung hatte und mir eigentlich kein Urteil erlauben konnte.

An einigen Stellen warf Sami einen Kommentar ein, die meiste Zeit überließ er aber seinen Freunden das Reden und beschäftigte sich lieber mit seiner *Freundin*. Beschämt schaute ich weg, als er seine Nase in ihrem Hals vergrub und sie anfing zu kichern.

Ich streifte Mats' Blick und er sah mich wissend an. Die blöde Schnepfe hing immer noch an seiner Seite, hatte besitzergreifend eine Hand auf seinen Oberschenkel gelegt und flüsterte ihm jetzt etwas ins Ohr, das ihn zum Grinsen brachte.

In meinem Bauch begann es zu brodeln. Ich musste hier weg. Schwankend stand ich auf und stolperte ein paar Schritte nach vorn, ehe ich von Freddi aufgefangen wurde.

»Hoppla, nicht so stürmisch«, sagte er und hielt meinen Arm so lange fest, bis ich mich selbst wieder unter Kontrolle hatte.

»Upsi«, murmelte ich leise. »Das, ähm, war wohl etwas zu schnell aufgestanden.«

Die Gruppe lachte, und ich konnte nicht ausmachen, ob sie mich auslachten oder ob sie mit mir lachten. Frustrierend.

»Wo willst du denn so schnell hin?«, hakte Freddi nach und alle Augen richteten sich auf mich.

Unbeholfen hob ich meine leere Bierflasche. »Ist leer. Und außerdem müsste ich mal aufs Klo.«

»Problemlösung Nummer eins findest du hinter Sami.« Er deutete auf einen Bierkasten aus ihrem Proberaum, der noch mindestens zur Hälfte gefüllt war. »Und Problem

Nummer zwei lässt sich im Raum rechts von unserem Proberaum lösen.«

»Danke«, murmelte ich.

»Ich bring dich.« Auf einmal stand Mats neben mir und deutete auf den Eingang.

Ich hatte gar nicht mitbekommen, dass er sich aus den Fängen seiner Tussi befreit hatte und aufgestanden war. Ich war geneigt, ihm zu sagen, dass das doch nicht nötig sei, aber ich hielt die Klappe.

Als wir auf die Tür zugingen, machte Ben hinter uns ein anzügliches Geräusch in unsere Richtung. »Aha. Ich wusste doch, dass bei denen was geht!«

Ich wurde augenblicklich rot. Peinlicher ging es ja nicht.

Mats grinste zu mir herüber und ich schaute schnell weg. Ich erwartete, dass er seinem Freund etwas als Dementi zurufen würde, aber da hatte ich mich getäuscht.

Er drehte sich beim Gehen halb nach hinten. »Du bist ja nur neidisch, weil ich immer die Mädels abkriege.« Seine Stimme war neckend, trotzdem versetzten mir seine Worte einen Stich.

»Stimmt, immer«, rief dieser nur grölend zurück.

Mats legte belustigt den Kopf schief und hielt mir wieder die quietschende Tür zur Halle auf. Schnell schlüpfte ich hindurch.

Ich war überrascht, dass die Tür doch mehr aushielt, als ich ihr am Nachmittag noch zugetraut hatte.

»Ignorier den einfach. Ben ist ein echter Sprücheklopfer, aber im Herzen ist er ein ganz Lieber.« Mats grinste mich schief an.

Mein Herz vollführte einen Salto. Ich war froh, dass wir die rettenden Toiletten schnell erreichten. Dort ließ ich mir Zeit, um eine kleine Verschnaufpause zu bekommen. Dann versuchte ich meine Haare zu entwirren, die durch das Konzert ziemlich gelitten hatten, hatte aber keine Chance. Immerhin konnte ich meine mascaraverschmierten Waschbäraugen halbwegs in Ordnung bringen.

Als ich wieder auf den Flur heraustrat, wartete Mats an

die Wand angelehnt auf mich. »Ich dachte schon, du hast dich durch eine Hintertür abgesetzt oder so. Ich wollt grad gucken kommen«, zog er mich auf.

Ich verpasste ihm einen Knuff gegen die Schulter.

»Aua.« Er lachte und rieb sich mit gespielt schmerzverzerrtem Gesicht den Arm.

»Idiot.« Ich musste grinsen und deutete mit vielsagendem Blick auf meine Haare. »Ich hab versucht, das Chaos hier zu bändigen, aber anscheinend ist das aussichtslos.«

»Das muss nach einem guten Konzert so aussehen.« Mats griff nach einer Haarsträhne, die mir ins Gesicht gefallen war, und strich sie mir wieder hinters Ohr.

Dabei streiften seine Finger meine Wange und ich zuckte bei seiner Berührung leicht zusammen.

Er hielt mitten in der Bewegung inne und sah mich stirnrunzelnd an. »Paula, ich ...« Er ließ seine Worte ins Leere laufen.

Langsam ließ er die Hand von meiner Wange sinken, sah mich aber unentwegt an.

Ich war wie erstarrt. »Ja?« Meine Stimme klang brüchig. Nervös biss ich mir auf die Unterlippe.

Seine grünen Augen bohrten sich mit einer solchen Intensität in meine, dass ich keinen klaren Gedanken mehr zustande bekam. Wie ferngesteuert machte ich einen Schritt auf ihn zu.

Wir standen jetzt ganz nah beieinander und trotz des schweißtreibenden Konzertes konnte ich ganz deutlich seinen typischen Geruch ausmachen.

Mein Kopf schwirrte. Mats senkte seinen Blick auf meine Lippen und seufzte leise.

Wie von selbst legte ich ihm meine Hand auf die Brust und stellte mich auf die Zehenspitzen. Mein Körper wurde unaufhaltsam von ihm angezogen, ich konnte und wollte mich nicht dagegen wehren.

Kurz bevor meine Lippen auf die von Mats treffen sollten, spürte ich einen festen Griff um mein Handgelenk und er schob mich mit gerunzelter Stirn wieder auf Abstand.

»Ähm, was soll das denn werden?« Seine Stimme klang rau, doch seine Augen blitzten amüsiert.

Scheiße. Oberscheiße. Der Nebel in meinem Kopf lichtete sich rasant und ich stolperte rückwärts, bis ich unsanft gegen die Wand prallte.

»Oh Gott, ähm, ich ... das tut mir leid«, stammelte ich. »Ich wollte doch nur ...« Ich brach mitten im Satz ab und wich seinem Blick aus.

»Du wolltest nur was, *kleine* Paula?«

Seine Worte fühlten sich an wie kleine Pfeilspitzen, die mir in meinen gesamten Körper fuhren. Mats war so ein Arsch. Hatte ich die Situation wirklich so falsch eingeschätzt? Wieder einmal?

Ich hatte bisher eigentlich nicht den Eindruck, dass Mats sonderlich wählerisch war bei den Frauen. Nur ich hatte natürlich eine Abfuhr bekommen. Natürlich. Vielleicht weil ich nicht blond war? Nein, seine Worte ließen darauf schließen, dass ich eben doch einfach nur die langweilige Schwester seines Kumpels war. Die, die sich gerade richtig zum Affen gemacht hatte.

»Nichts«, presste ich heraus und lief blindlings drauflos. Doch bei der Tür hatte mich Mats bereits wieder eingeholt und hielt sie mir wortlos auf.

»Ich will nach Hause.« Meine Stimme war nur mehr ein dünnes Flüstern. »Ich kann auch den Bus nehmen, wenn ...«

»Kommt nicht infrage«, schnitt er mir das Wort ab.

»Doch, bitte, ich will dir nicht noch mehr zur Last fallen, ich ...«

Sein scharfer Blick brachte mich zum Schweigen.

»Das hat aber gedauert, noch schnell ein Nümmerchen geschoben, ja?«, grölte Ben hinter uns mit wackliger Stimme. Er klang schon deutlich angetrunken und gackerte lauthals über seine Worte.

»Schnauze«, gab Mats genervt zur Antwort, aber die Gruppe lachte nur noch mehr.

Ich war bedient und wollte nur noch im Boden versinken.

Wie konnte der Abend mit einem Mal nur so eine katastrophale Wendung nehmen?

Wir erreichten die Gruppe und Mats kündigte an, dass wir abhauen wollten. Immerhin.

»Was, schon? Es ist doch gerade mal ...«, Freddi warf einen Blick auf sein Handydisplay, »Mitternacht.« Empört sah er uns an.

Mats hob entschuldigend die Hände. »Ich muss die Kleine hier pünktlich abliefern.«

Bäm, da war es wieder. Mats war wohl wieder komplett in die Arschlochrolle gehüpft.

Die Jungs standen auf, um uns zu umarmen. Ich hielt mich bei der Verabschiedung zurück und wollte nur noch schnell nach Hause und mich in meinem Zimmer verkriechen.

Nun erhoben sich auch die Mädels und kamen auf uns zu. Die Blondine umarmte mich kurz, was ich nur zaghaft erwiderte. Dann schlenderte sie zu Mats, legte einen Arm um seine Hüfte, schmiegte sich an ihn und flüsterte ihm wieder etwas ins Ohr. Er grinste verhalten und schüttelte dann den Kopf. Zu gern hätte ich gewusst, was sie ihm gesagt hatte. Ich wurde kurz von dem anderen Mädchen, Samis Freundin, abgelenkt, die mich ebenfalls in eine Umarmung zog.

»War lustig mit euch. Ich würde mich freuen, wenn du mal wieder mitkommst, wir Mädels sind hier etwas in der Unterzahl.« Sie zwinkerte mir zu.

Dankbar lächelte ich sie an. Dass ich nie wieder einen Fuß auf dieses Gelände setzen würde, behielt ich aber erst mal für mich.

Aus dem Augenwinkel sah ich, wie die Blonde Mats die Hände in den Nacken legte und sich zu ihm lehnte. Das durfte doch jetzt wirklich nicht wahr sein. Ich starrte ihn mit aufgerissenen Augen an, unfähig, den Blick abzuwenden. Mats' Blick streifte meinen und etwas flackerte in seinen Augen auf. Dann beugte er sich zu ihr herunter und küsste sie kurz auf die Lippen.

Mir wurde schlecht. Am liebsten hätte ich ihm meinen

gesamten Mageninhalt vor die Füße gekotzt. Doch ich tat nichts, außer ihn einfach nur weiter anzustarren.

Er stolperte ein paar Schritte mit ihr nach hinten, dann lachten beide und sie lösten sich langsam voneinander. Sie flüsterte ihm wieder etwas ins Ohr, dann winkte sie mir noch einmal zu und drehte sich zurück zu den anderen. Mats stiefelte, ohne etwas zu sagen, an mir vorbei zum Auto.

Vor der Beifahrertür blieb ich stehen.

»Ich würde wirklich lieber Bus fahren«, presste ich hervor.

Genervt hielt er inne. »Hier fährt kein Bus. Steig jetzt ein.«

»Du bist so ein Arsch …«, murmelte ich leise und öffnete die Autotür, um einzusteigen.

Mats bedachte mich mit einer hochgezogenen Augenbraue. »Wie war das?«

»Du bist ein Arsch, Mats«, wiederholte ich mit kratziger Stimme.

Jetzt war es auch egal.

Er lenkte den Wagen von der Ausfahrt und zu meiner Überraschung fing er leise an zu lachen.

»Das findest du witzig, ja?« Ich schnaubte vor Wut.

»Ich finde es süß, wie eifersüchtig du bist.« Seine Worte verschlugen mir die Sprache.

Er verschlug mir die Sprache. Wie arschig konnte dieser Typ denn bitte sein?

Plötzlich wurde er wieder ernst. »Paula, was da heute Abend passiert ist, sollte so nicht sein. Ich wollte wirklich nur einen netten Abend mit dir verbringen, damit wir uns gegenseitig nicht mehr so anfeinden.«

Ich lachte spöttisch auf. »Na, das ist dir ja gelungen.«

»Was denn, er war doch auch gut. Bis du mich plötzlich küssen wolltest.«

Es fühlte sich an, als würde mir der Boden unter den Füßen weggerissen. Das hatte er gerade nicht wirklich gesagt? Ich spürte, wie meine Augen anfingen zu brennen.

Jetzt bloß nicht anfangen zu heulen, nicht vor diesem Typen. Diese Genugtuung wollte ich ihm wirklich um keinen Preis der Welt gönnen. Ich blinzelte die Tränen weg und starrte, ohne etwas zu sagen, aus dem Fenster.

Da seufzte er leise. »Hör zu, ich habe dir gesagt, dass ich ein Arsch bin. Du hast mir ja nicht geglaubt, und jetzt hast du das leider am eigenen Leib erfahren müssen, so weit wollte ich es eigentlich nicht kommen lassen. Aber glaub mir, es ist besser so. Such dir einen netten Freund, der dir das geben kann, was du verdienst.« Seine Stimme klang tonlos.

Jetzt konnte ich nichts mehr gegen die Tränen machen, sie rollten einfach drauflos. Schnell wischte ich mir mit dem Handrücken über die Wange, doch Mats hatte die Situation bereits richtig gedeutet.

»Ach, Scheiße, Paula«, murmelte er. »Es tut mir leid.«

Höhnisch lachte ich auf und schüttelte fassungslos den Kopf. »Du bist wirklich das Letzte, Mats.«

Er presste die Lippen aufeinander und sagte nichts mehr, bis wir das Haus meiner Eltern erreicht hatten.

»Okay, dann danke fürs Konzert und fürs Fahren«, sagte ich. Im Gegensatz zu diesem Kerl hatte ich schließlich noch Manieren.

»Paula,«, setzte er an, doch ich schüttelte hastig den Kopf und sprang aus dem Wagen.

Nichts wie weg.

Ich drehte mich nicht noch einmal zu ihm um, als ich die kurze Einfahrt zum Haus hochlief. Mats wartete, bis ich meinen Schlüssel herausgekramt hatte und in der Tür stand, dann startete er endlich den Motor und fuhr langsam los.

Ich wollte mich gerade in mein Zimmer schleichen, als ich sah, wie Robins Zimmertür geöffnet wurde. Er sah mich mit fragender Miene an. Immerhin war er wohl nicht sauer auf mich. Ich nickte und bedeutete ihm, dass er mir in mein Zimmer folgen sollte.

»Können wir morgen quatschen? Ich bin hundemüde«, beeilte ich mich zu sagen, als ich die Tür hinter uns geschlossen hatte.

»Du kannst gleich schlafen. Ich will nur erst wissen, ob alles in Ordnung ist.«

Mit hochgezogener Augenbraue sah ich an mir herab und hob probeweise beide Arme in die Höhe. »Funktioniert alles. Danke der Nachfrage.«

Mein Bruder schnaubte, aber seine Züge wurden weich. »Du weißt, was ich meine. War mit Mats alles in Ordnung? Oder muss ich ihm morgen alle Knochen brechen?«

Ich rollte mit den Augen. »Es ist alles gut, wirklich. Du musst dir nicht immer so viele Sorgen um mich machen. Ich komme schon klar.«

Haha.

Mein Bruder setzte sich auf mein Bett und sah mich mit unergründlicher Miene an. »Wieso warst du überhaupt mit ihm unterwegs?«

Ich ließ mich neben ihn plumpsen. »Das glaubst du nie. Er ist Autor in meiner Praktikumsagentur und wollte daher die Fronten zwischen uns klären.«

Noch mal haha. Das war gründlich schiefgegangen. Aber das würde ich meinem Bruder nicht auf die Nase binden.

»Mats? Der Mats? Der hat ein Buch geschrieben? Im Ernst? Das kann ich mir nicht vorstellen. Verwechselst du da nicht was?«

Ich musste über die verdatterte Miene meines Bruders fast schmunzeln. »Na ja, geschrieben hat er es, ja, aber es muss erst noch veröffentlicht werden. Das ist aber tatsächlich nur noch eine Frage der Zeit. Ich konnte es auch erst nicht glauben. Vor allem, weil sein Buch echt gut ist.«

Robin schüttelte ungläubig den Kopf.

Ich schob ihn sanft, aber bestimmend von meinem Bett. »Wir reden morgen weiter, ich will jetzt wirklich schlafen, ja?«

»Da haust du so 'ne Nachricht raus und dann erzählst du nicht mal weiter«, jammerte Robin, stand aber anstandslos auf. »Morgen will ich jedes Detail hören. Das kann ich mir ja wirklich nicht vorstellen.«

Ich nickte und machte eine scheuchende Handbewegung. »Jaja. Gute Nacht, Robbie. Und danke, dass du heute nichts dagegen hattest.«

»Ich hatte ja keine Wahl«, murmelte Robin mit ausdrucksloser Miene. Er fing sich schnell wieder und lächelte mich liebevoll an. »Schlaf gut, Schwesterchen.« Dann drückte er mir einen Kuss auf die Stirn und schlich leise aus meinem Zimmer.

ZWÖLF

Den nächsten Vormittag verbrachte ich mit schlechter Laune in meinem Zimmer. Ich versuchte mich mit meinen Büchern von dem katastrophalen Abend abzulenken, doch meine Gedanken schweiften immer wieder ab. Genervt pfefferte ich den Liebesroman in die Ecke, als ich nach zehn Minuten immer noch nicht über den ersten Absatz hinausgekommen war. Das war mir noch nie passiert. Ich hatte direkt ein schlechtes Gewissen meinem Buch gegenüber. Seufzend rappelte ich mich auf, um es wieder aufzuheben. Mit zerknirschter Miene strich ich über den Buchdeckel.

Da klopfte es an meiner Tür und meine Mutter streckte mit besorgter Miene ihren Kopf in mein Zimmer.

»Alles okay hier drin? Das klang gerade so, als ob der Schrank umgefallen wäre? Hast du dir wehgetan?«

»Übertreib mal nicht.«

»Wie bitte?« Meine Mutter sah mich irritiert an. »Welche Laus ist dir denn über die Leber gelaufen?«

Ich stöhnte genervt auf. »Kann ich bitte einfach meine Ruhe haben, danke.«

Demonstrativ drehte ich mich von ihr weg und stellte das Buch ins Regal.

Beim Rausgehen hörte ich meine Mutter amüsiert lachen.

Auf der Suche nach Ablenkung landete ich schließlich im Garten, wo ich mir bei sengender Hitze den Frust von der Seele arbeitete. Ich hatte mein eigenes kleines Beet in der hinteren Gartenecke, wo ich in den letzten Jahren schon viele Stunden mit Hingabe meine kleinen Pflänzchen gehegt und gepflegt hatte. In den letzten Wochen hatte ich sie sträflichst vernachlässigt und das wollte ich nun wieder in Ordnung bringen. Ich zupfte Unkraut, buddelte aus, pflanzte um, düngte und goss die Pflanzen, bis plötzlich mein Handy klingelte. Ich schreckte hoch und klopfte mir schnell den Dreck notdürftig von den Händen, dann nahm ich das Gespräch an.

»Franzi, hi, wie geht's dir? Es ist noch gar nicht acht«, begrüßte ich meine beste Freundin atemlos.

»Hey, störe ich dich gerade? Du klingst so außer Puste?«

»Nein, alles gut. Ich arbeite nur gerade im Garten.«

»Ah, na, dann hüpf mal schnell unter die Dusche und schwing dann deinen hübschen Hintern hierher.«

»Was? Habe ich heute was verplant?« Hektisch ging ich im Kopf meinen Terminkalender durch, konnte mich aber nicht erinnern, dass wir für heute verabredet waren.

»Alles gut, mach dir keinen Stress.« Sie lachte leise ins Telefon. »Wir machen eine spontane Übernachtungsparty bei mir. Mit Laura und Marie. Nicht kommen gilt nicht, also bis gleich. Ich freu mich.«

Bevor ich noch etwas erwidern konnte, legte sie bereits auf.

Trotz meiner schlechten Laune schob sich ein Lächeln auf mein Gesicht. Meine beste Freundin kannte mich einfach zu gut. Mein erster Impuls wäre es gewesen, sofort abzusagen. Doch vielleicht war die Idee gar nicht so schlecht, in Gesellschaft meiner Freundinnen konnte ich mich bestimmt besser ablenken als hier zu Hause.

Ich räumte schnell meine Gartenarbeitssachen in den kleinen Schuppen zurück, sprang dann unter die Dusche, warf mich in gemütliche Shorts und zog mir ein passendes Top an. Als ich gerade die nötigsten Dinge für eine Übernachtungsparty in meinen Rucksack warf, lief meine Mutter über den Flur. Sie warf einen Blick in mein Zimmer und hob fragend eine Augenbraue.

»Was genau wird das, Paula?« Sie blieb mit verschränkten Armen in meiner Zimmertür stehen.

»Ich geh nur zu Franzi, keine Panik«, murmelte ich.

»Ach ja? Und wolltest du mich davon noch in Kenntnis setzen oder wärst du einfach so abgedampft?«

Ich hielt beim Packen inne. Meine Mutter klang sauer, das war Neuland für mich.

»Nein, ich hätte dir schon noch Bescheid gesagt«, lenkte ich ein. »Aber du hast doch sonst auch nie ein Problem damit, wenn ich zu Franzi gehe?«

»Stimmt, das habe ich nicht. Aber kann ich mir wirklich sicher sein, dass du nur zu ihr gehst?«

»Wie bitte? Wo soll ich denn sonst hin?«

»Ich weiß es nicht. Aber als ich zu dir gesagt habe, dass du mal mehr rausgehen sollst und Spaß haben sollst, hatte ich eigentlich nicht gemeint, dass du mit zwielichtigen Jungs bis tief in die Nacht auf Rockkonzerten herumhängst. Ich würde schon gern *vorher* wissen, wo du bist. Nicht wieder so eine Aktion wie gestern, bei der mir dein Bruder irgendwann verkündet, dass du mit seinem Freund bei einem Konzert einer Hinterhofband bist.« Ihre Stimme klang scharf und ihre Augen bohrten sich förmlich in meine.

Mein Bruder war so ein Vollidiot. Aber was hatte ich mir eigentlich vorgemacht? Es war klar, dass er meiner Mutter irgendwas erzählt haben musste, wo ich nach der Arbeit blieb. Ich hatte es schließlich nicht getan. Und da er kein Fan von Mats war, war es eigentlich logisch, dass er mich verraten hatte.

»Ich ... ja, das war eine blöde Situation«, gab ich zu. »Ich habe Mats gestern beim Praktikum getroffen und er wollte mich spontan mit zu dem Konzert nehmen. Wir haben Rob Bescheid gesagt, damit er das an dich weiterleitet. Ich dachte, das wäre okay für dich. Die anderen Konzerte waren es doch auch.«

»Das war etwas anderes. Da warst du mit einem Mädchen und nicht mit *diesem* Typen.«

»Du kennst ihn doch gar nicht«, platzte es aus mir heraus und ich bereute meine Worte sofort.

Warum, zum Teufel, nahm ich ihn schon wieder in Schutz? Nach allem, was gestern passiert war?

Meine Mutter seufzte und ihre Züge wurden weicher. Sie kam zu mir und ließ sich neben mir aufs Bett sinken. »Paula, ich kann dich doch verstehen. Die erste große Liebe ist aufregend und man will alles für diesen Menschen tun …«

Meine Augen weiteten sich bei ihren Worten erschrocken, doch sie hob die Hand, damit ich sie nicht unterbrach.

»Und das ist ja im Prinzip auch gar nichts Schlechtes. Das haben wir doch alle schon durchgemacht und viele sind damit auch auf die Nase gefallen. Und diese Erfahrung will und kann ich dir vermutlich auch gar nicht ersparen, aber das da bei diesen Konzerten mit den ganzen Punkern, das bist doch nicht du. Ich will dich doch bloß davor beschützen, dass du dich da in etwas verrennst und am Ende dich selbst aus den Augen verlierst. Du bist zwar jetzt achtzehn, aber wir sind immer noch deine Eltern und haben immer noch die Aufgabe, dafür zu sorgen, dass dir nichts geschieht. Und das kann ich bei solchen Konzerten mittlerweile nicht mehr mit gutem Gewissen sagen.«

Ich hob überrascht die Augenbrauen. Mit so einer Ansage hatte ich nicht gerechnet. »Du willst mir verbieten, auf Konzerte zu gehen?«

Meine Mutter seufzte. »Ich kann dir das doch gar nicht verbieten, mein Schatz. Aber es wäre mir sehr lieb, wenn du damit erst mal eine Pause machen würdest, bis du dich selbst wiedergefunden hast. Du bist doch sonst so vernünftig.«

Ich sprang auf und ballte unwillkürlich die Fäuste. Das konnte sie doch nicht wirklich so meinen. Und ob ich auf Konzerten ich selbst war! Ich war sogar viel mehr ich selbst als jetzt gerade in diesem Moment in diesem Haus. Es enttäuschte mich, dass sie mich nun so falsch einschätzte und mich wie mein Bruder wie ein Kleinkind behandelte.

Hektisch nahm ich mein Handy aus der Tasche und hielt es meiner Mutter demonstrativ entgegen. »Hier, ruf Franzi an. Wenn du mir schon nicht vertraust, kannst du sie ruhig fragen.«

»Paula, Schätzchen, sei nicht sauer. Ich will doch nur, dass dir nichts passiert.«

Mit zusammengebissenen Lippen schüttelte ich leicht den Kopf.

Meine Mutter seufzte und schob meine Hand mit dem Handy zu mir zurück. »Ich vertraue dir. Trotzdem wäre es gut, wenn Robin dich fahren könnte.«

Ich stöhnte frustriert. »Meinst du nicht, dass er auch mal was anderes zu tun hat?«

»Nee, hat er heute nicht«, schaltete sich da mein Bruder ein, der hinter meiner Mutter in meinem Zimmer auftauchte.

Böse funkelte ich ihn an. Der konnte mir gerade wirklich gestohlen bleiben. Der Blick meiner Mutter brachte mich allerdings zum Schweigen. Ich wollte nicht noch mehr schlechte Stimmung hervorrufen.

Kurze Zeit später saß ich neben meinem Bruder im Auto.

»Du wusstest doch, dass ich es ihr erzählen muss. Hätte ich lügen sollen? Obwohl du bei Mats bist? Ganz sicher nicht.« Er richtete seinen Blick stur auf die Straße, während er mit mir sprach. »Glaub mir, ich war alles andere als begeistert, als er mir gestern mitgeteilt hat, wo ihr seid.«

Ich schnaubte nur. »Das ist immer noch meine Sache.«

»Nein, nicht wenn es um Mats geht. Es gibt so viele Kerle hier, die so viel besser sind. Warum ausgerechnet er? Er ist doch noch nicht einmal nett zu dir.«

Das saß. Und er hatte ja so recht.

»Es geht doch hier gar nicht um Mats, es sind die Konzerte, die es mir angetan haben. Mats kann mir gestohlen bleiben«, murmelte ich frustriert.

»Paula, ich hab dich doch gestern schon gefragt, hat er irgendwas gemacht? Dann werde ich …«

»Nein«, unterbrach ich ihn schroff. »Er hat nichts mit mir

gemacht. Aber ich weiß, wie er ist, und das ist nichts für mich.«

Mein Bruder beäugte mich mit einem skeptischen Blick.

»Es war nett gestern auf dem Konzert. Ich hab Mats währenddessen sogar fast gar nicht gesehen.« Das stimmte sogar. »Aber er hat aufgepasst, dass mir nichts passiert«, schob ich schnell hinterher, als ich den besorgten Blick meines Bruders auffing.

Wir erreichten Franzis Elternhaus, und anstatt mich einfach herauszulassen, parkte Robin den Wagen und stieg mit mir aus.

»Ich finde den Weg allein, danke«, sagte ich spöttisch.

Robin grinste nur und folgte mir auf dem Fuß zur Tür.

Ich verdrehte genervt die Augen. Bitte, ich konnte ihm gern beweisen, dass ich keine anderen Pläne hatte, als zu meiner Freundin zu gehen. Kurz nachdem ich geklingelt hatte, wurde die Tür aufgerissen und Franzi zog mich in ihre Arme. Dann fiel ihr Blick auf meinen Bruder und sie errötete leicht. Ihr Blick ging von ihm zu mir und wieder zurück.

»Ähm, was machst du denn hier?«, fragte sie hektisch.

Ich hob fragend eine Augenbraue.

Robin trat lächelnd einen Schritt nach vorne und beugte sich zu ihr. »Ich sollte Paula schnell rumfahren und bei der Gelegenheit wollte ich wenigstens einmal kurz Hallo sagen, wenn du mich heut schon nicht hier haben willst.« Er drückte Franzi einen sanften Kuss auf den Mund.

Sie lief dunkelrot an und schob ihn schnell von sich.

»Was geht denn hier ab?«, entfuhr es mir überrascht.

Robin lachte und zog Franzi wieder an sich. »Du wolltest uns doch verkuppeln, Schwesterchen. Das hast du jetzt davon. Und jetzt lass ich euch wieder in Ruhe euer Mädelsding machen.« Er stupste Franzi mit dem Finger an die Nase und gab ihr noch einen Kuss, bevor er mir zuzwinkerte und dann zurück zu seinem Auto ging.

Ich stand immer noch regungslos vor der Tür und starrte meine beste Freundin an. Sie war immer noch rot und wich meinem Blick aus.

Meine Schockstarre legte sich, ich fing an zu lachen und zog meine Freundin in meine Arme. »Hey, du Nuss, warum hast du mir davon nichts erzählt? Ich hatte ja keine Ahnung.«

»Du bist nicht sauer?«

»Was? Quatsch! Wieso sollte ich? Ich freue mich für euch. Also für dich ein bisschen mehr, auf meinen Bruder bin ich eigentlich gerade nicht gut zu sprechen«, plapperte ich, während Franzi mich mit erleichterter Miene ins Haus zog.

»Marie und Laura müssten jede Minute kommen. Meine Eltern sind heute im Theater und gehen anschließend essen, das wird dauern.«

Ich nickte. »Du musst mir gleich alles erzählen.«

In dem Moment klingelte es auch schon und wir begrüßten unsere Freundinnen.

Nachdem wir unsere mitgebrachten Snacks auf dem Couchtisch aufgetürmt hatten, gingen Franzi und Marie in den Keller und kamen mit mehreren Flaschen Mixbier, Sekt und Hochprozentigem zurück.

»Was habt ihr denn heute vor?« Ich starrte auf die ganzen Flaschen und plötzlich erschien es mir wie eine große Verlockung. »Habt ihr auch Cola da?« Ich stand auf, um in die Küche zu gehen.

Franzi nickte. »Unten im Vorratsschrank. Bring gleich ein paar Flaschen mit.«

Ich schnappte mir zwei und stellte sie auf den Tisch, der mittlerweile von all den aufgetürmten Leckereien überquoll.

»Du bleibst mal wieder anständig?«, zog Laura mich auf, während sie großzügig den Sekt in die passenden Gläser füllte.

»Lass sie«, murmelte Franzi. »Das ist völlig okay.«

Ich schüttelte energisch den Kopf. »Ich fang gleich mit den guten Sachen an«, prophezeite ich Laura und mischte mir einen großen Becher mit Wodka-Cola.

Marie lachte und Laura prostete mir anerkennend zu.

»Auf uns«, lachte ich übermütig und wir stießen mit unseren Gläsern an.

»So, nun erzähl mal, Franzi«, forderte ich sie auf und beobachtete die Reaktionen unserer Freundinnen.

»Was erzählen?«, hakte Laura nach.

Anscheinend wussten sie auch noch von nichts. Gut so.

Franzi lief wieder etwas rot an. Sie hatte zwar schon einige Erfahrungen mit Jungs sammeln können, aber nie hatte Franzi so verschossen wie jetzt gerade gewirkt.

»Ich habe mich Anfang der Woche mit Rob getroffen«, begann sie zu erzählen.

»Aha?« Marie klatschte aufgeregt in die Hände. »Weiter.«

»Na ja, wir waren im Kino, dann noch etwas essen, er hat mich nach Hause gebracht ...«

»Und dich dann geküsst«, unterbrach Laura sie verzückt.

Franzi schüttelte lachend den Kopf. »Nein, das war erst bei unserem dritten Date.«

Laura riss die Augen auf. »Wirklich? Ernsthaft? Das ist ja wunderbar. Darauf müssen wir anstoßen.«

»Er ist wirklich toll«, schwärmte Franzi mit verträumtem Blick. »Er ist so nett und aufmerksam. Er hat mir abends sogar seine Jacke gegeben, welcher Junge in unserem Alter macht das heute schon noch? Und er hört wahnsinnig gut zu und weiß genau, was er sagen muss, damit ich mich bei ihm wohlfühle. Und er kann so gut küssen ...«

»Ürgs«, entfuhr es mir.

Marie boxte mir schmunzelnd in die Seite. Trotzdem musste ich grinsen. Ich freute mich wirklich für Franzi. Auch wenn es mir tief in mir einen Stich versetzte, dass alle meine Freundinnen so gut bei den Jungs ankamen und nur ich wieder einmal auf der Strecke blieb.

Ich nahm einen langen Zug aus meinem Becher und fühlte mich gleich besser. Dann drückte ich Franzi die Schulter. »Ernsthaft. Ich freu mich für euch. Ich will aber keine Knutschdetails über meinen Bruder hören, ja?«

Franzi verschloss mit ernster Miene mit den Fingern ihren Mund und warf den imaginären Schlüssel dann über ihre Schulter.

In den nächsten Stunden sahen wir eine Liebesschnulze

und lagen uns dank des Alkohols am Ende alle schluchzend in den Armen. Dann lackierten wir uns gegenseitig die Nägel, was aber ebenfalls dank des Alkohols schrecklich misslang. Franzi hatte mir den tiefblauen Nagellack überallhin, bloß nicht auf meine Nägel gepinselt. Als sie abrutschte und versehentlich die Flasche umkippte, brachen wir die ganze Aktion ab. Wir versuchten den Fleck notdürftig von der Couch zu entfernen, aber machten es mit unserer Aufwischaktion nur noch schlimmer. Also beschlossen wir schließlich kichernd, lieber schon unser Lager in Franzis Zimmer aufzubauen. Wir zogen unsere Schlafsachen an und machten es uns gemütlich. Die Getränke und die Snacks hatten wir zwischen uns aufgetürmt.

»Jetzt müssen wir noch Paula an den Mann bringen«, stellte Laura irgendwann fest.

»Nein, danke. Außerdem hat Marie auch keinen Freund. Fangen wir doch mit ihr an«, schlug ich vor.

»Ich hab aber im Gegensatz zu dir schon geknutscht. Und mehr.« Sie boxte mir grinsend gegen die Schulter, was ich kopfschüttelnd hinnahm.

Ich nahm noch einen großen Schluck aus meinem Becher und starrte dann lange hinein, bevor ich murmelte: »Ich habe auch schon geknutscht.«

Stille.

Ich hob meinen Blick und sah in drei weit aufgerissene Augenpaare.

»Mit Mats?« Franzi richtete sich aufgeregt auf. »Das kannst du doch nicht einfach verheimlichen.«

»Nein.« Ich schüttelte wieder den Kopf. »Mit so einem Typen, den ich auf einem Konzert kennengelernt habe.«

Franzi war die Einzige, die bisher davon wusste, trotzdem spielte sie nun mit und klatschte aufgeregt in die Hände.

Marie legte den Kopf schief. »Wieso hast du uns nichts davon erzählt?«

»Ich wusste nicht, dass ich euch darüber Rechenschaft schuldig bin«, grummelte ich.

»Bist du auch gar nicht. Aber wir wollen alles wissen«, besänftigte Laura mich. »Erzähl schon.«

Ich hatte meinen Freundinnen mittlerweile zwar schon ausschweifend von meinen Konzerterlebnissen mit Ruby berichtet, die Begegnung mit Jon – und auch Basti – hatte ich dabei aber lieber für mich behalten. Jetzt war ich aber an dem Punkt angelangt, an dem ich das nicht mehr nur mit mir selbst ausmachen wollte.

Unschlüssig drehte ich den Becher in meiner Hand. »Da gibt's eigentlich gar nichts großartig zu erzählen. Wir haben uns durch Ruby kennengelernt, er war sehr nett zu mir, nach dem Konzert waren wir noch was trinken, wir haben uns gut unterhalten und beim Abschied kam es dann halt dazu.«

Ich dachte an den Kuss und mein Herz wurde schwer. Bisher hatte ich die Erinnerung an diesen Abend immer erfolgreich verdrängt. Jetzt schwebte sie wie ein Damoklesschwert über mir und verursachte ein flaues Gefühl in meinem Magen, das ich nicht richtig deuten konnte.

»Und wie geht's jetzt mit euch weiter?«, hakte Laura weiter nach.

»Ich weiß nicht.« Ich zuckte unschlüssig mit den Schultern. »Vermutlich gar nicht. Ich habe seine Handynummer gar nicht.«

»Die lässt sich doch besorgen.« Franzi lachte. »Los, schreib mal Ruby und frag. Sie hat sie bestimmt.«

Zögernd sah ich meine Freundinnen an. Natürlich hatte ich diese Möglichkeit bereits in Betracht gezogen. Aber mich hatte bisher immer etwas, oder besser irgendwer, davon abgehalten. Das hatte sich jetzt ja ein für alle Mal erledigt. Also warum nicht? Das ungute Gefühl ignorierend zog ich mein Handy aus der Tasche und textete eine kurze Nachricht an Ruby. Keine Minute später vibrierte mein Handy. Und kurz darauf ein zweites Mal.

»Und, na los, lies schon«, rief Marie aufgeregt.

Mein Herz klopfte schnell, während ich auf das Nachrichtensymbol klickte. Die erste Nachricht war von Ruby.

Na endlich. Ich habe ihm deine Nummer gerade geschickt. Er hat schon oft nach dir gefragt, aber ich wollte dich nicht drängen.

Ich schluckte. Die zweite Nachricht war von einer unbekannten Nummer. Mit zitternden Händen öffnete ich die Nachricht.

Hey, hübsche Frau, ich habe schon befürchtet, nie wieder etwas von dir zu hören. Du glaubst gar nicht, wie froh du mich heute gemacht hast. Wie geht es dir?

Franzi kletterte neben mich und las die Nachricht laut vor.

»Oh mein Gott, Paula«, rief sie laut aus und hielt sich dann erschrocken die Hand vor den Mund.

Auch Laura und Marie fielen ein und kreischten drauflos. Nur ich wurde dieses beklemmende Gefühl einfach nicht los.

»Was soll ich denn jetzt antworten?« Nervös drehte ich mein Handy in der Hand.

»Na, dass du ihn wiedersehen willst. Na los, mach schon.« Marie hüpfte aufgeregt auf ihrer Matratze auf und ab und wedelte mit ihrer Hand in Richtung meines Handys.

Ich seufzte. Dann schrieb ich.

Tut mir leid, ich habe gerade meine erste Praktikumswoche hinter mir und war sehr eingespannt. Ansonsten geht's mir aber gut. Und selber?

Ich schickte sie schnell ab, bevor meine Freundinnen intervenieren konnten. Ich wusste selbst, dass sie zu harmlos war. Schnell kippte ich den Rest meines Getränks herunter, da vibrierte mein Handy auch schon wieder. Sofort rutschte mir das Herz wieder in die Magengrube und die Mädels schnatterten aufgeregt durcheinander.

Mir geht es blendend. Jetzt, da ich weiß, dass du einfach nur Stress hattest und es nicht an mir und meinen Kussfähigkeiten lag, dass du dich nicht gemeldet hast.

Oh Gott. Ich wollte das Handy wegziehen, doch Marie war schneller.

Sie las laut vor und johlte am Schluss. »Ich fasse es nicht Paula. Der fährt so was von auf dich ab und du erzählst das so in einem Nebensatz. Das ist so typisch für dich.« Sie lachte und begann ins Handy zu tippen.

»Eh, was machst du da?«, rief ich erschrocken und wollte nach ihr greifen, aber ich kippte bei dem Versuch zur Seite.

Verdammter Alkohol.

Halt suchend krallte ich mich bei Franzi fest, die lediglich einen Arm um mich legte, um mich zu stützen. Marie reichte mir mein Handy grinsend zurück und ich öffnete schnell die gesendete Nachricht.

Auf keinen Fall, unser Kuss war fantastisch. Da besteht dringender Wiederholungsbedarf.

Ich riss die Augen auf und starrte die Nachricht an. Das hatte sie nicht wirklich geschrieben.

Franzi linste mir über die Schulter und quietschte beim Lesen laut auf. »Boah, Marie! Wie fies!« Gleichzeitig gluckste sie leise.

Marie zuckte unbeteiligt mit den Schultern. »Was denn? Ich habe bloß einem jungen Glück etwas auf die Sprünge geholfen.«

Mein Handy vibrierte erneut. Alle Augen richteten sich erwartungsvoll auf mich. Ich atmete tief durch.

Freut mich, dass du das genauso siehst wie ich. Wie sieht's aus, Ruby und ich wollten nächste Woche auf eine Party, willst du mitkommen?

Ich ließ das Handy sinken. Alles in mir schrie Nein, aber da hatte ich die Rechnung ohne meine Freundinnen gemacht, die die Nachricht bereits analysierten.

»Boah, was ist das denn für ein feiner Kerl?«, rief Laura lauthals aus. »Der will dich extra mit deiner Freundin zusammen treffen, damit du dich sicherer fühlst mit ihm.«

»Ich kenne ihn ja auch kaum«, murmelte ich.

»Na eben. Das weiß er, dass das ein zu großer Schritt für dich wäre, wenn ihr euch gleich allein irgendwo trefft. Das ist doch super. Das spricht für Anstand. Und in die Kiste wird er dich dann auf der Party auch nicht gleich ziehen wollen. Jackpot, würde ich sagen.«

Ich zuckte zusammen. »Ich weiß nicht …«

Ehe ich reagieren konnte, hatte mir diesmal Franzi mein Handy aus der Hand gezogen. Immerhin zeigte sie mir die Nachricht, bevor sie sie abschickte.

Aber klar. Wann, wie und wo? Ich freue mich schon.

»Meine Mutter wird mich killen«, sagte ich und schüttelte bei dem Gedanken an den heutigen Nachmittag den Kopf. »Sie will nicht mehr, dass ich auf Konzerte gehe und so.«

»Aber das ist doch gar kein Konzert und außerdem bist du erwachsen.« Laura zuckte mit den Schultern. »Oder du bist bei mir abends, also offiziell.« Sie zwinkerte.

»Sie kann doch auch wieder hier sein«, schaltete sich Franzi beleidigt ein.

Marie schüttelte energisch den Kopf. »Nein, du bist mit ihrem Bruder zusammen. Der darf davon natürlich nichts wissen.«

Da stimmte ich grummelnd zu. »Das ist wahr. Rob entwickelt gerade einen sehr unnatürlichen Beschützerinstinkt.« Ich verzog das Gesicht.

»Dann eben bei Laura«, stimmte Franzi zu.

»Oder ich versuch es doch mit der Wahrheit? Ich habe wirklich keine Lust auf noch mehr Stress.«

»Nein, wenn du jetzt auf dein Recht pochst, werden sich deine Eltern bestimmt erst recht aufspielen und dann wird es erst wirklich nervig. Wir müssen das gleich taktisch richtig angehen«, sagte Franzi sofort.

Die Mädels kicherten.

Nur mir war das Lachen irgendwie vergangen.

Mein Handy vibrierte wieder zweimal hintereinander. Jon schickte mir die Adresse, wo die Party stattfand, und schrieb, dass er sich auch sehr darauf freue, mich wiederzusehen. Rubys Nachricht war etwas kürzer.

Yeah! Wusste ich doch, dass das mit euch beiden was werden könnte. Ich freu mich auf Samstag!

Wie hatte ich mich nur schon wieder in so eine Situation manövriert?

DREIZEHN

Am Montag erschien ich überpünktlich in der Literaturagentur. Kurz hatte ich mit dem Gedanken gespielt, das Praktikum hinzuschmeißen, verwarf ihn aber schnell wieder. Das wollte ich mir nicht auch noch von Mats kaputtmachen lassen. Ich begrüßte Lisa und wollte schnell an ihr vorbei. Aber so leicht machte sie es mir nicht.

»Stopp, hiergeblieben.«

Ich blieb ertappt stehen und drehte mich auf dem Absatz zu ihr um. »Soll ich was mit ins Büro nehmen?«

Sie lachte. »Nein, du sollst herkommen.« Sie winkte mich mit einer großen Geste zu sich. »Was hast du mit unserem heißen neuen Autor zu tun?«

Ich seufzte. Ich hatte befürchtet, dass Lisa heute auf das Thema zu sprechen kommen würde, so wie sie ihn am Freitag angesehen hatte.

»Eigentlich nichts. Ich kenne ihn nur aus der Schule.«

»Das sah aber nicht nur nach nichts aus.« Sie zog eine Grimasse. »Weißt du, als er das erste Mal hier hereinspaziert ist, fand ich ihn schon echt heiß, das muss ich wirklich zugeben.« Sie lächelte verschlagen. »Und dann hat er sich am Freitag noch so nett mit mir unterhalten, und ich habe mir schon echt Chancen ausgerechnet, bis du um die Ecke gekommen bist. Also wenn da was zwischen euch ist, dann sag mir das bitte, dann lasse ich auch die Finger von ihm – auch wenn es mir wirklich schwerfallen würde.« Sie zwinkerte mir zu.

Ich errötete prompt. Wieder einmal. Irgendwie musste ich mir das wirklich mal abtrainieren.

»Aber wenn du sagst, da ist wirklich nichts, dann probiere ich noch mal mein Glück.«

»Es ist wirklich nichts zwischen uns«, presste ich hervor. »Aber er ist auch echt kein netter Typ, lass dich bloß nicht blenden.« Ich verzog das Gesicht, was Lisa zum Lachen brachte.

»Ist klar. Ach, Paula, sag doch einfach, dass ich ihn in Ruhe lassen soll.« Sie drückte mich kurz an sich und schob mich dann in Richtung der Büros.

»Nein, ich ...«, wollte ich protestieren, aber sie winkte kopfschüttelnd ab.

»Ist schon gut. Ich kann dir von deiner Nasenspitze ablesen, was du eigentlich sagen willst. Und ich kann dich so gut verstehen.« Sie seufzte theatralisch und legte sich in einer gespielten Geste die Hand aufs Herz.

Ich murmelte, dass sie ja keine Ahnung habe, und flüchtete in mein Büro.

Als ich die Tür aufstieß, lief Jan mir in die Arme. »Ah, guten Morgen, du bist ja schon da. Ich habe dir gerade was auf deinen Tisch gelegt und bin dann auch schon wieder weg.«

Jan hatte keinen eigenen Arbeitsplatz im Büro, er war die meiste Zeit unterwegs, fuhr zu den Autoren und Verlagen und bildete die Schnittstelle nach draußen.

»Steht heute wieder was zu Mats' Roman an?«, fragte ich vorsichtig.

Jan nickte. »Genau, ich habe einen kleinen, aber feinen Verlag für ihn gefunden, der wunderbar passen könnte. Wir fahren nachher zusammen dahin und lernen uns alle kennen, um zu sehen, ob das auch menschlich passt. Das steht alles auf dem Zettel, den ich dir hingelegt habe. Ich muss dann jetzt wirklich los, bin schon fast zu spät. Bis nachher.«

Ich schluckte. Eigentlich hatte ich gehofft, dass ich die

nächste Begegnung mit Mats noch etwas herauszögern könnte. Aber natürlich spielte das Schicksal hier wieder nicht mit.

Ich straffte die Schultern und begrüßte meine beiden Kollegen, die bereits an ihren Tischen saßen. Sie waren so tief in ihre Arbeit versunken, dass sie mir nur einen knappen Gruß zumurmelten. Solche Menschen mochte ich.

Ich machte es mir an meinem Schreibtisch bequem und sichtete die Unterlagen. Der Zettel von Jan stellte sich als simple Notiz heraus. Ich sollte mich um eins bereithalten, damit wir dann zusammen zum Verlag fahren könnten. Die restlichen Blätter waren Arbeitshinweise meiner Kollegen. Sie hatten mir einen Romanauszug kopiert, den ich anhand verschiedener Fragestellungen beurteilen sollte. Das war doch genau mein Lieblingsthema. Ich zückte meinen Block und machte mich an die Arbeit.

Ich schaute erst wieder auf, als sich etwas im Büro regte. Meine Kollegen rekelten sich. Mein Blick wanderte zur Uhr. Schon halb zwölf, verdammt. Martin, einer der beiden Kollegen, bot mir an, mir Nudeln vom Chinesen mitzubringen, und ich nahm das Angebot mit knurrendem Magen dankend an.

Wir aßen, ohne zu reden, doch die Stille im Büro war nicht unangenehm. Die beiden Männer hingen wohl so wie ich gedanklich noch in ihren Manuskripten.

Pünktlich um eins stürmte Jan wieder ins Büro. Er sah abgehetzt aus.

»Bist du fertig?«

Ich nickte und schnappte mir meine Sachen.

Die Fahrt in seinem Firmenwagen dauerte nur knapp fünfzehn Minuten. Er berichtete mir, dass wir Mats erst vor Ort treffen würden, was mir noch eine Verschnaufpause verschaffte.

Der Verlag war in einem großen, modernen Gebäude in Berlins belebter Mitte ansässig. Jan parkte in einem unterirdischen Parkhaus, von dem wir mit dem Fahrstuhl direkt bis in die voll verglaste Büroetage hochfuhren. Wir landeten in einem eleganten Flur, der uns zu einem eindrucksvollen Empfangsbereich führte.

Eine Dame im Kostüm erwartete uns bereits mit einem professionellen Lächeln auf den Lippen. »Hallo, Herr Friedrich. Schön, Sie wieder hier zu sehen.«

Jan gab ihr ebenso freundlich lächelnd die Hand und zeigte dann mit einer Geste auf mich. »Das hier ist Paula Albrecht, unsere Praktikantin in der Agentur. Ich hatte sie bereits angekündigt. Sie möchte in unsere Arbeit hineinschnuppern.«

Sie reichte mir die Hand und schenkte mir ebenfalls ihr professionelles Lächeln. »Hallo, ich freue mich, Sie kennenzulernen, Frau Albrecht. Einen schönen Berufswunsch haben Sie sich da ausgesucht.«

Dann wandte sie sich wieder an Jan. »Ich habe Herrn Krüger bereits in den Warteraum gebracht. Frau Scholz holt Sie dann ab, sobald sie bereit ist.«

Herr Krüger? War das Mats? Mein Magen machte einen Satz.

Am liebsten wäre ich auf dem Absatz umgekehrt und hätte die Flucht angetreten. Doch ich biss die Zähne zusammen und folgte Jan in den angrenzenden kleinen Raum.

Tatsächlich saß Mats in lässiger Haltung auf dem großen Ecksofa. Er passte so gar nicht ins Bild des modernen Bürokomplexes. Er hatte Kopfhörer auf und war mit seinem Handy beschäftigt. Sein Anblick verschlug mir fast die Sprache. Er trug seine übliche Kleidung, khakifarbene Shorts und ein schwarzes T-Shirt. Diesmal war hier aber kein Bandlogo aufgedruckt. In großen roten Buchstaben stand dort *FCK NZS*. Am meisten erregten allerdings seine Haare meine Aufmerksamkeit. Er hatte seinen Iro wieder nachgeschnitten, allerdings nicht aufgestellt. Vorne fielen ihm die wilden Fransen ins Gesicht. Er sah einfach verboten gut aus. *Und will dich nicht!* Rief ich mir wieder ins Gedächtnis.

Da hob er seinen Blick und richtete ihn geradewegs auf mich. Ertappt schaute ich weg und war stolz auf mich, dass ich diesmal nicht rot wurde. Na also, ging doch.

Mats nahm seine Kopfhörer ab und warf mir einen vernichtenden Blick zu. »Was macht sie hier?«

Wie bitte? Ich starrte ihn entgeistert an. Er wusste doch, dass ich das Praktikum machte!

Jan seufzte mit einem Seitenblick auf mich. »Ich habe dir gesagt, dass ich das nicht machen kann. Reiß dich zusammen.«

Mats hatte Jan bereits gesagt, dass er nicht mit mir zusammenarbeiten wollte? *Wunderbar.*

Und ich stand jetzt trotzdem hier, weil natürlich niemand es für nötig gehalten hatte, mich davon in Kenntnis zu setzen. Ich war mir noch nie so fehl am Platze vorgekommen und fühlte mich wie der letzte Trottel.

»Ich … ich kann auch wieder gehen, vielleicht kann ich ja bei einem anderen Autor mal mitkommen«, murmelte ich. Gedemütigt griff ich nach meiner Tasche.

Mats' Blick war eiskalt. »Ja, solltest du wohl besser.«

Bevor ich den rettenden Türgriff erreichen konnte, schob Jan mich weiter in den Raum hinein.

Er funkelte Mats wütend an. »Mats, du hast ja wirklich sehr viel Entscheidungsfreiheit, was dein Buch angeht. Aber das geht jetzt gerade echt zu weit. Wie ich unsere Praktikantin einsetze, das sind agenturinterne Dinge, bei denen du kein Mitspracherecht hast. Ich habe keine Ahnung, was zwischen euch beiden läuft, aber das hier ist Arbeit und hier haben solche Streitereien wirklich keinen Platz. Paula macht ihren Job wirklich gut und sie soll einen umfassenden Einblick in die Arbeit einer Literaturagentur bekommen. Und nur weil du jetzt hier vielleicht der neue aufgehende Stern am Autorenhimmel sein könntest, bist du noch lange nicht in der Position, darüber zu bestimmen, welches Personal wir hier einsetzen. Also entweder du lässt uns jetzt hier unsere Arbeit machen oder du suchst dir eine andere Agentur. Ganz einfach.«

Das saß. Ich blinzelte Jan verschreckt an. Dass er so aus der Haut fahren konnte, hatte ich noch nicht erlebt.

Mats hingegen wirkte kaum beeindruckt und zuckte lediglich mit den Schultern. »Okay. Dann macht halt, was ihr wollt. Ich habe aber keine Zeit, ihr noch weitere exklusive Einblicke in meine *Schriftstellerseele* zu verschaffen.« Er betonte das Wort höhnisch und schaute Jan herausfordernd an.

Ich schien hier wirklich etwas verpasst zu haben.

Jan seufzte leise. »Ja, das habe ich schon verstanden. Mir wäre schon geholfen, wenn ihr euch gegenseitig nicht die Augen auskratzt. In Ordnung?«

Mats brummte eine Zustimmung und wandte den Blick dann ab.

Ich aber bekam keinen Ton mehr raus. Mein Hals kratzte und meine Augen brannten.

Bevor ich mir eine Ausrede überlegen konnte, um aus dem Raum zu kommen, klopfte es bereits und eine kleine, rundliche Frau trat ein. Sie stellte sich als Frau Scholz vor und sollte Mats' Lektorin werden. Sie führte uns in ihr Büro und wir nahmen an einem runden Besprechungstisch Platz. Mats achtete penibel genau darauf, nicht in meine Nähe zu kommen, und setzte sich auf den Platz, der am weitesten von mir entfernt war, nämlich genau gegenüber.

Ich konnte mir keinen Reim auf sein Verhalten machen. Ja, unser Treffen hatte eine verdammt blöde Wendung genommen, aber das war doch nicht nur meine Schuld? Eigentlich war doch wohl ich in der Position, wirklich sauer zu sein, schließlich hatte er vor meinen Augen eine andere geküsst, nachdem er mir einen Korb gegeben hatte. Bei der Erinnerung daran spürte ich, wie die Röte meinen Hals hinaufkroch. Dass er sich jetzt so verhielt, machte die Sache nur noch schlimmer.

Frau Scholz faltete die Hände auf dem Tisch vor sich und sah Mats auffordernd an. Entweder fand sie an seiner Erscheinung gar nichts Ungewöhnliches oder sie ließ sich nichts anmerken. Für mich sah Mats wie vieles aus, aber nicht wie ein Schriftsteller. Anderseits hatte ich auch noch nie mit Autoren zu tun gehabt. Wer weiß, wie die Menschen hinter den ganzen Geschichten wirklich waren.

»Ich habe Ihr Manuskript vollständig gelesen und bin mächtig beeindruckt. Sie sind neunzehn, richtig?«

Bei dem Lob bildete sich ein Grübchen in Mats Wange, er schien wirklich erfreut über ihre Worte zu sein. Ohne eine Miene zu verziehen, nickte er dann.

»Erstaunlich. Ihre Geschichte ist wirklich packend und hat mir das ein oder andere Mal wahrhaftig die Tränen in die Augen getrieben. Ich muss Ihnen sagen, junger Mann, das passiert mir nicht mehr so oft.«

Mats' Ausdruck verfinsterte sich für einen Augenblick. »Es freut mich, dass Sie Potenzial in der Story sehen.« Seine Stimme war monoton, Jan und Frau Scholz schienen das aber gar nicht zu registrieren.

Oder sie ließen sich nichts anmerken. Ob sie einen ähnlichen Verdacht hegten wie ich? Mats hatte zwar behauptet, er hätte die Handlung frei erfunden, aber er war eben auch Mats. Was konnte ich ihm schon wirklich glauben?

»Okay, beginnen wir von vorn. Ich möchte eigentlich gar nichts an ihrem Handlungsverlauf verändern, der funktioniert überall nahtlos und ist frei von Logikfehlern.«

Ein süffisantes Grinsen legte sich auf Mats Lippen. »Natürlich ist er das.«

Ich beäugte ihn mit zusammengekniffenen Augenbrauen. War er so von sich selbst und seinen Schreibkünsten überzeugt, oder hatte sein Verhalten doch etwas damit zu tun, dass er seine Geschichte selbst in Teilen miterlebt hatte? Das würde mir das Herz zerreißen.

Er saß mit gekräuselter Stirn über seinem Manuskript und verfolgte die Anmerkungen, die Frau Scholz ihm aufzählte. An einigen Stellen nickte er nachdenklich, manchmal schüttelte er direkt ablehnend mit dem Kopf, was Frau Scholz nickend zur Kenntnis nahm und sich selbst Notizen machte. An einigen Stellen machte Jan noch kleine Anmerkungen, und ehe ich mich versah, standen wir wieder an der Tür und verabschiedeten uns von Frau Scholz. Sie war wirklich begeistert von Mats' Debüt gewesen und hatte das immer wieder einfließen lassen. Mats hatte sich während der ganzen Zeit nicht anmerken lassen, wie es ihm mit ihrer Kritik ging.

Als wir aus dem Gebäude traten, strahlte Jan uns an.

»Das ist wirklich super gelaufen. Du kannst so stolz auf dich sein, Junge.«

Mats grinste schief, erwiderte aber nichts.

»Wirklich, es ist nicht selbstverständlich, dass die Lektoren so rundherum zufrieden mit einem Werk sind.«

»Ich hatte eher den Eindruck, dass sie recht viel bemängelt hat.«

»Nein, das täuscht. Andere Autoren müssen ganze Kapitel ausradieren, glaub mir. Das war heute schon der Feinschliff. Viel mehr wird da nicht mehr passieren, wirst du schon sehen, wenn sie uns ihre lektorierte Fassung schickt.«

Kurz glaubte ich, tatsächlich einen Anflug von Stolz in Mats' Gesicht zu sehen, aber sein Ausdruck wich gleich wieder der unbeteiligten Miene.

»Zur Feier des Tages würde ich euch noch gern auf einen Kaffee hier um die Ecke einladen. Habt ihr Lust?«

Mats' Blick wanderte sofort zu mir und versteinerte.

Jan war das natürlich nicht entgangen. »Bitte, tu mir den Gefallen und vergiss für einen Moment euer *Was-auch-immer-das-ist*. So eine Leistung will gefeiert werden.«

»Mit einem Kaffee«, fügte Mats sarkastisch hinzu, was ihm von Jan einen Knuff gegen den Oberarm einbrachte.

»Für mehr reicht meine Zeit heute nicht mehr. Das richtige Feiern kommt zum Schluss, wenn das Ding in den Läden steht.«

Mats nickte gelangweilt. »Na gut, einverstanden. Man gönnt sich ja sonst nichts.« Wieder ein Seitenblick zu mir, und ich hatte das Gefühl, dass er mit seinen Worten auf mich anspielte.

Ich verstand nur nicht, worauf genau. Also schwieg ich und trottete hinter Jan und Mats her zu dem nahe gelegenen Starbucks. Ich entschied mich für einen Eiskaffee mit Karamell und setzte mich dann zu Mats und Jan an das kleine Tischchen in der Sonne.

Mats überraschte mich, indem er seine Worte direkt an mich richtete. »Und, Paula, wie hat dir der Besuch bei einer Lektorin gefallen?« Seine Frage klang neutral, und ich suchte in seinem Blick nach Anzeichen dafür, dass er mich wieder irgendwie bloßstellen wollte.

Auch Jan räusperte sich und beäugte uns misstrauisch. Er traute dem Frieden wohl auch nicht.

»Ähm, ich fand es wirklich sehr interessant.« Ich hielt inne und wartete einen Moment, ob Mats etwas einwenden wollte, doch er sah mich weiter nur mit undeutbarer Miene an.

»Frau Scholz war wirklich sehr einfühlsam und hat die Story nicht zerrissen. Das hätte ich wirklich traurig für das Buch gefunden. Es ist perfekt, so wie es ist.«

Ich stoppte. Das wollte ich alles gar nicht so genau erläutern. Unsicher schielte ich zu Mats, aber er lächelte nur in sich hinein.

»Perfekt?«, hakte er dann mit einem undeutbaren Unterton in der Stimme nach.

Jan folgte unserer Unterhaltung mit skeptischer Miene, immer noch in Sorge, dass es zwischen Mats und mir jederzeit wieder eskalieren könnte.

»Ähm, perfekt vom Ablauf und vom Handwerk her«, beeilte ich mich zu sagen. »Die Geschichte an sich ist alles andere, nur nicht perfekt. Sie ist so unglaublich traurig, ich würde mir den Protagonisten am liebsten schnappen und ihm erklären, dass er kein schlechter Mensch ist und das alles nicht verdient hat, so wie er sich das die ganze Zeit einredet.«

Auf Mats' Stirn erschien eine nachdenkliche Falte. »Das finde ich auch.« Er nickte langsam. »Dann sind wir mal einer Meinung.« Er zwinkerte mir zu und ich wandte schnell den Blick ab.

Wieder, ohne rot zu werden, es lief bei mir.

Jan stellte seinen Becher auf dem Tisch ab und erhob sich mit einem Blick auf seine Uhr. »Ich bin schon wieder so spät dran, das gibt's gar nicht. Trinkt in Ruhe aus und bitte tut mir den Gefallen und zerfleischt euch nicht. Paula, wir sehen uns morgen.«

Und ehe ich reagieren konnte, war er bereits auf dem Weg zurück zum Verlagsgebäude, um sein Auto dort aus der Garage zu holen.

Mats kippte seinen Kaffee ebenfalls schnell herunter und sah mich plötzlich wieder mit finsterer Miene an. Diesem Stimmungswechsel sollte man mal folgen können.

»Paula, ernsthaft, Jan hat wirklich einen Narren an dir gefressen, und ich verstehe, dass er dir ermöglichen will, so viel wie möglich vom Geschäft mitzuerleben. Du warst jetzt bei der Besprechung dabei, lass es jetzt bitte gut sein. Guck doch mal, wie es jetzt wieder gelaufen ist, wir sitzen schon wieder zu zweit hier rum.« Er machte eine Pause und sah mich fast flehentlich an.

»Was? Ich habe das überhaupt nicht mitzuentscheiden. Denkst du, ich bin nur deinetwegen hier, oder was?«

Mats zuckte mit den Schultern. »Na ja, der Verdacht liegt nahe, nachdem du mich am Freitag fast geküsst hättest. Ich habe dir gesagt, dass aus dir und mir nichts werden kann, und trotzdem tauchst du immer wieder in meinem Leben auf.«

Ich schnappte nach Luft, unfähig, nur einen Ton rauszubringen. Was dachte dieser Kerl eigentlich, wer er war?

»Du hast mich am Freitag mit zu diesem blöden Konzert genommen«, zischte ich leise.

»Ja, als Versuch, um eine neutrale Basis zwischen uns zu schaffen.«

»Was bitte unterstellst du mir hier? Ich bin doch kein Stalker, der es in jeder freien Minute auf dich abgesehen hat«, schnaubte ich ungläubig.

Mats lachte leise. »Du tauchst schon echt oft an den Orten auf, wo ich gerade bin.«

Jetzt konnte ich nichts mehr gegen die aufsteigende Röte unternehmen, die sich kribbelnd an meinem Hals bemerkbar machte. Es war eine Mischung aus peinlicher Berührung und Wut, die sich in mir ausbreitete. Das konnte er doch nicht wirklich glauben.

Mats machte es noch schlimmer. Er beugte sich ein Stück zu mir, sodass unsere Gesichter ganz nahe beieinander waren. »Ich stehe nicht auf so unschuldige Mädels wie dich. Also lass mich in Zukunft bitte einfach in Ruhe. Das ist definitiv besser für dich.«

Kurz zuckte ein undefinierbarer Ausdruck über sein Gesicht, dann wandte er seinen Blick von mir ab, stand auf und ging, ohne mich eines weiteren Blickes zu würdigen.

Die nächsten Praktikumstage verliefen ohne weitere Zwischenfälle. Mats tauchte nicht mehr im Büro auf, und ich war mit der Arbeit, die mir meine Kollegen gaben, gut gefordert und konnte mich damit ablenken. Zu Hause sah die Welt anders aus.

Ich fiel nach Mats' Worten in ein tiefes Loch. Ich mied meine Familie, soweit es eben möglich war, wenn man in einem gemeinsamen Haus lebte, und auch meinen Freundinnen verheimlichte ich, wie es wirklich in mir aussah. Ich konnte und wollte einfach nicht darüber sprechen, wie Mats mit mir umgegangen war und was er mir damit angetan hatte. Ich schätzte, ich hatte den ersten richtigen Liebeskummer meines Lebens.

Ich aß so wenig zu den Mahlzeiten, dass meine Mutter mich immer besorgter ansah, doch ich hatte einfach keinen Appetit. Der kam regelmäßig an den Abenden, was dazu führte, dass ich mir klischeehaft die Großpackung Eis mit dem Löffel zu Gemüte führte und mir währenddessen eine Liebesschnulze nach der anderen reinzog. Ich weinte hemmungslos mit den Darstellern, aber hatte nicht das Gefühl, dass sich etwas an meiner Gefühlswelt ändern würde. Wie gerne hätte ich meine Gefühle für Mats einfach mit einem Knopfdruck ausgestellt.

Am Samstag erwachte ich mit einem schweren Gefühl im

Magen. Die Aussicht, heute mit Ruby und Jon auf die Party zu gehen, gefiel mir gar nicht. Aber meine Freundinnen ließen mir keine Wahl.

Laura stand mittags vor unserer Haustür und erklärte meiner Mutter in ausufernden Erläuterungen, was wir am Abend alles Schönes vorhatten. Und meine Mutter, die Verräterin, war froh, dass ich scheinbar wieder Spaß am Leben hatte, und konnte mich gar nicht schnell genug aus dem Haus haben, damit ich mit meinen Freundinnen abhängen konnte. Wenn die wüsste.

Bei Laura hatten sich alle versammelt. Franzi bestellte uns Pizza, anschließend wurde ich von Marie aufgehübscht, während Franzi und Laura meine Nägel lackierten.

»Ich fühle mich wie eine Prinzessin, die heute vor den Altar tritt«, murmelte ich sarkastisch mit zusammengebissenen Zähnen, bemüht, meine Hände still zu halten und mein Gesicht nicht großartig zu verziehen, damit Marie nicht mit der Mascara abrutschte.

Franzi gluckste. »Keine Bange, wir stylen dich dem Anlass gerecht. Keine Tussi-Schminke.«

»Da bin ich aber beruhigt.«

Marie lachte über meinem Gesicht. »Dafür viel Schwarz.«

Mit meinem kurzen Haar konnten wir nicht viel anstellen, deshalb wurde es nur mit Haarspray etwas kopfüber eingesprüht, damit mein Bob mehr Volumen bekam.

Als die Mädels fertig waren, schoben sie mich zum Spiegel in Lauras Zimmer. Marie nahm ihre Hand von meinen Augen und ich starrte mich mit großen Augen an. Ich erkannte mich kaum wieder. Obwohl Marie nicht viel benutzt hatte, hatte sie genau die richtigen Akzente gesetzt, ohne dass ich zugekleistert aussah. Meine Augen leuchteten durch die schwarze Umrandung intensiv türkis und ich wirkte älter.

»Ich sehe gar nicht aus wie ich«, stellte ich skeptisch fest.

»Doch, nur wie eine sexy Version von dir.« Marie kniff mir in die Wange. »Damit verdrehst du deinem Kerl da heute ordentlich den Kopf, du wirst sehen.«

Bei der Erwähnung von Jon zog sich in mir alles zusammen. Ich wusste nicht, ob ich das wirklich wollte. Aber Absagen war jetzt keine Option mehr.

Franzi tauchte neben mir auf und hielt mir ein kurzes schwarzes Kleid entgegen. »Schlüpf da mal rein.«

Ich schüttelte entsetzt den Kopf. »Da mache ich Presswurst aus mir.«

»Ach, Quatsch, das betont nur deine Rundungen.«

»Na, schönen Dank auch«, murmelte ich beleidigt.

»Die du nur an den richtigen Stellen hast«, fügte Franzi lächelnd hinzu.

Ich gab seufzend klein bei, schlüpfte in das Kleid und musste feststellen, dass ich wirklich heiß aussah.

Das Kleid hatte einen relativ tiefen Ausschnitt, aber nicht so viel, dass es billig wirken würde. Es schmiegte sich perfekt an meinen Körper und ich fühlte mich direkt wohl. Trotzdem hob ich abwehrend die Hände. »Das kann ich nicht anziehen. Guckt doch mal, wie ich aussehe. Das bin doch nicht ich.«

Marie hob eine Augenbraue. »Und ob du das bist. Ich sehe dir an der Nasenspitze an, dass du dich wohlfühlst. Das ist die Hauptsache, du musst dir nur noch den letzten Ruck geben. Vertrau uns.«

Unsicher musterte ich mich im Spiegel. Der neuen Paula, die sich nicht mehr alles gefallen lassen wollte, würde dieses Kleid tatsächlich gut stehen.

Also nickte ich bedächtig und stieß dann die Luft aus, die ich angehalten hatte. »Okay, ich bleibe so.«

Nachdem mir meine Freundinnen mindestens fünfmal das Versprechen abgenommen hatten, dass ich mich zwischendurch bei ihnen melden sollte, um sie auf dem neusten Stand zu halten, durfte ich mich endlich auf den Weg machen. Den Ort der Party kannte ich bereits.

VIERZEHN

Wie schon beim ersten Mal traf ich Ruby am Bahngleis und zusammen liefen wir dann die letzten Meter zu Andys Wohnung. Ruby textete mich unentwegt zu, glücklicherweise mied sie aber das Thema Jon, bis wir in der Wohnung ankamen.

Es war bereits kurz nach neun und es waren erst vergleichsweise wenig Gäste da. Andy begrüßte uns und zog Ruby sogleich in eine innige Knutscherei. Das konnte wieder dauern. Ich sah mich nach bekannten Gesichtern um, als sich Ruby schon wieder von Andy losmachte.

»Sorry, ich bin mit Paula hier, und sie kennt noch so wenig Leute, wir holen das später nach, ja, Süßer?« Sie lächelte ihn kokett an, und Andy brummte ihr etwas ins Ohr, woraufhin sie laut loslachte. »Ganz bestimmt nicht.« Grinsend schlug sie ihm auf die Schulter und er verzog sich lachend zu seinen Freunden.

»Meinetwegen brauchst du dir keine Gedanken machen. Ich finde schon irgendwo Anschluss.« Meine Worte klangen optimistischer, als ich es wirklich war, aber das wollte ich Ruby nicht auf die Nase binden.

»Papperlapapp. Wir holen uns jetzt erst mal was zu trinken, und dann schauen wir mal, ob wir Jon irgendwo auftreiben können.«

Bei der Erwähnung seines Namens breitete sich wieder ein

ungutes Gefühl in mir aus, das ich schnell von mir wegschob. Jon war nett und unser Kuss war nüchtern betrachtet wirklich gut gewesen. Wieso sollte ich ihm also keine Chance geben?

Wir näherten uns der Küche, wo auf der großen Kücheninsel wieder allerhand Getränke aufgebaut waren. Ein großer, schlaksiger Typ schob sich vor uns und machte grinsend eine angedeutete Verbeugung. »Ich bediene heute die Bar, zu euren Diensten, Mädels. Was kann ich euch bringen?« Er sah uns erwartungsvoll an.

Ruby linste über seine Schulter, um einen Überblick über die Auswahl zu bekommen, doch der Typ machte eine abwehrende Geste mit seiner Hand. »Ihr bekommt hier alles, was euer Herz begehrt. Lasst euch von der mickrigen Auswahl hier nicht verunsichern, ich habe Vorräte.« Er wackelte grinsend mit den Augenbrauen.

Ich musste über seine Art lachen. »Ich würde gern erst mal mit einer Cola anfangen.«

Diesmal wollte ich es wirklich ruhig angehen und mich nicht vom Alkohol in irgendwelche Situationen bringen lassen, die ich hinterher womöglich bereuen könnte. Sicher war sicher.

Der Barkeeper hob skeptisch eine Augenbraue. »Nur eine Cola? Das ist doch langweilig.«

War ja klar, dass ich hier in diesen Kreisen nicht gut damit durchkam. Ich wollte gerade klein beigeben, um der Diskussion zu entgehen, da redete er schon mit einer ausladenden Handbewegung über die Theke weiter.

»Mäuseken, ick sagte gerade, ick habe *allet* hier, was dit Herzchen begehrt, ja? Beleidige meine Künste nicht mit so ’ner simplen Cola. Ick zaubere dir wat janz Besonderes, einen Augenblick.« Schon drehte er sich um und begann, in schnellen Bewegungen Flaschen zusammenzusuchen.

Ich wandte mich zu Ruby, die mich mit großen Augen ansah und sich ein Lachen verkneifen musste. Ich grinste und tippte mir mit dem Finger an die Schläfe. »Der ist ja durchgeknallt.«

Jetzt lachte Ruby laut auf.

»Aber liebenswert«, fügte ich schnell hinzu und warf einen Blick zu ihm, um zu sehen, ob er mich gehört hatte. Doch er war total in sein Tun vertieft. »Hast du Jon schon gesehen?«

Ruby schüttelte den Kopf. »Auf der Tanzfläche ist er nicht. Ich schätze, er ist oben auf der Dachterrasse. Er hat mir vorhin auf jeden Fall schon geschrieben, dass er da ist. Irgendwo wird er sein. Was genau war denn noch zwischen euch?« Neugierig sah sie mich an.

»Tada«, ertönte es da plötzlich neben mir und mir wurde ein Cocktailglas mit quietschpinkem Inhalt entgegengehalten. Anstelle eines Cocktailschirmchens klemmte ein kleines Deko-Einhorn am Glasrand.

»Oh mein Gott, ist das niedlich«, entfuhr es mir.

Der Typ klatschte in die Hände. »Sach ick ja. Ick mach viel cooleres Zeugs als so 'ne lahme Cola.«

»Das will ich jetzt aber auch«, mischte Ruby sich mit leuchtenden Augen ein. »Ein pinkes Einhorn.«

»So nenne ich den Cocktail jetzt.« Er nickte Ruby grinsend zu.

»Probier aber erst mal, ob er auch schmeckt«, forderte er mich mit erwartungsvollem Blick auf.

Ich tat, wie mir geheißen wurde, und nippte vorsichtig am Getränk. Ich erlebte eine wahre Geschmacksexplosion und stöhnte verzückt. Das war vermutlich das leckerste Getränk, das ich jemals getrunken hatte.

»Sind da Erdbeeren drin?«

Stolz nickte er. »Gut erkannt. Sogar frische. Und Nektarinen und Kokosmilch. Und natürlich alles ohne Alkohol.« Er zwinkerte mir zu.

Ach, tatsächlich. Damit hatte ich gar nicht gerechnet. Ich war automatisch davon ausgegangen, dass er mit *coolem Zeug* natürlich etwas mit Alkohol meinen müsste.

»Das ist der Hammer. Darf ich dich mit nach Hause nehmen?«

Die Zweideutigkeit meiner Worte wurde mir erst bewusst, als es schon zu spät war, und ich lief prompt rot an.

Ruby kicherte und der Barkeeper hob anzüglich seine Augenbrauen, dann tätschelte er mich leicht am Oberarm. »Das passiert den Frauen ständig, wenn sie erst mal meine Kreationen probiert haben. Damit kriege ich sie doch alle, mach dir nichts draus.« Dann wirbelte er wieder herum und begann, auch für Ruby einen Cocktail zu zaubern.

»Ich glaube, er ist schwul«, flüsterte Ruby mir kichernd zu. »Nur schwule Männer können so zauberhaft sein.«

»Das habe ich gehööööört«, rief er da hinter uns fröhlich und wir brachen in lautes Gelächter aus.

Als Ruby ebenfalls ihren rosa Erdbeer-Mädchentraum in der Hand hielt, machten wir uns auf den Weg zur Dachterrasse. Es waren mittlerweile schon deutlich mehr Gäste da, und wir hatten unsere Mühe, uns durch den schmalen Flur zu kämpfen. Ich versuchte erst gar nicht, nach bekannten Gesichtern Ausschau zu halten. Ruby hingegen wurde gefühlt von jedem angesprochen und so dauerte der kurze Weg eine halbe Ewigkeit.

Wir erreichten die Dachluke und Ruby drückte mir ihr Glas in die Hand, damit sie vorausklettern konnte. Dann gab ich ihr beide Gläser nach oben und stieg vorsichtig hinterher. Die Aussicht brachte mich erneut zum Staunen. Ruby hatte schon Kurs auf ein kleines Grüppchen Leute genommen, aber ich wurde vom Rand der Terrasse wie magisch angezogen. Ehrfürchtig blieb ich etwa einen Meter vom Geländer entfernt stehen und ließ meinen Blick über die Stadt schweifen.

Seitdem ich das letzte Mal hier gestanden hatte, war so viel passiert und trotzdem sah von hier oben alles genauso aus wie damals. Und doch war mittlerweile alles anders. Ich drehte mich zu Ruby um, die neben einem großen, sportlichen Kerl stand. Er drehte den Kopf in meine Richtung und da erkannte ich ihn. Jon.

Auf seinem Gesicht breitete sich ein Lächeln aus, dann kam er langsam auf mich zu.

Ruby hinter ihm hielt beide Daumen nach oben und formte mit ihren Lippen *Viel Glück*, bevor sie sich wieder zu der Gruppe umdrehte.

Mein Herz begann zu rasen und mein Kopf war wie leer gefegt. Ich hatte absolut keine Ahnung, wie ich jetzt mit ihm umgehen sollte.

Er erreichte mich und blieb kurz vor mir stehen.

»Äh, hallo«, krächzte ich. Schnell nahm ich einen Schluck von meinem Cocktail, weil ich nicht wusste, wie ich ihn begrüßen sollte.

»Schön, dich wiederzusehen, Paula. Ich muss zugeben, ich hätte fast nicht mehr damit gerechnet.«

Ich merkte, wie ich rot wurde. »Ähm«, ich holte schnell Luft, »ich hatte wirklich so viel um die Ohren, und außerdem dachte ich eigentlich, dass du jetzt erst mal wieder in Bayern bist?«

Ich war zwar eine ganz schlechte Lügnerin, aber da ich eh schon rot war, sollte meine kleine Flunkerei nicht weiter auffallen. Hoffte ich.

Ich hatte mich nicht bei Jon gemeldet, weil ich nicht wusste, was das zwischen uns war. Oder ob das etwas werden konnte. Dessen war ich mir mittlerweile sicher.

Ich straffte die Schultern. Meine Freundinnen hatten mich extra schick gemacht, ich war jetzt hier, um genau das herauszufinden.

»Ich war kurz unten, aktuell habe ich aber ein Projekt in Berlin. Für ein paar Wochen werde ich erst mal dauerhaft hier sein.« Jon musterte mich und trat dann noch einen Schritt näher an mich heran. »Du siehst sehr schön aus.«

»Danke«, murmelte ich verlegen, wich aber seinem Blick aus.

Er schien meine Unsicherheit zu bemerken und trat unauffällig etwas zurück.

Ich atmete durch. Jon war wirklich nett. Wieso hatte ich so ein komisches Gefühl bei ihm?

Er lenkte das Gespräch auf etwas Unverfängliches.

»Ich habe eure Cocktails gerade schon bei Ruby bewundert – Peter hat's echt drauf, oder?« Grinsend hob er seinen Becher in die Höhe. »Mir hat er was mit Pfefferminze gemischt«, erklärte er. »Allerdings mit Alkohol und süß ist das überhaupt nicht. Ich schätze mal, deins wäre es nicht.«

»Ah, gut, dass ich jetzt einen Namen zu dem lustigen Vogel habe.« Ich schmunzelte. »Bei uns war er nur der Barkeeper. Aber ja, er hat meinen Geschmack echt voll getroffen. Und Minze mag ich so gar nicht.« Ich verzog grinsend das Gesicht.

Langsam wurde ich lockerer.

»Geht mir mit so quietschsüßem Zeug genauso. Dann biete ich dir nicht an, mal zu kosten.«

»Lass mal lieber. Ich bin sehr zufrieden mit meiner Wahl.«

Er lachte und auf seiner Wange bildete sich ein kleines Grübchen.

Nüchtern betrachtet war Jon wirklich sehr süß. Seine braunen Locken gefielen mir, sie ließen ihn jungenhaft und fröhlich wirken, obwohl er wahrscheinlich deutlich älter war als ich.

»Wie alt bist du denn eigentlich?«, platzte es aus mir heraus.

Jon wirkte kurz überrascht. »Okay, was für ein Themenwechsel.« Er schmunzelte amüsiert. »Ich bin 22.«

Gut, das ging ja sogar noch. Auf dieser Party sahen die meisten deutlich älter aus und waren es vermutlich auch.

»Ich hätte dich eher älter geschätzt«, gab ich zu.

»Das liegt an meiner Figur.« Er grinste. »Da schätzen mich die meisten erst mal etwas älter ein.« Er zeigte vielsagend auf seinen muskulösen Oberkörper.

»Du Angeber.«

Jon hob nur unbeteiligt die Schultern. »Was soll ich sagen … alles der Lohn intensiven Trainings, da kann ich ruhig mit angeben.« Er klang amüsiert.

»Das stimmt. Du verbringst bestimmt jede freie Sekunde im Fitnessstudio, kann das sein?«

»Überhaupt nicht, aber ich gebe zu, dass ich mein Training sehr liebe.«

Überrascht blinzelte ich ihn an. »Okay, das klingt irgendwie ungesund«, sagte ich. »Jetzt habe ich Bilder vor Augen, wie du mit dem Boxsack kuschelst.«

Jons dunkelblaue Augen taxierten mich und ich bekam eine Gänsehaut.

»Du hast ja Vorstellungen«, lachte er. »Aber nein, das mache ich nicht. Ich gehe gar nicht ins Fitnessstudio. Also doch, ganz selten mal schon, aber das ist dann eine große Ausnahme. Wenn das Schwimmbad mal wegen Reinigung geschlossen hat oder so was.«

Und ich war automatisch vom Fitnessstudio ausgegangen, dabei ging dieser Kerl hier einem wirklich tollen Hobby nach.

»Schande über mein Haupt«, murmelte ich. »Ich habe dich gleich in die Muckibuden-Schublade gesteckt.«

»Macht nichts. Jetzt weißt du es ja besser. Und hast du auch ein besonderes Hobby?«

Ich trat unschlüssig von einem Bein auf das andere. Normalerweise kam mein Hobby bei anderen nicht wirklich gut an.

Trotzdem nickte ich. »Ja, ich schreibe viel in meiner Freizeit. Das klingt für die meisten Menschen schon irgendwie ungewöhnlich.«

Ich musste an Mats denken. Der Kerl, der für mich am allerwenigsten in das Schema eines Autors passte, hatte ausgerechnet das gleiche Hobby wie ich. Nur dass er darin schon wesentlich erfolgreicher war als ich, wie ich mir neidlos eingestehen musste.

»Das klingt spannend. Was schreibst du so? Gedichte?« Er klang ernsthaft interessiert, also gab ich mir einen Ruck.

»Ich habe mal Gedichte probiert, aber das ist nicht so richtig was für mich. Ich schreibe am liebsten Kurzgeschichten, und mein großer Traum ist es, irgendwann mal einen richtigen Roman zu schreiben, den man dann in den Buchhandlungen anfassen kann.« Ich errötete vor Begeisterung.

»Das schaffst du bestimmt. Ich bin ja der Meinung, wenn man nur wirklich an sich glaubt, kann man echt eine Menge reißen.«

Ich seufzte. »So weit bin ich noch lange nicht. Ich habe noch nie jemandem etwas von mir zu lesen gegeben, vielleicht schreibe ich auch einfach nur Mist.«

»Wieso solltest du? Ich wette, du findest es selber gut, oder?«

»Ja, natürlich, sonst würde ich ja nicht weitermachen.«

»Wieso hat es dann noch keiner gelesen? Vielleicht sind da gute Anregungen dabei?«

»Das ist nicht so einfach.«

Abwartend sah er mich an. Er schien sich wirklich für mich zu interessieren, was ihm gleich ein paar weitere Sympathiepunkte einbrachte.

»Weil ich Angst habe, dass sie es nicht gut finden«, gab ich dann leise zu. »Und dann kann ich nicht mehr weiterschreiben, weil ich gehemmt bin.« Ich rümpfte die Nase. »Deshalb.«

Jon nickte bedächtig. »Das kann ich verstehen. Ich glaube, ich erzähle dir nichts Neues, wenn ich sage, dass du dich dem wohl oder übel irgendwann stellen musst. Spätestens, wenn das Buch an den Verlag gebracht werden will …«

»Ich weiß, ich weiß. Aber noch brauche ich etwas Zeit,« sagte ich.

Zumal ich in der letzten Zeit eh nicht zum Schreiben gekommen war. Ich nahm mir vor, mich demnächst wieder mehr um mein Hobby zu kümmern.

»Na gut, ich will dich ja auch nicht drängen«, beendete Jon das Thema. Er deutete auf die Dachluke. »Wollen wir tanzen gehen?«

Oh, oh. Ich und tanzen?

»Was? Kannst du nicht tanzen?«, fragte er provozierend, als ich nicht gleich antwortete.

Grummelnd boxte ich ihm gegen die Schulter. »Ich weiß ehrlich gesagt gar nicht, was für Musik hier heute überhaupt läuft und ob man dazu tanzen kann.«

Belustigt schob Jon mich zur Leiter. »Man kann zu allem tanzen, lass dir das gesagt sein.«

»Bist du so ein Feiertyp, ja?«

»Klar. Du nicht?«

Da machte sich meine fehlende Erfahrung wieder bemerkbar.

»Ähm, doch sicher«, murmelte ich schnell.

Jon warf mir einen amüsierten Seitenblick zu und lotste mich dann mit einer Hand an meinem Rücken an einer kleinen Gruppe vorbei.

»Bitte sehr.« Er deutete auf die Dachluke und nahm mir das Glas ab.

Er war auch noch ein Gentleman. Noch ein Punkt für ihn. Ich kletterte voran und wartete, bis er mir nachkam.

Gerade als er mich erreicht hatte, rief Ruby laut von oben herab: »He, ihr könnt doch nicht einfach verschwinden, wartet auf mich.«

Ich sah Jon fragend an, aber er zuckte bloß mit den Schultern. »Wir hatten nicht vor, die Party zu verlassen«, sagte er, als sie uns schließlich atemlos erreichte.

»Das vielleicht nicht, aber ich wollte euch zwei doch im Blick behalten.« Sie klimperte vielsagend mit den Augenbrauen.

Ich hakte mich schnell bei ihr unter, bevor Jon sie wegkomplimentieren würde. »Wir wollen tanzen gehen, je mehr, umso besser.«

»Da bin ich doch dabei. Das wird spaßig.« Ruby stürmte los und zog mich mit sich.

Ihre Energie war wirklich erstaunlich. Und ein wenig ansteckend. Ich hatte gar keine Zeit, mir Gedanken über meinen Tanzstil zu machen, sie zog mich einfach an sich, ließ mich wieder los und wirbelte mich an den Händen herum, bis sie merkte, dass ich in meinen Bewegungen sicherer wurde. Es wurden bekannte Elektrosongs gespielt, die ich schon aus dem Radio kannte, also bewegte ich mich auf halbwegs sicherem Terrain.

Niemand sah mich komisch an, alle Tanzenden waren in

ihr eigenes Ding vertieft. Song für Song ließ ich meine Selbstkontrolle los und passte mich der Musik an. Ich fühlte mich frei und genoss das Gefühl, das sich in mir ausbreitete. Es war nicht so befreiend wie auf Konzerten, aber es machte tatsächlich Spaß.

Beim nächsten Song war Ruby wieder an meiner Seite.

»Bereit für den nächsten Schritt?« Übermütig grinste sie mich an.

Der nächste Schritt zu was? Ich sah sie fragend an und sie begann sich im Takt der Musik an mir zu reiben.

»Los, mach mit.« Sie legte meine Hände an ihre Taille und drückte mich dann langsam an ihr herab.

Das hatte ich schon bei anderen Mädels auf der Tanzfläche gesehen. Ich schluckte, dann kippte ich einen Schalter in meinem Kopf um und passte mich ihr an.

Es war leichter, als ich gedacht hatte, und ich hatte sogar richtig Spaß, während Ruby und ich immer aufreizender tanzten.

Als sich zwei Hände an meine Taille legten, wurde unser Tanz jäh unterbrochen.

»Viel Spaß«, raunte Ruby mir noch ins Ohr, während sie sich von Jon austauschen ließ.

Er zog mich an sich und wir verharrten so einen kurzen Moment.

»Das war wirklich heiß«, murmelte er in mein Ohr und seine dunkelblauen Augen fixierten mich.

Ich sollte hier weg. Schnell versuchte ich, Abstand zwischen uns zu bekommen, was sich im Pulk der feiernden Leute nicht wirklich einfach gestaltete.

»Was denn, tanzen wir jetzt nicht?« Er wirkte enttäuscht.

Verdammt. Damit konnte ich nicht umgehen.

Ohne etwas zu sagen, drehte ich mich mit seiner Hand in meiner um die eigene Achse, sodass ich mit dem Rücken vor ihm stand. Dann legte ich sachte seine Hand auf meine Schulter und begann so zu tanzen, wie ich es eben bei Ruby gelernt hatte.

Ich schloss die Augen und versuchte mich ganz auf das

Gefühl zu konzentrieren. Nach kurzer Zeit hatten wir einen gemeinsamen Rhythmus gefunden, und es war gar nicht so schlimm, wie ich erst befürchtet hatte.

Jon ließ artig seine Hände an den erlaubten Stellen und jagte mir so keine Angst mehr ein. Am Ende ging ich so weit, wie Ruby es mit mir gemacht hatte. Aufreizend rieb ich meinen Hintern an ihm, während ich langsam im Takt zur Musik in die Knie ging und mich dann ebenso langsam wieder aufrichtete. Jon wirbelte mich herum und für eine Sekunde starrten wir uns atemlos an. Den Ausdruck in seinen Augen konnte ich nicht deuten, dafür war jetzt das beklemmende Gefühl wieder da.

Ich lehnte mich zu ihm und rief in sein Ohr: »Sorry, ich brauche unbedingt etwas zu trinken.«

Vermutlich machte ich damit die Stimmung kaputt, aber das war mir egal.

Nein, eigentlich legte ich es genau darauf an.

Jon nickte und schluckte, dann zog er mich mit zur improvisierten Bar. Er musterte mich einige Augenblicke, dann strich er sich eine vorwitzige Locke aus der Stirn, die sofort wieder zurückfiel.

»Puh, das war schon ziemlich heiß«, murmelte er mehr zu sich selbst als zu mir und ließ mich nicht aus den Augen.

»Und anstrengend«, pflichtete ich ihm bei, während ich schon auf die Bar deutete.

Peter erschien vor uns und grinste uns vielsagend an. »Ihr noch hier? Ich dachte, ihr dampft gleich ab ins nächste freie Zimmer, so wie ihr da auf der Tanzfläche abgegangen seid. Holla, die Waldfee, sag ich da nur. Und knackiges Popöchen, Madame, falls dir das noch keiner der starrenden Herren gesagt hat.« Anerkennend nickte er mir zu.

Nach und nach registrierte ich, dass uns tatsächlich einige Typen, aber auch einige Mädels, hinterherstarrten.

Wie peinlich.

Jon rettete mich aus der Situation. »Das hätte ich ihr schon noch gesagt, aber danke. Bringst du uns wieder zwei deiner Zaubercocktails?«

Der Barkeeper war direkt in seinem Element.

»Na, aber sichi. Was darf's denn sein? Wieder Minze und das Pinke Einhorn?«

»Respekt, das hast du dir gemerkt?« Ich staunte nicht schlecht.

Doch Peter schien in seiner Ehre gekränkt zu sein. »Hör mal, Fräulein, dit is hier das A und O, dass ick meene Kundschaft jut kenne.« Er wedelte mahnend mit dem Zeigefinger vor meinem Gesicht herum.

Ich musste mir ein Grinsen verkneifen.

»Sonst liefe ja mein Geschäft nicht so gut.«

»Schon gut, schon gut. Ich hätte aber gern etwas anderes, aber gern wieder ohne Alkohol.«

Peter nickte geschäftig. »Ich habe schon eine Idee, klitzekleinen Augenblick.« Und weg war er.

»Er ist saucool.« Ich grinste. »Wo hat Andy den bloß aufgetrieben?«

Jon lehnte sich an die Wand und beäugte mich kurz, bevor er antwortete. »Soweit ich weiß, ist er einer der gefragtesten Barkeeper in den Berliner Szeneclubs. Eine echte Koryphäe. Andy hat da ja so seine Kontakte.«

Ich riss die Augen auf. »Echt? Wahnsinn. Dann haben wir es hier quasi mit einem Promi zu tun?« Meine Stimme klang ehrfürchtig.

Jon wirkte amüsiert über meinen plötzlichen Gefühlsausbruch.

»Voilà, Madame. Hier ist dein Sommernachtstraum.« Peter war zurück und drückte mir einen orangefarbenen Cocktail in die Hand, dabei zwinkerte er Jon affektiert zu.

Ich musste trotz der Anspielung lachen und nahm gespannt einen Schluck.

»Wahnsinn, wirklich. Was ist da drin? Ich schmecke … Banane?«

»Na ja, Banane ist nicht so wahnsinnig schwer zu erkennen. Das Zauberwort lautet hier Ananas. Aber den Rest verrate ich nicht, Betriebsgeheimnis.« Er grinste und drückte Jon wieder sein Minzgetränk in die Hand. »Und du hast dich nicht anderweitig geäußert.« Er zuckte mit den Schultern.

»Perfekt, ich bleib auch dabei. Danke.« Jon nickte Peter dankend zu und dieser machte sich an die nächsten Bestellungen.

Ich nippte weiter an meinem Getränk, schaute mich unauffällig um und stellte erleichtert fest, dass die allgemeine Aufmerksamkeit, die uns gegolten hatte, mittlerweile nachgelassen hatte. Puh.

Jon dirigierte mich in den hinteren Teil des Raumes, damit wir nicht im Weg rumstanden. Er war erstaunlich ruhig, während ich kurioserweise ein enormes Redebedürfnis verspürte.

Ich plapperte drauflos und erzählte ihm, was mir gerade in den Sinn kam. Am meisten ließ ich mich über die tanzenden Leute aus, ich analysierte ihre Beziehungen zueinander, dachte mir Geschichten über die jeweiligen Personen aus und hatte jede Menge Spaß.

Als ich gerade wieder irgendeinen Nonsens von mir gab, mich aber königlich dabei amüsierte, legte mir Jon plötzlich eine Hand auf den Arm und sah mich mit schief gelegtem Kopf an. »Hey, mach mal eine kurze Pause.«

Ich verstummte und blinzelte ihn fragend an. Vermutlich wusste ich bereits, was er mir sagen wollte. Aber ich hatte alles darangesetzt, damit diese sexuell aufgeladene Stimmung zwischen uns, na ja, sagen wir besser, die er ausströmte, wieder verschwand.

Ich mochte Jon wirklich, aber um mich von einer Schwärmerei in die nächste zu stürzen, war es einfach noch zu früh. Blöderweise hatte Jon davon noch keine Kenntnis.

Er legte seine andere Hand an meine Taille und zog mich an sich. Jetzt wäre vermutlich ein guter Zeitpunkt, um ihn darüber aufzuklären. Doch ich bekam keinen Laut heraus. Wie hypnotisiert starrte ich auf seinen Mund, der immer näher kam.

»Ich mag dich wirklich sehr, Paula«, murmelte er leise und kam mir noch näher. Er nahm seine Hand von meinem

Arm und legte sie sanft an mein Kinn, um es leicht hochzudrücken.

Ich schluckte panisch. Seine blauen Augen nahmen mich vollkommen ein, und ich wusste einfach nicht, was ich sagen oder machen konnte, um der Situation zu entfliehen. Ich hatte mit ihm geflirtet und hatte eigentlich keinen guten Grund, ihn jetzt einfach so stehen zu lassen. Vor allem, weil er wirklich ein guter Kerl war. Aber reichte das?

Sanft strich er mit seinem Daumen über meine Wange. Er ließ mir genug Zeit, um noch Nein zu sagen, dummerweise brachte ich das nicht übers Herz. Dann senkten sich seine Lippen auf meine und er zog mich an sich.

Diesmal war sein Kuss von Anfang an härter und intensiver. Er drängte sich an mich, griff mit einer Hand in meinen Nacken und hielt mich fest. Nein, das hier lief gerade tierisch falsch.

FÜNFZEHN

Als ich mich losmachen wollte, hielt Jon mich fest umschlungen. Ich stieß ein gurgelndes Geräusch aus, was er aber wohl als Aufforderung sah, mich noch intensiver zu küssen. Das durfte doch nicht wahr sein. Ich versuchte mich gegen ihn zu stemmen und von einer auf die andere Sekunde war er weg. Erleichtert schnappte ich nach Luft.

Doch dann machte mein Herz einen unkontrollierten Satz, als ich erkannte, wer Jon da von mir weggerissen hatte. Nur kurz durchströmte mich eine innige Dankbarkeit, dann übernahm die Wut die Überhand.

»Was soll das?«, zischte ich Mats an, der Jon immer noch am Arm festhielt.

Jon wirkte komplett überrumpelt. »Wer bist du, Mann?« Er schien erst jetzt zu realisieren, was passiert war, und riss seinen Arm weg. »Fass mich, verdammt noch mal, nicht an! Und sie auch nicht!« Er wollte einen Schritt auf mich zu machen, aber Mats war schneller.

Er griff unsanft nach meinem Oberarm. »Du. Kommst. Jetzt. Mit!« Er knurrte mir die Worte bedrohlich ins Ohr, während er Jon sauer anfunkelte. Und er klang wirklich angepisst.

Ich versuchte mich von seiner Hand zu befreien, doch sein Griff war gnadenlos. Jon wollte mir zu Hilfe kommen, aber Mats schüttelte bedrohlich langsam den Kopf. »Denk gar nicht erst daran!«

Jon wich tatsächlich vor ihm zurück. Sein Blick wanderte zu mir, aber ich zuckte nur ahnungslos mit den Schultern. Mats drängte mich von Jon weg und dirigierte mich durch die volle Wohnung in den Flur.

Glücklicherweise hatte niemand mitbekommen, was da in unserer ruhigen Ecke eben passiert war. Mats stieß eine Tür schwungvoll mit dem Fuß auf und schob mich unnachgiebig hinein. Dann ließ er mich los und verschloss die Tür hinter uns.

Oh, oh.

Ich schluckte hart, mein Mund fühlte sich mit einem Mal fürchterlich trocken an. Ich erkannte das Zimmer wieder. Es war das Schlafzimmer, in dem ich bei der ersten Party betrunken versucht hatte, an das Handy in Mats' Händen zu gelangen. Ich drängte die Erinnerung beiseite und konzentrierte mich auf den Mats im Hier und Jetzt. Er hatte sich groß vor mir aufgebaut und kam bedrohlich näher. Wenn Mats so guckte, konnte er wirklich furchteinflößend aussehen. Paradoxerweise hatte ich aber vor ihm weniger Angst als vor Jon, kurz bevor er mich geküsst hatte. Trotzdem wich ich nun vor Mats zurück. Das hielt ihn jedoch nicht auf und er kam weiter auf mich zu.

»Was zum Teufel war das eben?« Seine Worte klangen wie ein Knurren und holten mich in die Realität zurück.

Was bildete dieser arrogante Arsch sich eigentlich ein?

»Jetzt mach mal halblang! Das müsste ich eigentlich dich fragen. Wieso versaust du mir mein Date?« Wütend taxierte ich ihn.

Mats schnaubte nur leise.

»Was? Du hast mir doch gesagt, ich soll mich von dir fernhalten. Und dich bloß nicht küssen. Hab ich beides gemacht. Du bist derjenige, der mir immer wieder auflauert. Also, was soll das, verdammt noch mal?«

Mats' Augen verengten sich.

Ich schüttelte frustriert den Kopf, als er nichts sagte.

»Hab ich mir gedacht. Hauptsache, du machst mir alles kaputt. Pass mal auf, ich gehe da jetzt wieder raus und zurück zu Jon. Im Gegensatz zu dir ist der nämlich echt ein netter Kerl!« Ich schnaubte erbost und wollte mich an ihm vorbei zur Tür schieben, da hielt er mich wieder am Arm fest und schob mich zurück.

»Paula, hör auf mit dem Scheiß. Du kannst mir nichts vormachen, du wolltest den Typen doch gar nicht küssen!«

Überrascht über seine Auffassungsgabe stierte ich ihn nur an. Er kam noch ein Stück näher, und ich wich weiter zurück, bis ich unsanft gegen die Wand prallte.

Nun stand Mats ganz nah vor mir und versperrte mir den Ausweg, indem er sich mit den Armen neben meinem Kopf an der Wand abstützte. Ich starrte ihm in die stechend grünen Augen, die mich gnadenlos taxierten, und keuchte auf. Ich hatte Mühe, meine Gedanken beisammenzuhalten, wenn er mich so intensiv ansah.

»Woher ... woher willst du das wissen?«, krächzte ich dann heiser. Ich hatte das Gefühl, dass der Sauerstoff in dem Raum knapp wurde.

Kurz legte sich das schiefe Grinsen auf Mats' Gesicht, dann wurde er wieder ernst. Er beugte sich an mein Ohr: »Weil ich gesehen habe, wie du jemanden ansiehst, den du wirklich küssen möchtest.« Er raunte mir die Worte entgegen, und ich hatte das Gefühl, dass mein Herz einen Augenblick lang stehen blieb. Er richtete sich wieder ein Stück auf und sah mir erneut in die Augen. Ein selbstgefälliger Ausdruck breitete sich auf seinem Gesicht aus.

Ich bekam keinen Ton mehr heraus, starrte ihn nur mehr an.

Ganz langsam legte er seine Hand an meine Wange und strich hauchzart mit dem Daumen darüber. »Nämlich so. Ganz genau so.«

Oh. Mein. Gott. Ich schloss kurz die Augen und machte mich innerlich auf die nächste Blamage gefasst. Aber als ich die Augen wieder öffnete, sah Mats mich mit einem fast verzweifelten Gesichtsausdruck an. Und im nächsten Moment presste er seine Lippen auf meine und küsste mich.

Sie waren erstaunlich weich. Mats küsste mich fordernd und ohne eine Spur von Zurückhaltung. Knurrend drückte er mich an die Wand. Ich stieß unsanft dagegen, doch das machte mir gar nichts aus. Ich krallte mich in seinem T-Shirt fest. Er schmeckte ganz leicht nach Rauch, aber auch das störte mich nicht. Ganz im Gegenteil. Sein unverwechselbarer Geruch, der mich einhüllte, ließ mich alle Hemmungen über Bord werfen und machte mich innerhalb weniger Sekunden kopflos. Ich wollte mehr von ihm und drückte mich schamlos an ihn. Es war wie ein Instinkt, der dafür sorgte, dass ich nicht mehr nachdachte, sondern einfach danach handelte, was mir mein Körper vorgab. Und diese Signale waren recht eindeutig.

Wir stolperten durch das Zimmer, bis ich die Bettkante in meinen Kniekehlen spürte. Ehe ich mich versah, lag ich schon auf der Matratze und Mats kniete über mir. Er hörte nicht auf, mich zu küssen. Und ich verschwendete keinen Gedanken daran, was wir gerade taten. Dieses unbeschreibliche Gefühl sollte nie enden. Ich griff mit einer Hand in seinen Nacken und zog sein Gesicht noch näher zu mir. Brummend intensivierte Mats den Kuss noch weiter und mir entfuhr ein leises Stöhnen. Mit meiner freien Hand fuhr ich unter den Saum von Mats' T-Shirt und krallte mich in seinen Rücken.

Er ließ kurz von mir ab und seine Augen wanderten über mein Gesicht. »Wir sollten das nicht tun«, flüsterte er und sein Gesicht nahm einen undurchschaubaren Ausdruck an.

»Warum?«, fragte ich leise und zog ihn wieder zu mir.

Er kam meiner Aufforderung nach und senkte seufzend wieder seine Lippen auf meine. »Weil das nur Probleme gibt«, murmelte er zwischen zwei Küssen an meinen Lippen.

Doch seine Worte gingen ins Leere, er hatte anscheinend nicht vor, wirklich aufzuhören. Langsam fuhr er mit seiner Hand meine Taille und meinen Oberschenkel hinab, bis er den Kleidersaum erreichte. »Wusstest du, dass dein Kleid verboten kurz ist?«, murmelte er gegen meine Lippen.

»Mh«, gab ich zurück und zuckte kurz zusammen, als er seine Hand unter mein Kleid gleiten ließ und sie auf meinem Po zum Liegen kam.

»So perfekt«, flüsterte er leise und küsste mich wieder. Dann ließ er von meinem Mund ab und küsste eine Spur von meinem Mundwinkel über meinen Hals bis zu meinem Dekolleté.

Ich drückte ihm hemmungslos meine Brüste entgegen und ließ den Kopf nach hinten sinken. Unter Mats' Berührungen konnte ich nicht mehr einen Millimeter geradeaus denken. Langsam zog er mein Kleid ein Stück nach unten und setzte seine Spur mit kleinen Küssen über meine Brüste hinweg fort. Ich griff selbst nach meinem Kleid, um es herunterzuziehen und ihm so den Weg freizumachen, doch Mats hielt meine Hand auf.

»Das sollte besser an bleiben.«

Ich stöhnte frustriert auf und ließ mich nach hinten sinken. Mats beugte sich wieder über mich und sah mich amüsiert an, während er mit einem Finger langsam meinen Hals entlangstrich. Ich bekam eine Gänsehaut und starrte mit leicht geöffnetem Mund auf seine Lippen.

Er registrierte meinen Blick und schmunzelte. »Du bekommst wohl nicht genug von mir, hm?«

»Ey«, murmelte ich und wollte ihn in die Seite boxen, aber er war schneller und fing meine Hand ab.

Er drückte sie über meinen Kopf und hielt sie dort fest, während er sich wieder zu mir herunterbeugte. Kurz vor meinen Lippen stoppte er. »Ist es nicht so?«

»Was?« Sein Geruch nebelte mich ein und meine Gedanken fuhren Achterbahn.

Mats grinste schief. »Sag, was du von mir willst.«

»Ich will dich.« Ich spürte, wie meine Wangen rot anliefen, als ich es laut aussprach, doch ich wandte den Blick nicht von ihm ab.

Mats wirkte nicht wirklich überrascht. Seine grünen Augen bohrten sich in meine. »Sag doch so was nicht«, murmelte er dennoch leise und klang dabei fast etwas hilflos, dann drückte er seine Lippen erneut auf meine.

Dieser Kuss war noch unnachgiebiger und leidenschaftlicher. Er weckte ein Feuer in mir und mein Körper glühte förmlich. Ein Gefühl, das ich vorher noch nie gespürt hatte, breitete sich mit aller Macht in meinem Unterleib aus. Verzweifelt drückte ich mich näher an ihn und griff kopflos nach seinem Gürtel.

Da löste Mats sich von mir und rollte sich zur Seite. »Okay, stopp jetzt, wirklich.«

Ich richtete mich auf den Ellenbogen auf und sah ihn verwirrt an. Was war denn los?

Mats kam langsam wieder näher, seine Augen wanderten prüfend über mein Gesicht. Den hilflosen Ausdruck darin erkannte ich auf Anhieb.

Ich wusste nicht, was hier passierte. Mit mir passierte. Mats schien es ähnlich zu gehen, er rang nach Worten. Schließlich legte er mir zaghaft die Hand an die Wange und strich eine Haarsträhne zur Seite. Bei seiner Berührung kribbelte meine Haut und mir fuhr ein wohliger Schauer über den Rücken.

»Paula, das geht nicht. Kein Sex.«

Seine Worte waren leise und ehrlich, trotzdem zuckte ich getroffen zusammen. Plötzlich lichtete sich der Nebel in meinem Kopf und ich war wieder in der Realität angekommen.

»Oh mein Gott«, murmelte ich leise und rappelte mich auf. Alarmiert blickte ich zu Mats, der ebenfalls aufstand. Was hatte ich jetzt von ihm zu erwarten?

Als er keine Anstalten machte, etwas zu sagen, ergriff ich stammelnd das Wort. »Ich … Ich sollte dann wohl besser gehen.« Ich hechtete zur Tür und drehte hektisch am Türschloss, bekam das dumme Ding aber nicht auf.

Mats zog mich grinsend zurück und keilte mich zwischen sich und der Tür ein. »Lauf nicht weg«, sagte er. »Bitte.«

Nervös blickte ich zu ihm auf. »Kommt drauf an, was du gleich sagst.«

Er schmunzelte. »Ich sage, dass ich das eben genauso gewollt habe wie du.«

Ich sah ihn mit großen Augen an.

»Also das Knutschen«, fügte er dann mit einem schiefen Grinsen hinzu. »Du hast dann angefangen, mich auszuziehen.«

Ich schloss die Augen. Okay. Jetzt wurde es doch peinlich.

»Hey«, murmelte er dann leise in versöhnlichem Ton. »Ich mach bloß Spaß. Wobei ich meine Worte eben schon ernst meinte.«

Stirnrunzelnd sah ich ihn an.

»Ich glaube nicht, dass die Party hier der beste Ort für dein erstes Mal wäre. Und schon gar nicht mit mir.«

Seine Worte versetzten mir einen Stich. »Das hast du dir natürlich gemerkt«, krächzte ich und wich seinem Blick aus.

»Natürlich.« Mats klang absolut ernst und gar nicht spöttisch, während er mir tief in die Augen sah.

»Du bist besser, als mein Bruder denkt, weißt du das?«, scherzte ich leise.

Mats' Miene wirkte plötzlich verschlossen. »Ich schätze, da liegst du mal daneben. Ich sollte dich jetzt aber wohl besser nach Hause bringen, Rob wartet doch bestimmt schon.«

»Ähm ... da habe ich ein kleines Problem, glaube ich.« Unsicher spielte ich am Saum meines Kleides.

»Wieso?«

»Rob weiß gar nicht, dass ich heute hier bin. Genau genommen denken alle, dass ich bei einer Freundin bin.«

Ein seltsamer Ausdruck legte sich auf sein Gesicht, dann fing er plötzlich an zu lachen. »Paula, ich bin heute wirklich ziemlich überrumpelt von dir. Du lügst? Warum?« Er schüttelte immer noch grinsend den Kopf.

»Weil ich keine Lust habe, mir von allen vorschreiben zu lassen, was ich tun oder lassen sollte. Ich kann und darf das alleine entscheiden, aber alle sehen in mir irgendwie nur die kleine, hilflose Paula, die jederzeit von jemandem gefressen werden könnte. Oder so. Du ja auch.« Ich funkelte ihn kurz missbilligend an, dann zuckte ich gelassen mit den Schultern. »Ich hatte keine Lust auf die Diskussion, deshalb habe ich halt gesagt, ich wäre bei einer Freundin. Dann fahre ich da nachher wieder hin, morgen früh gehe ich nach Hause, und keiner hat mitbekommen, dass ich hier war. Fertig, das war der Plan.«

Mats nickte beeindruckt. »Okay. Dann fahre ich dich eben zu deiner Freundin.«

Ich lächelte verschmitzt und zog mein Handy aus der Tasche. »Sie wollte mir schreiben, wenn sie weiß, wann ihre Eltern nach Hause kommen. Ich müsste vorher bei ihr sein, weil ihr Vater so einen leichten Schlaf hat. Wenn der mich erwischt, geht der ganze Plan nicht auf. Aber du musst mich auch nicht zurückbringen. Ich komm wirklich auch gut alleine klar.«

»Ich weiß, dass ich das nicht muss. Aber ich will dich nicht nachts allein hier rumfahren lassen. Und da wir eh in die gleiche Richtung müssen, ist es kein Ding, wenn ich dich mitnehme. Da diskutiere ich heute auch nicht.«

»Mach, was du willst«, lenkte ich ein, lächelte aber. »Ich guck mal, ob sie mir schon geschrieben hat.«

Ich warf einen Blick auf das Display. Fünf Anrufe und drei Nachrichten in Abwesenheit. Ups.

Mats deutete meinen Gesichtsausdruck richtig und grinste schief. »Geht dein Plan doch nicht auf?«

»Ich weiß noch nicht.«

Die Anrufe waren von Laura. Mit gerunzelter Stirn öffnete ich die Nachrichten.

»Mist«, entfuhr es mir dann. »Lauras Eltern sind schon zurück. Ihr Theaterstück wurde abgesagt, weil ein Hauptdarsteller kurzfristig ausgefallen ist. Toll.« Ich rollte genervt mit den Augen. »Na gut, dann muss ich doch nach Hause. Robin wird ausrasten, wenn er mitbekommt, dass ich gelogen habe.«

»Robin will nur, dass dir nichts passiert«, merkte Mats ungewohnt ernst an. »Und damit hat er auch recht. Guck dir an, was du heute im Begriff warst zu tun. Das sieht kein

Bruder gern.« Er hob anzüglich seine Augenbrauen und wackelte damit.

Ich spürte, wie mir die Röte ins Gesicht stieg.

»Das hätte ich ganz sicher nicht getan.« Ich wollte ihn wieder in die Seite boxen, doch wieder war er schneller und fing meine Hand auf.

»*Das* meinte ich auch gar nicht.« Er grinste mich frech an. »Ich meine den Schnösel, dem du es nicht geschafft hast zu sagen, dass er gefälligst seine Pfoten von dir lassen soll.«

»Ups«, brummte ich ertappt.

»Im Ernst. Wieso hast du ihn geküsst?« Seine Stimme war diesmal ruhig. Abwartend sah er mich an, doch ich wich seinem Blick aus.

»Ich ... Ich weiß es nicht genau. Er ist wirklich nett, und wir haben uns schon einmal geküsst, da dachte ich ...«

»Ihr habt euch schon mal geküsst?«, unterbrach er mich und legte die Stirn in Falten. »Wieso?«

Ich schnaubte erbost. »Warum auch nicht? Es dreht sich nun mal nicht alles um dich in meinem Leben.« Ich pikste ihm mit dem Zeigefinger in die Brust.

Mats umschloss meine Hand mit seiner und ließ sie auf seiner Brust liegen. »Ach nein?« Er schmunzelte. »Da habe ich allerdings einen anderen Eindruck.« Er hob grinsend eine Augenbraue und musterte mich weiter.

Ich wollte meine Hand unter seiner vorziehen, aber er schüttelte warnend den Kopf. »Du musst niemandem etwas beweisen, Paula«, sagte er dann und sah mich eindringlich an.

Ich schloss kurz die Augen. Er hatte mal wieder ins Schwarze getroffen.

»Ich weiß.« Meine Stimme klang zittrig, und ich wagte es immer noch nicht, Mats in die Augen zu sehen.

»Sieh mich an.« Sanft griff er nach meinem Kinn und drehte es so, dass ich ihn ansehen musste. »Ich meine das ernst. Du musst nicht mit dem erstbesten Typen knutschen, damit du dazugehörst. Das hast du wirklich nicht nötig. Und das erwartet auch niemand von dir.«

Ich nickte vorsichtig. Mats war mir unheimlich. Er schien ganz genau zu wissen, was in mir vorging. Ich hatte mich auf Jon eingelassen, weil ich den Eindruck hatte, dass es unangebracht gewesen wäre, nach meiner Flirtattacke noch einen Rückzieher zu machen. Dass ich diese Erfahrung bräuchte, um mit Ruby und ihren Freunden mithalten zu können. Dabei hatte mir mein Bauchgefühl von Anfang an geraten, lieber die Finger von ihm zu lassen.

Leise seufzte ich. »Du hast recht«, gab ich zu.

»Ich weiß.« Mats zuckte lässig mit den Schultern.

Ich rollte ob seiner Arroganz die Augen.

Er lachte und verschränkte seine Finger mit meinen. »Dann muss ich jetzt nicht aufpassen, dass du dich gleich wieder in seine Arme wirfst, wenn wir da rausgehen?« Er deutete mit seinem Kinn auf die Tür, hinter der die Party lautstark im Gange war, und warf mir sein typisches schiefes Grinsen zu.

Ich linste auf unsere ineinander verschränkten Hände. »Gehen wir denn da jetzt wieder raus? Ich dachte, du willst mich nach Hause bringen.«

»Und dich damit deinem wütenden Bruder zum Fraß vorwerfen? So fies bin selbst ich nicht.« Seine Lippen verzogen sich zu einem schelmischen Lächeln und ich ließ mich von seiner guten Laune anstecken.

»Na, zum Glück. Ich wusste doch, dass tief in dir ein guter Kerl schlummert.«

»Wir wollen mal nicht übertreiben.« Schmunzelnd beugte Mats sich zu mir, und ich dachte schon, er würde mich erneut küssen, aber dann legte er nur nachdenklich den Kopf schief. »Ich wüsste da ja eine Lösung.«

»Und die wäre?«

Ein Lächeln legte sich auf seine Lippen, dann schüttelte er langsam den Kopf. »Verrückt, dass ich dir das überhaupt vorschlage ... Aber komm heute mit zu mir.«

Mein Magen überschlug sich bei seinen Worten und mein Herz begann zu rasen. Ich sollte bei Mats schlafen? Bei dem Mats, der dafür berühmt-berüchtigt war, nichts anbrennen zu lassen, und bei dem ich vor wenigen Minuten schon den Verstand verloren hatte, als er mich geküsst hatte?

Mats verfolgte meine stummen Gedankengänge und wirkte plötzlich verunsichert. »Du musst auch nicht, das war nur so eine Idee, wie du dem Stress entkommen kannst, ich kann dich auch einfach zu dir nach Hause fahren und …«

»Nein. Ich … also, das ist eine gute Idee«, unterbrach ich ihn hastig.

Der selbstsichere Ausdruck legte sich erneut auf Mats' Miene und er beugte sich zu mir herunter. »Und du machst nichts, was nicht gut für dich ist, verstanden?«, raunte er mir ins Ohr.

Ein wohliger Schauer lief mir bei seinen Worten über den Nacken.

»Ich darf aber?«, hielt ich leise dagegen, stellte mich auf die Zehenspitzen, um näher an sein Gesicht zu kommen, und suchte seinen Blick.

Mats lachte überrascht auf, blieb mir aber eine Antwort schuldig. Trotzdem stützte ich mich mit meinen Händen an seinem Oberkörper ab und hielt inne, kurz bevor meine Lippen seine berührt hätten. Unsicher sah ich ihm in die Augen.

Diese Situation kam einem Flashback gleich – mit einem Mal fühlte ich mich unsicher. Genau so hatte ich bereits schon einmal vor ihm gestanden, nur dass er mich da eiskalt abblitzen lassen hatte.

Jetzt aber war der Ausdruck in seinen Augen ein anderer.

»Na los, trau dich«, neckte er mich, weil er meine Zurückhaltung offenbar ganz genau erkannte. Seine Augen blitzten amüsiert, aber er kam mir keinen Millimeter entgegen. *Mistkerl.*

Er machte mich wirklich wahnsinnig. Doch mit seiner lockeren, neckenden Art schaffte er es, meine Nervosität Stück für Stück zu vertreiben.

Ich gab mir einen Ruck und drückte kurzerhand meine Lippen auf seine. Ich merkte, wie sie sich zu einem Grinsen verzogen, dann endlich bewegte auch er sich, zog mich an sich und küsste meine Unbeholfenheit weg.

Ich passte mich seinen Bewegungen an und krallte mich in seinem T-Shirt fest. Wenn ich ihn küsste, waren all meine Bedenken wie ausgelöscht, und ich konnte nur noch an Mats und an das, was er mit mir anstellte, denken. Mein sonst so kontrolliertes Verhalten schwand immer weiter, je länger wir uns küssten. Ich drängte mich an ihn und wollte mehr. Mehr von ihm.

Mats schien es ähnlich zu gehen, er drückte mich gegen die Wand und eroberte meinen Mund, während seine Hände besitzergreifend über meinen Körper glitten. Sie erreichten meine Brüste und drückten sanft zu. Ein undefinierbares Geräusch löste sich aus meiner Kehle. Ich löste meinen Mund von seinem, nur um ihn im nächsten Moment an seinem Hals zu versenken. Ich knabberte an ihm und genoss den typischen Mats-Geruch, der mich in seiner unmittelbaren Nähe intensiv umfing.

Wohlig seufzte ich, während ich mich an seinem Hals emporküsste. Ich erreichte seinen Kieferknochen und zog eine Spur kleiner Küsse über ihn, bis ich seine Lippen erreichte. Bevor ich dort weitermachen konnte, schob er mich langsam von sich.

»Lass mich«, protestierte ich mit kratziger Stimme, was Mats ein ungläubiges Lächeln entlockte.

»Wir sollten hier wirklich aufhören.« Er deutete auf das Bett hinter uns. »Bevor ich dich doch noch hier und jetzt nehmen muss.« Seine Stimme klang bedrohlich, doch auch wenn sie es vielleicht sollten, lösten seine Worte keine Angst bei mir aus.

»Vielleicht will ich das ja«, murmelte ich und erwiderte seinen Blick.

Für einen kurzen Moment flackerte etwas in seinen Augen auf. »Sag besser nichts, das du später bereuen würdest.« Er zwinkerte mir zu. »Und jetzt lass uns noch ein bisschen diese Party genießen. Musst du ja ausnutzen, wenn mal kein besorgter Bruder auf dich wartet.«

Ich brummte mürrisch auf, ließ mich aber widerstandslos von ihm zurück in das große Wohnzimmer ziehen.

»Was willst du trinken?« Mats schob mich an die überfüllte Bar und hob den Arm in Peters Richtung, der uns bereits gesehen hatte.

»Nanu, hattest du vorhin nicht einen anderen Begleiter?« Peter beäugte mich skeptisch, während er akribisch ein Glas mit einem Baumwolltuch abrieb.

»Ich …« Hilfe suchend sah ich zu Mats, der nur vielsagend grinste.

Peter zuckte mit den Achseln. »Na ja, geht mich ja auch nichts an. Wieder das Einhorn?«

Dankbar, dass ich mich nicht weiter erklären musste, nickte ich schnell. »Ja, gerne.«

»Und du?« Er musterte Mats fragend, und ich glaubte eine gewisse Abneigung in seinem Blick zu erkennen.

»Wie immer« gab Mats nur knapp zurück.

Ich kniff irritiert die Augenbrauen zusammen.

Mats begegnete meinem fragenden Blick und hob nur kurz die Schultern. »Er mag mich nicht sonderlich. Hat was gegen meinen Lebensstil.« Seine Worte klangen beiläufig, doch er musterte mich genau, als er auf meine Reaktion wartete.

Ich schluckte, doch die Genugtuung wollte ich ihm nicht geben. »Also kennt ihr euch schon, ja?«

Mats zuckte mit den Schultern. »Man sieht sich manchmal.«

Er schien nicht näher darauf eingehen zu wollen, also beließ ich es dabei.

Da tauchte Peter bereits wieder neben uns auf. Ohne ein Wort zu sagen, aber mit mahnendem Blick, drückte er Mats ein Bier in die Hand. Dann reichte er mir mein rosafarbenes Getränk. Ich griff danach, Peter ließ das Glas aber noch nicht los.

Er beugte sich näher zu mir und murmelte leise: »Deine Wahl vorhin hat mir besser gefallen.« Er hob vielsagend eine

Augenbraue und wandte sich dann mit einem bedeutungsschwangeren Blick auf Mats um.

Mich beschlich die leise Ahnung, dass er damit nicht den Cocktail meinte.

Wir kämpften uns durch die überfüllte Wohnung, um auf die Dachterrasse zu kommen. Auch diese war mittlerweile gut besucht und wir zogen uns in eine ruhigere Ecke am Geländer zurück.

Ich hielt einige Schritte Sicherheitsabstand und beäugte den Rand skeptisch. »Meinst du wirklich, dass so eine Konstruktion ernsthaft einen Menschen aufhalten würde, der sich mit vollem Gewicht dagegen lehnen würde?«, fragte ich.

Mats lachte leise auf. »Also, wenn du zartes Persönchen dich dagegen lehnst, wird das Metall das noch nicht mal registrieren«, stichelte er. »Wie oft hört man denn davon, dass Leute vom Dach in den Tod gestürzt sind, weil das Geländer nicht gehalten hat?«

Ich schüttelte mich bei der Vorstellung. »Hör auf, du machst mir Angst.«

Mats trat einen Schritt näher. »Das macht dir Angst?« Ungläubig wanderte sein Blick über mein Gesicht. Als er feststellte, dass ich es bitterernst meinte, wurde sein Blick weich. »Du bist mir wirklich ein Rätsel, Paula. Du solltest vor ganz anderen Dingen Angst haben, aber doch nicht vor solchen.«

Ich verschränkte die Arme vor der Brust. »Soll das eine Drohung sein?«

Mats schüttelte den Kopf. »Nein, eine Warnung. Ich habe dir schon mehrmals gesagt, dass du dich lieber von mir fernhalten solltest.« Sein Blick verfinsterte sich. »Ich hab's dir sogar bewiesen. Und trotzdem stehst du jetzt hier.« Er biss die Zähne zusammen und wartete auf meine Reaktion.

»Das hast du.« Ich zuckte mit den Schultern. »Und trotzdem bin ich hier.« Ich zwinkerte ihm zu und fragte mich, woher mein plötzlicher Mut kam. Das war doch der pure Wahnsinn, was ich hier machte.

Mats schien Ähnliches durch den Kopf zu gehen. »Du überraschst mich immer wieder.« Er grinste anzüglich und nahm einen Schluck von seinem Bier. Er folgte meinem Blick. »Ist alkoholfrei«, erklärte er gedehnt. »Bin ja mit dem Auto da.«

»Du musst dich nicht rechtfertigen«, antwortete ich schnell. Ich fühlte mich so verdammt spießig in seiner Gegenwart.

»Da bist du ja. Ich habe dich schon überall gesucht.« Rubys Stimme ertönte schrill neben mir. »Du warst plötzlich verschwunden. Mit dem da.« Rubys Blick glitt anklagend über Mats und wieder zurück. »Wir müssen reden«, zischte sie leise.

Mats lehnte sich lässig ans Geländer und machte eine Handbewegung in ihre Richtung. »Bitte. Redet.«

»Ohne dich.« Sie verengte die Augen und wollte mich mit sich ziehen, doch zu unser aller Überraschung, schüttelte ich den Kopf und blieb stehen.

»Er kann ruhig mithören.«

Mats grinste Ruby selbstgefällig an, holte dann aber sein Handy aus der Tasche und begann etwas zu tippen.

Ruby baute sich vor mir auf. Sie wirkte echt sauer. »Jon hat mir alles erzählt. Der arme Kerl ist völlig durcheinander, er dachte, zwischen euch bahnt sich etwas an.«

Ich schluckte und sah sie schuldbewusst an.

»Das dachte ich übrigens auch. Und dann lässt du dich von diesem Aufreißer da ins Zimmer ziehen und kommst eine halbe Ewigkeit nicht mehr heraus. Was meinst du, wie Jon sich dabei gefühlt hat, hm?«

Ihre Worte trafen mich wie ein Faustschlag, und ich fühlte, wie alles Blut mir aus dem Gesicht wich.

»Wir haben nicht …«, murmelte ich erschrocken und hob unglücklich die Schultern.

Ruby verengte ihre Augen zu Schlitzen. »Verkauf mich nicht für blöde. Es ist mir grundsätzlich echt egal, mit wem du was treibst, aber diese Aktion ging gar nicht.«

»He, rede nicht so mit ihr.« Mats hatte sein Handy weggesteckt und kam langsam auf uns zu. »Wollen wir gehen?«, fragte er an mich gewandt.

Ich schüttelte den Kopf und sah Ruby geknickt an. »Es tut mir leid. Ich hätte Jon nicht so anflirten sollen, das war wirklich nicht fair von mir. Ich hatte die ganze Zeit ein ungutes Bauchgefühl.«

Rubys Züge wurden weich. »Wegen dem da, stimmt's?«

Ich errötete, was ihr wohl als Antwort ausreichte. Mein Blick huschte vorsichtig zu Mats, dessen Miene keine Regung zeigte.

»Trotzdem war das echt nicht fair gegenüber Jon. Er mag dich wirklich.«

Beschämt senkte ich den Blick. Ich hatte Jon benutzt, um herauszufinden, was ich eigentlich wollte. Zumindest redete ich mir das ein. Hatte ich nicht die ganze Zeit über schon gewusst, dass er nicht der Richtige war? Ich hätte auf meinen Bauch hören sollen. Mit Jon hatte ich in der Tat großen Mist gebaut.

»Es tut mir leid«, wiederholte ich kleinlaut.

Ruby nickte langsam. »Ich weiß. Aber das solltest du ihm selber sagen. Er sitzt dahinten.« Sie deutete auf die große Sitzgruppe in der Mitte der Terrasse.

»Das wird sie ganz bestimmt nicht«, brummte Mats und wollte mich am Arm wegziehen. »Wir sollten jetzt lieber von hier verschwinden.«

»Warte, Ruby hat recht. Ich sollte ihm das wirklich selbst sagen.« Zerknirscht sah ich Mats an und erwartete fast, dass er wie mein Bruder einfach über mich bestimmen würde und mich trotz meines Einwandes mitziehen würde, doch Mats ließ mich seufzend los und nickte kurz.

»Ich warte hier, aber ich hab dich im Auge. Lass dich nicht wieder zu irgendwas drängen, klar?« Seine grünen Augen bohrten sich in meine und ich nickte schnell.

Rubys Blick wanderte interessiert zwischen uns hin und her, aber sie behielt ihre Meinung für sich.

Jon sah mich schon, bevor ich die Sitzgruppe erreichte. Er stand auf und kam mir entgegen, seine Hände tief in den Hosentaschen vergraben. Sein Blick wanderte hinter mich, wo er wohl auf die versteinerte Miene von Mats traf.

Stirnrunzelnd sah er mich an. »Erklärst du mir, was da vorhin passiert ist?« Seine Stimme klang ausdruckslos.

Ich biss mir nervös auf die Lippen und hob unbeholfen die Schultern. »Du bist wirklich nett, Jon«, fing ich langsam an. »Und unter normalen Umständen ...« Ich brach ab und rang nach Worten. Das klang absolut bescheuert.

Jon musterte mich. »Es liegt an dem Kerl, richtig?«

Ich nickte langsam. »Sieht wohl so aus. Eigentlich wollte ich ihm aus dem Weg gehen, aber das funktioniert nicht so ganz. Es tut mir leid, dass ich dir Hoffnungen gemacht habe, wirklich.«

Jon betrachtete mich mit verschränkten Armen. »Ist schon okay. Die Art war jetzt nicht so besonders nett, aber das lag ja auch eher an ihm und nicht so sehr an dir. Und es ist ja nicht so, dass wir uns unsterblich ineinander verliebt hätten.« Er grinste matt.

»Trotzdem hätte ich das vorher abbrechen sollen«, murmelte ich. »Das war nicht fair.«

Jons Blick wanderte über meine Schulter, dann schüttelte er leicht den Kopf. »Ich hoffe nur, dass du weißt, was du da tust.« Fragend sah er mich an. »Der hat wirklich keinen guten Ruf. Ich denke nicht, dass du der Typ *Frau für eine Nacht* bist.«

Seine Worte trafen mich. »Woher willst du wissen, dass ich das für ihn bin? Du kennst ihn doch gar nicht.«

»Stimmt. Aber ich habe mich über ihn erkundigt. Sagen wir mal so, Mats ist berühmt-berüchtigt dafür, wie er mit den Frauen umgeht. Ich mag dich wirklich, auch als Freundin«, betonte er, »und ich würde dir wirklich gern ans Herz legen, dir das mit ihm noch mal zu überlegen.«

Langsam wich ich vor ihm zurück. Seine Worte schmerzten. Ganz tief in meinem Inneren gab eine Stimme ihm recht und sagte, ich solle lieber auf ihn hören. Doch das konnte ich nicht. Selbst wenn Mats der größte Fehler meines Lebens sein sollte, jetzt hatte ich eine Grenze überschritten und konnte nicht mehr zurück.

»Danke für deine Warnung«, murmelte ich leichthin. »Aber das werde ich wohl selbst herausfinden müssen.«

Jon nickte. »Ich habe mir gedacht, dass du das sagen würdest.«

Ich kaute nervös auf meiner Unterlippe herum und wusste nicht, was ich jetzt noch erwidern sollte. Jon seufzte und deutete hinter mich. Wahrscheinlich ließ Mats ihn nicht aus den Augen.

»Na gut, ich habe getan, was ich tun konnte.« Er schmunzelte leicht. »War trotzdem schön, dich kennengelernt zu haben. Und bleib an deinem Schreiben dran, irgendwann wirst du dafür belohnt werden. Ich weiß, wovon ich spreche.«

Ich lächelte erleichtert. »Werde ich.«

Ich wusste nicht, wie ich mich von ihm verabschieden sollte. Irgendwie wirkte alles falsch.

Jon erkannte meine Unschlüssigkeit und zog mich lächelnd in eine kurze Umarmung. »Mach's gut, Paula. Vielleicht sieht man sich ja mal wieder.«

Erleichtert atmete ich auf, als ich Mats wieder erreichte.

»Ich hab gesagt, er soll die Pfoten von dir lassen«, brummte Mats, doch ein amüsiertes Funkeln blitzte in seinen Augen auf.

»Hör bloß auf, das war echt unangenehm«, murmelte ich.

Auch wenn das Gespräch mit Jon mich wirklich viel Überwindung gekostet hatte, so fühlte ich mich jetzt befreit. Die Last, die ich seit Tagen mit mir herumschleppte, genauer, seit ich wusste, dass ich Jon wieder treffen würde, war von mir abgefallen und ich fühlte mich unendlich erleichtert. Die ganze Sache hatte mich doch mehr mitgenommen, als ich vorher gedacht hatte.

»Du bist doch selbst schuld, wenn du einem Typen schöne Augen machst, obwohl du eigentlich gar nichts von ihm willst«, zog er mich weiter auf.

Ich boxte ihm gegen die Schulter, aber Mats lachte nur.

»Du hattest es doch eh die ganze Zeit auf mich abgesehen ...« Selbstbewusst hob er seine Bierflasche an die Lippen und beobachtete mich.

Ich lief prompt rot an und schüttelte schnell den Kopf.

»Das stimmt doch gar nicht, die meiste Zeit fand ich dich sogar total bescheuert, ich …«

Mats lachte tief auf. »Hör auf, das zu leugnen, das glaub ich dir nicht. Ich bin ganz gut darin, die Signale einer Frau zu deuten.« Er zwinkerte mir anzüglich zu.

»Du bist ja wirklich gar nicht eingebildet«, murmelte ich, was Mats nur noch mehr zum Lachen brachte.

»Ich bin nicht eingebildet. Ich bin nur selbstbewusst, das ist etwas anderes. Aber das kannst du gar nicht wissen, da du nicht viel von dieser Eigenschaft besitzt.«

Ich schnappte hörbar nach Luft. »Na hör mal.« Mir fehlten angesichts seiner Unterstellung die Worte. Ich funkelte ihn böse an.

Mats stieß sich lässig vom Geländer ab und trat dichter zu mir. Langsam hob er seine Hand an meinen Hals und fuhr mit einem Finger sanft daran hinauf. Ich hielt die Luft an und erstarrte für einen Moment.

»Deswegen wirst du wirklich bei jeder noch so kleinen Äußerung rot«, raunte er. Seine Finger kitzelten mich und ließen einen angenehmen Schauer auf der berührten Haut zurück. »Von hier«, langsam strich er von meinem Wangenknochen bis zu meiner Nase, »bis hier«.

Ich schluckte hart. Wenn er mich so ansah, verlor ich jeden Bezug zur Realität.

Mats löste sich langsam von mir und deutete mit einem kurzen Nicken zur Dachluke. »Ich denke, es ist doch besser, wenn wir von hier verschwinden. Ich hab so eine Ahnung, dass deine Freunde es nicht so cool finden, wenn du mit mir zusammen hier bist.«

Da lag er vermutlich gar nicht so falsch, doch das wollte ich ihm nicht noch weiter auf die Nase binden. Und wenn ich ehrlich war, lag mir auch gar nicht so viel an der Party wie an Mats. Also nickte ich zustimmend.

Ich folgte ihm über die Dachluke in den Flur, der weiterhin proppenvoll war. Wieso verteilten sich die Leute bloß nicht? Ich drückte mich an all den Menschen vorbei und hatte meine Mühe, Mats nicht aus den Augen zu verlieren.

»Du gehst schon?« Ein junger Typ schob sich vor Mats und versperrte ihm so den Weg. »Die Party hat doch gerade erst angefangen. Ich dachte, dass wir uns heute mal näher mit den *Smiths* auseinandersetzen könnten?«

Mats rieb sich mit einer Hand übers Kinn. Kurz hatte ich den Eindruck, dass der sonst so schlagfertige Mats nach Antworten suchte. »Sorry, das müssen wir auf ein anderes Mal verlegen. Ich mach mich jetzt auf den Weg.«

Mats versuchte, ihn abzuwürgen und sich an ihm vorbeizuschieben, als der Blick von dem Kerl auf mich fiel. Ein wissender Ausdruck breitete sich über seinem Gesicht aus.

»Ah, okay, sag doch gleich, dass du schon eine zum Abschleppen gefunden hast. Ich warte dann so lange.« Er klopfte Mats anerkennend auf die Schulter.

Ein mulmiges Gefühl breitete sich in mir aus. Die Warnungen meiner Freunde kamen nicht von ungefähr. Mats war ein Frauenheld und er würde bei mir sicherlich keine Ausnahme machen. Mein Kopf sagte mir, dass ich die Beine in die Hand nehmen und mich vom Acker machen sollte. Und das eigentlich schon viel früher. Doch mein Herz sagte etwas anderes. Also schüttelte ich nur genervt den Kopf und versuchte mich an dem Typen vorbeizuschieben, was in dem Gedränge schwieriger war, als ich gedacht hatte. Ich kam nur stückchenweise voran und konnte so weiter jedes Wort verstehen.

»Du hast mich wohl falsch verstanden«, erklärte Mats, während er seinem Freund kurz eine Hand auf die Schulter legte. »Ich werde die Kleine ganz bestimmt nicht vögeln, sie ist nur die Schwester eines Freundes, die ich jetzt nach Hause bringe, weil ich es ihm versprochen habe.«

»Dabei wollte ich dir gerade zu deinem guten Fang gratulieren. Aber wenn du kein Interesse an ihr hast, darf ich dann vielleicht vorher mein Glück bei ihr versuchen?« Sein Blick wanderte unverhohlen an mir herab und ich bekam eine Gänsehaut.

Dieses Mal fühlte sie sich ganz und gar nicht angenehm an.

»Versuch es bloß nicht«, knurrte Mats und schob ihn mit einer kräftigen Armbewegung an die Wand.

Endlich konnte ich mich an diesem unangenehmen Typen vorbeidrücken. Mats sagte noch etwas zu ihm und war dann wieder an meiner Seite.

Wir schwiegen, bis wir sein Auto erreicht hatten.

Erst dann ergriff er ruhig das Wort. »Ich kann mich nur immer wieder wiederholen, Paula. Ich bin nicht nett und das solltest du dir auch nicht schönreden. Du hast, denke ich, mittlerweile oft genug mitbekommen, welchen Ruf ich habe, und den bekommt man ja nicht einfach so.«

Erstaunt sah ich zu ihm herüber. Er mied meinen Blick und starrte stur geradeaus auf die Straße. Grummelnd streckte ich die Beine aus und sah aus dem Beifahrerfenster.

Mats fuhr nicht schnell, ich beobachtete die bunten Lichter, die an uns vorbeizogen. Eine Stadt wie Berlin schlief wirklich nie. In diesem Bezirk reihte sich Cocktailbar an Cocktailbar, zwischendrin gingen die Leute in den zahlreichen Spätis ein und aus und deckten sich mit Massen an Alkohol für ihre bevorstehenden Partynächte ein.

Schließlich seufzte ich und sah wieder zu Mats. Er drehte kurz seinen Kopf und musterte mich, bevor er wieder auf die Straße sah. »Hör zu, ich kann dich auch nach Hause bringen, das …«

»Nein«, unterbrach ich ihn schnell. Und obwohl ich wusste, dass ich es nicht sagen sollte, rutschte es mir trotzdem heraus. »Ich glaube nicht, dass du so schlecht bist, wie du immer wieder sagst. Ich mag dich nämlich.«

Mats' Stirn legte sich kurz in Falten, dann fand er zu seinem lockeren Tonfall zurück. »Wie schlecht etwas ist, liegt ja auch immer im Auge des Betrachters. Meine Kumpels finden meine Lebensweise alles andere als schlecht, hast du ja eben gehört.«

Ich erkannte den Sarkasmus in seiner Stimme und versuchte diesen in das Bild, das ich von Mats hatte, einzuordnen.

»Und du?« Die Frage war heraus, bevor ich es mir anders

überlegen konnte. Ein mulmiges Gefühl breitete sich in mir aus. Ich war mir nicht sicher, ob ich die Antwort wirklich hören wollte.

Das schien Mats ähnlich zu sehen. Grinsend warf er einen kurzen Seitenblick auf mich. »Ich glaube nicht, dass du wirklich eine Antwort darauf erwartest, oder?«

Resigniert rutschte ich tiefer in den Sitz. Damit hatte er meine Frage indirekt ja im Grunde schon beantwortet. Wieso sollte man sich so einen Ruf auch erarbeiten, wenn man selbst nicht voll und ganz dahinterstand? Eins musste ich aber unbedingt noch wissen. »Wieso hast du gesagt, dass du mich nur nach Hause fährst?« Nervös fummelte ich am Saum meines Kleides, während ich auf seine Antwort wartete. Diese kam prompt.

»Na, weil du keine Eroberung von mir bist.« In seiner Stimme klang etwas mit, das ich nicht einordnen konnte. Allerdings wusste ich auch mit seiner Aussage nicht viel anzufangen.

»Nicht?« Meine Stimme bebte, als ich daran dachte, wie wir uns im Schlafzimmer geküsst hatten.

Mats atmete leise aus. »Paula, bitte, du bist nun mal die Schwester von Rob. Was denkst du, würde wohl passieren, wenn alle Welt denkt, dass ich dich im Bett hatte?« Bevor ich etwas erwidern konnte, sprach Mats schon weiter. »Richtig, du hättest deinen Ruf weg und Stress mit deiner Familie. Glaub mir, das willst du nicht.«

Ich schluckte. Natürlich hatte er damit recht, und trotzdem ärgerte mich die Tatsache, dass ich wieder nur auf *die Schwester von …* reduziert wurde.

»Siehst du, du bist wirklich nett«, murmelte ich stattdessen und Mats grinste erleichtert.

»Manchmal vielleicht.«

SECHZEHN

Mats hielt vor einem kleinen Mehrfamilienhaus.

»Keine Sorge, hier wird dich niemand überraschen, ich habe meine eigenen vier Wände.«

Das hatte ich mir bereits gedacht. Mats wirkte nicht wie jemand, der noch bei seinen Eltern wohnte. Während ich ihm in sein kleines Apartment folgte, kam die Nervosität mit einem Schlag zurück. Ich hatte absolut keine Ahnung, was mich hier erwarten würde. Er schloss die Tür auf, und wir standen in einem schmalen Flur, der mit Konzertplakaten und Tickets zugeklebt war. Ich fühlte mich sofort wohl.

»Man merkt ein bisschen, was du so in deiner Freizeit machst«, witzelte ich und begutachtete die ganzen Schmuckstücke.

Mats lehnte im Türrahmen und beobachtete mich. »Das täuscht. In meiner Freizeit bin ich tatsächlich am meisten mit Schreiben beschäftigt. Na ja … also, bin es gewesen.« Er zuckte beiläufig mit den Schultern.

Das war das erste Mal, dass er freiwillig vor mir sein Buch erwähnt hatte.

»Willst du nicht weiterschreiben? Etwas Neues?«

Mats kniff nachdenklich die Augenbrauen zusammen und schüttelte dann langsam den Kopf. »Nein, ich denke eher erst mal nicht.«

Abwartend sah ich ihn an, doch Mats stieß sich vom Türrahmen ab und ging in die dahinter liegende Küche, ohne seine Worte näher auszuführen.

Er öffnete den Kühlschrank und holte zwei Bierflaschen heraus, von denen er mir eine fragend entgegenhielt. »Ich hab ansonsten noch ... Wasser«, sagte er verlegen lachend. »Ich war nicht auf Besuch eingestellt, und mit diesem süßen Zeug, auf das du so stehst, kann man mich echt jagen.«

Ich folgte ihm und nahm ihm eine Flasche ab. »Ist schon gut, danke. Aber was heißt hier, du bist nicht auf Besuch eingestellt? Ich dachte, es vergeht kein Abend, an dem du nicht ein Mädchen abschleppst.« Ich versuchte meiner Stimme einen neckenden Unterton zu verleihen, doch das misslang mir ziemlich. Vermutlich hörte ich mich eher an wie die eifersüchtige Freundin, die jeden Schritt ihres Freundes kontrollieren wollte.

Ein amüsierter Ausdruck legte sich auf sein Gesicht.

Okay. So kam es wohl auch bei ihm an. Schnell drehte ich mich auf dem Absatz um und floh ins Wohnzimmer. Es war überraschend gemütlich eingerichtet. Auch hier dominierte die Musik den Einrichtungsstil. Hinter dem großen Sofa hing eine Gitarre und auch hier klebten vereinzelt Tourplakate an den Wänden. Ein großer Fernseher stand im Mittelpunkt des Raumes, daneben waren Unmengen an CDs und DVDs ordentlich in Regale sortiert. Eine Wand bestand fast ausschließlich aus einem riesigen Bücherregal.

»Wow«, entfuhr es mir, während ich die ordentlich aneinandergereihten Buchrücken betrachtete.

»Hättest du nicht gedacht, hm?« Mats ließ sich auf das Sofa sinken und klopfte mit der freien Hand neben sich. »Setz dich.«

Zögerlich drehte ich mich zu ihm um und folgte langsam seiner Aufforderung. Ich ließ einen größeren Sicherheitsabstand zwischen uns, was Mats mit einer hochgezogenen Augenbraue kommentierte.

»Ich beiße nicht.«

Als Antwort grummelte ich verschämt.

»Aber zu deiner Frage eben«, hob er plötzlich an. »Nein,

ich bringe hier nie Mädels mit her.« Seine Stimme klang fest und ich verschluckte mich fast an meinem Bier.

Das hatte ich jetzt nicht erwartet. »Was?«, entfuhr es mir.

»Mein Ruf eilt mir voraus«, witzelte er und grinste schief.

»Nein, es ist nur ... ich weiß auch nicht genau ...«, murmelte ich verlegen.

Natürlich hatte ich angenommen, dass Mats seine Eroberungen mit zu sich nach Hause nahm.

Mats zuckte unbehelligt mit den Schultern. »Passt schon. Macht die Sache ja nur unwesentlich besser.« Er schmunzelte.

Und ich wurde einfach nicht schlau aus ihm. »Wenn du selbst nicht so sein willst, wieso bist du dann so?«

Mats wirkte belustigt. »Das habe ich ja nicht gesagt.«

Jetzt war ich vollends verwirrt. »Ich dachte, darüber reden wir die ganze Zeit?«

»Nein, ich bin total zufrieden mit meinem Lebensstil. Ich will dir doch bloß klarmachen, dass ich daher eben nicht der Richtige für dich bin.« Er sah mich mit schief gelegtem Kopf an. »Du passt nicht zu den Mädels, für die ich mich gewöhnlich interessiere.« Sein Tonfall war ruhig und trotzdem fühlte ich mich angegriffen.

Ich verschränkte die Arme und sah ihn missbilligend an. »Na, schönen Dank auch. Den Eindruck hatte ich vorhin aber nicht.« Bei meinen Worten wechselte der Ausdruck in Mats' Gesicht.

Seine grünen Augen verdunkelten sich und ruhten kurz auf mir, ehe er sich aufrappelte und zu seinem Regal hinüberging.

Interessant, Mats scheute also den Konflikt. Aber nicht mit mir. Bevor ich meine Idee gründlich überlegen konnte, war ich bereits aufgesprungen und folgte ihm. Er hatte wohl nicht mitbekommen, dass ich hinter ihm stand, denn er konnte gerade noch stoppen, bevor er mich über den Haufen gerannt hätte, als er sich schwungvoll umdrehte.

»Huch«, murmelte er und wich mit gesenktem Kopf einen Schritt zurück.

Fast musste ich über diese Absurdität lachen. Es kam mir vor, als hätten wir die Rollen von vor ein paar Stunden gerade getauscht.

Mats wollte um mich herum ausweichen, aber ich hielt ihn am Arm fest und trat einen Schritt näher, sodass ich direkt vor ihm stand. Er seufzte leise und sah mir endlich in die Augen. Was ich dort sah, ließ mich kurz innehalten. Das hier war der echte Mats, der, auf den ich nur in sehr seltenen Fällen kleine Einblicke erhaschen konnte. Er sah mich kurz an und ich konnte seine innere Zerrissenheit förmlich spüren.

»Paula, ich glaube wirklich, dass heute schon zu viel passiert ist. Wir sollten es lieber dabei belassen.«

Ich biss mir auf die Lippen und schüttelte den Kopf. »Ich habe es wirklich so satt, dass alle mir vorschreiben wollen, was ich zu tun und zu lassen habe. Ja, ich habe verstanden, wie du tickst, und ja, vermutlich ist das nicht die allerbeste Entscheidung, die ich je getroffen habe, und ja, vielleicht werde ich damit morgen schon gar nicht mehr glücklich sein, aber genau jetzt will ich es. Zählt das denn gar nicht?«

Mats schloss kurz die Augen. »Ich will nicht, dass du morgen meinetwegen unglücklich bist«, murmelte er.

Der Nachhall seiner Worte klang durch den Raum und mein Herz zog sich schmerzhaft zusammen. Das waren wohl die ehrlichsten und nettesten Worte, die ich je von ihm gehört hatte.

Ich nahm all meinen Mut zusammen und legte vorsichtig meine Hände an seine Wangen. Als er sich nicht dagegen wehrte, rückte ich näher an ihn. »Dazu ist heute vermutlich schon zu viel passiert«, griff ich sein Argument auf. »Also können wir das meinetwegen gern noch etwas ausweiten ...«

Noch bevor ich meine Worte zu Ende gesprochen hatte, brummte Mats leise auf, hob mich hoch und wirbelte mich in einer schnellen Bewegung gegen die Wand hinter sich. Ich keuchte erschrocken auf und klammerte mich an seinen Schultern fest. Er lehnte sich so dicht zu mir, dass unsere Nasenspitzen nur einen Millimeter voneinander entfernt waren.

»Das hier willst du also?«, raunte er leise und der Blick seiner strahlenden grünen Augen bohrte sich in meine.

Das hier war wieder der unnahbare Mats, mit dieser Version von ihm kannte ich mich mittlerweile halbwegs aus. Ich erwiderte seinen Blick trotzig und nickte.

Grinsend hob er eine Augenbraue und mein Herz machte einen Satz. In dieses Bild von ihm hatte ich mich verliebt.

Mats ließ mich herunter, umfing meinen Kopf aber weiterhin mit seinen Armen, damit ich nicht ausweichen konnte.

»Soso.«

Quälend langsam senkte er seine Lippen auf meine, ganz so, als wollte er mir noch die Möglichkeit geben, diese ganze verrückte Sache abzubrechen. Doch ich dachte nicht daran. Sein Geruch hüllte mich ein und machte mich willenlos. Gierig stellte ich mich auf die Zehenspitzen und drängte mich an ihn. Dann endlich berührten sich unsere Lippen.

Mats gab ein ersticktes Lachen von sich. »Du kannst es ja wirklich kaum abwarten«, murmelte er gegen meine Lippen, doch im Gegensatz zu sonst wirkten seine Worte gar nicht gehässig. Vielmehr zog er mich auf, aber damit konnte ich leben.

»Ach, sei einfach still«, brummte ich gegen seinen Mund und tatsächlich kam er meiner Aufforderung nach.

Sein Kuss war alles andere als unschuldig, und auch wenn ich noch nicht viel Erfahrung hatte, merkte ich sofort: Im Gegensatz zu dem Kuss mit Jon war das hier eine ganz andere Hausnummer. Es fühlte sich so echt und so wahnsinnig intensiv an, dass ich am liebsten die Zeit festhalten wollte.

Wir küssten uns minutenlang, bis Mats mich plötzlich freigab und tief Luft holend ansah. »Du. Auf. Mein. Bett. Jetzt«, brachte er keuchend hervor.

Ohne meine Reaktion abzuwarten, dirigierte Mats mich in das anliegende Schlafzimmer.

Ich hatte keine Gelegenheit, das Zimmer näher zu begutachten. Mats zog mich mit sich auf sein großes Bett und wir versanken abermals in einem innigen Kuss. Ich wusste nicht mehr, ob das, was wir hier taten, richtig oder falsch war. Und es interessierte mich auch nicht.

Ich wusste nur, dass ich mehr von ihm wollte. Ich zupfte an seinem T-Shirt, und Mats kam meiner stummen Aufforderung nach, indem er es sich in einer schnellen Bewegung über den Kopf zog. Ich hielt kurz inne und betrachte seinen muskulösen Oberkörper. Ich wusste zwar, dass er tätowiert war, hatte bisher aber nur diejenigen Tattoos sehen können, die unter seiner Kleidung hervorlugten. Langsam fuhr ich mit meinem Finger über die schwarzen Bilder.

Ehrfürchtig stoppte ich bei einem lateinischen Spruch und fuhr die Buchstaben langsam mit meinem Finger nach.

»Was bedeutet das?«

Mats musterte mich überrascht. »Was denn? Das weißt du nicht? Du weißt doch eigentlich immer alles?« Sein Ton klang neckend und ich musste grinsen.

»Ich hätte tatsächlich gern noch Latein belegt, aber mein Stundenplan war zu voll. Hab schon viel zu viel extra gemacht, aber im Nachhinein wäre Latein wohl doch die bessere Wahl gewesen. Gerade wenn ich später irgendwas mit Büchern machen will.« Ich zuckte lachend mit den Schultern.

»Du bist wirklich besonders.« Mats zupfte leicht an meiner Haarsträhne, dann beugte er sich über mich und begann, hauchzarte Küsse auf meinem Hals zu verteilen.

»Du willst es mir nicht sagen, richtig?«, flüsterte ich, während ich die Augen schloss und mich unter seinen Liebkosungen zurück aufs Kissen sinken ließ.

Er küsste sich langsam und bedächtig an meinem Hals herab und schüttelte dabei den Kopf.

Seufzend resignierte ich. Er wusste wohl genau, dass ich jetzt ganz bestimmt nicht mit ihm diskutieren wollte.

Mats erreichte mein Kleid und zupfte leicht an meinem Ausschnitt. »Willst du das ausziehen?«

Seine Frage klang tatsächlich so, als ob ich eine Wahl hätte.

»Gehört das nicht dazu?«, gab ich prompt zurück und setzte mich schnell auf.

Mats griff um mich herum und half mir, das Kleid über den Kopf zu ziehen. Bedächtig musterte er meinen Körper, doch ich hatte kein Bedürfnis, mich vor ihm zu verstecken.

»Du bist wunderschön, hat dir das schon mal jemand gesagt?« Langsam hob er seine Hand und strich behutsam über meine Taille.

Bei jeder seiner Berührungen begann meine Haut unter seinen Fingern zu kribbeln und ich seufzte wohlig auf.

Seine Hand wanderte an meiner Seite hoch und er strich langsam über die Wölbungen meiner Brüste. Es fühlte sich an, als ob meine Haut unter Flammen stünde, und allmählich hielt ich die Spannung nicht mehr aus. Ich kletterte kurzerhand auf seinen Schoß und presste meine Lippen auf seine. Ohne große Zurückhaltung erwiderte er den Kuss und eroberte meinen Mund mit seinem. Keuchend lehnte ich mich gegen ihn und fuhr mit meinen Händen an seinem Bauch herab. Da löste sich Mats schwer atmend von mir und griff kopfschüttelnd nach meinen Händen.

»Was denn jetzt schon wieder?«, stöhnte ich frustriert auf.

Das typische Mats-Grinsen schlich sich auf sein Gesicht und mein Herz machte einen Satz.

»Du bist wirklich süß.« Er drehte mich mit einer schnellen Bewegung auf den Rücken, setzte sich auf mich und hielt meine Hände über meinem Kopf gefangen. »Ich hab dem hier zwar bisher irgendwie zugestimmt, aber das heißt trotzdem nicht, dass wir hier jetzt weiter gehen als sowieso schon. Mach es mir nicht schwerer, als es ohnehin schon ist«, wisperte er an meinem Ohr.

»Aber wieso«, murmelte ich mit belegter Stimme und versuchte meine Hände zu befreien, die Mats mit eisernem Griff festhielt. »Ich habe nichts dagegen, wenn wir noch weiter gehen. Im Gegenteil, ich will es. Sogar sehr.« Meine Stimme klang flehend, doch das war mir egal. Ich wollte nur, dass endlich dieses quälende Verlangen aufhörte.

Er lachte leise. Dann wurde sein Ton rauer, fast klang er

wieder schmerzlich. »Glaub mir, ich wünschte, ich könnte jetzt etwas anderes sagen.«

»Dann sag es einfach«, murmelte ich leise und streckte mich, um näher an Mats zu kommen.

Sanft hauchte ich Küsse auf seinen Hals, so wie er es bei mir getan hatte. Ich konnte seinen Geruch auf der Zunge schmecken und seufzte wohlig auf.

»Paula, du machst mich hier noch wahnsinnig.« Mats rollte sich von mir.

»Nicht weggehen«, protestierte ich und griff in seinen Nacken, um ihn wieder zu mir heranzuziehen. »Küss mich.«

Mats kam meiner Aufforderung seufzend nach und ich drängte mich ihm weiter entgegen. Ich konnte fühlen, wie er mit sich rang.

Er löste sich für einen Moment von mir und sah mir fest in die Augen. »Das kann ich wirklich nicht bringen. Bitte, ich brauche hierfür im Moment sehr viel Selbstbeherrschung.«

Ich gab einen gequälten Laut von mir. Er konnte doch nicht jetzt einfach aufhören. Nicht, nachdem sich so ein Sturm in meinem Inneren aufgebaut hatte und ich nicht wusste, wie ich diesen nun noch bändigen sollte.

Mats' Blick wanderte über mich und plötzlich schien er einen Entschluss zu fassen. Er strich mit seiner Hand an meiner Seite herab und dann vorsichtig über mein Höschen. Dabei lagen seine Augen forschend auf meinem Gesicht. Ich gab ein zufrieden gurgelndes Geräusch von mir und schob seine Hand wie von Sinnen wieder dorthin, wo er sie eben noch liegen hatte. Langsam wanderte seine Hand weiter nach unten und er strich über meinen empfindlichsten Punkt. Diese kleine Berührung reichte aus, dass ich mich japsend aufbäumte.

Mats schmunzelte, während er mich langsam mit kreisenden Bewegungen weiter berührte. »Das hat dann wohl auch noch nie jemand mit dir gemacht, stimmt's?« Seine Stimme war mehr ein kehliges Kratzen.

Mein Keuchen, als er seinen Finger an meinem Slip vorbeischob und behutsam in mich eindrang, war wohl Antwort genug. Ich klammerte mich an Mats' Armen fest und brachte keinen zusammenhängenden Gedanken mehr zustande. Ich war von den Empfindungen, die er in mir auslöste, komplett eingenommen.

Während sich der Strudel um mich herum immer weiter aufbaute, drückte Mats seinen Mund auf meinen und küsste mich härter und inniger als zuvor. Seine Zunge drang erbarmungslos in meinen Mund vor und spielte gekonnt mit meiner.

Ich hatte mittlerweile all meine Hemmungen über Bord geworfen und verlor mich in diesem neuen, einzigartigen Gefühl. Mats passte sich genau den Reaktionen meines Körpers an und trieb mich so immer weiter an den Abgrund. Ich verlor mich komplett in ihm, als er meinen Mund mit seinem einnahm und gleichzeitig mit seinem Finger in mich vorstieß. Mit seinem Daumen fuhr er in kreisenden Bewegungen über meine pochende Mitte und brachte mich damit an den Rand der Ekstase. Ich keuchte instinktiv auf, als die Gefühle in mir explodierten. Mats drückte mit einem sanften Lächeln seine Lippen auf meinen Hals und ließ ein kehliges Brummen hören. Er streichelte mich langsam weiter, bis die Wellen abebbten und ich wieder zu mir kam.

Erschöpft ließ ich mich zurück auf das Kissen sinken. Ein wohliger Schauer legte sich über meinen Körper und ich fühlte mich herrlich zufrieden. Mats lag neben mir und stützte sich auf einem Arm ab, während er meine Miene prüfend beäugte. Ich rutschte näher an ihn und legte meinen Kopf auf seinen Arm.

»Das war sehr schön«, murmelte ich mit belegter Stimme. Eine bleierne Müdigkeit breitete sich mit einem Mal in mir aus und ich musste ein Gähnen unterdrücken.

Mats strich mir mit einer federleichten Bewegung eine Haarsträhne aus dem Gesicht und seufzte. »Das fand ich auch. Allerdings war das schon wesentlich mehr, als es eigentlich werden sollte.«

Ich grinste zufrieden. »Ich bin froh, dass es mehr geworden ist.«

Mats schüttelte mit einem Lachen den Kopf und zog mich an sich. »Du überraschst mich immer wieder, habe ich das schon erwähnt?«

»Mehrfach.« Diesmal konnte ich das Gähnen nicht unterdrücken und kuschelte mich näher an ihn. Ich wollte nicht darüber nachdenken, wie es weiterging, und das Gefühl, bei ihm zu sein, so lange, wie es nur ging, einfach genießen.

»Du bist müde«, stellte er fest und wie zur Antwort musste ich erneut gähnen.

Mats drückte mir einen sanften Kuss auf den Mund und sah mich mit einem undeutbaren Ausdruck im Gesicht an. »Dann schlaf jetzt.«

So gern ich noch wach bleiben wollte, um das Gefühl, neben ihm zu liegen, auskosten zu können – ich schaffte es nicht, mich gegen dieses zufriedene, erschöpfte Gefühl zu wehren. Als Mats mir auch noch in langen, kreisenden Bewegungen meinen Rücken streichelte, war es um mich geschehen. Es dauerte nicht lange, bis ich in einen tiefen, traumlosen Schlaf fiel.

SIEBZEHN

Als ich am nächsten Morgen erwachte, war das Bett neben mir leer. Langsam kehrten die Erinnerungen an den vergangenen Abend zurück. Ruckartig setzte ich mich kerzengerade auf. *Scheiße*. Ich sah mich hektisch im Zimmer um, konnte Mats jedoch nirgendwo entdecken. Aber hatte ich nicht genau das erwartet?

Immerhin hatte ich jetzt Gelegenheit, einen Blick auf sein Schlafzimmer zu werfen. Es war recht spärlich eingerichtet. Das Zentrum des Zimmers bildete das große Bett, an der langen Seite stand ein großer Schiebetürenschrank und auf der gegenüberliegenden Seite war eine kleine Büroecke eingerichtet. Ein paar Bücher lagen auf dem Schreibtisch und ein Haufen Zettel war quer darüber verteilt. Ansonsten war das Zimmer picobello aufgeräumt. Meine Mutter hätte ihre wahre Freude daran, wenn es in meinem Zimmer einmal so aussehen würde.

Beim Gedanken an meine Familie seufzte ich innerlich auf. Ich sollte zusehen, dass ich langsam nach Hause kam, damit mir meine Lüge nicht doch noch um die Ohren flog. Suchend sah ich mich um und entdeckte mein Kleid ordentlich zusammengelegt auf dem Schreibtischstuhl. Ich zog es mir schnell über den Kopf und wagte mich dann in den Flur. Es war still in der Wohnung. Zu still. Ich wusste nicht genau, was ich mir wünschen sollte. Wäre es mir lieber, wenn ich schnell das Weite suchen könnte und mir die Konfrontation am Morgen danach mit ihm erspart bliebe? Sein Ruf war mir schließlich nicht unbekannt. Und so überwog die Angst, ihm erneut vor die Augen zu treten. Ich hatte so ein Gefühl, dass diese Begegnung unangenehm werden könnte – für mich. Und das wollte ich mir gern ersparen.

Andererseits hatte sich am gestrigen Abend irgendwas in mir verändert, und alles in mir schrie förmlich danach, mich wieder in seine Arme zu werfen. *Aber das wird nicht mehr passieren*, rief ich mir schnell ins Gedächtnis. Mats hatte mir eindrücklich klargemacht, wie er in Sachen Frauen tickte. Dabei fiel es mir so schwer, das Bild, das alle Welt über ihn verbreitete, mit dem Mats in Verbindung zu bringen, der gestern so liebevoll mit mir umgegangen war. Das passte in meinen Augen einfach nicht zusammen.

Ich betrat das Wohnzimmer, aber auch hier konnte ich Mats nicht finden. Allerdings entdeckte ich meine Tasche, die neben dem Sofa stand. Schnell holte ich mein Handy heraus. Ich ignorierte die zahlreichen Anrufe und Nachrichten und wählte gleich Franzis Nummer. Sie nahm nach dem ersten Klingeln ab.

»Paula? Endlich! Geht es dir gut? Wo bist du?«

»Ja, es geht mir gut. Es tut mir leid, dass ich mich jetzt erst melde.« Ich klang kleinlaut. Über die gestrigen Entwicklungen hatte ich meine Freundinnen tatsächlich vollkommen vergessen.

»Wir haben uns solche Sorgen gemacht. Bist du doch nach Hause? Oder bist du etwa …? Nein, du bist doch nicht mit zu Jon, oder?«

Ich konnte förmlich sehen, wie Franzi sich aufrichtete und aufgeregt in ihr Handy sprach.

Ich entschied mich für die Holzhammermethode. »Nein, ich bin bei Mats.«

Stille.

»Du bist was?« Franzis Stimme war nur mehr ein Flüstern. »Bitte sag mir, dass es dir gut geht.«

Ich lachte leise auf. »Das habe ich doch schon. Es ist

wirklich alles gut. Aber wie sieht es bei euch aus? Seid ihr noch bei Laura? Ich muss irgendwie nach Hause, ohne dass Rob davon Wind bekommt.«

Meine Mutter war mir tatsächlich ziemlich egal – also in dem Sinne, ob sie erfuhr, dass ich weiterhin auf Partys ging und meine Erfahrungen so machte, wie ich es für richtig hielt. Bei meinem Bruder sah das ganz anders aus. Ich wollte um jeden Preis vermeiden, dass er von dieser Sache Wind bekam. Es war schließlich klar, dass er das gar nicht gutheißen würde – und diese Enttäuschung wollte ich meinem Zwillingsbruder einfach nicht antun. Erst musste ich wissen, warum er mit Mats so ein Problem hatte.

Franzi kicherte. »Rob ist bei seinem Kumpel, da bleibt er wohl noch bis heute Abend, dann will er zu mir. Wir sind heute früh gleich losgezogen. Wir haben Lauras Eltern eine Nachricht geschrieben, dass wir spontan brunchen gehen, und haben dein Zeug natürlich mitgenommen. So ist ihnen gar nicht aufgefallen, dass du gar nicht dabei warst. Jetzt sitzen wir hier im Café und warten seit einer gefühlten Ewigkeit, bis du dich mal meldest.«

Mir fiel ein Stein vom Herzen.

»Sorry«, murmelte ich in mein Handy. »Aber ihr seid die Besten, danke! Das rettet mir echt den Hintern.«

»Nichts zu danken. Komm her, ich schick dir die Adresse per WhatsApp.«

Ich bedankte mich noch einmal überschwänglich bei meiner besten Freundin und schickte ihr Küsse durchs Telefon, dann wartete ich, bis sie mir die Adresse des Cafés schickte. Zum Glück waren sie nicht bis in die Innenstadt gefahren, so hatte ich es nicht allzu weit.

Ich machte mich im Bad etwas frisch und brachte halbwegs Ordnung in mein Erscheinungsbild. Ich überlegte, ob ich Mats eine Nachricht hinterlassen sollte, entschied mich dann aber dagegen. Er war schließlich nicht mehr da. Diese Tatsache brachte zwar all meine Alarmglocken zum Klingeln, doch ich hatte jetzt vorerst keine Zeit mehr, mich weiter damit auseinanderzusetzen.

Ich erreichte das Café mit dem Bus in wenigen Minuten und entdeckte meine Freundinnen auf Anhieb. Mit einem Grinsen schob ich mich an ihren Tisch.

»Ich habe Hunger.« Ich schnappte mir die Speisekarte, die Franzi mir sofort wieder aus der Hand riss.

Sie wedelte affektiert mit eben dieser vor meiner Nase herum und schüttelte energisch den Kopf. »Nein, so läuft das hier nicht, Madame. Du kannst nicht einfach sagen, dass du die Nacht bei – und womöglich noch mit – Mats verbracht hast, und dann kreuzt du hier einfach so mir nichts dir nichts auf und willst ablenken.«

»Ich habe die Nacht nur bei ihm verbracht«, relativierte ich ihre Aussage. Alles andere war Definitionssache, das musste ich ja nun nicht weiter ausbreiten.

Marie hob eine Augenbraue. »Ist klar. Bei Mats, dem Frauenaufreißer, hast du *nur* übernachtet.«

Laura gluckste leise. »Na ja, ist ja immerhin noch unsere Paula, wo denkst du hin?«

Marie kicherte, aber Franzi boxte Laura spielerisch auf den Arm. Doch ihr Unterton war ernst. »Hör auf, so benehmen sich keine guten Freundinnen.«

Ich musste lachen. »Ist schon gut, wirklich. Ich bin euch so dankbar, dass ihr mich gedeckt habt. Rob würde ausrasten, wenn er davon erfahren würde.«

Franzi griff nach meiner Hand und drückte sie sanft. Sie wusste, dass ich recht hatte.

»Darf ich jetzt bitte was essen? Ich sterbe sonst noch vor Hunger«, bettelte ich und griff wieder nach der Speisekarte, die Franzi mir diesmal gnädigerweise überließ.

»Hat dir die Nacht so zugesetzt?« Marie musterte mich neugierig.

»Er war einfach nur nett und hat mich bei sich schlafen lassen. Das ist alles.« Ich war stolz auf mich, dass ich nicht rot wurde bei meiner kleinen Lüge. Doch ich wollte meinen Freundinnen jetzt sicherlich nicht alles brühwarm beichten – dazu wusste ich selbst noch nicht gut genug, wie ich die Situation einordnen sollte.

In einer ruhigen Minute würde ich Franzi einweihen, aber bis dahin blieb das erst mal mein kleines Geheimnis.

Ich bestellte mir Pancakes und einen großen Milchkaffee und meine Freundinnen orderten jeweils ein neues Getränk. Ich berichtete von der Party, aber ließ die wichtigsten Stellen aus. Ich schwärmte von Peters Cocktailkünsten, und wir beschlossen einstimmig, dass wir einmal in einen Club gehen müssten, in dem er für die Bar zuständig war. Wir genossen den Vormittag im Café und fast, aber eben auch nur fast, konnte ich meine Gedanken an Mats etwas in den Hintergrund verbannen.

Als ich am frühen Nachmittag die Tür zu unserem Haus aufschloss, holte mich dann doch die Panik ein. Was, wenn Robin irgendwie von der ganzen Sache erfahren hatte? Vorsichtig lugte ich in sein Zimmer, konnte ihn aber nirgends entdecken. Erleichtert lief ich die Treppe nach oben und schlüpfte ins Badezimmer. Ich duschte schnell und schlüpfte danach in kurze Shorts und ein Spaghettitop, schnappte mir ein Buch und mein Handy und ging in den Garten. Jetzt wollte ich mir meinen ersten sommerlichen Ferientag gönnen.

»Ach, da bist du ja wieder.« Meine Mutter hatte sich vom Blumenbeet aufgerichtet und schirmte ihr Gesicht mit einer Hand ab, während sie in meine Richtung sah. »Ich habe gar nicht mitbekommen, dass du nach Hause gekommen bist.«

Ich ging zu ihr und drückte ihr einen Kuss auf die verschwitzte und mit Blumenerde verschmierte Wange. »Wir waren heute Morgen schön entspannt brunchen und eben war ich duschen. Hab gar nicht gesehen, dass du da bist.«

»Wo sollte ich denn auch sein?«, brummte meine Mutter belustigt und deutete auf unseren ausladenden Garten, der in diesem Sommer noch nicht viel Aufmerksamkeit genossen hatte. »Aber das klingt schön bei euch. Wie war euer Abend gestern?«

Ich zuckte kurz mit den Schultern und ging zu einer der zwei aufgestellten Gartenliegen. »Es war sehr nett, aber nicht sonderlich spektakulär.«

Meine Mutter lächelte. »Ja, ja, ich weiß ja. Eure Mädelsabende sind eure Privatsphäre, ich will dich ja gar nicht weiter bedrängen.«

Das war auch besser so. Zufrieden schob ich mir meine Sonnenbrille auf die Nase und machte es mir mit meinem Buch gemütlich. Kurz hatte ich ein schlechtes Gewissen meiner Mutter gegenüber, die in der brütenden Hitze im Garten ackerte.

Da ich in diesem Sommer aber noch keinen Tag wirklich genossen hatte, wollte ich mir diese Auszeit jetzt einmal nehmen.

Trotzdem brachte ich es nicht übers Herz, die offensichtliche Arbeit einfach zu ignorieren. »Ich muss nicht helfen, oder?«

Meine halbherzige Frage brachte meine Mutter zum Lachen. »Du siehst nicht wirklich so aus, als würdest du das wollen. Und nein, du erholst dich jetzt mal schön. Ich kenne kein Mädchen in deinem Alter, das ihre kostbaren Ferien mit einem Praktikum verbringt.«

Ich grinste. Diese Antwort hatte ich erwartet und konnte jetzt ohne schlechtes Gewissen abschalten. Also zumindest ohne dieses schlechte Gewissen ... die kleine Lüge von gestern bereitete mir auf so vielen Ebenen Bauchschmerzen. Ich hätte meine Mutter gern eingeweiht, aber sie hatte mir sehr deutlich zu verstehen gegeben, was sie von meinem Lebenswandel hielt. Und auf diese Art der Auseinandersetzung hatte ich bei dreißig Grad im Schatten absolut keinen Nerv.

Ich genoss die warmen Sonnenstrahlen und konzentrierte mich auf mein neues Buch.

Gerade als ich emotional voll in die Geschichte eingestiegen war, vibrierte mein Handy. Die Nachricht war von einer unbekannten Nummer. Ich runzelte die Stirn und öffnete sie.

Du warst nicht in der Küche, kann das sein?

Erst konnte ich die Worte nicht zuordnen, dann fiel es mir wie Schuppen von den Augen. In meinem Bauch begann es zu kribbeln, ich setzte mich aufgeregt auf und schob mir nervös die Sonnenbrille auf den Kopf.

»Ist was passiert?« Meine Mutter sah skeptisch von ihrem Blumenbeet hoch.

»Nein, mir ist nur gerade aufgefallen, dass ich noch was fürs Praktikum erledigen wollte.« Noch eine Lüge. Aber ich wollte jetzt auf gar keinen Fall vor den Argusaugen meiner Mutter mit Mats Nachrichten austauschen.

Sie schüttelte amüsiert den Kopf. »Paula, heute ist Sonntag. Gönn dir doch mal einen freien Tag. Du arbeitest so hart, das hast du dir verdient.«

Ich sprang auf und schüttelte abwehrend den Kopf. »Nein, ist schon gut, ich check das mal eben.«

Ich zog mich mit meinem Handy in mein Zimmer zurück und ließ mich rücklings aufs Bett fallen. Nervös drehte ich mein Handy in der Hand. Schließlich tippte ich.

Hätte ich dich da gefunden?

Mit angehaltenem Atem starrte ich auf den Bildschirm und ärgerte mich direkt über meine Worte. Das klang so anhänglich. Mats' Antwort ließ nicht lange auf sich warten.

Nein, aber einen Zettel. Und Frühstück.

Er hatte mir Frühstück gemacht? Sofort fing mein Herz an zu klopfen. Schnell antwortete ich.

Ich musste dringend los, meinen Arsch retten. Hat geklappt. Was stand auf dem Zettel? Und danke fürs Frühstück.

Die Minuten verstrichen und ich starrte wie gebannt auf das Display. Hoffentlich hatte ich jetzt nichts Falsches geschrieben. Endlich vibrierte das Handy in meiner Hand erneut.

Das wäre sonst auch zu schade um deinen hübschen Hintern gewesen. Ich hatte heute Vormittag einen Termin, das hatte ich dir aufgeschrieben. Ich wollte mich nicht wie ein Arschloch benehmen, aber da du davon ja gar nichts mitbekommen hast, denkst du das jetzt wahrscheinlich trotzdem von mir. Habe ich ja gut hinbekommen.

Mein hübscher Hintern? Flirtete er etwa gerade mit mir? Ich verstand die Welt nicht mehr. Klar war es blöd, dass Mats heute Morgen nicht mehr da gewesen war, aber ich war bis eben felsenfest davon ausgegangen, dass das eben der Preis für »eine Nacht mit ihm« war. Mit gekräuselter Stirn schrieb ich.

Ich bin tatsächlich davon ausgegangen, dass sich das so gehört. Ist schon gut.

Ich wollte ihn nicht zu sehr bedrängen, also gab ich mich entspannt. Doch so, wie ich Mats kannte, kaufte er mir das sowieso nicht ab.

Da will man einmal nett sein ... Ich hab's wohl einfach nicht drauf, sorry.

Ich musste grinsen.

Jetzt weiß ich es ja besser.

Es fühlte sich komisch an, so normal mit Mats Nachrichten auszutauschen. Ich legte jedes Wort auf die Goldwaage und hatte das Gefühl, gleich zu hyperventilieren. Nervös biss ich mir auf die Unterlippe. Keine Antwort. Allerdings hatte ich ja auch keine Frage gestellt. Ich war also selbst schuld, was sollte er auch schreiben. Auch nach weiteren fünf Minuten blieb mein Handy stumm. Kurz bevor ich es entnervt von mir schmeißen wollte, vibrierte es noch mal. Aufgeregt öffnete ich die Nachricht. Es waren nur wenige Worte, die mir entgegensprangen, doch diese hatten es in sich.

Wir sehen uns morgen.

Ach, tatsächlich? Ich hatte keine Ahnung, wie ich ihm morgen beim Praktikum entgegentreten sollte. Hastig suchte ich meinen Terminplaner. Ich hatte keine besonderen Ereignisse für morgen eingetragen. Vielleicht war wieder ein Termin im Verlag angesetzt? Wollte er mich diesmal dabeihaben? Ich war bis eben davon überzeugt, dass Mats mir ab sofort wieder aus dem Weg gehen würde, wenn nicht sogar Schlimmeres. Es wäre schließlich nicht das erste Mal, dass er mich bloßstellen würde. Material genug hätte er jetzt ja dafür. Mein Bauchgefühl sagte mir aber, dass ich Mats dahingehend trauen konnte. Ich hoffte für mich einfach, dass es recht behalten würde.

ACHTZEHN

Den Montagvormittag verbrachte ich mit meinen Manuskripten, allerdings konnte ich dieses Mal nicht meine ganze Aufmerksamkeit auf sie richten. Bei jedem Klopfen zuckte ich zusammen und dachte, dass es Mats sein könnte, der ins Büro kam. Auch Jan hatte ich noch nicht zu Gesicht bekommen, und so, wie es bisher aussah, hatte ich auch keine weiteren Termine. Im Gegenteil, meine Bürokollegen hatten dafür gesorgt, dass mir diese Woche nicht langweilig wurde. Die Texte stapelten sich bereits auf meinem Tisch, und zum ersten Mal in meinem Leben hatte ich das Gefühl, nicht mehr hinterherzukommen. Daher traf es sich absolut nicht gut, dass ich heute nicht ganz bei der Sache war.

Es klopfte wieder, und als ich meinen Blick vom Manuskript hob, setzte mein Herz für einen Augenblick aus. Hinter Jan betrat auch Mats das Büro und warf mir sein typisches schiefes Grinsen entgegen. Ich musste schlucken. Jan winkte mich zu sich und ich stand mit wackligen Beinen auf.

Er wandte sich mit einer entschuldigenden Geste an seine Kollegen. »Ich muss euch Paula kurz entführen, ihre weibliche Meinung wird gebraucht.«

Von den zwei Schreibtischen kam nur ein zustimmendes Brummen. Unsicher folgte ich Jan und Mats auf den Flur. Ich hatte keine Ahnung, wie ich mich ihm gegenüber jetzt verhalten sollte.

Jan dirigierte uns in den kleinen Besprechungsraum und deutete auf einen Ordner, der in der Mitte des Tisches lag. »Die Coverentwürfe für Mats' Roman sind heute angekommen. Er hat den Wunsch geäußert, dass du auch einen Blick drauf werfen sollst.« Sein Blick wanderte zwischen uns hin und her. »Ich weiß zwar nicht, woher dieser Sinneswandel kommt, aber ich hoffe, ihr zerfleischt euch nicht. Im Ordner findet ihr die drei Entwürfe, lasst sie etwas auf euch wirken, dann besprechen wir uns nachher. Ich muss ganz kurz noch in eine Telefonkonferenz, danach können wir dann darüber reden.« Er deutete geschäftig auf den Tisch, nickte uns kurz zu und war schon wieder aus der Tür heraus.

Ohne Jan als Puffer zwischen uns veränderte sich die Atmosphäre sofort. Ich griff schnell nach dem Ordner, um etwas zu tun zu haben, und zog drei DIN-A4-Blätter hervor. Die Entwürfe konnten nicht unterschiedlicher sein. Ich breitete sie vor mir auf dem Tisch aus und versuchte meine Gedanken zu sortieren, was gar nicht so leicht war.

Ein Kribbeln in meinem Nacken machte mir eindeutig bewusst, wer hinter mir stand.

Da umschlossen mich seine Arme von hinten und er drückte sein Gesicht an meinen Hals. »Hallo, du«, raunte er leise und strich mit seinen Lippen sanft über meine Haut.

Ich sog überrascht die Luft ein. Ich hatte ja mit allem gerechnet, aber nicht damit. Langsam drehte ich mich in seiner Umarmung zu ihm herum.

»Guck nicht so verängstigt.« Er grinste und stupste mir leicht mit einem Finger auf die Nase.

»Ich bin nur überrascht. Das hätte ich jetzt nicht unbedingt erwartet«, gab ich zu.

Mats' Augen funkelten. Er sah verdammt gut gelaunt aus und brachte mich damit vollends aus dem Konzept.

Mit einem Grinsen beugte er sich zu mir. Bevor seine Lippen meine berührten, hielt er inne und strich sachte mit seinem Finger darüber. »Du meinst das hier?«

Ich konnte ihn nur wie hypnotisiert anstarren und nickte fahrig. Mit einem Lächeln drückte er seine Lippen auf meine und zog mich in einen intensiven Kuss.

Mit einem Mal waren alle Erinnerungen an unsere gemeinsame Nacht wieder präsent vor meinen Augen. Meine Nervosität war wie weggeblasen und ich erwiderte seinen Kuss stürmisch.

Das entlockte Mats ein leises Lachen, und er schob mich amüsiert ein Stück von sich weg, um mich zu mustern. »Genau das.«

Ich sah ihn verwirrt an. »Genau was?«

Er machte eine ahnungslose Geste in meine Richtung. »Das hier. Das hat mich auch etwas aus dem Konzept gebracht.«

Ich sah ihn immer noch verständnislos an und Mats grinste schief. »Du mit deiner Art«, fügte er dann hinzu, als ich immer noch keine Anstalten machte, seine Worte zu verstehen.

»Damit hast du mich ziemlich überrascht, *kleine Paula*.«

Ich spürte, wie meine Wangen rot wurden. »Nenn mich nicht immer so«, murmelte ich und schlug spielerisch nach ihm.

Er zwinkerte mir zu und griff dann an mir vorbei auf den Tisch und nahm sich den ersten Coverentwurf. »Wie findest du den?«

Ernsthaft? Er machte so was und wechselte jetzt einfach so mir nichts dir nichts den Modus? Bitte, das konnte er meinetwegen haben.

Ich kräuselte nachdenklich die Augenbrauen. Auf dem Bild war ein junger Mann zu sehen, der auf einem Feld dem Sonnenaufgang entgegenging. Ich musste nicht lange überlegen. »Das geht gar nicht, ist viel zu kitschig. Die Farben sind zu fröhlich und überhaupt, das Thema Sonnenuntergang ist echt ausgelutscht.« Ich schüttelte zur Bestätigung meiner Worte den Kopf.

Mats nickte zustimmend. »Ich wusste, dass du das sagen würdest.«

Skeptisch sah ich ihn an. »Ach ja?«

Er zuckte mit den Schultern. »Ja, das ist wirklich billig. Es war mir klar, dass du das auch so sehen wirst.«

Ich nahm ihm das Blatt aus der Hand und legte es verkehrt herum wieder auf den Tisch. Dann griff ich zielgerichtet einen der beiden übrig gebliebenen Entwürfe.

Das Cover war in dunklen, tristen Tönen gehalten und hatte meine Neugier geweckt. Stirnrunzelnd betrachtete ich es einige Sekunden. Man sah die verschwommenen Umrisse eines Mannes, der, wie es schien, mitten in der Bewegung fotografiert wurde. Der Hintergrund war ebenfalls verschwommen, den Gesichtsausdruck konnte man schwer deuten. Insgesamt spiegelte das Cover exakt die Stimmung und das Gefühl wider, das das Manuskript beim Lesen in mir hervorgerufen hatte. Ein junger Mensch, der die vielleicht schwerste Hürde seines Lebens zu bewältigen hatte, der aber selbst gerade einen großen Umbruch in seinem Leben erlebte. Die verschwommenen Darstellungen passten haargenau zu dem Text, der den Leser die ganze Zeit über in der emotionalen Schwebe hält. Die Gedankengänge des Protagonisten waren genauso verworren, wie dieses Cover erahnen ließ.

»Das trifft es ziemlich perfekt, würde ich sagen.«

Mats nickte selbstgefällig. »Wusste ich auch.«

Ich musste lachen und nahm den übrig gebliebenen Coverentwurf vom Tisch. Er war ähnlich wie das vorherige Motiv, nur war er mit bunten Farbakzenten versehen. Das passte so gar nicht zu dem Grundtenor, den die Geschichte vermitteln wollte.

»Wieso wolltest du dann unbedingt meine Meinung hören, wenn du doch angeblich schon wusstest, was ich dazu sage?«

Grinsend trat Mats einen Schritt näher und packte mich an der Taille, sodass ich rücklings gegen den Tisch prallte. Seine Augen hatten einen dunklen Ton angenommen und sein Blick bohrte sich in meinen. Mats vergrub sein Gesicht an meinem Hals, und ich biss mir auf die Lippe, um nicht laut aufzustöhnen. Sobald er in meiner Nähe war, schaltete mein Körper irgendwie auf Autopilot. Dann gab es nur noch ihn und mich und alles andere war plötzlich egal.

»Damit ich das hier mit dir anstellen kann«, raunte er leise an meinem Ohr.

Ich schluckte, als seine Worte in meinem vernebelten Gehirn ankamen. Dann erinnerte ich mich langsam daran, wo wir eigentlich waren. Ich räusperte mich, um meine Stimme halbwegs wiederherzustellen, und schob ihn ein Stück von mir weg. »Das ... das sollten wir hier nicht tun.« Meine Stimme klang immer noch belegt.

Mats legte grinsend den Kopf schief. »Das ist aber nicht das, was du eigentlich willst.« Wissend sah er mich an.

Und ich wurde wieder rot. Verdammt. Ich dachte, ich hätte dieses Problem langsam im Griff.

Er grinste und strich mit dem Daumen sanft über meine Wange. »Ich mag es, wenn du meinetwegen rot wirst.«

Ich spürte, wie mein Hals anfing zu kribbeln und schloss kurz die Augen.

»Ich bin trotzdem noch hier«, lachte er leise.

Ich lehnte meinen Kopf an seine Brust, um ihn nicht ansehen zu müssen. Sein Geruch stieg mir in die Nase und ich atmete tief ein. Absurderweise hatte er eine absolut beruhigende Wirkung auf mich.

Mats' Oberkörper vibrierte unter seinem Lachen, dann schloss er seine Arme um mich und zog mich in eine Umarmung. »Ich merke das an deiner Körpersprache, also kannst du es auch ruhig aussprechen.«

Ich grummelte etwas Unverständliches in sein T-Shirt.

»Wobei, eigentlich finde ich das ja ganz niedlich«, gab er dann nachdenklich zu.

Überrascht hob ich den Kopf. Sein Grinsen hatte seine Augen erreicht und er funkelte mich belustigt an.

»Du bist blöd.« Ich vergrub mein Gesicht wieder an seiner Brust.

»Ich zieh dich doch bloß ein bisschen auf.« Er strich mir mit einer Hand über den Kopf, aber gluckste immer noch.

Kopfschüttelnd löste ich mich von ihm und umrundete den Tisch, um maximalen Abstand zwischen uns zu bringen. Ich ließ mich auf den Stuhl sinken und griff nach den Coverentwürfen, um sie von einem auf den anderen Stapel umzusortieren, damit meine Finger etwas zu tun hatten.

Mats setzte sich mir gegenüber und beäugte mein Tun mit einem Grinsen, sagte aber nichts. Ich hatte keine Ahnung, was das hier werden sollte, und war zu feige, ihn direkt zu fragen. Ich wollte seine Antwort lieber nicht hören.

Kurze Zeit später betrat Jan das Besprechungszimmer. Er sah schnell von Mats zu mir und wieder zurück. »Ah, mit Sicherheitsabstand, sehr gute Idee.« Er zwinkerte uns zu und setzte sich dann an das Kopfende des Tisches. »Habt ihr euch über die Entwürfe unterhalten?«

Ertappt sah ich hastig auf den Tisch und fühlte, wie ich schon wieder rot wurde.

Mats nahm mir die Entwürfe aus der Hand und reichte Jan das Exemplar, das wir, oder besser ich, für gut befunden hatten. »Das soll es sein, da waren wir uns schnell einig. Stimmt doch, oder, Paula?«

Ich murmelte eine Bestätigung und Jan nickte zustimmend.

»Dann sind wir uns ja alle einig. Ich hatte ein bisschen gehofft, dass ihr euch auch dafür entscheidet. Das trifft es einfach ziemlich gut.« Nachdenklich blickte er auf das Bild.

Ich schielte zu Mats. Er saß mit verschränkten Armen auf seinem Stuhl, sein Blick verweilte immer noch auf mir.

Schnell sah ich zurück zu Jan.

»Meint ihr, wir sollten noch etwas verändern?«, fragte er weiter.

»Nein, das ist perfekt so, wie es ist.« Wenn ich redete, musste ich wenigstens nicht zu Mats sehen.

Also begann ich Jan in allen Einzelheiten von meinen Gedankengängen zu dem Cover zu berichten. Hier und da nickte er zustimmend. Als ich geendet hatte, legte er das Blatt zur Seite und schob die anderen beiden Entwürfe zurück in den Ordner.

»Das klingt wirklich schlüssig. Ich muss zugeben, so ganz war ich noch nicht überzeugt. Ich hatte die Sorge, dass es vielleicht zu abschreckend wirken könnte, aber die Geschichte braucht wohl genau so einen Einband.« Er nickte noch einmal, als wollte er seine eigenen Worte bekräftigen, dann stand er mit einem schnellen Blick auf die Uhr auf. »Ich bekomme hier noch die Krise mit meinen Terminen. Eigentlich wollte der Verlag heute noch einen Blick auf das Cover werfen, ich werde es jetzt aber nicht mehr schaffen. Wärt ihr so lieb und würdet es vorbeibringen?«

Mats zuckte mit den Schultern. »Klar, liegt ja sowieso auf dem Rückweg.«

Jan sah ihn dankbar an. »Und Paula, du kannst danach auch ruhig Feierabend machen, wär ja unsinnig, für die kurze Zeit noch mal hierherzufahren. Wir sehen uns dann morgen.« Er hob schnell die Hand zum Abschied in unsere Richtung und war schon wieder aus dem Raum gestürmt, bevor ich etwas erwidern konnte.

Mats grinste zufrieden. »So kann's gehen.« Er deutete auf die Tür. »Da habe ich dich wohl vor dem Berg Arbeit auf deinem Schreibtisch gerettet. Sieht so aus, als hätte ich jetzt etwas gut bei dir.«

Ich lachte auf. »Der Berg wird dadurch ja nur größer.«

»Ich wette, dass dir die Jungs unter die Arme greifen werden. Sie können liegenbleibende Arbeit nicht leiden.«

Er meinte wohl meine beiden Bürokollegen und hatte damit wahrscheinlich auch noch recht. Wie immer. Sie arbeiteten immer so gewissenhaft und schnell, dass ich nur neidisch werden konnte. Wenn ich mit den Aufträgen nicht hinterherkam, würden sie mir ganz bestimmt unter die Arme greifen.

»Na los, dann hol dein Zeug, dann können wir gleich los.«

Ich nickte und tat, wie geheißen. Zögernd blieb ich vor Martins Schreibtisch stehen. Er hatte den Blick auf seine Unterlagen geheftet und sah nicht auf. Typisch.

Ich räusperte mich leise und endlich hob er für einen Moment seinen Kopf. »Hast du eine Frage?«

»Nein, aber ich würde jetzt gerne noch mit zum Verlag fahren, und Jan hat mir danach freigegeben, damit ich nicht so oft hin- und herfahren muss. Dann kann ich mich aber erst morgen an den Rest machen.« Ich deutete auf den Stapel auf meinem Schreibtisch, der in meiner Abwesenheit tatsächlich noch gewachsen zu sein schien.

»Oh, in Ordnung. Du bist nur immer so schnell fertig, da dachten wir, ehe du dich langweilst, beschaffen wir dir genug Stoff. Ist kein Problem, das ist alles nicht dringend. Und falls wir Langweile bekommen, holen wir uns einfach was zurück.«

Wow, so viele Worte am Stück aus seinem Mund. Ich musste lächeln. Wie erwartet konnten meine Kollegen nicht mitansehen, wie die offenen Arbeiten herumlagen.

»Danke.«

Er winkte ab und hatte seinen Blick bereits wieder auf seine Unterlagen geheftet. »Nichts zu danken. Du bist doch hier, um so viele Eindrücke wie möglich mitzubekommen, und nicht, um uns die Arbeit abzunehmen.«

Damit war ich wohl entlassen. Ich schnappte mir meine Tasche, wünschte meinen Kollegen noch einen schönen Feierabend und trat dann auf den Flur. Mats wartete lässig an die Wand gelehnt auf mich. Sein Anblick verursachte mir wieder das bekannte Kribbeln im Bauch.

Das Treffen im Verlag stellte sich als reiner Abgabetermin heraus. Kurz nachdem wir den Entwurf am Empfang abgegeben hatten, saßen wir schon wieder in Mats' Auto.

Er warf einen Blick auf sein Handy und sah dann zu mir. Kurz schien er mit sich zu ringen, dann startete er den Motor und lenkte den Wagen aus der Tiefgarage. »Hast du heute Nachmittag noch Pläne?«

»Ähm, nein«, stammelte ich überrascht.

Mats stockte kurz, wie zu sich selbst murmelte er dann: »Ach, jetzt ist es ja auch egal. Wollen wir am See halten? Ich wette, du hattest in den Ferien noch nicht viel vom Sommer.« Er warf mir einen wissenden Blick zu.

Woher kam denn bloß dieser Sinneswandel?

»Tatsächlich habe ich mich gestern das erste Mal im Garten gesonnt«, warf ich ein. »Bis du mir geschrieben hast.«

Er lachte. »Das war ein Grund, das Sonnen abzubrechen? Ich bin ja für vieles verantwortlich, aber dafür? Das ist doch nicht fair.«

Ich musste grinsen. »Meine Mutter war im Garten. Sie hätte mir meine Gedanken an der Nasenspitze ablesen können und dann wäre es das mit meinem kleinen Geheimnis gewesen.«

Mats' Mundwinkel zuckten verräterisch. Er gab sich alle Mühe, nicht laut loszulachen. »Verrätst du mir die Gedanken, die du hattest?«

Ich versank beschämt in meinem Sitz. »Das ist nicht witzig, du Idiot. Du weißt ganz genau, wie ich das meine. Du weißt doch sonst auch immer alles«, warf ich ihm grummelnd vor.

»Das ist dir aufgefallen?«

Ich verdrehte die Augen. »Wie kann man nur so arrogant sein.«

Mats' Miene wirkte ausgelassen. Ihn schien unser kleines Wortgefecht sehr zu amüsieren.

»Dir scheint's zu gefallen.«

Touché. Ich stöhnte und schüttelte lachend den Kopf. »Du bist unglaublich.«

Er nickte selbstsicher. »Weiß ich. Aber du hast meine Frage noch nicht beantwortet.«

Ich zuckte mit den Schultern. »Du kennst meine Antwort doch schon«, murmelte ich. Als hätte ich diese Möglichkeit, den Nachmittag mit Mats zu verbringen, verstreichen lassen können.

»Stimmt«, gab dieser siegessicher zurück.

Wir erreichten einen versteckten Parkplatz im Grunewald und Mats führte mich über einen kleinen Trampelpfad zu einer kleinen, einsamen Bucht.

Unser kurzer Marsch hatte rund zwanzig Minuten gedauert, die mich bei der Hitze ganz schön zum Schnaufen gebracht hatten. Überrascht stemmte ich die Hände in die Seite und ließ meinen Blick über den kleinen, feinsandigen Strand gleiten. Der Abschnitt war gerade so klein, dass maximal zwei große Handtücher Platz gefunden hätten, und das Wasser war an dieser Stelle so klar, dass man bis auf den Grund sehen konnte.

»Schön, oder? Hier verirren sich so gut wie keine Leute hin, diesen Platz kennen nur Eingeweihte.«

»Und du bist natürlich so einer«, gab ich grinsend zurück.

Lachend zog sich Mats sein T-Shirt über den Kopf und machte sich am Gürtel seiner Shorts zu schaffen.

Da erkannte ich das Problem. Mats hatte so sehr meine Gedanken eingenommen, dass ich gar nicht darüber nachgedacht hatte, wie ich jetzt ohne Badesachen schwimmen gehen sollte.

»Oh, ich habe gar nichts zum Schwimmen dabei.« Unbeholfen hob ich meine Schultern.

Mats stieg grinsend aus seiner Hose. »Und das ist ein Problem, weil …?«

Ich ließ mir mit meiner Antwort Zeit. Etwas anderes hatte meine volle Aufmerksamkeit erregt. Langsam ließ ich meinen Blick über Mats' muskulösen Oberkörper wandern, an seinen Tattoos über der Brust blieb ich kurz hängen, dann wanderten meine Augen weiter nach unten zu dem kleinen Haaransatz, der aus seiner Boxershorts hervorlugte.

Mats räusperte sich und verschränkte die Arme vor seiner Brust. Das machte es nicht besser, im Gegenteil. Seine Unterarme wirkten nun noch definierter als sonst sowieso schon, die Venen traten deutlich hervor und zogen meinen Blick magisch an. Ich hatte wirklich eine Schwäche für Arme. Mein Mund wurde trocken und ich sah hektisch zu ihm auf.

Er blickte mich mit einer hochgezogenen Augenbraue wissend an. »Na, gefällt dir, was du siehst?«

Pah, wie konnte er bloß so von sich eingenommen sein?

Vermutlich, weil er von zig Frauen literweise Selbstvertrauen eingeschmachtet bekam. Schnell schob ich die Gedanken beiseite. Jetzt wollte ich den Moment mit dem friedlichen Mats allein auskosten.

»Ist ganz okay.«

Mats lachte und gab mir einen kleinen Stupser auf die Nase. »Los, komm schon.« Er drehte sich um und tauchte in einer schnellen Bewegung ins Wasser ein.

Unschlüssig stand ich am Ufer und sah ihm zu, wie er wieder auftauchte, sich schüttelte und wie in einer billigen Werbung seine nassen Haare in einer eleganten Bewegung nach hinten strich. Ich musste leider zugeben, dass das abperlende Wasser auf seiner Brust seinen Effekt ganz und gar nicht verfehlte. Diese Art von Werbung hat wohl doch ihre Daseinsberechtigung.

»Du stehst da ja immer noch angezogen rum. Komm schon rein, ich hab das doch eh schon alles gesehen.« Er machte ein nachdenkliches Gesicht. »Na ja, zumindest in der Hand gehabt«, fügte er dann grinsend hinzu.

»Du bist schrecklich, ich hoffe, das ist dir bewusst?« In einer schnellen Bewegung zog ich mir mein Sommerkleid über den Kopf und war mir Mats' beobachtenden Blickes durchaus bewusst.

Ich ließ meinen BH und Slip an und dankte mir insgeheim, dass ich heute Morgen zu einer passenden Kombi gegriffen hatte. Dann setzte ich vorsichtig einen Fuß ins Wasser. »Das ist ja arschkalt«, rief ich erschrocken.

»Das ist doch perfekt bei den Temperaturen.« Auffordernd lockte er mich mit seinem Zeigefinger.

Ich kämpfte mich mit zusammengebissenen Zähnen zu ihm vor und blieb dann auf Zehenspitzen und mit den Armen nach Gleichgewicht rudernd vor ihm stehen, ganz darauf bedacht, nicht bauchaufwärts mit dem kalten Wasser in Berührung zu kommen.

Mats beobachtete meine Bemühungen amüsiert. »Was soll das werden? Wasserballett? Dann musst du noch etwas an deiner Grazie feilen.«

Ich zog eine Grimasse. »Sehr witzig. Ich will nur einen Herzinfarkt vermeiden, das ist alles.«

Mit einem schnellen Satz war Mats bei mir und legte mir seine kalten, nassen Hände auf die Taille.

»Wehe«, quiekte ich erschrocken und riss warnend die Augen auf. »Nimm deine kalten Pfoten von mir.«

Er lachte und schüttelte mahnend den Kopf. »Willst du es auf die harte Tour?«

Seine Wortwahl war eindeutig zweideutig, was seinem Blick nach zu urteilen wohl absolut so beabsichtigt war.

»Boah, Mats«, murmelte ich und spürte schon wieder, wie ich errötete. Dass ich meine Verlegenheit im Griff hatte, war wohl eine Fehleinschätzung.

»Also sanft?« Grinsend ließ er etwas Wasser in seine Hand laufen und hielt sie mir dann vorsichtig an den Bauch. Das Wasser war durch seine Hand schon etwas wärmer und so zuckte ich nur kurz zusammen.

»Das dauert aber«, merkte er dann zweifelnd an. »Und macht nicht so viel Spaß wie das hier.«

Schon hatte er mich mit beiden Händen hochgestemmt und ich schrie panisch auf. »Nein, das machst du ni...« Meine Worte wurden durch mein Kreischen abgelöst, als Mats mich nach hinten warf. Ich hielt mir reflexartig die Nase zu und kniff die Augen zusammen. Das Wasser fühlte sich eisig an, als es über mir zusammenschlug. Ich kämpfte mich schnell an die Oberfläche zurück und schnappte keuchend nach Luft.

»Du Mistkerl«, rief ich aufgebracht und schlug mit voller Wucht auf die Wasseroberfläche, dass es nur so aufspritzte. Doch die von mir erzeugte Wasserfontäne traf nicht wie geplant Mats, sondern spritzte vor allem mir ins Gesicht. Ich hustete und strich mir hektisch die angeklatschten Haare aus dem Gesicht.

Mats ließ sich prustend rücklings ins Wasser fallen und hörte gar nicht mehr auf zu lachen.

»Sehr witzig.« Beleidigt sah ich ihn an, musste aber ebenfalls schmunzeln.

Sein Lachen war einfach ansteckend. Und es gefiel mir so

gut, wenn Mats in dieser Stimmung war. Er war so gelöst und alles an ihm wirkte echt.

»Du hättest dein Gesicht eben sehen müssen«, japste er.

Ja, das konnte ich mir bildlich vorstellen. Ein überraschter, nasser Pudel mit Bobfrisur, das gab sicherlich ein ganz tolles Bild ab.

Mats holte Luft, dann verschwand er langsam unter der Wasseroberfläche. Kurz darauf tauchte er dicht neben mir wieder auf. »Jetzt hast du es immerhin hinter dir, auf die harte Methode war es doch besser. So schlimm ist es doch jetzt gar nicht mehr, oder?«

Und er hatte recht, das Wasser fühlte sich nicht länger kalt an, sondern war bei dieser Hitze jetzt genau richtig zum Abkühlen.

»Du kluger Mann«, gab ich sarkastisch zurück.

Als Antwort zog Mats sich an mich und vergrub sein Gesicht an meinem Hals. »Du riechst so gut.«

Seine Worte lösten ein Kribbeln auf meiner Haut aus. Bedächtig legte ich meine Hände an seinen Bauch und spürte die harten Muskeln unter meiner Hand.

»Du musst nicht so vorsichtig sein«, zog Mats mich auf. »Ich gehe schon nicht kaputt.«

Ich grinste. »Soll ich dir den Rücken zerkratzen, ja?«

Kurz entgleisten seine Gesichtszüge, aber er fing sich schnell wieder.

Ha, Punkt für mich.

Misstrauisch legte er den Kopf schief. »Kam das gerade aus deinem Mund? Oder habe ich mir das eingebildet?«

Ich sah ihn herausfordernd an, dann legte ich eine Hand in seinen Nacken und zog ihn näher zu mir.

Er kam meiner Aufforderung ohne weitere Umschweife nach und presste seine Lippen auf meine. Ich krallte mich in seinen Armen fest, während wir leidenschaftlich knutschend durchs Wasser torkelten.

Mats roch im nassen Zustand noch besser als ohnehin schon. Wohlig seufzend intensivierte ich unseren Kuss und Mats gab ein kehliges Knurren von sich. Doch plötzlich verloren wir das Gleichgewicht, Mats versuchte noch, mich aufzufangen, aber dieser Versuch endete mit einem großen Platschen ins Wasser.

Prustend tauchte ich neben Mats auf. Er zog mich grinsend an der Hand hoch und schüttelte langsam den Kopf. »So stürmisch, Madame. Siehst du mal, was dann passiert.«

Ich lachte und schob mir die nassen Haarsträhnen aus dem Gesicht. »Das war es wert.«

Mats' Mundwinkel zuckten, doch er sagte nichts. Sein Blick wanderte über meinen Körper. »Dir ist kalt«, stellte er fest.

Erst jetzt bemerkte ich die Gänsehaut, die sich über meine Arme zog. Trotzdem schüttelte ich abwehrend den Kopf. »Ach was, geht schon.«

Mats grinste. »Netter Versuch. Wir können aber auch in der Sonne draußen weitermachen.«

Sein anzüglicher Blick ließ mich abrupt verstummen.

Am Ufer ließ sich Mats, so wie er war, in den Sand sinken und zog mich dann mit dem Rücken zu sich zwischen seine Beine. »Wie versprochen kannst du dich jetzt sonnen.« Er klopfte auf seine Brust. »Hier, lehn dich ruhig an.«

Da konnte ich nicht Nein sagen. Ich ließ mich an seine harte Brust sinken und schloss die Augen. So konnte man es wirklich aushalten. Die Sonne brutzelte auf uns nieder und Mats fuhr gedankenverloren mit seinen Fingern an meinen Armen auf und ab.

Wieder schoben sich die fiesen Gedanken, was das Ganze mit uns jetzt eigentlich werden sollte, in mein Bewusstsein und ich versteifte mich.

»Was ist los?« Mats hatte wirklich feine Antennen.

»Ich frage mich, wie ich das alles hier mit dir in Einklang bringen soll«, murmelte ich wahrheitsgemäß.

Mats brummte leise. »Ist es nicht gut so, wie es ist?« Seine Stimme war nur mehr ein Raunen.

»Doch«, gab ich leise zurück. »Aber ich habe Angst vor morgen.« Meine Stimme brach. Ich spürte, wie Mats mich ein Stück von sich schob.

»Schau mich an.«

Zögernd drehte ich meinen Kopf zu ihm herum.

Sein Gesicht war überraschend ernst, als er mich ansah. »Was denkst du, was morgen passiert?«

Ich zuckte unbeholfen mit den Schultern. »Ich … ich weiß nicht. Du sagst doch immer, dass du nicht der Typ für Beziehungen bist und du deine Frauen nur für eine Nacht behältst …« Ich stockte, weil ich meine Gefühle nicht in Worte packen konnte.

Mats runzelte die Stirn. »Das habe ich so nie gesagt. Ich habe gesagt, dass ich nicht gut für dich bin, und das meine ich auch immer noch so. Aber du willst dich ja nicht von mir fernhalten.« Seine Mundwinkel zuckten leicht. »Und was den Rest angeht … Das wird halt über mich erzählt. Und bisher hatte ich eben nie das Bedürfnis, ein Mädchen näher kennenzulernen.« Er zuckte beiläufig mit den Schultern. »Das mit dir hier macht Spaß und es fühlt sich richtig an. Ich bin nur echt schlecht darin, das Ganze in Schubladen einzusortieren. Ich weiß nicht, was es ist und was das mit uns werden kann.« Er stockte. »Es darf eigentlich nichts werden. Eigentlich ist das alles schon viel zu viel. Aber da wir die Grenze jetzt eh schon überschritten haben …« Sein Gesichtsausdruck wechselte, er wirkte plötzlich bedrückt und zuckte mit den Schultern. »Dann können wir jetzt auch einfach weitermachen. Wo auch immer das hinführen wird.«

Mein Herz machte einen Satz. Ich schob alle Bedenken beiseite, kletterte auf seinen Schoß und legte meine Hände an sein Gesicht. »Dann lässt du mich morgen also nicht einfach wieder links liegen?« Meine Stimme zitterte.

Mats' Züge wurden weich und er legte den Kopf schief. »Wie kommst du denn darauf? Macht das hier etwa den Eindruck?« Er deutete auf uns. »Das könnte ich jetzt gar nicht mehr. Wenn du wüsstest, was für eine Überwindung mich das die ganze Zeit gekostet hat. Dir im Verlag so die kalte Schulter zu zeigen, hat sich wirklich richtig mies angefühlt.«

Kopfschüttelnd sah ich ihn an. »Warum hast du es dann gemacht?«

Er seufzte. »Weil die gute Seite in mir versucht hat, dich auf Abstand zu halten, Paula.«

Und nun hatte seine böse Seite gewonnen, oder was? Das war doch absolut widersprüchlich.

Ehe ich etwas erwidern konnte, sagte er: »Lass es bitte einfach gut sein und komm her.« Er zog mich näher zu sich und küsste mich erneut.

Seufzend gab ich klein bei und erwiderte seinen Kuss. So viel schlauer als vorher war ich zwar immer noch nicht, aber immerhin hatte ich jetzt die Hoffnung, dass das Ganze mit uns vielleicht doch in irgendeiner Form zu etwas führen könnte.

Ich drückte mich an ihn, um ihm so nah wie möglich zu sein. Mats schob mir eine Hand in den Nacken und ich stöhnte bei seiner Berührung leise auf.

»Ich liebe es, wie du auf mich reagierst«, murmelte er gegen meinen Mund.

Ich biss sanft in seine Unterlippe, damit er weitermachte, und entlockte ihm damit ein zufriedenes Brummen. Langsam tastete ich an seinem Bauch herab und legte meine Hand auf seine Shorts. Ich fühlte seine Härte deutlich und im Gegensatz zu Jon machte er mir absolut keine Angst damit. Behutsam griff ich zu und Mats keuchte leise auf.

Doch dann legte er seine Hand auf meine und zog sie kopfschüttelnd weg. »Das lassen wir lieber.« Seine Stimme klang belegt.

»Aber wieso denn?«, flehte ich fast. Es war nicht zu fassen, wie sehr mich Mats im Griff hatte. Meine Schüchternheit war wie weggepustet, ich hatte nur noch Gedanken an ihn und an das, was er alles mit mir machen könnte. Oder ich mit ihm.

Mats rollte sich langsam auf mich und hielt meine Handgelenke über meinem Kopf zusammen, damit ich mich nicht wieder an ihm zu schaffen machen konnte. Ich gab ein unzufriedenes Geräusch von mir, was ihm ein Grinsen entlockte.

»Erstens«, hob er an und drückte mir einen Kuss auf den Hals, »habe ich kein Kondom dabei.«

Ich sah ihn belustigt an. »Was? Du?«, zog ich ihn lachend auf.

Mats' Mundwinkel zuckten und er schüttelte langsam den Kopf. »Du wirst wirklich frech.«

Ich grinste vergnügt. Er gab mir einen Kuss auf die Nasenspitze und redete weiter: »Und zweitens habe ich nicht vor, dich hier draußen zu entjungfern.«

Ich zog eine Schnute.

Jetzt war sein nicht deutbarer Gesichtsausdruck zurück. »Und eigentlich sollte ich das gar nicht machen. Ich dürfte es noch nicht einmal in Erwägung ziehen.«

Ich brummte genervt. »Das sagtest du bereits. Aber du sprichst im Konjunktiv«, stellte ich nervös fest.

Mats lachte leise auf. »Weil ich weiß, dass ich mich irgendwann nicht mehr zurückhalten kann, wenn das hier so weitergeht mit dir.« Er erkannte meinen Gesichtsausdruck und schüttelte warnend den Kopf. »Aber das wird garantiert nicht heute und nicht morgen sein.«

Er gab meine Hände frei und ich rappelte mich langsam auf. Seine Worte stellten zumindest in Aussicht, dass er wirklich nicht vorhatte, mich in der nächsten Zeit abzuservieren, und das löste einen ganzen Schwarm von Schmetterlingen in meinem Bauch aus.

Am frühen Abend machten wir uns langsam auf den Weg zurück zum Auto. Es hatte sich mittlerweile merklich abgekühlt und so war der Fußmarsch durch das unebene Gelände nicht so anstrengend wie auf dem Hinweg. Es war schon zu spät für meinen normalen Feierabend, ich musste mir also wohl wieder eine Ausrede einfallen lassen.

Mats schien meine Gedanken erraten zu haben. »Überstunden sind in der Agentur keine Seltenheit. Das werden sie dir schon abkaufen. Trotzdem sollten wir beim nächsten Mal vielleicht besser auf die Uhrzeit achten.«

Ich stimmte ihm zu. Auch wenn Mats mich nicht abgeschossen hatte, eine Beziehung hatten wir noch lange nicht. Wir mussten das, wie auch immer man es bezeichnen sollte, geheim halten. Das war mir klar, auch wenn wir nicht genauer darüber gesprochen hatten.

Schweigend lenkte Mats den Wagen über die kurvige Waldstraße.

»Wann sehen wir uns denn dann wieder?«, fragte ich vorsichtig. Ich hoffte, ich würde ihn mit dieser Frage nicht zu sehr unter Druck setzen. Das Letzte, was ich jetzt wollte, war, ihn einzuengen. So schien er die Frage aber gar nicht aufzufassen.

»Ich habe die Woche leider echt viel zu tun. Mittwoch bin ich aber noch mal in der Agentur, allerdings bespreche ich da nur das Rechtliche mit Jan, das könnte etwas öde werden. Aber wenn du willst, kannst du dir das ja auch ein bisschen mit anhören.«

Ich nickte schnell. Ich wollte keine Gelegenheit auslassen, Zeit mit ihm zu verbringen. Und außerdem gehörte das ja auch mit zu den Abläufen in der Agentur, rief ich mir ins Gedächtnis.

»Hast du am Samstag Zeit?«

Ich zuckte mit den Schultern, um mir meine Euphorie nicht sofort anmerken zu lassen. »Ich denke schon.«

Mats grinste wissend. »Erinnerst du dich an die Band, bei der wir waren?«

»Natürlich«, gab ich zurück. Ich konnte nicht verhindern, dass in meiner Stimme ein wachsamer Unterton mitschwang.

Mats bedachte mich mit einem Seitenblick. Er dachte wohl an dasselbe wie ich.

Nagend tauchten die Bilder vor meinem Auge auf, wie er die Blonde geküsst hatte, nachdem er mir eine Abfuhr erteilt hatte.

Er deutete meinen Blick richtig und seufzte leise. »Die Aktion war wirklich scheiße, tut mir leid.«

»Was du nicht sagst«, brummte ich.

»Aber die Band hat dir doch gefallen, oder? Sie spielen am Samstag im *SO36*, falls dir das was sagt.«

Tatsächlich war ich bei meinen Recherchen über den legendären Kreuzberger Club gestolpert.

»Ich war noch nicht da, aber der Name sagt mir wirklich was.«

Mats schmunzelte leicht. »Das dachte ich mir fast. Wenn du willst, können wir da hingehen.«

Ich zögerte. Wenn wieder die ganze Truppe da auftauchte, legte ich eigentlich keinen besonders gesteigerten Wert darauf, sie wiederzusehen. Auch wenn ich mir mittlerweile recht sicher war, dass Mats nicht wieder mit der Blonden rumknutschen würde. Aber ob ich mich auf diese Annahme verlassen konnte? Ich wollte es eigentlich nicht provozieren.

Mats erkannte meinen inneren Zwiespalt. »Sie wird bestimmt da sein, aber ich habe überhaupt kein Interesse an ihr. Das kannst du mir glauben.«

Ich lachte leise auf. »Das sah letztes Mal aber anders aus.«

»Ich habe sie bloß geküsst, um dir zu beweisen, dass ich nicht der Richtige für dich bin.«

Ich konnte ihm nicht folgen. Aber Mats schien seine Worte nicht weiter ausführen zu wollen. »Wir hatten mal was miteinander, aber mehr ist da nicht.«

Mehr ist da nicht? Ich sah ihn irritiert an.

Er meinte das wirklich ernst. Für ihn schien das wirklich keine große Sache zu sein. Ich schluckte und merkte plötzlich, wie groß der Unterschied zwischen uns doch war. Trotzdem nickte ich schließlich. »Der Rest war ja wirklich nett.« Bis auf sie.

Mats legte den Kopf schief. »Irgendwie finde ich es wirklich süß, wenn du eifersüchtig bist.«

Lachend knuffte ich ihn in die Seite. »Ich bin gar nicht eifersüchtig.«

NEUNZEHN

Mats setzte mich in sicherer Entfernung vor unserem Haus ab, aber nicht ohne mir noch einen langen Kuss zu geben, bei dem ich fast schon wieder den Verstand verlor.

Er wartete wieder, bis ich die Tür aufgeschlossen hatte, und fuhr dann los.

Ich hörte in der Küche Töpfe klappern, und es dauerte nicht lange, bis meine Mutter mit Topflappen bewaffnet in der Tür auftauchte. »Da bist du ja endlich. Ich dachte schon, ich müsste einen Suchtrupp losschicken.« Trotz ihrer Worte klang ihre Stimme nicht anklagend. Sie grinste mich eher vielsagend an.

Es war eindeutig, dass sie sich für mich freute.

»Du und deine Arbeit. Du bist doch noch so jung, andere junge Leute genießen ihre Ferien und du arbeitest dich krumm.«

Ich warf meine Tasche in die Ecke und folgte ihr in die Küche. »Darf ich dich daran erinnern, dass ich mehr ausgehen wollte und eine gewisse Mutter mir das schlechtreden wollte?« Ich wackelte vielsagend mit den Augenbrauen.

Sie rührte wie wild in einem der vielen Töpfe und gab einen ungehaltenen Laut von sich. »Das ist ja wohl auch etwas anderes. Da bist du mit zwielichtigen Typen unter Drogeneinfluss unterwegs und …«

Ich unterbrach sie, indem ich laut auflachte. »Mutter, jetzt übertreibst du echt.«

Pikiert sah sie auf. »Nenn mich bloß nicht so.«

Ich grinste, denn es machte mir großen Spaß, sie aufzuziehen. Seit ich denken konnte, beschwerte sie sich darüber, dass sie nie wie eine typische Mutter sein wollte. Sie wollte uns in einer behüteten Freiheit aufwachsen lassen, wie sie es selbst liebevoll nannte.

Dabei war ihr der Ausdruck Mutter der größte Dorn im Auge, denn sie selbst fühlte sich wohl eher als so etwas wie unsere große Schwester, Schrägstrich Beraterin. Sie wollte in keinem Fall mit dem typischen Hausmütterchen, das nur auf ihren Haushalt und ihre Kinder reduziert wurde, assoziiert werden. Dass mein Vater so selten zu Hause war und die meiste Arbeit nun einmal an ihr hängen blieb, war diesem Bestreben allerdings nicht förderlich. Deshalb war meine Mutter immer auf Achse und half ehrenamtlich in allen möglichen Institutionen aus.

Langsam seufzte sie, drehte sich zu mir um und beäugte mich mit einem nachdenklichen Blick. Plötzlich kniff sie irritiert die Augenbrauen zusammen. »Was hast du mit deinen Haaren gemacht? Warst du schwimmen?«

Oh, Mist. Ich nickte langsam und betete insgeheim, dass ich diesmal nicht rot werden würde. Meine Mutter würde mich sonst sofort durchschauen.

Gespielt lässig zuckte ich mit den Achseln. »Wir sind mit Kollegen nach der Arbeit noch schnell in den See gesprungen, keine große Sache, nur eine kleine Abkühlung.«

Das war fast nicht gelogen. Nennen wir es eine kleine Verschleierung der Tatsachen. Damit konnte ich leben.

Prüfend sah mich meine Mutter weiter an, dann schien sie einen Entschluss gefasst zu haben. »Pass auf, ich sehe ja, dass du dich zurzeit wirklich weiterentwickelst und …«

Ich quietschte genervt auf und unterbrach sie damit. »Mama, bitte. Ich möchte jetzt nicht darüber reden. Es war ein langer Tag, ich habe Hunger und muss morgen früh raus.

Also koch.« Ich zwinkerte ihr zu und schob sie sanft, aber bestimmt zurück an den Herd.

Meine Mutter lachte auf und schlug spielerisch mit dem Topflappen nach mir. »Junges Fräulein, du wirst ziemlich frech in letzter Zeit.«

Ergeben hob ich die Hände. »Kann ich dir helfen?«

Sie schüttelte vehement den Kopf. »Bloß nicht. Du sollst dich mal entspannen. Ich finde es übrigens wirklich gut, dass du mit deinen neuen Kollegen schon Kontakte geknüpft hast.«

Wenn die wüsste. Ertappt biss ich mir auf die Lippe und senkte den Blick. Diese Heimlichtuerei war einfach gar nicht mein Ding, ich fühlte mich nicht wohl dabei, neuerdings Geheimnisse zu haben. Das konnte auf Dauer nicht so weitergehen, aber solange noch so viele Dinge ungeklärt waren, konnte ich auch nicht einfach mit der Wahrheit herausplatzen. Ich steckte in einer echten Zwickmühle.

Doch meine Mutter achtete gar nicht auf meine Reaktion und redete einfach weiter. »Ich fürchte, ich habe letztens zu streng reagiert. Das ist eigentlich gar nicht meine Art und so wollte ich nie werden. Das weißt du. Und ich weiß auch, dass du mit Drogen niemals etwas anfangen würdest.« Sie ließ den letzten Satz bedeutungsvoll in der Luft hängen.

Was hatte sie bloß mit diesen Drogen?

»Das würdest du doch nicht, oder?«, hakte sie jetzt nach.

Irritiert zog ich eine Augenbraue hoch. »Tatsächlich habe ich schon die Bekanntschaft mit Alkohol gemacht«, gab ich zu. »Aber das weißt du ja. Und der Rest interessiert mich nicht. Ich finde Drogen abstoßend. Daran hat sich nichts geändert.«

Meine Mutter sah erleichtert aus.

Hatte sie wirklich gedacht, dass ich Drogen nehmen könnte? Irgendwie enttäuschte mich das.

Wir deckten gemeinsam schweigend den Tisch.

Pünktlich zum Essen stand mein Bruder im Wohnzimmer und verteilte den Auflauf großzügig auf den Tellern.

»Ach, der Herr macht auch einen Handschlag«, zog ich ihn auf und erntete lediglich ein Grinsen.

»Kinder, nicht streiten jetzt«, mischte sich meine Mutter ein.

»Wir streiten gar nicht, wir kabbeln uns«, klärte ich sie auf und knuffte meinen Bruder in der gleichen Sekunde kräftig auf den Oberarm. Ich war immer noch sauer auf ihn und das durfte er ruhig mal spüren.

Überrascht schaute er auf und rieb sich die getroffene Stelle. »Aua, wofür war der denn jetzt?«

Ich lachte auf. »Kannst ruhig auch mal was im Haushalt machen«, flunkerte ich nur und widmete mich dann meinem Essen.

»Es gibt übrigens Neuigkeiten von Papa«, erzählte meine Mutter.

Ich sah von meinem Teller auf. »Weiß er schon, wann er zurückkommt?«

Sie nickte und auf ihrem Gesicht breitete sich ein glückliches Lächeln aus. »Ja, er kommt Sonntagnachmittag.«

»Das ist ja toll.« Ich legte die Gabel weg und strahlte meine Mutter an.

»Und wie lange bleibt er diesmal? Drei Tage?«, brummte Robin. Ihn schien die Nachricht nicht so sehr zu freuen wie meine Mutter und mich.

Ich trat ihm unsanft gegen das Schienbein. Hach, tat das gut, ein legitimes Ventil für die Wut auf ihn zu haben. Es tat sogar so gut, dass ich diabolisch grinsend gleich noch einmal nachtrat. Herrlich.

Robin schnappte sichtlich überrascht nach Luft und rieb sich sein Bein. »Fuck, Paula, was ist denn in dich gefahren? Jetzt reicht's aber.«

Meine Mutter riss die Augen auf und ich konnte ein Kichern nicht unterdrücken.

Sie legte die Gabel weg und sah uns kopfschüttelnd an. »Rob, wie redest du denn?« Ihre Stimme klang plötzlich scharf und mein Bruder zuckte zusammen.

»Sorry,« murmelte er mit gesenktem Kopf.

Jetzt war es an mir, irritiert zu gucken. Irgendetwas war an ihrer beider Reaktionen seltsam.

Ich konnte der Sache nicht weiter auf den Grund gehen, denn meine Mutter redete an mich gewandt weiter: »Um noch mal auf unser Gespräch von eben zurückzukommen.« Sie seufzte und machte eine Handbewegung in meine Richtung. »Ich konnte dir immer vertrauen und du hast nie auch nur den Hauch eines Zweifels daran aufkommen lassen. Es ist unfair von mir, wenn ich dir jetzt nicht zutraue, dass du deine eigenen Grenzen am besten kennst.« Sie machte eine bedeutungsschwangere Pause und ihr Blick wanderte zu meinem Bruder, der merkwürdig still auf seinem Stuhl saß.

Ich schluckte. Ich hatte meine Mutter angelogen und würde es ihr am liebsten beichten.

Doch Robin saß hier und ich konnte es ihnen jetzt einfach nicht sagen – nicht, wenn das bedeutete, dass ich alles, und damit meinte ich natürlich vor allem Mats, schon wieder verlieren würde. Robin würde niemals zulassen, dass Mats und ich uns näherkamen. Warum auch immer. Aber das würde ich noch herausfinden.

Mit gespielt freudiger Miene sah ich sie an. »Oh, danke. Ich weiß dein Vertrauen sehr zu schätzen.«

Meine Mutter lächelte mild.

Meine Augen wanderten zu Robin, der mich unverwandt ansah.

»Es gibt da tatsächlich wieder eine Veranstaltung, zu der ich gehen möchte«, tastete ich mich zögerlich vor.

Robin hob warnend eine Augenbraue, das ignorierte ich aber gekonnt. »Wenn es okay ist, würde ich am Samstag gern auf ein Konzert gehen.«

Meine Mutter sah mich lediglich schmunzelnd an.

»In einem richtigen, offiziellen Club. Nichts Illegales«, schob ich schnell hinterher.

Jetzt lachte sie leise auf. »Na, das hoffe ich doch. Ich dachte, diese Bedingung wäre selbstverständlich.«

Ich zuckte mit den Achseln. »Und ich dachte, Drogen wären auch selbstverständlich nicht mein Ding.« Robin gab ein undefinierbares Geräusch von sich und ich runzelte die Stirn. »Was denn? Dachtest du etwa auch, dass ich Drogen nehmen würde? Wo sind wir denn hier?«

Meine Mutter seufzte leise. »Ist schon gut. Ich freue mich, wenn du am Samstag Spaß hast.«

»Kommt gar nicht infrage«, mischte mein Bruder sich ein. »Mit wem willst du überhaupt da hin?«

Unerwarteterweise erhielt ich Beistand von unserer Mutter. »Rob, ich glaube, das ist hier nicht deine Sache. Ich vertraue Paula«, schon wieder so eine komische Pause, »und wenn das ihr Wunsch ist, dann ist das so. Ich kann das auch sehr gut nachvollziehen, zum Selbstständigwerden gehört auch dazu, dass man sich in gewisser Weise von seiner Familie entfernt. In Paulas Fall sind das eben zwielichtige Konzerte.«

Schmunzelnd hob ich mein Glas an meine Lippen. Was für einen Erziehungsratgeber hatte meine Mutter nun wieder verschlungen? Aber mir konnte es nur recht sein, schließlich öffnete der mir nun, so wie es aussah, alle Türen – ohne dass ich dafür unseren Haussegen aufs Spiel setzen musste. Triumphierend sah ich zu meinem Bruder. Der jedoch wich meinem Blick mit genervter Miene aus.

Am Abend rief ich wie gewohnt meine beste Freundin an. Sie nahm nach dem ersten Klingeln ab.

»Wenn du so am Telefon lauerst, darfst du auch gern mal anrufen.«, begrüßte ich sie trocken.

»Ach, hör doch auf, du Nuss. Ich bin ganz neugierig, das weißt du doch. Wie unfair von dir, mich so heißzumachen und gar nichts mehr von dir hören zu lassen.«

Ich lachte leise auf. Ich hatte ihr am Nachmittag eine Nachricht geschickt, dass wir unbedingt reden müssten, und seitdem waren zahlreiche Nachrichten von ihr auf meinem Handy eingegangen, die ich unbeantwortet ließ. »Ich werde auch jetzt nicht viel dazu sagen, ich …«

Das aufgebrachte Kreischen meiner Freundin ließ mich zusammenzucken und ich hielt mein Handy ein Stück von meinem Ohr weg.

»Das kannst du jetzt echt nicht bringen, Fräulein. Raus mit der Sprache.«

Immer noch grinsend ließ ich mich auf mein Bett sinken. Wenn ich jetzt die Bombe platzen ließ, würde sie niemals auflegen. »Das geht nicht. Ich muss gleich schlafen.«

Ich hörte förmlich, wie Franzi die Augen verdrehte.

»Oh, ja klar, verarschen kann ich mich wirklich allein. Sag es jetzt oder ich rede nie wieder ein Wort mit dir.«

»Das hältst du nicht aus«, foppte ich sie.

Sie lachte abfällig.

»Hör zu«, sagte ich versöhnlicher. »Können wir uns morgen Nachmittag treffen? Ich muss dir dabei in die Augen gucken können.«

Franzi schnappte hörbar nach Luft. »Willst du mir deine Liebe gestehen? Wir könnten facetimen, aber ich muss dich enttäuschen, mit mir und Rob läuft es aktuell ganz gut, da muss ich nicht ...«

»Stopp, hör auf«, unterbrach ich sie. »Das will ich nicht hören. Und nein, können wir uns morgen bitte im *Lottchen* treffen?«

Das *Lottchen* war unser Stammcafé, hier waren schon viele Mädelsprobleme ausgiebigst analysiert worden.

Ich hörte Franzi mit sich ringen, dann seufzte sie leise. »Okay, ich bekomme heute wohl nichts mehr aus dir raus.«

»Ganz genau. Wir sehen uns morgen, schlaf gut.«

Wie erwartet konnte ich am Dienstag ungestört und in aller Ruhe meine Manuskripte abarbeiten. Meine Kollegen hatten mir einen Großteil sowieso bereits wieder abgenommen, aber die spannendsten Aufgaben durfte ich dennoch erledigen. Jan kam am Mittag kurz ins Büro, um Termine mit den Kollegen abzustimmen, und war dann wieder verschwunden.

Von Mats hatte ich seit gestern nichts mehr gehört, aber ich wusste ja, dass er heute nicht herkommen würde. Unter diesen Umständen war ich seit langer Zeit mal wieder wirklich produktiv und konnte mich auf meine Aufgaben konzentrieren.

Am frühen Nachmittag komplimentierten mich meine Kollegen quasi nach Hause, damit ich noch etwas die Sonne genießen konnte. Sie waren wirklich nett.

So traf ich vor der mit Franzi verabredeten Zeit im *Lottchen* ein. Ich belegte unseren Stammtisch im Biergarten ganz hinten in der Ecke bei den großen Hecken und zog mein Handy heraus, um mir die Zeit zu vertreiben.

Mats hatte mir seit gestern nicht mehr geschrieben, und ich hatte keine Ahnung, wie ich das deuten sollte. Ihm zu schreiben kam für mich nicht infrage, ich wollte unter keinen Umständen wie eine nervige Klette wirken.

Da legten sich zwei Arme von hinten um mich und mir wurde ein Küsschen auf die Wange gedrückt.

»Ich hatte gehofft, dass du schon da bist«, rief Franzi enthusiastisch und ließ sich gegenüber von mir auf den Stuhl fallen. »Los, erzähl schon.«

Um Zeit zu schinden, verstaute ich zuerst in aller Seelenruhe mein Handy in der Tasche, dann überkreuzte ich meine Füße unter dem Tisch und sah langsam zu Franzi auf. »Immer mit der Ruhe. Wollen wir nicht erst mal auf unsere Getränke warten? Ich habe dir O-Saft mitbestellt, das war doch okay?«

Franzi nickte ungeduldig. »Ja, passt schon. Ich sitze seit gestern Nachmittag förmlich auf glühenden Kohlen, also sprich endlich.«

Ich hob entwaffnend beide Hände. »Ist schon gut, ich erzähle ja schon. Aber das darfst du unter keinen Umständen jemandem verraten. Schon gar nicht meinem Bruder.« Nachdrücklich hob ich meinen Zeigefinger und wedelte damit vor ihrem Gesicht herum.

Franzi hob skeptisch eine Augenbraue. »So schlimm?«

»Schlimmer«, bestätigte ich.

In diesem Moment kamen unsere Getränke und ich war dankbar für die kleine Unterbrechung. Ich nahm einen großen Schluck, dann sah ich sie verschwörerisch an. »Ich habe Mats geküsst. Und wir haben miteinander rumgemacht.«

Zu meiner Überraschung lachte Franzi nur wissend. »Erzähl mir was Neues.«

Jetzt war ich es, die überrascht die Augenbrauen kräuselte. »Wie? Das habe ich doch niemandem gesagt.«

Franzi lächelte. »Weißt du, wir kennen uns nun schon so lange. Und seitdem du mit diesem Blick nach der Nacht bei ihm bei uns aufgetaucht bist, wusste ich Bescheid. Ich konnte es dir förmlich an der Nasenspitze ablesen.«

»Ich habe aber nicht mit ihm geschlafen«, murmelte ich langsam.

Franzi nickte wissend. »Habe ich mir gedacht. Ich hatte aber gehofft, dass das die große Nachricht ist, die du mir jetzt verkünden willst.«

Ich lachte auf. »Du Luder.«

Franzi zuckte mit den Achseln. »Immer. Also, sag schon. Was ist das jetzt mit euch beiden?«

Ich gab einen dumpfen Ton von mir. »Das ist genau das, was ich mit dir besprechen wollte. Er sagt, er will das mit uns nicht in eine Schublade stecken, aber er hat auch beteuert, dass er mich nicht nur wie seine anderen Frauen für eine Nacht will.« Unbeholfen zuckte ich mit den Schultern. »Ich weiß, dass Rob und er aus irgendeinem Grund ein Problem miteinander haben, und deshalb muss das erst mal unter uns bleiben.«

Franzi sah ziemlich verwirrt aus. »Das verstehe ich nicht ganz. Klar ist es blöd, wenn die beiden sich nicht mögen, aber du kannst doch deinen Freund nicht danach aussuchen, ob er und dein Bruder sich grün sind? Ich finde, ich als seine Freundin habe das Recht, zu behaupten, dass es ihn nichts angeht, mit wem seine Schwester zusammen ist. So einfach ist das.«

Seufzend ließ ich mich nach hinten sinken. So gesehen hatte sie natürlich recht. Aber das, was zwischen den beiden vorgefallen war, war etwas anderes. Etwas Größeres. Ich dachte an ihr Gespräch bei Robins Party und schüttelte den Kopf.

Nein, Mats war nicht der Typ dafür, sich seine Frauen von

irgendwem vorschreiben zu lassen. Aber aus irgendeinem Grund wollte auch er unbedingt vermeiden, dass Robin Wind von uns bekam. Ich wurde aus dieser ganzen Sache einfach nicht schlau.

»Hast du ihn schon mal gefragt?«

Ich lachte bitter auf. »Natürlich. Und ich bekomme einfach keine Antwort.«

Nachdenklich legte Franzi ihren Kopf schief. »Vielleicht kann ich Rob ja mal fragen.«

Das war wohl keine gute Idee. »Nein, bitte. Zuerst würde ich gern schauen, ob ich noch etwas herausfinde.«

Ich wollte auf keinen Fall die Pferde Scheu machen und Robin auf Mats und mich aufmerksam machen.

Neugierig blitzte Franzi mich an. »Hast du denn vor, in nächster Zeit mit ihm zu schlafen?«

Ich merkte, wie ich rot wurde, und Franzi lachte. Aber dann wurde sie wieder ernst. Ihr schien ein Gedanke gekommen zu sein, der ihr nicht gefiel.

»Was ist denn?«, hakte ich nach.

Franzi schüttelte abwehrend den Kopf. »Ach nein, nichts, schon gut.«

Doch ich kannte meine beste Freundin zu gut. Sie hatte etwas auf dem Herzen. »Na los, raus damit.«

Sie seufzte leise. »Na gut. Aber sei nicht sauer, ja?«

Was kam denn jetzt? Ich forderte sie mit einer Handbewegung auf, weiterzureden.

»Mir kam da grad nur so ein blöder Gedanke. Weil ja jeder weiß, dass Mats keine Frau länger als eine Nacht behält und, na ja ...« Sie sah mich zögerlich an. »Sei bitte nicht sauer. Aber wenn du noch nicht mit ihm geschlafen hast, vielleicht, na ja, du weißt schon. Ich habe bloß Angst, dass er dich dann danach auch wegwirft. Weil er dann hatte, was er wollte. Weißt du, was ich meine?«

Langsam hob ich den Blick und sah Franzi fest an. »Nein. Das glaube ich nicht. So ist Mats nicht.«

Franzi seufzte unglücklich. Ich konnte ihr geradezu ansehen, wie sehr sie an meiner Aussage zweifelte.

»Er hätte die Gelegenheit gehabt«, gab ich offen zu. »Und er war derjenige, der warten wollte.«

Doch anstatt dass meine Worte sie beruhigten, verdunkelte sich ihre Miene nur noch mehr. »Was ist denn jetzt?«, fuhr ich sie eine Spur zu harsch an.

»Es ist halt Mats. Ich will nicht, dass er dir wehtut. Wer weiß, was er da noch plant.«

Ich lachte resigniert auf. Was sollte er denn planen? Mit meiner Jungfräulichkeit? Ich schob den Gedanken schnell beiseite.

Nein, das passte einfach nicht zu dem Mats, den ich kennengelernt hatte. Ein schaler Nachgeschmack blieb trotzdem.

ZWANZIG

Als ich am nächsten Tag das Büro betrat, war meine neu gewonnene Selbstsicherheit Mats gegenüber verpufft. Vielmehr war ich unendlich aufgeregt, ob ich ihn heute tatsächlich wiedersah und wie er wohl reagieren würde. Mats war in letzter Zeit so sprunghaft gewesen – so ganz konnte ich ihm einfach noch nicht abnehmen, dass jetzt einfach alles normal mit uns weiterlaufen würde. Zudem hatte er sich immer noch nicht bei mir gemeldet, was ich als ganz schlechtes Omen sah.

Ich begrüßte meine Kollegen und sichtete meine Unterlagen. Ich fand ein Post-it mit dem Hinweis *wichtig* auf dem Manuskriptstapel. Der Zettel war von Jan und enthielt nur die Angabe zu Uhrzeit und Ort unseres Treffens. Am Nachmittag sollte ich im Besprechungszimmer aufschlagen. Dort war dann bestimmt das Gespräch mit Mats, in dem es um das Rechtliche gehen sollte. Innerlich stöhnte ich auf. Ich hatte noch einige Stunden rumzubekommen.

Der Tag zog sich wie erwartet wie Kaugummi. Verstohlen sah ich immer wieder in der Hoffnung auf mein Handy, dass Mats sich doch noch melden würde, aber Fehlanzeige. Also machte ich mich kurz vor der vereinbarten Zeit mit einem mulmigen Gefühl in der Magengegend auf in den Meetingraum.

Die Tür war zu, und ich klopfte aus Gewohnheit an, rechnete aber nicht wirklich mit einer Reaktion. Jan kam grundsätzlich zu spät, und auch Mats hatte mir oft genug bewiesen, dass er auf Pünktlichkeit pfiff. Umso überraschter war ich, als ich eine Stimme vernahm, die mich hereinrief. Jan saß neben Mats am großen Besprechungstisch, der mit Unterlagen übersät war. Ich schielte schnell auf die Uhr. Nein, ich war pünktlich.

»Paula, schön, dass du da bist. Wir haben schon etwas eher angefangen, das Meiste ist sowieso staubtrocken. Setz dich doch.« Jan deute mit einer schnellen Bewegung auf den Stuhl neben Mats.

Ich nickte und rutschte unbeholfen neben ihn.

»Hey«, murmelte ich und sah ihn unsicher an.

Da endlich hob auch Mats den Kopf. Sein Blick war warm, und ein Lächeln legte sich auf seine Züge, als er mich musterte.

Gott sei Dank. Ich fühlte, wie meine Wangen warm wurden. Es hatte sich wohl doch nichts zwischen uns verändert.

»Hey, du«, gab er leise zurück und seine Stimme schickte einen kleinen Schauer über meinen Rücken.

Das hier war doch verrückt. Ich saß so dicht neben ihm, dass ich seine Anwesenheit förmlich fühlen konnte, und er roch schon wieder so unwiderstehlich, dass ich ihm am liebsten hier und jetzt auf den Schoß geklettert wäre.

Mats schien meine Gedanken lesen zu können. Er grinste mich wissend an. Dann rekelte er sich auf seinem Stuhl, fuhr mir dabei unauffällig mit der Hand über den Oberschenkel und ließ sie dort liegen. Alarmiert sah ich hinüber zu Jan, doch der schien davon nichts mitbekommen zu haben. Er wühlte in seinen Zetteln und murmelte etwas vor sich hin. Unruhig sah ich zurück zu Mats, schüttelte abwehrend den Kopf und zuckte mit dem Oberschenkel, damit er seine Hand da wegnahm. Das konnte er doch jetzt nicht hier im Büro bringen.

Mats schien das anders zu sehen. Er lehnte sich zurück und streichelte mir mit kreisenden Bewegungen über das Bein. Dabei sah er mit gelangweiltem Blick zu Jan, der mittlerweile wieder das Wort ergriffen hatte und etwas über Lizenzen erzählte.

So konnte ich mich absolut nicht konzentrieren. Mats drückte mein Bein mit einem Seitenblick, der wohl so viel bedeuten sollte wie ›Hab dich mal nicht so‹. Aber ich konnte mich einfach nicht entspannen. Nicht, wenn mein Lieblingsmensch so dicht an mir dran saß und kreisende Spuren auf mein Bein zeichnete und mein Quasi-Chef direkt daneben über Lizenzen referierte. Ich malte mir schon aus, wie Jan mit uns beiden die Zusammenarbeit beendete, weil sich so eine Liebelei im Büro nicht gehörte, da nahm Mats plötzlich die Hand von meinem Bein und stand zeitgleich mit Jan auf.

Huch, hatte ich jetzt das Ende verpasst? Hastig sprang ich von meinem Stuhl auf, und Mats, der Idiot, fing tatsächlich leise an zu lachen. Ich starrte ihn entgeistert an. Jan schien davon gar nichts mitzubekommen.

Er ordnete noch einmal seinen Zettelstapel und gab Mats dann einige Kopien in die Hand. »Falls noch Fragen sind, kannst du dich jederzeit an mich wenden.«

Mats nickte artig.

»Dann macht's mal gut, ihr beiden. Genießt die Sonne, solange ihr noch könnt.« Er seufzte theatralisch. »Kommt mal in mein Alter, da habt ihr nur noch Termine, Termine, Termine. Schlimm. Aber ich war noch nie gut im Zeitmanagement, das habe ich mir also wohl selbst zuzuschreiben. Na ja – sei es drum. Macht es einfach besser. Und, ach ja, ich bin übrigens froh, dass ihr euch jetzt anscheinend eingekriegt habt.« Er zwinkerte uns zu und rauschte aus dem Raum, wie man es von ihm gewohnt war.

In der gleichen Sekunde hatte sich Mats bereits zu mir umgedreht und senkte seine Lippen mit einem frechen Grinsen auf meine. »Endlich«, murmelte er leise und zog mich an der Taille an sich.

Kurzzeitig war ich von seinem Kuss wie berauscht. Doch dann erinnerte ich mich an das Hier und Jetzt. Schnaufend schob ich ihn von mir und taxierte ihn. »Bist du jetzt vollkommen durchgedreht? Was hättest du gemacht, wenn Jan uns erwischt hätte?« Meine Stimme überschlug sich fast, und ich merkte, wie ich vor Verlegenheit rot anlief.

Mats besah mich mit einem seltsamen Gesichtsausdruck, dann hoben sich seine Mundwinkel und mit einem Mal lachte er laut auf.

Ich boxte gegen seine Schulter. »Das ist nicht lustig«, knurrte ich.

Mats sah mich amüsiert an. »Das meinst du ernst, was? Man könnte meinen, ich hätte da unter dem Tisch sonst was mit dir angestellt.«

Bei seinen Worten spürte ich, wie meine Wangen heiß wurden, und Mats fuhr grinsend mit dem Daumen darüber.

»Entspann dich doch mal. Es ist doch gar nichts passiert. Und außerdem habe ich gemerkt, dass es dir gefallen hat. Du magst es, wenn ich dich anfasse.« Anzüglich grinste er mich an, doch ich verschränkte knurrend die Arme vor der Brust.

»Aber es hätte etwas passieren können. Dann hätte ich jetzt keinen Praktikumsplatz mehr und du kein Buch.« Jetzt fuchtelte ich wild mit einem Finger vor seiner Nase herum. »Wir sind hier im Büro, das gehört sich einfach nicht.«

Mats' Gesicht nahm auf einmal einen anderen Ausdruck an. Sein dunkler Blick glitt über mich und plötzlich drückte er mich in einer schnellen Bewegung an die Wand hinter mir. Er hielt meine Hände hinter meinem Körper gefangen, damit ich mich nicht von ihm losmachen konnte.

Ich keuchte überrumpelt auf und starrte ihn an. Mein Blick wanderte zu seinen Lippen, und fast hätte ich vergessen, wo wir uns befanden. Aber nur fast.

Mats drängte sich hart an mich. »Das«, er betonte das Wort extra in einem süffisanten Tonfall, »gehört sich nicht. Ich vergesse immer wieder, wie unbedarft du doch eigentlich bist.« Er grinste und scannte mit seinen Augen meinen Körper. Dann seufzte er leise und lehnte dann in einer zärtlichen Geste seine Stirn an meine. »Ich habe dich vermisst.«

Seine Worte wirbelten eine ganze Schar an Schmetterlingen in meinem Bauch auf.

»Ich dich auch«, murmelte ich leise.

Langsam löste er sich von mir. »Wie sieht's aus? Musst du gleich nach Hause oder wollen wir einen Zwischenstopp bei mir einlegen?«

Ich sah ihn nervös an. »Um da was zu machen?«

Mats zuckte grinsend mit den Achseln. »Abhängen.«

Na klasse. Ich wurde schon wieder nicht schlau aus ihm. War ›abhängen‹ in seiner Welt das Codewort für Sex? Eigentlich hätte ich alles darauf verwettet, dass er sich nicht mit so was abgeben würde. Codewörter waren etwas für Teenies in der Pubertät – oder für so jemanden wie mich.

Ich wollte ihn nicht merken lassen, wie sehr ich verunsichert war, also nickte ich schnell. »Ich habe auf jeden Fall noch Zeit, lass uns gehen.«

Als wir durch die Lobby gingen, warf Lisa mir einen bedeutsamen Blick zu. Ich winkte ihr grinsend zu. Da würde ich mir wohl demnächst noch etwas anhören dürfen.

Während der Fahrt zu Mats' Wohnung erzählte er von seinem Treffen mit Jan. Er zog mich damit auf, dass ich nichts von alldem mitbekommen hatte, und fühlte sich nun dazu berufen, mich über alles aufzuklären. Tatsächlich fand ich den rechtlichen Teil der Buchwelt maximal halb spannend, wenn man das überhaupt so nennen konnte. Ich war froh, als wir seine Wohnung erreichten und damit das Thema abhaken konnten.

»Ey, du wolltest im Praktikum was lernen«, zog Mats mich auf, als ich mit gelangweilter Miene neben ihm zu seiner Wohnung stapfte. Er hatte wohl mitbekommen, wie sehr mich das Thema anödete.

Ich zog eine Grimasse. »Ja, danke. Ich werde es mir merken.«

Mats lachte und ging in die Küche, während er mich mit einer Handbewegung ins Wohnzimmer schickte. »Willst du was trinken? Ich habe sogar Fanta für dich gekauft.« Seine Stimme klang stolz und mein Herz machte einen Satz.

Er hatte wirklich extra für mich das ihm verhasste Zuckerzeug gekauft?

»Oh ja, bitte«, rief ich freudig zurück und ließ mich auf die Couch plumpsen.

Schnell zog ich mein Handy hervor und schrieb meiner Mutter, dass ich später kommen würde, da ich mich noch mit einem Bekannten treffen wollte.

Mats setzte sich neben mich und reichte mir das Glas. Er deutete auf mein Handy. »Hast du Robin Bescheid gesagt?«

»Machst du Witze? Er würde mich killen. Also vielleicht eher dich.« Ich grinste. »Und mich danach zu Hause anketten. Also nein, das würde ich niemals tun.«

Mats sah erleichtert aus.

Mein Handy leuchtete auf, schnell entsperrte ich es, um die Nachricht zu lesen. Meine Mutter war mir so entgegengekommen, da hatte sie zumindest ein Stückchen Wahrheit von mir verdient.

Du wirst so schnell groß. Pass auf dich auf und viel Spaß. Kuss, Mama.

Ich lächelte. Das war endlich wieder meine Mutter, wie ich sie kannte. Zufrieden steckte ich das Handy in meine Tasche zurück.

Mats musterte mich neugierig. »Gute Nachrichten?«

Ich nickte. »Ja, wie man es nimmt. Meine Mutter hat sich endlich wieder eingekriegt. Aber sie weiß natürlich nicht, dass du derjenige bist.«

Mats fasste sich in einer gespielten Geste ans Herz und riss empört die Augen auf. »Deine Mutter denkt jetzt, dass du etwas mit irgendeinem dahergelaufenen Typen am Laufen hast? Wie kannst du mich so verleugnen?«

Ich lachte kopfschüttelnd. »Du bist ein Spinner, weißt du das?«

Mats nickte mit seinem schiefen Grinsen im Gesicht. »Aber so was von.« Seine grünen Augen blitzten mich fröhlich an, aber er machte keine Anstalten, mich zu berühren.

Mein Blick fiel auf die Gitarre an der Wand. »Kannst du spielen?«

Mats setzte einen beleidigten Blick auf. »Was denkst du denn? Natürlich kann ich das.«

Ich hob skeptisch eine Augenbraue. »Gibt es auch was, das du nicht kannst? Bücher schreiben, Musik machen, kannst du auch singen?«

Ohne zu antworten, angelte Mats sich die Gitarre von der Wand, legte sie auf seinen Schoß und begann die Seiten anzuschlagen. Während er geduldig jede einzelne Saite stimmte, nickte er langsam. »Zumindest wird mir das nachgesagt, ja.«

Natürlich. Bestimmt nutzte er die Masche mit der Gitarre, um die Weiber ins Bett zu locken.

Mats sah kurz auf und grinste, als er meinen Gesichtsausdruck sah. »Ich weiß ganz genau, was du gerade denkst, Paula. Aber so ist das nicht, ich brauche die nicht, um Mädels zu beeindrucken.« Er hob eine Augenbraue. »Das funktioniert auch so ganz gut«, fügte er mit einem Schmunzeln hinzu.

Ertappt zog ich eine Grimasse.

Ich beobachtete ihn, wie er sich ein Plektrum griff und einige Akkorde anspielte. Dann legte er seine Hand über die Saiten und sofort verstummten die Töne. »Was soll ich spielen?«

Herausfordernd runzelte ich die Stirn. »Ich wette, du hast was Eigenes.«

Mats wirkte kurz verblüfft, dann legte sich ein Schmunzeln auf seine Lippen. Mit undefinierbarer Miene schlug er gelassen die Saiten an, dabei warf er mir nur noch einen kleinen Seitenblick zu, ehe er sich komplett auf sein Tun konzentrierte. Er wirkte total abgeklärt und souverän, ich konnte keine Spur von Nervosität erkennen.

An seiner Stelle wäre ich höchstwahrscheinlich gestorben, aber Mats spielte einfach drauflos. Die Tonfolge war melodisch und steigerte sich langsam. Als Mats schließlich leise anfing zu singen, richteten sich die Härchen in meinem Nacken auf. Ich fand seine tiefe Stimme ohnehin schon immer verführerisch, doch jetzt beim Singen nahm sie einen rauen Unterton an, der mir eine Gänsehaut nach der anderen verpasste.

Mats hielt seinen Blick auf die Gitarre gesenkt und war komplett in seinen Song eingetaucht.

Er sang auf Deutsch über den Schmerz, eine geliebte Person verloren zu haben, und ich musste sofort an seinen Roman denken. Die Parallelen waren einfach zu deutlich, und Mats wirkte zu authentisch, als dass er sich das einfach alles nur ausgedacht haben könnte.

Ich hing an seinen Lippen und fühlte den Schmerz, den er in seinem Text vermittelte. Ich spürte, wie mir die Tränen in die Augen stiegen. Probeweise versuchte ich sie wegzublinzeln, aber ich hatte keine Chance.

Mats spielte die letzten langsamen Akkorde und sah dann nach einer gefühlten Ewigkeit endlich zu mir auf. Ich konnte den Schmerz noch in seiner Miene erkennen, aber er fand schnell zu seinem üblichen Ausdruck zurück.

Er wollte etwas sagen, stockte aber, als er die Tränen in meinen Augen erkannte.

Schnell legte er die Gitarre auf den Couchtisch und rutschte an meine Seite. »He, nicht weinen.« Er legte seine Hand auf meinen Oberschenkel und drückte ihn leicht. »Das ist doch bloß ein Lied.«

Ich wollte ihn fragen, was er wirklich durchgemacht hatte, was er Schlimmes in seiner Vergangenheit erlebt hatte, dass er das jetzt auf diese Art verarbeiten musste. Doch ich konnte es nicht. Mats hatte mir schon deutlich zu verstehen gegeben, dass mich das nichts anging und ich nicht so viel interpretieren sollte. Aber es zerriss mich innerlich. Die Tränen fingen an zu laufen und ich wischte sie schnell mit dem Handballen weg.

Ich sah zu Mats auf und schüttelte ratlos den Kopf. »Es … ich … es tut mir leid«, stammelte ich und hoffte, dass Mats mir diese Worte nicht übelnahm.

Ich meinte, einen Anflug von Schmerz in seinen Augen zu erkennen, bevor er mich in seine Arme zog.

Beruhigend strich er mir in großen Bewegungen über den Rücken. Wir sagten beide kein Wort und hingen unseren Gedanken nach. So saßen wir einige Zeit, bis ich mich endlich wieder gefangen hatte. Mats stellte keine Fragen, und auch ich traute mich nicht, weiter nachzuhaken. Ich wusste zu dem Zeitpunkt gar nicht, ob ich die Wahrheit wirklich wissen wollte.

Mats hängte die Gitarre schweigend zurück an ihren Platz und strich sich dann verlegen durch seine herabhängenden Haare. »Ich könnte jetzt eine Kippe gebrauchen.« Er zog die kleine schwarze Schachtel aus seiner Hosentasche, steckte sich eine Zigarette in den Mundwinkel und deutete auf den Balkon. »Willst du mitkommen oder wartest du lieber hier?«

In dem Zustand wollte ich ihn nicht allein gehen lassen, also folgte ich ihm auf seinen kleinen Balkon.

Typisch Mann war er absolut spärlich eingerichtet. Es gab eine kleine Holzbank, die schon sehr in die Jahre gekommen aussah, und ein kleines Tischchen mit Aschenbecher.

»Gemütlich«, bemerkte ich mit einem Grinsen, um die gedrückte Stimmung zwischen uns aufzulockern.

Mats schmunzelte, dann zündete er sich die Zigarette an, nahm einen tiefen Zug und blies den Rauch in die entgegengesetzte Richtung von mir.

Entschuldigend hob er die Achseln. »Ich bin nicht so der Blumentyp«, offenbarte er.

Ich riss gespielt empört die Augen auf. »Du erschütterst noch mein Bild von dir, pass bloß auf.«

Mats' Augen leuchteten amüsiert auf, und er strich mir mit einer beiläufigen Bewegung über die Wange, die sofort ein Kribbeln in meinem Bauch auslöste.

Ich beobachtete ihn, wie er abermals an der Zigarette zog. Obwohl ich Rauchen wirklich von ganzem Herzen verabscheute, konnte ich nicht leugnen, dass Mats mit der Zigarette einfach supersexy aussah.

»Darf ich auch mal?« Ich deutete mit einer zaghaften Bewegung auf die Zigarette in seiner Hand.

Mats hob perplex beide Augenbrauen. »Was? Du willst mal ziehen?«

Mutig nickte ich.

Er sah mich prüfend an. »Und wieso solltest du das wollen?«

Mann, war der Typ anstrengend. Ich zuckte mit den Schultern. »Du machst mich halt neugierig damit.«

Mats blieb weiter lässig an das Balkongeländer gelehnt und machte keine Anstalten, mir meine Bitte zu erfüllen.

»Okay, war ja nur eine Frage«, murmelte ich verdrossen und verschränkte die Arme schützend vor meiner Brust.

Schließlich regte Mats sich und hielt mir seine Zigarette entgegen. »Fang mit dem Scheiß bloß nicht erst an.«

Ja, was denn nun? Zaghaft griff ich danach. »Du machst den Scheiß aber doch auch?«

Mats lachte leise auf. »Glaub mir, ich habe schon ganz anderen Dreck durch. Da ist das hier noch das Harmloseste.«

Ich musterte ihn. »Und warum hast du sie mir dann gegeben?« Ich hielt die Zigarette fragend hoch.

Mats schnaubte. »Tu, was du nicht lassen kannst. Ich bin eben nicht dein Bruder und auch nicht dein Aufpasser, Paula. Dafür bin ich echt nicht der Typ.«

Ich schluckte. Kurz war ich versucht, ihm die Zigarette einfach wiederzugeben, doch das kam mir, so bescheuert es auch klingen mag, wie Aufgeben vor.

Deshalb nahm ich, so wie ich es bei Mats beobachtet hatte, einen tiefen Zug. Meine Lunge füllte sich mit Rauch und ich musste gegen den Hustendrang ankämpfen. Tränen stiegen mir in die Augen und der Reiz übermannte mich gnadenlos. Ich bekam einen schrecklichen Hustenanfall und rang keuchend nach Luft.

Mats nahm mir lachend die Zigarette aus der Hand und legte mir seine Hand in den Nacken, bis ich mich beruhigt hatte.

»War klar. Ich schätze, das war jetzt Therapie genug?«

Ich schüttelte seine Hand ab und sah ihn missbilligend an. »Du wusstest, dass das passiert?«

Mats nahm selbst einen letzten Zug, drückte die Zigarette aus und blies mir den Rauch schmunzelnd ins Gesicht.

Angewidert drehte ich mich zur Seite.

»Na klar wusste ich das«, feixte er. »Das passiert eigentlich allen beim ersten Mal. Und mir ist es lieber, wenn du deine erste und einzige Zigarettenerfahrung hier bei mir machst und dir dafür nicht wieder irgendeinen dahergelaufenen Typen angelst.« Vielsagend grinste er mich an.

Ich wusste ganz genau, dass er auf meinen ersten Kuss mit Jon anspielte. Ich knuffte ihn in die Seite. »Du bist wirklich blöd, weißt du das? Ich dachte, du bist nicht mein Babysitter.«

Mats lachte, legte seine Hände an meine Schultern und schob mich sanft zurück ins Wohnzimmer. Er ließ sich auf die Couch fallen und klopfte auffordernd neben sich. Seine Stimmung war jetzt deutlich gelöster als noch vor wenigen Minuten.

Ich schnappte mir schnell mein Glas, um den Rauchgeschmack mit einem großen Schluck Fanta loszuwerden. Dann stellte ich es wieder auf dem kleinen Couchtisch ab und kletterte kurzentschlossen auf Mats' Schoß. Er grinste und zog mich näher an sich, damit er seinen Mund an meinen Hals drücken konnte. Langsam küsste er sich bis zu meinem Ohr hinauf und ich erschauderte. Das schien wohl seine Lieblingsstelle an mir zu sein.

»Ich hatte gehofft, dass du das tun würdest« murmelte Mats und legte mir seine Hände an die Taille. »Aber damit wir uns jetzt nicht falsch verstehen, ›abhängen‹ war kein Synonym fürs Vögeln.«

Ich erstarrte kurz. »Du und deine Ausdrucksweise.«

Mats lachte leise auf und sah mich kopfschüttelnd an. »Sorry. Ich hab kurz vergessen, mit wem ich es hier zu tun habe.« Seine Stimme war eindeutig neckend, doch ich streckte ihm trotzdem genervt die Zunge raus.

Wir wussten doch beide, dass er hier derjenige mit dem ganzen Sack an Erfahrung war und ich damit nicht im Entferntesten mithalten konnte. Ich musste es wohl anders angehen.

Ich setzte ein enttäuschtes Gesicht auf. »Und ich hatte so gehofft, dass du damit meinst, dass wir es endlich tun.«

Bei meinen Worten blitzte etwas in seinen Augen auf. Er drückte mir schwer atmend einen Kuss auf den Mundwinkel und schüttelte den Kopf. »Fast hättest du mich gehabt.«

Ich grinste und beugte mich vor. Ganz dicht an seinen Lippen hielt ich inne. »Aber Küssen ist erlaubt?«

Mats' Griff um meine Taille verstärkte sich. »Aber sicher.«

Wir verschmolzen erneut in einem Kuss, der schnell intensiver wurde. Ich krallte mich in seinem T-Shirt fest, damit sich meine Hände nicht wieder selbstständig auf Wanderschaft begaben. Mats schien es ähnlich zu gehen, obwohl er uns diese dumme Regel ja selbst auferlegt hatte.

Seine Hand strich an meiner Taille herab und ich reagierte sofort auf seine Berührung. Ich presste mich an ihn, um so viel wie möglich von ihm spüren zu können. Fast verzweifelt wanderten meine Hände in seine Haare und ich zog ihn noch näher zu mir. Mats gab ein kehliges Brummen von sich, bevor er sich plötzlich von mir löste und mich mahnend ansah.

»Hey«, protestierte ich. »Wir haben doch gerade erst angefangen.«

Mats räusperte sich. »Wenn wir jetzt weitermachen, kann ich nicht versprechen, dass ich mein Wort halten kann.«

Seine Worte ließen meinen Magen aufgeregt hüpfen. »Ich will doch gar nicht, dass du dein Wort hältst.« Ich spürte die Wärme, die sich auf meinem Gesicht ausbreitete. Aufgeregt sah ich ihn an. »Du nimmst es doch sonst nicht so ernst mit den Frauen, warum jetzt?« Ich wusste nicht, was in mich gefahren war. In Mats' Nähe konnte ich wirklich keinen klaren Gedanken fassen. Ich klang ja so, als ob ich es nur auf den Sex mit ihm abgesehen hatte. Aber ich konnte mich nicht stoppen, mein Körper schrie einfach nach mehr von ihm.

Mats' Miene verdunkelte sich. »Schön, du willst also unbedingt eine von vielen sein, ja?« Er packte mich grob an der Taille und drückte mich mit einer ruckartigen Bewegung in die Couch. Bedrohlich schwebte sein Gesicht über mir. »Willst du das, ja?« Seine Worte waren nur mehr ein Raunen.

Nervös biss ich mir auf die Unterlippe. Ich wusste, dass

ich Mats gerade provozierte – aber ich konnte auch nicht aufhören, denn ich hatte den Eindruck, dass ich kurz davorstand, etwas mehr hinter Mats' sorgfältig trainierte Fassade blicken zu können.

»Wenn das was bedeutet?«, fragte ich mit kratziger Stimme nach.

Mats lachte kurz auf, doch er klang nicht glücklich. »Das würde bedeuten, dass ich dich hier und jetzt auf der Couch ficken würde.« Er senkte seinen Blick bedrohlich auf mich und musterte mich so intensiv, dass ich Mühe hatte, ihm weiter ihn die Augen zu sehen.

Aber so leicht ließ ich mich nicht von ihm einschüchtern. Trotzig reckte ich das Kinn und wartete darauf, dass er weitersprach.

»Glaub mir, das wäre nicht so, wie du es dir in deinen Träumen ausmalst. Es wäre nicht zurückhaltend, nicht einfühlsam und nicht nett. Es wäre nicht romantisch, es wäre mir egal, ob du kommst oder nicht. Vielleicht dürfest du mir einen blasen, bis ich in deinem Mund komme.« Seine Stimme hatte einen drohenden Unterton angenommen.

Ich suchte in seinen Augen nach einem Hinweis darauf, dass er wieder nur Spaß machte, doch sein dunkler Ausdruck blieb und seine Augen bohrten sich intensiv in meine.

Mein Hals fühlte sich mit einem Mal fürchterlich trocken an. Er meinte das wirklich ernst. Auch wenn ich noch keine Erfahrung hatte, lebte ich ja nicht hinter dem Mond.

Ich wusste durchaus, was Mats mit seinen Worten meinte. Für mich klang es nicht so, als wenn der Sex zwischen Mats und seinen ganzen Frauen eine besonders liebevolle Angelegenheit wäre. Und das stand in einem totalen Kontrast zu dem Mats, den ich kennengelernt hatte.

»Also, ist es das, was du willst?«, wiederholte er seine Frage.

Ich schluckte trocken und schüttelte abwehrend den Kopf. »Ähm, ich denke eher nicht, nein«, krächzte ich mit rauer Stimme.

Seufzend ließ Mats mich los und ich richtete mich auf.

Unsicher strich ich mir eine Strähne aus der Stirn und sah zu ihm hoch.

Er setzte sich auf und wirkte zerknirscht. »Es tut mir leid«, murmelte er. »So wollte ich nicht mir dir reden.«

Ich rutschte ein Stück näher an ihn und legte meine Hand auf seine. Kurz machte er den Anschein, als ob er sie wegziehen wollte, doch schließlich drehte er sie um und verschränkte sie mit meiner.

»Du klingst nicht so glücklich darüber«, stellte ich leise fest. Ich wollte Mats nicht weiter provozieren, aber er ließ mich gar nicht erst weiterreden.

Seine Hand versteifte sich in meiner und er schnaubte hörbar. »Hör auf, schon wieder so viel zu interpretieren. Es ist okay. Ich hab's mir doch so ausgesucht.« Er zuckte mit den Schultern. »Ich bin halt so, Paula. Wenn ich etwas anderes wollte, würde ich es so machen.«

»So wie mit mir?«

Mats hielt inne. An seiner Miene erkannte ich sofort, dass ich den Bogen überspannt hatte.

Abrupt ließ er meine Hand los und stand auf. Oh, oh, das war gar nicht gut. Unser kleines Geplänkel entwickelte sich in die völlig falsche Richtung. Schnell folgte ich ihm in die Küche. Bevor er reagieren konnte, hatte ich schon die Arme um ihn geschlungen und drückte meine Wange an seine Brust.

Himmel, wie konnte ein Mensch nur so gut riechen. Ich konnte seinen Herzschlag an meiner Wange spüren. Er war stark und schnell, wahrscheinlich etwas zu schnell. Ich hatte ihn wohl wirklich aufgewühlt.

»Es tut mir leid«, murmelte ich mit gedämpfter Stimme in sein T-Shirt. »Ich sollte nicht so nachbohren. Du wirst schon deine Gründe haben.«

Auch wenn ich diese keineswegs verstand.

Endlich regte Mats sich und zu meiner Erleichterung schloss er seine Arme um mich und zog mich an sich. »Ich habe dir gesagt, dass ich da nicht gut drin bin. Ich gebe mein Bestes, mehr kann ich zurzeit aber wirklich nicht«, seufzte er. Er strich mir in einer liebevollen Geste über den Kopf.

Er war doch so gut in diesen Dingen, wieso sah er sich bloß selbst in so einem schlechten Licht?

»Ich schätze, es ist besser, wenn du jetzt gehst.«

Seine Worte fuhren mir wie ein Fausthieb in die Magengrube.

Oha. Er warf mich also raus. Ungelenk ließ ich von ihm ab. »Ist das dein Ernst?«

Mats nickte langsam. »Es ist schon spät.«

Verdammt. Er sah mich wieder mit diesem Gesichtsausdruck an, den ich nicht deuten konnte. »Nicht dass Robin uns doch noch auf die Schliche kommt, weil du nicht nach Hause kommst«, fügte er versöhnlicher hinzu.

Trotzdem wusste ich nicht, was ich davon halten sollte. Das selbstbewusste Gefühl, das ich in seiner Nähe immer verspürte, war mit einem Mal wie weggeblasen.

Mats griff nach seinen Autoschlüsseln, aber ich schüttelte ablehnend den Kopf.

»Du brauchst mich nicht zu fahren, ich komme schon klar.«

Mats ignorierte mich und wartete, bis ich meine Sachen geholt hatte. Seufzend fügte ich mich. Ich hatte jetzt keine Lust, noch weiter mit ihm zu diskutieren und für noch mehr Abstand zwischen uns zu sorgen.

Auch wenn Mats tat, als wäre alles gut, spürte ich, dass er innerlich einen Kampf mit sich ausfocht.

Wir schwiegen, bis wir das Haus meiner Eltern erreicht hatten. Mats hielt an der Ecke, an der er mich schon beim letzten Mal herausgelassen hatte. Ich wusste nicht, wie ich mich jetzt am besten von ihm verabschieden sollte, und fummelte nervös an dem Reißverschluss meiner Tasche herum.

»Dann sehen wir uns Samstag?«, fragte ich hoffnungsvoll.

Mats nickte, schien in Gedanken aber immer noch woanders zu sein.

Plötzlich überkam mich Panik. Was, wenn er sich gerade überlegte, dass das mit uns doch nichts werden konnte? Ich traute es ihm in jedem Fall zu. Vielleicht war das jetzt der letzte Moment, in dem er überhaupt noch mit mir redete? Aufgewühlt sah ich zu ihm und er fing meinen Blick auf. Er wusste ganz genau, wie es in mir aussah. Das erkannte ich in seinen Augen, als er schließlich seufzte. Endlich legte sich ein echtes Lächeln auf seine Züge und er griff nach meiner Hand.

»Die nächsten Tage muss ich arbeiten.« Beruhigend streichelte er mit dem Daumen über meinen Handrücken. »Wirklich. Da werde ich auch etwas eingespannter sein, wunder dich also nicht, wenn ich mich nicht bei dir melde. Dafür haben wir dann das Wochenende. Ist das in Ordnung?«

Erleichtert nickte ich. Ich hatte gar nicht gewusst, dass er einen Job hatte. Ich wollte ihn nicht noch weiter bedrängen und fragte nicht nach, obwohl ich wirklich neugierig war, was er machte.

»Komm schon her und guck nicht so bedröppelt«, murmelte er dann leise und zupfte am Saum meines T-Shirts.

Das ließ ich mir nicht zweimal sagen und kletterte auf seinen Schoß. »Du bist nicht sauer auf mich?«, murmelte ich leise und vergrub mein Gesicht an seinem Hals.

Mats strich mir sanft über den Rücken und ich hörte ihn leise seufzen. »Nein. Wieso sollte ich denn auf dich sauer sein?«

Langsam fuhr ich mit meiner Hand über seine Brust. »Weil ich dich genervt habe«, gab ich kleinlaut zurück.

Mats schob mich ein Stück von sich, um mir in die Augen zu sehen. »Du nervst mich nicht, Paula. Ich bin bloß sauer auf mich selbst, weil ich mich nicht im Griff hatte.«

Ich machte eine wegwerfende Handbewegung. »Ach, das war doch nichts.«

Mats' Gesichtsausdruck sagte etwas anderes, trotzdem beugte er sich zu mir und drückte mir einen schnellen Kuss auf die Lippen.

Mit leiser Stimme murmelte er, sodass ich es kaum verstand: »Immerhin eine, die das so sieht.«

EINUNDZWANZIG

So wie Mats es mir prophezeit hatte, sah und hörte ich bis Samstag nichts von ihm. Lediglich eine kurze Nachricht schickte er mir am Morgen, in der er mir nur mitteilte, wann er mich abholen wollte. Die Zeit bis dahin zog sich wie Kaugummi, und als ich endlich an unserer Ecke auf ihn wartete, waren meine Nerven schon wieder bis zum Zerreißen gespannt. Ich hatte absolut keine Ahnung, in welcher Stimmung er bei mir aufschlagen würde, und das ließ mich in meine altbekannte schüchterne Rolle zurückfallen.

Pünktlich auf die Minute hielt Mats' Wagen neben mir und ich stieg mit klopfendem Herzen auf der Beifahrerseite ein. Ich sah ihn nervös von der Seite an und mein Herz rutschte bei seinem Anblick eine Etage in die Tiefe. Seine Haare waren seit langer Zeit wieder zum Iro aufgestellt, was ihn um Längen aggressiver, aber auch noch anziehender auf mich wirken ließ. Das war aber nicht der Grund, warum ich ihn mit weit aufgerissenen Augen anstarrte. Seine Augen waren rot unterlaufen und von dunklen Schatten umrandet. Er sah aus, als hätte er seit Tagen nicht geschlafen. Als er mich ansah, legte sich ein kleines Lächeln auf seine Züge.

»Hey.« Seine Stimme klang genau so, wie er aussah. Müde und irgendwie bedrückt.

»Was ist denn mit dir passiert?« Ich traute mich nicht, ihn

anzufassen, und auch Mats machte keinerlei Anstalten, mir zur Begrüßung näher zu kommen.

»Viel Gel.« Er grinste spöttisch.

»Das meine ich nicht. Wieso bist du so fertig? Hast du überhaupt geschlafen? Du siehst nämlich nicht danach aus.« Ich musterte ihn besorgt.

Mats konterte mit einem abfälligen Blick, der mir in Mark und Bein ging und mich abrupt verstummen ließ. »Du bist nicht meine Mutter, Paula. Halt dich da einfach raus.«

Ich wusste nicht, was ich sagen sollte. Ich kam mit Mats' Stimmungsschwankungen einfach nicht klar.

Ich spürte, wie mir bei seinen Worten schon wieder die Tränen in die Augen stiegen, und versuchte sie blinzelnd abzuhalten, während ich angestrengt nach draußen starrte.

Wir hatten mittlerweile die Landstraße erreicht und die Bäume flogen nur so an uns vorbei. Ich wäre am liebsten ausgestiegen, doch dazu hatte ich jetzt vorerst keine Möglichkeit mehr.

Was war bloß geschehen, dass er in dieser Stimmung war? Ich konnte mir keinen Reim darauf machen. Und seine nächsten Worte machten das Ganze nur noch schlimmer.

»Ich wollte dich heute eigentlich gar nicht abholen.«

Mein Kopf schnellte zu ihm herum. Ich konnte einfach nicht glauben, dass er das gerade gesagt hatte.

»Wieso?« Meine Stimme zitterte und war so leise, dass ich zuerst gar nicht wusste, ob er mich überhaupt gehört hatte.

Aber schließlich gab er ein unzufriedenes Geräusch von sich und sah mich kurz an. »Weil das hier gar nicht gut ist, Paula.«

Schon wieder so eine kryptische Äußerung, mit der ich nichts anfangen konnte. Ich wusste, dass er sie nicht näher erläutern würde, und fragte daher gar nicht erst nach. Mats bog plötzlich von der Straße ab und schlug den Weg zu sich nach Hause ein.

»Also fahren wir nicht zu dem Konzert?«

Hatte er mich dafür abgeholt? Um mich zu ihm zu bringen, mir zu erzählen, dass das mit uns alles nichts wird, und dann durfte ich wieder nach Hause fahren?

Ich verabscheute Mats zwar, wenn er in diesem Ton mit mir sprach, aber ich hatte seine liebenswerte Seite noch lange nicht vergessen und weigerte mich, zu glauben, dass ich diese nie wiedersehen würde.

Mats legte die Stirn in Falten und sah kurz zu mir herüber. »Doch, hatte ich dir ja versprochen. Ich will aber heute nicht mit dem Auto fahren. Dazu bin ich wohl nicht in der besten Verfassung, schätze ich.« Er zog eine Grimasse.

»Du fährst doch gerade«, erwiderte ich verwirrt.

Mats rollte genervt mit den Augen. »Ja, jetzt habe ich ja auch noch keinen Alkohol getrunken.«

Schlagartig wurde mir klar, was er damit sagen wollte. Und mir wurde bewusst, dass ich Mats noch nie betrunken erlebt hatte. Wenn er jetzt schon so mürrisch drauf war, wollte ich eigentlich nicht wissen, wie er in diesem Zustand dann mit mir umging.

Als wir seine Wohnung erreichten, stieg er einfach aus und kümmerte sich nicht darum, ob ich ihm folgte oder nicht. Am liebsten wäre ich einfach geflohen, aber diese Genugtuung wollte ich ihm nicht geben. Also stiefelte ich hinter ihm her und war froh, dass er mir wenigstens nicht die Tür vor der Nase zuknallte. In der Küche blieb Mats an die Arbeitsplatte gelehnt stehen und rieb sich mit undefinierbarem Ausdruck die Nasenwurzel. Ich blieb in sicherer Entfernung zu ihm stehen und musterte ihn.

Schließlich drehte er sich um, nahm sich ein großes Glas Wasser und trank es in einem Rutsch aus. Ich bemühte mich, nicht allzu genau auf den Wassertropfen zu starren, der vom Glasrand abperlte, langsam an seinem Kinn hinabrann und schließlich auf seine muskulöse Brust tropfte.

Mats fing meinen Blick trotzdem auf, und schon wieder legte sich dieses spöttische Grinsen auf sein Gesicht, das mir so ein ungutes Bauchgefühl bereitete.

Er deutete in einer abwertenden Geste auf mich. »Du denkst auch nur an das Eine, kann das sein? Wieso bist du hier, Paula? Um es endlich mit mir zu treiben? Bitte, wenn du das unbedingt so dringend willst, dann brauchst du es nur zu sagen. Wir können …«

In einer schnellen Bewegung stand ich vor ihm und meine Hand traf ihn klatschend im Gesicht.

Überrascht über mich selbst schlug ich die Hände vor meinem Mund zusammen und wankte zurück. Ich hatte noch nie jemanden geschlagen und hatte bisher auch nie das Bedürfnis dazu verspürt. Doch Mats hatte mich so aus meinem inneren Gleichgewicht gebracht, dass ich einfach nur meinem niederen Instinkt gefolgt war.

Ich starrte ihn mit aufgerissenen Augen an. »Oh Gott, Mats. Es … es tut mir so leid«, stammelte ich. »Das wollte ich nicht.«

Mats war über meine Ohrfeige offenbar genauso überrascht wie ich. Er hielt den Blick gesenkt und hatte seine Hand auf seine Wange gelegt.

Er verblüffte mich abermals, als er langsam den Kopf hob und so etwas wie ein amüsiertes Funkeln in seinen Augen lag.

»Das habe ich wohl verdient«, gab er zu.

Ich verstand einfach gar nichts mehr. Eigentlich wollte ich meine Tasche schnappen und aus dem Haus rennen, doch ich blieb wie angewurzelt stehen und starrte ihn einfach nur weiter an, als würden sich alle Fragen dadurch von selbst beantworten. Das taten sie natürlich nicht. Mats rieb sich über die Schläfe, und ich fragte mich kurz, ob ich ihn da etwa auch getroffen hatte, dann seufzte er leise und endlich veränderte sich auch der Ausdruck in seinen Augen.

Plötzlich war er ganz dicht vor mir und drängte mich an die Küchentheke. »Ich schätze, das hat nicht so ganz funktioniert«, murmelte er dicht an meinem Hals.

Ich erschauderte, als er mir eine Reihe zarter Küsse auf meine Haut hauchte.

»Was hat nicht funktioniert? Mich loszuwerden?« Ich packte ihn an den Armen und schob ihn ein Stück von mir weg, damit ich ihm in die Augen sehen konnte.

Mats legte den Kopf schief und sein typisches Grinsen legte sich auf sein Gesicht. Aber diesmal ließ ich mich damit nicht erweichen. Eine steile Furche hatte sich zwischen meinen Augenbrauen gebildet, und ich starrte ihn so wütend, wie ich nur konnte, an. Durch seinen typischen Geruch, der mir nun in seiner unmittelbaren Nähe deutlich in die Nase stieg, war das zwar keine leichte Angelegenheit, aber es verfehlte seinen Zweck nicht.

Mats gab erneut ein kleines Seufzen von sich und rieb sich fast verlegen über die Schläfe. Da huschte ein schmerzlicher Ausdruck in seine Augen, der fast genauso schnell wieder verschwand.

»Es ist nur ... Ich versuche, das Richtige zu tun, und kann mich dann doch wieder nicht von dir fernhalten. Ich will dir nicht wehtun und mache es doch immer wieder, weil du so vielleicht merkst, dass du lieber Abstand von mir halten solltest. Und das solltest du wirklich.«

In einer geschmeidigen Bewegung stieß er sich hinter mir ab und brachte so wieder einen kleinen Sicherheitsabstand zwischen uns. Er sah so aus, als wollte er noch etwas sagen, presste dann aber nur seinen Lippen aufeinander und schüttelte langsam den Kopf.

Ich verstand ihn nicht, doch sein Anblick zerriss mir das Herz. Langsam streckte ich die Hand nach ihm aus und legte sie vorsichtig an seine Brust. Argwöhnisch beobachtete er mich, hielt mich aber nicht davon ab, langsam näherzutreten.

Als ich mich schließlich ruckartig in seine Arme warf und mich an seine Brust schmiegte, konnte ich sein Herz aufgeregt klopfen hören. Und endlich erwiderte er meine Umarmung. Tief seufzend vergrub er sein Gesicht an meinem Hals, und in dieser Geste blieben wir minutenlang einfach nur stehen, ohne etwas zu sagen. Es gab so viele unausgesprochene Fragen und Worte zwischen uns, und ich wusste, dass ich keine Antworten bekommen würde. Zumindest nicht zu diesem Zeitpunkt. Aber ich war so süchtig nach Mats' Nähe, dass ich mich damit vorerst zufriedengeben musste. Aufgeben war jetzt einfach keine Option mehr, da es mich noch mehr zerrissen hätte, ihn gar nicht mehr zu sehen.

»Wir müssten dann langsam los, wenn wir noch pünktlich sein wollen.« Mats strich mir in einer liebevollen Geste beiläufig über den Rücken und richtete sich dann wieder zu seiner vollen Größe auf.

Ich nickte benommen. Kurz hatte ich damit gerechnet, dass wir jetzt mit seiner veränderten Stimmung doch das Auto nehmen würden. Mats steuerte aber geradewegs die Bushaltestelle an. Die Aussicht auf einen alkoholisierten Mats bereitete mir ein klein wenig Bauchschmerzen. Wenn er schon nüchtern so wankelmütig war, wollte ich ihn mir betrunken gar nicht erst vorstellen. Ich schob die Bedenken aber fürs Erste beiseite. Damit konnte ich mich dann befassen, wenn es so weit war.

Mit den Öffentlichen brauchten wir eine geschlagene Stunde, bis wir am traditionsreichen Kreuzberger Club ankamen.

Mats zückte am Eingang zwei Karten und legte mir wie zur Demonstration, dass ich zu ihm gehörte, seine Hand auf den unteren Rücken. Meine Haut prickelte unter seiner Berührung angenehm. Der Türsteher winkte uns mit einem kleinen Seitenblick auf mich, der mich erröten ließ, durch die Tür.

Als wir durch den dunklen, langen Gang gingen, der über und über mit Konzertplakaten tapeziert war, und schließlich den schmalen, kleinen Saal erreichten, kam ich aus dem Staunen nicht mehr heraus. Ich hatte mir ja viel vorgestellt, aber das übertraf all meine Erwartungen. Der Club versprühte so viel Authentizität, dass ich mich sofort wohlfühlte.

Der Einlass lief schon eine Weile und so war der Saal schon gut gefüllt. Mats nahm mich bei der Hand und zog mich durch die in Grüppchen zusammenstehenden Leute. Obwohl er diese Geste wohl nur machte, um mich nicht zu verlieren, löste sie trotzdem ein Kribbeln in meinem Bauch aus. Wir erreichten die Bar, die wohl Ziel seines Weges war.

Mats ließ meine Hand los, um dem Barkeeper mit zwei Fingern unsere Bestellung zu gestikulieren. Er warf mir einen kleinen Seitenblick zu, wie um sich zu vergewissern, dass ich mit seiner Auswahl einverstanden war, und ich nickte ihm schnell zu. Kurz darauf drückte Mats mir die Bierflasche in die Hand, die er vorher galant mit den Zähnen geöffnet hatte, dann stieß er mit einem verführerischen Grinsen die Flaschenhälse aneinander. Sein intensiver Blick löste ein Kribbeln auf meiner Haut aus und ich sah schnell weg. Seine Stimmungsschwankungen waren so unglaublich, dass ich einfach nicht mehr hinterherkam.

Unsere kleine Auseinandersetzung von vorhin hing mir noch immer nach und ich konnte seine verletzenden Worte nicht so schnell vergessen. Da spürte ich Mats' Finger an meinem Kinn. Vorsichtig drehte er mein Gesicht in seine Richtung, und seine grünen Augen bohrten sich mit einem Ausdruck in meine, den ich nicht richtig einschätzen konnte. War es Trauer? War es Schmerz oder Verlangen?

Ich schluckte und spürte, wie er mich schon wieder in seinen Bann zog.

Er kam ein Stückchen näher, und kurz bevor ich dachte, dass sich unsere Lippen berühren würden, lehnte er schwer atmend seine Stirn an meine. »Wegen vorhin ... das tut mir leid«, murmelte er schließlich und seine Worte klangen aufrichtig. »Ich bin so ein Arsch.«

»Immerhin bist du einsichtig«, scherzte ich, um die Stimmung aufzulockern, was mir aber nicht so gut gelang.

Ein kleines Lächeln huschte über sein Gesicht, dann wirkte er aber wieder seltsam angespannt. Mats löste sich von mir und nahm einen großen Zug aus der Flasche. Sie war bereits fast leer, während ich erst einmal an meinem Bier genippt hatte. Mit seinem nächsten Zug war die Flasche leer, und er ließ sich vom Barkeeper eine neue geben, die er beim nächsten Ansetzen fast bis zur Hälfte leerte.

Okay. Er legte es wohl darauf an, besonders schnell betrunken zu werden. Ich wusste wirklich nicht, was ich davon halten sollte.

Mats bemerkte meinen skeptischen Blick und schüttelte grinsend den Kopf. »Keine Sorge, ich vertrag eine Menge. Lass uns mal die anderen suchen.« Er deutete auf die Menschentraube vor der vergleichsweise kleinen Bühne und griff wieder nach meiner Hand, um mich dorthin zu ziehen.

Fantastisch, auf seine blonde Trulla vom letzten Mal hatte ich ja wirklich viel Lust. Dementsprechend grimmig war mein Blick, als wir die Truppe erreichten. Mats hatte wohl gewusst, dass er sie allesamt hier links vor der Bühne finden würde.

Ich erkannte Freddi, den Gitarristen, als Erstes. Er sprang auf uns zu und umarmte erst Mats und dann mich. »Hey, schön, dass du auch wieder da bist. Das wird heute ein Fest.« Seine Wangen waren vor Vorfreude gerötet.

Seine gute Laune war ansteckend.

»Das ist so krass, dass ihr hier auftretet«, sagte ich begeistert.

Freddi nickte bestätigend. »Wir sind zwar nur die Vorband, aber das ist schon echt abgefahren. Guck dich mal um, hier haben Größen wie *die Ärzte* angefangen. Ich kann es kaum glauben. Das könnte unser Durchbruch werden. Jetzt dürfen wir es nur nicht vergeigen.«

Ich drückte instinktiv seinen Arm. »Ihr werdet das großartig machen, ganz bestimmt.«

Dankbar lächelte er mich an.

Jetzt tauchte Ben, der Drummer, neben ihm auf und zog mich in eine schwungvolle Umarmung, in der ich einige Meter von ihm mitgeschleift wurde.

Lachend löste er sich schließlich von mir, hielt mich aber weiter an den Schultern umfangen. »Paula, ich gebe zu, ich hatte nicht erwartet, dich noch mal wiederzusehen.« Er deutete hinter vorgehaltener Hand auf Mats, der seine Geste natürlich sah und gespielt mit den Augen rollte. »Unser Mats hier hat eigentlich nicht den Ruf, mit ein und demselben Mädel mehrfach gesehen zu werden.«

Ich zuckte mit den Schultern. »Das liegt vielleicht daran, dass ich nicht eins seiner Mädchen bin.«

Mats' schneidender Blick irritierte mich. Er wollte doch, dass das Ganze mit uns – wenn man das jetzt überhaupt noch so nennen konnte – geheim blieb.

Bens Blick wanderte anzüglich an mir herab, doch ich konnte den Witz in seiner Stimme erkennen, als er schließlich feststellte: »Dann bist du also meinetwegen wieder hier. Ich bin entzückt. Nach dem Konzert habe ich alle Zeit der Welt für dich.« Er hob grinsend eine Augenbraue.

Ich lachte nur. Etwas anderes hatte meine Aufmerksamkeit erregt. Die Mädels tauchten in meinem Sichtfeld auf. Die kleine Brünette hatte Sami am Arm hängen und schleifte ihn in meine Richtung. Während sie mich umarmte und mir mitteilte, wie froh sie war, mich wiederzusehen, konnte ich meine Aufmerksamkeit aber nur auf die Blonde richten, die schnurstracks auf Mats zuhielt. Der nahm sie mit einem Grinsen in Empfang und umarmte sie.

Für meinen Geschmack zwar etwas zu lange, aber es war noch in Ordnung. Aber dann hielt ich den Atem an. Es war wie ein Déjà-vu: Sie griff in Mats' Nacken und wollte ihn zu sich heranziehen und Mats sah kurz mit einem Seitenblick zu mir. Bitte nicht schon wieder.

Kurz sah Mats so aus, als wollte er sie tatsächlich küssen, doch er flüsterte ihr lediglich etwas ins Ohr.

Mir fiel eine halbe Felswand vom Herzen. Ich konnte ihre Miene nicht deuten, als sie sich von Mats löste und schließlich auf mich zukam.

Überraschenderweise zog sie mich in eine freundschaftliche Umarmung und drückte mir einen Kuss auf die Wange. »Freut mich, dich wiederzusehen. Ich bin übrigens Maja, ich glaube, wir wurden beim letzten Mal gar nicht vorgestellt.«

Ich schluckte. »Ähm, ja, hi Maja, ich freue mich auch, dich wiederzusehen.«

Lüge. Mal wieder.

Sie nickte mir noch einmal zu und gesellte sich dann zu den anderen Bandmitgliedern, die neben der Bühne ihr Bierchen tranken und aufgeregt miteinander redeten. Mats trat an meine Seite und legte mir beiläufig seinen Arm um die

Taille. Irritiert sah ich zu ihm auf, aber sein Blick war auf die Brünette gerichtet, die schon wieder auf mich einredete. Sami hatte mir mittlerweile immerhin zugenickt, aber bei dem Redeschwall seiner Freundin – zumindest nahm ich mittlerweile an, dass sie so etwas in der Art sein musste – kam der zurückhaltende Bassist einfach nicht zu Wort.

Mats unterbrach sie galant. »Bine, wir sollten uns vorne bei den anderen bereit machen, es geht gleich los.«

Sami wurde augenblicklich kreidebleich, verabschiedete sich von seiner Freundin mit einem kurzen Kuss und verschwand in den Backstagebereich. Der Arme. Ich konnte sein Lampenfieber absolut nachvollziehen, ich konnte ja noch nicht einmal vernünftig Referate halten. Auf so einer Bühne zu stehen käme für mich einem Selbstmord gleich. Auch die anderen Bandmitglieder verschwanden nach hinten und Mats dirigierte mich tatsächlich in den vorderen Bereich.

»Ach, heute darf ich hier stehen, ja?«, neckte ich ihn.

Mats hob vielsagend eine Augenbraue. »Du hast mir doch schon bewiesen, dass du das aushältst. Oder willst du lieber nach hinten?« Plötzlich stand er ganz dicht an mir dran und raunte in mein Ohr: »Im Dunkeln in den Ecken kann man sich hier auch ganz wunderbar amüsieren …«

Ich sog scharf die Luft ein.

Mats musste über meinen schockierten Blick lachen, verschränkte seine Finger mit meinen und richtete seine Aufmerksamkeit auf die Bühne.

Dann war es endlich so weit. Die Jungs stürmten unter dem Gejohle der Zuschauer an ihre Instrumente und legten, ohne ein Wort an die Menge zu richten, direkt los. Die Menschenmenge setzte sich in Bewegung, und ich schloss für einen Moment die Augen, um das mittlerweile so vertraute und geliebte Konzertgefühl für einen Moment tief in mich aufzusaugen. Dann hatte ich aber genug damit zu tun, auf den Beinen zu bleiben. Ich verlor Mats nach den ersten drei Takten und wurde wie ein Gummiball zwischen den – vorrangig männlichen – Konzertbesuchern hin und her geschubst.

Als ich mich endlich gefangen hatte, begann ich von mir aus gegen die anderen zu springen und jauchzte bei den Songs mit, an die ich mich noch vom letzten Mal erinnern konnte. Da die Gruppe aber eben leider nur die Vorband war, endete ihr Auftritt schon nach wenigen Songs. Doch die Menge kochte und verlangte nach einer Zugabe, worum sie sich nicht lange bitten ließen. Doch dann mussten sie die Bühne für den eigentlichen Hauptact freimachen.

Ich nutzte die Pause und drückte mich an den Leuten vorbei an den Rand. Schon nach den wenigen Songs kratzte mein Hals fürchterlich, ich brauchte dringend etwas zu trinken.

Da spürte ich eine Hand auf meinem Arm und drehte mich erschrocken zur Seite.

Mats hob entschuldigend seine Hände. »Sorry, ich wollte dich nicht erschrecken. Hier drin hört man ja nichts, du hast auf mein Rufen nicht reagiert.«

»Ich habe so Durst«, erklärte ich und deutete auf die Bar.

Mats nickte und griff wieder nach meiner Hand, um mich durch die Menge zu schleusen.

Kurz darauf drückte er mir ein Bier in die Hand, das er vorher wieder mit den Zähnen geöffnet hatte.

»Das ist schon echt widerlich, weißt du das?«

Mats grinste über meinen angeekelten Gesichtsausdruck.

»Du machst dir doch die Zähne kaputt.« Sofort bereute ich meine Worte, ich klang ja wirklich schon wie meine Mutter.

Mats zuckte nur mit den Achseln. »Okay, dann nehme ich beim nächsten Mal das Feuerzeug.« Er zwinkerte mir zu.

Die Hauptband spielte zwar auch recht gut, aber für mich war unsere Newcomerband das Highlight gewesen. Die Jungs tauchten mit Maja und Bine im Schlepptau bei uns an der Bar auf und das restliche Konzert beobachteten wir geschlossen von hinten. Hier wurde zwar auch mitgesungen und etwas gesprungen – und manchmal bildeten die Jungs ihren eigenen kleinen Moshpit – aber das war nichts im Gegensatz zu dem Pogotanz, der vor der Bühne stattfand.

Lachend ließ ich mich einmal mit in den kleinen Kreis ziehen und sprang zusammen mit Sami und Freddi ausgelassen herum. Mats beobachtete unser Treiben mit einem Grinsen, hielt sich selbst aber zurück.

Als die Band langsamere Töne anschlug, wurden sämtliche Feuerzeuge aus den Hosentaschen gezogen und in die Luft gehalten. Das Meer aus kleinen Lichtern erzeugte unter den melodischen Klängen der Musik eine ganz besonders schöne Atmosphäre. In der Halle fanden sich Pärchen zusammen, die eng miteinander verschlungen schunkelten. Auch hier hinten bei uns machte das keinen Halt.

Ben wollte nach mir schnappen, Mats kam ihm jedoch zuvor und zog mich dicht an sich heran. Ich schmiegte mich automatisch an ihn und seufzte zufrieden, was er aufgrund der Geräuschkulisse wohl gar nicht hörte. Er sagte kein Wort und sah mich auch nicht an, aber ich genoss diesen Augenblick und sog alle Eindrücke tief in mich auf. In diesem Moment fühlte ich mich absolut wohl. Und ich war glücklich. Sehr glücklich.

Mats trank noch zwei weitere Bier, aber ich hatte nicht den Eindruck, dass er betrunken war. Nach dem Konzert warteten wir draußen auf die Band, die noch ihre Instrumente in ihrem Van verstaute. Sami hatte uns eingeladen, noch auf einen Absacker mit in seine Wohnung zu kommen. Mats hatte mich fragend angesehen und ich hatte freudig genickt. Ich genoss den Abend und wider Erwarten verstand ich mich sogar mit Maja ganz gut. Sie hielt sich im Hintergrund und versuchte kein weiteres Mal, Mats anzubaggern.

Sami bewohnte eine große Dreizimmerwohnung, die ganz in der Nähe des Clubs lag.

Wir erreichten sie zu Fuß in zehn Minuten. Der Altbauflair zog mich sofort in seinen Bann und ich schaute mich staunend um. Die abgezogenen Dielen, die bei jedem Schritt unter meinen Füßen knarzten, die hohen Decken, an denen ich sogar Stuck erkennen konnte, und Samis Retroeinrichtung sorgten dafür, dass ich mich wie in ein anderes Jahrhundert zurückversetzt fühlte.

Mats hatte wieder einen Arm um mich gelegt, als ich neugierig durch den langen Flur streifte.

»Du wohnst echt so toll hier«, rief ich Sami zu, der an der Tür zum Wohnzimmer stand.

An den Wänden hingen alte Porträts von Familien und Einzelpersonen, und ich fragte mich, ob das wirklich Samis Familie war oder ob er sich die Bilder als passende Wohnungsaccessoires auf dem Flohmarkt zusammengesucht hatte.

Sami nickte wissend. »Die Wohnung ist schon lange in Familienhand, sonst könnte ich mir die gar nicht leisten.«

Mats grummelte. »Scheiß Gentrifizierung.«

Amüsiert schielte ich zu ihm hoch.

»Was? Nicht damit gerechnet, dass ich einen Fachbegriff kenne?«, murmelte er sarkastisch.

Lachend streckte ich ihm die Zunge heraus. Ich würde Mats so schnell nicht mehr unterschätzen. Ja, das hatte ich früher tatsächlich, aber mittlerweile kannte ich seine andere Seite, und die hatte so gar nichts von dem arroganten, desinteressierten Typen, den er sonst so gerne raushängen ließ.

Wir gesellten uns zu den anderen auf der Couch. Mats zog mich eng an sich, sodass sich unsere Beine berührten. Im Gegensatz zu mir schien das niemand anderes überhaupt wahrzunehmen. Vielleicht dachten sie auch einfach, dass ich nur die nächste Kerbe in Mats' Bettpfosten wurde. Oder dachte ich das? Ich war mir nicht so ganz sicher.

Im Laufe des Abends stellte ich fest, dass die Party hier wohl erst richtig losging.

Der harte Alkohol wurde hervorgeholt und die Band gab Akustikversionen ihrer Songs zum Besten. Obwohl ich mich am Anfang zurückhielt, knickte ich irgendwann doch ein und ließ mir von Ben einen Tequila Shot in die Hand drücken.

Ich hatte mir jetzt mehrfach bei den anderen angesehen, wie das Ritual funktionierte, und war bereit, es nachzumachen. Mats streifte mich mit einem Blick, den ich wieder nicht einsortieren konnte. Er wirkte überrascht, gleichzeitig aber auch besorgt und irgendwie … erregt?

Ich schüttelte innerlich über mich den Kopf und widmete meine Aufmerksamkeit dem Glas vor mir. Ich drückte mir die Zitronenscheibe auf die Stelle zwischen meinem Daumen und Zeigefinger, streute dann Salz darauf und leckte die Stelle ab. Mats' Blick schien glühend an mir zu kleben, als ich nach dem kleinen Glas griff und den Inhalt in einem Zug hinunterstürzte und anschließend in die Zitrone biss. Boah, war das ekelhaft.

Ben applaudierte jauchzend und schob mir erneut ein gefülltes Glas zu. »Hier, der wird schon besser schmecken.«

Ich wiederholte die Prozedur und stellte erstaunt fest, dass er recht behielt. Auffordernd wackelte ich mit dem Glas vor seiner Nase herum und er füllte es lachend wieder auf. Ich hob meinen Blick kurz zu Mats, der mich weiter ungerührt ansah. Ihm schien nicht zu passen, was ich machte, aber er griff auch nicht ein. Also kippte ich den Shot abermals hinunter. Dann setzte ich mich ruckartig auf und rutschte näher an Mats heran. Er umfing mich stützend mit seinem Arm und sein Blick ruhte fragend auf mir.

»Willsu nicht auch mal trinken?« Huch, mein Sprachzentrum schien sich langsam, aber sicher zu verabschieden.

Mats grinste schief und schüttelte den Kopf. Jetzt mischte Ben sich ein. »Mats trinkt grundsätzlich nur Bier. Immer. Hab den Kerl noch nie was Hartes trinken sehen. Voll die Muschi.«

Mats verdrehte die Augen, erwiderte aber nichts.

»Du überraschst mich, Paula.« Ben nickte anerkennend und reichte mir noch einen Shot. Seine Worte waren wie Balsam, deshalb fackelte ich nicht lange und kippte auch diesen hinunter. Mats schien etwas sagen zu wollen, verkniff es sich aber, als ich ihm ein strahlendes Grinsen zuwarf.

Die Band war so nett, und ich fühlte mich so willkommen, da würde ich doch jetzt nicht kneifen.

Dann aber machte Mats eine ablehnende Geste zu irgendjemandem, den ich nicht richtig lokalisieren konnte.

»Nee, Paula auch nicht«, sagte er dann mit Nachdruck.

»Was, ich nich auch?«, stammelte ich und richtete mich auf.

Ben ließ sich mit einer dicken Zigarette neben mich auf die Couch sinken und hielt sie mir grinsend hin. »Die wird dir Spaß machen.« Er hielt sie mir ehrfürchtig auf seiner geöffneten Handfläche wie einen wertvollen Schatz entgegen. »Hier, nimm.«

Ich wollte gerade geistesabwesend nach der Zigarette greifen, da packte Mats mein Handgelenk und schüttelte stumm den Kopf.

»Ach, Mattibär, sei doch kein oller Spielverderber«, quakte Ben auf.

Mats verzog bei seinem Spitznamen das Gesicht. Dann sah er ihn und irgendwie auch mich mit einem Blick an, der keine Widerrede duldete. »Keine Drogen, das weißt du.«

Ben lachte laut auf. »Wenn du danach gehst, ist Alkohol auch eine Droge. Du Doppelmoralist!«

Mats schüttelte den Kopf, diesmal hatte sich aber ein Lächeln auf sein Gesicht geschlichen. »Wenn du das Zeug unbedingt rauchen willst, dann geh raus damit«, wies er ihn an.

Zu meiner Überraschung packte Ben seine Zigarette grummelnd wieder ein.

»Was ist denn an einer Zigarette so schlimm?«, fuhr ich Mats an.

Er kniff die Augen zusammen. »Ach, Paula, du bist wirklich noch so naiv ...« Er wuschelte mir mit einer Geste durchs Haar, die ich eher von meinem Bruder erwartet hätte. Daher schlug ich aus Reflex nach ihm.

Mats lachte nur leise auf. »Das war ein Joint, *kleine Paula.* Nichts, was du jetzt unbedingt mal ausprobieren müsstest, schon gar nicht in deinem Zustand.«

Schon wieder dieser Spitzname. Und dann führte er sich plötzlich doch wieder wie mein Babysitter auf, wollte er nicht gerade das eigentlich vermeiden?

»Wieso hast gerade du was gegen Drogen?«, fragte ich mit

zusammengekniffenen Augenbrauen und versuchte mich zusammenzureißen.

Dunkel rief ich mir unsere erste Begegnung in Erinnerung.

»Was heißt hier, gerade ich?«, fragte Mats zurück. »Wie oft hast du mich denn schon Drogen nehmen sehen, hm?« Spöttisch grinste er mich an, hielt mir aber stützend seine Hand entgegen.

Ich ergriff sie dankbar, damit ich nicht zur Seite kippte. »Gar nicht?«, fragte ich unsicher zurück.

Mats seufzte leise und legte eine Hand in meinen Nacken, um mich an sich heranzuziehen. »Du denkst an unsere erste Begegnung im Park, richtig?«, raunte er mir ins Ohr. »Dachtest du wirklich die ganze Zeit über, ich wäre ein Drogendealer?« Bei seinen Worten lachte er leise auf.

Ich hatte bis eben zugegebenermaßen überhaupt keinen Gedanken mehr an diese komische Situation verschwendet und sie erfolgreich verdrängt.

Trotzdem musterte ich ihn jetzt kritisch – zumindest soweit das in meinem Zustand möglich war.

»Eigentlich nicht?« Meine Antwort klang eher wie eine Frage und ließ Mats erneut leise auflachen.

»Ich hab mich schon gewundert, wann du mich endlich danach fragen würdest.« Er stupste mir mit einem Finger auf die Nase und ich verzog ertappt das Gesicht. »Leo hatte Zeug dabei. Das habe ich ihm nur weggenommen, weil ich keinen Bock auf den Scheiß hab.« Bei seiner Erklärung verdunkelte sich Mats' Miene. »Er weiß ganz genau, dass er damit in meinem Beisein gar nicht erst anzufangen braucht, deshalb war ich so sauer an dem Abend.«

Beschämt schloss ich die Augen, weil ich ihm – trotz meiner Vorsätze – direkt wieder etwas unterstellt hatte. Mats strich mir in einer beruhigenden Geste über den Rücken, seine Brust vibrierte an meiner Wange. Er lachte mich aus.

»Du bist wirklich die Härte, Paula. Aber das mag ich so an dir.«

Mit geröteten Wangen richtete ich mich, so gut es eben

ging, auf und sah Mats in die Augen. »Es ist mir ganz egal, was du machst oder nicht machst, Mats«, flüsterte ich. »Ich mag dich auch – so oder so.«

Mats drückte mir einen flüchtigen Kuss auf den Mundwinkel und schüttelte belustigt den Kopf. »Der Alkohol spricht aus dir.«

»Blödmann«, gab ich zurück und stieß ihm lachend gegen die Brust.

Er fing meine Hand ab und drückte ebenfalls grinsend einen Kuss darauf.

Ich sah in die Runde. Ben hatte es sich mit einer normalen Zigarette – soweit ich das beurteilen konnte – an dem angrenzenden Balkon bequem gemacht und unterhielt sich mit Sami. Die Mädels waren in ein Gespräch mit Freddi vertieft, niemand achtete auf uns.

Ich drehte mich zu Mats um und beäugte ihn kritisch.

Er hielt meinem Blick stand und sah mich abwartend an. »Was hast du nun vor?« Seine Augen blitzten bei der Frage amüsiert auf.

Ich war zu beschäftigt damit, meinen Körper die richtigen Anweisungen für mein Vorhaben umsetzen zu lassen, um ihm auch noch zu antworten.

Halt suchend griff ich nach seinem Arm, was erstaunlich gut funktionierte, und kletterte dann so grazil wie möglich auf seinen Schoß.

Eigentlich hatte ich fast erwartet, dass er mich hier in der Gegenwart der anderen wieder zurückstoßen würde oder zumindest ihre Reaktion auf uns sehen wollte, aber nichts davon trat ein. Mats heftete seine grünen Augen auf mich und verfolgte jede meiner Bewegungen genau. Aufreizend – zumindest hoffte ich, dass ich so wirkte – drückte ich mich an ihn und küsste eine Spur entlang seines Kiefers bis zu seinem Schlüsselbein.

Endlich berührte Mats mich auch. Er legte seine Hände geradewegs auf meinen Hintern und drückte leicht zu. »Weißt du eigentlich, dass der wirklich perfekt ist?«, raunte er an meinem Ohr.

Bestätigt in meinem Vorhaben wackelte ich mit meinem Po und drückte ihn aufreizend gegen seine Hände. »Oh nein, aber schön, dass du das so siehst«, murmelte ich an seinem Hals und biss spielerisch in sein Ohr.

»Oh, Paula, du stellst meine Vorsätze wirklich auf die Probe«, brummte Mats und packte mich nun fest an der Hüfte, um mich gegen sich zu pressen, was ich dankbar annahm.

Ich spürte, wie er unter mir hart wurde, und rieb meine Hüfte extra langsam an dieser Stelle.

Jetzt war es um Mats' Zurückhaltung geschehen. Er griff mit einer Hand in meinen Nacken und zog mich so unvermittelt an seinen Mund, dass unsere Zähne aufeinanderprallten. Mit einem Stöhnen stieß er seine Zunge in meinen Mund, unsere Zungen verschmolzen in einem intensiven Tanz, der immer leidenschaftlicher wurde. Ich sog wie eine Süchtige seinen betörenden Geruch ein und rieb mich immer härter an seiner ausgebeulten Jeans, um meinem pochenden Unterleib wenigstens etwas Linderung zu verschaffen. Mats bewegte sich mit mir im Takt unserer Körper und ließ ein Grollen tief aus seinem Inneren hören, was mich nur noch mehr anmachte. Jegliche Zurückhaltung war mittlerweile aus mir entwichen, ich hatte unsere Umgebung ausgeblendet und wollte nur noch ihn. Ich vergrub meine Finger in seinem Iro, der durch das Konzert nur noch an einigen Stellen aufrecht stand, und zog leicht daran, was ihm ein weiteres Stöhnen entlockte. Ich liebte dieses Geräusch. Sanft fuhr ich mit meiner Hand an seinem T-Shirt herab und schob sie dann unter den Saum, um seine harten Muskeln unter meiner Hand fühlen zu können, während unsere Münder immer noch miteinander verschmolzen waren. Mats neckte mich mit seiner Zunge, spielte ein anregendes Spiel, das ich nur zu gerne erwiderte.

»Gott, nehmt euch ein Zimmer. Das ist ja wie in einem billigen Porno.«

Bens Stimme drang an mein Ohr, und langsam, ganz langsam, realisierte ich wieder, wo wir eigentlich waren.

Schwankend setzte ich mich auf. Eigentlich hatte sich an

der Szenerie gar nicht so viel verändert, nur dass durch Bens Ausruf plötzlich alle Blicke auf uns geheftet waren. Sami grinste anzüglich, und plötzlich merkte ich doch, wie ich etwas rot anlief. Mats hatte seine Hände auf meine Oberschenkel gelegt und drückte sie nun beruhigend.

»Gib mir mal noch einen, das ist ja peinlich«, murmelte ich in Bens Richtung gewandt und deutete auf die Tequilaflasche.

Ben kam meiner Aufforderung schmunzelnd nach und schenkte mir gleich zwei Gläser ein, die ich schnell herunterkippte. Dann drehte ich mich wieder zu Mats um und senkte meine Lippen auf seine.

Kurz dachte ich, er wolle etwas sagen, und so fuhr ich ihm schnell mit meiner Zunge über die Oberlippe, was ihm ein Keuchen entlockte. Ich nutzte meine Chance und ließ meine Zunge zurück in seinen Mund gleiten.

Plötzlich spürte ich ein Tippen auf der Schulter. »Was ist denn noch?«, murmelte ich genervt.

Ich spürte, wie sich Mats' Lippen an meinen zu einem Grinsen verzogen.

Sami deutete auf eine Tür im Flur. »Da ist mein Gästezimmer, das könnt ihr gern haben.« Er grinste, wünschte uns viel Spaß und ließ sich wieder auf seinen Sessel sinken.

Mats schien dieser Aufforderung wirklich nachkommen zu wollen. Mit einem Zwinkern in Richtung seiner Freunde erhob er sich, ohne mich abzusetzen, und trug mich hinüber zur Tür.

ZWEIUNDZWANZIG

Ich erwachte mit dröhnenden Kopfschmerzen. Etwas Helles blendete mich und ich kniff die Augen zusammen. Normalerweise ließen meine Rollos nicht so viel Licht durch, ich ...

Ich riss die Augen auf. Das war definitiv nicht mein Bett. Die seidigen roten Laken schmiegten sich an meinen Körper und fühlten sich gut an. Zu gut für die dröhnenden Kopfschmerzen, die sich langsam bemerkbar machten.

Die Sonnenstrahlen schienen so hell in das Zimmer, dass ich annahm, es müsse schon mindestens Mittag sein. Ach. Du. Scheiße.

Bruchstückhaft kamen mir die Erinnerungen an den vergangenen Abend ins Gedächtnis. Mats und ich auf der Couch. Wir knutschten, als ob es kein Morgen gäbe, ich rieb mich vor allen Anwesenden in höchst anzüglicher Pose an ihm, Tequila und noch mehr Tequila. Ein Joint, den ich glücklicherweise wohl nicht angerührt hatte, wieder Tequila. Mats' Hände auf mir, sein Mund auf meinem.

Nehmt euch ein Zimmer.

Er, wie er mich ins Schlafzimmer trägt. Filmriss. Scheiße.

Langsam hob ich die Decke an und erstarrte, als ich an mir heruntersah. Unter der Decke war ich splitterfasernackt.

Was hatte ich bloß getan? Ich kam mir vor wie in einem richtig schlechten Film. Natürlich war die Bettseite neben mir leer. Ich betete, dass Mats mich nicht allein hier in der fremden, na ja, fast fremden Wohnung zurückgelassen hatte.

Doch am Fußende fand ich sein T-Shirt und streifte es mir schnell über. Tatsächlich fand ich nun auch seine Boxershorts. Das sagte ja nun alles. Hatte ich meine Jungfräulichkeit nun einfach so verloren und konnte mich nicht daran erinnern? Ich suchte das Bett schnell nach verräterischen Zeichen ab, aber ich konnte nichts entdecken. Ich rang kurz mit mir, doch da mir nichts anderes übrigblieb, schlüpfte ich nun auch in die Boxershorts. Dann öffnete ich vorsichtig die Tür und hörte leise Stimmen aus der Küche. Mit hochrotem Kopf folgte ich ihnen und stand plötzlich Mats und Sami gegenüber, die mit ihren Kaffeetassen an der Küchentheke lehnten. Sami grinste nur und wandte seinen Blick von mir ab. Guter Junge.

»Guten Morgen, Paula. Hier gibt es Kaffee, der ist gut gegen den Kater.« Er schnappte sich eine Tasse und reichte sie mir.

»Danke«, murmelte ich und nahm einen Schluck von dem heißen Getränk.

Mats musterte mich immer noch mit seinem schiefen Grinsen, sagte aber kein Wort.

»Können wir ...« Meine Stimme klang merkwürdig kratzig.

»Können wir was?«, fragte er leise. Sein Ton klang merkwürdig.

Ich sah ihn entsetzt an. Jetzt hatte er mich im Bett gehabt und schon war ich für ihn Geschichte. War es das, was er mir mit seiner Art mitteilen wollte?

Bei meinem Gesichtsausdruck wurden Mats' Züge weicher, aber er sah mich weiter fragend an.

»Können wir reden?«, brachte ich leise hervor, vermied es aber, ihn direkt anzusehen.

Gott, mein Hals tat so weh. Ich nahm noch einen Schluck von dem Kaffee, der den Schmerz kurzzeitig verdrängte.

Mats zuckte schließlich mit den Schultern. »Klar.«

Ich folgte ihm zurück in das Gästezimmer. Mats lehnte sich lässig an die Tür und musterte mich schweigend.

»Sag doch endlich was«, murmelte ich und knibbelte am Saum meines, nein, eigentlich ja seines T-Shirts.

Er hob die Schultern. »Ich schätze, es liegt an dir, die Fragen zu stellen.«

Was wollte er denn damit jetzt schon wieder sagen?

Seufzend fügte er an: »Ich habe Rob übrigens Bescheid gesagt.«

Ich riss alarmiert die Augen auf.

Ach du Scheiße. An meine Familie hatte ich ja so gar nicht gedacht.

»Oh Gott, was hast du ihm gesagt?«

Mats verschränkte seufzend die Arme vor der Brust. »Die Wahrheit.«

»Die Wahrheit?« Ach du meine Güte. »Was hat er gesagt?«

Mats zuckte betont lässig mit den Achseln. »Er ist ausgerastet. Aber gut – das kann ich sogar nachvollziehen. Bestimmt nicht so ein netter Gedanke, wenn die eigene Schwester ausgerechnet mit dem Typen, der ...« Mats brach ab und schüttelte dann wie über sich selbst den Kopf. »Ausgerechnet mit mir auf ein Konzert geht und dann noch bei einer Punkrockband versackt – über Nacht.« Er ließ seine Worte bedeutungsschwer in der Luft verklingen.

Ich stöhnte und schlug mir die Hände vors Gesicht. Wann bitte war mein Leben bloß so kompliziert geworden? Mats kam langsam auf mich zu und löste meine Hände vorsichtig, nur um dann seine Finger mit meinen zu verschränken. Perplex blickte ich zu ihm auf. Die ganze Sache überforderte mich immens. Ich hasste es, wenn ich die Kontrolle verlor, und in dieser Situation war es ganz besonders unangenehm.

»Mats?«, fragte ich heiser.

Seine grünen Augen waren jetzt ganz nah und bohrten sich in meine. Ich hatte keine Ahnung, wie ich ihn fragen sollte, doch ich musste es wissen. Ich deutete auf das Bett und sah zurück zu ihm. »Wie ... ich meine ... also, war es ... gut und für mich ... ähm, also schmerzhaft oder so?«

Mats' Gesichtsausdruck wechselte und er sah mich einen Augenblick irritiert an. Dann schien er zu verstehen, und er sah so aus, als wollte er laut losprusten, verkniff es sich aber.

Er trat noch einen Schritt näher auf mich zu und schlang einen Arm um meine Taille. »Meine Boxershorts stehen dir übrigens ausgezeichnet«, lenkte er ab und ich verpasste ihm einen kleinen Schlag auf den Arm.

»Nun sag schon«, murmelte ich.

Jetzt sah Mats nicht mehr so amüsiert aus. Er seufzte und zog mich mit aufs Bett auf seinen Schoß. Langsam strich er mir eine Haarsträhne aus dem Gesicht und platzierte sie sorgsam hinter meinem Ohr. »Paula«, hob er wieder an und schüttelte leicht den Kopf. »Denkst du wirklich, dass ich dich gev..., ich meine, dass wir miteinander geschlafen haben?«

»Ist das nicht offensichtlich? Ich meine, hallo, ich war nackt. Und ich meine, total nackt.« Ich deutete in einer großen Geste über meinen ganzen Körper und schloss beschämt die Augen.

Mats gluckste, wurde aber schnell wieder ernst. »Das habe ich mitbekommen und ja, ich habe dich ausgezogen. Aber nur, weil du dich von oben bis unten vollgekotzt hast.«

Bitte? Ich riss die Augen auf, dann kniff ich sie peinlich berührt wieder zusammen, als seine Worte in mein Gehirn sickerten.

Stöhnend vergrub ich mein Gesicht an seiner Brust. Er roch so anders als sonst. Fragend zupfte ich daran. »Das ist nicht von dir?«

Mats nickte. »Gut erkannt. Schließlich trägst du ja meine Sachen, du Fuchs.«

Stimmt, da war ja was. Ich grummelte beschämt und schloss die Augen wieder.

Mats strich mir in einer beruhigenden Geste über den Rücken. »Ich habe dir meine Sachen dagelassen und mir was von Sami geliehen. Dein Zeug dreht gerade eine Runde in der Waschmaschine.«

»Oh Gott«, brachte ich nur hervor.

Schließlich schob Mats mich ein Stück von sich, um mir

in die Augen sehen zu können. Und was dieser Blick mir offenbarte, gefiel mir gar nicht.

Er wirkte enttäuscht und seine Worte bestätigten meinen Eindruck. »Hast du wirklich geglaubt, dass ich so ein großer Arsch bin und die Situation so ausnutze? Wirklich?«

Ich schüttelte hastig den Kopf und tat das Erste, was mir einfiel. Ich drückte ihm meine Lippen auf den Mund.

Mats wirkte zuerst überrascht, dann langsam erwiderte er den Kuss. »Paula, was wird denn das«, murmelte er schließlich seufzend gegen meine Lippen.

Ich ließ von ihm ab und sah ihm in die Augen. Mit erstickter Stimme sagte ich: »Ich bin davon ausgegangen, weil gestern alles danach aussah. Ich wusste ja nicht, dass ich so abgestürzt bin. Selbst wenn es so gewesen wäre, hätte ich dir das doch nicht zum Vorwurf gemacht.«

Mats legte den Kopf schief und blinzelte amüsiert. »Du bist wirklich immer wieder für eine Überraschung gut«, raunte er dann leise. Trotzdem seufzte er dann noch einmal und sah mich an. »Glaub mir, so bin ich nicht. Ich bevorzuge es, wenn meine Sexpartnerin bei vollem Bewusstsein ist. Außerdem wäre es so schade drum, wenn du dich nicht mehr an die Dinge erinnern könntest, die ich alle mir dir anstellen würde.« Er zwinkerte mir zu.

Und ich wurde auf der Stelle rot.

Er stupste mir leicht mit dem Finger an meine Wange. »Das mag ich so an dir. Du bist gleichzeitig so scheu und trotzdem bist du irgendwie versaut, du weißt es bloß selbst noch nicht so richtig.«

Ich schnappte bei seinen Worten nach Luft und wollte ihm wieder einen Stoß gegen den Arm geben, aber er fing mein Handgelenk geschickt auf und grinste.

»Erzähl mir bitte, was gestern passiert ist«, bat ich ihn leise.

Mats musste bei seiner Erinnerung lachen. »Ich war gerade dabei, dich hier hereinzubringen, als du plötzlich festgestellt hast, dass dir schlecht ist. Ich habe dich im Bad abgestellt und wollte dir ein Glas Wasser holen, aber da kam es dir schon oben alles wieder raus.« Er machte eine bedeutungsschwere Pause und ich verzog angeekelt das Gesicht.

Bei dem Gedanken daran, was ich für einen erbärmlichen Anblick abgegeben haben musste, war ich ganz froh, dass ich mich nicht mehr daran erinnerte. Aber ich konnte Mats auch nicht weiter in die Augen sehen und vergrub mein Gesicht wieder an seinem Hals.

Hier roch er wieder so gut wie eh und je und ich kuschelte mich seufzend an ihn.

Mats gluckste leise und ließ seine Hand auf meinem Rücken liegen, während er weitersprach. »Ich konnte dich dann irgendwann noch übers Klo bringen, aber da war es eigentlich schon zu spät. Weil da echt nichts mehr zu retten war, habe ich dich schließlich ausgezogen und unter die Dusche gestellt.« Wieder machte er eine Pause und gluckste.

»Was?«, brummte ich gegen seinen Hals.

Mats strich lachend über meinen Rücken. »Nichts. Ich musste nur gerade daran denken, was du mir alles erzählt hast. Sagen wir mal so, du hattest explizierte Anforderungen an mich, die ich dir in dem Moment leider verwehren musste. Wie gesagt, das ist nicht mein Stil.«

Oh Mann, war das peinlich. »Ich glaube, so genau will ich das nicht wissen«, murmelte ich leise.

Mats lachte auf. »Das Ende vom Lied war dann, dass du mir fast in der Dusche eingeschlafen wärst. Also habe ich dich einfach in die Decke gewickelt und ins Bett gelegt.« Er zuckte leicht mit den Schultern. »Mehr ist nicht passiert.«

»Mehr ist nicht passiert«, wiederholte ich kopfschüttelnd. Das war doch schon viel zu viel. »Und wo hast du geschlafen?«

Mats deutete auf das Bett. »Na, neben dir. Obwohl du geschnarcht hast wie ein Esel«, an dieser Stelle unterbrach ich ihn mit einem beschämten Aufstöhnen, was Mats leise zum Lachen brachte, »habe ich geschlafen wie ein Stein«, fuhr er fort.

Tatsächlich sah er heute wesentlich fitter aus als gestern.

Seine Augen waren nicht mehr so unterlaufen und auch die dunklen Schatten waren größtenteils verschwunden.

»Und heute Morgen warst du noch völlig hinüber, deshalb habe ich dich weiterschlafen lassen. Und ich habe Rob noch mal Bescheid gesagt, dass ich dich im Laufe des Tages nach Hause bringe.«

Ich löste mich ein Stück von ihm und sah ihn an. »Wie hat er denn reagiert? Ich meine, hast du eine Ahnung, was mich zu Hause erwartet? Der Weitertransport nach Alcatraz?«

Mats legte den Kopf schief und stupste mir auf die Nase. »Übertreib doch nicht gleich so. Rob war zwar nicht begeistert, aber wahrscheinlich hat er es langsam verstanden, dass ich dir nichts antun werde.« Er zwinkerte mir verschmitzt zu.

Ich hingegen war mir da nicht so sicher. Ich konnte mir vorstellen, dass er das alles gar nicht lustig finden würde.

»Wird schon alles gut werden«, sagte Mats leise und zog mich mit, als er sich schwungvoll aufrichtete. »Komm, wir schauen mal nach deinen Sachen.«

An der Hand zog er mich mit in die Küche, wo neben Sami mittlerweile auch Bine an ihrem Kaffee nippte. Sie sah genauso fertig aus, wie ich mich fühlte, verlor über meinen Zustand aber kein Wort. Auch meine Klamotten wurden von ihr nicht weiter beachtet, anscheinend gehörte das hier zur Normalität.

»Guten Morgen«, murmelte sie und verstummte schnell wieder. Mit zusammengezogenen Augenbrauen griff sie sich an ihre Schläfe und rieb darüber. »Oh Mann, ich habe es gestern echt übertrieben. Diese Kopfschmerzen bringen mich noch um.«

Sami griente hinter ihr und reichte ihr eine Tablette, wofür sie sich mit einem Kuss bedankte.

»Danke, du bist der Beste.«

Sami lachte und schaute in meine Richtung. »Willst du auch eine?«

Ich lehnte dankend ab. Da musste ich jetzt so durch.

»Das sind nur Schmerzmittel, keine Drogen. Dafür hättest du sogar meine Erlaubnis«, sagte Mats trocken, was ihm von mir einen Stoß gegen den Oberkörper einbrachte.

»Ach, wie nett von dir. Aber nein, danke, ich komm schon klar.«

Mats lachte und sah sich suchend um. »Sami, wie weit sind denn ihre Sachen?«

Der deutete auf das Badezimmer. »Ich habe sie vorhin ins Schnell-Trocknungsprogramm geworfen. Ich schätze, das müsste schon fertig sein. Ich kann ja mal gucken gehen …«

»Nein«, schnitt ich ihm schnell das Wort ab. Es reichte, dass er bereits einen Blick auf meine Unterwäsche hatte werfen können, das musste er jetzt nicht noch ein zweites Mal tun. »Ich mach das schon selbst, danke.«

Mit hochrotem Kopf machte ich mich auf in Richtung Bad und war froh, dass Mats bei Sami und Bine in der Küche blieb. Ich fragte mich, ob die anderen noch da waren und irgendwo in ihren Löchern lagen, aber ich konnte keine weiteren Geräusche ausmachen.

Wie Sami spekuliert hatte, war der Trockner bereits fertig und blinkte. Fast musste ich über den Umstand, dass so ein Punkrockerhaushalt überhaupt einen Trockner besaß, lachen. Dann rief ich mir aber wieder ins Bewusstsein, dass dieser gerade buchstäblich meinen Hintern rettete. Ich zog meine Shorts, das Tanktop und meine Unterwäsche aus der Trommel. Zum Glück hatte ich eine recht neutrale Hipstervariante gewählt und nichts besonders Peinliches. Schnell schlüpfte ich in meine Sachen, fuhr mir mit den Fingern durch die Haare und spritzte mir etwas kaltes Wasser ins Gesicht. So fühlte ich mich schon gleich viel besser. Ich kehrte in die Küche zurück und stellte fest, dass Bine schon wieder verschwunden war.

»Sie hat sich noch mal hingelegt«, erklärte Sami entschuldigend, als er meinen fragenden Blick wahrnahm.

»Wollen wir dann?«, fragte Mats und sah mich prüfend an. »Wie geht's dir und deinem Magen? Ist dir noch schlecht?«

Ich horchte kurz in mich hinein, war aber selbst erstaunt,

dass es mir nach dieser Aktion gestern recht gut ging. Mein Kopf pochte zwar noch ein wenig, aber das war aushaltbar. Schlecht war mir nicht – dafür grummelte mein Magen verdächtig.

»Gut, schätze ich«, erklärte ich dann. »Ich könnte etwas zu essen vertragen. Mein Bauch ist schnell beleidigt, wenn er leer ist.«

Mats' belustigter Blick streifte meinen, dann zuckte er mit den Schultern. »Wenn du das sagst. Dann lass uns frühstücken gehen.«

Wir verabschiedeten uns von Sami und traten dann auf die belebte Kreuzberger Straße. Auch an einem Sonntag herrschte hier reges Treiben. Mats legte mir, als wäre es das Normalste auf der Welt, seinen Arm um die Taille und zog mich mit sich, geradewegs zu einem kleinen, gemütlichen Szenelokal. Hier lotste er mich in eine kleine Sitzecke.

Ich sah mich um. Die Einrichtungsgegenstände wirkten wild durcheinandergewürfelt und waren in einem deutlich gebrauchten Zustand – das nannte man dann wohl Used-Look – und an den dunklen holzvertäfelten Wänden hingen unterschiedlichste Dekoelemente und Kunstfiguren, die nicht zusammenpassten.

Das war typisch Berlin. Ein Kellner warf uns mit einem gebrummten Gruß zwei Karten auf den Tisch und war wieder verschwunden.

Auch typisch. Hin- und hergerissen schaute ich zur Karte, zu Mats und wieder zurück. »Meinst du, er ist sehr böse?«, fragte ich schließlich niedergeschlagen. Ich wollte zu gern mit Mats hier frühstücken, aber die Aussicht auf den Stress zu Hause ließ mich nervös werden.

»Es ist alles gut. Ruf Rob an, wenn du mir nicht glaubst.« Mats zog sein Handy aus der Hosentasche und hatte schon Robins Nummer gewählt, bevor ich einschreiten konnte. Er reichte es mir, und ich erkannte, dass die Verbindung bereits aufgebaut wurde.

Schon nach dem ersten Klingeln hörte ich meinen Bruder ein verärgertes Grollen ausstoßen. Bevor er eine

Schimpftirade auf Mats loslassen konnte, sagte ich schnell: »Hey, ich bin es.«

»Paula.« Robins Stimme klang gleich viel weicher. »Geht's dir gut? Hat Mats dir irgendwas getan?«

Ich kniff verärgert die Augenbrauen zusammen. »Mir geht es hervorragend«, log ich. Mein dröhnender Kopf behauptete zwar das Gegenteil, aber das würde ich meinem Bruder garantiert nicht auf die Nase binden. Ich warf einen Blick zu Mats, der seine Aufmerksamkeit scheinbar komplett auf die Speisekarte in seiner Hand richtete. Ich vermutete aber, dass er meinen Worten trotzdem aufmerksam folgte.

Robin seufzte leise. »Mats hat gemeint, ihr wärt gestern bei der Band hängen geblieben. Was hat er damit gemeint?«

Ich sah kurz zu Mats und da hatte ich meine Bestätigung. Er machte eine Handbewegung in seine Richtung und ich reichte ihm dankbar das Handy zurück. Auf die Diskussion konnte ich zu dem Zeitpunkt noch gut verzichten.

»Was willst du noch wissen? Ich habe es dir doch gesagt«, gab Mats in einem Ton zurück, der keinen Widerspruch duldete. »Wir haben ein paar Bier getrunken, es war spät und wir wollten dann nicht mehr den weiten Weg mit den Öffentlichen fahren. Bei den Gestalten, die sich hier nachts rumtreiben, erschien mir das für deine Schwester die weitaus sicherere Variante zu sein.«

Er hörte Rob kurz zu, der seine Stimme so weit gesenkt hatte, dass ich ihn nicht mehr verstehen konnte, obwohl ich angestrengt die Ohren spitzte.

»Ja, sogar mit mir war es durchaus sicherer für sie, auch wenn du dir das nicht vorstellen kannst«, erwiderte Mats jetzt mit gereiztem Unterton. Er hörte wieder kurz zu und zog missmutig die Augen zusammen. »Das habe ich dir doch schon gesagt. Alter, sie ist deine Schwester. Ich weiß das.«

Ich suchte Mats' Blick, doch er wich mir aus. Ich konnte mir ausmalen, was mein Bruder gefragt hatte.

Mit einem genervten Blick inklusive Kopfschütteln gab mir Mats sein Handy zurück. »*Mr. Reine-Weste* will dich noch mal sprechen.«

Mir entging sein ironischer Unterton nicht. Mein Bruder war der verantwortungsvollste Mensch, also nach mir, versteht sich, den ich in unserem Alter kannte. Seine flapsige Bemerkung musste irgendetwas mit dem zu tun haben, was zwischen den beiden vorgefallen war, anders konnte ich es mir nicht erklären.

Robin klang nervös, als er wieder sprach. »Bist du dir sicher, dass alles okay ist? Wenn du nicht mit der U-Bahn fahren willst, kann ich euch auch abholen kommen.«

Uns? Das waren ja ganz neue Töne, die er da anschlug.

»Bist du nicht sauer?«, wisperte ich überrascht.

Mats zog grinsend eine Augenbraue hoch, als wollte er sagen: *Siehste, habe ich ja gesagt*.

Robin seufzte leise. »Nein, Mats hat ja recht. Außerdem hat er mir gestern Abend Bescheid gesagt, wo ihr seid und was ihr macht, das rechne ich ihm hoch an.«

Das klang zwar eben anders, aber ich sagte nichts dazu. »Und was ist mit Mama?«, fragte ich.

»Sie weiß auch Bescheid, aber geht davon aus, dass du dich schon zu behaupten weißt.« Sein Ton verriet, dass er mit dieser Einschätzung gar nicht zufrieden war.

Mir fiel ein Stein vom Herzen. Auch wenn meine Mutter mir da möglicherweise zu viel zutraute. Wenn ich an meinen Filmriss von gestern Abend dachte und mir ausmalte, was alles hätte passieren können ... Nein, ganz so sehr vertraute ich da nicht mehr auf mich selbst.

»Gut, wir frühstücken jetzt noch was und dann machen wir uns auf den Weg, denke ich.«

Robin gab ein Gemurmel von sich, das ich nicht verstand. »Denk dran, dass Papa heute wiederkommt.«

Ach du Schreck, den hatte ich ja ganz vergessen. Vielleicht rührte die entspannte Laune meiner Mutter ja auch daher.

»Ich werde da sein«, versprach ich und verabschiedete mich dann.

Der Kellner kam zurück und Mats bestellte einen großen Kaffee für sich und einen Avocado-Bagel.

Hastig warf ich auch einen Blick in die Karte und entschied mich für Schokoladen-Pancakes und einen Milchkaffee.

Mats grinste schief. »Hauptsache Zucker, was?«

Ich lachte ertappt. »Willst du mir damit irgendetwas sagen?«, zog ich ihn auf. Ich wusste, dass ich mit guten Genen gesegnet war und viele Leute neidisch darauf waren, dass ich mir quasi ununterbrochen Süßkram reinschaufeln konnte, ohne auch nur ein Gramm zuzunehmen.

»Ich kann dem Zeug nicht so viel abgewinnen, das ist alles«, sagte Mats schließlich.

Ich zuckte mit den Achseln. »Dafür mag ich keine Avocado.«

Als das Essen endlich kam, sah Mats' Portion so einladend aus, dass ich wohl etwas zu gierig auf seinen Teller schielte. Grinsend schob er mir den Bagel hin. »Probier einfach, bevor dir noch der Sabber aus dem Mund läuft«, neckte er mich.

Lächelnd schlug ich ihm auf den Arm und deutete ein Kopfschütteln an.

»Du alte Schlägerbraut«, entgegnete er und ich konnte in seinen Augen ein glückliches Funkeln erkennen.

Das hier war wieder der Mats, den ich so mochte.

Ich lehnte mich grinsend zu ihm und drückte ihm schnell einen Kuss auf den Mundwinkel, bevor ich nach seinem Bagel griff. »Danke.«

Mats schien kurz überrumpelt, hatte sich aber schnell wieder im Griff. Er beobachtete, wie ich einen großen Bissen von dem Bagel abbiss und genüsslich aufstöhnte.

»Mann, der ist ja auch noch so lecker, wie er aussieht.« Ich schüttelte ungläubig den Kopf. Vielleicht sollte ich den Avocados in meinem Leben eine zweite Chance geben.

Mats zog meinen Teller mit den halb aufgegessenen Pancakes amüsiert zu sich heran. »Was man nicht alles tut«, murmelte er vielsagend.

»Was machst du da?«, fragte ich skeptisch. »Du magst die doch gar nicht.«

Er lachte. »Na, ganz so schlimm ist es jetzt nicht, ich werde es schon überleben.« Er zwinkerte mir zu. »Und wenn du lieber meinen Bagel essen willst und damit glücklich bist, dann macht mich das auch glücklich.«

Seine Worte wirkten wie einfach so dahingesagt, doch sie lösten einen wahren Jubelsturm in mir aus. Bis über beide Wangen grinsend sah ich ihn dankbar an und biss erneut in den Bagel.

Mats bestand darauf, dass er für die Rechnung aufkam. Anschließend machten wir uns Hand in Hand auf den Weg zur U-Bahn. Er hatte wirklich gute Laune und steckte mich damit an. Der vergangene Abend und mein peinlicher Ausrutscher fühlten sich schon gar nicht mehr so schlimm an. In der Bahn zog Mats mich an sich und ich kuschelte mich glücklich in seinen Arm. Er streichelte mir gedankenverloren über die Seite und so saßen wir schweigend einige Stationen.

Mit dem Bus fuhren wir anschließend die letzten Stationen bis zu unserem abgelegenen Bezirk und stiegen dann bei Mats' Wohnung aus, um das letzte Wegstück mit seinem Auto weiterzufahren.

Es war zwar nicht mehr weit, aber Mats bestand darauf und ich fügte mich ihm. So konnte ich wenigstens noch ein paar Minuten zu zweit mit ihm verbringen.

Mats ließ seine Hand auf meinem Oberschenkel ruhen und nahm sie nur weg, wenn er schalten musste. Ein glückliches Lächeln schlich sich auf mein Gesicht und ich sah zu ihm hinüber. Er erwiderte es und drückte mir leicht den Oberschenkel. »Ich schätze, heute Nachmittag wird das dann nichts mehr?«

Ach, richtig, er hatte ja erwähnt, dass er sich das ganze Wochenende für mich freihalten wollte. Ich biss die Zähne zusammen. Ein weiterer Nachmittag mit Mats erschien mir zu verlockend, doch ich wollte meinen Vater nicht versetzen.

»Ich fürchte nicht. Mein Vater will immer mit uns essen gehen, wenn er von einer längeren Geschäftsreise nach Hause kommt, um den neusten Stand von uns zu erfahren.«

Ich zog eine Grimasse und sah auch auf Mats' Gesicht ein freches Grinsen aufblitzen.

»Da wirst du wohl ein paar Details auslassen?«, zog er mich auf.

»Vermutlich«, stimmte ich lachend zu. Dann zog ich nachdenklich meine Augenbrauen zusammen. »Er wird müde sein und wahrscheinlich werden wir früh zurück sein. Also vielleicht hätte ich abends noch ein bisschen Zeit«, mutmaßte ich und hoffte, dass ich damit nicht allzu süchtig nach Mats' Gesellschaft wirkte.

Aber selbst wenn er so etwas dachte, ließ er es sich nicht anmerken.

»Ich habe heute nichts mehr zu tun, melde dich einfach, wenn du was weißt.« Er zuckte mit den Schultern. »Meine Nummer hast du ja«, fügte er grinsend hinzu.

»Apropos: Woher hattest du eigentlich meine?«

Mats schmunzelte. »Ach, das war nicht sonderlich schwer.« Er zwinkerte mir zu. »Hat Jan mir gegeben.«

»Ach, hat er das?«

»Ja, klar. Ist schließlich für die bessere Vernetzung im Job.«

Ich lachte leise. Von Datenschutz hielt Jan wohl nicht viel – aber zum Vorwurf wollte ich ihm das natürlich nicht machen.

Mats hielt an der gleichen Ecke wie immer und sah mich erwartungsvoll an. Dieser stummen Aufforderung kam ich nur zu gerne nach. Ich kletterte umständlich über die Armaturen und vergrub meine Hände in seinem Nacken. Seine Hände wanderten automatisch an meinen Po und fuhren daran hinab, bis sie den kurzen Saum der Shorts erreichten und sich schließlich unter den Rand des Stoffes schoben.

Bedeutungsvoll hob ich eine Braue. »Was wird das denn?«

Sein Blick war jetzt dunkler als noch vor wenigen Augenblicken und seine Augen leuchteten intensiv. »Weißt du, dass der hier es mir ganz schön angetan hat?« Seine Stimme klang rau und ich musste bei ihrem Klang schlucken.

Mein Mund war trocken, und ich befeuchtete meine

Lippen automatisch mit meiner Zunge, was Mats einen knurrenden Ton entlockte. Plötzlich lag eine Hand in meinem Nacken und er zog mich dicht an seine Lippen.

Kurz bevor sich unsere Münder trafen, hielt er inne. »Du weißt gar nicht, was du für eine Wirkung auf Männer – nicht nur auf mich – hast. Das macht das Ganze noch viel schlimmer.« Mats sah mich kurz mit diesem undeutbaren Ausdruck an und presste dann seine Lippen auf meine. Sein Kuss war alles andere als keusch, und ich musste mich schließlich von ihm lösen, um nach Luft zu schnappen. Grinsend gab er mir einen Klaps auf den Hintern. »Raus jetzt mit dir, bevor das Ganze hier noch ausufert.«

»Du immer mit deinen leeren Versprechungen …« Anzüglich warf ich ihm einen Blick zu und wollte mich erheben, da hatte er schon wieder meine Hüfte gepackt und zog mich mit unheilvollem Blick an sich heran.

»Ich kann mich nur wiederholen. Sei vorsichtig mit dem, was du dir wünschst, Paula.« Vielsagend warf er mir einen Blick zu und lockerte dann seinen Griff um meine Taille.

Ich lachte nur und gab ihm einen keuschen Kuss auf die Wange, bevor ich die Autotür aufstieß.

DREIUNDZWANZIG

Ich war überrascht, das Auto meines Vaters schon in der Einfahrt stehen zu sehen. Nervös schloss ich die Tür auf und sah ihn zusammen mit meiner Mutter und Robin im Wohnzimmer stehen.

Robin hielt mitten im Satz inne, drehte sich schwungvoll zu mir um und musterte mich mit verengten Augen. Sein Brustkorb hob und senkte sich rasend schnell. Er wirkte aufgebracht – aber mich beschlich das Gefühl, dass diesmal nicht ich der Grund dafür war.

Mein irritierter Blick wanderte zu meinem Vater, der ebenfalls aufgewühlt aussah, dann aber strich er sich langsam über sein Sakko, und seine Miene glättete sich, als er mich von oben bis unten besah.

»Paula, da bist du ja, meine Kleine«, rief er euphorisch und breitete wie früher seine Arme aus.

Lachend spielte ich mit und warf mich in seine Umarmung.

Er drückte mich lange und strich mir über die Haare. Dann hielt er mich an den Schultern von sich weg und musterte mich prüfend. »Ich habe das Gefühl, dich ewig nicht gesehen zu haben. Du wirkst so erwachsen.«

Ich wurde rot. Tatsächlich hatte ich in den letzten Wochen so viele neue Erfahrungen gemacht wie in den letzten vier Jahren zusammen.

Unsicher sah ich ihn an, aber mein Vater lächelte nur und zog mich zurück in seine Arme. Ich spürte Robins Blick auf mir und wich ihm geflissentlich aus.

Da räusperte sich meine Mutter und ich sah auf.

»Wie war das Konzert?«, fragte sie. »Robin meinte, ihr wärt dann noch mit der Band mit? Ich wusste gar nicht, dass du die kennst.«

Ich nickte schnell und hielt mich an Mats' Ausrede. »Ja, ich habe sie schon mal kennengelernt. Das ist echt eine tolle Truppe. Wir waren dann noch lange bei dem Bassisten zu Hause, der wohnt gleich um die Ecke vom Club, und da er eine große Wohnung hat, war es mir dann lieber, dazubleiben, als nachts mit den Öffentlichen nach Hause zu fahren.«

Robin machte ein grunzendes Geräusch. »Ist ja nicht so, als hätte dich keiner abholen können.«

Meine Mutter seufzte leise. »Rob, wir haben darüber gesprochen. Paula ist ein eigenständiger Mensch und durchaus in der Lage, diese Entscheidung selbst zu treffen.« Sie legte mir leicht eine Hand auf die Schulter. »Und ich vertraue dir, dass du deine Grenzen kennst.«

Robin resignierte und verzog sich auf die Couch.

»Wann wollen wir denn los?«, wechselte ich schnell das Thema. »Du bist doch bestimmt schon wieder müde, Papa? Ich würde noch gern schnell duschen und wäre dann bereit.«

Mein Vater schüttelte zu meinem Bedauern den Kopf. »Ich konnte im Flieger schlafen.«

Na großartig, dann konnte ich den freien Abend mit Mats wohl knicken.

»Wir haben uns überlegt, heute nach dem Essen noch ins Theater zu gehen. Und anschließend vielleicht mal wieder in eine Bar.« Mein Vater ließ den Blick über meine Mutter schweifen und sie errötete leicht.

Nach all den Jahren liebten sie sich noch so wie am ersten Tag, und das, obwohl sie sich aktuell nur so selten sahen. Das war wirklich bewundernswert und so etwas wünschte ich mir insgeheim auch für mich.

Aber hieß das jetzt, sie wollten allein weiterziehen? Mein

Vater deutete meinen fragenden Gesichtsausdruck richtig. »Also wenn das für euch in Ordnung ist, natürlich.«

Da schaltete Robin sich wieder ein. »Ich wollte nachher eh noch zu Franzi, also für mich passt das.«

Hier taten sich ja wirklich ungeahnte Möglichkeiten auf.

Ich nickte hastig. »Ja, ähm, das ist kein Problem.« Ich machte eine ausladende Handbewegung. »Ich habe eh noch so viel zu tun, ich muss noch an einem Skript arbeiten, etwas für die Schule vorbereiten, eventuell könnte ich mal wieder bei Marie oder Laura vorbeischauen ...« Ich ließ meine Antwort offen verklingen und meine Eltern nickten erleichtert.

Ich zog mich schnell in mein Zimmer zurück und wählte Maries Nummer. Wer, wenn nicht sie, würde mich bei meinem Vorhaben unterstützen. Sie ging fröhlich ans Telefon und nach einem kurzen Geplänkel rückte ich mit der Sprache heraus.

»Du, ich wollte mal fragen, ob du mir heute vielleicht noch einmal den Rücken freihalten könntest.«

Marie war kurz still, dann lachte sie leise auf. »Sag bloß, das hat etwas mit Mats zu tun?«

Ich biss mir auf die Wange. Schon war ich mir nicht mehr sicher, ob mein Vorhaben so gut war. »Meine Eltern sind heute Abend aus und Rob geht zu Franzi – da dachte ich, ich könnte vielleicht ...«

Marie unterbrach mich schrill. »Mats zu dir einladen?«

Tatsächlich hatte ich kurz an diese Möglichkeit gedacht, sie jedoch schnell wieder verworfen. Das war mir dann doch zu riskant.

»Ich dachte eher daran, dass ich zu ihm fahre und notfalls behaupten kann, dass ich bei dir übernachtet habe. Wenn Robin nämlich davon erfahren würde, würde er mich wahrscheinlich nie wieder aus den Augen lassen. Er traut Mats nicht.«

Stille.

»Ah, gleich über Nacht, ja?« Maries Stimme klang jetzt wirklich überrascht, doch sie redete gleich weiter. »Ich weiß zwar wirklich nicht, was du an dem Kerl findest, aber ich bin die Letzte, die dir da reinreden wird. Also von mir aus gerne. Sag mir bloß, was ich sagen soll.«

Hach, ich liebte meine Freundinnen. Auch wenn es Zeiten gab, in denen ich sie am liebsten auf den Mond geschossen hätte, im Grunde waren sie immer dann, wenn es drauf ankam, die Besten.

Wir sprachen die Details ab, dann ging ich ins Badezimmer, um mich zu duschen und fertig zu machen. Ich entschied mich für ein luftiges Sommerkleid in einem Beerenton, der das dunkle Braun meiner Haare unterstrich. Dann legte ich ein wenig Make-up auf und war am Ende, als ich in den Spiegel sah, sehr zufrieden mit dem Ergebnis.

Ich zog mich mit meinem Handy in mein Zimmer zurück und wählte mit zitternden Fingern Mats' Kontakt. Noch wusste ich ja gar nicht, wie er zu meiner grandiosen Idee stehen würde.

Es klingelte so lange, dass ich fast davon ausging, Mats würde nicht rangehen.

Schließlich meldete er sich mit einem knappen »Ja?«.

»Ich bin es«, murmelte ich aufgeregt. »Paula«, fügte ich dann sicherheitshalber hinzu.

Wer wusste schon, wie viele Mädchen ihn täglich anriefen.

»Ich weiß«, lachte Mats leise. »Stand ja auf dem Display.«

Ich gab ein grummelndes Geräusch von mir, dann konnte ich nicht länger mit meinen Neuigkeiten an mich halten. »Es gab eine Planänderung. Was hältst du davon, wenn ich heute Abend bei dir bleibe? Offiziell bin ich bei Marie und sie …«

»Über Nacht?«, unterbrach Mats mich mit einem erstickten Laut, der mich aus der Fassung brachte.

»Äh, ja, also, ich dachte, das wäre doch vielleicht ganz gut, wenn …«

Weiter kam ich nicht. »Meinst du, dass das eine gute Idee ist?« Mats seufzte und ich konnte mir seinen stirnrunzelnden Blick nur allzu gut vorstellen.

Enttäuscht schürzte ich die Lippen. »Ich finde sogar, dass das eine ganz fantastische Idee ist«, gab ich trotzig zurück, was Mats ein kleines Lachen entlockte. »Ich weiß ja, du wirst mich nicht anfassen und pipapo, und das ist ja auch alles schön und gut, aber von letzter Nacht fehlt mir eben total die Erinnerung, dabei hätte ich das wirklich schön gefunden, neben dir einzuschlafen. Das könnten wir nachholen. Also, wenn du das auch willst«, sagte ich unsicher.

Mats schwieg, und ich wusste kurz nicht, ober er überhaupt noch am Telefon war.

Endlich gab er einen Ton von sich, der leider absolut nicht glücklich klang. Meine Worte waren ihm zu viel, das war ja klar.

Trotzdem sagte er dann: »Ist in Ordnung, Paula. Versuchen wir es.«

Ich hätte mir zwar etwas mehr Euphorie auf meinen Plan versprochen, aber damit konnte ich auch leben.

Ich sagte ihm, dass ich nachher einfach den Bus nehmen würde, was er zuerst ablehnte. Aber diesmal blieb ich standhaft, bis Mats klein beigab. Mit einem Kribbeln in der Magengegend legte ich schließlich auf.

Das erste Abendessen mit meiner Familie seit langer Zeit verlief äußerst harmonisch. Mein Vater berichtete in aller Ausführlichkeit von Dubai und versicherte uns, dort einmal mit uns zusammen in den Urlaub hinzufahren. Er war von den Gegensätzen, die die Vereinigten Arabischen Emirate zu bieten hatten, absolut beeindruckt und meinte, wir müssten das unbedingt live erleben, weil man das gar nicht richtig in Worte fassen könne.

Ich erzählte von meinem Praktikum und meinen Ausflügen in die Musikwelt, ließ aber entscheidende Details weg. Mein Vater schmunzelte über meine Euphorie, und meine Mutter schien sich wirklich darüber zu freuen, dass ich langsam, aber sicher auch eine Welt außerhalb des Buchkosmos entdeckte.

Nur mein Bruder zog während des gesamten Essens ein missmutiges Gesicht, das von meinen Eltern aber komplett ignoriert wurde. Sie fragten noch nicht einmal nach, was ihn bedrückte. Normalerweise sprachen wir offensichtliche Probleme in unserer Familie immer an. Ob er Stress mit Franzi hatte? Das hätte sie mir aber doch sicherlich erzählt. Wobei ich mir allerdings eingestehen musste, dass ich meine beste Freundin zurzeit etwas vernachlässigte. Selbst unsere abendlichen Telefonate hatten wir mittlerweile auf Eis gelegt, und das hatte schon ziemlich viel zu bedeuten. Dafür schrieben wir uns immer mal wieder kurze Nachrichten, in denen Franzi aber wie immer klang.

Robin verdrückte sich direkt nach dem Dessert. Er wirkte genervt, aber immer noch hatte ich den Eindruck, dass das nicht an mir lag. Als er sich von mir verabschiedete, schlich sich sogar ein echtes Lächeln auf seine Züge, das aber sofort wieder verschwand, als er unseren Eltern zunickte.

Entweder ahnte er wirklich nichts oder er hatte sich endlich damit abgefunden.

Kurz nach ihm erhob auch ich mich und wünschte meinen Eltern noch einen schönen Abend. Sie lächelten sich verliebt an und ich freute mich mit ihnen.

Als ich ihnen eröffnete, dass ich die Nacht wohl bei Marie verbringen würde, obwohl ich morgen früh ins Büro musste, nickte meine Mutter zustimmend. »Ist schon gut, du bekommst das alles unter einen Hut, da bin ich mir sicher. Ich bin so stolz auf dich.« Sie drückte mir einen Kuss auf die Wange und machte eine scheuchende Handbewegung.

Ich grinste, gleichzeitig überkam mich aber auch das schlechte Gewissen. So gut es ging, schob ich es von mir. Wenn meine Eltern wüssten, mit wem ich mich wirklich traf, würden sie garantiert nicht so reagieren, da war ich mir ziemlich sicher. Ich drückte meinen Vater kurz, verließ das Lokal und machte mich auf den Weg zur Bushaltestelle.

Zwanzig Minuten später klingelte ich mit klopfendem Herzen an Mats' Wohnungstür. Er öffnete mir mit seinem schiefen Grinsen die Tür und trat zur Seite, um mich hereinzulassen. Auf diesen Moment hatte ich mich den ganzen Nachmittag gefreut. Ich ließ meine Tasche auf den Boden plumpsen, fiel Mats um den Hals und drückte stürmisch meine Lippen auf seine.

Auch wenn ich ihn überrumpelt hatte, ließ er sich nichts anmerken. Er packte mich fest an der Hüfte und drückte mich an die Wand. Ich griff in seine Haare, die ihm ungestylt in die Stirn fielen, und spielte damit, während ich das Gefühl unserer tanzenden Zungen genoss.

Seine Hände wanderten an meiner Seite hinauf, huschten über meine Brüste bis zu meinem Hals. Er strich meine Haare nach hinten und löste sich von mir, nur um im nächsten Augenblick an meinem Hals damit weiterzumachen, womit er an meinen Lippen aufgehört hatte. Ich stöhnte wohlig auf und ließ meine Hände über seine muskulöse Brust wandern.

Endlich landeten seine Lippen wieder auf meinen und ich küsste ihn begierig. Mats' Hände schlüpften von hinten unter mein Kleid und verharrten auf meinem Po. Mit einer hochgezogenen Augenbraue fuhr er am Rand meines spitzenbesetzten Slips entlang und musterte mich mit einem wissenden Blick.

Tatsächlich hatte ich mir extra für ihn ein Set aus schwarzer, spitzenbesetzter Unterwäsche gekauft, man konnte ja nie wissen.

»Reiner Zufall«, log ich dennoch auf seine unausgesprochene Frage.

Grinsend packte er mich an den Oberschenkeln und hob mich mit einem Ruck hoch. Ich schlang automatisch meine Beine um ihn, als er sich mit mir in den Armen in Bewegung setzte. Er steuerte geradewegs sein Schlafzimmer an und mein Herz vollführte aufgebrachte Hüpfer. Doch dann drehte er sich plötzlich zur Seite und ließ mich im Wohnzimmer auf der Couch herab. Ich konnte es nicht vermeiden, dass ich ein enttäuschtes Gesicht machte.

Himmel, kein Wunder, dass er dachte, ich würde ihn nur auf das Eine reduzieren.

Mats sah mich belustigt an, während er vor mir stehen blieb und sich unbeholfen durch sein Haar fuhr. Diese Geste passte einerseits so gar nicht zu dem sonst so selbstbewussten Mats, andererseits machte ihn das wiederum so verletzlich, dass mich sein Anblick mitten ins Herz traf.

Er sah heute mal wieder zum Anbeißen aus, obwohl er sich augenscheinlich nicht bewusst um sein Äußeres gekümmert hatte. Da seine Haare locker herunterhingen, hatte er wohl eben erst geduscht. Er trug eine schwarze, ausgeblichene Jeans-Shorts und ein dunkelgrünes T-Shirt mit einem Antinazispruch. Ob er auch etwas anderes im Schrank hatte als Band- oder Statement-Shirts mit politischen Parolen?

»Warum starrst du mich so an?«

Ertappt biss ich mir in die Wange, was etwas in seinen Augen aufblitzen ließ. »Ich habe mich nur gefragt, ob du noch andere T-Shirts hast«, gab ich zu.

Mats sah an sich herab und grinste. »Klar, sämtliche Shirts von …« Und dann begann er eine lange Aufzählung von Bandnamen, deren Musik ihm wohl gefiel, die ich mir aber ohnehin nicht alle auf einmal merken konnte.

Ich lachte und hob entwaffnend die Arme. »Ist schon gut, ich weiß, worauf du hinauswillst.«

Mats grinste noch kurz, dann veränderte sich sein Gesichtsausdruck kaum merklich. Trotzdem konnte ich den Schmerz in seinen Augen aufblitzen sehen. »Und sämtliche Sachen mit Aufdrucken gegen die Nazischweine selbstverständlich«, fügte er bissig hinzu.

Er nahm seine politische Orientierung wohl wirklich sehr ernst. Verschüchtert blickte ich zu ihm.

Keine Frage, Nazis waren scheiße, aber Mats guckte, als würde ihm gerade einer gegenüberstehen, der seit Jahren sein höchstpersönlicher Peiniger war.

Ich wich bei seinem vor Hass verzogenen Gesicht automatisch etwas nach hinten, was Mats sofort registrierte. Seine Züge wurden weich, dann schloss er für einen Moment seine Augen.

Als er sie wieder öffnete, strahlten sie wieder ohne dieses gefährliche Blitzen so grün wie immer, der Schmerz und die Wut waren verschwunden.

Seufzend ließ er sich neben mich sinken und griff nach

meiner Hand. »Tut mir leid, ich wollte dir keine Angst machen. Es ist nur ... ach, Nazis sind halt scheiße, da kann ich mich manchmal nicht beherrschen.«

»Du hast mir keine Angst gemacht.«

»Ich denke schon«, lachte er leise und deutete auf mein Gesicht. »Ich kann das da ziemlich gut rauslesen mittlerweile.«

Ich errötete und Mats sah mich wissend an. Dann stand er auf und verschwand in der Küche. Kurz darauf kam er beladen mit zwei Schüsseln, zwei Flaschen Bier und einer Flasche Fanta wieder.

Ich gluckste bei seinem Anblick. »Was wird das denn?«

Mats balancierte seine Fracht geschickt aus und stellte alles auf dem kleinen Couchtisch ab. »Eis«, triumphierte er. »Und Bier oder Fanta. Oder beides, wie du magst.« Er zuckte mit den Schultern und sah dabei so niedlich aus, dass ich mich am liebsten wieder auf ihn gestürzt hätte.

»Oh, danke. Du bist ja wirklich süß.« Ich griff nach einer Schüssel und plapperte einfach weiter: »Extra für mich, obwohl du doch das Zuckerzeug gar nicht leiden kannst? Ich bin wirklich überwältigt.«

Mats legte den Kopf schief und sah mich belustigt an.

»Was?«, hakte ich irritiert nach.

»Ach, nichts – mich hat nur noch nie jemand *süß* genannt.« Er zog eine Grimasse, musste aber gleichzeitig lachen.

Ich wedelte mit dem Löffel vor seiner Nase herum. »Ach du, hör schon auf. Probier lieber mal, was du da Gutes gekauft hast. Du hast meinen Geschmack voll getroffen.« Genüsslich ließ ich mir das Cookie-Eis auf der Zunge zergehen.

Mats' amüsierter Blick ruhte immer noch auf mir, aber ich ließ mich diesmal nicht von ihm aus dem Konzept bringen.

Endlich griff auch er sich das Eis und ließ sich entspannt in die Couch sinken. »Wie kommt es, dass du plötzlich so frei bist?«, fragte er dann nach kurzem Schweigen. »Hat meine Ansage bei Rob gefruchtet?«

»Offiziell bin ich heute wieder bei meiner Freundin. Robin würde mir sonst den Hals umdrehen, wenn er das hier wüsste.« Vielsagend wedelte ich den Löffel durch die Luft und sah auf. »Meine Mutter hat Robin mit irgendetwas in der Hand, da muss etwas zwischen ihr und Rob vorgefallen sein, mir sagt aber mal wieder niemand was.« Mein genervter Blick traf auf Mats' wissende Miene.

Er wandte sich schnell ab, doch ich hatte das seltsame Gefühl, dass er genau wusste, worum es ging.

Verärgert kniff ich die Augenbrauen zusammen und sah ihn gereizt an. »Würdest du vielleicht die Güte besitzen und mich aufklären?«

Ein Grinsen huschte über sein Gesicht, dann stellte er unsere leeren Schüsseln beiseite und war mit einem Satz auf mir.

Er packte mich an den Schultern und drückte mich unter sich ins Sofa. »Nur zu gern«, antwortete er in einem lasziven Tonfall auf meine Frage und hauchte mir einen Kuss in den Mundwinkel.

Verwirrt sah ich zu ihm auf.

Mats musterte mich schmunzelnd. »Wo fangen wir denn da am besten an? Etwas Vorwissen ist ja wahrscheinlich vorhanden, also da ...«

Jetzt begriff ich, welche Worte ich gewählt hatte, und sah stirnrunzelnd zu ihm auf. »Mats!« Ich schlug ihm so doll gegen die Brust, dass er auflachte und mich mit einer Hand losließ, um sich über die schmerzende Stelle zu reiben.

»Das ist nicht komisch.«

»Doch, ich finde irgendwie schon.« Seine Augen blitzten vor Freude und so konnte ich ihm gar nicht böse sein. Wieder küsste er mich sanft auf den Hals, und ich vergaß fast, was ich ihn gefragt hatte.

Fast. Ich wollte endlich Antworten.

Ich schob ihn jetzt mit etwas mehr Nachdruck von mir weg. »Bitte«, murmelte ich. »Du weißt doch irgendwas. Das kann doch nicht so schlimm sein, dass ich es nicht wissen darf.« Flehend sah ich ihn an, aber Mats wich meinem Blick aus.

Langsam richtete er sich auf und fuhr sich wieder mit dieser unbeholfenen Geste durch seine Haare. Er sah so verloren aus, wie er dasaß, dass es mir im Herzen wehtat. Ich griff behutsam nach seiner Hand und drückte sie. Zuerst dachte ich, er würde mir gar nicht antworten, doch dann stieß er einen Seufzer aus.

»Ja, du hast recht. Rob und ich kennen uns schon eine Weile, und ja, er ist der Grund dafür, dass das hier«, er deutete auf uns und verzog das Gesicht zu einer Grimasse, die mich schmerzhaft traf, »eigentlich auf gar keinen Fall so sein sollte, wie es gerade ist. Auch ein Grund.« Er verzog seine Lippen zu einem abfälligen Lächeln.

Das war ja nun nichts Neues für mich. »Aber wieso?«, hakte ich nach. »So ist mein Bruder doch nicht. Klar, er macht sich Sorgen um mich, weil du diesen Ruf hast, aber das ist doch nichts, was man nicht wieder geradebiegen könnte.«

Mats schnaubte leise. »Ich kann es dir weder sagen, noch kann ich da irgendwas geradebiegen. Ich mache es gerade einfach nur noch schlimmer.« Er fuhr sich mit seinen Händen übers Gesicht und sah mich dann niedergeschlagen an.

Diesen Gesichtsausdruck kannte ich. Hastig rutschte ich zu ihm und legte ihm meine Hände an die Wangen. »Bitte, schmeiß mich jetzt nicht wieder raus«, flüsterte ich leise. Ich sah ihn eindringlich an und suchte in seinen Augen nach Hinweisen, was er jetzt tun würde.

Schließlich packte er mich seufzend an den Hüften und zog mich auf seinen Schoß. Er vergrub sein Gesicht an meinem Hals und atmete tief ein. Diese vertrauliche Geste traf mich unvorbereitet mitten ins Herz. Mats löste sich langsam von meinem Hals und hielt inne, als er meine Augen verdächtig glänzen sah. Erschrocken legte er seine Hand an meine Wange. Zum ersten Mal schätzte er meine Stimmung falsch ein.

»Paula, nicht, bitte nicht weinen. Ich will dich doch gar nicht rausschmeißen, ich …«

Ich schnitt ihm das Wort mit einem Kopfschütteln ab. »Das weiß ich doch.«

Mats legte seine Stirn in Falten. »Wieso weinst du denn dann gleich?«

Ich sah ihn frustriert an. Solange er sich mir nicht anvertraute, hatte ich einfach keine Möglichkeit, ihm zu helfen. »Weil du so traurig bist. Und ich daran nichts ändern kann«, sagte ich frustriert.

Mats musterte mich und wieder legte sich dieser schmerzvolle Ausdruck auf sein Gesicht. »Du kannst mehr daran ändern, als du glaubst«, murmelte er plötzlich mit erstickter Stimme und presste seine Lippen auf meine.

Er küsste mich so stürmisch, dass mir für einen Moment die Luft wegblieb und ich Mats ein Stückchen wegschieben musste, um wieder zu Atem zu kommen.

Seine Miene sah schon wesentlich entspannter aus. Er deutete auf sein Grinsen. »Siehst du. Daran bist du schuld.« Lächelnd tippte er mir auf meine Nasenspitze und mir wurde ganz warm ums Herz.

Mats zog mich an sich, sodass ich mit dem Rücken an ihn gelehnt dasaß. Zu meiner Verblüffung schnappte er sich die Fernbedienung und öffnete Netflix. Er hielt mich mit einem Arm umfangen, während er durch die verschiedenen Filme und Serien scrollte.

»Was willst du gucken?« Er lachte leise und redete schnell weiter. »Nein, warte, nichts sagen. Ich suche das aus, was ich denke, was dir gefallen könnte.«

Ich grinste über seinen verschwurbelten Satz und nickte. »Na gut, Herr Schlaumeier. Zeig mir mal, was du über mich denkst. Ich bin gespannt.«

Mats suchte und lachte bei dem ein oder anderen Filmtitel laut auf. »Schokolade zum Frühstück«, las er vor. »Das wäre doch genau dein Ding.«

Empört drehte ich mich zu ihm um. »Na hör mal, so eine olle Kamelle. So was guck ich nicht.«

Mats grinste mich fröhlich an. »Ich mein ja auch nicht den Film, sondern die Tatsache. Kann ich dich morgen früh mit Schokolade glücklich machen?«

Ich lachte laut auf. »Mats, ob du es hören willst oder nicht, aber wenn du willst, kannst du echt verdammt süß sein.« Ich bohrte ihm meinen Finger in die Brust und nickte bestätigend.

Ein belustigter Ausdruck legte sich auf sein Gesicht, dann umfasste er meine Finger mit seiner Hand und hauchte einen Kuss darauf. »So, meinst du, ja?« Er grinste spitzbübisch, und ich lehnte mich vor, um ihn zu küssen.

Bevor wir allerdings wieder übereinander herfallen konnten, zog mich Mats wieder zurück in Position und deutete auf den Fernseher. »Wir schauen jetzt einen Film, Madame. Fummeln kommt erst danach.«

Obwohl ich mittlerweile an seine Sprüche gewöhnt war, lief ich bei seiner Aussage mal wieder rot an. Gut, dass er das nicht sehen konnte.

Mats brauchte eine halbe Ewigkeit, bis er einen passenden Film gefunden hatte. Er entschied sich für eine Liebeskomödie, weil er der Meinung war, das würde am besten zu mir passen. Dass er damit gar nicht so falschlag, sagte ich ihm allerdings nicht. Ich wollte seinem Ego nicht noch mehr Futter bieten. Er hatte eh schon andauernd recht. Mats startete den Film, reichte mir ein Glas Fanta und öffnete sich selbst ein Bier. Dann kuschelte ich mich zurück an seine Brust und sah zum Fernseher. Schon nach den ersten zehn Minuten landeten die Protagonisten miteinander im Bett, was in expliziten Szenen gezeigt wurde.

Mats versteifte sich ungläubig hinter mir. »Im Ernst?« Er lachte schallend auf. »Kein Wunder, dass ihr Frauen immer auf solche Kitschfilme abfahrt. Mir war gar nicht klar, dass es fast so viel Sex gibt wie in einem Porno.«

Ich verdrehte die Augen. »Jetzt übertreib doch nicht gleich«, lachte ich. »In einem Porno gibt es definitiv mehr Sex.«

»Ach ja? Ist das so?« Mats klang belustigt. »Da kennt sich also jemand aus.«

Mit glühenden Wangen drehte ich mich zu ihm um. »Du bist wirklich unmöglich, Mats. Ich meine doch nur, dass ich denke, dass es so ist. Ich kenne immerhin die Gegenseite und das da«, ich nickte grob Richtung Fernseher, »fällt für mich eindeutig in die Kategorie Liebesfilm.«

Mats grinste und deutete mit seiner Bierflasche auf den Bildschirm. »Und das da dann also auch?«

Ich folgte seinem Blick und sah peinlich berührt, wie die Protagonistin in eindeutiger Pose vor dem Mann kniete. Beschämt wandte ich den Blick ab und Mats gluckste hinter mir. Wie schön, dass er das so lustig fand.

Für ihn war das wahrscheinlich die normalste Sache der Welt, während ich an so etwas noch nie einen Gedanken verschwendet hatte.

Also zugegeben, fast noch nie. Seit ich Mats kannte, führten meine Gedanken irgendwie ihr eigenes selbstbestimmtes Leben und vielleicht hatte ich mich in der Theorie schon so ein bisschen mit diesem Thema auseinandergesetzt.

Trotzdem war mir dieser Film jetzt ultrapeinlich.

»Wenn das jetzt die ganze Zeit so weitergeht, können wir ruhig was anderes sehen«, murmelte ich und hörte entsetzt, wie brüchig meine Stimme klang.

Mats ging glücklicherweise nicht darauf ein. »Ach was, das ist doch witzig«, freute er sich und kommentierte weiter jede Handlung der beiden.

Wenn ich nicht bei allem daran hätte denken müssen, dass Mats das ganz bestimmt schon alles erlebt hatte, hätte ich fast so etwas wie Spaß an der Sache entwickelt. So aber hatte es einen faden Beigeschmack. Ich malte mir aus, wie Maja vor Mats kniete, während er seine Hände in ihren Haaren vergrub und laut stöhnte. Ich gab ein widerwilliges Brummen von mir und drehte den Kopf weg. Doch mein Kopfkino konnte ich so leider nicht loswerden.

»Okay, okay, ich mach ja schon aus«, sagte Mats überrascht. »Ich dachte nicht, dass du so prüde bist. Dann habe ich dich vielleicht doch etwas anders eingeschätzt.«

Grimmig drehte ich mich zu ihm herum.

Er musterte mich und sein Grinsen verflog. »He, das sollte ein Scherz sein.« Entschuldigend hob er die Hände.

Ich seufzte und konnte seinem Blick nicht standhalten. »Es geht mir doch nicht um den Film, Mats.«

An seinem Blick konnte ich erkennen, dass er mein Problem durchschaute.

Er spielte nachdenklich mit meiner Haarsträhne und sagte dann leise: »Soll ich dir mal was verraten?«

Meine Wangen prickelten immer noch vor Scham, und ich konnte mir deutlich vorstellen, was für ein jämmerliches Bild ich gerade abgeben musste. Trotzdem nickte ich zaghaft.

Mats seufzte leise. »Du hältst mich gleich sicherlich für ein Monster.« Er seufzte tief. »Und liegst damit gar nicht so falsch.«

Ich legte den Kopf schief und hob fragend beide Augenbrauen. »Das denke ich zwar nicht, aber erzähl mal.«

Mats grinste kurz, wurde dann aber wieder ernst. »Ihr Frauen neigt dazu, in den Sex so viel reinzuinterpretieren. Für viele Kerle ist Sex einfach nur Sex. Und bei mir ist das wohl noch eine Spur schlimmer.« Er zuckte mit den Achseln. »Die lebhaften Bilder, die du dir gerade von mir in deinem hübschen Köpfchen ausgemalt hast, die existieren für mich gar nicht mehr.«

»Wie meinst du das?«

Mats seufzte wieder. »Damit will ich sagen, dass ich finde, dass Sex überbewertet wird. Ich habe gern und viel Sex, aber nicht aus Liebe oder solchen Motiven. Und die Frauen sind mir dabei auch egal.«

Ich richtete mich auf und konnte meinen bestürzten Blick nicht vermeiden. »Was meinst du damit, die Frauen sind dir egal?«

»Ich mache natürlich nichts, was sie nicht wollen«, schob er schnell erklärend hinterher. »Ich meine doch bloß, dass es mir völlig egal ist, wie die Frau aussieht oder was sie im Kopf hat. Solange sie irgendetwas an sich hat, das mich reizt, ist das schon okay für mich.«

Ich wusste ja, dass Mats eine bewegte Vergangenheit hatte, aber das so aus seinem Mund zu hören, klang wirklich furchtbar.

»Danach habe ich alles genauso schnell wieder vergessen.« Mats deutete wieder auf den Fernseher, der jetzt nur noch ein schwarzes Bild zeigte. »Während du dir hier also irgendwelche Horrorstreifen mit mir in der Hauptrolle ausgemalt hast, habe ich absolut an keine andere Frau denken müssen.«

Ich wusste nicht, ob mich seine Aussage beruhigen sollte.

Mats schien zu bemerken, dass seine Erklärung mich verunsichert hatte, und brummte frustriert auf. »Ich sagte doch, du wirst das nicht verstehen und mich für ein Monster halten.«

So langsam ergaben seinen Aussagen einen Sinn für mich und ich platzte einfach mit meinen Gedanken heraus. »Ist das der Grund dafür, dass du nicht mit mir schlafen willst?« Ich biss mir auf die Lippen und sah Mats schüchtern an.

Er hob amüsiert die Augenbrauen. »Ich erzähle dir so was über mich und du denkst wieder nur daran. Du bist wirklich merkwürdig.«

VIERUNDZWANZIG

Ich war zwar froh, dass Mats wieder zu seiner Leichtigkeit zurückgefunden hatte, seine Offenbarungen behagten mir aber nicht. Das schien auch er zu merken.

Seufzend stand Mats auf, zog mich an der Hand hoch und trug mich kurzerhand über den Flur in sein Schlafzimmer. Er schlug die Tür hinter uns mit seinem Fuß zu und setzte mich dann vorsichtig auf seinem Bett ab. Ich wusste nicht genau, was ich von der ganzen Aktion halten sollte. Irritiert stützte ich mich auf meinen Ellenbogen ab und begegnete seinem dunklen Blick.

»Was wird denn das jetzt?« Meine Stimme zitterte, doch Mats antwortete nicht.

Mit einem Griff in seinen Nacken zerrte er sich sein T-Shirt über den Kopf und ließ es achtlos auf den Boden fallen, dann war er wieder über mir. Seine Hände lagen links und rechts von meinem Kopf, sodass er meinem Gesicht mit seinem sehr nahe kommen konnte. Wenn er denn wollte. Jetzt gerade stemmte er sich über mir auf und betrachtete mich eindringlich. Gefühlt war er damit meilenweit von mir entfernt.

»Wonach sieht es denn aus«, brachte er schließlich dunkel hervor. »Du bist nach meinen Worten nicht weggerannt. Das ist viel mehr, als ich zu hoffen gewagt habe. Und du hast recht, wenn du sagst, dass ich dich nicht in Watte packen muss. Also lass uns ein bisschen Spaß haben, Paula.« Sein Ton war rau und seine Worte anzüglich, was mich aus der Bahn warf.

So hatte er noch nie mit mir gesprochen.

Irritiert blinzelte ich und mein Herz polterte aufgeregt los. So lange hatte ich ihn genau darum nahezu angefleht und nun wollte er einfach so ernst machen?

Es war nicht so, dass ich mir mein erstes Mal in einem Bett voller Rosenblätter und mit romantischem Kerzenschein ausgemalt hatte. *Na ja, vielleicht ein bisschen.*

Aber jetzt? Einfach so?

Meine neuartige Selbstsicherheit verpuffte in dem Moment, in dem ich einen Einblick in den Mats bekam, wie er wohl wirkte, wenn er sich nicht länger zurückhielt. Seine gesamte Ausstrahlung hatte sich schlagartig verwandelt, und ich konnte nicht leugnen, dass er mir einen gewissen Respekt einflößte.

Sein wissender Blick huschte über mein Gesicht, und seine Züge wurden weich, als er seine warme Hand an meine Wange legte. »Na, bekommst du jetzt doch kalte Füße?« Ein leicht süffisanter Tonfall schlich sich in seine Stimme, aber an seinem Blick erkannte ich gleichzeitig, dass er mich bloß aufziehen wollte.

Ich hüstelte nervös. »Kann schon sein?«, sagte ich und versuchte gleichzeitig, mein galoppierendes Herz in den Griff zu bekommen.

Sanft drückte Mats seine Lippen auf die Kuhle oberhalb meines Schlüsselbeins. »Musst du nicht«, flüsterte er rau. »Das mit dir ist etwas völlig anderes, und du brauchst keine Angst zu haben, dass ich etwas machen werde, das du nicht willst. Und ich werde vorsichtig sein.« Er hob seinen Kopf ein Stück an, um mich wieder anzusehen. »Es wird schön werden. Vertrau mir einfach.«

»Das mache ich«, sagte ich hastig, weil es so war.

Mats' Augen lösten sich nicht von meinen, dafür legte sich ein schimmernder Glanz darauf. Und mit einem Mal konnte ich so gut in ihnen lesen wie noch nie zuvor. Er wollte mich so sehr wie ich ihn. Das wurde mir klar, als wir uns sekundenlang einfach nur anstarrten. Aber da war noch etwas anderes. Den Funken Traurigkeit, der in seinen Augen lag, hatte ich immer mal wieder darin aufblitzen sehen, aber noch nie so deutlich wie heute.

Mats gab mir gerade einen tiefen Einblick in seine Seele, und auch wenn er sich mir noch nicht anvertrauen konnte, wusste ich, dass es nichts mit uns beiden zu tun hatte. Trotzdem wollte ich ihm diesen traurigen Ausdruck nehmen. Ich wusste, dass er sich mir von selbst anvertrauen musste, deshalb tat ich das Einzige, was mir in diesem Moment blieb.

Kurzerhand griff ich in seinen Nacken und zog ihn zu mir heran. Dieser Kuss war anders als alle anderen zuvor. Mats griff behutsam nach meinem Gesicht und hielt es mit seinen Händen umfangen, während wir uns immer intensiver küssten. Ich spürte förmlich, dass er sich nicht länger zurückhalten wollte, und mit jeder Faser meines Körpers wurde ich nervöser.

Ich krallte mich in seinen nackten Rücken und spürte die harten Muskelstränge unter meinen Fingern.

Mats keuchte auf, als ich meine Fingernägel einsetzte und damit leicht über seinen Rücken fuhr. »Du machst mich wahnsinnig«, raunte Mats unter unseren Küssen und hielt die Augen geschlossen. »Wie kann jemand gleichzeitig genauso unbedarft wie sexy sein?«

Seine Worte beflügelten mich und nahmen mir die kurzzeitig wieder aufgeflammte Nervosität.

»Küss mich«, hauchte ich, worauf Mats nur gewartet zu haben schien.

Sofort lagen seine weichen, warmen Lippen wieder auf meinen und seine Zunge schob sich in meinen Mund.

Ich konnte einfach nicht genug von ihm bekommen und klammerte mich mit aller Macht an ihn, während ich gleichzeitig versuchte, mich ihm entgegenzustrecken.

Da stieß Mats ein heiseres Lachen aus und brach neben

mir zusammen. Dabei riss er meine Beine mit sich, die ich umständlich um seine Hüften geschlungen hatte.

Ich jaulte auf und gab ihm einen sanften Klaps auf die Schulter. »Pass gefälligst auf, wo du dich hinfallen lässt.« Mit einer spielerischen Grimasse zog ich meine Beine unter ihm vor und sah ihn streng an.

Bei meinem Gesichtsausdruck prustete Mats wieder los. Ein warmes, echtes Lächeln umspielte seine Lippen, als er mir seinen Daumen an die Wange legte und sanft darüberstrich. Mein Herz machte bei seinem herzhaften Lachen einen Satz.

»Es tut mir leid«, murmelte er schmunzelnd. »Aber du hast dich so an mir festgekrallt, da hat die Schwerkraft einfach gesiegt. Sei froh, dass ich nicht auf dich drauf gefallen bin.«

Trotzig rang ich mir ein Grinsen ab, was Mats abermals zum Lachen brachte.

»Gibst du etwa gerade zu, dass in diesen Muckis hier weniger steckt, als man vermuten könnte?« Neckend legte ich die Hand um seine muskulösen Arme und erstarrte kurz. Sie fühlten sich so gut unter meinen Fingern an, dass ich nicht anders konnte, als ehrfürchtig darüberzufahren. Gott, hatte der Mann Arme.

»Pass auf, du sabberst gleich wieder«, bemerkte Mats spitz.

Ich schlug lachend nach ihm, doch da hatte er sich bereits in einer Bewegung auf den Rücken geworfen und mich auf sich gezogen.

Ich stützte mich automatisch auf seinem flachen, muskulösen Bauch ab und wurde unruhig bei dem Gedanken, auf welchem Körperteil von ihm ich hier gerade saß. Auch wenn seine Jeans uns noch trennte, konnte ich trotzdem unverkennbar fühlen, wie sehr ihm das hier mit mir gefiel.

»An diesen Anblick könnte ich mich gewöhnen«, bemerkte Mats lasziv und legte seine Hände an meine Hüfte.

Ich errötete bei seinen Worten und wollte den Blick von

ihm abwenden, aber Mats schüttelte warnend den Kopf. »Du musst nicht immer wegschauen, Maus.«

Bei dem Kosenamen, den er mir gerade gegeben hatte, erstarrte ich kurz und errötete wie immer, was er mit einem belustigten Grinsen registrierte.

»Du bist meine Maus«, führte er völlig ernst weiter aus. »Weil du so ein kleines, süßes Stupsnäschen hast, das du immer fordernd in die Höhe streckst, wenn du mir mal wieder deine Meinung geigst.«

Sein Ton wie auch seine Gesichtszüge waren warm und ließen die Schmetterlingsschar in meinem Bauch auffliegen.

Mats konnte so süß sein, wenn er sich nicht hinter seinen hohen Schutzmauern verschanzte.

»Du weißt doch, dass ich deine Unbedarftheit ziemlich niedlich finde«, redete er weiter.

Er zwinkerte mir zu und sorgte so für noch mehr Röte, die pochend meinen Hals hochkroch. Seine Hände wanderten unter den Saum meines Kleides, stoppten diesmal aber nicht an meinem Po. Er richtete sich ein Stück auf, damit er den Stoff besser zu fassen bekam, und sah mich abwartend an. Ich biss mir nervös auf die Unterlippe, nickte aber.

Mats zog mir in einer gekonnten Bewegung das Kleid über den Kopf und ließ seinen Blick über meinen Körper wandern. Sofort verfluchte ich die Spitzenwäsche, als ich Mats' spitzbübisches Grinsen sah.

Er strich in federleichten Bewegungen über die Spitze meines BHs an meinem Brustansatz und grinste schief. »Reiner Zufall, ja?«

Ertappt grinste ich. »Ich wollte wenigstens ein bisschen vorbereitet sein«, gab ich zu.

Mats griff in meinen Nacken und zog mich in einen leidenschaftlichen Kuss, den ich nur zu gern erwiderte.

»Das ist wirklich heiß, aber das hätte es nicht gebraucht. Rosa Einhornunterwäsche hätte es auch getan.«

Ich lachte an seinem Gesicht. »Pass auf, was du dir wünschst«, schlug ich ihn mit seinen eigenen Worten.

Mats lächelte, während seine Hände zurück zu meiner Hüfte wanderten. Mit einer schnellen Bewegung hatte er uns beide umgedreht, sodass ich jetzt wieder unter ihm lag. Er stupste mich mit der Nase an meinem Hals an und hauchte dann eine Spur von Küssen über mein Schlüsselbein.

Ich erschauderte unter seinen Berührungen und wand mich unter ihm, was ihm ein Grinsen entlockte.

»Jetzt halt doch mal still«, murmelte er lachend.

Ich schüttelte schweigsam den Kopf. Mats' Nähe war mir schon wieder zu Kopf gestiegen, und es fiel mir schwer, mich zurückzuhalten. Mats deutete meinen lüsternen Blick richtig. Seine Augen verdunkelten sich vor Verlangen und er griff, ohne zu zögern, hinter meinen Rücken und öffnete meinen BH mit einem mühelosen Handgriff.

Bevor ich Zeit hatte, mich zu schämen, erkundeten seine Hände bereits meine Brüste und ich keuchte unter seinen Berührungen auf. Als er sich ihnen langsam mit der Zunge näherte, war es um meine Zurückhaltung geschehen und ich bäumte mich ihm entgegen.

Mit einem Grinsen drückte Mats mich zurück auf die Matratze. Seine Hand strich über meinen Slip und er beobachtete jede meiner Regungen genau.

Als ich ihn nicht aufhielt, schob er ihn mir langsam von der Hüfte, und ich half ihm dabei, ihn mir abzustreifen.

Jetzt, als ich komplett nackt vor ihm lag, fühlte ich mich doch etwas unwohl.

Natürlich erkannte Mats das sofort. »Nicht«, mahnte er mich. »Du bist wunderschön.«

Er griff nach meiner Hand und führte sie zu seiner Jeans. Auffordernd nickte er mir zu.

Mit zittrigen Fingern griff ich nach den Knöpfen, aber ich schaffte es vor Aufregung nicht, sie zu öffnen. Mats legte beruhigend seine Finger über meine und half mir dann, sich selbst von der Jeans zu befreien.

Nervös huschte mein Blick zu seiner Boxershorts, aber er machte keine Anstalten, sie auszuziehen.

Stattdessen nahm er meinen Kopf in seine Hände und

gab mir einen intensiven, langen Kuss, der meinen abgehackten Atem sofort beruhigte. »Willst du das hier wirklich, Maus?« Mats' Atem klang genauso unregelmäßig wie meiner, als er seine Stirn an meine lehnte und mich eindringlich ansah.

Jetzt war bis auf das intensiv strahlende Grün nichts mehr in ihnen zu lesen.

»Ich …« Hilflos brach ich ab und sah ihn nur an.

Es war eine Sache, es einfach zu tun, aber eine ganz andere, darüber zu reden. Mats hielt inne. Plötzlich überforderte mich diese ganze Situation immens.

»Ich bin nicht der, der dich drängen will«, hielt er mir grinsend vor. »Ich kann so lange warten, bis du dir wirklich sicher bist.«

Ich schloss beschämt die Augen. »Ich bin nur furchtbar nervös und habe Angst, alles falsch zu machen«, gab ich zu. »Aber ich will es unbedingt. Ich will dich.«

Bei meinen Worten schien Mats alle möglichen Emotionen zu durchlaufen.

»Du kannst überhaupt nichts falsch machen«, sagte er schließlich ernst.

Dann senkte er seine Lippen wieder auf meine. Als er merkte, dass ich mich unter seinem Kuss wieder etwas entspannt hatte, ließ er von mir ab und küsste sich an meinem Körper hinab, bis er diese vor Verlangen pochende Stelle erreichte.

Oha, hatte er etwa vor, mich dort zu küssen? Bevor ich es wirklich realisieren konnte, hatte Mats bereits seine Lippen auf mich gesenkt und umspielte mich mit seiner Zunge, erst vorsichtig und dann immer intensiver. Und in diesem Moment warf ich all meine Restzweifel über Bord. Mein Körper schaltete auf Autopilot und übernahm die Führung vor meinem Verstand.

Ungehemmt hob ich meine Hüfte und drängte mich gegen Mats' fordernde Lippen. Mein Unterleib pochte, und bei jeder Berührung fühlte es sich an, als ob Unmengen kleiner elektrischer Stöße durch meinen Körper zuckten.

Mats ließ kurz von mir ab und mir entfuhr ein enttäuschtes Wimmern.

»Immer mit der Ruhe, Mäuschen. Wir haben alle Zeit der Welt«, neckte Mats mich mit rauem Unterton in der Stimme.

Sein Kosename war immer noch ungewohnt, fühlte sich aber merkwürdig richtig an. Ich war nicht länger nur die Schwester seines Kumpels, ein nerviges Anhängsel. Nein, ich fühlte mich begehrt und gewollt. Und das wollte ich ihm zeigen.

Mutig richtete ich mich auf und drückte Mats' Kopf zurück zwischen meine Beine. Dabei entging mir sein überraschtes Glucksen nicht, zum Glück sparte er sich aber eine peinliche Bemerkung, denn die hätte mich wohl gleich wieder drei Meter auf der Selbstbewusstseinsskala nach hinten geschmissen.

Er hauchte mir federleichte Küsse auf meine empfindliche Mitte, was mich schier wahnsinnig machte, doch die Spannung, die sich in meinem Körper aufgebaut hatte, ließ sich dadurch nicht mindern.

Im Gegenteil. Ich wollte ihn, nein, ich brauchte ihn. Mehr von ihm.

»Oh bitte Mats, mach doch was dagegen«, keuchte ich, während ich mich unruhig in seinem Griff wand.

Endlich beendete Mats seine süße Folter, indem er seinen Finger zu Hilfe nahm und sanft entlang meines pochenden Lustzentrums strich. »Du bist so nass für mich«, raunte er und trieb mir damit doch wieder die Schamesröte ins Gesicht.

»Du bist so verflucht sexy und hast gar keine Ahnung, wie sehr du den Kerlen eigentlich den Kopf verdrehst.«

Ich kam nicht dazu, Mats zu widersprechen, denn in der gleichen Sekunde ließ er zwei Finger in mich gleiten.

Ich stöhnte auf und krallte mich mit einer Hand kopflos in das Laken, mit der anderen drückte ich Mats weiter in meinen Schritt. Das Zusammenspiel zwischen seiner Zunge, die er erbarmungslos weiter über mich tanzen ließ, und seiner rhythmisch in mich tauchenden Finger gab mir den

Rest. Alles in mir zog sich zusammen und entlud sich in der nächsten Sekunde in einem Feuerwerk aus Emotionen. Mein Körper zuckte unkontrolliert, und ich keuchte laut auf, als mich die Empfindungen überwältigten.

Mats strich noch einmal sanft mit seinem Finger über meine pulsierende Körpermitte und richtete sich dann über mir auf. Sein Blick huschte gierig über mich. Ich fühlte mich zwar einerseits völlig erledigt, anderseits befand ich mich immer noch in einem Rausch, in dem ich nicht genug von ihm bekommen konnte.

Ohne jede Scheu zog ich ihn am Nacken zu mir und ließ meine Zunge in seinen Mund gleiten. Mats knurrte und packte mich fester an der Hüfte.

Ich konnte mich selbst auf seiner Zunge schmecken, was mich noch mehr anmachte.

»Du machst mich so fertig.« Mats löste sich ein Stück von mir, um zu Atem zu kommen.

Flehend sah ich ihn an. »Bitte, mach jetzt keinen Rückzieher.«

Er unterbrach mich mit einem Kuss. »Ganz sicher werde ich das nicht. Ich muss nur mal kurz durchatmen, sonst ist die ganze Sache hier schneller vorbei, als uns beiden lieb ist.« Er deutete vielsagend auf seine ausgebeulte Boxershorts, grinste dabei aber so durchtrieben, dass ich ihm seine Worte nicht abnehmen konnte.

Aber es war nett, dass er versuchte, sich nicht ganz wie den Sexprofi hinzustellen, der er ja nun einmal war – im Gegensatz zu mir.

»Oh, ähm … oh ja, dann mach das mal«, entfuhr es mir peinlich berührt.

Mats grinste, nahm meine Hand und führte sie an seinen Schritt. Langsam streifte er seine Hose ab und beobachtete mich dabei.

Sein harter Penis sprang mir förmlich entgegen, und ich musste dem Impuls widerstehen, meine Hand nervös wegzuziehen.

Leise stieß ich die Luft aus. »Ich habe absolut keine Ahnung, wie ich damit umgehen soll«, gab ich zu.

Neben mir ertönte ein ersticktes Lachen. »Ich weiß, er ist wirklich groß, aber da kann ich nichts für, das …«

Lachend riss ich die Augen wieder auf. »Das meine ich doch nicht, du Idiot.«

Mats grinste. »Ich weiß.«

Immer noch lächelnd nahm er meine Hand und dirigierte sie an seinen Schaft. Mit seiner Hand über meiner zeigte er mir, wie ich sie bewegen sollte, dann nahm er seine weg und überließ mir die Führung.

Am Anfang war ich noch etwas zurückhaltender, aber an Mats' Reaktionen konnte ich gut ablesen, was ihm besonders gefiel. Ich hatte den Dreh schnell raus und griff beherzt zu, was Mats ein wohliges Seufzen entlockte.

»Siehst du, als hättest du nie etwas anderes gemacht«, murmelte er abgehackt und hauchte mir einen Kuss auf die Stirn.

Prompt wurde ich bei seinen Worten wieder rot.

Ich ignorierte sein amüsiertes Schmunzeln und konzentrierte mich auf meine Bewegungen. Ich umschloss ihn noch fester und strich sanft mit dem Daumen über seine Eichel.

Da zuckte Mats zusammen und griff nach meiner Hand. »Fuck, du machst das wirklich gut«, murmelte er leise und zog mich zu sich heran. Er küsste mich fordernd, dabei drückte er mich langsam zurück auf die Matratze.

In einer routinierten Bewegung griff er nach seiner Jeans und holte ein Kondom hervor.

Natürlich schleppte er die Dinger immer mit sich herum, was hatte ich denn anderes erwartet.

Mats beugte sich über mich. »So, letzte Chance«, raunte er an meinem Ohr. »Wenn du es willst, musst du es aussprechen.« Ein ernster Unterton schwang in seiner Stimme mit, den ich nicht ganz einordnen konnte.

Ich wusste, dass ich das hier mit ganzem Herzen wollte. Ob ich es hinterher bereuen würde, stand auf einem ganz anderen Blatt. Das war ganz von seinem Verhalten abhängig, aber das sagte ich ihm alles nicht.

Ich zog Mats zu mir herunter, um meine Nervosität mit einem Kuss zu verscheuchen.

Doch Mats löste sich viel zu schnell wieder von mir. »Sag es. Bitte, ich muss es hören, sonst kann ich das nicht machen.«

»Ich will, dass du mit mir schläfst, Mats«, murmelte ich also mit fester Stimme an seinem Mund. Er stöhnte bei meinen Worten auf und vergrub sein Gesicht an meinem Hals. Als wäre das noch nicht genug, sprach ich weiter: »Bitte, sei der Erste für mich.«

Und dann gab es kein Zurück mehr.

Mats griff mit einer schnellen Bewegung in meinen Nacken und zog mich an sich. Unsere Lippen trafen hart aufeinander. Er flüsterte meinen Namen, während er sich das Kondom überstreifte. Meine Nervosität war mit einem Mal wie weggeblasen. Das hier fühlte sich so richtig an.

Mats kniete sich zwischen mich und schob meine Beine sanft auseinander. Dann lehnte er sich über mich und positionierte sich an meinem Eingang. Er bewegte sich nicht, dafür gab er mir erneut einen langen Kuss, bei dem sich das Verlangen in meinem Unterkörper deutlich pochend bemerkbar machte.

Ich drängte mich ihm keuchend entgegen, konnte es nicht mehr abwarten. Mats hingegen schien alle Zeit der Welt zu haben. In aller Seelenruhe strich er mit seinen Händen über meinen Körper, verweilte an meinen Brüsten, knetete sie und zwirbelte meine Brustwarzen sanft.

Meine Gedanken wirbelten ungeordnet durcheinander und ich krallte mich kopflos in seinen Rücken. »Bitte, mach endlich«, brummte ich kehlig.

Es war mir lieber, es einfach hinter mich zu bringen, denn ich wusste sowieso, dass alle Vorbereitung der Welt nicht nutzen würde: Es würde so oder so wehtun. Ganz egal, wie sehr Mats sich bemühte.

Mats gab einen kehligen Laut von sich und umfasste erneut meinen Nacken. »Das wird gleich etwas wehtun.« Ein dunkler Ausdruck huschte durch seine Augen, während er mich intensiv musterte. »Soll ich es langsam machen oder willst du es schnell hinter dir haben?«

Ich schien tatsächlich eine Wahl zu haben, also entschied ich mich für das Naheliegendste. »Bitte, mach schnell«, raunte ich an seinem Ohr.

Mats gab ein kehliges Lachen von sich und streifte mich mit einem wissenden Lächeln.

Der hatte ja echt Nerven.

»Wieso nur habe ich das erwartet«, murmelte er leise, wirkte aber belustigt.

Doch dann umfasste er meine Oberschenkel mit einem festen Griff und kurzzeitig bekam ich es dann doch mit der Panik zu tun. Aber ein Blick von ihm reichte, um mich sofort zu entspannen.

Ich spürte seine Spitze an meinem Eingang, seine Augen suchten meine, und ehe ich mich versah, war Mats schon mit einem schnellen, harten Stoß in mir und hielt keuchend inne.

»Fuck«, murmelte er und drückte mir einen Kuss auf den Hals, während er sich sichtlich zurückhielt, um mir die Möglichkeit zu geben, mich an ihn zu gewöhnen.

Aber das brauchte es gar nicht. Ich wartete auf den Schmerz, denn es hatte lediglich kurz gebrannt. Sollte es das etwa schon gewesen sein? Das hatte ich mir in meiner Vorstellung deutlich schmerzhafter ausgemalt. Irritiert kniff ich die Augenbrauen zusammen und wartete, ob sich der Schmerz noch einstellte, aber ich spürte lediglich meinen wild pochenden Unterleib, der förmlich nach mehr schrie.

»Paula«, murmelte Mats leise an meinem Hals. »Sag doch bitte was. Ist alles okay bei dir?«

Brummend verstärkte ich meinen Griff an seinem Rücken. »Nun mach schon«, murmelte ich wie von Sinnen und versuchte, meine Hüfte unter ihm zu bewegen, was sich als gar nicht so leicht herausstellte.

Ein überraschter Ausdruck legte sich auf sein Gesicht,

und dann endlich bewegte er sich vorsichtig in mir. Er nahm seine Augen nicht von mir und beobachtete jede meiner Regungen genau.

»Es tut nicht weh«, beteuerte ich heiser.

Meine Worte schienen ihn zu überzeugen. Er zog sich aus mir zurück und winkelte meine Knie an, dann stieß er wieder in mich. Der andere Winkel ließ mich ihn noch viel intensiver spüren und ich seufzte überwältigt auf. Mats nahm mich vollständig ein und dieses Gefühl beherrschte mich. Seine Finger fanden ihren Weg zurück zu meiner pulsierenden Mitte, und er rieb in sanften, kreisenden Bewegungen über mich, während er rhythmisch in mich stieß. Sein Penis füllte mich aus und seine Hand an meinem empfindlichsten Punkt trieb mich immer höher.

Wie konnte ich so lange kein Interesse daran haben? Durch Mats erwachte ein Teil in mir, der bisher nur ganz versteckt unter der Oberfläche geschlummert hatte. Meine Sexualität war etwas, das ich bisher nur in meinen Fantasien und in meinen Büchern erlebt hatte. Noch nie hatte ich das Bedürfnis gehabt, sie aktiv selbst zu entdecken. Weil mir dazu einfach immer der passende Mann gefehlt hatte. Dafür gab es jetzt kein Halten mehr.

Ich stöhnte auf, als Mats meine Knie noch weiter hochdrückte und den Winkel meines Beckens so abermals veränderte. Seine Stöße wurden härter und den Punkt, den er nun in mir erreichte, löste Empfindungen in mir aus, die ich nicht im Entferntesten beschreiben konnte.

Stöhnend warf ich meinen Kopf in den Nacken und krallte mich in Mats' Rücken. Er keuchte kehlig auf und bedachte mich mit einem dunklen Blick, als er wieder und wieder in mich stieß.

»Oh, hör jetzt bloß nicht auf«, brachte ich stockend hervor und biss stärker, als ich vorgehabt hatte, in seinen Hals.

Er umfasste meinen Nacken und ich gab mich seinem festen Griff nur zu gern hin.

»Lass es zu«, raunte er, während er seine Bewegungen

noch weiter intensivierte und mich mit seinem einnehmenden Blick gefangen hielt.

Und das reichte aus. Mit dem nächsten Stoß zog sich alles in mir zusammen, und ich seufzte zufrieden auf, als sich das wohlige Kribbeln in einem Schwall in meinem Körper ausbreitete. Auch Mats stöhnte tief, dann verkrampfte er sich über mir und lehnte seine Stirn erschöpft an meine. Ich murmelte immer wieder seinen Namen, während der Rausch ganz langsam abebbte und ein wohliges, zutiefst erfülltes Gefühl in mir hinterließ.

Mats zog sich vorsichtig aus mir zurück, entsorgte das Kondom und war dann wieder neben mir.

In einer liebevollen Geste zog er mich in seinen Arm und bettete meinen Kopf auf seiner Brust. »Alles in Ordnung?«, fragte er leise, während seine Hand über meinen Rücken strich.

»Mehr als das.«

Mats brummte zufrieden und stupste mir lächelnd auf die Nase, bevor er mich noch fester an sich zog.

Ich fühlte mich so geborgen und zufrieden, dass ich ihn schon nach wenigen Minuten nur noch schläfrig anblinzeln konnte.

»Schlaf ruhig, ich bleibe bei dir«, sagte er so sanft, dass ich mich nicht länger dagegen wehren wollte.

Ich erwachte, als mich etwas an der Schläfe kitzelte. Brummend versuchte ich, den Störenfried mit der Hand zu verjagen, stieß jedoch nur auf etwas Warmes, Weiches. Ein kehliges Lachen weckte mich vollends, und mit einem Mal wusste ich wieder, wo ich war und was gestern passiert war. Nervös schlug ich die Augen auf und blickte direkt in die grünen, fröhlich funkelnden Augen von Mats.

Sein Anblick jagte mir einen Schauer durch den Körper. Er lag neben mir im Bett und hatte sich auf seinem Ellenbogen aufgestützt, um mich zu betrachten.

»Du schlägst sogar im Schlaf nach mir«, beschwerte er sich glucksend.

»Oh, das ist wohl die Gewohnheit.« Ich klimperte kokett mit den Wimpern, was Mats erneut ein Lachen entlockte.

Träge lehnte er sich zu mir und hauchte mir einen Kuss auf die Stirn. »Wenn du heute pünktlich im Büro sein willst, solltest du langsam aufstehen.«

Oh nein. Das hatte ich ja total verdrängt. »Wie spät ist es denn?«

»Halb sieben. Du kannst dich in Ruhe fertig machen, dann mache ich in der Zeit Frühstück. Und dann können wir zusammen ins Büro fahren, ich muss heute sowieso noch einiges mit Jan besprechen.«

Die Aussicht gefiel mir. Schnell schlüpfte ich unter der Bettdecke hervor und erstarrte, als ich registrierte, dass ich immer noch nackt war. Als Mats meinen peinlich berührten Blick wahrnahm, legte sich sein typisches Grinsen auf sein Gesicht.

Er griff nach meiner Hand und zog mich zurück aufs Bett. »Hör mal, ich will nicht, dass du dich in meiner Nähe wegen irgendetwas unwohl fühlst«, sagte er mit rauer Stimme. Er deutete auf meinen Körper. »Und schon gar nicht deswegen.«

Ich lächelte verlegen. »Das ist nur einfach so ungewohnt für mich«, gab ich leise zu.

Mats brummte leise. »Glaub mir, das ist es für mich auch.«

Ich dachte an seine Worte von gestern Abend und hob vielsagend eine Augenbraue. »Ja, genau. Du wirst doch die Damen danach noch mal nackt gesehen haben.«

Es war ja nett, dass er sich mit mir auf eine Ebene bringen wollte, aber das kaufte ich ihm nun wirklich nicht ab.

Mats legte grinsend den Kopf schief. »Ich hab dir doch gestern erzählt, wie das normalerweise läuft. Nach dem Sex bin ich weg, so einfach ist das. Und übrigens gab es gestern auch eine Premiere für mich, Paula, auch wenn du dir das nicht vorstellen kannst.«

Ich grinste und Mats sah mich beleidigt an.

»Sorry«, murmelte ich und griff nach seiner Hand. »Dann gab es eigentlich ja sogar zwei Premieren, oder? Du hast die Nacht mit mir hier verbracht und was war es noch?«

Mats verschränkte seine Finger mit meinen und nickte. »Einmal das, und es war das erste Mal, dass ich mich dafür ausgezogen habe.« Er grinste über meinen verdatterten Gesichtsausdruck. »Ich sagte dir doch, dass das mit mir normalerweise eine recht lieblose Angelegenheit ist.« Er stupste mir auf die Nase und grinste über meinen verwirrten Gesichtsausdruck. »Wenn ich ein bestimmtes Körperteil freilege, reicht das im Allgemeinen.«

Bei seinen Worten sah ich unsere gemeinsame Nacht plötzlich in einem ganz anderen Licht. Ich mochte zwar eine von vielen Frauen auf Mats' Liste sein, aber unsere gemeinsamen Erfahrungen unterschieden sich doch sehr von den anderen. Und diese Erkenntnis löste ein zufriedenes Gefühl in mir aus.

Mats hatte nicht zu viel versprochen. Als ich aus dem Bad kam, erwartete er mich mit Kaffee und frischen Brötchen.

»Wann hast du die denn geholt?«

Mats schob mich auf einen Stuhl und reichte mir einen dampfenden Kaffeebecher. »Ich hab mal gehört, Frauen brauchen ewig im Bad, da habe ich eben schnell die Chance genutzt, als du unter der Dusche warst.« Er lächelte und reichte mir die Tüte. »War ja erfolgreich. Obwohl ich dir allerdings am liebsten Gesellschaft geleistet hätte.« Er streifte mich mit einem anzüglichen Grinsen und ich wurde natürlich wieder rot. Mats lehnte sich amüsiert auf seinem Stuhl zurück und beobachtete mich. »Nach all den Sachen, die du gestern getan hast, bringt dich so ein Spruch immer noch aus dem Konzept. Das ist schon irgendwie niedlich.«

Ich vergrub mein Gesicht in der Kaffeetasse. Er hatte ja recht, es war wirklich merkwürdig. Aber wenn wir so mit einigem Abstand zueinander dasaßen, konnte ich meine Gedanken halbwegs gut beieinanderhalten. Gestern Nacht hatte das ganz anders ausgesehen. Bei der Erinnerung daran, wie ich ihn stöhnend angebettelt hatte, errötete ich nur noch mehr.

Mats grinste wissend. »Verrätst du mir, woran du gerade denkst?«

Ich schnaubte leise in meine Tasse und wich seinem Blick aus. »Lieber nicht.«

Mats gab ein tiefes Lachen von sich, beließ es dann aber dabei.

Auf dem Weg zur Arbeit überkam mich wieder ein mulmiges Gefühl. Ich hatte absolut keine Ahnung, wie wir jetzt miteinander umgehen sollten. Mats deutete mein Schweigen und mein nervöses Händekneten wohl richtig. Er legte mir beruhigend eine Hand auf den Oberschenkel.

Kurz bevor wir das Bürogebäude erreichten, griff er nach meiner Hand, und ich war viel zu perplex, um etwas dagegen zu sagen. Als wir aber durch die Tür traten und Lisa ihre Begrüßung im Hals stecken blieb, als ihr Blick auf unsere verschränkten Finger fiel, wurde ich wieder unruhig und sah Mats fragend an.

Ihm schien das alles gar keine Sorgen zu bereiten. In alter Mats-Charme-Manier warf er Lisa ein hinreißendes Grinsen zu und marschierte weiter, als wäre es das Normalste der Welt.

Im Flur lief uns Jan über den Weg, der gerade aus dem Büro von Herrn Vogt trat. Er begrüßte uns wie immer mit einem freundlichen Nicken und war schon fast an uns vorbei, als er innehielt und sich mit überraschter Miene zu uns umdrehte. »Ich muss sagen, das irritiert mich jetzt ein wenig. Ich dachte, ihr beiden könnt euch nicht riechen.«

Ich senkte beschämt den Blick auf den Boden, aber Mats konterte lässig wie eh und je: »Manchmal liegen zwei gegensätzliche Gefühle sehr nah beieinander.« Er grinste Jan schief an, der geistig schon wieder in seiner Tagesordnung zu sein schien.

»Na, wie dem auch sei, ich find das gut, ihr beiden gebt ein hübsches Paar ab. Und von Paula kannst du sicher noch eine Menge lernen.« Jan sah auf seine Uhr und zwinkerte

Mats zu. »Beim Thema Pünktlichkeit hast du ja schon von ihr gelernt.«

Mats hüstelte und warf mir einen Seitenblick zu, der mich ertappt grinsen ließ. Hätte er mich nicht geweckt, würde ich jetzt wahrscheinlich noch immer schlafen.

Nach der Nacht.

»Ein paar Termine habe ich noch, aber gegen elf Uhr können wir dann anfangen.«

Dann wandte er sich direkt an mich. »Wir besprechen heute alles, was noch bis zur Veröffentlichung ansteht. Da kannst du gerne mit dazukommen, Paula. So wie die Dinge jetzt stehen, denke ich nicht, dass Mats damit noch ein Problem haben wird.« Er lachte und klopfte Mats beim Vorbeigehen auf die Schulter.

»Gott, ist das peinlich«, murmelte ich leise, aber auf meinem Gesicht breitete sich ein Lächeln aus.

Mats zog mich eng an sich und drückte mir einen flüchtigen Kuss auf die Schläfe. »Eigentlich hast du es ja nur mir zu verdanken, dass du heute pünktlich gekommen bist. Freundlich, wie ich bin, habe ich Jan mal in dem Glauben gelassen, dass es umgekehrt war.«

Ich lachte und griff nach seiner Hand. »Wie gütig von dir.«

Bis zu dem Termin setzte sich Mats mit in mein Büro, und obwohl er mich in Ruhe arbeiten ließ, hielt seine bloße Anwesenheit mich davon ab, irgendetwas Vernünftiges auf die Beine zu stellen. Er erwischte mich regelmäßig, wie ich zu ihm herüberschielte, und sein wissender Blick trieb mir des Öfteren die Röte ins Gesicht. Wie gut, dass meine Kollegen für so etwas keine Augen hatten.

Auch im Besprechungsraum lief es ähnlich ab. Mats griff unter dem Tisch nach meiner Hand, was Jan allerdings bemerkte. Das Ganze war mir unendlich unangenehm, obwohl Jan es lediglich mit einem Grinsen abtat. Bei längeren Monologen von Jan warf mir Mats eindeutige Blicke zu, die dafür sorgten, dass ich mindestens die Hälfte der gesamten

Themen nicht mehr zusammenbekam, als wir am Nachmittag in die Sonnenstrahlen heraustraten.

Als wir außer Hörweite waren, lehnte ich geschafft meine Stirn an Mats' Schulter und stieß ein tiefes Seufzen aus. »Du bist so peinlich«, schimpfte ich leise.

Mats lachte. »Ach, hab dich doch nicht so, das hat doch niemanden gestört.«

Ich machte mich von ihm los und griff stattdessen nach seiner Hand. »Doch, mich. Ich habe nämlich alles Wichtige verpasst, weil du mich immer wieder abgelenkt hast.«

»Ah, ist das so, ja? Ich lenke dich nämlich gern ab.« Er grinste und drückte mir einen Kuss auf die Wange. »Du wirst dann hier nämlich immer so rot.« Er strich mit einem Finger sanft über meinen Kiefer und senkte seinen Blick bedeutungsvoll auf mich. »Und dann muss ich daran denken, wie du dir vorstellst, was wir gestern alles so gemacht haben, und dann …« Weiter kam er nicht, denn ich schlug ihm sachte gegen die Brust.

»Nicht so laut«, zischte ich und sah mich panisch um, ob jemand Mats' Worte gehört hatte. Doch die Leute um uns herum schenkten uns keinerlei Beachtung.

Mats lachte leise. »Es ist wirklich putzig, wie verklemmt du bist …« Ich rollte mit den Augen und gab ihm noch einen Klaps, aber Mats fing meine Hand auf und drückte schnell einen Kuss darauf. »…wenn wir darüber reden«, fügte er schelmisch hinzu. Er senkte seine Stimme und beugte sich an mein Ohr. »Gestern hatte ich da einen ganz anderen Eindruck von dir.« Er lachte und wich meiner Hand aus, die sich schon wieder selbstständig gemacht hatte. »Ist ja gut, tut mir leid«, wiegelte er ab. In seinem Blick konnte ich erkennen, dass er wahnsinnig viel Spaß daran hatte, mich damit aufzuziehen.

Und weil er so glücklich aussah, seufzte ich nur und gab lächelnd klein bei.

Zu meiner Enttäuschung brachte mich Mats auf direktem Weg nach Hause. Er erklärte, dass er noch arbeiten müsse und erst wieder am Mittwoch Zeit für mich habe.

»Kannst du dich nicht heute Abend einfach in mein Zimmer schleichen?«, schlug ich trotzig vor und sah ihn hoffnungsvoll an.

Mats lachte mich aus und schüttelte vehement den Kopf. »Ich bin nun wirklich nicht der Typ aus deinen Liebesromanen«, zog er mich auf und stupste mich mit seinem Finger in die Seite. »Das solltest du mittlerweile doch wirklich erkannt haben.«

Zur Antwort kräuselte ich meine Stirn und schüttelte den Kopf. »Eigentlich habe ich sogar den Eindruck, dass du einen ganz hervorragenden Protagonisten abgeben würdest.« Obwohl Mats mich spöttisch ansah, tippte ich ihm mahnend gegen die Brust. »Du verkennst dein Potenzial.«

Er sah zwar immer noch nicht überzeugt aus, nickte aber schließlich ergeben. »Na, wenn du meinst.«

Bei unserem Abschiedskuss konnte ich mich wieder nicht zurückhalten, sodass Mats regelrecht die Reißleine ziehen musste.

»Du legst es wirklich drauf an«, knurrte er an meinem Hals, »aber Autosex ist nur in Filmen und Büchern wirklich gut.«

Ich grinste anzüglich und küsste ihn auf die Wange. »Davon muss ich mich beizeiten wohl selbst überzeugen.«

Grinsend gab Mats mir einen kleinen Klaps auf den Po. »Mach bloß, dass du aus meinem Auto rauskommst, sonst kommen diese Zeiten früher, als dir lieb ist.«

Lachend öffnete ich die Tür. »Jaja, ist ja schon gut. Wir sehen uns dann Mittwoch.« Ich winkte und sah ihm nach, wie er wendete und davonbrauste.

Als ich mich umdrehte, um zu unserer Straße zu laufen, stand ich plötzlich meinem aufgebracht aussehenden Bruder gegenüber.

Fuck.

Ach verdammt, jetzt nutzte ich schon dieselben Ausdrücke wie Mats.

Ich musterte Robin mit klopfendem Herzen. Wie viel hatte er mitbekommen?

»War das Mats?« Robins Stimme klang eisig.

Lügen war hier wohl zwecklos.

Also nickte ich. »Ja, das war er.« Ich stiefelte an ihm vorbei, aber Robin ließ sich nicht abhängen.

»Kann es sein, dass du in letzter Zeit sehr viel Zeit mit ihm verbringst?«

Seine Frage klang eher wie eine Feststellung, und die passte ihm offensichtlich so gar nicht.

»Ich arbeite mit ihm zusammen, Rob. Finde dich damit ab. Und wir haben nun mal den gleichen Weg, es ist doch wirklich nett von ihm, wenn er mich da manchmal mitnimmt. Da ist doch nichts dabei.«

Mein Bruder gab ein knurrendes Geräusch von sich. »Mats ist nicht nett, Paula. Das versuche ich dir seit Wochen klarzumachen und du interessierst dich einen Scheiß dafür.«

Ich blieb so urplötzlich stehen, dass Robin fast in mich hineinlief.

»Hör mir mal zu«, knurrte ich zurück. »Mats ist sehr wohl nett zu mir. Ich weiß immer noch nicht, was zwischen euch vorgefallen ist, aber mit mir hat das in keinster Weise etwas zu tun. Also haltet mich da einfach raus, verstanden?«

Ich setzte mich wieder in Bewegung, doch Robin hielt mich am Arm fest.

»Was soll das denn jetzt?« Entgeistert starrte ich ihn an und riss meinen Arm zurück.

»Du ahnst gar nicht, wie viel das mit dir zu tun haben könnte.«

Auf dieses Spielchen hatte ich keine Lust mehr. »Nein, das weiß ich tatsächlich nicht. Aber es interessiert mich auch nicht. Entweder ihr sagt mir endlich, was Sache ist, oder ich tue das, was ich für richtig halte.«

Robin sah mich mitleidig an. »Wenn du wüsstest, was du da sagst. Es ist mir ein Rätsel, wie Mats es immer schafft, die Frauen reihenweise in seinen Bann zu ziehen. Bitte, lass dich darauf nicht ein. Er wird dir nur wehtun.«

Ich schnaubte leise und widerstand der Versuchung, ihm zu sagen, dass es dafür schon zu spät war.

Stattdessen atmete ich einmal durch und bemühte mich dann um einen milderen Blick.

Ich legte Robin meine Hand auf den Arm und sah ihn fest an. »Ich finde es süß, dass du dir Sorgen um mich machst. Aber ich bin schon groß, ich kann allein auf mich aufpassen. Und wenn mich ein Arbeitskollege nach Hause bringen will, weil das quasi auf dem Weg liegt, dann ist das meine eigene Entscheidung, ob ich das annehme oder nicht.« Ich setzte mich wieder in Bewegung, aber Robin war noch nicht fertig.

»Okay«, lenkte er leise ein. »Aber bitte pass auf dich auf, und denk an meine Worte, wenn er versucht, bei dir zu landen. Er ist nicht gut für dich.«

Ich seufzte und nickte. »Ich werde daran denken, sollte er jemals Anstalten dazu machen.« Das war ja nur indirekt eine Lüge, redete ich mir meine Aussage schön.

Meine Mutter werkelte im Garten, und ich gesellte mich zu ihr, um einer weiteren Inquisition meines Bruders zu entgehen.

Sie unterbrach ihre Arbeit und kam zu mir, um mir einen Kuss auf die Stirn zu drücken. »Na, wie war die Arbeit? War es schön gestern?«

»Ähm, ja, sehr schön«, räumte ich schnell ein. »Und im Büro war sehr viel los heute. Ein Buchprojekt steht kurz vor der Veröffentlichung, da mussten noch einige Prozesse abgeschlossen werden. Das ist wirklich spannend.« Ich dachte an die Blicke, die Mats mir heute während der Besprechung zugeworfen hatte, und spürte, wie sich meine Wangen verfärbten.

Belustigt schmunzelte sie. »Es ist wirklich bewundernswert, wie sehr du in deiner Arbeit aufgehst, Schatz. Du wirst einmal viel erreichen, da bin ich mir sicher.«

Ich lachte ertappt.

Am Abend schrieb ich kurz mit Franzi, allerdings konnte ich ihr nicht von Mats berichten, da Robin bei ihr war.

Wieso hatte ich es bloß für eine gute Idee gehalten, dass die beiden ein gutes Pärchen abgeben würden? Ich haderte mit mir, ob ich meiner besten Freundin überhaupt von Mats erzählen durfte oder ob sie es nicht irgendwann über kurz oder lang alles an meinen Bruder weitertragen würde. Das war wirklich Mist. Ich hatte das Bedürfnis, mit irgendwem über das Geschehene zu reden, doch meine Freundinnen fielen aus diversen Gründen aus. Meine Eltern selbstredend sowieso. Also blieb nur der, der dabei gewesen war. Kurzerhand schrieb ich Mats eine Nachricht.

Ich muss immer wieder an gestern denken ...

Mit jeder Minute, die verstrich, klopfte mein Herz ein wenig schneller. Doch ich bekam keine Antwort. Blöder Kerl, dachte ich missmutig und stapfte ins Bad, um mich bettfertig zu machen. Als ich wiederkam und nervös auf mein Handy sah, spürte ich einen Stich, als das Display unverändert aufleuchtete. Seufzend legte ich es auf meinen Nachttisch und kuschelte mich in mein Kissen. Er hatte gesagt, dass er nicht viel Zeit haben würde, rief ich mir in Erinnerung. Trotzdem konnte ich nichts gegen die aufkeimende Enttäuschung tun.

Als ich gerade am Einschlafen war, vibrierte etwas neben mir. Ich brauchte eine Weile, um zu verstehen, dass es mein Handy war.

Mit einem Mal war ich hellwach und griff aufgeregt danach. Mats' Name leuchtete auf, während das Gerät ungerührt weiter summte. Mit klopfendem Herzen nahm ich den Anruf an. »Hey«, murmelte ich mit kratziger Stimme.

»Hast du schon geschlafen?«, fragte Mats mit seiner gewohnt lässigen Art.

Ich schielte auf meine Uhr. Kurz nach elf.

»Schon ist gut«, sagte ich leise. »Ich muss morgen früh raus.«

»Stimmt, da war ja was«, entgegnete Mats genauso leise. »Sorry fürs Wecken, aber ich habe gerade erst deine Nachricht gesehen und die kann ich nicht so einfach unbeantwortet lassen.« Seine Stimme nahm einen rauen Ton an und ich konnte mir sein Grinsen bildlich vorstellen.

Plötzlich kam mir meine Nachricht an ihn schrecklich albern vor.

»Ich wollte dich nicht bei der Arbeit stören.«

Im Hintergrund hörte ich Stimmen, die immer lauter wurden, jemand lachte, dann wurden sie wieder leise. Mats wechselte wohl den Raum.

»Sorry, hier ist grad viel los«, erklärte er knapp.

»Wo arbeitest du denn eigentlich?«, hakte ich nach. »Das wollte ich dich schon die ganze Zeit mal fragen.«

Aber Mats wich meiner Frage aus. »Ach, das ist etwas komplizierter. Kann ich dir mal in Ruhe erklären.« Er klang nicht so, als ob er seine Worte ernst meinte.

Ich runzelte die Stirn. Wieso machte er denn auch daraus bloß so ein Geheimnis?

»Jetzt sag nicht, dass du im Puff oder so arbeitest«, neckte ich ihn.

Mats gab ein leises Lachen von sich, dessen Klang mein Herz hüpfen ließ. »Was du immer von mir denkst. Nein, ich arbeite nicht im Puff.«

Ich war zwar etwas beruhigt, aber der Nachgeschmack blieb. Wenn es so harmlos wäre, könnte er es mir ja auch einfach verraten.

»Was denkst du über gestern denn so?«, spielte Mats mit rauer Stimme auf meine Nachricht an.

Ich räusperte mich leise, um Zeit zu gewinnen, was Mats ein wissendes Lachen entlockte.

»Ich denke, dass es da eventuell Wiederholungsbedarf geben könnte«, wisperte ich leise.

Mats lachte kehlig auf. »Paula, flirtest du etwa mit mir?«

Ich grinste in mein Handy. »Kann schon sein.«

Mats gab ein belustigtes Grummeln von sich. »Das lässt sich bestimmt einrichten.«

Oh Gott. »Wirklich?«, hakte ich mit zittriger Stimme nach.

Mit einem Mal klang Mats ganz ernst. »Hör auf, dir

solche Gedanken zu machen. Ich habe nicht vor, dich morgen einfach stehen zu lassen.«

Beruhigt atmete ich aus. Diese Angst hatte sich tatsächlich ziemlich tief in meinen Kopf eingegraben. Was ja auch kein Wunder war – wenn alle Welt einem das eintrichtern wollte.

»Ganz im Gegenteil«, sagte Mats schließlich. »Als ich eben deine Nachricht gelesen habe, war ich kurz versucht, deinen vergötterten Romanhelden zu spielen und heute Nacht durch dein Fenster zu klettern, um dir diesen Wunsch zu erfüllen.«

Ich wusste, dass er das im Scherz gesagt hatte, trotzdem seufzte ich auf. »Kannst du das nicht einfach machen?«

Mats lachte wieder, diesmal etwas lauter. »Ich muss jetzt wieder runter. Wir sehen uns am Mittwoch. Und Paula, wenn du es bis dahin nicht aushalten kannst, dann denk währenddessen doch an mich.«

Ich brauchte eine Sekunde, um zu verstehen, was er damit andeuten wollte. »Boah, Mats, du bist wirklich unmöglich, habe ich dir das schon mal gesagt? So was mache ich nicht, ich ...«

Mats schnitt mir lachend das Wort ab. »Schon gut, schon gut. Lass mich dich doch aufziehen. Ich liebe die Vorstellung, wie du jetzt verschämt mit deinen roten Wangen in deinem Bett liegst.« Er machte eine kurze Pause. »Vielleicht rufe ich mir das Bild von dir in Erinnerung, wenn ich es mir nachher besorge.«

Seine Stimme klang anzüglich, und ich wusste, dass er mich nur ärgern wollte, doch ich bekam trotzdem einen hochroten Kopf, während er anfing zu lachen. Es war ein gelöstes, ehrliches Lachen, und so konnte ich gar nicht anders, als auch zu lachen.

FÜNFUNDZWANZIG

Am Mittwochmorgen stand ich unschlüssig vor meinem Kleiderschrank. Mats hatte sich nur einmal kurz zu unserem Treffen geäußert, und nur, um mir dann zu sagen, dass ich mich überraschen lassen solle. Damit konnte ich nicht viel anfangen. Da es aber immer noch brütend heiß war, entschied ich mich für ein schlichtes, aber süßes Sommerkleid. Vielleicht war es einen Tick zu kurz fürs Büro, ich entschied aber, über diesen Umstand großzügig hinwegzusehen.

Die Stunden vergingen quälend langsam und ich schaute immer wieder auf die große Uhr an der Wand gegenüber meinem Schreibtisch. Ich wollte gerade eine Nachricht an Mats tippen, als der mit lässigem Blick in mein Büro geschlendert kam.

Überrascht sah ich auf. »Hast du heute doch noch was mit Jan zu besprechen?«, fragte ich ihn überrumpelt, bevor ich in Erwägung zog, ihn zu begrüßen.

Mats ließ sich auf der Ecke meines Tisches nieder und verschränkte die Arme vor der Brust. Ich konnte nicht vermeiden, dass ich sie einen Moment zu lange bewunderte.

Mats grinste, als er meinen Blick bemerkte. »Soweit ich weiß, sind wir heute verabredet.« Er deutete auf sich und dann auf mich. »Ich komme dich abholen.«

»Oh.« Schnell schob ich meine Unterlagen auf einen unsauberen Haufen zusammen und sprang auf. »Warum hast du mir das nicht einfach gesagt? Ich rätsle schon die ganze Zeit, ob ich nachher zu dir fahren soll, ob wir uns irgendwo treffen oder was auch immer.«

Mats lachte und zog mich an meiner Hüfte zu sich. Alarmiert riss ich die Augen auf und deutete mit meinen Augen warnend auf meine Kollegen.

Mats drückte mir einen scheuen Kuss auf den Mund. »Das wird doch wohl erlaubt sein.«

Hand in Hand verließen wir das Büro, was mir wieder einen höchst neidischen Blick von Lisa einbrachte.

Im Auto ließ ich meinem Unmut dann freien Lauf. »Ich glaube, Lisa hasst mich jetzt«, presste ich hervor. »Sie steht voll auf dich und ist jetzt bestimmt sauer auf mich, weil ich schon zum zweiten Mal mit dir das Büro verlassen habe.«

»Ach, tatsächlich? Das ist mir gar nicht aufgefallen.«

Ich sah ihn stirnrunzelnd an und behielt recht, denn sein zuckender Mundwinkel sagte mir etwas anderes. »Natürlich wusstest du das«, stellte ich beleidigt fest.

Mats grinste immer noch. »Na gut, ja, das war recht eindeutig. Früher wär ich vielleicht sogar auf ihre Sprüche eingestiegen.« Er zuckte mit den Achseln. »Aber so lässt sie mich jetzt wenigstens in Ruhe.«

»Du benutzt mich also, um sie dir vom Hals zu halten?«

Mats legte mir seine Hand auf den Oberschenkel und ich seufzte gespielt auf. Ich schob meine Hand unter seine und verschränkte sie miteinander.

»Du musst das ganz anders betrachten«, erklärte Mats dann weiter. »Ich mache das ja immerhin, weil ich kein Interesse an ihr habe, und der Grund dafür bist nun einmal du.«

Seine Worte klangen lapidar dahingesagt, aber ich verstand den tieferen Sinn dahinter durchaus.

»Das war ja jetzt so was wie eine Zuneigungsbekundung«, stellte ich fest.

Mats brummte amüsiert etwas Unverständliches und streifte mich mit einem Seitenblick. »Nenn es, wie du willst.«

Zufrieden lächelte ich und beobachtete die vorbeiziehende Landschaft.

»Wenn ich jetzt frage, verrätst du mir sicherlich immer noch nicht, was wir machen, richtig?«

Mats nickte. »Gut erkannt. Nur so viel: Wir haben heute ein Date.« Er grinste mich nur kurz von der Seite an.

Ich hob überrascht die Augenbrauen. »Du und ein Date? Das geht?«

Er schmunzelte und drückte kurz meine Hand. »Mit dir geht so einiges, habe ich das Gefühl.«

Bei seinen Worten machte mein Herz einen Satz. Ich hatte keine Ahnung, wohin das alles mit Mats führen würde, und ich wollte die gute Stimmung nicht kaputtmachen, indem ich ihn jetzt danach fragte. Trotzdem wusste ich tief in mir, dass wir nicht ewig so weitermachen konnten.

Mats nahm eine Autobahnabfahrt früher als normalerweise und ich sah irritiert nach draußen. »Wo willst du denn mit mir hin? Hier ist doch nichts?«

Tatsächlich fuhren wir nun auf einer unbefestigten Straße geradewegs in ein Industriegebiet. Mats grinste schelmisch, aber ging nicht auf meine Frage ein. Hinter der nächsten Kurve ging mir dann ein Licht auf.

Ein großes Schild wies uns den Weg zur Kasse. Ich riss freudig die Augen auf und klatschte aufgeregt in die Hände. »Wir fahren ins Autokino?«

»Warte mal ab, bis du erst siehst, welcher Film da heute läuft«, murmelte Mats belustigt.

Da wir sehr früh dort waren, hatten wir bei den Plätzen freie Auswahl und Mats parkte in der hintersten Reihe.

»Dann können wir ungestört knutschen«, erklärte er mir mit einem spitzbübischen Grinsen.

Ich verdrehte lachend die Augen, obwohl mir der Gedanke gefiel.

Langsam füllte sich der Parkplatz immer mehr, und kurz vor Filmbeginn ging ich noch einmal auf die Toilette und Mats besorgte uns in der Zeit Popcorn. Wann immer wir an Schildern vorbeikamen, an denen der heutige Film angekündigt wurde, hielt er mir die Augen zu und so saß ich gespannt bei Filmbeginn im Auto und starrte auf die Leinwand.

Mats gluckste neben mir und griff nach meiner Hand. »Ich kann nicht glauben, dass ich das wirklich tue.«

Ich warf ihm einen skeptischen Seitenblick zu. In dem Moment begann der Film. Ich erkannte ihn sofort.

»Du guckst freiwillig mit mir Twilight?«, quietschte ich laut.

Natürlich konnte er nicht wissen, dass die Bücher und Filme zu meinen Favoriten gehörten. Irgendwie passte es aber zu ihm, dass er sich das denken konnte.

Mats lachte und wirkte von sich überzeugt. »Ich wusste doch, dass ich damit ins Schwarze treffe. Dass ihr Frauen immer auf solchen Schund stehen müsst.« Er machte ein ungläubiges Geräusch und sah wieder zur Leinwand.

Ich drückte ihm schnell einen Kuss auf die Wange und kuschelte mich dann, so gut es im Auto eben möglich war, an ihn.

Da ich den Film schon mehrfach gesehen hatte, nahm ich es Mats nicht übel, dass er während des ganzen Films nicht die Klappe halten konnte. Er kommentierte fast jede Szene, machte sich mal über den Hauptdarsteller lustig oder formulierte spontan einige Dialoge um.

Ich kam aus dem Lachen nicht mehr heraus oder funkelte Mats böse an, wenn er besonders schöne Szenen verunstaltete.

Als es im Film zwischen Bella und Edward endlich ernst wurde, zog mich Mats an sich und murmelte in mein Ohr: »Das können wir beide aber besser.« Und dann küsste er mich in einer Intensität, die alles andere verblassen ließ.

Als der Film zu Ende war, atmete Mats erleichtert auf. »Ich habe noch nie einen so schlechten Film gesehen«, behauptete er, doch in seinem Blick lag ein belustigtes Funkeln.

»Danke, dass du dir das für mich angetan hast.« Ich gab ihm einen keuschen Kuss auf die Wange. »Das weiß ich wirklich zu schätzen. Und deine Version hat mir wirklich gut gefallen.«

Mats nickte wissend. »Vielleicht sollte ich auch noch ins Filmgeschäft einsteigen.«

Ich grinste ihn amüsiert an. »Gibt es etwas, was du nicht kannst? Bücher schreiben, Singen, Filme machen? Was kommt als Nächstes?«

Mats zog ein Gesicht, als würde er ernsthaft nachdenken. »Nein, ich denke, es gibt nichts, was ich nicht kann.« Sein Grinsen im Gesicht war eindeutig.

Ich prustete hinter vorgehaltener Hand los und schüttelte den Kopf. »Du alter Angeber. Wenn du meinst, dass du die Mädels mit diesem Getue locken kannst, hast du dich aber getäuscht.«

Mats legte lässig den Arm über meine Lehne und beugte sich zu mir. »Bist du dir sicher? Ich habe eigentlich schon den Eindruck, dass ich bei dir mit meiner Masche sehr gut ankomme.« Zweideutig grinste er mich an.

Ich konnte mir das Lachen nicht verkneifen. Wenn Mats in dieser Stimmung war, fühlte sich alles mit ihm so leicht an.

Wir warteten, bis die anderen Autos vor uns losfuhren, und waren dann die Letzten, die vom Parkplatz rollten.

»Fährst du mich jetzt nach Hause?« Ich sah Mats nervös an und ihm schien mein Unterton in der Stimme nicht entgangen zu sein.

»Das hatte ich vor, ja«, sagte er. »Du musst schließlich morgen wieder ins Büro und ich will ja kein schlechter Einfluss für dich sein.« Er stupste mich spielerisch in die Seite und ich seufzte leise auf.

Da kam mir eine Idee. Eine verwegene Idee.

Noch vor wenigen Wochen wäre mir so etwas nie in den Sinn gekommen, jetzt aber fühlte sie sich absolut richtig an.

Ich deutete nervös auf die Haltebuchten. »Können wir nicht noch mal kurz anhalten?«

Ein irritierter Blick huschte über Mats' Gesicht, dann kam er meiner Bitte nach.

Als das Auto stand, kletterte ich kurzerhand über die

Konsole nach hinten und streckte dann die Hand nach Mats aus. »Komm schon«, forderte ich ihn auf.

Mats schüttelte amüsiert den Kopf, kletterte dann aber ebenfalls nach hinten.

Mit funkelndem Blick zog er mich auf seinen Schoß und musterte mich. »Du wirst ziemlich übermütig, das muss wohl doch mein schlechter Einfluss sein«, neckte er mich, während seine Lippen einen Erkundungsausflug über meine Schläfe unternahmen.

Bei der zarten Berührung rieselte prompt eine Gänsehaut von dieser Stelle abwärts über meinen gesamten Körper.

Ich vergrub meine Hände in seinen Haaren. »Ich ertrage nur die Vorstellung nicht, dass ich jetzt gleich schon allein in meinem Bett liegen soll.«

Mats legte den Kopf schief. »Was genau hast du dir denn jetzt vorgestellt, Paula?«

Ich sah etwas in seinen Augen aufblitzen, das ich nicht genau zuordnen konnte. Fast hätte ich gedacht, Mats wirkte ein wenig nervös, aber das konnte es ja wohl kaum sein.

Mats war nie nervös.

Ich konnte meine Gefühle nicht in Worte fassen, deshalb tat ich das Einzige, was mir in seiner Gegenwart überhaupt nicht schwerfiel. Ich presste mich an ihn und küsste ihn leidenschaftlich.

Mats' Hände wanderten wie von selbst unter mein Kleid und legten sich auf meinen Po. Ich wackelte mit den Hüften, fuhr mit meiner Hand an seinem Bauch herab und stieß ein leises Seufzen aus, als ich seinen Gürtel erreichte. Da griff Mats nach meinem Handgelenk und schüttelte stumm den Kopf.

Ich konnte seinen inneren Kampf mit sich selbst deutlich in seinem Blick lesen. Er wollte das hier ganz genauso wie ich, da war ich mir sicher. Aber irgendetwas hielt ihn davon ab. Ich gab ein frustriertes Stöhnen von mir und legte meine Stirn an seine, um wieder zu Atem zu kommen.

»Nicht, Paula, bitte«, murmelte Mats leise an meinem Hals.

Ich konnte mir sein Verhalten absolut nicht mehr erklären. Ich setzte mich auf und sah ihn forschend an. »Wieso nicht? Jetzt zählt die Ausrede, dass mein erstes Mal nicht zwischen Tür und Angel stattfinden sollte, ja nicht mehr. Ich dachte, du bist so ein Draufgänger, nur ich werde immer von allen in Watte gepackt.«

Noch während ich die Worte aussprach, merkte ich, wie ich Mats damit verletzte. Er schloss die Augen und ließ den Kopf frustriert an die Lehne sinken.

Verdammt. Warum brachte mich dieser Typ immer wieder so aus dem Konzept, dass mein Mund schneller als mein Verstand war?

»Nein, Mats, das tut mir leid«, murmelte ich reumütig und schlang die Arme um ihn.

Zu meiner Überraschung stieß er mich nicht von sich, sondern legte seine Arme um mich.

So saßen wir eine Weile, bis er mich schließlich ein Stück von sich schob. Nach einigen Augenblicken fing er leise an zu reden. »Du und das hier im Auto, das passt für mich nicht zusammen.« Seine Stimme klang wacklig, als er weitersprach. »Ich will mir für dich Zeit nehmen. Alles hier in dem Auto schreit nach schnellem, unpersönlichem Sex, und das will ich nicht für dich. Ich will nicht, dass du dich benutzt fühlst.«

Ich war so baff über seine Worte, dass mir meine im Hals stecken blieben. Es ging ihm die ganze Zeit nur um mich.

Ich schluckte, als ich daran dachte, dass er wahrscheinlich nicht nur ein Nümmerchen hier auf dieser Rückbank geschoben hatte. Doch ich ließ den Gedanken nicht weiter an mich heran.

Das hier mit uns war etwas völlig anderes, dessen war ich mir mittlerweile wirklich sicher.

Ich griff schnell nach seiner Hand. »Mats, ich fühle mich von dir nicht benutzt. Das habe ich nie und das werde ich auch nie. Nicht, wenn du immer so lieb bist wie jetzt gerade.«

Ich grinste, als Mats bei meiner Beschreibung sein Gesicht verzog.

Er griff an meine Hüfte und zog mich kopfschüttelnd an

sich. »Ich bin nicht lieb«, grollte er an meinem Ohr, was mich zum Lachen brachte.

»Doch, bist du. Tut mir leid, dir das sagen zu müssen. Aber das ist völlig in Ordnung für mich«, zog ich ihn auf.

Ich küsste seinen Hals und ließ meine Hand langsam wieder an seinem Bauch herabwandern, was ihm einen unschlüssigen Laut entfahren ließ.

»Paula, ich weiß wirklich nicht, ob das ...«

Weiter kam er nicht, denn ich schnitt ihm schnell das Wort ab. »Weißt du was«, flüsterte ich leise. »Ich würde gern etwas ausprobieren, was die Figuren in meinen Büchern immer so anstellen. Darf ich?«

Mats betrachtete mich eindringlich und ließ seinen Kopf schließlich ungläubig an die Lehne sinken. »Als ob ich dir bei dem Blick irgendetwas abschlagen könnte«, sagte er dann resigniert.

Zufrieden legte ich meine Hand an seine Wange und gab ihm einen Kuss. Dann machte ich mich wieder an seiner Hose zu schaffen und er half mir diesmal bereitwillig.

Ich befreite seinen harten Penis, der mir sofort entgegensprang, rutschte ein Stück nach hinten und beugte mich nach vorn.

Mats gab ein ungläubiges Schnauben von sich und griff in meinen Nacken. »Das ist doch jetzt nicht dein Ernst, oder?«

Trotz seiner Worte hielt er mich nicht auf. Sein Blick huschte in einem hungrigen Ausdruck über mein Gesicht und wieder schüttelte er ungläubig den Kopf. »Was liest du denn bitte für Bücher?«

Ich lachte leise auf. »Tja, wieder mal falsch eingeschätzt, Mr. Besserwisser.«

Dann beugte ich mich vor und nahm ihn langsam in meinen Mund auf.

Schon als meine Lippen ihn nur berührten, stöhnte Mats leise, was mich in meinem Vorhaben beflügelte. Langsam probierte ich mich aus und achtete genau auf seine Reaktionen. Ich strich mit der Zunge an seinem Schaft entlang und umkreiste neckend seine Spitze, dann nahm ich seinen Penis, so weit ich konnte, in den Mund und ließ ihn sanft wieder hinausgleiten.

Ich saugte leicht an ihm und nahm meine Hand zu Hilfe, um sanft an ihm entlangzustreichen. Mats' Verhalten leitete mich an und zeigte mir, wie ich vorgehen musste.

»Fuck, Paula«, presste er zwischen zusammengebissenen Zähnen heraus. »Lange halte ich das nicht aus.«

Seine Worte jagten mir einen Schauer über den Rücken. Dass ich solche Empfindungen bei Mats auslöste, hätte ich mir niemals träumen lassen.

Aber als ich jetzt einen Blick in sein Gesicht riskierte und sah, wie Mats mit halb geöffneten Augen auf mich herabblickte, zog sich mein Herz in einer Weise zusammen, wie ich es noch nie erlebt hatte.

Und so, wie er mich ansah, war das hier auch für ihn alles andere als belanglos. Mats war kein Freund von großen Worten, das hatte ich mittlerweile verstanden.

Aber das, was wir hier taten, war mehr als nur ein bisschen anonymer Gelegenheitssex. Ich wollte ihm zeigen, wie wichtig er mir war und was ich für ihn empfand.

Ich stöhnte leise auf, als ich seinen Penis erneut in meinen Mund gleiten ließ. Noch vor wenigen Wochen hätte ich entsetzt über die neue Paula den Kopf geschüttelt. Aber nun musste ich zugeben, dass mein neues Ich mir immer besser gefiel.

Ich liebte das Gefühl, Herrin über Mats' Empfindungen zu sein.

Beherzt ließ ich meine Hand über seine harte Länge gleiten und spielte gleichzeitig mit meiner Zunge an seiner Eichel. Als ich den salzigen Lusttropfen von seiner Spitze ableckte, verstärkte sich Mats' Griff in meinen Nacken.

Die Vibrationen des dunklen Grollens, das sich aus der Tiefe seiner Brust löste, konnte ich bis in meine Fingerspitzen spüren.

»Also wenn du nicht willst, dass ich gleich in deinem

Mund komme, solltest du jetzt lieber aufhören«, warnte Mats mich.

Lächelnd beschleunigte ich meine Bewegungen. Mats so in meiner Hand zu haben, gefiel mir wirklich ungemein – und ich dachte nicht einmal daran, jetzt aufzuhören.

Er gab ein ungläubiges Stöhnen von sich, dann knurrte er leise und sein Griff verstärkte sich noch weiter. Aber die Zuckungen seiner Hand ließen mich deutlich spüren, wie sehr er sich wohl gerade zusammenriss, um mir die Oberhand zu lassen.

Bei der nächsten Bewegung stöhnte Mats laut auf und wollte sich aus mir zurückziehen, doch ich hielt ihn mit meinen Händen fest.

Und das rächte sich. Die warme Flüssigkeit schoss mir so in den Hals, dass ich vor Schreck anfing zu husten. Außerdem war ich von der Menge so überrumpelt, dass ich mit Schlucken gar nicht hinterherkam.

Peinlich. Das hatte sich in meiner Fantasie einfacher gestaltet.

Ich röchelte und Tränen stiegen mir in die Augen.

Mats musste offensichtlich ein Lachen unterdrücken, während er schon vom Sitz neben sich einen Pullover zauberte, den er mir kurzerhand dicht vor mein Gesicht hielt. »Spuck's da rein.«

Ein prüfender Blick in seine Miene bestätigte mir, dass er fürchterlich dreckig grinste.

Da ich immer noch in einem Zustand aus Würgen, Husten und Verlegenheitslachen gefangen war, kam ich dieser Aufforderung kurzerhand nach.

Mats knüllte den Pulli zusammen, warf ihn achtlos wieder zurück und zog mich dann lachend in seine Arme. »Das war wieder so eine herrliche typische Paula-Situation«, zog er mich auf. »Du kannst ganz sprichwörtlich den Hals nicht vollbekommen von mir.« Jetzt lachte er wirklich.

In seinen Augen lag ein glückliches Funkeln, deswegen brachte ich nicht viel mehr als ein peinlich berührtes

Brummen heraus. Obwohl ich seinen Spruch eigentlich auch recht lustig fand.

Ich räusperte mich noch ein paarmal, dann schüttelte ich beschämt den Kopf. »Na gut, das hatte ich mir leichter vorgestellt«, räumte ich mit kratziger Stimme ein.

»Ist doch nichts dabei«, sagte Mats locker und umfasste mein Kinn, damit ich ihn wieder ansah. »Du bist nicht erstickt, das ist die Hauptsache. Meinetwegen musst du das Zeug auch gar nicht schlucken, das ist völlig in Ordnung.«

»Pah«, murmelte ich belustigt. »Beim nächsten Mal weiß ich dann ja, wie es geht.«

Mats' Augenbrauen zuckten in die Höhe. »Das klingt nach einem Plan, der mir gefällt. Ich stelle mich gern als dein persönliches Übungsobjekt zur Verfügung.«

»Das glaube ich dir sofort.«

Mats grinste, dann wanderte sein anzüglicher Blick an mir herunter. »Ich wusste doch, dass in dir ein kleines versautes Ding schlummert.«

Schmunzelnd zuckte ich mit den Schultern. »Tja, ich bin eben doch nicht nur die spießige Zwillingsschwester von deinem Kumpel«, neckte ich ihn.

Mats legte schwer atmend seine Arme um mich. »Nein, das bist du tatsächlich nicht. Und das warst du auch nie«, gab er zu.

Seine Offenbarung ließ mich überrascht innehalten. Dann hatte ich mir seine ganzen Andeutungen doch nicht nur eingebildet. Er war die ganze Zeit nur zu verkopft wegen dem *Was-auch-immer* gewesen, um sich auf mich einzulassen.

Eine zufriedene, wohlige Wärme breitete sich in meinem Körper aus. Das rückte alles Vergangene in ein ganz anderes Licht.

Mats' Blick richtete sich auf meine Brüste, dann wanderte er schamlos hinauf in mein Gesicht. »Dann werde ich mich jetzt mal um dich kümmern, meine Liebe.«

Bei seinem Unterton in der Stimme wurde mir erst wieder bewusst, wo wir uns gerade befanden. Ich warf einen nervösen Blick durch die beschlagene Scheibe nach draußen.

Zum Glück war hier aber wirklich keine Menschenseele mehr unterwegs und die breite Industriestraße lag dunkel und verlassen vor uns.

Mats fasste an meine Taille und zog mich mit dem Rücken an sich. Zärtlich hauchte er mir eine Spur kleiner Küsse auf den Hals. Seine Hand wanderte an meiner Seite herab und blieb auf meiner Hüfte liegen.

Ich wand mich unter seiner Berührung und seufzte leise. »Du kannst dich auch später revanchieren«, sagte ich leise.

Mats schnaubte abfällig. »Das kommt ganz sicher nicht infrage. Dann würde ich mich wirklich fühlen, als hätte ich dich ausgenutzt.«

Ich verstummte. Es war klar, dass er das so sehen würde, nach all den Zweifeln, die er vorhin geäußert hatte. Dabei hatte ich es nicht getan, um ihm einen Gefallen zu tun. Ganz im Gegenteil, ich hatte bei der ganzen Sache vermutlich ebenso viel Spaß wie er gehabt. Ich hatte das Gefühl genossen, ihn wie Wachs in meinen Händen zu spüren, seine Empfindungen steuern zu können und ihn ganz nach oben zu treiben. Ihn in der Hand zu haben.

Mats' Finger schlüpften unter mein Kleid. »Selbst wenn jetzt jemand vorbeikommen würde, würde er absolut nicht sehen, was ich hier mit dir mache«, flüsterte er an meinem Ohr und umspielte wie zur Verdeutlichung seiner Worte den Saum meines Slips. »Du kannst dich also einfach entspannen und fallen lassen.«

Mats' Berührungen und seine beruhigenden Worte in meinem Ohr verfehlten ihre Wirkung nicht.

Ich wand mich unruhig und wünschte, er würde endlich dem prickelnden Verlangen in mir nachkommen.

»Ganz ruhig«, raunte er. »Alles zu seiner Zeit.«

Ich seufzte auf, als er langsam über mich strich, aber den empfindlichsten Punkt dabei ausließ. Er hauchte mir weitere Küsse auf den Hals und ließ sich bei allem ewig viel Zeit. Grummelnd drehte ich meinen Kopf zur Seite, um ihn zu küssen. Mats lachte leise und erwiderte meinen Kuss. Endlich schob er meinen Slip zur Seite und tauchte in einer schnellen Bewegung zwei Finger in mich. Die Berührung kam so unerwartet, dass ich laut vor Wonne aufstöhnte.

»Verdammt, ich liebe es, wie du auf mich reagierst«, keuchte er an meinem Hals und drückte seine Lippen auf mich.

Auch wenn ich keine Vergleichsmöglichkeiten hatte, merkte ich instinktiv, dass Mats sich keineswegs zurückhielt. Er spielte mit mir, ließ mich zappeln und trieb mich dann mit genau dem richtigen Druck dem Höhepunkt entgegen. Meine Gedanken hatte ich schon lange abgeschaltet, alles, was in diesem Moment zählte, war Mats und das, was seine göttlichen Finger auf und in mir veranstalteten.

Ich krallte mich ohne jede Hemmung in seinen Armen fest und ließ meinen Kopf stöhnend an seine Schulter sinken. Es schien, als kenne Mats meinen Körper bereits in- und auswendig. Er wusste ganz genau, was ich brauchte, und kam dem nahezu in Perfektion nach. Als er sein Tempo noch ein wenig beschleunigte und mit dem Daumen in kreisenden Bewegungen über meinen pochenden Punkt strich, kam ich mit einem lang gezogenen Seufzen zum Höhepunkt.

Mats zog seine Finger behutsam aus mir zurück und hielt mich in seinen Armen, bis ich mich wieder gesammelt hatte. »Ich liebe es, wie du hierbei die Kontrolle verlierst«, raunte er leise und drückte mir einen Kuss auf die Schläfe. »Und ich liebe es, dass ich derjenige bin, der dafür verantwortlich ist.«

Ich griff nach seiner Hand und verschränkte unsere Finger miteinander. »Nur du«, stimmte ich ihm leise zu und merkte, wie Mats sich bei meinen Worten verkrampfte.

Nein, jetzt war wohl nicht der passende Zeitpunkt, um über unsere Beziehung zu sprechen. Ich seufzte leise. »Ich schätze, wir müssen dann langsam wirklich los.«

Als ich die Haustür aufschloss, sah ich bereits, dass im Wohnzimmer noch Licht brannte. Es überraschte mich nicht, dass es mein Bruder war, der mit zornigem Blick auf der Couch saß und anscheinend auf mich gewartet hatte.

»Ach, du lässt dich auch mal wieder blicken, ja?«

Ich sah ihn mit hochgezogener Augenbraue an. »Das sagt der Richtige. Wer ist denn andauernd bei meiner besten Freundin?«

Robin gab ein genervtes Geräusch von sich, während er ruckartig aufstand und auf mich zukam. Unwillkürlich wich ich zurück.

Mit grimmiger Miene blieb er stehen und lehnte sich mit verschränkten Armen an den Türrahmen. »Du weißt, dass das Quatsch ist. Franzi würde sich gerne Zeit für dich nehmen, aber du hast ja immer etwas zu tun.«

Das saß. Auch wenn Franzi mir das so noch nie direkt gesagt hatte, wusste ich, dass mein Bruder recht hatte.

Trotzdem blieb mein Gesichtsausdruck unverändert. »Was willst du von mir, Rob? Ich hatte einen langen Tag und würde jetzt gern ins Bett.« Ich gähnte demonstrativ, aber er ließ nicht von mir ab.

»Genau darüber will ich mit dir sprechen. Wo warst du denn nach der Arbeit?«

Mit gerunzelter Stirn verschränkte ich ebenfalls die Arme vor meiner Brust. »Auch wenn es dich nichts angeht, aber ich war im Kino. Ja, war sehr schön, danke der Nachfrage. Und jetzt gute Nacht.« Ich ließ ihn einfach stehen und stürmte die Treppe hinauf. Sollte er doch denken, was er wollte.

In den folgenden Tagen wurde ich im Büro ziemlich eingespannt, was mir sehr gelegen kam. So musste ich wenigstens nicht zu jeder Tageszeit darüber nachgrübeln, wie es mit Mats und mir jetzt weitergehen würde.

Abends lag ich lange wach und analysierte jedes unserer Gespräche immer wieder aufs Neue. Mats hatte mir zwar schon erklärt, dass er nicht auf Schubladendenken stand, und er schien ja auch keine Eile zu haben, das zwischen uns in halbwegs geregelte Bahnen zu lenken. Doch der Spagat zwischen Wahrheit und Lüge machte mir immer mehr zu schaffen. Ich wollte meine Familie nicht anlügen müssen, ja, selbst meinen Bruder nicht. Er würde wahrscheinlich ausflippen, wenn er von Mats und mir erfuhr, aber irgendwann würde sich das schon einrenken. Alles andere konnte ich mir einfach nicht vorstellen. Und trotzdem wusste ich, dass Mats entschieden etwas dagegen haben würde.

Am Freitag hatte ich es nicht eilig, aus dem Büro zu kommen. Mats musste, wie am Donnerstag auch, mal wieder arbeiten und ich sah einem einsamen Abend entgegen. Früher standen solche Abende bei mir auf der Tagesordnung, aber seitdem ich ständig auf Achse war, hatte ich mich daran gewöhnt, öfter unter Leuten zu sein.

Zu Hause warf ich mich in meine bequemsten Klamotten und verkrümelte mich mit einem neuen Buch in mein Bett. Aber selbst darauf konnte ich mich nicht konzentrieren, ständig schweiften meine Gedanken zu einem gewissen Herrn mit sexy Irokesenschnitt ab. Irgendwann warf ich das Buch genervt in die Ecke und machte mich auf den Weg in die Küche, um mir Frustschokolade zu besorgen. Ich öffnete gerade den Kühlschrank, als es an der Haustür Sturm klingelte. Genervt rollte ich mit den Augen und schlurfte langsam zur Tür. Da klingelte es wieder, laut und unaufhörlich.

»Ist ja gut«, rief ich gereizt und stieß die Tür schwungvoll auf.

»Überraschung«, kreischte Franzi aufgeregt und riss mich in ihre Arme. Dann hielt sie mich an den Schultern ein Stück von sich weg und musterte mich mit zusammengekniffenen Augenbrauen. »Wie siehst du denn aus?«

Ich zuckte mit den Schultern und ließ sie herein. Franzi schnappte mich und zog mich an der Hand in mein Zimmer, wo sie sich auf mein Bett fallen ließ. »Schieß los. Du siehst so aus, als hättest du Liebeskummer.« Sie klopfte mit einer Hand auffordernd neben sich und ich ließ mich stöhnend neben sie sinken.

Auch wenn ich meine beste Freundin über alles liebte, zu diesem Zeitpunkt konnte ich einfach noch nicht mit ihr über Mats sprechen.

Nicht, solange sie mit meinem Bruder anbandelte, das war einfach zu riskant. Aber ihrem kennenden Blick entging nichts, deshalb musste ich höllisch aufpassen, um mich nicht zu verplappern.

»Ich wollte heute einfach mal einen entspannten Abend verbringen, das ist alles«, log ich. »Beim Praktikum war die Woche so viel los, da kann ich etwas Ruhe gut gebrauchen.«

Franzi zog eine Schnute. »Ach, komm. Für mich wirst du doch wohl Zeit haben, oder nicht? Ich will alles wissen. Wie ist der aktuelle Stand mit Mats?«

Natürlich hatten wir in der Zwischenzeit Nachrichten ausgetauscht, aber wirklich konkret war ich nie geworden.

»Er ist wirklich süß«, gab ich zu. »Aber er will nicht, dass das Ganze etwas Festes wird. Also zumindest darf keiner davon erfahren, und schon gar nicht mein Bruder.« Ich sah sie warnend an.

Franzi verschloss ihre Lippen mit einem imaginären Schlüssel und zwinkerte mir verschwörerisch zu. »Ich bin deine beste Freundin, Süße. Ich würde nie etwas verraten, was dich in Schwierigkeiten bringen würde.«

Ich seufzte. Natürlich war sie das.

»Ich habe mit ihm geschlafen«, platzte es dann wie von selbst aus mir raus.

So viel also dazu. Prima dichtgehalten, Paula.

Franzi klatschte aufgeregt in die Hände. »Ich wusste es! Und, wie war es? Wie ist er? So gut, wie man überall hört?«

»Franzi«, quietschte ich entsetzt und schlug ihr spielerisch auf den Arm.

Sie lachte nur. »War doch nur Spaß.« Ihre Miene verriet etwas anderes.

Ich seufzte leise. »Besser«, verriet ich ihr dann mit gesenkter Stimme.

Sie riss die Augen auf. »Dann kann ich verstehen, wieso du hier heute so Trübsal bläst.«

Verwirrt sah ich sie an. »Ja, schon, aber ich kann ja nicht verlangen, dass er jeden Tag mit mir verbringt.«

Franzi zuckte mit den Schultern. »Stimmt, ich dachte aber nicht, dass du das so locker siehst. Als Rob mir das gesagt hat, hatte ich schon irgendwie ein blödes Gefühl dabei. Aber, na ja, sie werden schon wissen, was sie tun.« Sie zuckte mit den Achseln und sah mich dann strahlend an. »Dafür können wir jetzt endlich wieder einen Abend miteinander verbringen. Wir machen uns das schon schön, ohne die Kerle.«

Jetzt stand ich wirklich auf dem Schlauch. »Ähm, ich komme grad nicht so ganz hinterher«, gab ich zu. »Wo ist Rob heute?«

Jetzt sah auch Franzi verwirrt aus. »Na, auf der Sommerparty am See. Da ist Mats doch auch.«

Ich spürte, wie ich kreidebleich wurde. Das konnte doch nur ein Missverständnis sein. »Mats hat zu mir gesagt, er wäre heute arbeiten.« Ich merkte selbst, dass die Worte wie eine billige Ausrede klangen.

Ein ungutes Gefühl breitete sich in mir aus.

Franzi blinzelte überrascht. »Hast du dich vielleicht im Tag vertan? Rob hat mir ganz deutlich gesagt, dass er heute mit den Jungs aus der Schule auf der Party am See sein wird. Du weißt schon, die Party, die sie jeden Sommer machen, mit Lagerfeuer und so. Wir haben uns sogar etwas deswegen gestritten, weil er nicht wollte, dass ich mitkomme. Aber er meinte, das ist so ein Ding zwischen den Jungs und dass ich mich da nur unwohl fühlen würde. Wahrscheinlich hat er damit sogar recht.«

Ich rollte die Kordel meiner Jogginghose nervös in meiner Hand hin und her, während ich mir Franzis Worte durch den Kopf gehen ließ. »Hat Rob gesagt, mit welchen Jungs er da sein wird?«

Franzi zuckte ratlos mit den Schultern. »Mats hat er definitiv genannt. Ich schätze mal, die üblichen Verdächtigen. Ich weiß zwar nicht, was er an diesen Vollidioten findet, aber das ist seine Sache, da mische ich mich nicht ein. Erst wollte ich dich und die Mädels fragen, aber Rob meinte, dass die da immer alle über die Stränge schlagen und dass er mich gerne in Sicherheit wissen will. Das ist schon irgendwie süß, oder?«

Ich nickte abwesend. »Ja, supersüß.«

Franzi deutete meinen verzweifelten Blick richtig. »Süße, ihr hattet da bestimmt nur ein Missverständnis. Er wird dich nicht absichtlich angelogen haben«, versuchte sie mich aufzumuntern.

Wortlos zeigte ich ihr Mats' Nachricht von heute Nachmittag, in der er mir geschrieben hatte, dass er heute leider arbeiten müsse, obwohl er den Abend viel lieber mit mir verbringen würde.

»Das klingt nicht nach Missverständnis, oder?« Ich schloss nachdenklich die Augen.

Eigentlich blieb mir nur eine Möglichkeit.

»Wir müssen dahin.« Ich sprang entschlossen auf.

Franzi musterte mich mit kritischem Blick. »Ich glaube nicht, dass das eine gute Idee ist, Süße.«

Wie versteinert blieb ich stehen und starrte sie ungläubig an. »Und ob das eine gute Idee ist! Nur so können wir herausfinden, wer hier jetzt gelogen hat.«

Franzi legte den Kopf schief. »Wieso sollte Rob behaupten, dass Mats mitkommt, wenn es nicht so ist? Das ergibt doch gar keinen Sinn.« Mitleidig sah sie mich an.

»Dann will ich mich wenigstens mit eigenen Augen davon überzeugen. Bist du dabei oder nicht?«

Franzi seufzte leise auf. »Natürlich. Schließlich bist du meine beste Freundin, wir müssen zusammenhalten.«

Dankbar umarmte ich sie. Aber innerlich war ich ein nervöses Wrack. Am liebsten hätte ich mich in mein Bett verkrochen und wäre drei Tage nicht mehr herausgekommen. Doch da musste ich jetzt durch.

Wenn Mats mich wirklich anlog, musste ich mich mit eigenen Augen davon überzeugen. Was allerdings passierte, wenn es tatsächlich so war, wagte ich nicht, mir auszumalen.

Franzi war still, als sie mit nachdenklicher Miene zu

meinem Kleiderschrank ging und dessen Inhalt begutachtete.

Ich seufzte und trat auf sie zu. »Ich weiß, dass du dann bestimmt Stress mit Robin bekommen wirst. Es macht mir nichts aus, wenn ich allein gehe.« Eindringlich sah ich sie an. Ich meinte meine Worte ernst. Ich wollte nicht der Grund sein, wenn die beiden sich in die Haare bekamen. »Wirklich«, betonte ich noch einmal.

»Das kommt gar nicht in die Tüte! Es interessiert mich ja schließlich auch, ob Rob mich angelogen hat oder nicht. Ich habe nur das dumpfe Gefühl, eine von uns beiden wird heute Abend auf jeden Fall enttäuscht werden.«

Ich zog eine Grimasse. Da konnte ich ihr nur zustimmen. »Danke, dass du dabei bist.«

Franzi küsste mich leicht auf die Wange und sah mich mit einem warmen Blick an. »Da gibt es nichts zu danken. Das gehört sich so unter Freundinnen. Wir müssen da jetzt zusammen durch, und egal was passiert, wir meistern das zusammen.«

Franzi zwang mich, in ein ultraknappes Outfit zu schlüpfen. Dann machte sie mir in Windeseile die Haare und legte mir ein schlichtes, aber beeindruckendes Make-up auf.

»Nur für den Fall der Fälle«, beteuerte sie.

Wie genau der aber aussehen sollte, ließ sie wohlweislich offen.

SECHSUNDZWANZIG

Die Party fand jedes Jahr im Sommer an unserem Dorfsee statt. Normalerweise mied ich diese Veranstaltung, weil sie als das Sauf-Event überhaupt verschrien war. Wenn man den Gerüchten trauen konnte, traf man hier die coolsten und hippsten Kids der Schule und die, die ebendiese schon lange verlassen haben. Wer nicht kam, gehörte zu den Uncoolen, aber das hatte ich immer in Kauf genommen. Ich war schließlich ohnehin als Streberin bekannt, da würde ein Auftritt auf solch einer Party vermutlich eh nicht viel ändern. Selbst Laura und Marie, die wirklich nicht viel anbrennen ließen, verzichteten auf diese Art von Partys. Sie bevorzugten coolere Clubs abseits unseres beschaulichen Dörfchens am Stadtrand.

Wir hatten Glück und erwischten den letzten regulären Bus. Von der Haltestelle mussten wir noch gut zehn Minuten über einen waldigen Trampelpfad laufen, um zu der Badestelle zu gelangen. Zum Glück hatte Franzi mir erlaubt, in meine Chucks zu schlüpfen. Mit anderen Schuhen wäre ich wohl nie an unserem Ziel angekommen.

Je näher wir den laut grölenden Stimmen kamen, desto nervöser wurde ich. Ich griff ängstlich nach Franzis Hand und sie drückte meine besänftigend.

Am Rande der großen Badestelle waren zwei Getränkewagen aufgebaut, um die sich riesige Menschentrauben gebildet hatten. Am Ufer des Sees standen größere Grüppchen herum, und in der Mitte der Liegewiese brannte sogar ein Lagerfeuer, das von zahlreichen augenscheinlich sturzbesoffenen jungen Menschen umringt war. Das konnte ja ein Spaß werden.

»Okay, wenn wir das hier überstehen wollen, schlage ich vor, wir holen uns erst mal was zum Trinken.« Franzi zog mich energisch zu einem der Getränkewagen und drängte sich elegant an den Wartenden vorbei.

So nachdrücklich hatte ich sie selten erlebt. Sie besorgte uns in Windeseile zwei Becher mit einer nicht identifizierbaren Flüssigkeit, was ich mit einem dankbaren Blick quittierte.

»Das kann ich jetzt gebrauchen«, murmelte ich und leerte den halben Becher in einem Zug.

Franzi gluckste überrascht. »Gönn dir.«

Ich lachte und fühlte mich gleich schon ein bisschen besser.

Ein bisschen. Ich dachte an Mats und grübelte, ob ich seine Nachricht so falsch verstanden haben könnte, aber nein. Wie ich es auch drehte und wendete, es gab hierfür keinen plausiblen Grund.

Plötzlich spürte ich einen unsanften Stoß in meinen Rücken und drehte mich verdattert um. Vor mir stand Justin, der Typ aus der Schule, seines Zeichens Kumpel von Mats. Hektisch sah ich mich um, ob er ihn im Schlepptau hatte, aber ich konnte neben ihm nur seinen anderen Freund – Leo – erkennen. Dass die beiden hier allein herumlungerten, nahm ich vorläufig als gutes Zeichen. Sonst hingen die doch immer an Mats' Rockzipfel.

Beide sahen mich hämisch an. Justin trat einen Schritt auf mich zu, was mich automatisch zurückweichen ließ.

»Was zu Hölle willst du von mir?«, fuhr ich ihn mit fester Stimme an.

Amüsiert blickte er zu seinem Kumpel und wieder zu mir zurück. »Hast du das gehört, Leo? Die Kleene fängt langsam an, sich zu wehren.«

Der Angesprochene lachte in einem ekligen Ton auf. »Tja, Justin. Wunder geschehen wohl doch noch.«

»Lass uns einfach gehen«, raunte Franzi an meiner Seite und griff nach meinem Arm.

Justin schüttelte mit hochgezogener Augenbraue den Kopf. »Wir unterhalten uns doch gerade so schön, oder, Paula?«

Ich verdrehte die Augen und wollte mit Franzi das Weite suchen, aber ich kam nicht weit. Justin packte mich an der Schulter und hielt mich zurück.

»Lass mich los!«, fauchte ich und versuchte meinen Arm wegzureißen. Aber ich hatte keine Chance gegen diesen Hünen.

»Na, was denn«, knurrte er. »Wir wollten mal mit dir über unseren Freund Mats sprechen.«

Bei der Erwähnung seines Namens hielt ich inne.

Leo beobachtete meine Reaktion und fing an zu lachen. »Siehste, die steht immer noch auf ihn. Das sag ich schon die ganze Zeit.« Er warf Justin einen amüsierten Blick zu und ließ seine Faust schwungvoll auf seine Schulter niederschnellen.

Ich funkelte sie böse an und ballte unwillkürlich die Fäuste. Was für Idioten.

Jetzt stimmte auch Justin mit ein. »Das ist wirklich witzig. Die Streberin, die sich in den bösen Jungen verguckt.«

Ich rollte mit den Augen. »Ja, wirklich urkomisch. Darf ich jetzt bitte gehen?«

Justin schüttelte hämisch grinsend den Kopf. »Nein, ich wollte dir ja noch was sagen. Und zwar …« Er machte eine kunstvolle Pause, in der er sich näher zu mir beugte.

Ihn so dicht an mir zu spüren, verursachte mir eine Gänsehaut. Allerdings hatte diese rein gar nichts mit der schönen Empfindung zu tun, die ich mit Mats verknüpfte.

Justin war eine riesige, bullige Erscheinung und konnte einem wirklich Angst machen. Seine Hand auf meiner Schulter fühlte sich so schwer an, als könnte er mich im nächsten Moment einfach damit zerquetschen. Als wäre ich eine Fliege.

Mit hämmerndem Herzen sah ich ihn an. »Na, dann schieß mal los.«

Justin grinste dümmlich. »Mats steht nicht auf so Langweiler wie dich.« Er sah mich erwartungsvoll an, als hätte er mir gerade ein neues Weltwunder verkündet und warte nun auf meine Reaktion zu dieser Offenbarung.

Als ich nicht reagierte, sprach er schnell weiter. »Aber das wirst du ja wohl schon gemerkt haben, so wie er dir immer begegnet ist. Aber Frauen denken manchmal ja so verquer, deswegen wollte ich dir da auf die Sprünge helfen.«

Ich gab ein Knurren von mir. »Gut, danke für den Hinweis. Ich werde es mir merken.«

Justin lachte auf. »Das ist ja noch nicht alles. Weil wir uns dachten, dass du sicherlich enttäuscht bist, wollte sich Leo freundlicherweise anbieten.«

Mein Blick huschte zu ihm. Angeekelt bemerkte ich, wie er mich gierig von oben bis unten musterte. Dann verharrte sein Blick auf meinen Brüsten.

Schützend verschränkte ich die Arme davor. »Danke, aber kein Bedarf«, entgegnete ich genervt.

Endlich ließ Justin mich los. »Überleg es dir. Du bist über Nacht echt sexy geworden, wär schade, wenn das kein Mann würdigen dürfte.«

Kurz überlegte ich, ob ich ihm eine scheuern sollte, aber ich verwarf den Gedanken schnell wieder. *Leg dich nie mit so einem Koloss an, das kann nur in die Hose gehen,* dachte ich und schwor mir, mich in Zukunft wieder an meine Prinzipien zu halten. Zumindest an einige davon.

Ich entschied mich schließlich für dezente Würgegeräusche, die den beiden Ekeltypen ein hässliches Lachen entlockten, dann suchten Franzi und ich schnell das Weite.

»Na, der Ausflug hat sich ja jetzt schon gelohnt«, seufzte ich resigniert.

Franzi sah mich mitleidig an. »Du weißt doch, wie die sind. Nimm dir das nicht zu Herzen.«

Ich zuckte mit den Achseln. »Nee, mache ich nicht. Ich

frag mich bloß immer mehr, wieso Mats mit diesen Idioten abhängt.«

Franzis Gesichtsausdruck sprach Bände, sie verkniff sich aber eine weitere Bemerkung.

»Ach komm, halt bloß die Klappe«, grummelte ich und nahm beleidigt einen weiteren großen Schluck aus meinem Becher.

Wir kämpften uns langsam durch das übervolle Gelände, wichen betrunkenen Gestalten aus und wurden hier und da von bekannten Gesichtern angesprochen, wobei die weiteren Reaktionen auf unser Kommen wesentlich netter ausfielen. Sie waren zwar alle total überrascht, mich hier auf dieser Party zu sehen, aber ich kassierte nicht einen weiteren dummen Spruch. Das war schon viel mehr als sonst.

Wir ließen das Lagerfeuer hinter uns und steuerten auf das Wasser zu. Hier lag alles im Dunkeln, und wir mussten weit nach vorne gehen, um halbwegs etwas erkennen zu können. Ich schob mich an einem schwankenden Mädchen vorbei, die ich vom Sehen her kannte und die offenbar sehr viel Mühe hatte, sich auf den Beinen zu halten. Gott, hoffentlich hatte ich bei meinen Alkoholexzessen nicht auch so ein erbärmliches Bild abgegeben. Ich dachte an meinen Filmriss an Samis Party und verscheuchte den Gedanken schnell wieder. Daran wollte ich mich lieber nicht mehr zurückerinnern.

Und dann sah ich ihn. Mir blieb für einen Moment das Herz stehen, und ich rammte die Füße so abrupt in den Boden, dass Franzi ein überraschtes Keuchen ausstieß, als sie in mich hineinrannte.

»Was machst du denn«, schimpfte sie leise, doch sie verstummte, als sie meinem Blick folgte.

Als mein Herz sich wummernd und viel zu schnell wieder in Gang setzte, nahm ich die Szenerie in Augenschein. Mats stand dort angelehnt an einen großen Baumstamm, in einer Hand ein Bier, in der anderen eine Zigarette und war in ein Gespräch mit einer Tussi vertieft. Neben ihnen standen weitere Jugendliche herum, die ich auf unserer Schule noch nie gesehen hatte.

Mein Bruder stand etwas abseits und sein Blick ruhte direkt auf uns. Und er war keineswegs freundlich gestimmt. »Was, zur Hölle, habt ihr hier zu suchen?« Seine Stimme hallte in einer Lautstärke zu uns, dass sich alle in unmittelbarer Umgebung zu uns umdrehten.

Robin stürmte auf uns zu, warf mir einen bösen Seitenblick zu und nahm Franzi zur Seite, um auf sie einzureden.

Ich hatte nur Augen für Mats, der jetzt natürlich auch mitbekommen hatte, was Sache war. Sein Blick lag auf mir, und für einen Moment hatte ich den Eindruck, dass alles gut werden würde. Als er dann seine Augen abwandte, konnte ich förmlich zusehen, wie sich der Ausdruck darin veränderte.

Das hier war nicht länger der nette Mats, mit dem ich so gern zusammen war. Das hier war wieder der Arschloch-Mats.

Mit einem Mal wurde mir übel, und ich verfolgte mit klopfendem Herzen, wie er grimmig noch einmal an seiner Zigarette zog und sie dann kopfschüttelnd austrat.

»Du hast deinen Bruder gehört«, rief er mir zu und in seiner Stimme konnte ich nichts mehr von ihm wiedererkennen.

Mir lief ein Schauer über den Körper.

»Das hier ist kein Ort für Leute wie dich.« Er spie mir die Worte förmlich entgegen. Sie lösten einen wahren Sturm in meiner Magengegend aus.

Doch ich war unfähig, mich zu bewegen. Ich starrte ihn nur ungläubig an.

Jetzt erschienen Robin und Franzi neben mir. Mein Bruder packte mich am Arm und wollte mich wegziehen.

Da brannten mir die Sicherungen durch. Ich riss mich von ihm los und starrte ihn wutentbrannt an. »Jetzt hört doch, verdammt noch mal, alle damit auf, mir immer sagen zu wollen, wann ich was wo und wie zu tun habe! Ich bin kein Baby mehr und ich kann das alles sehr gut selbst entscheiden!« Ich schrie ihm die Worte entgegen und mein Bruder wich perplex etwas vor mir zurück.

Aber seine entgeisterte Miene blieb. »Krieg dich mal wieder ein.« Er schlug einen versöhnlicheren Ton an, was ihm aber gründlich misslang.

Ich wirbelte zu Mats herum, der mich grinsend ansah. Doch es war nicht das typische Mats-Grinsen, in das ich mich verliebt hatte. Es verschwand aus seinem Gesicht, als ich auf ihn zustürmte.

Mit einem Seitenblick auf die Dame neben ihm blieb ich vor ihm stehen und starrte ihn wütend an. »Wieso hast du mich angelogen?« Mein Herz zog sich bei diesen Worten zusammen, doch ich musste es einfach wissen.

Das Mädchen sah überrascht zu Mats auf, als der mich schweigend musterte. Ich hob kapitulierend die Hände und ließ sie dann wieder fallen. »Ich weiß einfach nicht, was das hier soll.« Flehend sah ich Mats an. Ich wollte doch einfach nur die Wahrheit wissen.

»Womit hat er dich angelogen?«, mischte sich jetzt mein Bruder wieder ein.

Er sah mit vielsagender Miene zu Mats. »Was hast du ihr erzählt? Was läuft da? Mit euch?« Er fuchtelte mit seiner Hand aufgeregt zwischen uns hin und her. »Mats, ich schwör dir, wenn du …« Er brach seinen Satz ab und schüttelte warnend den Kopf. »Weiß sie, dass …« Schon wieder deutete er den Satz nur an und hob vielsagend seine Augenbrauen.

Mats zuckte bei Robins Worten zusammen und senkte den Blick.

Als er ihn wieder hob, streifte er mich mit einem abfälligen Ausdruck in den Augen und kniff mit genervter Miene die Brauen zusammen. »Alter, du hast deine Schwester nicht im Griff. Sie stellt mir schon seit Ewigkeiten nach und denkt jetzt, weil wir bei ihrem Praktikum miteinander zu tun hatten, dass da was zwischen uns laufen könnte.«

Robin sah ihn durchdringend an. »Ich hoffe für dich, dass du die Wahrheit sagst. In letzter Zeit hast du dich bei den anderen Mädels ja ziemlich zurückgehalten. Ich habe schon befürchtet, dass du deine Energien für etwas anderes verwendet hast.« Vielsagend deutete mein Bruder auf mich.

Mats rollte in typischer *Mir-ist-doch-alles-egal-und-ich-bin-zu-cool-für-alles-Manier* mit den Augen. »Du bildest dir was ein. Ich fasse deine Schwester nicht an, warum sollte ich auch. Ich bevorzuge reifere Frauen.«

Seine Worte prasselten nur so auf mich ein und meine Synapsen hatten Schwierigkeiten, sie mit dem in Einklang zu bringen, was ich in den letzten Tagen mit Mats erlebt hatte.

Mats warf mir noch einen Blick zu, der mich zum Schweigen bringen sollte, aber ich konnte nicht mehr an mich halten.

Ich stürmte auf ihn zu und hielt kurz vor ihm inne. »So ein Scheiß, du …« Weiter kam ich nicht.

Mir blieben die Worte im Hals stecken, als Mats plötzlich die Tussi an der Taille griff, sie zu sich heranzog und seine Lippen auf ihre presste.

Okay, jetzt wollte ich ihm wirklich vor die Füße kotzen.

Leider war mein Körper immer noch wie gelähmt. Ungläubig starrte ich ihn an und aus meiner Kehle löste sich ein Schluchzen. Ich bildete mir ein, dass Mats von ihr abließ, da hatte Franzi bereits ihre Arme um mich geschlungen und zog mich mit sich fort.

Meine Beine gehorchten mir nicht mehr, ich stolperte schluchzend hinter ihr her und schüttelte immer wieder den Kopf. »Das ist gerade nicht passiert, oder? Sag bitte, dass das alles nur ein schlechter Traum war oder meinetwegen ein dummer Witz oder so was.« Ich sah Franzi mit tränenverschwommenen Augen an und in ihrem mitleidigen Blick konnte ich erkennen, dass das alles gerade wirklich so geschehen war.

»Süße«, murmelte sie und drückte mich. »Ich bringe dich jetzt erst mal nach Hause und dann sehen wir weiter.«

Ich schüttelte immer noch ungläubig den Kopf. Robin tauchte an unserer Seite auf und sagte leise etwas zu Franzi. Dann war er wieder weg, und Franzi streichelte mir beruhigend über den Kopf, während ich mich immer noch an ihre Schulter gelehnt ausweinte.

»Ist ja gut«, murmelte sie leise. »Rob holt grad das Auto und sammelt uns hier ein.«

Ich war zu entkräftet, um noch irgendetwas zu erwidern. Kommentarlos ließ ich mich von meinem Bruder ins Auto hieven und stierte die ganze Fahrt über ausdruckslos aus dem Fenster. Immer wieder liefen die Bilder vor meinem Kopf ab, wie Mats diese dumme Schlampe geküsst hatte. Dazu wiederholten sich seine Worte in Dauerschleife und brannten sich in meinem Gehirn ein. Ich lehnte meine Stirn mit geschlossenen Augen an die Scheibe und genoss die Kälte, die sie abgab und die mich für eine Sekunde von meinem Schmerz ablenkte. Das durfte einfach alles nicht wahr sein. Ich war so naiv und dumm. Mir wurde von allen Seiten eingetrichtert, wie Mats in Wirklichkeit war, und ich war trotzdem auf ihn hereingefallen. Ich dumme Kuh hatte geglaubt, dass ich – ich! naives Mädchen – einen Typen wie Mats tatsächlich zum Umdenken bringen konnte.

Franzi rieb mir besänftigend über den Rücken und murmelte etwas vor sich hin. Nachdem wir vor unserer Tür hielten, schleppte sie mich zusammen mit meinem Bruder die Treppe hoch und ich ließ mich mit dem Gesicht voran ins Bett sinken. Dann begann ein erneuter Heulkrampf. Er war noch heftiger als der kleine Ausbruch eben am See. Mats und die Tussi in Dauerschleife vermischten sich mit den Bildern unserer gemeinsamen Momente. Ich konnte es einfach nicht verstehen. Ungehemmt schluchzte ich wieder laut auf und krallte mich mit aller Macht in mein Kissen. Neben mir hörte ich gedämpfte Stimmen und hob schließlich langsam und entkräftet den Kopf. Robin und Franzi sprachen leise an der Tür miteinander.

Ich musterte meinen Bruder mit traurigem Blick und richtete mich langsam auf. »Es ist okay, ihr könnt ruhig rübergehen. Ich komm schon klar.«

Franzi eilte gleich zu mir und griff nach meiner Hand. »Ich bleibe bei dir. Ist doch klar.«

Aber ich schüttelte den Kopf. »Nein, bitte, ich möchte jetzt erst mal etwas alleine sein.«

Zähneknirschend stand Franzi auf. »Wenn was ist, sagst du sofort Bescheid, ja? Du musst auch nicht klopfen, komm einfach rein.«

Robin gab einen überraschten Ton von sich und sah Franzi mit einer gehobenen Augenbraue an. »Muss sie nicht?«

Franzi versetzte ihm einen Klaps auf die Schulter. »Nein, du Idiot, muss sie nicht.«

Robin grinste belustigt und fast hätte ich auch ein wenig lächeln müssen.

»Danke, ich komm aber klar«, murmelte ich wieder und machte eine wedelnde Handbewegung. »Raus jetzt.«

Robin bedeutete Franzi mit einem Wink, sie solle schon in sein Zimmer zu gehen. »Ich komme gleich nach, ich will kurz noch mit Paula reden.«

Franzi warf mir noch einen mitleidigen Blick zu und schloss dann leise meine Zimmertür hinter sich.

Ich verdrehte die Augen, als mein Bruder an mein Bett trat. »Was ist denn noch? Du hast es doch jetzt gehört, alles gut.«

Robin seufzte leise und setzte sich auf meine Bettkante. »Hör zu, ich wollte nie, dass dir wehgetan wird.«

Ich schnaubte. Sicher nicht.

Er musterte mich und fuhr leise fort: »Ich habe so oft versucht, dich davor zu warnen, dass Mats, was Frauen betrifft, einfach ein riesiges Arschloch ist und sie für seine Zwecke benutzt. Ich habe doch mitbekommen, dass du ihn interessant findest. Ja, vielleicht hast du dich auch in ihn verliebt, das soll ja nicht so selten vorkommen.« Er zog eine Grimasse. »Wieso auch immer. Aber ich bin doch froh, dass du jetzt auf diese Weise sein wahres Ich kennengelernt hast.« Er musterte mich eindringlich. »Du weißt schon, bevor etwas zwischen euch passiert ist, das nicht mehr rückgängig zu machen ist.«

Ich starrte meinen Bruder ungläubig an. Das war doch jetzt ein schlechter Witz. Aber ich hatte die Faxen dicke.

Ich lachte laut auf, doch es klang so, wie es klingen sollte: gar nicht belustigt. »Du hast wirklich keine Ahnung, oder,

Rob?« Meine Worte waren jetzt zynisch. »Mats hat einfach Scheiße erzählt. Das kann er ja gut, wie du selbst sagst.«

Robin sah mich kurz verwirrt an, dann wurden seine Züge weich. »Ich kann mir vorstellen, dass das jetzt für dich unangenehm ist, so einen Korb zu bekommen. Aber so wie du immer von ihm sprichst, liegt es schon auf der Hand, dass du dich zu ihm hingezogen fühlst.« Er legte mir sanft die Hand auf die Schulter. »Das ist völlig okay und muss dir nicht peinlich sein.«

Ich schüttelte seine Hand mit einem grimmigen Blick ab. »Rob, du bist so ein Vollidiot, wirklich. Es ist mir scheißegal, ob oder wer denkt, dass ich in ihn verliebt wäre.«

Mein Bruder sah mich verständnislos an. »Und wieso dann dieser Ausbruch?«

Ich lachte wieder frustriert auf. »Weil Mats mich schon hatte, Rob. Wir haben miteinander geschlafen.« Ich spuckte ihm die Worte entgegen, und es war mir gar nicht unangenehm, das vor ihm zuzugeben.

Im Gegenteil. »Sogar mehrfach«, legte ich nach und beobachtete, wie Robins Gesicht bleich wurde.

»Sag, dass das nicht wahr ist.«

»Nein, werde ich nicht. Ich lüge nämlich nicht«, betonte ich. »Nicht mehr.«

Robin sah mich tief getroffen an. »Wieso hast du bloß nicht auf mich gehört, Paula?«, murmelte er leise und fuhr sich aufgebracht mit der Hand durch die Haare. Er starrte mich ungläubig an, dann richtete er sich auf und lief aufgeregt an meiner Zimmerseite auf und ab.

»Weil er anders ist, als du denkst«, gab ich zurück. Doch irgendwie traute ich meinen Worten selbst kaum. War er das denn wirklich?

Robins Miene verfinsterte sich noch weiter. »Ach ja? Das haben wir ja gesehen. Wieso hat er dann mit Abby rumgeknutscht, als du aufgetaucht bist?«

Ich starrte ihn ausdruckslos an. Das war eine Frage, die ich mir selbst nicht beantworten konnte.

Robin sah mich eindringlich an und seufzte schwer.

»Mann, Paula. So oft habe ich versucht, dich vor ihm zu warnen, und ausgerechnet ihn suchst du dir aus, um …« Er brach ab und schüttelte ungläubig den Kopf. »Wie kann er nur, nach allem …« Wieder hielt er inne und verengte wütend die Augen. »Was weißt du von ihm? Hat er dir etwas erzählt?«

Fast wirkte es so, als wollte Robin, dass ich *Ja* dazu sagte. Seine Miene war hoffnungsvoll auf mich gerichtet, doch leider musste ich das verneinen.

Ich schluckte hart. »Nicht wirklich.«

Wieder stöhnte er auf und raufte sich ungläubig die Haare. »Es tut mir so leid für dich, Paula. Aber siehst du das denn nicht? Wirklich jeder andere wäre so viel besser für dich gewesen, aber nein, du fällst ausgerechnet auf Mats herein. Er hat dich doch bloß rumkriegen wollen, weil er mir damit wieder mal eins reinwürgen konnte.«

»Was heißt hier, wieder mal?«, fragte ich alarmiert, aber Robin schüttelte den Kopf.

»Das ist egal. Weißt du, so lange, wie das ja anscheinend jetzt schon mit euch ging, hatte ich fast Hoffnung, dass er es mit dir diesmal wirklich anders meinen könnte. Ich war fast geneigt zu glauben, dass das alles nur ein dummer Zufall ist, dass er ausgerechnet dich *wirklich* interessant findet. Aber dann macht er so was und stellt dich vor allen bloß. Und erzählt hat er dir auch nichts.«

»Was hätte er mir denn erzählen sollen?«, fragte ich matt und rechnete schon damit, dass ich wieder keine Antwort bekommen würde.

Doch diesmal holte Robin tief Luft und schien sich innerlich zu wappnen. »Sagt dir Matthias Müller etwas?«

Irritiert runzelte ich die Stirn. »Nein? Müsste er das? So heißt ja quasi jeder Zweite unserer Elterngeneration.« Ich versuchte mich in einem freudlosen Lächeln, das Robin ignorierte.

Stattdessen klappte er wortlos meinen Laptop auf, tippte einige Worte in die Suchmaschine und hielt mir das Gerät auffordernd hin. Mit hochgezogener Augenbraue begann ich den Wikipedia-Artikel zu lesen.

Matthias Müller war ein fünfzigjähriger Mann, der aktuell im Gefängnis einsaß. Er hatte in seiner Führungsposition in einer rechtsradikalen Partei von sich Reden gemacht und wurde verdächtigt, in einer Reihe von antisemitischen Morden mitgewirkt zu haben. Seine Parteiarbeit bewegte sich immer hart an der Grenze zur Illegalität, und vor einigen Jahren konnte ihm wirklich ein Mord nachgewiesen werden, wofür er dann letztendlich einsitzen musste. Auch seine Frau wurde in dem Artikel erwähnt, da er ebenfalls verdächtigt wurde, sie körperlich misshandelt zu haben und für seine Zwecke mit eingespannt zu haben.

»Ein ganz feiner Kerl«, fasste ich ironisch zusammen. »Was hat das mit mir zu tun?«

Robin schnaubte und klappte den Laptop wieder zu. »Mit dir gar nichts. Aber mit Mats. Das ...«, er machte eine bedeutungsschwere Pause, in der er mich eindringlich musterte, »ist Mats' Vater.«

Ach du heilige Scheiße.

Ich keuchte und sah meinen Bruder kopfschüttelnd an. »Das ist ein Scherz?«

Robin verengte die Augen. »Nein. Der schlimmste Naziboss unserer Zeiten ist sein feiner Herr Vater.«

Ich schluckte trocken. »Das ... das ist mir tatsächlich neu.«

Robin grinste sarkastisch. »Seine Drogenvergangenheit wahrscheinlich auch.«

Ich schloss die Augen. »Mats nimmt keine Drogen«, murmelte ich leise, doch ich wusste, dass ich verloren hatte.

Robin lachte leise auf. »Stimmt, nicht mehr. Aber das war mal anders. Und das hat er dir alles nicht erzählt. Obwohl ihr was wart? Verliebt? Ein Paar? Ach, Paula ... Ich habe es dir doch versucht klarzumachen.« Robin schlug verzweifelt mit der Hand auf meinen Schreibtisch, was mich überrascht zusammenzucken ließ.

Mein Bruder hatte recht. Ich wusste die ganze Zeit, dass Mats ein Geheimnis hatte. Er hatte mich eiskalt angelogen.

Er wollte nie auf meine Fragen antworten, und jetzt wusste ich auch wieso.

Dabei wäre ich doch damit klargekommen. Bestimmt. Hätte er sich mir nur anvertraut. Sein Vater war der Verbrecher, nicht er. Und für ihn brauchte er sich vor mir doch nicht zu schämen, zumal er mit ihm wohl auch nichts mehr zu tun hatte. Wenn ich an seine ganzen Anti-Nazishirts und sonstigen Accessoires dachte, war ich mir da ziemlich sicher. Mats verkörperte absolut das Gegenteil von dem, was sein Vater angeblich darstellen sollte.

Allerdings war ich nun zutiefst verunsichert. Ich bekam keinen zusammenhängenden Gedanken mehr zustande und schlug die Hände schluchzend vor dem Gesicht zusammen.

Wieso nur hatte niemand der beiden es für nötig gehalten, einfach einmal mit mir zu reden? Wirkte ich so schwach, dass jeder meinte, mir diese Informationen vorenthalten zu müssen?

Und das fragte ich dann auch. »Warum hat er mir das nicht erzählt?«

Robin zuckte mit den Schultern, wirkte aber merkwürdig verhalten. »Weiß ich nicht. War für ihn wohl nicht wichtig, dich das wissen zu lassen. Was mich nicht wundert, wenn er das mit dir sowieso nicht ernst gemeint hat. So was will man vor Menschen, die einem nicht wirklich wichtig sind, ja nicht an die große Glocke hängen.« Vielsagend hob er seine Augenbrauen, griff aber gleichzeitig nach meinen Händen, um sie tröstend zu drücken. »Ich lasse dich jetzt besser allein. Es tut mir leid, Paula, aber du wolltest ja nicht auf mich hören«, murmelte Robin leise und zog vorsichtig meine Zimmertür ins Schloss.

Die letzten beiden Praktikumswochen rauschten an mir vorbei und ich fühlte mich wie in einem Tunnel. Ich fokussierte mich auf meine Arbeit, setzte ein freundliches, professionelles Lächeln auf und konnte so immerhin weiteren unangenehmen Fragen entgehen. Zu Hause sah das anders aus. Meine Mutter fragte mich ständig, was mir bloß passiert sei, dass ich blass wie ihre eingegangene Tomatenpflanze herumliefe. Dann waren da noch die ständigen mitleidsvollen Blicke meines Bruders und die immer wiederkehrenden Fragen, ob ich mit ihm darüber reden wolle.

Nein, verdammt. Das wollte ich auf keinen Fall.

Lisa konnte ich mit meinem aufgesetzten Lächeln immerhin täuschen. Als ich an meinem letzten Tag aus dem Büro von Herrn Vogt kam, der mir herzlich für meinen Einsatz gedankt und mir versichert hatte, dass mir in seinem Haus alle Türen offen stehen würden, sollte ich mich nach dem Abi für eine Karriere in diese Richtung interessieren, stand sie im Foyer neben Jan und meinen beiden anderen Kollegen und hielt mir einen riesigen Blumenstrauß entgegen.

»Ist der etwa für mich?«, fragte ich überrumpelt.

Lisa runzelte die Stirn und sah sich suchend um, dann drückte sie mir den großen, farbenprächtigen Strauß mit vielen unterschiedlichen Blumen entgegen, deren Namen ich noch nicht einmal kannte. »Natürlich, du Süße. Oder siehst du hier noch irgendwen, der heute sein Praktikum hier beendet und so tolle Arbeit für die Agentur geleistet hat?« Ein liebevolles Lächeln lag auf ihrem Gesicht, das mich endlich auch ein wenig aufheiterte.

Ich wurde rot, als Jan und meine beiden Kollegen mit einstimmten.

»Sie hat recht, Paula. Wir alle waren sehr froh, dich hier gehabt zu haben. Und wie Herr Vogt schon gesagt hat, du bist hier jederzeit wieder willkommen«, sagte Jan.

Ich blinzelte gegen die Tränen an. Weinen war jetzt wirklich das Allerletzte, was ich wollte.

Ja, das Praktikum hatte mir Spaß gemacht. Aber so viele schöne Momente in diesen Räumen hatten mit Mats zu tun, dass meine positive Sicht darauf ziemlich getrübt wurde.

Zurzeit wollte ich die Agentur so schnell wie möglich verlassen und nie wieder einen Fuß in dieses Gebäude setzen.

Das sagte ich natürlich nicht. Ich ließ mich in ein Gespräch über die vergangenen Wochen verwickeln und zuckte in Gedanken schmerzlich zusammen, als Mats' Name häufiger erwähnt wurde.

Ich machte brav gute Miene zum bösen Spiel. Erst als ich am späten Nachmittag mein Zimmer erreichte, ließ ich den Tränen mal wieder freien Lauf.

Dann waren da noch die besorgten Anrufe und Nachrichten meiner Freundinnen. Zuerst ignorierte ich sie eine Weile, doch mir war klar, dass ich mich nicht ewig vor ihnen verstecken konnte.

Eines Abends stand die komplette kleine Gruppe vor meiner Haustür und besetzte einfach mein Zimmer. Immerhin hatten sie Alkohol mitgebracht, und nach einigen Drinks war ich imstande, ihnen in so wenigen Worten wie möglich zusammenzufassen, was an dem katastrophalen Abend passiert war.

Na ja – und was davor schon alles zwischen Mats und mir gelaufen war, davon wussten Marie und Laura ja noch gar nichts. Franzi hatte wie erwartet dichtgehalten, wahrscheinlich hatte sie ihren Redebedarf mit meinem Bruder gedeckt.

Das war mir mittlerweile egal. Das Einzige, das mir in den letzten Wochen nicht egal war, war die Tatsache, dass Mats sich einfach nicht bei mir gemeldet hatte. Mit keiner Silbe. Alles lief einfach so weiter wie früher, als er noch keine Rolle in meinem Leben gespielt hatte.

Wenn es nach mir gegangen wäre, hätte ich die restliche Ferienzeit zu Hause in meinem Bett verbracht, Trübsal geblasen und mir in allen Einzelheiten die Schrecken des ersten Schultages ausgemalt, der mit riesigen Schritten auf mich zuhielt. Es war unser Abschlussjahr, ich würde Mats also zwangsläufig noch einmal über den Weg laufen. Ich betete, dass wir keine gemeinsamen Kurse haben würden, das würde ich wohl kein ganzes Jahr aushalten.

Die Frage war bloß, wann und wie würde er reagieren? Kannten wir uns plötzlich nicht mehr oder waren die alten

Anfeindungen und damit der Hohn und Spott wieder zurück?

Doch meine Selbstgeißelungsversuche wurden immer häufiger untergraben. Meine Freundinnen taten ihr Bestes, um mich aus meinem tiefen Loch zu holen. Und irgendwann gelang es ihnen tatsächlich immer öfter. So verbrachten wir die letzten freien Tage mit Shoppen, ganz vielen DVDs, Kinoabenden und Barbesuchen, wir gingen in einen Club tanzen, wo ich fast so etwas wie Spaß hatte, und am letzten Ferienwochenende gingen wir sogar alle mit Ruby auf eine von Andys Hauspartys.

Zum Glück trafen wir Mats dort nicht, dafür aber Peter. Er sorgte dafür, dass wir immer mit frischen Cocktails versorgt waren, und probierte an uns seine Kreationen aus.

Als er meine depressive Stimmung bemerkte, mixte er mir ein dunkelblaues Getränk, das er mir verschwörerisch reichte. »Deep Ocean, nur für dich. Ich hoffe, du kannst damit wieder ein wenig glücklicher werden.«

Ich war über seine Geste so gerührt, dass ich ihn spontan an mich drückte. Und tatsächlich hatte ich an diesem Abend Spaß.

Vermutlich war der Alkohol daran nicht ganz unschuldig, aber das war mir egal. Ich tanzte so ausgelassen mit Ruby, Franzi, Laura und Marie zu den unterschiedlichen Songs auf der Tanzfläche, dass ich die Zeit völlig vergaß. Um drei Uhr nachts schob Ruby uns in ein Taxi, und ich hatte das Gefühl, dass die Party gerade erst angefangen hatte. Als ich dann aber an den bevorstehenden Montag dachte, hätte ich mich fast ins Taxi übergeben müssen.

SIEBENUNDZWANZIG

Dieses Gefühl blieb unverändert, als ich am Montagmorgen zusammen mit meinen Freundinnen über den Schulhof lief. Wir waren etwas zu früh und schlenderten daher ganz gemächlich auf den hinteren Teil des Pausenhofs zu, wo unser Direktor seine übliche Rede zu Beginn des neuen Schuljahres halten würde.

Ich sah mich etwa alle zwanzig Sekunden gehetzt um, konnte Mats und seine Freunde aber zum Glück nirgendwo entdecken. Noch nicht. Franzi legte seufzend einen Arm um mich und drückte mich an sich. Auch Laura und Marie liefen dicht neben uns und musterten mich mit mitleidigen Blicken, die ich langsam so was von satt hatte. Dennoch konnte ich meine Freundinnen verstehen. So wie ich mich gerade fühlte, musste ich wirklich ein klägliches Bild abgeben.

Wir sicherten uns die besten Plätze auf den Tischtennisplatten und beobachteten, wie sich der Platz vor uns nach und nach füllte.

Franzi drückte leicht meine Hand und lehnte sich an mich. »Süße, wahrscheinlich schwänzt er die meiste Zeit wieder. Bestimmt bekommst du ihn nicht oft zu Gesicht. Das wird schon.«

Ich senkte meinen Blick und nickte. Ich wusste nicht, was ich mir wünschen sollte. Wollte ich ihn nicht sogar sehen? Nur, um dann wieder im Selbstmitleid zu versinken? Tief in meinem Inneren wusste ich, dass ich noch lange, lange brauchen würde, um wirklich über Mats hinwegzukommen.

Laura rutschte näher an mich heran und legte ihre Beine galant über meine. »Falls er wieder zum Arschloch mutiert – also nicht, dass er das nicht sowieso schon ist – ich meine hier in der Schule ...« Sie sah meinen entsetzten Blick und sprach schnell weiter: »Nein, also du weißt, wie ich das meine, Paula. Wenn er hier wieder so blöde Sprüche loslässt, dann sind wir da, da kannst du dich aber drauf verlassen.«

Dankbar lächelte ich meine Freundinnen an. Irgendwie würde ich es mit ihrer Hilfe schon schaffen, redete ich mir ein.

Herr Fuchs betrat den Hof um Punkt acht Uhr. Während er uns herzlich begrüßte und über die Chancen, die in jedem neuen Schuljahr steckten, zu sprechen begann, ließ ich meinen Blick über die Menge schweifen. Der hintere Hof war recht klein und gut zu überblicken. Trotzdem hatte ich in dem Pulk der Schüler langsam den Überblick verloren. Hinter uns befand sich außerhalb des Schulgeländes die Raucherecke und ich linste vorsichtig hinüber. Auch dort konnte ich Mats nicht entdecken. Genervt von mir selbst stellte ich fest, dass ich den Atem angehalten hatte, und ließ ihn langsam entweichen. Dann widmete ich meine Aufmerksamkeit wieder dem Direktor. Für mich war schon immer klar, dass ich das Abitur machen wollte, schließlich wollte ich unbedingt Germanistik studieren. Bei meinen Noten sollte ich mir eigentlich keine großen Sorgen über einen Studienplatz machen, aber bei Herrn Fuchs' Worten kam ich fast ins Grübeln. Ich hatte die Schule in den letzten Monaten stark vernachlässigt und nahm mir insgeheim vor, mich in diesem Jahr wieder mehr anzustrengen.

Je länger die Rede andauerte, desto unruhiger wurden die Schüler. Einige gähnten, andere begannen irgendwelche Spiele zu spielen, die die umstehenden Lehrer schnell im Keim zu ersticken versuchten. Ich sah zu meinen Freundinnen, die allesamt ihre Blicke auf ihre Smartphones gerichtet hatten. Mein Handy hingegen vergammelte in meiner Tasche, und ich war nicht scharf darauf, einen Blick darauf zu werfen. Derjenige, der das hätte ändern können, würde es ja sowieso nicht tun.

Nach fünfzehn Minuten war die Rede endlich vorbei und die Versammlung löste sich auf. Die Schüler strömten durch die verschiedenen Eingänge in das Gebäude und in ihre Klassenräume. Wir ließen uns Zeit, bis der erste Andrang abebbte, und folgten dann unseren Mitschülern in das Gebäude.

Für den ersten Tag war nie viel Programm geplant. Unsere Stammkursleiterin war wie letztes Jahr auch Frau Mertens und somit versprach der Tag nichts Aufregendes für uns. Das einzig Interessante war der Stundenplan, aber den teilte sie uns sofort aus. Ich war tatsächlich ganz zufrieden, und auch meine Mitschüler fanden nicht besonders viel Potenzial, um sich aufzuregen. Wie langweilig konnte so ein erster Schultag bloß sein. Es fühlte sich sofort an wie bei unserem letzten Tag des Schuljahres vor einigen Wochen, nur dass damals die Stimmung um einiges gelöster gewesen war. Von der Motivation, die unser Direktor uns vermitteln wollte, war noch nicht viel in den Köpfen angekommen.

Wir besprachen die gröbsten Neuerungen, auch wenn es nicht viele waren, und stiegen dann für zwei Stunden in den neuen Stoff in Deutsch ein, was mir zwar keine Probleme bereitete, mich aber dennoch nicht erreichte.

Auch die nächsten Tage verliefen ereignislos, ich fand mich gut im Thema zurecht und Mats und seinen Kumpels lief ich nicht ein einziges Mal über den Weg. Am Ende der Woche war ich wieder im alltäglichen Schultrott angekommen. Und es sah tatsächlich so aus, als hätten wir wieder keine gemeinsamen Kurse.

Alles war eigentlich so, wie es schon immer gewesen war. Vor Mats. Und dieser kleine Umstand verhinderte, dass ich meine depressive Stimmung ablegen konnte.

Franzi und ich wollten uns nach unserer ersten Stunde der zweiten Schulwoche gerade auf den Weg zum Sportkurs machen, als unser Lehrer mich kurz zur Seite nahm. Überrascht blickte ich auf. Mathe war zwar nicht mein Lieblingsfach, aber so schlecht, dass ich deswegen eine vom Lehrer übergebraten bekam, war ich dann doch nicht. Meine Freundinnen blieben neugierig stehen, aber ich winkte sie mit einer Handbewegung nach draußen.

Unsicher griff ich an den Schultergriff meiner Tasche. »Was gibt es denn?«

Mein Lehrer sah mich lächelnd an. »Keine Sorge, mit Mathe ist alles gut. Ich soll dir bloß von Herrn Fuchs ausrichten, dass du bitte noch schnell in sein Büro kommen sollst.«

Ich sah hektisch zur Uhr. »Was, jetzt noch? Kann das nicht bis nachher warten? Ich habe jetzt eigentlich Sport.«

Freundlich lächelte er mich an. »Ich bin sicher, dass der Direktor da ein Auge zudrücken kann.« Er nahm seine Tasche und ging an mir vorbei. »Bis nächste Woche, Paula.«

Mist, ich hasste es doch, zu spät zu kommen. Und das würde ich nun unweigerlich. Also lief ich so schnell wie möglich durch das große Foyer und nahm dann immer zwei Treppenstufen auf einmal, bis ich keuchend an die Tür des Direktors klopfte.

Ich hörte ein fröhliches »Herein« und folgte der Aufforderung umgehend.

Herr Fuchs sah mich freudestrahlend an und erhob sich, um mir die Hand zu schütteln. Dann deutete er auf den Stuhl vor seinem Schreibtisch.

»Ich habe gleich Sport«, murmelte ich verlegen. »Also eigentlich in zwei Minuten.«

Herr Fuchs kniff die Augen schmunzelnd zusammen und musterte mich, während er seine großen Pranken über dem Tisch ineinander verschränkte. »Paula, genau wie eh und je, stimmt's?« Verschmitzt grinste er mir zu. »Wenn du drauf bestehst, schreibe ich dir einen Entschuldigungszettel.« Amüsiert über seinen eigenen Witz breitete sich ein Strahlen auf seinem Gesicht aus.

Oh Mann. Wenn mein Streberruf schon hier angekommen war, musste wohl doch etwas Wahres dran sein.

Ich lächelte verlegen. »Nein, schon gut. Was kann ich denn für Sie tun?«

Er winkte elegant ab. »Ich wollte mich bloß erkundigen, wie es dir im Praktikum ergangen ist. Ich habe von Herrn Friedrich nur Positives gehört.«

Mit Schrecken dachte ich daran, dass Jan ja von meiner *Beziehung* zu Mats wusste. Hoffentlich hatte er bloß nichts gesagt, daran hatte ich ja noch gar nicht gedacht. Ich musterte meinen Direktor, aber er schien nicht weitersprechen zu wollen.

Ich räusperte mich, um Zeit zu gewinnen. »Nein, ähm, also, ja«, stammelte ich und nickte nervös.

Meine Gedanken an Mats brachten mich schon wieder vollkommen aus dem Konzept. *Reiß dich endlich zusammen*, befahl ich mir selbst und setzte mich aufrechter hin. »Ja, es war großartig.« Ich setzte das strahlendste Lächeln auf, das ich aufbringen konnte, und nickte zur Bekräftigung meiner Worte.

Dann fasste ich schnell zusammen, was ich alles gelernt hatte und dass ich mir gut vorstellen könnte, später in diesem Bereich zu arbeiten.

Als ich geendet hatte, sah er mich zufrieden an. »Das freut mich wirklich für dich. Du durftest auch Bekanntschaft mit unserem neuen Schulautor machen, habe ich gehört?« Stolz lächelte Herr Fuchs mich an und zwinkerte mir dann verschwörerisch zu. »Ich weiß ja, ich weiß ja. Mats möchte nicht, dass das in der Schule publik wird. Aber du und ich, wir wissen ja davon, deshalb kann ich ja wenigstens dir sagen, wie stolz ich auf den Jungen bin. Nach alldem, was er erlebt hat, sich so zu fangen – das spricht wirklich für ihn.« Er redete einfach weiter, und ich war froh, dass er von mir offenbar keine Antworten erwartete. Leise seufzend ließ er seinen Blick über seinen Schreibtisch gleiten. »Ich wusste nie, ob ich ihm damit etwas Gutes tue, indem ich ihm seine ganzen Fehltage erlaubt habe. Aber wenn ich jetzt sehe, was daraus geworden ist, wie er sich jetzt engagiert, davor kann ich wirklich nur den Hut ziehen. Und dass bei diesem

Pensum auch seine Noten noch stabil bleiben, alle Achtung.«

Herr Fuchs lobte Mats in den höchsten Tönen. Und mich beschlich plötzlich das Gefühl, die Wahrheit um Mats noch nicht ansatzweise zu kennen.

Sicher, ein Buch zu schreiben bedeutete ganz bestimmt viel Arbeit, und das alles neben der Schule zu wuppen war bestimmt schwierig. Aber was er da eben angedeutet hatte, klang nach so viel mehr.

Langsam erhob sich mein Direktor. Ich deutete das als Zeichen, dass unser Gespräch wohl gleich beendet war.

Er brachte mich zur Tür und hielt noch einmal inne. »Am liebsten hätte ich ihm zu Ehren ja eine Party hier in der Schule organisiert.« Er grinste, als er meinen irritierten Blick sah. »Nicht so, wie du jetzt denkst. Eine Schulfeier ... die können ja auch ganz schön sein. Ich hätte ihm gerne vor der ganzen Schule meinen Respekt ausgesprochen.« Er zuckte resigniert mit den Achseln. »Aber gut, das möchte er nicht und das werde ich selbstverständlich respektieren. Vielleich kannst du ihm das ja wenigstens ausrichten, wenn du ihn siehst.«

Ganz bestimmt nicht. Ich lachte scheu. »Ja, ähm, klar, das mache ich.« Ich nickte hastig und sah dann zu, dass ich schnell da herauskam.

Ich lief in Windeseile zu der Sporthalle hinüber. Mein Kopf war voll. Das, was Herr Fuchs mir da eben eröffnet hatte, klang nach dem Mats, den ich kannte, nicht wie diese dämliche Arschlochversion von ihm, die er manchmal auslebte. Ich konnte mir einfach keinen Reim auf sein Verhalten machen. Wieso wollte er nicht, dass die Schule von seinem Roman erfuhr? Peinlich würde ihm das wohl kaum sein, Mats war schließlich nie etwas peinlich. Der einzige Grund, den ich mir vorstellen konnte, war tatsächlich sein Vater. Aber Mats hatte offenbar einen neuen Namen angenommen, niemand würde ihn doch mit diesem Typen in Verbindung bringen.

Immer noch in Gedanken und völlig außer Puste, weil ich

den kurzen Weg gejoggt war, stieß ich die Tür zur Sporthalle auf und erstarrte. Vor mir lag der triste, lange Gang, an dessen einer Seite sich die Umkleidekabinen und auf dessen anderen Seite sich die Eingänge zur Sporthalle befanden. Und an der Wand genau vor mir lehnte Mats. Ganz lässig wie immer, mit einem Bein hinten an der Wand abgestützt, hielt er sein Handy in der Hand, doch sein Blick war auf mich gerichtet.

Ich konnte mich nicht bewegen und stand einfach nur dumm vor ihm. Das war das erste Mal seit dieser beschissenen Party am See, dass ich ihn wiedersah.

Keiner von uns sagte ein Wort. Ich musterte ihn genauer. Nach wie vor raubte mir sein Äußeres den Atem. Während ich immer noch den Eindruck machte, als hätte ich die letzten drei Wochen dauerflennend im Bett verbracht, sah dieser Idiot so aus, als wäre gar nichts geschehen. Und vermutlich war das für ihn ja auch so.

Er trug ausgeblichene schwarze Shorts und eines seiner zahlreichen Bandshirts. Sein Iro, den er heute wieder gestylt hatte, war in der Zwischenzeit wohl nachgeschnitten worden. Und er strahlte so viel Coolness aus, dass es einfach verboten gehörte.

Mein Blick verweilte viel zu lange auf seinen muskulösen Unterarmen, und bei dem Gedanken daran, wie diese Arme sich angefühlt hatten, als er sie um mich geschlungen hatte, bildete sich ein Kloß in meinem Hals.

Schnell sah ich hoch und bemerkte in seinem Gesichtsausdruck, dass er mein gieriges Starren sehr wohl mitbekommen hatte. Verdammter Mist.

Trotzdem sagte er kein Wort, sondern wandte sich schnell ab und verschwand in der Umkleidekabine hinter sich.

Großartig. Mit pochendem Herzen konnte auch ich schließlich wieder Befehle an meine Beine senden und schickte sie auf direktem Weg in die Mädchenumkleide.

Hastig schlüpfte ich in meine Sportsachen und schob die

Gedanken zu meiner peinlichen Begegnung mit Mats so weit von mir, wie ich konnte.

Ohne einen weiteren Blick über den Gang zu riskieren, huschte ich darüber und drückte dann die schwere Tür zur Halle auf.

Mit gesenktem Blick trat ich ein. Ich hasste es so sehr, zu spät zu kommen, weil man dann die Aufmerksamkeit aller Leute auf sich zog, und das konnte ich so gar nicht leiden. Ich drückte gerade so leise wie möglich die Tür zu, als ich hinter mir murmelnde Stimmen hörte, die sich irgendwie seltsam anhörten. Irritiert drehte ich mich um.

Ach du Scheiße. Panisch wandte ich den Kopf zur Seite, doch die andere Hälfte der Sporthalle war leer. Und das hier war nicht mein Kurs.

Alle Blicke waren auf mich gerichtet, und einige Jungs unterbrachen sogar ihr Basketballspiel, weil sie sehen wollten, wer sie da störte. Ich spürte, wie ich dunkelrot anlief, und drehte mich hektisch wieder zur Tür, doch diese Rechnung hatte ich ohne Justin gemacht. Er erschien plötzlich an meiner Seite und drängte mich ab.

Automatisch wich ich vor ihm zurück und stand jetzt mit dem Rücken zur Wand. Verschreckt suchte ich die Halle mit meinen Augen nach ihrem Sportlehrer ab, konnte aber niemanden entdecken.

Was zum Teufel machten die allein hier drin?

Ich hatte keine Zeit, mir weitere Gedanken darüber zu machen, denn jetzt erschien auch Leo an meiner anderen Seite.

»Paula, wie schön, dich wiederzusehen«, höhnte er. »Hast du es dir also anders überlegt, ja? Hättest mich ja nicht gleich hier vor allen Leuten überraschen müssen.«

Justin lachte über die dämlichen Worte seines Kumpels, und ich verfluchte mein kurzes Sportoutfit, als ich spürte, wie anzüglich die Blicke der beiden über meinen Körper wanderten.

»Was hat sie sich anders überlegt?« Mats' dunkle Stimme

erklang schneidend hinter den beiden und sie wichen tatsächlich einen Schritt vor mir zurück.

Doch ich war noch lange nicht raus aus der Geschichte. Schützend verschränkte ich die Arme vor der Brust und registrierte Leos enttäuschten Blick, den er mir zuwarf. Bah. Ich verdrehte die Augen und sah schnell zu Mats, der Justin jetzt bedrohlich taxierte.

»Raus jetzt mit der Sprache«, knurrte er gefährlich leise, sodass nur wir vier hören konnten, was hier vor sich ging. »Was habt ihr zwei Idioten mit ihr zu tun?« Mats' Blick huschte eine Millisekunde zu mir, sodass ich mir gar nicht sicher war, ob er wirklich zu mir gesehen hatte. Jetzt trat er noch einen Schritt auf Justin zu, der nur spöttisch das Gesicht verzog.

»Alter, wir haben dir nur etwas geholfen. Auf der Party am See, weißt du. Du hast doch immer gesagt, sie wäre dir zu langweilig. Und wir wussten doch alle, dass du nur mit dem Finger hättest schnippen müssen, damit du sie vögeln könntest.« Er grinste eklig. »So wie sie auf dich abgefahren ist ... das wäre doch ein Leichtes gewesen.«

Der lüsterne Blick, den er mir nun zuwarf, ließ mich frösteln.

»Das reicht.« Mats versetzte Justin einen harten Stoß gegen den Oberkörper, sodass er mit überrascht aufgerissenen Augen nach hinten stolperte. Aber er konnte sich schnell wieder fangen.

Mit genervtem Blick mischte sich jetzt Leo ein. Er trat einen Schritt auf mich zu und grinste Mats überheblich an. »Alter, chill mal! Du hast dich doch immer über sie lustig gemacht. Wir dachten halt, so wie die sich über den Sommer gemacht hat, guck sie dir doch mal an, mit dem kurzen Höschen hier und den Hupen da ...« Er deutete unmissverständlich auf meinen Oberkörper.

Und endlich konnte ich reagieren. Ich holte aus und schlug ihm mitten ins Gesicht. Mats lachte leise auf und warf mir einen anerkennenden Blick zu.

Da realisierte ich erst, was ich getan hatte. Verdammt.

Mittlerweile hatten wir die ungeteilte Aufmerksamkeit aller Anwesenden.

»Ich … ähm …«, stammelte ich und wich vor Leo zurück, der mit einer Hand auf der geröteten Wange bedrohlich auf mich zukam.

Wie war das gleich? Lege dich nie mit Stärkeren an? Das hatte ich jetzt wohl davon.

Leo kam nicht weit. Mats drängte ihn mit einem Gesichtsausdruck zur Seite, der wohl implizieren sollte, dass er jetzt lieber die Klappe hielt, wenn er seine Zähne alle behalten wollte.

»Das, Kumpel«, er deutete bedrohlich auf seine Wange, »hast du dir verdient.«

Leo und Justin sahen aus, als verstünden sie die Welt nicht mehr. Mats griff bestimmt nach meinem Arm, öffnete die Tür und schob mich hindurch.

Als wir uns gegenüberstanden, fuhr er sich nervös mit der Hand durch den Iro, der dadurch nur noch halbwegs aufrecht stand.

»Danke«, murmelte ich endlich nach einer gefühlten Ewigkeit, in der wir uns einfach nur anstarrten.

Mats schüttelte mit zusammengebissenen Zähnen den Kopf. »Nein, dank mir nicht«, murmelte er so leise, dass ich ihn kaum verstand.

Dann seufzte er und deutete hinter mich auf den anderen Ausgang der Sporthalle. »Die Mädels sind rausgegangen. Ich dachte, das wüsstest du.« Mit einem vielsagenden Blick drehte er sich um und verschwand wieder in der Halle.

Auch das noch. Mit hochrotem Kopf lief ich, so schnell wie ich konnte, zum Sportplatz hinter der Halle.

Ich steuerte geradewegs auf meine Sportlehrerin zu und setzte an, meine Erklärung zu stammeln, als sie mir bereits mit einer erhobenen Hand zu verstehen gab, dass ich nichts erklären müsse.

Dann richtete sie ihren Blick wieder auf die Mappe, die sie in der Hand hielt. »Herr Fuchs hat erwähnt, dass er heute mit dir sprechen will. Die zwölf Minuten gelten jetzt aber auch für dich, Paula.« Sie sah auffordernd auf die Bahn und machte eine scheuchende Handbewegung mit ihren Unterlagen.

»Ist gut«, murmelte ich mit gesenktem Kopf und lief los.

Ich war erst wenige Meter weit gekommen, als plötzlich eilige Schritte hinter mir ertönten.

»Paula, warte.« Keuchend schloss Franzi zu mir auf und hielt sich mit einer Hand die Seite. »Ich hasse Joggen.«

Ich warf ihr einen Blick zu. Franzis Gesicht war rot angelaufen, und aus ihrem locker gebundenen Pferdeschwanz hatten sich einige Strähnen gelöst, die ihr nun im Gesicht klebten.

Grinsend passte ich mich ihrem Tempo an. »Ich habe gerade Mats getroffen«, platzte ich heraus und konnte sehen, wie meine Freundin nach Luft schnappte. Ob das jetzt diesem Umstand geschuldet war oder ob sie einfach so geschafft vom Laufen war, konnte ich nicht eindeutig ausmachen. Aber so, wie sie mich ansah, traf wahrscheinlich beides zu.

»Was, und? Hat er sich entschuldigt?«, fragte sie schwer atmend.

Ich biss mir auf die Wange. »Nein, ich habe mich so was von lächerlich gemacht.« Bei dem Gedanken an die Begegnung in der Sporthalle lief ich schon wieder rot an und erzählte Franzi in kurzen Sätzen, was passiert war.

»Paula«, keuchte sie und versuchte, mit meinem Tempo mitzuhalten. »Könntest du bitte etwas langsamer laufen? Ich komme sonst nicht mehr mit.«

Ich hatte gar nicht mitbekommen, wie ich immer schneller geworden war, je mehr ich mich in mein Reden hineingesteigert hatte.

»Oh, klar«, murmelte ich und drosselte mein Tempo. »Er hat mich vor Justin und Leo in Schutz genommen. Heißt das denn nichts?«

Franzi warf mir keuchend einen schiefen Blick zu. »Paula, ich weiß wirklich nicht, was ich von dem Kerl halten soll. Aber mein Bauchgefühl sagt mir, dass du dich besser von ihm fernhalten solltest. Du hast durch ihn schon genug gelitten.« Sie holte tief Luft und setzte nach: »Ich habe Angst, dass sich daraus jetzt ein Spielchen entwickelt und er dich immer wieder fallen lässt.«

Ich schnaubte und erhöhte automatisch wieder mein Tempo. Ja, ich war sauer auf Mats, aber so etwas konnte und wollte ich ihm nicht zutrauen.

Franzi lief langsamer und blieb schließlich, die Hände auf die Oberschenkel gestützt, nach vorne gebeugt stehen, um Luft zu holen. »Wir sprechen nachher weiter«, japste sie.

Die Mädchen aus meinem Sportkurs wurden schließlich von unserer Sportlehrerin hinausgewunken. Mir zeigte sie aber mit den Fingern an, dass ich noch acht Minuten zu laufen hatte.

Ich erhöhte mein Tempo und versuchte so, die kreisenden Gedanken aus meinem Kopf zu vertreiben. Dabei konzentrierte ich mich ausschließlich auf meine Füße, die in immer kürzeren Abständen den Boden berührten, und auf meinen gleichmäßig schnellen Atem. Ich blendete alles andere aus, bis ich schließlich eins mit der Bahn wurde.

Ein Pfiff und schließlich noch einer drängten sich in mein Bewusstsein und ich sah überrascht von der Bahn auf.

Meine Lehrerin stand wild winkend am Rand und bedeutete mir mit verwundertem Gesichtsausdruck, zu ihr zu kommen.

»Ich habe schon dreimal gepfiffen, Paula«, sagte sie dann, als ich sie erreicht hatte und nach Luft japsend neben ihr stehen blieb.

»Ich war grad so dabei«, gab ich zu.

Skeptisch beäugte sie mich. Das kam bei mir nicht allzu häufig vor.

Sie schien aber nicht weiter nachhaken zu wollen. »Na, wie dem auch sei, wir wollen jetzt mit dem Weitsprung loslegen. Auf, auf.«

Ich nickte und folgte ihr zu der Anlage.

Am Nachmittag hatte ich mich mit meinen Freundinnen bei Franzi zu Hause verabredet. Ich blendete den neusten Klatsch und Tratsch aus und hörte ihnen nur mit einem Ohr zu, während ich gedankenverloren in meinem Eiskaffee rührte. Die Erlebnisse des Tages hatten mich mehr aus der Bahn geworfen, als ich mir eingestehen wollte.

»Und, Paula, Franzi hat erzählt, du hast vorhin Mats gesehen?«, fragte Laura.

Mein überrumpelter Blick traf auf Franzis zerknirschte Miene. »Sorry, ich war davon ausgegangen, dass du nichts dagegen hast, wenn ich es erzähle.

Ich zuckte mit den Achseln und rührte weiter. Es war mir wirklich egal. Es änderte sowieso nichts.

»Bis auf meine Peinlichkeiten gibt es da aber nichts zu erzählen.«

Marie drückte mir liebevoll die Schulter und sah mich sanft an. »Ich glaube, das war ein Versuch von ihm, sich bei dir zu entschuldigen.«

Ich nahm einen großen Schluck aus meiner Tasse, um nicht sofort antworten zu müssen. Ich hasste es, dass ich mir jetzt schon wieder Hoffnungen machte, nur weil Mats nicht mehr komplett das Arschloch war. Er hatte mich doch bloß in Schutz genommen, das war alles. Nicht mehr und nicht weniger. Das hätte wahrscheinlich jeder andere gemacht, der danebengestanden hätte und nicht Justin oder Leo hieß.

Seufzend legte ich den Kopf schief. »Könnten wir bitte nicht weiter darüber reden? Das macht es mir echt nicht leichter.«

Laura seufzte zustimmend und legte mir ihre Hand auf den Arm, um leicht darüberzustreicheln. »Ich bin dafür. Aber wenn du irgendwann das Gefühl hast, mit uns reden zu wollen, dann sind wir da. Vergiss das nicht.«

Mit so mieser Laune wie schon lange nicht mehr stieß ich beim Heimkommen die Haustür auf und wollte mich sofort in mein Zimmer hochschleichen, doch ein wildes Winken meiner Mutter hielt mich davon ab. Sie hatte mich wohl schon erwartet.

»Paula, komm doch mal her, ich hab hier was für dich.«

Seufzend warf ich meine Tasche auf den Treppenabsatz und drehte mich um. Langsam schlurfte ich ins Wohnzimmer und hielt in der Tür inne. »Was gibt's denn? Ich bin müde und will mich hinlegen.«

Meine Mutter saß neben meinem Bruder, der mich eindringlich musterte, auf der Couch. Mit skeptischer Miene sah ich zu, wie meine Mutter aufstand und zur Kommode hinüberging.

Sie nahm ein kleines Päckchen von der Anrichte und hielt es mir auffordernd hin. »Das hat der Postbote vorhin für dich abgegeben. Ein Paket ohne Absender – ich bin schon den ganzen Tag so neugierig, was du da bekommen hast.« Sie grinste aufgeregt. »Mach schon auf.«

Jetzt stand auch Robin langsam auf und schlenderte zu mir. »Ja, ich bin auch neugierig, wer dir da was schickt.«

Ich bemerkte den Unterton in seiner Stimme und sah ihn giftig an. Eigentlich dachte ich, dass er nun endlich lockerlassen würde, nachdem er selbst mitbekommen hatte, wie die Sache mit Mats geendet hatte.

Ich selbst hatte keine Ahnung, wer mir etwas schicken sollte. Bestellt hatte ich nichts. Mit gerunzelter Stirn griff ich nach dem Paket und öffnete es vorsichtig. Als mein Blick auf das dunkle Cover fiel, erstarrte ich.

»Das ist ein Buch«, murmelte ich mit kratziger Stimme und nahm es schnell an mich, damit Robin und meine Mutter nicht weiter darauf starren konnten. »Bestimmt von der Agentur«, fügte ich hastig hinzu. Aber ich glaubte mir selbst nicht. »Ist wohl ein Abschiedsgeschenk.«

Meine Mutter streckte mir lächelnd die Hand entgegen. »Ach, das ist ja nett. Zeig doch mal. Ist das das Buch, bei dem du mitgeholfen hast, es auf den Markt zu bringen? Von eurem Schulkameraden?«

Robins prüfender Blick streifte meinen und ich nickte ertappt. »Ähm, ja, das ist es wohl. Ich zeig es dir morgen, Mama«, sagte ich schnell und wandte mich ab. Ich spürte Robins bohrenden Blick noch in meinem Rücken, als ich die

Treppe zu meinem Zimmer nach oben ging, das Buch an mein klopfendes Herz presste und versuchte, mein ungutes Gefühl abzuschütteln.

Ich warf mich in mein Schlafoutfit und ließ mich in mein Bett fallen. Ich starrte eine gefühlte Ewigkeit auf das Cover. Bedächtig strich ich darüber und hielt inne, als meine Finger Mats' vollen Namen erreichten. Es war wohl nur eine Frage der Zeit, bis sich das in der Schule herumgesprochen haben würde. Ich hätte nach der Entwicklung der Dinge damit gerechnet, dass er eher ein Pseudonym wählen würde.

Beim Anblick des Covers musste ich daran denken, wie Mats und ich die verschiedenen Entwürfe verglichen hatten, und mein Herz wurde schwer. Es war noch gar nicht so lange her und doch in einer völlig anderen Zeit, in der noch alles gut gewesen war. Wobei, im Grunde genommen war es nie wirklich gut zwischen uns gewesen. Wir hatten einen kurzen Zeitraum, eine kleine Seifenblase, für uns gehabt, in der wir wir hatten sein können. Aus irgendeinem Grund war das aber alles, was zwischen uns sein konnte.

Seufzend schlug ich das Buch auf, doch ich hielt inne, als ich die wenigen Worte las, die auf der sonst leeren Seite standen. *Für P.* Sonst nichts. Immer und immer wieder glitten meine Augen über die Buchstaben.

Ein flaues Gefühl breitete sich in meiner Magengegend aus. Das konnte doch nicht sein. Ich presste die Augen zusammen und schüttelte langsam über mich selbst den Kopf. Wenn ich mir immer wieder solche Hoffnungen machte, wie sollte ich dann jemals über Mats hinwegkommen? Es war doch äußerst unwahrscheinlich, dass er mit dieser kleinen versteckten Botschaft wirklich mich meinte. Vielleicht hatte er ja schon die Nächste am Start. Vielleicht eine Pia. Oder Patricia.

Trotzdem blätterte ich nun mit zitternden Fingern um und begann zu lesen. Mit jeder Seite wurde mein Herz schwerer. Ich musste die Seiten nur überfliegen, um das Leid des Protagonisten Jeff wieder überdeutlich selbst zu spüren. Die Geschichte rührte mich so, dass ich selbst zu Jeff wurde, der im Kinderheim aufgewachsen war. Die liebevolle Beziehung zu seiner Schwester, die ihm als einzige Person dort nahesteht, konnte ich auch von meinem eigenen Horizont nachvollziehen. Als ich schließlich von Jeffs Selbstgeißelungen las, trieb es mir zum ersten Mal die Tränen in den Augen und ich gab mich ihnen ungehemmt hin. Ich kannte das Manuskript zwar, doch es war etwas anderes, nun in dem fertigen Buch zu lesen. Je tiefer ich wieder in die Handlung einstieg, desto besser konnte ich nun auch Jeffs verworrene Gedankengänge nachvollziehen. Er gibt sich verständlicherweise selbst die Schuld daran, dass er seine Schwester und sich nicht vor den Misshandlungen eines Erziehers schützen kann. Tatenlos muss er mitansehen, wie seine Schwester immer weiter in den Drogensumpf abrutscht, und verliert sie schlussendlich wegen einer Überdosis. Wie viel Leid konnte man ertragen? Hätte ich in dieser Situation nicht ebenso wie Jeff, der diesen Verlust in der von Gewalt und Misshandlung geprägten Umgebung nicht verarbeiten kann, irgendwann zu Drogen gegriffen, um meine Trauer zu bekämpfen?

Ich schluchzte auf und hielt mir die Hand vor den Mund, damit nicht plötzlich meine Mutter oder gar mein Bruder in der Tür standen. Jeffs Gedanken wurden in dem Roman so nachvollziehbar erklärt, dass ich mich fühlte, als hätte ich selbst mit ihm gesprochen. Ich wollte ihm sagen, dass er jedes Recht der Welt hatte, wütend zu sein und sich schlecht zu fühlen. Aber vor allem wollte ich ihm raten, sich, verdammt noch mal, endlich Hilfe zu holen. Da ich das Manuskript kannte und wusste, wie die Geschichte weiterging, hatte ich einen Kloß im Hals, als ich langsam weiterblätterte.

Mich überkam eine mir vollkommen unbekannte Form einer Gänsehaut, als ich Jeffs ausführliche Schilderung seines gescheiterten Selbstmordversuchs beim Lesen miterlebte. Als es ihm irgendwann etwas besser zu gehen scheint und Gefühle für ein Mädchen aufkeimen, ist es um das letzte bisschen Distanz zu der Romanfigur geschehen. Zu deutlich sind die Parallelen. Die Beziehung scheitert, weil Jeff seine Freundin immer wieder von sich stößt, da er selbst nicht glauben kann, dass er diese Liebe verdient hat. An dieser Stelle endete das Manuskript, doch das Buch hatte ein weiteres Kapitel. Ich räusperte mich, um den Kloß im Hals loszuwerden, und wischte mir die Tränen aus den Augen, doch das hätte ich mir auch sparen können. Im letzten Kapitel kann der Leser Jeffs selbstzerstörerische Gedankengänge weiterverfolgen, und es zerbrach mir fast das Herz, wie dieser arme Kerl, der schon so viel hat erleiden müssen, sich selbst geißelt. Das Buch endete schließlich damit, dass Jeff sich eine Überdosis spritzt, damit er endlich wieder mit seiner Schwester vereint ist.

Ich überflog das Nachwort, in dem nur kurz beschrieben war, an wen man sich wenden könne, wenn man ähnliche Gedanken hegte – außerdem fand ich einen Hinweis, dass nicht jede Geschichte ein Happy End habe. Das war heftig.

Ich schluckte trocken und blinzelte die Tränen weg. Mats hatte zwar immer betont, dass er nicht autobiografisch schrieb, aber konnte man so authentisch und ergreifend schreiben, wenn man solche Gefühle nicht am eigenen Leib erfahren hatte? Es würde so viel erklären. Mats, der keine Bindung zu einer Frau aufbauen konnte und mich deshalb von sich weggeschoben hatte. Der in uns keine Zukunft sah, weil er diese in seinen Augen nicht verdiente.

Die Gedankengänge waren so nachvollziehbar festgehalten, das konnte er sich doch unmöglich alles ausgedacht haben? Ich schluchzte leise auf und blätterte weiter zu den Danksagungen und jetzt blieb mein Herz fast stehen. Ich hatte es mir also nicht eingeredet. Das hier war eindeutig. Auf der Seite dankte er dem Verlag und der Agentur und als Letztes, ganz unten, stand: *Für Paula. Du hast mir gezeigt, wie es sein könnte, und ich habe es verbockt. Es tut mir leid.*

Ich las die Zeilen wieder und wieder. Wieso fühlten sie sich an wie ein endgültiger Abschied?

Dann dachte ich an das letzte Kapitel und sprang auf, als mir ein furchtbarer Gedanke kam. Ich sah schnell auf mein Handydisplay, bevor ich mir einfach meine Jacke über den Schlafanzug warf. Es war drei Uhr nachts. Ich hatte das Buch einfach nicht weglegen können und in einem Rutsch durchgelesen. Doch meine Befürchtungen ließen mich nicht länger abwarten. Schnell schlich ich nach unten und atmete erleichtert auf, als ich leise die Tür ins Schloss zog, ohne dass sich etwas im Haus regte.

Dann rannte ich mehr, als dass ich lief, zur Bushaltestelle und erwischte gerade noch so den Nachtbus. Während der Fahrt zuppelte ich unbehaglich an meiner Jacke und verfluchte mich innerlich dafür, dass ich mir nicht wenigstens schnell etwas angezogen hatte.

ACHTUNDZWANZIG

An Mats' Bushaltestelle sprang ich mit klopfendem Herzen heraus und joggte das letzte Stück bis zu seinem Wohnhaus. Ich war verrückt, dass ich das hier tat. Doch ich brauchte Gewissheit. Mein Herz galoppierte weiter in meiner Brust und ich klingelte Sturm. Es tat sich nichts.

Vor meinem inneren Auge sah ich Mats bereits mit einer Nadel im Arm regungslos auf seiner Couch liegen und mit einem Mal wurde mir speiübel. Tränen traten mir in die Augen, und ich hatte das Gefühl, keine Luft mehr zu bekommen.

Ich drückte wieder auf die Klingel, diesmal noch länger, und widerstand dem Drang, gegen die Haustür zu hämmern. Es wohnten schließlich noch mehr Leute in dem Haus. Ich klingelte erneut und lehnte mich verzweifelt an die Tür.

Da summte es plötzlich und ich fiel praktisch ins Haus. Stolpernd nahm ich immer zwei Stufen auf einmal, bis ich vor Mats' Tür stand.

Er lehnte verschlafen im Türrahmen und musterte mich überrascht. »Paula? Was machst du hier?«

Ich suchte ihn hektisch nach Verletzungen ab, doch so wie er dastand, schien ich ihn geradewegs aus dem Bett geklingelt zu haben.

Seine Haare hingen ihm verstrubbelt ins Gesicht, er trug

kein T-Shirt, nur schlichte schwarze Boxershorts. Mein Blick verweilte wohl etwas zu lange auf seinem Oberkörper, denn jetzt räusperte Mats sich verschlafen und ich blickte ihn ertappt an.

»Alles in Ordnung mit dir?«

Gott, ich musste ja einen Anblick abgeben, so verheult wie ich war und nur mit Schlafanzug und Jacke bekleidet.

Unbehaglich verschränkte ich die Arme vor meiner Brust und biss mir auf die Wange.

Mats trat einen Schritt zur Seite und bedeutete mir hereinzukommen. Er schloss die Tür hinter mir und sah mich weiter an. »Hast du etwa geweint?«

Bei seinem mitfühlenden Blick stiegen mir wieder die Tränen in die Augen, doch ich schüttelte trotzdem den Kopf. »Du Idiot«, rutschte es mir dann heraus.

Mats sah mich genauso verwirrt an, wie ich mich fühlte. Ich ließ den Tränen ihren Lauf und tat das Einzige, was ich in dem Moment tun wollte. Ich warf mich hemmungslos in seine Arme und schluchzte auf.

Schniefend vergrub ich meine Nase an seinem Hals und atmete seinen beruhigenden Geruch ein. In dem Moment war alles andere nebensächlich, ich war einfach nur erleichtert, dass er sich nichts angetan hatte.

Mats wirkte erst überrumpelt, schloss dann aber seine Arme um mich und streichelte mir beruhigend über den Rücken.

Als ich mich halbwegs wieder gesammelt hatte, schob er mich an den Schultern ein Stück von sich weg und musterte mich. »Sag mir bitte nicht, dass du in diesem Aufzug allein zu mir gefahren bist.«

Ich gab ein ungläubiges Grunzen von mir und zog meine Jacke enger um mich. »Der Busfahrer hat nur ein bisschen doof geguckt«, räumte ich schließlich ein.

Mats schüttelte ungläubig den Kopf. »Was machst du denn nur?« Er fuhr sich mit der Hand nervös durch seine Haare und wusste wohl nicht, wie er reagieren sollte.

Er sah müde aus, also hatte ich ihn mit meiner undurchdachten Aktion wirklich geweckt.

Plötzlich kam mir das alles furchtbar falsch und peinlich vor. Schließlich hatte er mich ja abblitzen lassen, daran hatte sich nichts geändert.

Ich wich mit gekräuselten Augenbrauen vor ihm zurück. »Tut mir leid«, presste ich zwischen zusammengebissenen Zähnen hervor und drängte mich an ihm vorbei. »Ich wollte nur sichergehen, dass du dir nichts antust.«

Mats hielt inne und versperrte mir den Weg zur Tür. »Du bist den ganzen Weg hierhergefahren, mitten in der Nacht, um zu sehen, dass ich mir nichts antue?« Er wirkte sichtlich verwundert. »Wie kommst du denn darauf?«

Jetzt wurde ich langsam sauer. Ich stieß ihm gegen den Brustkorb und er taumelte perplex einen Schritt zurück. »Du bist so ein Idiot, Mats«, fauchte ich aufgebracht. »Ich habe dein blödes Buch gelesen und habe mir Sorgen um dich gemacht. Das ist alles. Aber du erfreust dich ja bester Gesundheit, dann kann ich ja wieder fahren.«

Mats' Miene verdunkelte sich augenblicklich und er hielt mich am Arm zurück. »Du hast es also bekommen.«

»Dann warst du es, der es mir geschickt hat? Nicht die Agentur?«

Mats seufzte leise und musterte mich mit einem nervösen Blick, der mir meine Vermutung bestätigte.

Dann wurde seine Miene plötzlich wieder hart. »In diesem Aufzug fährst du ganz sicher nicht nachts allein wieder zurück.«

Ich schüttelte seinen Arm ab. »Was kümmert es dich denn?«, stieß ich hervor. »Du hast mir doch mit deiner Trulla ganz eindrücklich gezeigt, was du von mir hältst. Also lass mich einfach wieder gehen.«

Ein schuldbewusster Ausdruck trat in sein Gesicht, trotzdem machte er keine Anstalten, mich vorbeizulassen. Stattdessen nahm er mich wieder am Arm und schob mich in sein Wohnzimmer. Dort drückte er mich auf die Couch und ließ sich neben mich fallen.

»Paula«, fing er an und fuhr sich wieder mit der Hand durch die Haare.

So nervös hatte ich ihn noch nie erlebt.

»Dachtest du wirklich, ich wäre Jeff? Und dass ich deswegen nicht lieben könnte?«

Ertappt sah ich ihn an und wurde augenblicklich rot.

Mats deutete meinen Gesichtsausdruck richtig und seufzte. Doch ich konnte ein kleines amüsiertes Lächeln erkennen.

»Ich habe dir doch gesagt, dass du nicht so viel interpretieren sollst.«

Ich konnte ihn nicht ansehen, diese ganze Situation war mir viel zu unangenehm.

Jetzt redete ich nicht nur, bevor ich nachdachte, nein, jetzt handelte ich auch noch Hals über Kopf, bevor ich einen Gedanken an die Konsequenzen verschwendete.

Wie verzweifelt musste ich bitte auf ihn wirken?

Zu allem Übel wurde mir nun auch noch viel zu warm in dieser Jacke, deswegen zog ich sie schnell aus und warf sie achtlos neben mich auf den Boden. Dass ich jetzt nur noch in meinem alten, abgerockten rosa Schlafanzug vor ihm saß, versuchte ich einfach zu ignorieren. Doch diese Rechnung hatte ich ohne Mats gemacht.

»Rosa Einhörner? Ernsthaft? So was trägst du?«

Da war es wieder. Das schiefe Lächeln hatte mir so gefehlt.

Ach, verdammt. Ich wollte am liebsten im Boden versinken, doch ich versuchte mich ganz cool zu geben und wischte seine Bemerkung mit einer Handbewegung weg. »Lenk jetzt nicht ab«, mahnte ich, doch meine Stimme zitterte verdächtig.

Mats seufzte, seine grünen Augen funkelten aber noch immer, während er mich weiter ansah. »Ich weiß nicht, was ich dir dazu noch sagen soll. Ich bin nicht Jeff, Paula.«

Seine Stimme klang fest und ein Hauch von Verbitterung schwang darin mit. Ich suchte seinen Blick und erkannte in derselben Sekunde, dass seine Augen die Wahrheit sagten.

Ich nickte nachdenklich und kam mir furchtbar albern vor. »Gut – dann haben wir das ja geklärt. Fährst du mich jetzt nach Hause, wenn du mich schon nicht mit dem Bus fahren lässt?« Mats bewegte sich keinen Zentimeter. »Bitte, mir ist mein Aufzug hier jetzt nämlich doch etwas unangenehm«, gab ich zu.

Da spürte ich Mats' Finger an meinem Kinn. Er hob es sanft an, so dass ich ihm wieder in die Augen sehen musste. Langsam schüttelte er den Kopf. »Dir muss vor mir nie etwas unangenehm sein«, sagte er leise. »Das weißt du doch.«

Sein jäher Stimmungswechsel gab mir den Rest, damit kam ich nicht klar.

Wütend sprang ich auf, schnappte meine Jacke und zog sie schon über meine Schultern, während ich bereits hektisch auf die rettende Tür zuhielt.

Mats war fast ebenso schnell wie ich auf den Beinen und erwischte mich schon nach wenigen Schritten an der Taille, um mich zurückzuziehen. Wütend stieß ich mich von seiner Brust ab, doch er hielt mich weiter fest und sah mich eindringlich an. »Lauf nicht weg.« Er verzog das Gesicht. »Bitte.«

Ich lachte ungläubig auf und versuchte erneut, mich strampelnd aus seinem Griff zu befreien, hatte aber nicht die geringste Chance gegen ihn. Dieses Verhalten machte mich so wütend, dass ich mich kaum beruhigen konnte und immer wilder wurde.

Mats seufzte schwer, fixierte meine Arme in einer festen Umarmung und presste meinen Oberkörper an seinen. »Hör auf.«

»Nein!«, schrie ich schluchzend und versuchte erneut erfolglos, mich von ihm zu stemmen. »Wieso machst du das jetzt? Du warst derjenige, der eine andere geküsst hat, nur um mich zu verletzen! Also lass mich jetzt in Ruhe, ich wollte nur nach dir sehen. Ich lass mich doch hier jetzt nicht so von dir verarschen!«

»Du hast alles recht der Welt, wütend auf mich zu sein«, murmelte er in meine Haare. »Aber ich will, dass du weißt, dass es mir leidtut. Alles. Ich habe wirklich versucht, das

Richtige zu machen, indem ich mich von dir fernhalte, aber das war dieses Mal noch viel schlimmer als sonst. Dir ging es so dreckig, ich habe kaum ertragen, dass ich derjenige war, der dir das angetan hat.«

Ich schluchzte bei seinen Worten wieder auf, doch statt mich weiter zu wehren, fand ich plötzlich Trost in seiner Umarmung. Ich presste meine Wange an seine Brust, und als er mir nun beruhigend über den Rücken streichelte, hatte ich das paradoxe Gefühl, dass irgendwie doch alles gut war – was es definitiv nicht war.

»Und jetzt?«, flüsterte ich so leise, dass ich nicht wusste, ob er mich verstanden hatte. »Wieso bist du jetzt wieder so nett?«

Es dauerte ein paar Sekunden, bis er antwortete. »Weil du hier bist. Du weißt doch mittlerweile, wie schwer es mir in deiner Gegenwart fällt, dich in Ruhe zu lassen. Und ich sehe auch, dass du mich auch nicht so einfach vergessen kannst, wie ich mir das für dich eigentlich erhofft habe.« Er hielt inne und schnürte mir fast die Luft ab, so fest zog er mich an sich. »Liege ich da falsch? Willst du gehen? Oder ...« Er stoppte abrupt und schob mich an den Schultern von sich, um in mein völlig verheultes Gesicht zu schauen. »Fuck, ich mache es immer nur noch schlimmer.«

»Nein«, sagte ich zu unser beider Überraschung mit erstaunlich fester Stimme. »Was wolltest du sagen? Sag es.«

Er warf erneut einen düsteren Blick auf mein Gesicht, gab sich dann aber einen Ruck und nickte einlenkend. »Ich will das mit dir, Paula. Ich wollte nur dich, die ganze Zeit über. Gleichzeitig wollte ich aber, dass es dir gut geht, und das hat sich teilweise ausgeschlossen. Ich weiß, dass ich mich wie das größte Arschloch unter der Sonne benommen habe, und ich kann dir das erklären. Und wenn du mir die Chance gibst, *will* ich dir das gerne erklären. Alles.« Er musterte mich, und als ich ihm in die Augen sah, deutete sich auf seinen Lippen ein kleines Lächeln an. »Lässt du mich?«

Ich stieß einen langen Ton aus, der wie ein missglücktes Pfeifen klang, während ich mich auf das Sofa fallen ließ.

Dabei machte ich eine ausladende Handbewegung. »Ja, gut. Dann erklär mir das. Jeder hat ja eine zweite Chance verdient, nicht wahr?«

Darauf sagte er nichts, was wohl auch besser war.

Er setzte sich langsam neben mich und musterte mich wieder so stechend, dass ich unter seinem Blick ganz unruhig wurde und nervös anfing, auf der Couch herumzurutschen.

»Die ganze Geschichte ist völlig abgefuckt. Ich hatte nie vor, dich zu verletzen, aber ich ...« Er hielt getroffen inne und holte tief Luft.

Dabei erkannte ich einen Funken Reue in seinen Augen aufblitzen. Unwillkürlich musste ich an das Gespräch mit meinem Bruder denken.

Und dann ging mir ein Licht auf. Ein ungutes Gefühl breitete sich in meinem Bauch aus, als ich mühsam seinem Blick standhielt. »Oh doch, das wolltest du, oder? Ging es dir die ganze Zeit nur darum? Mich rumzukriegen?«

Als er nichts sagte, sondern mich nur anstarrte, wusste ich, dass ich gerade ins Schwarze getroffen hatte.

Und dass mein Bruder die ganze Zeit über recht gehabt hatte. Die Erkenntnis fraß sich bitter wie ein Parasit in mich hinein und löste ein abscheuliches Gefühl der Demütigung in mir aus.

Ausgerechnet Mats. Ich hatte ihm vertraut, hatte wirklich gedacht, dass er anders war, als alle es mir weismachen wollten, und doch war es mein Bauchgefühl, das mich so derart im Stich gelassen hatte. Ich wusste nicht, wen ich in diesem Moment mehr hasste – ihn oder mich selbst. Wahrscheinlich mich.

Ich wollte erneut aufspringen, aber das hatte Mats kommen sehen.

Er stieß mich sanft an der Schulter zurück, als ich mich gerade aufgerichtet hatte, und deutete ein Kopfschütteln an. »Lass mich erst ausreden.« Er rutschte neben mich und fixierte meine Handgelenke in meinem Schoß, damit ich nicht davonlaufen konnte. Seine Augen fanden meine, und ich erkannte den Sturm, der darin tobte, ganz eindeutig. Ach was, kein Sturm, das war ein ausgewachsener Tornado.

»Hör auf«, quietschte ich trotzdem mit erstickter Stimme, aber Mats dachte gar nicht daran.

»Wenn du die ganze Wahrheit hören willst, gehört das dazu. Lass mich dir alles erzählen, danach kannst du mit den Informationen machen, was du willst, in Ordnung?« Er nahm mein Gesicht in beide Hände und sah mich eindringlich an. »Ich bitte dich darum. Nur zuhören. Ich vermisse dich, Paula, und wenn ich könnte, würde ich vieles rückgängig machen. Du bist das Beste, was mir in meinem verdammten Leben je passiert ist, und ich habe das erst viel zu spät verstanden.«

Ich vermisse dich? Du bist das Beste, was mir passiert ist?

Jetzt kam ich überhaupt nicht mehr hinterher. Ich schluckte hart und blinzelte nur, weil ich seinem intensiven Blick nicht standhalten konnte.

Seine Hände an meinen Wangen fühlten sich viel zu gut an, als dass ich sie von mir hätte schieben können. Das brachte ich nicht über mich. Schon gar nicht, nachdem er so etwas zu mir gesagt hatte.

»Bitte?«, fragte Mats leise, während seine Daumen sanft über meine Wangenknochen fuhren, und sah so ernsthaft getroffen aus, dass ich nicht anders konnte, als zaghaft zu nicken.

»Danke.« Mats ließ mein Gesicht frei, griff dafür aber nach meinen Händen und verschränkte sie mit seinen. »Hat Robin dir irgendwas erzählt?«, wollte er dann unvermittelt wissen.

»Ja«, sagte ich knapp. Wenn Mats wirklich vorhatte, mir nun alles zu erzählen, wollte ich ihm nicht unterschlagen, dass ich einen Teil davon schon wusste.

Mats runzelte nachdenklich die Stirn, es schien ihn aber nicht sonderlich zu überraschen. »Vermutlich den Teil mit meiner Drogenvergangenheit und meiner Familie.« Sein Ton klang bitter, aber er sah immer noch nicht so aus, als würde es ihn stören, dass ich davon wusste.

Mein Nicken hatte er erwartet. Dann aber runzelte er die Stirn. »Paula, weiß Rob von uns?«

»Irgendwie musste ich ihm ja meinen Ausbruch nach der blöden Seeparty erklären.«

Mats sah überrumpelt aus, eine tiefe, nachdenkliche Furche bildete sich auf seiner Stirn, aber er hatte sich schnell wieder gefangen.

»Was ist?«, fragte ich leise nach, weil mich seine Reaktion irritierte.

»Nichts.« Mats zuckte nur mit den Schultern. »Dann ist es so, wie ich es mir bereits gedacht hatte. Er spuckt meistens bloß große Töne, hält am Ende aber trotzdem dicht. Ich frag mich nur, warum er noch nicht hier war, um mir den Kopf abzureißen.« Ein leichtes Grinsen legte sich auf seine Züge und fast musste ich auch lächeln. Bevor ich genauer nachhaken konnte, sprach er aber schon weiter. »Dass Robin in der ganzen Sache mit drinsteckte, hat er dir vermutlich nicht erzählt?«

Nun kräuselte ich irritiert die Stirn. »Was? Wodrin?«

Mats seufzte, seine Augen huschten kurz zur Seite, bevor er sie eindringlich wieder auf meine richtete. »Wir waren früher befreundet – oder so was in der Art. Es war keine richtige Freundschaft. Wir hatten einen ähnlichen Freundeskreis, er ist lange nicht so unschuldig, wie du ihn dir immer ausmalst. Wir haben uns nicht wirklich mit netten Typen abgegeben.« Vielsagend zuckten seine Augenbrauen in die Höhe, bevor er schnell weitersprach. »Als das mit meiner Familie so richtig eskaliert ist, habe ich festgestellt, dass ich mit Drogen wunderbar den Kopf frei bekomme, bei Robin waren es andere Gründe ... Als das schließlich aufgeflogen ist, wurden wir zusammen nach Heidelberg in die Therapie gesteckt.«

»Er ... ihr ... was?«, fuhr ich aufgeregt dazwischen. »Das glaube ich nicht! Nicht mein Bruder! Wann soll das gewesen sein?«

»Vor zwei Jahren«, antwortete Mats. »Da war er nicht im Auslandsjahr in Kanada, so wie du das dachtest.«

Ich starrte ihn nur entgeistert an. Das war doch jetzt ein schlechter Scherz.

»War leider so«, murmelte Mats leise. »Sieh mich bitte nicht so verzweifelt an, ich kann dir nicht sagen, warum Robin so abgerutscht ist, das ist alles etwas komplexer, und genau weiß ich nicht, was damals alles vorgefallen ist. Es hat mich auch nie interessiert. Ich kann dir nur erzählen, wieso es bei mir so weit gekommen ist.«

In meinem Kopf drehte sich alles vor lauter neuen Informationen.

Also hatten meine Eltern und mein Bruder mich über Jahre hinweg angelogen. Und ich hatte nichts davon gemerkt. *Was zum Teufel?*

Ich konnte mir einfach nicht vorstellen, wieso ausgerechnet mein Bruder etwas mit Drogen am Hut haben könnte. Ich traute ihm eine Menge zu, aber das auf gar keinen Fall. Wir waren in einer absolut intakten Familie aufgewachsen und hatten keine schwierige Vergangenheit zu bewältigen. Aber dieser Teil musste wohl warten.

Wieder nickte ich. »Erzähl es mir bitte.«

»Das ist keine schöne Geschichte, Paula«, warnte Mats mich leise. »Ich bin extra ein Jahr länger in Heidelberg geblieben, um im Anschluss noch weitere Therapiegespräche wahrzunehmen, um halbwegs mit dieser ganzen Scheiße klarzukommen. Ich bin jetzt an einem Punkt, an dem ich sagen kann, dass ich damit umgehen kann. Ich weiß aber nicht, wie du das jetzt auffassen wirst.«

Instinktiv umklammerte ich seine Hände und rang mir ein freudloses Lächeln ab. »Erzähl schon. Ich komme damit bestimmt klar.«

Er seufzte. »Das Leben mit meinem Vater war nie so, wie du ein Familienleben kennst, Paula. Er hat mich und meine Mutter wie den letzten Dreck behandelt. Er hat uns geschlagen und schikaniert, und ich als kleiner Knirps habe versucht, meine Mutter vor ihm zu beschützen. Was natürlich nie geklappt hat. Dafür habe ich immer nur noch mehr Prügel kassiert.« Er zuckte abgeklärt mit den Achseln. Bei seinen Worten drehte sich mir der Magen um, doch ich sagte nichts und wartete darauf, dass er weitersprach.

Das tat er dann auch. »Als ich älter wurde, habe ich versucht, meine Gefühle mit Drogen auszuschalten. Das hat so weit auch ganz gut funktioniert. Meine Mutter hat sich immer wieder auf meinen Vater eingelassen, obwohl er sie nur misshandelt und für seine Zwecke eingespannt hat.« Bei der Erinnerung daran mahlte Mats ungehalten mit den Kieferknochen und atmete anschließend tief durch. »Er hat ihr eingeredet, dass sie bei seinen Aktionen mitmachen müsste. Dabei war sie nie so gewesen.« Ein verzweifelter Ton legte sich auf seine Stimme, während sein Blick wieder irgendwo hinter meinem Kopf verschwand.

Immer noch sagte ich nichts. Sein Schmerz war so deutlich zu fühlen, dass ich mich kaum rühren konnte, aus Angst, etwas Falsches zu sagen oder zu machen.

»Mein Vater hat schließlich seine gerechte Strafe bekommen und meine Mutter sollte eigentlich auch wegen Mittäterschaft für einige Zeit ins Gefängnis.« Mats stockte und atmete tief ein.

Sanft drückte ich seine Hand. »Was ist dann passiert?«, flüsterte ich heiser. Ich hatte Angst davor, was er gleich sagen würde. Doch ich ahnte es schon, auch wenn ich das nicht wahrhaben wollte. Wenn schon ich mich so fühlte, wie musste es erst ihm damit gehen?

Mats schloss für einen kurzen Moment die Augen, um sich zu sammeln. Dann sah er mich mit undurchdringlicher Miene an. »Ich habe sie in der Badewanne gefunden. Sie hatte sich die Pulsadern aufgeschnitten.«

Ich schluckte mehrmals, mein Hals wurde trocken und mir wurde schlecht. Ach du Scheiße.

»Oh Gott, Mats, das tut mir so leid«, murmelte ich entsetzt. Ich spürte die Tränen, die sich an die Oberfläche kämpfen wollten, blinzelte aber hastig dagegen an.

Auch Mats sah sie in meinen Augenwinkeln funkeln und wischte langsam mit seinem Daumen und einem traurigen Ausdruck im Gesicht darüber.

Bei seiner zarten Berührung schloss ich kurz die Augen, und als ich sie wieder öffnete, hatte sich ein zärtlicher Ausdruck auf sein Gesicht gelegt.

»In der Therapie habe ich gelernt, mit meiner Wut umzugehen und mein Schicksal anzunehmen. Zumindest in dieser Hinsicht.« Er sah mich bedrückt an und redete dann schnell weiter. »Ich habe nie verstanden, wie das mit den Gefühlen so funktioniert. Ich habe es gehasst, wenn ich glückliche Paare gesehen habe, weil ich immer dachte, dass das alles wie bei meinen Eltern nur Fassade ist und immer irgendeinem Zweck dienen würde.« Er seufzte leise. »Du kannst dir wahrscheinlich denken, was jetzt kommt.«

Und so schuldbewusst und reumütig, wie er dreinsah, konnte ich das wirklich.

»Robin hatte recht«, murmelte ich langsam. »Ich war nur ein Spiel für dich. Du wolltest mich zappeln lassen und hast es drauf angelegt, dass ich mich in dich verliebe, nur damit du mich dann abservieren kannst.«

Er runzelte die Stirn, nickte aber schließlich, obwohl er nicht glücklich dabei aussah. »So ungefähr, ja«, murmelte er. Seine grünen Augen hatten diesen traurigen Schimmer angenommen, den ich schon so manches Mal darin gesehen hatte.

Ich wollte mich von ihm abwenden, aber da legten sich seine Hände zurück an meine Wange.

»Nein, noch nicht weglaufen«, flüsterte er. »Das war am Anfang so. Die ganze Sache hat sich so schnell so anders entwickelt, dass ich selbst nicht mehr hinterhergekommen bin. Ich habe es doch nie darauf angelegt, dass ich mich in dich ...« Er brach stirnrunzelnd ab und atmete tief ein. »Ach, fuck. Dein Bruder war es doch erst, der diese ganze Scheiße ins Rollen gebracht hat. Er wollte nicht, dass ich mit dir die gleiche Sache wie mit Ivy abziehe.« Er fing meinen verwirrten Blick auf und sah zur Seite, als er weitersprach. »Ein Mädchen, das wir bei der Therapie kennengelernt haben«, erklärte er sichtlich resigniert. »Rob hat sich in sie verknallt, und weil ich nun einmal das Arschloch war, das ich immer noch bin, hab ich drauf geschissen und sie bei der ersten Gelegenheit, die sich mir geboten hat, gevögelt. Es war mir scheißegal, wie es ihr damit ging, als ich sie hinterher abserviert habe, und noch viel mehr waren mir Robs Gefühle dabei egal. Ja, ich fand es sogar auf eine gewisse Art befriedigend, dass ich beide damit zerstört habe.« Sein Blick streifte meinen. »Sag nichts, ich bin noch nicht fertig.«

Ich nickte langsam. Mit solch einer Offenbarung hatte ich nun wirklich nicht gerechnet – und so schlimm, wie ich diese Erklärung auch fand, viel schlimmer ging es mir gerade damit, Mats so sichtlich aufgewühlt vor mir sitzen zu sehen.

Ich wollte nicht, dass er sich so schlecht fühlte. Also machte ich das Erste, was mir in den Sinn kam. Ich kletterte auf seinen Schoß und umarmte ihn.

Nur zögerlich legte er seine Arme um mich. »Hasst du mich jetzt nicht?«, flüsterte er leise in meine Haare, und die Hoffnung, die ich in seiner Stimme erkannte, bestätigte mich darin, dass ich gerade das Richtige tat.

»Kommt drauf an, was du mir gleich erzählst«, murmelte ich in seine Halsbeuge.

Instinktiv zog mich Mats an sich, und so saßen wir eine Weile und genossen einfach nur die Nähe des anderen, bis er mich schließlich mit einem vielsagenden Blick von mir schob und leise weiterredete. »Verstehst du, dass das hier nie nur eine Sache zwischen uns beiden war? Das war von Anfang an alles eine Sache zwischen deinem Bruder und mir – und dann irgendwann zwischen ihm, mir und *dir*. Ich habe ihm damals sein Mädchen weggeschnappt, und dann habe ich sie auch noch entjungfert und sie danach nicht mehr beachtet – was meinst du, wie Rob da ausgerastet ist?« Er zog eine Grimasse, als er meinen erschrockenen Gesichtsausdruck sah. »Richtig, er hat mich gehasst. Zu Recht. Und ich glaube, er tut es immer noch. Seine größte Angst war, dass ich das Ganze auch mit dir abziehen könnte. Er liebt dich und du warst immer das Wichtigste, was er beschützen wollte. Deshalb hat er dir auch nie was von den Drogen erzählt. Er wollte nicht, dass sich zwischen euch etwas verändert. Er wollte doch immer nur das Beste für dich, mit allem, was er getan hat.«

Ich spürte einen Kloß im Hals. Das konnte ich mir nach diesen Einblicken kaum noch vorstellen. »Du musstest Rob also versprechen, mich nicht anzurühren?«, schlussfolgerte ich.

Mats nickte, als er merkte, wie ich langsam verstand. »Sozusagen. Es war aber nicht nur ein Versprechen, Paula.« Er sah mich eingehend an, als er weitersprach. »Robin ist der Einzige an unserer Schule, der von meiner Vergangenheit weiß. Er wollte mich damit erpressen. Er meinte, wenn ich diesen Scheiß auch mit dir abziehen würde, dann würde er der ganzen Schule von meinem Vater erzählen.« Bei dem Gedanken an diese Aussicht grinste er, was nicht zu seiner Aussage passte.

»Mein Bruder?« Ich schüttelte sofort mit dem Kopf. »Das würde er doch niemals tun. So ist er nicht.«

Mats lachte leise auf und legte den Kopf schief. »Er wollte dich damit schützen, Paula. Und außerdem ... von den Drogen wusstest du doch auch nichts.«

Ich schluckte. Mats hatte wie so oft recht.

»Und du findest das lustig, oder was?«, fragte ich langsam, während ich auf sein Grinsen deutete.

Nun lachte Mats auch noch freudlos auf. »Nein, nicht wirklich. Die ganze Geschichte ist eigentlich nicht witzig. Das Einzige, das ich die ganze Zeit über wirklich lustig fand, war, dass Rob tatsächlich der Meinung war, ich würde mich ernsthaft von ihm erpressen lassen.«

Ich hob irritiert eine Augenbraue und musterte ihn fragend. »Ich dachte, darum ging es hier die ganze Zeit?«

»Für Robin vielleicht, ja. Aber nicht für mich. Er hat mit seinem Verhalten doch erst recht das bewirkt, was er unbedingt vermeiden wollte«, klärte Mats mich emotionslos auf. »Er hat so einen Wirbel um dich gemacht, dass er mich damit erst recht gereizt hat.«

»Und hast damit riskiert, dass Robin alles über deinen Vater erzählt? Warum?«

Er machte eine wegwerfende Handbewegung. »Das ist mir scheißegal, sollen die in der Schule über mich denken, was sie wollen, das hätte mich zu keinem Zeitpunkt gestört. Es war mir von Anfang an egal, ob Rob das herumposaunt oder nicht, ich habe ihn bloß nicht korrigiert, als er mir das angedroht hat. Er dachte, er hätte etwas gegen mich in der Hand, das hatte er aber nie. Zum Problem ist diese ganze Sache erst geworden, als ich Vollidiot festgestellt habe, in was für eine Scheiße ich dich gerade ziehe.« Er sah mich eindringlich an. »Verstehst du das? Anfangs wollte ich dich wirklich rumkriegen, einfach nur, um Rob zu zeigen, dass ich es kann. Dass es mir egal ist, dass er mir egal ist und du sowieso.«

Ich öffnete den Mund und schloss ihn untätig wieder. Was sollte ich darauf auch sagen? Stattdessen sprang ich auf und tigerte unruhig vor der Couch auf und ab. Still sitzen konnte ich nicht länger.

Mats beäugte mein Handeln mit einer skeptisch erhobenen Augenbraue, sprach dann aber hastig weiter. »Das hat sich aber schnell geändert. Und ich habe dich auch nie angelogen, Paula, nur Dinge verschwiegen, weil ich mein Versprechen Rob gegenüber nicht brechen wollte.«

»Was zum Beispiel? Was für ein Versprechen?«, fragte ich misstrauisch, doch Mats sah sowieso aus, als wollte er sich nun alles von der Seele reden.

»Zum Beispiel das mit der Party am See – da war ich wirklich arbeiten. So wie Rob auch, er geht allerdings wesentlich seltener hin als ich.«

Irritiert runzelte ich die Stirn.

»Wir arbeiten hier in einem Therapiezentrum«, erklärte er mit leiser Stimme, als hätte er Angst, mich weiter zu verschrecken, wenn er in normaler Lautstärke mit mir sprechen würde. »Wir helfen anderen Jugendlichen mit unseren Erfahrungen, tauschen uns aus und dazu gehören dann auch manchmal solche Ausflüge. Es ist gut, wenn man nicht nur mit ausgebildeten Therapeuten spricht, sondern sich auf Augenhöhe austauschen und beraten kann. Ich habe schon in

Heidelberg damit angefangen und mache nun hier weiter. Ich habe das Gefühl, dass ich meine Erfahrungen teilen muss, damit andere nicht denselben Fehler machen wie ich.«

Ich spürte, wie meine Beine weich wurden, und ließ mich wieder auf die Couch sinken. Hektisch fuhr ich mit meinen Händen über mein Gesicht, dann starrte ich Mats aufgebracht an. »Und warum hast du diese blöde Abby bei der Seeparty dann geküsst? Wenn es dir doch egal war, dass Rob mit deiner Vergangenheit auspacken könnte?«, flüsterte ich langsam und beobachtete seine Reaktion genau.

Ein Lächeln zupfte an seinem Mundwinkel, bevor er beruhigend meine Hand drückte. »Ganz ehrlich .... Du sahst so aus, als würdest du Robin ins Gesicht schreien, was alles zwischen mir und dir passiert ist. Ich konnte nicht riskieren, dass er in dieser Situation dann doch mit allem auspackt. Ich musste dich irgendwie stoppen und das war die sicherste Variante. Auch wenn sie im Nachhinein betrachtet echt dumm von mir war.«

Ich grinste spöttisch. »Also wolltest du doch verhindern, dass keiner von deinem Vater erfährt?«

Mats schüttelte den Kopf. »Nur deinetwegen, Maus. Ich war mir nicht sicher, ob Rob es wirklich wagen würde, vor allen mit unserer Vergangenheit rauszurücken, aber wenn, dann wärst vor allem du die Leidtragende gewesen. Was meinst du, wie alle sich das Maul darüber zerrissen hätten, dass ausgerechnet du auf mich reingefallen bist?«

Ich brummte ungehalten.

Mats nickte, als er erkannte, wie ich langsam verstand. »Ich wollte Robin damit zeigen, dass zwischen dir und mir nichts gelaufen ist und dass ich immer noch ganz der Alte bin. Damit er dich in Ruhe lässt. Ich habe ihm versprochen, nichts von unserer Vergangenheit zu erzählen. Nicht meinetwegen, sondern weil es ihm so mies bei dem Gedanken ging, dass du davon erfahren könntest. Und irgendwie musste ich ihm ja beweisen, dass ich mich daran halte – wenigstens daran. Dass er ausgerechnet dort erfährt, dass ich dich schon längst ... na ja. Das wäre nicht gut ausgegangen, glaub mir. Für niemanden, aber vor allem für dich nicht.«

Ich sah ihn aus verengten Augen an. »Okay. Das ist auf deine Art und Weise ja dann fast ein netter Schachzug.«

Mats lachte leise auf und legte den Kopf schief. »Wenn du meinst.«

»Meine ich«, murmelte ich und seufzte tief, um mich zu sammeln.

Das musste ich erst mal alles verdauen. Ich vergrub mein Gesicht in den Händen. Ich spürte, wie Mats an mich heran rutschte, dann legte er einen Arm um mich und zog mich an sich. Ich wehrte mich nicht und vergrub meinen Kopf an seiner Schulter. Mats seufzte leise auf und streichelte mir mit dem Daumen über den Rücken.

»Dein Plan mit mir ist nicht ganz aufgegangen, oder?«, fragte ich nach ein paar Minuten und linste zu ihm auf.

Mats nickte und grinste endlich wieder sein typisches schiefes Grinsen. »Überhaupt nicht. Obwohl du es mir verdammt einfach gemacht hast. Du warst ja diejenige, die sich mehr oder weniger offensichtlich an mich rangeschmissen hat.«

Bei diesen Worten schnappte ich empört nach Luft, aber Mats lachte nur und fuhr in einer beiläufigen Bewegung über meinen Oberschenkel. Und wie jede seiner Berührungen reichte diese kleine Geste aus, dass mein ganzer Körper kribbelte. Das war doch verrückt, was dieser Typ in mir anrichtete.

Belustigt musterte er mich. »Wahrscheinlich hätte ich dich am ersten Tag der Schreibwerkstatt flachlegen können ...«

»Woah, warte mal!«, fuhr ich aufgebracht dazwischen. »Hättest du nicht! Ich habe dich gehasst!«

Mats grinste spöttisch und hauchte mir völlig gegensätzlich dazu einen Kuss auf meine Schläfe. »Hast du nicht, Maus. Wenn ich es drauf angelegt hätte, hätte ich dich rumbekommen. Und das war mir zu einfach.« Seine Lippen verzogen sich zu einem spöttischen Lächeln, als er daran dachte.

»Ich wollte dich erst richtig von mir abhängig machen, ich wollte, dass du dich in mich verliebst – damit ich dich dann so richtig brechen kann, indem ich dich danach verlasse.« Er sah mich vielsagend an. »Nach dem Sex. Du weißt schon. Um es richtig arschlochmäßig zu machen.«

Jetzt, da er einmal mit der vollständigen Wahrheit angefangen hatte, wollte er wohl ausnahmslos alles loswerden.

Ich brauchte eine Weile, um seine Worte zu verdauen, und starrte ihn nur an. »Ist das dein Ernst?«, fragte ich irgendwann in die unangenehme Stille, die sich um uns herum ausgebreitet hatte, ließ seine Hand dennoch nicht los.

»Ja.« Die Antwort kam sofort und klang aufrichtig.

»Okay.« Ich schluckte hart und blinzelte irritiert. Dass er mir so gnadenlos die Wahrheit an den Latz knallte, hatte ich nicht kommen sehen – andererseits imponierte es mir. Er schien wirklich reinen Tisch machen zu wollen.

Mats sah mir meine innere Zerrissenheit an und strich beruhigend mit seinem Daumen über meinen Handrücken. »Das solltest du wissen. Wenn du mich deswegen hasst, kann ich das nur allzu gut verstehen.«

Ich schlucke trocken und nickte wie ferngesteuert.

Er umfasste meine Hände fester und ließ mich nicht aus den Augen. »Frag«, sagte er dann ruhig, als er meinen verwirrten Gesichtsausdruck erkannte.

»Aber du … und ich«, murmelte ich leise, schaffte es aber nicht, den Satz zu Ende zu bringen.

Mats' Miene wurde weich und er nickte. »Ja, natürlich hat sich das alles geändert. Sonst würdest du jetzt nicht hier sitzen und müsstest dir nicht mein Seelenstriptease anhören.«

Diese Worte reichten, um ein kleines Lächeln auf mein Gesicht zu zaubern. Der Kerl hatte mich wirklich total im Griff.

»Aber warum hast du dann nicht schon viel früher mit mir darüber gesprochen? Ich hätte das doch verstanden und …«

Mats unterbrach mich mit einem Kopfschütteln. »Es

stand mir nicht zu, Robs Problem auszuplaudern, das hätte er machen müssen. Es fühlt sich auch jetzt schlecht an, dir davon zu erzählen. Das dürfte ich nicht tun, und das ist der eigentliche verfluchte Grund dafür, wieso ich mich lieber von dir fernhalten wollte, als dir, ihm und uns noch mehr Probleme zu bereiten. Ich will nicht, dass du dich meinetwegen mit deiner Familie in die Haare bekommst. Und noch viel weniger will ich, dass du immer wieder von mir enttäuscht wirst, nur weil ich mich selbst nicht im Griff habe. Du bist besser dran ohne mich.«

Ich schüttelte entgeistert den Kopf. »Hör auf, so was zu sagen, das stimmt nicht.«

»Doch, das ist so. Ich war mir selbst lange nicht sicher, was das mit dir für mich ist. Es war anders, ja. Aber ich konnte mich selbst überhaupt nicht einschätzen. Verstehst du jetzt, warum ich nicht wollte, dass das mit uns weitergeht? Also auch dann nicht, als ich schon lange nicht mehr vorhatte, mit dir so was abzuziehen?«, murmelte er dann leise. »Ich hatte Angst vor mir, vor dem, was in mir abgehen würde, wenn ich dich erst einmal im Bett hatte. Selbst dann, als ich mir ziemlich sicher war, dass du nicht nur irgendein Mädchen für mich bist, sondern ich dich viel mehr mag, als ich mir anfangs hätte vorstellen können. Unter keinen Umständen wollte ich das mit dir vermasseln. Und noch viel weniger wollte ich dich so behandeln wie all die anderen. Es hat eine Weile gedauert, bis ich mir selbst *wirklich* sicher war, dass ich dich nicht einfach nach dem Sex liegen lassen würde. Das hatte nichts mit dir zu tun, sondern nur mit mir selbst. Ich habe mir selbst und meinen Gefühlen nicht über den Weg getraut, deswegen habe ich dir klarmachen wollen, dass du mich lieber in Ruhe lassen solltest. Weil ich es eben nicht konnte. Ich bin völlig kaputt, was das angeht, Paula. Du hast so jemanden wie mich nicht verdient. Du bist völlig anders als ich, du bist durch und durch nett. Du siehst in allen nur das Gute und kannst dir gar nicht vorstellen, dass es in deiner heilen Blase noch etwas anderes als das gibt. Etwas anderes als nette Menschen. Monster. Solche wie mich.« Er holte tief Luft und schüttelte gequält den Kopf. »Du bist zu gut für mich, Paula. Deswegen hatte ich nach dieser dummen Seeparty den Vorsatz gefasst, dich wirklich endlich in Ruhe zu lassen. Scheiße, als ich gesehen habe, wie du geweint hast, habe ich mir geschworen, dir nie wieder wehzutun. Und das funktioniert nur sicher, wenn ich nicht in deiner Nähe bin. Ich habe dich nicht verdient. Überhaupt nicht.«

Ich schluckte bei seinen Worten. Dass er mir viel mehr weh damit tat, wenn er sich von mir fernhielt, wollte ich ihm nicht auf die Nase binden. Ich war mir ziemlich sicher, dass er das mittlerweile verstanden hatte. Zumindest implizierte mir das sein liebevoller Gesichtsausdruck, mit dem er mich gerade bedachte – so weit durchschaute ich ihn bereits.

»Wann?«, fragte ich schließlich tonlos.

Verwundert kräuselte Mats die Stirn.

»Wann hast du gemerkt, dass da mehr sein könnte?«, hakte ich betont langsam und ruhig nach.

»Schnell«, antwortete er zu meiner Überraschung sofort. »Interessiert hast du mich irgendwie schon, als wir uns im Park über den Weg gelaufen sind. Es hat mich ein bisschen beeindruckt, wie du mich angestiert hast, so wie du es so gerne tust, obwohl du augenscheinlich echt Panik vor mir hattest. Das fand ich schon damals süß. Ich wusste da allerdings auch schon, dass du Robs Schwester bist. Als ich zurück auf die Schule gekommen bin, war das seine erste Handlung. Er hat mich mit in die Cafeteria geschleift, mir euren Lieblingsplatz gezeigt und dann auf dich gedeutet, um mir im nächsten Atemzug zu drohen. Da warst du mir aber ehrlich gesagt noch ziemlich egal.«

»Moment«, warf ich verwirrt ein. »Ich dachte, Rob hat erst an dem Tag, an dem wir uns bei der Schreibwerkstatt über den Weg gelaufen sind, erfahren, dass du wieder da bist?«

Mats lächelte und stupste mir auf die Nase. »Naiv wie immer, Paula. Nein, er wusste das schon, bevor ich überhaupt wieder da war. Wir hatten ja trotz allem immer Kontakt.«

Ich schnaubte entrüstet, nahm das aber so hin. Offenbar

war mein Bruder hier der Lügner, nicht Mats, so weit hatte ich das jetzt verstanden.

Ein belustigtes Funkeln trat auf Mats' Augen, dann lehnte er sich zu mir. »Erst wollte ich dich wirklich in Ruhe lassen, um des Friedens willen. Deshalb dachte ich, wäre es das Einfachste, wenn ich einfach unfreundlich zu dir wäre und du mir dann einfach aus dem Weg gehen würdest, damit ich gar nicht erst in Versuchung käme, dir näherzukommen. Wie du reagiert hast, wissen wir ja beide.« Er schmunzelte. »Ich hätte nicht gedacht, dass du liebes Mädchen von mir so angetan sein würdest. Deine ganze Körpersprache war so eindeutig. Und dann hat auch Rob immer weitergemacht und mich mit dieser Sache so übel gestresst, da habe ich beschlossen, dass es ganz witzig wäre, das mit dir zu versuchen. Dass du es mir aber *so* leicht machen würdest, habe ich da noch nicht vermutet.«

Er sah meine Miene wohl erneut entgleisen, deshalb machte er eine Pause und seufzte wieder, nahm seine Worte aber auch nicht zurück, wohl um mir zu zeigen, wie ach so böse er doch war.

Ich verengte die Augen und starrte ihn weiter an als stumme Aufforderung, weiterzusprechen.

»Und beim *Ärzte*-Konzert bin ich dir extra hinterher und hatte eigentlich etwas andere Pläne mit dir. Die haben sich aber spontan geändert, als ich mitbekommen habe, dass dieser Kerl sich an dich ranwirft und du es nicht schaffst, für deine Grenzen einzustehen. Weißt du noch, wie Hilfe suchend du mich angesehen hast, als du mich entdeckt hast?« Seine Stimme wurde leiser, seine Miene ganz weich.

Ich nickte tonlos. Daran erinnerte ich mich ganz genau.

»Das war der Moment, in dem mir aufgegangen ist, dass ich das nicht bringen könnte. Und als ich dich dann nach Hause gefahren habe und du mir einfach alles erzählst hast, was dich so bewegt, hattest du zwar ernsthaft mein Interesse geweckt, aber nicht mehr auf diese Weise. Schon da wollte ich dich – aber nicht länger, um dir damit wehzutun. Aber wie gesagt, die Umsetzung war schwierig.«

Innerlich fiel damit meine gesamte Anspannung von mir ab. Das war ja wirklich ganz am Anfang gewesen – damals war ich ja selbst noch der Meinung gewesen, dass Mats nicht gut für mich wäre. Zumindest hatte ich mir das eingeredet.

»Was denkst du?«, flüsterte Mats schließlich und sah unsicher zu mir.

Jetzt war ich diejenige, die wackelnd Luft holte. Alles in mir sträubte sich, Mats deswegen eine Szene zu machen, auch wenn mir diese neue Erkenntnis irgendwie zu schaffen machte. Andererseits saß er gerade wie ein Häufchen Elend vor mir und wir fühlten uns wohl beide gleichermaßen schlecht.

Ach, egal. Kurzerhand überbrückte ich den letzten Abstand zwischen uns und warf mich förmlich in seine Arme. »Du bist nicht so schlecht, wie du immer von dir denkst, Mats«, nuschelte ich in seine Halsbeuge und inhalierte seinen vertrauten Duft förmlich. Er erdete mich augenblicklich und ließ alles nur noch halb so schlimm erscheinen. Er hatte mir gerade die komplette Wahrheit eröffnet, daran zweifelte ich nicht. Endlich konnte ich ihn verstehen – alles, was bisher vorgefallen war. Irgendwie ergab das alles einen Sinn.

»Paula«, murmelte Mats leise, während er mich mit einem Arm um meinen Rücken fest an sich drückte und gleichzeitig mit einer Hand über mein Haar strich. »Und was bedeutet das jetzt?«

So unsicher, wie er diese Frage hervorbrachte, hatte ich ihn noch nie erlebt.

»Ich werde nicht sagen, dass du ein Arschloch bist, Mats. Denn das warst du für mich nie. Nicht wirklich.« Ich lachte leise und freute mich insgeheim darüber, dass sich an seinem Hals eine Gänsehaut ausbreitete. »Ich verstehe jetzt, warum du oft so komisch gehandelt hast, und ja, ich wünschte, du hättest dich mir viel früher anvertraut, aber ich kann auch verstehen, dass du es nicht getan hast. Wenn das alles für dich so … neu war.«

»Neu ist«, korrigierte Mats mich. »Solche Gedanken hatte

ich nie und auch solche Gespräche musste ich nie führen. Es war mir bisher wirklich egal, was andere Menschen von mir denken. Du bist die Ausnahme. Ich will nicht, dass du so schlecht über mich denkst, obwohl ...«

»Hör schon auf«, unterbrach ich ihn und richtete mich auf seinem Schoß auf, um sein Gesicht in beide Hände zu nehmen. »Ich habe nie schlecht über dich gedacht, das weißt du doch. Das warst immer nur du selbst. Und auch du hast mich immer wieder auf Abstand gehalten, weil du dir selbst am wenigsten vertraut hast. Siehst du, wie nett das eigentlich von dir ist? Und dass du mir nichts von Robins Erpressung und seiner Drogenvergangenheit erzählt hast, ist genauso nett. Du hast es ihm versprochen und dich daran gehalten. Das ist auch nett, Mats. Sieh es endlich ein.«

»Du bist so undurchschaubar«, murmelte Mats irritiert. »Ich erzähle dir so was über mich und du suchst wieder krampfhaft nach der netten Seite in mir.«

Ich lachte leise, dann drückte ich, ohne lange zu überlegen, meine Lippen auf die seinen. Er war erkennbar überrumpelt, dann aber erwiderte er meinen Kuss. Es war ein langsamer, dafür umso intensiverer Kuss, den wir nun austauschten, und trotzdem kribbelte mein Körper nach kurzer Zeit so sehr, als würde er gerade sonst was mit mir anstellen.

Schwer atmend löste sich Mats schließlich von mir, seine grünen Augen funkelten vor Zuneigung, als er mich mit einem derart liebevollen Blick bedachte, der mein Herz aufgeregt in meiner Brust hüpfen ließ.

»Wofür war der?«, wollte er mit einem verschmitzten Grinsen wissen und fing meine Hand, die sich schon wieder auf den Weg in Richtung seines Brustkorbs gemacht hatte, mühelos auf.

»Um dir meine Zuneigung zu zeigen?« Ich schüttelte amüsiert den Kopf. »Machen wir einen Deal. Du führst mich weiter in die Geheimnisse der Sexualität ein und ich dich in die geheime Welt der Gefühle – der netten. Wie klingt das für dich?«

Jetzt war es Mats' Mund, der untätig auf- und zuklappte.

Skeptisch neigte er den Kopf und musterte mich mit einem dunklen Blick von Kopf bis Fuß. »Nach allem, was ich dir erzählt habe?«

Ich nickte mutig. »Das spielt keine Rolle. Das ändert nichts.« Ich hielt inne. »Doch, das ändert sogar ziemlich viel. Ich verstehe dich endlich, und damit komme ich klar, wenn du mir in Zukunft versprichst, mit mir darüber zu sprechen, was dir durch den Kopf geht, und nicht einfach wieder auf die Idee kommst, abzutauchen, weil *du* dich gerade selbst nicht leiden kannst.«

»Du bist viel zu nett für jemanden wie mich«, war alles, was er darauf sagte.

Doch bevor ich darauf antworten konnte, schlang Mats beide Arme um mich, hob mich hoch und trug mich kurzerhand in sein Schlafzimmer.

Er warf die Tür hinter uns zu und drückte mich dann mit einem Knurren von innen dagegen. Ich vergrub meine Hände in seinen Haaren und zog ihn näher an mich heran. Wie hatte ich das hier nur vermisst. Ich küsste mich an seinem Hals entlang und sog seinen betörenden Duft ein, was Mats einen begeisterten Laut entlockte. Mit kreisenden Bewegungen drückte er spielerisch seine Hüfte an mich und ich konnte seine Härte durch meine dünne Schlafanzughose nur allzu deutlich wahrnehmen.

»Verrätst du mir noch eine Sache?«, hakte ich nach.

Mats hielt seufzend inne und nickte. »Sicher.«

Ich machte mich von ihm los, griff nach seiner Hand und zog ihn aufs Bett. Mats stützte sich über mir auf und fuhr mir langsam mit dem Finger über die Wange, während er mich eindringlich musterte.

»Nachdem wir das erste Mal Sex hatten«, murmelte ich dann und suchte Mats' Blick, den er, ohne mir auszuweichen, erwiderte.

»Ja?«, fragte er leise.

»Hattest du da das Bedürfnis, wegzulaufen?«, traute ich mich endlich, die gefürchtete Frage zu stellen, die mir in meinem Kopf herumspukte, seit er mir seine Gedanken offenbart hatte.

Mats seufzte tief. »Nein. Überhaupt nicht. Ich war mir bei der ganzen Sache so sicher, wie ich noch nie bei etwas war. Sonst hätte ich nicht mit dir geschlafen, glaub mir das. Ich wollte unter keinen Umständen danach abhauen, das hätte ich mir niemals verzeihen können.«

»Ich dir wohl auch nicht«, murmelte ich erleichtert, kuschelte mich in seine Armbeuge und ließ meine Hand an seiner Brust herabwandern. Sobald er in meiner Gegenwart halbwegs nackt war, setzte mein Denken wohl aus und meine inneren Gelüste übernahmen das Kommando. Schlimm.

Mats stupste mir nur grinsend mit einem Finger auf die Nase. »Ich wette, du hast heute Nacht noch nicht geschlafen.«

Ich warf einen skeptischen Blick auf das Fenster, hinter dem sich der Himmel schon rosa färbte. »Da die Nacht ja gleich schon vorbei ist, würde ich dir da recht geben. Aber ich bin gar nicht müde«, versuchte ich ihn zu überzeugen.

Mats grinste nur und zog mich an sich. »Ich habe dir gerade so viel erzählt, es wäre mir wirklich lieber, wenn du das alles erst mal sacken lassen würdest. Wenn du mich dann immer noch willst ...« Mats machte eine quälend lange Pause und seufzte leise, während er mir einen Kuss auf die Stirn drückte. »Dann können wir drüber reden, in Ordnung?«

Ich musste über diesen Mats schmunzeln. Das war endlich wieder der, in den ich mich verliebt hatte. Der überaus nette Mats – der, der sich selbst so fürchterlich schlecht sah und gar nicht merkte, wie nett er eigentlich sein konnte.

Mit einem Mal spürte ich erst, wie fertig ich nach dieser durchgemachten und fast ebenso durchweinten Nacht tatsächlich war. Ich gähnte herzhaft und kuschelte mich in seine Armbeuge.

Doch bevor ich endgültig einschlafen konnte, fiel mir noch etwas ein. Ich riss die Augen wieder auf und erwischte Mats dabei, wie er mich lächelnd beobachtete. »Eine Frage habe ich noch«, murmelte ich mit kratziger Stimme.

»Nur zu.«

»Was ist mit Jeff?« Ich dachte an das Buch und konnte nichts gegen das schwere Gefühl tun, das sich langsam in meinem Magen ausbreitete. »Hast du dir das wirklich alles nur ausgedacht?« Das konnte ich mir immer noch nicht vorstellen.

Mats' verhärtete Züge bestätigten meine Vermutung und er strich mir nachdenklich über die Wange. »Nein, das habe ich mir nicht ausgedacht. Jeff habe ich in der Therapie kennengelernt. Ich habe viel mit ihm gesprochen und nach seiner Überdosis habe ich seine Geschichte mit diesem Buch verarbeiten wollen.«

Plötzlich war ich wieder wach. Ich sah Mats entsetzt an und er nickte langsam.

»Ja, Jeff war ein wunderbarer Kerl. Wir haben uns so gut verstanden und konnten über alles miteinander sprechen.« Niedergeschlagen sah er mich an. »Und trotzdem konnte ich ihn nicht retten. Ich habe es einfach nicht kommen sehen. Ich dachte, nein, wir alle dachten, er wäre auf einem guten Weg. Aber er hat uns das nur glauben lassen. Es ging ihm die ganze Zeit richtig scheiße und er hat immer gute Miene zum bösen Spiel gemacht.«

Ich griff nach seiner Hand und sah ihn fest an. »Ich bin mir sicher, dass du alles Menschenmögliche unternommen hast, um ihm zu helfen.«

Mats lächelte halbherzig bei meinem Versuch, ihn aufzumuntern. »Nein, das habe ich nicht. Es ging ihm zu gut. Das hätte jemandem auffallen müssen. Das hätte mir auffallen müssen. Jeff hat sich von mir am meisten verstanden gefühlt, weil meine Mutter sich wie seine Schwester auch selbst umgebracht hat. Er hat mir sein Herz ausgeschüttet, und ich habe es nicht erkannt, als er keinen anderen Ausweg mehr gesehen hat.«

Ich wusste nicht, was ich zu Mats' Erzählung sagen sollte, und drückte nur hilflos seine Hand. Er hatte so viel durchmachen müssen, dagegen wirkte alles, was ich je erlebt hatte, so klein und unbedeutend. Hierfür gab es keine passenden Worte.

»Das war nicht deine Aufgabe, Mats«, sagte ich schließlich nach kurzem Schweigen. »Dafür sind die Therapeuten da. Das kannst du nicht ohne Ausbildung erkennen.«

Mats drückte mir einen sanften Kuss auf die Stirn und zog mich an sich. »Lass uns nicht mehr darüber reden. Wir sollten jetzt wirklich versuchen, ein wenig Schlaf zu bekommen.«

NEUNUNDZWANZIG

Ein paar Stunden später wurde ich durch wummernde Kopfschmerzen geweckt. Grummelnd blinzelte ich in die Sonne, die unbarmherzig durch das Fenster schien, und rollte gegen Mats' festen Körper. Bei meiner Bewegung packte seine Hand, die auf meiner Hüfte lag, fester zu, als wollte er instinktiv verhindern, dass ich mich von ihm wegbewegte. Blinzelnd betrachtete ich Mats' schlafende Gesichtszüge.

So, wie er dort lag, sah er friedlich und glücklich aus, nichts konnte erahnen lassen, was er schon alles durchgemacht hatte.

Da schlug er die Augen auf und im Gegensatz zu mir wirkte er sofort wach. »Beobachtest du mich etwa?«, raunte er leise mit vom Schlaf kratziger Stimme.

Das helle Grün funkelte und Mats grinste mich belustigt an. Schnell wandte ich meinen Blick ab, doch ich musste trotz meines hämmernden Kopfes lächeln. Sofort vergrub ich mein Gesicht stöhnend an seiner Schulter.

Lachen war keine gute Idee.

Mats beugte sich zu mir und gab mir einen sanften Kuss auf die Stirn, was meine Haut sofort zum Prickeln brachte. Genießerisch schloss ich die Augen und schnurrte fast ein bisschen.

Ich konnte sein Lächeln hören, als er mir sanft mit den Fingern über die Wange strich. »Das magst du, hm?«

Ich drückte ihm einen Kuss auf die Schulter und nickte. »Ich mag es immer, wenn du mich berührst«, gab ich leise zu. »Aber irgendwie ist ein Kuss auf die Stirn das Intimste, was du mir geben kannst.« Ich sah zu ihm auf und zu meiner Überraschung nickte Mats ernst. Ich hätte gedacht, dass er meine Äußerung albern finden würde, schließlich hatten wir ja schon ganz andere Dinge gemacht und er hatte ohnehin eine ganz andere Definition von Intimität als ich. Aber anscheinend lag ich da falsch.

»Das habe ich vorher auch noch nie bei einer Frau gemacht«, stimmte er mir zu. »Du bist die Erste und Einzige, bei der sich das richtig anfühlt.«

Ich sah zu ihm auf und lächelte ihn an. Doch diese kleine Bewegung reichte aus, dass der Schmerz mir wie ein Blitz durch den Kopf zuckte. Ich schloss stöhnend die Augen und ließ den Kopf wieder an seine Schulter sinken.

»Dir geht es nicht gut.« Mats hauchte mir einen sanften Kuss auf die Wange, dann war er auch schon aufgesprungen. »Ich bin gleich wieder da, nicht weglaufen.«

Ich grummelte belustigt und zog mir das Kissen über den Kopf, damit die Sonne mich nicht mehr so blendete.

Kurz darauf war Mats zurück. Er zog mir das Kissen vom Kopf und reichte mir dann ein Glas Wasser und eine Kopfschmerztablette.

Ich stürzte beides gierig hinunter und ließ mich dann wieder zurück ins Kissen sinken. »Könntest du mir vielleicht meine Tasche holen?«, bat ich ihn. »Ich muss wohl zu Hause mal Bescheid sagen.« Ich verzog bei meinen Worten das Gesicht, als ich an meine Eltern und meinen Bruder dachte.

Dass sie mich jahrelang angelogen hatten, auch wenn es nur zu meinem Besten sein sollte, hatte mich tief getroffen und verursachte ein mulmiges Gefühl.

Mats brachte mir mit nachdenklichem Ausdruck mein Handy und setzte sich dann unbeholfen neben mich. »Ist es okay, wenn ich hierbleibe? Oder willst du lieber alleine sein?«

Langsam ließ ich das Handy sinken und schüttelte den Kopf. »Natürlich darfst du. Das wär mir sogar lieber, wenn ich jetzt gleich mit den Verrätern sprechen muss.« Ich zog eine Grimasse.

Mats seufzte und rutschte näher an mich. »Paula«, hob er an. »Sei nicht sauer auf sie. Sie wollten dich doch bloß schützen.« Er legte behutsam seine Hand auf meinen Oberschenkel und schenkte mir sein strahlendes Lächeln, was mich gleich etwas milder stimmte.

Ein wenig.

Trotzdem hatte ich jetzt keine Lust auf die Diskussion. Es war noch früh, und da ich noch keine panischen Suchanfragen auf meinem Handy hatte, entschied ich mich, meiner Mutter lediglich eine Nachricht zu schreiben, dass ich schon weg sei und erst später nach Hause käme. Dann rollte ich mich wieder neben Mats zusammen. Wir lagen eine Weile schweigend nebeneinander und Mats fuhr mir gedankenverloren mit dem Finger über die Taille. Das Hämmern in meinem Kopf ließ dank der Tablette etwas nach, und ehe ich mich versah, war ich schon wieder eingeschlafen.

Als ich das nächste Mal erwachte, war das Bett neben mir leer. Ich warf schnell einen Blick auf mein Handy. Es war früher Nachmittag. Meine Mutter hatte mir geantwortet und wünschte mir viel Spaß. Ich verdrehte über so viel Vertrauensvorschuss die Augen, war aber insgeheim froh darüber. Auf die lästigen Diskussionen, die in Zukunft unweigerlich auf uns zukamen, konnte ich jetzt noch gut verzichten. Langsam kroch ich aus dem Bett und machte mich auf die Suche nach Mats. Ich fand ihn lesend auf seiner Couch.

Als er mich sah, legte er das Buch zur Seite und grinste mich fröhlich an. »Na, Schlafmütze? Bist du jetzt fitter als vorhin?« Er klopfte mit einer Hand neben sich und der Aufforderung kam ich nur zu gern nach.

Ich kuschelte mich an ihn und seufzte. »Ja, die Kopfschmerzen sind endlich weg. Und du hast gut reden«, grummelte ich und bohrte ihm neckend den Finger in die Brust, »du hattest ja schon einige Stunden Schlaf, als ich zu dir kam, im Gegensatz zu mir.«

Mats hob belustigt eine Augenbraue, doch er wollte das Thema wohl vorerst nicht wieder zur Sprache bringen. Stattdessen sprang er auf, bedeutete mir aber, sitzen zu bleiben. »Du hast bestimmt Hunger. Ich habe vorhin Pancakes gemacht. Bin sofort wieder da.« Er warf mir einen undeutbaren Blick zu und verschwand in der Küche.

Statt sitzen zu bleiben, huschte ich schnell ins Bad und machte mich etwas frisch. Ich zupfte unbehaglich an meinem Schlafanzug und seufzte. Ich hätte bei meinem übereilten Aufbruch wirklich etwas mitdenken können. Ich schlurfte zurück ins Wohnzimmer, wo Mats mir einen herrlich duftenden Teller mit Pancakes angerichtet hatte.

»Wow, die sehen ja super aus«, entfuhr es mir, und da merkte ich erst, wie mein Magen knurrte.

Mats lächelte und schob mich an den kleinen Esstisch. Er drückte mir eine Kaffeetasse in die Hand und deutete auf den Teller, auf dem er großzügig Ahornsirup verteilt hatte.

Ich nahm einen großen Bissen und stöhnte genüsslich auf. »Wo hast du so gut kochen gelernt?« Ich hielt inne und sah ihn fragend an.

Das hätte ich nun wirklich nicht von ihm erwartet. Doch er hatte mich ja bereits in so vielen Dingen überrascht.

Er zuckte nur mit den Schultern. »Das musste ich halt lernen. Keine große Sache.«

Natürlich. Innerlich schüttelte ich über mich selbst den Kopf. Nachdem er mir erzählt hatte, wie er aufgewachsen war, hätte ich mir das selbst denken können.

Sofort war mir meine unbedachte Äußerung peinlich, aber Mats kümmerte mein Spruch gar nicht. Er schien diese Situation gut im Griff zu haben.

Schmunzelnd säbelte ich mir erneut ein großes Stück ab und schob es mir mit einem genüsslichen Seufzen in den Mund. »Also Bücher schreiben, singen, Filme machen und jetzt also auch kochen, ja?«, zählte ich seine Fähigkeiten auf. »Habe ich was vergessen?«

Mats lehnte sich mit verschränkten Armen auf seinem Stuhl zurück und musterte mich mit einem amüsierten Blick. »Meine sexuellen Fähigkeiten hast du vergessen. Ich glaube, die findest du auch ganz gut.«

Prompt hielt ich inne und wurde unter seinem stechenden Blick wieder einmal rot, was Mats zum Lachen brachte. Er schaffte es immer wieder, mich vollends aus dem Konzept zu bringen.

Schnell senkte ich den Blick auf meinen Teller und rammte die Gabel in den Pancake, damit ich ihm nicht antworten musste.

Nach dem Essen brachte mir Mats eines seiner T-Shirts und eine Sporthose, damit ich endlich diesen rosa Schlafanzug loswerden konnte. Dabei beteuerte er zwar, dass ich in allem schön aussehen würde, doch ich zog nur eine Grimasse und verzog mich mit den Sachen wieder ins Badezimmer. Ich duschte und schlüpfte dann in seine viel zu großen Klamotten. Ich sah zwar immer noch dämlich aus, aber immerhin musste ich nicht mehr mit rosa Einhörnern herumlaufen.

Mats lächelte, als er mich in meinem neuen Outfit sah, und zog mich an sich. »Du kannst wirklich alles tragen«, raunte er an meinem Hals. »Und irgendwie macht mich das ziemlich an, dich so in meinen Klamotten zu sehen.«

Ich lachte, als ich das amüsierte Funkeln in seinen Augen sah. »Dich macht auch wirklich alles an.«

Mats lachte leise. Doch dann wurde er wieder ernst und musterte mich.

Als ich seinen dunklen Blick auf mir liegen sah, schluckte ich. Es war, als würden meine Lippen magisch von seinen angezogen werden.

Mats legte eine Hand an meine Wange und sah mich fast flehend an.

»Natürlich«, murmelte ich auf seine unausgesprochene Frage, kam ihm zuvor und presste meine Lippen auf seine.

Er gab ein erleichtertes Geräusch von sich und zog mich näher an sich. Ich stöhnte auf, als unsere Zungen sich berührten, und zerrte an seinem T-Shirt. Mats kam der Aufforderung umgehend nach und zog es sich einfach über den Kopf. Endlich konnte ich meine Hände wieder ungehindert über seine Haut gleiten lassen. Mats keuchte leise auf, als ich mit den Nägeln an seinem Rücken entlangfuhr. Wie hatte ich das vermisst. Mit einer schnellen Bewegung zog er auch mir das T-Shirt wieder über den Kopf und dirigierte mich zurück in sein Schlafzimmer. Dort drückte er mich sanft auf das Bett und streifte sich gleich seine Boxershorts aus. Genauso fieberhaft zerrte ich an meiner Hose und hielt kurz an seinem Mund inne.

»Hat sich ja gelohnt, die Sachen anzuziehen«, stellte ich lachend fest und drückte meine Lippen wieder auf seine.

»Das war eh der Plan, aber wenigstens meinen guten Willen zeigen wollte ich dann doch.«

»Weil du nett bist.«

Mats lächelte an meinen Lippen, dann erwiderte er den Kuss. Mein Lachen erstickte, als Mats an meinem Körper hinunterglitt und mein Höschen in derselben Bewegung nach unten zog. Ehe ich reagieren konnte, hatte er bereits seinen Mund auf mich gepresst und ich stöhnte überrascht auf.

»Jetzt kann ich mich endlich für letztes Mal revanchieren.«

Ich wusste genau, dass er auf die Sache im Auto anspielte. Mats warf mir einen dunklen Blick zu und ließ dann sanft einen Finger in mich gleiten, während er gleichzeitig mit der Zunge über meinen empfindlichsten Punkt glitt. Er wusste ganz genau, wie er mit meinem Körper umzugehen hatte. Ich schaltete meinen Kopf aus und gab mich seinen Berührungen hemmungslos hin.

Wimmernd und keuchend lag ich kurze Zeit später unter ihm, doch Mats hauchte mir nur noch zarte Küsse auf meine Mitte und warf mir ein anzügliches Grinsen zu.

»Du hast die Wahl, soll ich es so zu Ende bringen oder willst du was anderes?«

Ich griff instinktiv nach seinem Arm und zog ihn zu mir hoch. »Ich will dich«, murmelte ich an seinem Mund und drückte erwartungsvoll meine Hüfte an ihn.

Ich spürte seine Härte an meinem Bauch und griff danach, um ihn in die richtige Position zu bringen.

Mats keuchte auf und umfing schnell meine Hand. »Okay, okay, hab ich verstanden. Aber nicht ganz so eilig.«

Irritiert sah ich zu ihm auf. Er war doch eindeutig bereit für mich, wieso stoppte er mich denn jetzt schon wieder? Mats gluckste über meinen vorwurfsvollen Gesichtsausdruck und drückte mir einen flüchtigen Kuss auf den Mund, ehe er sich hochstemmte und zu seinem Nachttisch hinübergriff. Er zog ein Kondom heraus und riss das kleine Tütchen in einer gekonnten Bewegung mit den Zähnen auf.

Ich hielt inne und schloss seufzend die Augen. »Oh Gott, das hätte ich wirklich total vergessen. Was machst du denn bloß mit mir?«

Mats war schon wieder über mir und senkte seine Lippen auf meine. Er streifte sie nur kurz, bevor er mich mit einem belustigten Funkeln in den Augen ansah. »Nenn mich ruhig Mats, das reicht mir.«

Lachend schlug ich ihm gegen die Brust. »Idiot. Was ist jetzt?« Ich wackelte anzüglich mit meinen Augenbrauen, was Mats ein amüsiertes Grinsen entlockte.

»Wie immer die Ungeduld in Person, meine Maus.«

Als er seinen Spitznamen für mich verwendete, wurde mir ganz warm. Das fühlte sich auf der einen Seite noch so fremd, auf der anderen aber genauso schön an.

Sein Blick wurde dunkler, als er sich zwischen meine gespreizten Beine schob. Er beugte sich über mich und drang behutsam und quälend langsam in mich ein, ohne seine Augen von meinen zu nehmen.

Überrumpelt keuchte ich auf und starrte ihn an, ohne zu blinzeln. Ich war mir sicher, dass er jedes Gefühl, das mir gerade durch den Kopf schoss, ungefiltert lesen konnte. Ein warmes Lächeln umspielte seine Lippen, als er sanft mit einer Hand meinen Hals umfasste. Ich schloss wohlig die Augen. Dieses so konfuse Gefühl konnte nur er in mir auslösen.

In seiner Gegenwart fühlte ich mich begehrt, und es kostete mich keinerlei Überwindung, mich ihm ganz hinzugeben, gleichzeitig fühlte ich mich geborgen und beschützt. Ich wusste instinktiv, dass er mir niemals etwas tun würde oder meine Grenzen übertreten würde. Ich vertraute ihm. Komplett.

Ich wand mich unter seinem festen Griff und seufzte genüsslich, während er in tiefen Bewegungen in mich stieß. Ich hatte nicht das Gefühl, dass Mats sich zurückhielt. Im Gegenteil, seine Hand an meinem Hals hielt mich fest, aber es war gerade dieses Gefühl, das mich anschmiegsam wie Butter werden ließ. Ich liebte es, wie ich in Mats' geübten Griffen einfach alles vergessen konnte und meine Gedanken zu einem verschwommenen Einheitsbrei wurden. In diesem Moment existierten nur wir. Die Grenzen verschwammen und wir wurden eins, mein Kopf hatte das Denken eingestellt und mein Körper reagierte nur noch auf seine wunderbaren Berührungen.

Mats' Hand wanderte in meinen Nacken und er zog mein Gesicht näher zu sich. »Bist du bereit für was Neues?«

Ich konnte nur nicken. Mats schien mit meiner stummen Zustimmung gerechnet zu haben. Mit einem Schmunzeln im Gesicht glitt er aus mir, nur um mich in der gleichen Sekunde auf den Bauch zu drehen.

»Knie dich hin«, wies er mich mit rauer Stimme an.

Ohne Umschweife kam ich seiner Aufforderung nach. Erst fühlte es sich komisch an, Mats meinen blanken Hintern entgegenzurecken, aber er gab mir keine Zeit, mich für meine Position zu schämen. Sanft strich er über meine Pobacken und griff dann mit beiden Händen zu. Mir entfuhr ein Keuchen und instinktiv drückte ich mich in seinen Griff.

»Ich stehe wirklich auf deinen Arsch.«

Seine gehauchten Worte fuhren mir direkt in den Unterleib, der ungeduldig zu pochen begann. In der nächsten Sekunde spürte ich schon, wie er seinen harten Penis zwischen meine Pobacken schob und langsam zwischen ihnen nach unten glitt. Er erreichte meinen vor Verlangen pochenden Eingang und schob sich ganz langsam und genüsslich in mich. Gleichzeitig griff er unter mein Kinn und drehte meinen Kopf in seine Richtung, um mir einen Kuss auf die Wange zu drücken.

Dann ließ er mich wieder los, eine Hand wanderte zurück an meinen Po, mit der anderen fasste er um mich und spielte mit meinen Brüsten. Er zog sich fast komplett aus mir heraus, nur um sich in der nächsten Sekunde wieder tief in mir zu versenken. Die Empfindungen entluden sich wie eine Explosion in mir.

Ich krallte mich im Kissen fest und keuchte laut auf. Ich wusste nicht mehr, wo oben und unten war, alles andere verblasste, und ich war ganz bei Mats und bei den himmlischen Dingen, die er mit mir anstellte.

»So ist es gut, Maus, lass einfach los«, raunte Mats hinter mir und kniff in meine Brustwarze.

Ich schrie überrascht auf, doch das schmerzhafte Kribbeln wurde sogleich von einem süßlichen Ziehen abgelöst, das sich durch meinen gesamten Körper zog. Mein Keuchen ging nahtlos in ein tiefes Stöhnen über, das so intensiv klang, dass ich mich selbst am meisten damit überraschte. Ich war nicht länger Herrin über meinen Körper. Mats hatte mich in Beschlag genommen und wusste ganz genau, wie er mit mir umzugehen hatte, sodass ich in seinen Händen förmlich zerfloss.

Ja, er kannte meinen Körper und meine Bedürfnisse besser, als ich es selbst tat.

Mit einem knurrenden Laut ließ Mats seine Hand von meinen Brüsten zu meiner geschwollenen und vor Verlangen pulsierenden empfindlichsten Stelle gleiten und rieb in festen kreisenden Bewegungen über mich.

Das hier war zu viel. Zu gut. Zu intensiv. Das lang gezogene Stöhnen, das sich ganz allein seinen Weg aus meinem tiefsten Inneren bahnte, klang so fremd, und doch fühlte es sich unsagbar gut an, einfach nur zu reagieren und nicht nachzudenken. Mats' Finger an meiner Hüfte gruben sich tiefer in mein Fleisch und ich warf genüsslich den Kopf in den Nacken.

»Ganz genau so, Mäuschen. Du machst das wunderbar«, feuerte Mats mich raunend an, während er in einen schnellen, unnachgiebigen Rhythmus fiel.

Es dauerte nicht lange, bis sich das wohlige Kribbeln in meinem Unterleib ausbreitete.

Mit jedem Stoß und mit jeder Berührung wurde es stärker und nahm unnachgiebig vollständig von mir Besitz.

»Oh Mats«, stöhnte ich und drückte mich ihm schamlos entgegen.

Er keuchte auf, während er sein Tempo noch weiter steigerte. Und dann war es um mich geschehen.

Ich schrie auf, und weil ich nicht mehr wusste, wohin mit mir, presste ich meine Zähne in das Kissen vor mir.

Das brachte auch Mats dazu, laut aufzustöhnen. Er stieß noch einmal hart in mich und versteifte sich dann über mir.

So verharrten wir kurz. Dann spürte ich Mats' Hand unter meinem Kinn. Er drehte meinen Kopf zu sich und gab mir einen intensiven Kuss, während er sich gemächlich aus mir herauszog. Er streifte das Kondom ab und warf es achtlos neben das Bett, doch er unterbrach unseren Kuss nicht einmal.

Erschöpft rollte ich mich auf den Rücken, nahm Mats aber mit mir. Mit meiner Hand auf seiner Brust konnte ich deutlich spüren, wie sein aufgeregter Herzschlag sich langsam wieder normalisierte. Dann löste er sich langsam von mir und hauchte mir einen Kuss auf die Stirn.

Ich suchte seinen Blick, und mein Magen kribbelte aufgeregt, als ich sein fröhliches und gelöstes Lächeln sah.

In dieser Sekunde war es, als könnte ich tief in seine Seele sehen.

Dieser Moment war so echt und so rein, und dennoch war mir sein intensiver Blick so unangenehm, dass ich rot wurde und meinen Kopf an seiner Schulter verbarg. »Guck mich nicht so an«, murmelte ich verschämt.

Mats zog mich ein Stück von sich weg, damit er mir wieder in die Augen sehen konnte. »Du sollst dich nicht schämen, das hab ich dir doch verboten.« Er drückte mir erneut einen Kuss auf den Mund und beäugte mich fragend. »Wie gucke ich dich denn deiner Meinung nach an?« Das schiefe Grinsen schob sich auf sein Gesicht, was mich noch mehr erröten ließ.

Mats nahm das seufzend zur Kenntnis und schüttelte den Kopf. Ich war wohl ein hoffnungsloser Fall.

Erklärend deutete ich in einer vagen Handbewegung auf sein Gesicht. »Na, du, mit dem da. Du weißt schon.«

Mats sah mich amüsiert an. »Mit dem da? Du meinst mein Gesicht?«

Ich grummelte zustimmend. »Dein Grinsen da, Mensch.«

Mats lachte leise auf und griff nach meiner Hand, um sie mit seiner zu verschränken. Er drückte einen Kuss auf unsere Hände und warf mir einen liebevollen Blick zu. »Ich freue mich doch bloß, dass ich dich endlich wiederhabe. Und nur damit du es weißt und dir nicht wieder unendlich viele Gedanken dazu machst: Ich habe nicht vor, das alles jemals wieder herzugeben. Dich wieder herzugeben.«

Sein Tonfall klang jetzt alles anderes als ironisch. Seine grünen Augen ruhten in meinen und ich musste bei seinem intensiven Blick schlucken.

»Heißt das jetzt, dass wir offiziell so was wie ein Paar sind?« Meine Stimme klang heiser, als ich ihm die gefürchtete Frage stellte.

Auch wenn ich seinem Wunsch nachkommen wollte und nicht alles in Schubladen stecken wollte, so war das doch eine wichtige Frage für mich. Hoffnungsvoll sah ich ihn an und bemerkte gar nicht, wie ich meine Hand unwillkürlich in seiner verkrampfte.

Mats lächelte und gab mir einen erneuten Kuss. »Wenn du das so nennen willst.« Er zuckte mit den Achseln. »Dann sind wir jetzt ein Paar und ich bin dein Freund und du meine

Freundin.« Er grinste spitzbübisch und zog mich erneut in einen leidenschaftlichen Kuss.

Wir verbrachten noch einige Zeit kuschelnd im Bett, bis ich mich erneut nicht mehr zügeln konnte und wir so in eine zweite Runde gingen. Mats zog mich damit auf, dass ich wohl nie von ihm genug bekommen würde, und scheuchte mich anschließend mit den Worten aus dem Bett, dass er uns jetzt etwas zum Abendessen kochen wolle. Und er hatte nicht zu viel versprochen. Seine Kochkünste waren wirklich unglaublich.

Doch am späten Abend musste unsere traute Zweisamkeit wohl oder übel enden. Mats fuhr mich nach Hause und gab mir an unserer Ecke einen Abschiedskuss.

Als er meinen Blick auffing, legte er seine Hand auf meine Wange, sodass ich ihn ansehen musste. »Sei nicht traurig, Paula. Ich verspreche dir hoch und heilig, dass alles gut werden wird. Wir sehen uns Montag in der Schule, in Ordnung? Und dann versuche ich irgendwie, das mit deinem Bruder in den Griff zu bekommen. Ich glaube zwar nicht, dass er mir diesen Sinneswandel so einfach abkaufen wird, aber irgendwie bekommen wir das schon hin. Zur Not müssen wir vielleicht die Schule wechseln oder so.« Er lachte trocken.

»Wir werden es nie erfahren, wenn wir es nicht ausprobieren«, erklärte ich betont fröhlich und platzierte einen Kuss auf Mats' Wange. »Das wird schon.«

Mats sah mir mit undurchsichtiger Miene hinterher. Er war sich da wohl noch nicht so sicher.

DREISSIG

Ich hatte Glück. Franzi schrieb mir, dass Robin bis Montag bei ihr bleiben würde. Das kam mir gerade recht, denn ich war mir nicht sicher, ob ich das, was ich jetzt wusste, für mich behalten konnte. Es war schon schwer genug, meinen Eltern unter die Augen zu treten und sie nicht mit allem zu konfrontieren.

Meine Mutter warf mir einige prüfende Blicke zu, die ich aber ignorierte. Ich redete nur das Nötigste mit ihnen und verzog mich nach den gemeinsamen Mahlzeiten so schnell wie möglich wieder in mein Zimmer.

Am Montag fuhr ich extra früh zur Schule, weil ich es zu Hause einfach nicht mehr aushielt. Mein Herz vollführte wahre Purzelbäume, als ich mich der Schule näherte. Doch natürlich wartete Mats nicht auf mich, es war ja nun wirklich viel zu früh für ihn. Was hatte ich auch erwartet?

Nach und nach tauchten die anderen Schüler auf und schließlich sah ich auch Franzi und Robin auf mich zukommen.

Ich umarmte meine Freundin und murmelte nur ein »Guten Morgen« in Robins Richtung.

Er bedachte mich mit einem nachdenklichen Blick. »Guten Morgen, Schwesterchen. Hat dir Mats' Buch gefallen?«

Nervös versenkte ich meine Hände in den Taschen

meiner Shorts und warf ihm einen kurzen Blick zu. Nein, eigentlich konnte er nichts von meinem kleinen Ausflug wissen, dafür hatte er sich am Wochenende viel zu ruhig verhalten. Und auch Franzi hatte mir bestätigt, dass sie ihn die ganze Zeit über im Blick hatte und nichts Auffälliges passiert war.

»Das Buch ist echt heftig«, gab ich mit fester Stimme zurück. »Solltest du mal lesen.« Ich warf ihm einen giftigen Blick zu, als ich daran dachte, dass mein Bruder tiefer in diese Geschichte involviert war, als mir lieb war.

Er runzelte die Stirn und versenkte ebenso wie ich die Hände in seinen Taschen. »Ich kann es mir vorstellen«, gab er trocken zurück.

Franzi sah skeptisch von ihm zu mir und warf mir dann einen fragenden Blick zu. Ich zuckte nur mit den Achseln. Das musste Robin ihr wirklich selbst erklären. Wenn er denn irgendwann mal mit der Sprache rausrücken sollte.

Robin seufzte ergeben, drückte Franzi einen beiläufigen Kuss auf die Wange und deutete auf den Eingang. »Ich schätze, wir sollten jetzt mal rein.«

Franzi errötete bei seiner Berührung und warf meinem Bruder einen scheuen Blick zu. Die beiden waren schon irgendwie niedlich, auch wenn das hier immer noch mein blöder Lügnerbruder war.

Ich schüttelte mein ungutes Gefühl ab und hoffte, dass man mir meine Gedanken nicht allzu sehr ansah. Dann hakte ich mich bei Franzi unter und zog sie mit in unseren Deutschkurs.

»Rob war irgendwie seltsam am Wochenende«, flüsterte Franzi mir zu, als wir nebeneinander auf unseren Stühlen Platz genommen hatten.

Ich hob überrascht eine Augenbraue. Vielleicht ahnte er ja doch etwas. »Tatsächlich? Was hat er denn gemacht?«

Franzi hob unschlüssig die Achseln und schob nachdenklich ihre Hefter auf dem Tisch hin und her. »Ich weiß nicht so genau. Es ist so ein Gefühl, er war irgendwie gedanklich ganz woanders. Meinst du«, sie machte eine Pause und sah mich traurig an, »er hat vielleicht eine andere?«

Ich verschluckte mich an meiner Wasserflasche, aus der ich gerade einen großen Schluck getrunken hatte, und Franzi klopfte mir schnell auf den Rücken. »Wie kommst du denn darauf?« Entgeistert sah ich sie an und hustete noch einmal.

Franzis Gesichtsausdruck wirkte verzweifelt und sie hob wieder nur die Schultern. »Er war so anders …«

Ich schüttelte vehement den Kopf und wollte gerade eine billige Ausrede loslassen, als die Tür aufging und unsere Deutschlehrerin den Raum betrat, dicht gefolgt von Laura und Marie, die sich unter ihrem strengen Blick kichernd an ihr vorbeischoben und schnell auf uns zuhielten.

»Guten Morgen«, flötete Marie laut und setzte sich an den Tisch neben uns.

Ich grinste und warf meinen Freundinnen ein stummes Hallo entgegen.

Dann begann der Unterricht, und obwohl wir eins meiner Lieblingsbücher behandelten – Goethes Faust –, zogen sich die ersten beiden Stunden eine gefühlte Ewigkeit in die Länge. Ich starrte einen Großteil der Zeit auf den gemächlich seine Runde drehenden Minutenzeiger der Uhr, und je weiter er vorrückte, desto schneller begann mein Herz zu rasen.

Ich war so gespannt, wann ich Mats heute treffen würde, und vor allem, wie er heute drauf sein würde. Nach unserem gemeinsam verbrachten Samstag hatte ich eigentlich mittlerweile ein sehr gutes Gefühl, doch er war eben immer noch Mats, und ich hatte nicht vergessen, wie wankelmütig er sein konnte.

Deshalb pochte mein Herz aufgeregt, als wir uns in der großen Pause einen Platz in der Cafeteria suchten. Ich ließ mich gegenüber von meinen Freundinnen an der Wand auf die Bank sinken, damit ich den großen Raum vor uns im Blick hatte.

Ich hatte meinen Freundinnen nichts von der großen

Wende mit Mats erzählt, dazu hatte bis jetzt einfach die passende Gelegenheit gefehlt.

Nervös schob ich meine Kaffeetasse von links nach rechts und ließ meinen Blick immer wieder suchend durch den Raum schweifen.

»Paula, warum bist du denn so nervös?« Marie stupste mich mit dem Ellenbogen in die Seite und lachte auf, als ich sie aufgeschreckt anstarrte.

»Was?«, stammelte ich leise. »Ich bin doch gar nicht nervös. Ich hab nur grad an Mathe gedacht«, log ich. »Die Hausaufgaben waren echt schwer.«

Laura warf mir einen skeptischen Blick zu. »Ist klar. Selbst ich konnte die, und das soll schon was heißen.«

Tatsächlich war ich in diesem Moment so von meinen Freundinnen abgelenkt, dass ich verpasst hatte, wie Mats mit Justin und Leo im Schlepptau die Cafeteria betreten hatte. Erst als Mats mit seiner tiefen Stimme meinen Namen quer durch den Raum rief, sah ich überrascht auf.

Und nicht nur ich. Alle Köpfe drehten sich zu Mats herum, als er lässig auf unseren Tisch zuhielt.

Franzi hob überrascht die Augenbrauen und warf mir einen fragenden Blick zu, Marie riss quietschend die Augen auf und Laura brummte skeptisch, was wohl alle dachten: »Was will der denn jetzt schon wieder?« Sie griff beruhigend nach meiner Hand. »Wenn der wieder einen blöden Spruch loslässt, kann er sich aber auf was gefasst machen, da kannst du Gift drauf nehmen«, raunte sie mir leise zu.

Ich konnte nur nicken und verfolgte mit den Augen, wie Mats selbstsicher vor unserem Tisch stehen blieb. Ich schluckte, als ich bemerkte, wie immer noch unverhohlen alle Augen auf uns gerichtet waren.

Kein Wunder – ich war schließlich als die Streberin der Schule verschrien und Mats war mit seinem Bad-Boy-Image das komplette Gegenteil. Leo und Justin warfen sich unverhohlen feixende Blicke zu und waren wohl, so wie alle anderen im Raum, äußerst gespannt, was jetzt gleich passieren würde.

Ich war mir fast selbst nicht mehr so sicher, doch als Mats mir nun einen liebevollen Blick zuwarf und die Hand in meine Richtung ausstreckte, verflog das unsichere Gefühl sofort. »Ich habe schon alles nach dir abgesucht«, sagte er. »Willst du nicht aus deiner Ecke rauskommen und mich begrüßen?«

Als er meinen nervösen Blick erkannte, warf er mir ein beruhigendes Lächeln zu und nickte unauffällig. Ich ignorierte die verwirrten Blicke meiner Freundinnen und stand wankend auf, um mich hinter Maries Stuhl durchzuquetschen. Sie beäugte mich so irritiert, dass sie völlig vergaß, mir etwas Platz zu machen. Als ich schließlich unsicher vor Mats stand, griff er wie selbstverständlich an meine Taille und zog mich an sich. Und als meine Finger seine Brust berührten, fiel augenblicklich die gesamte Anspannung von mir ab. Zärtlich legte er eine Hand an meine Wange, und als er sich jetzt vorbeugte, um mir einen sanften Kuss zu geben, meinte ich, ein Raunen durch den gesamten Raum zu hören.

»Guten Morgen«, murmelte er dann amüsiert an meinem Mund und ich lächelte ihn glücklich an.

»Guten Morgen«, gab ich ebenso leise zurück und küsste ihn kurz.

Mats griff nach meiner Hand und deutete dann auf unseren Tisch. Mit lauter Stimme, so dass auch jeder in der Cafeteria ihn hörte, wandte er sich an meine Freundinnen: »Und, habt ihr hier noch ein freies Plätzchen für den Freund eurer Freundin?«

Jetzt hob das Raunen erkennbar an zu einem lauten, aufgeregten Gemurmel, und auch ich wirkte wohl etwas überrumpelt, denn Mats zog mich an sich und flüsterte mir leise ins Ohr: »Was denn? Du wolltest es offiziell haben, du bekommst es offiziell. So bieten wir den ganzen Tratschtanten wenigstens keine Angriffsfläche mehr.«

Ich wurde rot und nickte beschämt. Ich hasste diese Aufmerksamkeit, aber Mats hatte wohl recht. Und zugegebenermaßen war es mit ihm an meiner Seite weitaus weniger schlimm, als ich es mir ausgemalt hatte.

Franzi rutschte augenblicklich von der Bank und zog sich einen weiteren Stuhl heran, damit Mats und ich nebeneinander auf die Bank passten. Grinsend legte er mir eine Hand auf den Oberschenkel und blickte dann in die immer noch überaus überraschten Gesichter meiner Freundinnen.

»Also«, fing er an und ließ seinen Blick zuerst zu Franzi gleiten. »Wir kennen uns ja schon.« Er nickte ihr kurz zu, was Franzi leicht erröten ließ.

Skeptisch hob ich eine Augenbraue, doch dann grinste ich nur, als Mats bei Laura und Marie eine ähnliche Reaktion hervorrief. Mats' Ausstrahlung verfehlte wohl auch bei meinen Freundinnen nicht ihre Wirkung.

Nachdem sie sich vorgestellt hatten, sah Marie Mats misstrauisch an, bevor sie mir einen *Darüber-reden-wir-noch!-Blick* zuwarf. »Okay, also habe ich das jetzt richtig verstanden – ihr beide seid jetzt zusammen? Als richtiges Paar? Und das nicht nur bis morgen, bis dir eine andere vor die Nase läuft?«

Ich stöhnte innerlich über ihre Worte und warf Mats einen entschuldigenden Blick zu.

Er grinste nur sein schiefes Lächeln und legte mir einen Arm um die Schultern, um mich an sich zu ziehen. »Tja, sieht so aus, würde ich sagen. Paula hat einfach nicht lockergelassen und …«

Ich richtete mich abrupt auf und bohrte ihm meinen Finger empört in die Brust. »Hey, so war das doch gar nicht.«

Mats lachte und warf mir einen entwaffnenden Blick zu, der mich sofort verstummen ließ. »Ach, nein? Wer ist denn mitten in der Nacht bei mir aufgeschlagen, um …«

Weiter kam er nicht, denn ich hielt ihm entsetzt den Mund zu.

Er lachte hinter meiner vorgehaltenen Hand und pflückte sie sich dann vom Gesicht, nur um sie anschließend wieder mit seiner zu verschränken. »Ich mache doch nur Spaß«, sagte er in diesem rauen Tonfall, den seine Stimme immer annahm, wenn er mich aufziehen wollte.

Das hatte er definitiv geschafft. Dann zog er mich vor

aller Augen in einen intensiven Kuss. Räuspernd löste ich mich von ihm und starrte meine Freundinnen mit hochroten Wangen an. Mats lachte leise über mich, doch sein Blick, mit dem er mich bedachte, war so liebevoll, dass ich es nicht übers Herz brachte, mich weiter bei ihm zu beschweren.

Als es klingelte, war ich noch alles andere als bereit, mich wieder von Mats zu lösen.

Er seufzte, als er Leo und Justin sah, die immer noch mit feixenden Gesichtsausdrücken in einer Ecke standen und zu uns herübersahen. »Ich weiß wirklich nicht, was die jetzt erwarten.« Er hob unschlüssig die Achseln. »Wahrscheinlich denken sie, ich will dich demnächst vor der ganzen Schule bloßstellen oder so und damit prahlen, dass ich dich im Bett hatte.«

Meinen Freundinnen fiel gefühlt alles aus dem Gesicht und auch mich machten seine Worte etwas unruhig.

Als er merkte, wie das bei uns angekommen war, wiegelte er schnell ab. »Nicht, dass ich das vorhätte, Ladys.« Er warf meinen Freundinnen ein unwiderstehliches Grinsen zu, dann beugte er sich an mein Ohr. »Ich werde nachher mal ein Machtwort mit denen sprechen. Dann hören sie hoffentlich endlich damit auf.«

Wie selbstverständlich nahm er meine Hand und begleitete uns zu unserem Kursraum zurück. Dass uns auch dort alle anstarrten, schien ihn entweder überhaupt nicht zu stören, ja es schien ihm noch nicht einmal aufzufallen, oder er war wirklich gut im Ignorieren.

»Musst du nicht auch zum Unterricht?« Unbehaglich zupfte ich am Saum seines T-Shirts, aber Mats lachte nur.

»Wann komme ich denn mal pünktlich zum Unterricht? Das erwartet doch eh keiner von mir.« Er zwinkerte mir zu und ich musste grinsen. »Weißt du eigentlich, dass Herr Fuchs eine sehr hohe Meinung von dir hat? Ich glaube, das Bild, das du immer von dir verbreitest, hat so gar nichts mit dem echten Mats zu tun.«

Mats legte nur den Kopf schief. »Ach, echt?«

Wir standen immer noch auf dem Gang, als unser Mathelehrer aus dem Treppenhaus trat. Er ließ seinen überraschten Blick von Mats zu mir gleiten, dann nickte er Mats schließlich freundlich zu. Ich konnte keine Missbilligung in seinen Augen erkennen.

»Mats, schön dich mal wieder zu sehen. Ich habe gehört, dass du wieder da bist. Wie läuft's bei dir? Schade, dass du nicht in meinem Mathekurs bist, das Arbeiten mit dir war immer eine Bereicherung für alle.«

Mats hob betont lässig die Achseln. »Danke, ich kann mich nicht beklagen.« Und dann überraschte er mich, indem er sagte: »Ich habe jetzt eine Freistunde, kann ich mich heute vielleicht dazusetzen? Ich weiß ja, dass Mathe nicht Paulas Lieblingsfach ist, und dann kann ich ihr bei den Hausaufgaben besser helfen, wenn ich weiß, was Sie gerade durchnehmen.«

Ich lief zwar wieder hochrot an, doch dann musste ich einfach grinsen, als ich sah, wie mein Mathelehrer zustimmend nickte. »Klar, kein Problem. Ich denke zwar nicht, dass Paula da allzu große Probleme hat, aber ein bisschen Unterstützung schadet ja nie.« Er zwinkerte mir zu und bedeutete uns, ihm in den Raum zu folgen.

Mit gesenktem Blick ließ ich mich auf meinen Platz fallen und warf einen erbosten Blick zu Mats, der sich einen Stuhl heranzog und sich wie selbstverständlich neben mich in den Mittelgang setzte.

»Du hast gar nicht erwähnt, dass du so gut in Mathe bist«, zischte ich ihm so leise zu, dass nur er es hören konnte.

Mats grinste mich spöttisch an. »Du bist doch gleich davon ausgegangen, dass ich schlecht bin. Schubladendenken und so. Kannst du deine Liste meiner Fähigkeiten um noch einen Punkt erweitern.« Neckend bedachte er mich mit zwei hochgezogenen Augenbrauen, was mich verstummen ließ.

Ich hatte wirklich meine Vorurteile gehabt, und nachdem ich ihn so unmotiviert in der Schreibwerkstatt erlebt hatte, hatte ich automatisch angenommen, dass Schule nicht sein

Ding war. Mats' wissendes Grinsen verriet, dass er genau wusste, was gerade in mir vorging.

Tatsächlich überraschte er mich in der Stunde erneut, indem er sich vorbildlich benahm. Erst als ich ihn bei der Kurvendiskussion verzweifelt ansah, weil das einfach gar nicht mein Thema war, lehnte er sich zu mir und erklärte mir flüsternd, was mein Problem war. Und tatsächlich war seine kurze Erläuterung so hilfreich, dass sogar Franzi, die ebenso aufmerksam gelauscht hatte wie ich, imponiert nickte und offenbar verstand. Mit einem überheblichen Grinsen lehnte Mats sich nach der Stunde zurück und betrachtete mich mit einem liebevollen, aber gleichzeitig spöttischen Grinsen. »Na, Vorurteile abgebaut?«

Ich gab ihm kopfschüttelnd einen Hieb in die Seite und brummte ertappt.

Doch so schnell ließ Mats nicht locker. »Dafür habe ich mir mindestens einen Kuss verdient.« Anzüglich sah er mich an, und ich wurde schon wieder rot, als ich bemerkte, dass mindestens die Hälfte der Umstehenden uns unverhohlen anstarrten.

Hatte ich schon erwähnt, wie sehr ich diese Form der Aufmerksamkeit hasste? Ich konnte mir vorstellen, dass wir bereits das Klatschthema Nummer eins waren. Wann kam es denn sonst einmal vor, dass solch unterschiedliche Charaktere, wie wir es waren, zueinander fanden?

Um ihn ruhigzustellen, drückte ich Mats einen schnellen Kuss auf den Mundwinkel und griff dann nach meinen Matheunterlagen, um sie wieder in meiner Tasche zu verstauen.

Brummend erhob Mats sich, blieb aber vor meinem Tisch stehen. »Das kannst du aber besser«, neckte er mich und ich lief augenblicklich tiefrot an. »Aber das holen wir dann später bei dir nach.«

Oh Gott, hatte er das wirklich hier vor allen Leuten gesagt?

Marie hustete ungläubig und auch Franzi und Laura starrten Mats mit aufgerissenen Augen an.

Der grinste nur sein typisches Grinsen. »Wir sehen uns

dann nachher vor der Schule, ich warte auf dich.« Er beugte sich noch einmal zu mir, um mir einen keuschen Kuss aufzudrücken, und murmelte dann in mein Ohr: »Gewöhn dich lieber dran, Maus. Ich bin nicht der Typ, der in der Öffentlichkeit die Finger von dir lässt, nur weil es dir vor deinen Freunden unangenehm sein könnte.«

»Ich gebe mir Mühe«, murmelte ich scheu zurück und folgte ihm dann mit den Augen, wie er lässig wie immer aus dem Raum schlenderte.

»Das musst du uns erklären«, wandte sich Franzi sofort an mich, als Mats außer Sichtweite war.

Aber da ich mit einem Blick auf die Uhr feststellte, dass ich zu spät zu meinem Geschichtskurs kommen würde, hatte ich noch etwas Galgenfrist, bis ich mich der Inquisition meiner Freundinnen stellen musste.

In der nächsten Pause nahmen sie mich dann aber in die Mangel. Ich erzählte ihnen also in kurzen Worten, was sich am Samstag ereignet hatte. Dabei ließ ich die brisantesten Dinge aus und verriet nur so viel, dass wir uns ausgesprochen hatten und der Zwischenfall auf der Party nur ein Missverständnis gewesen war. So ganz verstanden mich meine Freundinnen zwar nicht, doch sie hakten auch nicht weiter nach. Sie waren wohl von dem Umstand, dass ich jetzt vor aller Augen wirklich mit Mats zusammen war, immer noch nachhaltig irritiert.

Nach der Pause hatten wir gemeinsam noch eine Stunde Politik, und je weiter die Zeiger der Uhr nach vorne rückten, desto hibbeliger wurde ich auf meinem Platz. Ich war die Erste, die nach dem Klingeln aufsprang, und meine Freundinnen hatten ihre Mühe, mit mir mitzuhalten. Ganz entgegen meinen Gewohnheiten stopfte ich meine Unterlagen in die Tasche und lief dann auf dem kürzesten Weg nach draußen.

Und tatsächlich stand Mats wie angekündigt auf der gegenüberliegenden Straßenseite.

Als er mich sah, warf er schnell seine Zigarette weg, kam

auf uns zu und zog mich lächelnd an sich. »Sorry, ich dachte, ich wäre schnell genug.«

Auf meinen fragenden Blick hin drückte er mir einen Kuss auf den Hals, der meine Haut zum Kribbeln brachte. »Ich dachte, ich hätte noch etwas Zeit, bis du rauskommst«, erklärte er dann. »Dann wäre noch Zeit für ein Kaugummi gewesen und ich würde nicht so stinken.«

Jetzt verstand ich und winkte grinsend ab. »Das stört mich nicht.«

Es gefiel mir sogar ziemlich gut, aber diese Bemerkung verkniff ich mir vor meinen Freundinnen. Marie gab ein ungläubiges Lachen von sich und ich bestrafte sie mit einem bösen Blick. Sollte sie doch denken, was sie wollte.

»Ach, tatsächlich nicht?« Mats lächelte wissend und beugte sich dann zu mir herunter. »Dann kann ich jetzt ja endlich das tun, worauf ich mich schon die ganze Zeit freue.« Er legte mir die Hand in den Nacken und zog mich sanft in einen intensiven Kuss.

Mats' typischer Geschmack auf der Zunge war wirklich alles andere als abtörnend für mich. Fast hätte ich aufgestöhnt, als ich beinahe vor versammelter Mannschaft die Kontrolle verlor, doch dann hörte ich jemanden aufgebracht meinen Namen rufen und machte mich von Mats los. Auch er sah mit zusammengezogenen Augenbrauen auf und verkrampfte sich unwillkürlich.

EINUNDDREISSIG

Jetzt erst sickerte langsam der Umstand in mein Gehirn, dass mir diese Stimme sehr bekannt vorkam. Verdammt. Ich schlug die Augen nieder, und als ich mich kurz gesammelt hatte, drehte ich mich langsam zu meinem Bruder um. Ich war nicht gänzlich unvorbereitet, es war schließlich klar, dass diese Konfrontation mit meinem Bruder auf mich zukommen würde.

Franzi hatte ihm eine Hand auf den Arm gelegt und flüsterte ihm etwas zu, was ihn aber nicht kümmerte.

Er starrte uns aufgebracht an und deutete in einer schnellen Geste auf Mats und mich. »Was zum Teufel soll das hier?« Er trat drohend einen Schritt auf uns zu, doch Mats verstärkte nur den Griff um meine Taille und wich nicht zurück.

»Alter, entspann dich. Ich schätze, wir sollten jetzt endlich mal was klären. Vielleicht da, wo nicht jeder zuhören kann«, entgegnete Mats ruhig.

Doch mein Bruder schäumte fast vor Wut, so aufgeregt hatte ich ihn noch nie gesehen.

»Einen Teufel werde ich tun. Was machst du hier mit Paula? Willst du sie jetzt genauso fertigmachen wie mich? Was stimmt nicht mit dir? Reicht es dir nicht, dass sie deinetwegen tagelang heulend im Zimmer gesessen hat?«

Mats' Hand an meiner Seite verkrampfte erneut. »Halt die Klappe, Rob. Das ist anders, als du denkst.«

»Ja, stimmt. Das ist noch mal eine andere Hausnummer als mit Ivy. Wie oft soll dieses Spielchen jetzt so gehen? Und du!«, sagte er aufgebracht und fuchtelte mit seinem Finger vor meiner Nase herum. »Wie kommst du auf die dumme Idee, dich wieder mit ihm einzulassen? Meinst du echt, er macht jetzt einen auf Beziehung?«

»Rob, sei leise«, bat ich ihn ruhig. »Ich vertraue Mats, er hat mir alles erzählt. Und ja, es ist anders.«

Seine Gesichtsfarbe verabschiedete sich in dem Moment, in dem ich meine Worte ausgesprochen hatte. »Was soll das heißen, alles erzählt?«, fragte er nervös.

Mats drängte sich vor mich und blieb dicht vor Robin stehen. »Wir sollten das wirklich nicht vor aller Ohren besprechen.«

»Nur damit keiner mitbekommt, wer dein scheiß Vater ist? Wenn du dich nicht an deinen Teil der Abmachung hältst, kann das jetzt ja jeder wissen.«

Jetzt trat Mats noch einen Schritt vor, sein dunkler Blick war ausdruckslos. »Erzähl das ruhig, das ist mir egal. Aber denk wenigstens eine Sekunde darüber nach, wie Paula dasteht, wenn du jetzt mit allem auspackst.«

Nun verstummte mein Bruder doch, sein Mund klappte zu und dann schüttelte er mit zusammengebissenen Zähnen den Kopf. »Okay, wie du willst. Dann klären wir das zu Hause.«

Mats zuckte mit den Achseln. »Ich bin mit dem Auto da. Dann fahren wir zu euch, wenn dir das recht ist.«

Ich sah alarmiert auf. Das war mir alles andere als recht. »Ihr wollt euch doch nicht bei mir zu Hause vor unserer Mutter gegenseitig an die Gurgel gehen?« Ich lachte hysterisch auf. Das war doch alles ein schlechter Witz.

Robins Gesicht verfinsterte sich. »Sie ist nicht da, heute trainiert sie die Kindersportgruppe, schon vergessen?«

Natürlich hatte ich das nicht vergessen, aber trotzdem

verschreckte mich die Aussicht darauf, dass dieses Theater gleich bei uns zu Hause seinen Höhepunkt erreichen würde.

Ich schluckte und deutete auf Franzi. »Kann Franzi wenigstens mitkommen? Es wäre bestimmt nicht schlecht, wenn du deine Freundin als Unterstützung dabei hast.« Und sie ihn so vielleicht etwas beruhigen könnte.

Robin schnaubte nur. »Sicherlich nicht. Das ist eine Angelegenheit zwischen uns.«

Mats gab einen schnalzenden Ton von sich und sah Robin skeptisch an. »Ach, auf einmal, ja? Eben konntest du es doch kaum erwarten, allen Leuten davon zu erzählen.«

Robin sah so aus, als würde er gleich wieder in die Luft gehen, doch er presste sich kurz zwei Finger auf die Nasenwurzel und drehte sich dann zu Franzi um.

Er sprach leise mit ihr, während ich Mats einen nervösen Blick zuwarf. Er sah mich beruhigend an und drückte kurz meine Hand. Ich atmete tief ein und folgte dann meinem Bruder, der sich von Franzi verabschiedet hatte und nun mit trotzigem Blick auf Mats' Auto zuhielt.

Ich warf meinen Freundinnen einen entschuldigenden Blick zu und zuckte ratlos mit den Schultern. Sie winkten nur ab und hielten ihre gedrückten Daumen nach oben. Obwohl sie nicht genau wussten, was das Problem zwischen uns war, war offensichtlich, dass wir etwas zu klären hatten.

Mit dem Auto brauchten wir nur wenige Minuten bis zu unserem Haus. Niemand sagte auf der Fahrt ein Wort.

Robin stampfte, ohne auf uns zu warten, die Einfahrt hinauf und wir traten nach ihm ins Haus. Ich warf wie gewöhnlich meine Tasche auf den Treppenabsatz und zog Mats hinter mir her durch den Flur. Dann mal los. Ich war gespannt, was Robin mir nun erzählen wollte.

Doch dann vernahm ich die Stimme meiner Mutter.

Mit einem Grinsen trat sie aus dem Wohnzimmer, um uns zu begrüßen, aber bei dem Anblick von Mats und unseren betretenen Mienen wurde dieses sofort durch einen argwöhnischen Ausdruck ersetzt. »Was ist denn mit euch passiert?«

Der Blick meiner Mutter wanderte zu Mats, der immer noch meine Hand hielt. Überrascht sah sie zu mir auf, doch ich lächelte bloß scheu und ließ Mats nicht los. Mein Bruder versteifte sich vor mir, und sein kreidebleiches Gesicht ließ mich befürchten, dass er sich entweder hier und jetzt vor unseren Füßen übergeben würde oder gleich wieder den Rückzug antreten würde.

Aber beides passierte nicht. Langsam und mit fahrigen Bewegungen folgte er ihr ins Wohnzimmer. »Wir dachten, du wärst gar nicht hier«, sagte er verwirrt.

Unsere Mutter legte den Kopf schief und verschränkte die Arme. »Um dann hier was zu tun?«

Robin schüttelte missmutig den Kopf. »Wir müssen etwas klären.«

Sie nickte und seufzte dann, als sie uns mit einer Handbewegung zur Couch winkte.

»Lass mich raten, das hat etwas mit den beiden zu tun?«, wandte sie sich wieder an meinen Bruder.

Kopfschüttelnd zog ich Mats zum Sofa und rutschte dicht neben ihn. Das war dann jetzt wohl der Showdown – auch wenn ich nicht damit gerechnet hatte, gleich meine Mutter bei diesem Gespräch dabeizuhaben –, so unpraktisch war das gar nicht.

Schließlich hatte ich auch mit meinen Eltern noch etwas zu klären.

Gespannt wartete ich aber zunächst auf Robins Reaktion.

Unschlüssig blieb er vor der Couch stehen und bedachte uns mit einem unwirschen Blick. »Das ist Mats. Der Mats«, betonte er überdeutlich in ihre Richtung.

Unsere Mutter seufzte nur erneut und schüttelte kurz den Kopf. »Das habe ich mir schon gedacht, Rob«, sagte sie jetzt mit einer Spur von Zärtlichkeit in der Stimme, die meinen Bruder zusammenzucken ließ.

Jetzt kniff er aufgebracht die Augenbrauen zusammen. »Und das findest du in Ordnung, oder was? Dieses Arschloch entjungfert meine Schwester«, bei diesen Worten japste ich überrascht nach Luft und auch Mats neben mir zuckte ertappt zusammen, »und du machst gute Miene zum bösen Spiel? Bin ich eigentlich der Einzige, der hier versucht, diese verdammte Familie halbwegs in Ordnung zu halten?«

Auch unsere Mutter warf uns bei Robins Worten einen durchdringenden Blick zu, sie presste aber schließlich nur die Lippen aufeinander.

»Was soll das heißen?«, rief ich nun aufgebracht, aber Robin schüttelte bloß abweisend den Kopf in meine Richtung und sah dann wieder zu unserer Mutter. »Du weißt doch ganz genau, wie er drauf ist. Er ist absolut kein Umgang für Paula. Seinetwegen hat sie doch die halben Sommerferien in ihrem Zimmer gehockt!« Hektisch fuhr Robin sich durch die Haare und warf dann aufgebracht die Arme in die Luft. »Das kann es doch nicht sein!«

Ich nutzte die kleine Pause und sah meine Mutter energisch an. »Kannst du ihm bitte sagen, dass er einfach nur seine Klappe halten soll? Robin war doch schuld an allem! Wenn er Mats nicht gedroht hätte, seine ganze Vergangenheit in der Schule breitzutreten, dann wäre das doch alles gar nicht so passiert!«

Dass das nicht die ganze Wahrheit war, wie ich nun wusste, sagte ich nicht. Das wollte ich meinem Bruder nicht unbedingt offenbaren.

Denn er war ja wirklich schuld: Hätte er Mats nicht auf mich aufmerksam gemacht, wäre das alles so nicht passiert. Ein ungutes Gefühl in meinem Bauch erinnerte mich daran, dass ich dann aber auch die nette Seite an Mats wohl niemals kennengelernt hätte.

Mats räusperte sich, sagte aber nichts. Es war ihm anzusehen, dass er absolut unglücklich damit war, wie diese Situation hier gerade eskalierte. Er hatte wohl ähnliche Gedanken wie ich. Ich warf meinem Bruder einen entschuldigenden Blick zu, aber das interessierte ihn gar nicht. Meinetwegen mussten wir gar nicht so auf diesem Thema Mats herumreiten, das hatte ich für mich längst abgehakt.

Aber die Drogenvergangenheit meines Bruders interessierte mich dafür umso mehr.

Robin schien das anders zu sehen. Wütend trat er einen Schritt auf Mats zu, doch unsere Mutter zog ihn liebevoll, aber bestimmend am Arm zurück.

»Robin, ich weiß, dass das schwierig für dich sein muss. Nach allem ...« Sie brach ab und musterte mich unsicher, sodass ich grimmig aufseufzte.

»Ja«, entgegnete ich ihr giftig die Antwort auf ihre unausgesprochene Frage. »Mats hat mir erzählt, was damals alles vorgefallen ist. Ich weiß, dass ihr mich die ganzen letzten Jahre in dem Glauben gelassen habt, dass bei uns alles gut wäre. Aber das war es nicht. Mein Bruder war drogenabhängig, und ihr habt es nicht für nötig gehalten, mir auch nur ein Sterbenswörtchen darüber mitzuteilen. Was denkt ihr, was dann passiert wäre? Ich wär damit schon klargekommen.«

Meiner Mutter stand das Entsetzen ins Gesicht geschrieben und auch Robin wurde kreidebleich.

»Wie konntest du nur?«, fauchte er in Mats' Richtung. »Du hast gesagt, dass du ihr das nicht sagen würdest! Ich habe mich auf dich verlassen!«

»Und ich habe wirklich versucht, mich daran zu halten«, knurrte Mats zurück. »Aber sieh dir doch an, worauf das jetzt hinausgelaufen ist. Ich sehe ein, dass die Sache mit Ivy damals keine Glanzleistung war, und ich sehe auch ein, dass du für Paula nur das Beste willst – und ja, das bin ganz bestimmt nicht ich. Paula ist zwar deine Schwester, Rob, aber sie ist genauso erwachsen wie du auch. Und aus irgendwelchen unerfindlichen Gründen will sie mich. Sie kann schon ordentlich was ab und so, wie sich die Dinge entwickelt haben, musste ich es ihr jetzt einfach erzählen. Ich habe ihr – Scheiße, verdammt – unsagbar wehgetan und das war so was von unnötig. Und du«, er deutete unmissverständlich auf Robin, »hast es mit deinem Verhalten ja regelrecht heraufbeschworen.«

Bei seinen Worten musste ich lächeln und drückte dankbar seine Hand.

Robin stand da wie versteinert und hatte die Hände zu Fäusten geballt. »Willst du damit sagen, dass ich schuld daran bin? Wieder einmal?« Er raufte sich die Haare und fing an, aufgebracht im Raum auf und ab zu laufen.

Da schluchzte meine Mutter auf und hielt sich ihre Hände vors Gesicht.

Erschrocken sprang ich auf und eilte zu ihr. »Mama, nicht doch«, murmelte ich leise.

Sie nickte fahrig. »Du hast doch recht.« Dann hob sie ihren Kopf und warf einen schnellen Blick zu Mats, der jetzt etwas verloren auf der Couch saß. »Und du hast auch recht.« Sie griff nach meiner Hand auf ihrer Schulter und drückte sie. »Ich habe schon so lange überlegt, wie wir es dir sagen können, ohne dass so was passiert. Aber wahrscheinlich war das unmöglich.« Sie schluchzte wieder leise auf und hob unsicher die Achseln. »Wir wollten dich schützen und haben das Gegenteil bewirkt, das tut mir leid. Wie musst du dich jetzt fühlen, wenn du selbst deiner eigenen Familie nicht trauen kannst?«

Robin schnaubte laut auf und fuhr sich in einer hilflosen Geste durch seine Locken.

Ich drückte meiner Mutter die Schulter und flüsterte: »Ist schon gut, Mama. Ich kann mir ja vorstellen, dass das eine schwierige Situation war. Ich hätte mir nur gewünscht, ihr hättet offen mit mir geredet. So läuft das doch sonst hier immer. Ich dachte, wir wären eine harmonische Familie, in der alle ihre Probleme ansprechen können, ohne dafür verurteilt zu werden. Dass ich die ganze Zeit einem Irrglauben aufgesessen bin und an eine Illusion geglaubt hab, hat mich ehrlicherweise ziemlich getroffen. Verstehst du es, dass ich damit erst mal klarkommen muss?« Mitfühlend sah ich meine Mutter an und sie zog mich in ihre Arme.

Es war Robin, der erneut ungläubig auflachte. »Das hier ist wirklich der Witz des Jahrhunderts.«

Unsere Mutter ignorierte ihn. »Dein Freund hat recht«, murmelte sie mit einem Lächeln. »Du bist wirklich schon groß. Wann bist du nur so reif geworden?«

Bei dieser Frage schob sich ein schiefes Grinsen auf Mats'

Gesicht, was mir fast schon wieder die Röte ins Gesicht trieb. Der hatte ja Nerven.

Missmutig sah meine Mutter zu Robin auf und seufzte resigniert. »Ich finde es ja wirklich gut, wenn du Paula beschützen möchtest. Aber ich denke, dass sie die Entscheidung, mit wem sie zusammen sein will, gut alleine treffen kann – und muss. Mats und Paula hatten wirklich nicht den besten Start, aber vielleicht solltest du ihm eine zweite Chance geben. Es ist keinem damit geholfen, wenn du in der ganzen Schule erzählst, was alles vorgefallen ist. Und wenn ich Paulas Verhalten in den letzten Wochen richtig deute, geht das zwischen den beiden schon länger als nur eine Nacht, habe ich recht?«

Ich hüstelte bei ihrer direkten Frage und wurde rot. Selbst Mats wirkte ertappt, doch schnell schlich sich sein lässiges Grinsen zurück auf sein Gesicht.

Meine Mutter seufzte lächelnd. »Ich bin doch nicht ganz doof, Paula.« Sie drückte mir noch einmal die Hand und warf Mats dann einen warnenden Blick zu. »Ich kann dich nicht dazu zwingen, auf ewig mit meiner Tochter zusammen zu bleiben. Aber was ich machen kann, ist dir ans Herz zu legen, dass du darüber nachdenkst, wie zerbrechlich so ein Herz sein kann.« Sie zwinkerte ihm zu, als sie sein erschrockenes Gesicht sah.

Anscheinend wusste sie wirklich über alles Bescheid, was damals zwischen den Jungs vorgefallen war. Stirnrunzelnd lag ihr Blick weiter auf ihm. »Aber so, wie du Paula ansiehst, habe ich nicht den Eindruck, dass ich mir da große Sorgen machen muss.«

Mats grinste erleichtert und stand auf, um mich an sich zu ziehen. »Das haben Sie wirklich gut erkannt, Frau Albrecht«, sagte er in ihre Richtung. »Ich habe nicht vor, Ihrer Tochter wehzutun. Dazu mag ich sie viel zu gerne.« Er stupste mir, wie er es so gerne tat, mit dem Finger auf die Nase und grinste mich fröhlich an.

Trotzdem errötete ich bei seinen Worten leicht.

»Ach, sag doch bitte Caroline. Sonst fühle ich mich so

alt«, murmelte meine Mutter lächelnd und wischte sich verstohlen die letzten Tränen aus dem Gesicht.

Robin schnaubte und stemmte die Hände in die Seite. »Ist das euer verdammter Ernst? Ihr macht jetzt einfach so weiter und spielt heile Welt, als wäre gar nichts passiert, oder wie? Diese Familie ist so lächerlich.«

Mats' Miene verdunkelte sich und auch mir reichte es nun. Ich stürmte auf meinen Bruder zu und gab ihm wutentbrannt einen heftigen Stoß gegen die Brust. Überrascht taumelte er nach hinten und meine Mutter gab ein entsetztes »Paula!« von sich.

Mats versuchte mich am Arm von meinem Bruder wegzuziehen, doch ich schüttelte ihn ab.

»Nein, lass mich«, schnaufte ich. Ich muss erst wissen, was damals wirklich passiert ist.«

Mats seufzte und schüttelte den Kopf, während er sich nervös mit der Hand durch die Haare strich.

Robin kniff die Augen zusammen und taxierte mich. »Was willst du von mir hören, Schwesterchen? Du scheinst ja ganz genau zu wissen, dass ich nicht so eine tolle, mitleidserweckende Story auf Lager habe wie dein Mats. Lass es einfach gut sein, okay? Das hier kann nur noch schlimmer werden. Für dich – und das braucht es echt nicht.« Er sah so aus, als wollte er noch etwas sagen, hielt aber inne und funkelte mich bloß wütend aus seinen türkis lodernden Augen an.

»Nein, lasse ich nicht! Warum machst du hier jetzt so einen Aufstand, anstatt von dir selbst mal was preizugeben? Was spielt sich hier gerade ab? Wie kam es denn dazu, dass du angefangen hast, Drogen zu nehmen? Es war doch immer alles gut?«

Robin stöhnte auf und sah sichtlich genervt aus. Ich konnte keine Spur mehr von dem Bruder – meinem Seelenverwandten – erkennen, mit dem ich mein ganzes bisheriges Leben verbracht hatte.

»Bei dir vielleicht«, lautete seine kryptische Andeutung. »Und das ist auch gut so.«

Diese Worte reichten aus, um mich zusammenzucken zu lassen. »Bei dir etwa nicht?«

Mats griff nach meinem Arm und warf mir einen warnenden Blick zu, was Robin mit einem dumpfen Lachen erwiderte. »Was denn, machst du dir etwa Sorgen, dass Paula in ihrer heilen Welt die Wahrheit nicht verträgt, oder was?«, wandte er sich mit vor Hohn triefender Stimme an ihn. »Du bist ja nun einer der ganz Guten, wie es scheint.«

Ich warf einen fragenden Blick zu meiner Mutter, doch ihre Miene, mit der sie unserer Auseinandersetzung folgte, war unergründlich. Wie man mit so einer Situation am besten umging, stand wohl nicht in den besten Erziehungsratgebern.

Seufzend drehte ich mich wieder zu meinem Bruder um.

Mats verstärkte den Griff um meinen Arm und knurrte in Robins Richtung: »Ich würde mir an deiner Stelle zumindest gut überlegen, wie du es formulierst.«

Robin lachte wieder auf. »Sonst was?«

Mats zuckte die Achseln. »Das ist nur ein Ratschlag, es ist deine Sache.«

Langsam wurde mir diese ganze Sache unheimlich. Ich wusste es doch schon, wieso rückte mein Bruder einfach nicht mit der Sprache heraus?

Und Mats' Worte trugen nicht dazu bei, dass ich mich besser fühlte. Unsicher krallte ich mich in seinem Shirt fest, um wenigstens ein bisschen Halt zu haben.

Als er meinen aufgelösten Blick bemerkte, seufzte er leise, gab mir einen leichten Kuss auf die Wange und zog sich ein Stück von mir zurück.

Robin grummelte aufgebracht und wollte an mir vorbeitreten, doch ich hielt ihn am Arm fest und drückte ihn zurück, was er erstaunlich leicht mit sich machen ließ. »Robbie«, murmelte ich versöhnlicher. »Sag mir doch bitte, was passiert ist. Du warst immer mein lieber großer Bruder.« Ich lächelte, weil ich das erste Mal einräumte, ihn trotz seines minimalen Drei-Minuten-Vorsprungs als meinen großen

Bruder zu sehen, doch seine Miene blieb starr. »Wieso habe ich davon nichts bemerkt?«

Bei meinen Worten verzog mein Bruder das Gesicht, dann ließ er sich erschöpft an die Wand hinter sich sinken und sah mich endlich richtig an. »Weil du der Grund warst, Paula.«

Seine Worte trafen mich bis ins Mark und ich wich erschrocken zurück. Mein Gesicht fühlte sich plötzlich ganz taub an und meine Gedanken wirbelten durcheinander. Das war doch jetzt alles Irrsinn. Forschend richtete ich meine Augen auf die seinen. Er konnte meinem Blick nicht standhalten, seine Augen flogen zur Seite und fixierten einen Punkt hinter mir. Er log. Anders konnte es nicht sein.

»Ich?«, wisperte ich dennoch und umklammerte Robins Arm Halt suchend, während ich meinen Blick nicht von ihm lösen konnte. »Was habe ausgerechnet ich denn damit zu tun? Ich habe das Wort Drogen noch nicht mal in den Mund genommen.«

Ein spöttisches Lächeln, das mein Blut förmlich gefrieren ließ, legte sich auf Robins Züge. Ich fröstelte bei seinem grimmigen Ausdruck und mir traten wie von selbst die Tränen in die Augen.

Instinktiv trat ich einen Schritt nach vorne und griff nach seiner Hand, die er mir aber sofort entzog.

»Nicht«, murmelte er leise und wandte den Blick ab.

Ich verstand die Welt nicht mehr. Mats sah Robin mit einem wissenden Ausdruck an und nickte ihm bekräftigend zu.

Tatsächlich richtete mein Bruder sich wieder auf, und sein Blick, den er nun auf mich richtete, wirkte niedergeschlagen. »Ich habe es nicht ausgehalten, immer wieder in deinem Schatten zu stehen«, murmelte er dann leise und sah erneut zur Seite.

Ich verstand ihn nicht – und glaubte ihm immer noch nicht. »Wobei? Bei was? Du warst doch immer mein cooler Bruder, zu dem ich aufgesehen habe?« Kopfschüttelnd trat ich wieder vorsichtig auf ihn zu und diesmal zog er seine Hand nicht weg.

Als er endlich weitersprach, sah er mich nicht mehr an, sondern richtete seinen Blick auf den Boden. »Der wollte ich gerne sein. Aber ich konnte es nicht, ich war nie der starke Bruder, der seine Schwester beschützen kann. Vielmehr war ich schwach, weil ich nicht damit klargekommen bin, dass du immer die besten Noten mit nach Hause gebracht hast und dir alles so furchtbar leichtfiel.«

Das kaufte ich ihm nicht ab. Irritiert kniff ich die Augen zusammen, um ihn zu mustern, aber er wandte sich weiter von mir ab und wich meinem bohrenden Blick gekonnt aus.

»Glaub es einfach, Schwesterchen. Das ist die beste Antwort, die ich dir geben kann und die nicht alles noch schlimmer machen würde.«

Mein irritierter Blick glitt abermals zu meiner Mutter, die Robin mit trauriger Miene ansah. Das war immer noch nicht die ganze Wahrheit. Skeptisch kräuselte ich die Stirn, aber niemand sagte mehr etwas, um die Situation aufzuklären. Das war doch alles an den Haaren herbeigezogen. Das sagte ich dann auch.

»Du warst immer mein toller Bruder! Da war mir doch egal, ob du schlechtere Noten hattest als ich. Was für ein Quatsch, Robbie.« Meine Stimme schraubte sich immer höher, und ich spürte Mats' Finger auf meiner Taille, mit denen er beruhigend darüberstrich.

Ungläubig sah ich zu Robin und wollte ihn am liebsten schütteln. Das konnte er doch nicht ernsthaft gedacht haben.

Doch als er seinen Blick endlich hob und mich ansah, lag bittere Enttäuschung darin. Enttäuschung über sich selbst. »Doch. Glaub mir, es ist besser so, wenn du das einfach so hinnimmst.«

Eine Träne rollte mir bei seinem Anblick über die Wange und dann konnte ich nicht mehr an mich halten. Ich stolperte schluchzend nach vorne und warf mich in seine Arme.

Obwohl Robin mich sanft an sich zog, spürte ich, wie er

verständnislos den Kopf schüttelte. »Siehst du. Ich habe dein Verhalten gar nicht verdient«, sagte er leise.

Ich schnaubte an seinem Hals. »Halt endlich die Klappe. Egal, was du gemacht hast, und egal, wie deine Noten waren: Du bist doch mein allerbester Bruder! Wie konntest du dir nur einreden, dass das anders wäre? Ich bin doch nicht besser als du! Das ist doch so ein Quatsch!« Ich schluchzte wieder auf. Das konnte er doch nicht wirklich über sich gedacht haben. Nie hätte ich gedacht, dass er uns als Konkurrenten sah.

Robin räusperte sich leise, dann zog er mich plötzlich fest in seine Arme. »Es tut mir leid, Paula. Glaub mir, dass ich immer nur das Beste für dich wollte. Ich habe Mats bisher anders erlebt.« Er schob mich stirnrunzelnd zurück und warf Mats einen durchdringenden Blick zu. »Ich kann es immer noch nicht glauben, dass du das wirklich ernst meinst. Wenn du meiner Schwester auch nur ein Haar krümmst, werde ich dich höchstpersönlich ...«

»Rob!«, fauchte ich zischend. »So ist Mats nicht!«

»Schon gut, Paula. Damit hat Rob recht«, schaltete Mats sich leise ein und trat an meine Seite. »Es war vielleicht gar nicht so verkehrt von ihm, dich vor mir zu warnen. Im Normalfall endet das mit einem Mädchen und mir ja nicht so wie mit dir, das konnte er ja nicht wissen.«

Die beiden sahen sich an, und schon wieder sah es so aus, als würde ein stummes Gespräch zwischen ihnen ablaufen. Stirnrunzelnd betrachtete ich die beiden, bis ich einen Geistesblitz hatte.

»Du arbeitest da gar nicht, oder? Du bist immer noch in Therapie?«, rief ich aus und musterte meinen Bruder, der ertappt aufsah.

»Natürlich hast du ihr davon auch erzählt«, murmelte er mit einem freudlosen Grinsen in Mats' Richtung.

Doch ich kam ihm zuvor. »Nein, er hat behauptet, du würdest da arbeiten.« Jetzt drehte ich mich zu Mats um, der mich zwar zerknirscht, aber trotzdem mit seinem schiefen Grinsen ansah.

Ertappt hob er eine Hand. »Tut mir leid, hier war ich tatsächlich nicht ganz ehrlich. Das sollte er dir selbst sagen. Im Prinzip ist das, was wir da machen, auch keine richtige Therapie. Das sind nur Anschlussgespräche, um über die Erfahrungen und den Umgang damit zu sprechen.«

Mürrisch winkte ich ab. »Ist schon gut.«

Robin seufzte frustriert, dann wandte er sich an Mats. »Im Ernst, Mann. Was genau wird das?«

Diese Frage hatte ich zwar kommen sehen, vor Mats' Antwort fürchtete ich mich dennoch.

Doch das musste ich nicht, wie er mir eindrücklich bewies, indem er mich sanft an der Taille an seine Seite zog, mir einen Kuss auf die Schläfe drückte und entschuldigend zu Robin sah. »Nicht das, was du dir ausmalst. Es tut mir wirklich leid, dass ich das nicht länger für mich behalten konnte. Es stand mir nicht zu, Paula davon zu erzählen, aber …«

»Schon klar«, brummte Robin und überraschte mich, weil er einen grimmigen Blick in Richtung unserer Mutter schickte, die nichts mehr sagte. »Ich hätte es ihr erzählen müssen. Habe ich aber nicht, also hast du das übernommen. Ich habe es verstanden und … wenn du das wirklich ernst mit ihr meinst, dann –« Er hielt abrupt inne, stöhnte leise und ließ seinen Kopf gegen die Wand in seinem Rücken sinken. »Dann macht halt.«

Okay. Wow.

Damit hätte ich nicht gerechnet, das war ja fast so, als würde er uns ganz offiziell seinen Segen geben. Nicht, dass es den für mich brauchte, aber Mats war es anscheinend schon wichtig.

»Ich habe nicht vor, Paula das Gleiche anzutun wie Ivy, Rob. Ich habe Paula mit diesen ganzen Aktionen wehgetan, damit geht es mir echt scheiße. Aber das kann ich jetzt nicht mehr rückgängig machen, und Paula hat mir das, wieso auch immer, irgendwie verzeihen können.« Bei seinen Worten zog er mich an sich und drückte mir einen Kuss auf die Stirn, der meine Haut kribbeln ließ.

»Rob, lass die beiden jetzt. Das ist nicht deine Entscheidung«, mischte sich meine Mutter wieder ein, die neben uns auftauchte. »Und, Paula, wir werden uns, wenn Papa wieder da ist, alle zusammen hinsetzen und dir alles erklären. Ich denke, du bist schon lange so weit und bist in der Lage, dich mit der Wahrheit auseinanderzusetzen.« Sie warf mir einen liebevollen Blick zu, und dann wirkte es, als würde sie resigniert in sich zusammensinken. »Es tut mir leid, dass wir das nicht früher erkannt haben. Wahrscheinlich wollte ich mir auch lange nicht eingestehen, dass unsere heile Welt nicht so heil ist, wie man von außen vermuten würde.«

Bei dem Satz lachte Robin spöttisch auf, schüttelte ungläubig den Kopf und presste die Lippen zusammen. Keine Ahnung, was sein eigentliches Problem war, aber das war mir gerade auch egal.

Ich würde bestimmt noch eine Weile an der Tatsache zu knabbern haben, dass meine Familie mich in einem so wichtigen Punkt angelogen hatte, aber wenn ich ehrlich war, wusste ich nicht, ob ich das mit meiner eigenen Tochter nicht sogar ähnlich gehandhabt hätte.

Ich konnte zwar immer noch nicht nachvollziehen, wieso Robin ausgerechnet meinetwegen in diesen Sumpf abgerutscht war, aber ich wollte zwischen uns unbedingt wieder das Verhältnis herstellen, das wir früher hatten. Und ich schwor mir, alles dafür zu tun, dass es meinem Bruder wieder besser gehen würde.

»Robbie, es tut mir leid. Wir schaffen das, ja?«, murmelte ich leise.

»Sicher«, sagte er nur. Und es war mir, als würde er noch ein »Darum mache ich die ganze Scheiße hier ja mit«, hinter mir her murmeln, aber mit diesen kryptischen Andeutungen konnte er mir gerade gestohlen bleiben.

Unsere Mutter schob sich zwischen uns und dirigierte Mats und mich sanft, aber bestimmend in Richtung Tür. »So, und jetzt ab mit euch beiden. Ihr habt sicherlich noch etwas anderes vor, als hier mit der ollen Mama über euer Liebesleben zu diskutieren.« Sie zwinkerte affektiert, was Mats ein amüsiertes Lachen entlockte, und ich lief bei ihren Worten rosa an.

Himmel, meine Mutter war wirklich peinlich. Ich beschloss, ihr beizeiten einen Erziehungsratgeber auszusuchen, in dem erklärt wird, wie man seine Tochter möglichst ohne Peinlichkeiten in die Erwachsenenwelt entlässt.

Mit einem auffordernden Lächeln schob sie uns zur Treppe. Dann angelte sie sich meinen Bruder, der, seinem Gesichtsausdruck nach zu urteilen, gar nicht glücklich über den Ausgang dieses Gesprächs war. Er warf Mats einen undurchsichtigen Blick zu, den der allerdings mit einem freundlichen und aufrichtigen Lächeln erwiderte.

»So, und wir beide unterhalten uns jetzt mal«, sagte meine Mutter streng zu Robin.

»Klar«, erwiderte er trotzig und stampfte voran.

Ungläubig griff ich nach Mats' Hand und zog ihn in mein Zimmer. Ich warf die Tür laut ins Schloss und ließ mich stöhnend auf mein Bett fallen.

»Hat meine Mutter uns gerade ihren Segen gegeben? Und Robin auch?«, stellte ich nach einer Weile misstrauisch fest.

Mats grinste schief, während er mit verschränkten Armen in der Mitte des Raumes stand und sich neugierig umsah. »Deine Mutter ist echt cool. Jetzt weiß ich, von wem du das hast«. Er warf mir einen schelmischen Blick zu. »Von deinem Bruder konntest du das ja nicht haben.«

Ich lachte und zog ihn am Arm zu mir aufs Bett. »So schlimm ist er eigentlich gar nicht.«

Doch Mats hob nur schmunzelnd eine Augenbraue. Ich seufzte und gab ihm einen schnellen Kuss. Ich wollte das Thema jetzt nicht noch einmal hochkochen lassen. Dafür erschien mir der Anblick von Mats auf meinem Bett viel zu verlockend.

Trotzdem warf ich schnell einen prüfenden Blick durch mein Zimmer, ob ich nicht noch in einer Ecke etwas Peinliches herumliegen hatte. Ich hatte schließlich so gar nicht damit gerechnet, dass er das jemals tun würde.

Als ich nichts Auffälliges sehen konnte, wandte ich mich

zu ihm und bemühte mich, so gut ich es eben konnte, ein kokettes Lächeln aufzusetzen. Mats' amüsiertem Blick nach zu urteilen, klappte das nicht so richtig. Egal.

»So, und du magst mich also, ja?« Mit klopfendem Herzen wiederholte ich seine Worte von eben und sah ihn neckend an.

Plötzlich verschwand das Grinsen aus seinem Gesicht und er wurde ganz ernst, als er sich plötzlich neben mir auf dem Ellenbogen aufrichtete, seine Hand an meine Wange legte und sanft mit dem Daumen darüberstrich.

Er sah mir mit seinem intensiv leuchtenden Blick so tief in die Augen, dass ich reflexartig schlucken musste und mein Hals plötzlich ganz trocken war. »Ich mag dich nicht nur, Paula. Bei dir fühle ich mich endlich so akzeptiert, wie ich wirklich bin, und das, obwohl ich so lange so fies zu dir war. Das tut mir wahnsinnig leid, und wenn ich könnte, würde ich vieles anders machen. Der ganze Stress mit Robin war es einfach nicht wert. Als ich den Schmerz in deinen Augen gesehen habe, als ich Abby geküsst habe, habe ich mich selbst gehasst. Ich habe mir geschworen, dich nie wieder zu verletzen. Aber als du dann mitten in der Nacht vor mir standest … da war es mir mit einem Mal klar.«

Er warf mir einen liebevollen Blick zu und hauchte mir einen Kuss auf die Stirn, was mich wohlig aufseufzen ließ.

»Was war dir klar?«, fragte ich mit krächzender Stimme und streichelte nervös mit einem Finger über seine Brust.

Mats schloss kurz die Augen, und als er mich dann wieder ansah, konnte ich die Gefühle, die darin standen, ganz deutlich erkennen.

So offen hatte ich ihn noch nie gesehen.

»Ich bin ganz schlecht in so was«, murmelte er dann mit einem unsicheren Grinsen und fuhr sich in einer nervösen Geste durch seinen ungestylten Iro.

»Ich finde, du machst das sehr gut«, murmelte ich heiser und legte ihm meine Hand in den Nacken, um ihn in einen Kuss zu ziehen.

Doch an meinen Lippen hielt er inne und strich mit dem Daumen darüber. Sein Mund verzog sich zu dem schiefen Grinsen, das ich so liebte, dann richtete er sich plötzlich auf und zog sein T-Shirt über den Kopf. Damit hatte ich nicht gerechnet, doch Mats ignorierte meinen verwirrten Gesichtsausdruck, griff nach meiner Hand und legte sie auf den lateinischen Spruch oberhalb seines Herzens, dessen Übersetzung er mir bisher nicht hatte verraten wollen, und hielt sie dort fest.

»Liebe ist nur ein Traum, eine Idee und nicht mehr. Tief im Inneren bleibt jeder einsam und leer.« Vielsagend wackelte er mit seinen Augenbrauen – und ich wusste, was er mir damit sagen wollte.

»Das ist ein Zitat von den *Ärzten*«, sagte ich perplex.

»Warum überrascht es mich nicht, dass du schon so textsicher bist, Maus?« Mats lachte heiser und stupste mir auf die Nase. »Den Spruch muss ich jetzt wohl überstechen lassen. Damit hatten sie wohl unrecht.«

Meine Augen wurden groß, als ich verstand, was er mir damit sagen wollte – obwohl ich es ja eigentlich schon geahnt hatte.

»Du meinst …?«

»Liebe gibt es wohl doch«, unterbrach Mats mich sofort, und seine Augen strahlten so intensiv, dass ich mich für eine Weile in ihnen verlor. Erst sein Schnipsen vor meiner Nase holte mich zurück in die Realität. »Brauchst du es noch deutlicher? Es auszusprechen fällt mir doch noch etwas schwer, glaube ich.«

Ich lachte ungläubig. »Ich liebe dich.« Es rutschte mir einfach so heraus, und damit überraschte ich Mats – wieder einmal –, was ich an seinem überfahrenen Gesichtsausdruck sofort erkannte.

»Hey, ich wollte das zuerst sagen!«, beschwerte er sich augenblicklich.

»Du traust dich doch nicht.« Ich zuckte gelassen mit den Schultern und lehnte mich zu ihm, um ihm einen keuschen Kuss auf die Lippen zu drücken.

»Gott, das war nur so dahergesagt, Maus. Du bringst mich noch um den Verstand.«

»Weiß ich doch«, sagte ich schmunzelnd.

Mats schüttelte amüsiert den Kopf, dann legte er seine Arme um mich und zog mich fest an sich. »Ich liebe dich«, murmelte er überraschend fest und deutlich in meine Haare, bevor er sie mit einer Hand zur Seite strich und zarte Küsse auf meinen Hals hauchte. »Du bist zwar viel zu gut für mich und ich ein egoistischer Arsch, aber ich verspreche dir, dass ich dir nie wieder auch nur einen Anlass geben werde, an mir zu zweifeln. Ich weiß ganz genau, was ich an dir habe, und ich weiß auch ganz genau, dass ich das alles nicht wieder verlieren will. Mit dir bin ich so glücklich wie noch nie und dafür bin ich dir so unglaublich dankbar, das kannst du dir wahrscheinlich gar nicht vorstellen. Dank dir habe ich endlich wieder das Gefühl, frei atmen zu können. Ich klinge gerade wie der letzte Idiot.« Er seufzte leise und schüttelte belustigt den Kopf, als er sich wieder ein Stück aufrichtete, um mich anzusehen.

Auf seinen ungläubigen Laut war ich vorbereitet, doch ich versuchte gar nicht erst, die Tränen, die mir bei seinen Worten in die Augen gestiegen waren, wegzublinzeln.

»Nicht weinen, Maus«, murmelte er sofort und nahm mein Gesicht in beide Hände. »Damit will ich doch bloß sagen …«

»Du bist so süß und klingst überhaupt nicht wie ein Idiot«, unterbrach ich ihn und schmiegte mein Gesicht in seine Hände.

Ein paar Sekunden starrten wir uns intensiv in die Augen, ohne etwas zu sagen. Aber das mussten wir auch nicht. Es gab nichts mehr zu sagen, das wussten wir beide.

Wie von selbst fanden sich unsere Lippen und dieser Kuss war anders als all die anderen zuvor. In ihm lag noch so viel mehr. Es war ein Versprechen an unsere gemeinsame Zukunft, die nun endlich beginnen konnte, ganz frei von Vorurteilen und Hindernissen.

EPILOG

Erleichtert zieht Jeff die Tür hinter sich ins Schloss und lehnt den Kopf ermüdet an. Es ist schwer. Es ist so verdammt schwer, ihnen immer wieder aufs Neue vorzuspielen, dass es ihm besser ginge. Wie soll es ihm je besser gehen? Er hat keine Eltern mehr. Er wurde missbraucht, er wurde geschlagen, er wurde schikaniert. Okay. Das hätte er alles noch irgendwie verarbeiten können. Vielleicht. Wer weiß das schon so genau. Aber wie soll er das alles, diesen ganzen normalen Scheiß dieser Welt, nur ohne sie ertragen? Er ist allein. Seit sie in seinen Armen gestorben ist, ist er allein.

Draußen hört er Stimmen, die immer aufgeregter miteinander diskutieren. Er schließt die Augen. Diese Probleme hätte er gern. Mats vögelt das Mädchen von Robin und schon gibt es kein anderes Thema mehr in dieser verdammten Einrichtung. Es ist doch bloß ein Mädchen. Irgendein verdammtes *Kack-egal-Mädchen*.

Die Stimmen werden lauter, schaukeln sich immer höher. Robin ist aufgebracht. Robin. Der, der wegen einer ach so kleinen Nichtigkeit überhaupt erst mit dem Scheiß angefangen hat. Jeff hätte nie freiwillig Drogen genommen. Er findet es sogar noch jetzt abartig, als er alles aus der Tasche nimmt.

Es ist so lächerlich einfach, an das Zeug zu kommen. Und

selbst hier in dieser Einrichtung findet er immer wieder Schlupflöcher.

Er lässt sich langsam an der Tür zu Boden sinken. Wie oft hat er das nun schon getan. Und es wird nicht besser – im Gegenteil, der Schmerz wird nur immer größer. Mit jedem Tag, der seit dem unheilvollen Tag vergeht, drückt sich eine immer schwerer werdende Last auf ihn.

Seine Gedanken schweifen ab, als er alles mit geübten Griffen vorbereitet.

Lilly hatte keinen anderen Ausweg gesehen. Was ist mit ihm? Wie lange kann er das hier noch durchstehen? Will er das überhaupt noch durchstehen?

Durch die Tür dringen weiter die dumpfen Stimmen. Mittlerweile hat sich der Streit ausgeweitet und jeder der Anwesenden aus ihrer Therapiegruppe will etwas zu dem Konflikt beitragen. Jeff zieht mit undefinierbarer Miene die Spritze auf. Noch ein bisschen mehr. Der Streit wird lauter.

Es ist einfach so affig.

So egal.

Noch ein wenig mehr.

Er will diesem Kinderkram wenigstens ein bisschen entkommen. Nur für heute Abend. Morgen würde die Welt schon wieder ganz anders aussehen. Und vielleicht schafft er ja irgendwann den Absprung.

Routiniert setzt er die Nadel an und atmet erleichtert auf, als er spürt, wie sich endlich das lähmende Gefühl in ihm ausbreitet. So gut.

Doch irgendwas ist anders. Die Gewissheit dringt in sein Hirn vor und fast muss er lachen. Es ist so einfach gewesen. Klirrend fällt die Spritze zu Boden, der dumpfe Aufschlag des Körpers folgt kurz danach. Dann ist es still.

NACHWORT

Ihr Lieben,

ich sehe die Fragezeichen in euren Gesichtern förmlich vor mir und das war natürlich beabsichtigt. Paula und Mats haben ihr verdientes Happy End bekommen und das behalten sie auch. Doch die Reihe hat ja gerade erst angefangen und ich verspreche euch: Da kommt noch einiges auf euch zu, von dem ihr jetzt noch gar nichts ahnen könnt. Es bleibt spannend bei den beiden.

In Band zwei widmen wir uns aber vorrangig Robins Geschichte und spulen dazu ein paar Jahre in die Zukunft vor.

Ich freue mich darauf, wenn ihr auch ihn auf seiner Reise begleitet – versprechen kann ich euch schon einmal, dass nichts so ist, wie es scheint ...

Also dann: Wir sehen uns in fünf Jahren wieder!

(In unserer Zeitrechnung schon deutlich früher – in wenigen Wochen erscheint Band zwei, juhu!)

DANKSAGUNG

Wow – eine Danksagung schreiben. Ich? Ah.

Als ich die Mail von Daniela bekommen habe, dass der Federherz Verlag mich und meine Geschichte will, stand ich kurz vor dem Hyperventilieren. Es ist ein wahr gewordener Traum, den ich gerade leben darf. Es ist immer noch sehr unwirklich und jeden neuen Tag wache ich mit einem Strahlen auf. Das Strahlen überdeckt sogar die Augenringe, die ich habe, da ich einfach nicht mehr schlafen will, weil es so viel zu tun gibt und alles so aufregend ist. Und ich liebe es.

Allen voran danke ich natürlich euch, Jane und Daniela. Ihr Lieben, ich danke euch so sehr, dass ihr mir und meinen Büchern diese Chance gebt und ihnen den Weg in (hoffentlich viele) Leserherzen ermöglicht. Danke. Echt. Ich bin darüber unglaublich glücklich und kann es immer noch nicht ganz fassen. Und so ein bisschen fehlen mir dazu auch immer noch die Worte.

Weiter geht es mit allen anderen Federherzen: Ihr seid unglaublich! Ich habe mich in kürzester Zeit bei euch im Team eingelebt und liebe es. Danke für alles! Fühlt euch alle mal geknuddelt. Ihr leistet so tolle Arbeit!

Ein großes Dankeschön an Claudia dafür, dass du das Manuskript feingeschliffen und alle kleineren und gröberen Fehler beseitigt hast. Es hat großen Spaß gemacht, mit dir zu arbeiten, und ich freue mich schon auf die weiteren Bücher mit dir an meiner Seite.

Meine Goldstücke: Patricia, Janina und Mona: Ihr seid mir in so kurzer Zeit schon so sehr ans Herz gewachsen, das ist unglaublich! Vielen Dank an jede Einzelne von euch! Danke, dass ihr meinen Geschichten so viel abgewinnen könnt, dass ihr euch zu jeder Zeit meine neuen Ideen anhört und euch mein Gejammer antut, wenn ich mal wieder alles über den Haufen werfe. Ihr seid großartig! Danke, dass ihr mich auf dieser aufregenden Reise begleitet. Ohne euch wäre alles nur halb so schön!

Danke an meine Testlesemädels: Melanie, Tina, Laura, Carina, Irena, Michelle, Sonja und Jennifer. Danke, dass ihr meine Texte auf Herz und Nieren prüft und sie erst zu dem macht, was sie jetzt sind – es war mir ein Fest mit euch.

Ein ganz besonderer Dank geht an *Die Ärzte* und *Hot Action Records* für die freundliche Genehmigung für die Nutzung des Zitates. Ich hatte Herzchen in den Augen und habe sie noch immer. Beste Band der Welt und so, ich weiß schon warum.

Und natürlich vielen Dank an dich! Danke, dass du dieses Buch gelesen hast. Ich hoffe, du hattest genauso viel Spaß, wie ich ihn beim Schreiben hatte, und wir sehen uns in den nächsten Büchern wieder.

Und zu guter Letzt: Ich liebe es, mit euch zu quatschen. Also scheut euch nicht und schreibt mir doch:

Instagram: https://www.instagram.com/alessia.gold.-autorin/

Alessia.schreibt@federherzverlag.de

Ich freue mich darauf!

Sammle Herzpunkte und sichere dir

kostenlose Wunschbücher

Du hast Lust, Feedback zu den Verlagstiteln des Federherz Verlages zu geben? Du möchtest dabei Punkte sammeln, von denen du dir in regelmäßigen Abständen Wunschbücher aussuchen kannst?

Dann mach mit beim Herzlesen. Alles, was du dafür brauchst, ist ein Konto auf unserer Federherz-Homepage. Sobald du dieses hast, kannst du direkt damit loslegen, Herzpunkte zu sammeln.

Wir freuen uns, bald mehr von dir zu lesen!

Dein Federherz Verlag

FEDERHERZ
VERLAG

Ashley hat aufgegeben.
Sich selbst, ihre Träume, das Leben – seit dem Tod ihrer besten Freundin hat alles an Bedeutung verloren. Erst eine geheimnisvolle Botschaft reißt sie aus ihrer Resignation. Sie macht sich auf den Weg nach Kalifornien, doch dort angekommen läuft nichts wie geplant.
Entmutigt und verletzt trifft sie auf Jake, der plötzlich zu ihrem einzigen Lichtblick wird.

Doch ist seine Hilfe wirklich so selbstlos, wie sie glaubt, oder steht sie am Ende womöglich vor einem weitaus größeren Scherbenhaufen?

All The Broken Pieces And You ist der herzergreifende Auftakt zur neuen New Adult-Reihe von Marla Grey.